终难忘

秋夜雨寒 / 著

上海社会科学院出版社

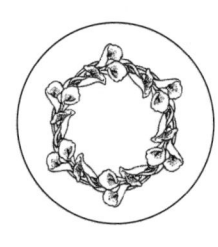

目录

第一章	初归大兴 众人皆厌亦自弃	1
第二章	相遇望天 嬉笑怒骂心乍动	15
第三章	原本无情 一语不合牢狱灾	30
第四章	夜访敏枫 逸轩重识丛意儿	45
第五章	情愫暗生 宁负天下不负卿	61
第六章	姊妹相逢 真真假假风波起	78
第七章	心机暗藏 情字面前无情意	96
第八章	再返丛府 温情脉脉藏杀意	115
第九章	慈母旧居 往事重提释心惑	134
第十章	情深义重 世人白眼何关我	154
第十一章	为情所困 岌岌可危不归路	172
第十二章	真假难辨 全盘皆输因一念	190
第十三章	同进同出 心生眷恋悔当初	211
第十四章	波澜再起 道是无情却有情	230
第十五章	锐枫旧居 权衡之间微起嗔	250

1

第十六章	姻缘注定 不是冤家不聚首	266
第十七章	被劫出府 螳螂捕蝉黄雀后	284
第十八章	阴阳相隔 比翼连理相思苦	304
第十九章	藏身京城 朝朝暮暮了无趣	321
第二十章	遇有情人 心无空隙唯旧痕	342
第二十一章	江山美人 孰重孰轻不由人	362
第二十二章	尘缘往昔 多少心事付流水	382
第二十三章	爱恨之间 拼却红颜为眷恋	401
第二十四章	若即若离 心为尔苦困事累	420
第二十五章	别后重逢 相见仍是陌路人	440
第二十六章	黯然神伤 情到浓时爱成灰	460
第二十七章	凤凰涅槃 生不再爱死不忘	481
第二十八章	得失取舍 纠葛再起无处安	498
第二十九章	如履薄冰 爱如枝间蜡梅绽	518
第三十章	神仙眷侣 红烛相照缠绵意	537

第一章　初归大兴　众人皆厌亦自弃

"啊！"苏莲蓉实实在在尖叫了一声。

"小姐，您醒了。"一个清秀的丫头立刻冒了出来，声音清脆悦耳，笑容甜美，像刚刚成熟的草莓，"小姐，您怎么了，大清早的就掉眼泪？要是让夫人瞧见了，小心责骂您。好啦，多大的事呀，不就是嫁人嘛！您不是一直特别喜欢二皇子吗？如今皇上准了你们的婚事，您应该高兴才对。昨天是谁半夜睡觉还偷着乐呀？"

苏莲蓉呆呆躺着，傻乎乎地盯着面前的女孩子。

"起吧，小姐，再不起来，夫人要是问起来，少不了又要唠叨您几句，您还是省省事吧。"丫头半嗔半商量地说，"您瞧瞧自己，昨晚上高兴得衣服没脱，脸也没洗就睡下了，头发乱得像草，真是的，不晓得您嫁到宫里去，要如何站稳脚？您得跟表小姐学学，瞧瞧人家是怎么把一个王妃做得风生水起的。"

苏莲蓉满脑子一片空白，小心翼翼地问："现在是大兴王朝吧？"

"小姐，您真是高兴得不知所以了，现在当然是大兴王朝，您要嫁的人是大兴王朝的二皇子，您梦里也不会忘的二皇子。"丫头笑呵呵地说，"奴婢瞧您真是高兴坏了。皇上最喜欢大皇子和二皇子，而大皇子是个不喜权势的人，所以二皇子是最有可能继承皇位的，呵呵，说不定，您就是未来的皇后娘娘。奴婢替您高兴，可您自己多少也得遮掩些才好。"

苏莲蓉想一头撞死算了，可恶的蓝月馨，好不好的和她谈什么故事情节，难不成现在她在情节中，口中话不经大脑地说："我不嫁什么二皇子！我要回家！"

"小姐！您疯了？"丫头睁大眼睛，盯着紧闭双眼的苏莲蓉，一副恨铁不成钢的样子，"这都什么时候了，您还耍小姐脾气，您真当二皇子他喜欢您呀！如果不是老爷帮忙，您，您——您简直气死小青啦！再说，您现在就在家里呀，这是您的闺房，难不成睡糊涂了？"

苏莲蓉头扭向里边，嘟囔着："我说不嫁就是不嫁，我讨厌嫁给什么二皇子！"

"小姐！"小青直着嗓子叫了一声，什么话也说不出来，呆呆地站着。

苏莲蓉悄悄睁开眼，看了看面前的丫头，这丫头皮肤真好，水水的，正一脸无

1

奈地看着她，瞧着面相不像是一个凶巴巴的人。

"小姐——"小青又喊了一声，语气略微有些气恼。

苏莲蓉吓了一跳，眼睛立刻全部睁开。

"小姐，您找死呀?!"小青气得就差上来把苏莲蓉从床上一把拽起来了，"别耍赖了，快点起来了，奴婢还得帮您梳洗打扮呢。"

苏莲蓉勉强地露了露牙齿，心说："是的，我就是想要找死!"却没真的发出声音。

"意儿，不可以这样任性。"一个温柔平静的声音在门口响起，苏莲蓉抬起头，看到门口站着一个年轻美丽的女子，脸上有着浅浅的微笑和恬静的表情，正安静地看着她，一脸的包容。

意儿？名字听起来真不错。她蛮喜欢。

"意儿，为什么突然不想嫁给二皇子啦?"来人温和的声音中透着春风般的感觉，她在床上坐下，温柔地拂了拂苏莲蓉的头发，微笑着说，"瞧你，一晚上弄成什么样子啦，好像赶了很远的路，一身的憔悴。"

"小姐，您不要再任性了。"小青在一边说，"表小姐，您得好好劝劝我们小姐，真不知道她到底是怎么想的，皇后娘娘和王妃费了那么多的心思才让皇上允了我们小姐的婚事，她可倒好，睁开眼就说不想嫁了，小姐，您这是在搞什么嘛!"

面前的女子温柔地一笑，轻轻的声音听起来十分的悦耳，"意儿，到底是怎么回事，你不是最喜欢二皇子的吗？从小就喜欢，怎么如今要嫁了，却突然间不喜欢了?"

"就是突然间不喜欢了!"苏莲蓉脑子里还是空白的，口中的话倒流畅得很，"不喜欢就是不喜欢了，要什么理由呀！我就是睡了一觉，突然不想嫁了，他是一个可能成为未来皇上的二皇子，我只是一个———个貌不出众的傻丫头，可能，可能家境好一些，皇上才准了这门婚事，你们以为，那个二皇子他会爱我吗？如果我是他，我应该爱我的这位表小姐，而不是傻兮兮的我!"

面前的女子一愣，眼睛轻轻眨了眨，微笑着说："意儿，你乱讲什么呀，二皇子和你的婚事是皇上亲口允准的，姐姐我也是许了人家的人，这样的玩笑可是开不得的。"

苏莲蓉愣了一下，想了半天，不知道如何说下去了。

"意儿，不可以再任性下去了，虽然你的父亲，也就是我的姑父，是当今皇上最看重的人，可是，你这样说嫁就嫁，说不嫁就不嫁的行为会害了所有人的!"小青口中的表小姐温柔但毋庸置疑地说，"况且，二皇子是你最喜欢的男子，能够嫁给二皇子，不一直都是你的梦想吗？不要再使性子了。"

二皇子？二皇子是谁呀？关我苏莲蓉什么事，真是的，真是无聊得很，好像是好朋友月馨随口开了句玩笑,就突然成真了！做梦吧?

"意儿,发什么呆呢?"表小姐温柔的声音听起来真是舒服,仿佛是春风在脸畔轻轻吹过,"我今日来找你,就是要让你和我一起去趟皇宫,虽然离你出嫁的日子还有些时间,可是,你现在可以常常和二皇子在一起,这也有利于你们日后的相处。是不是?"

苏莲蓉有些茫然地看着面前的女子,自己现在要如何面对这所有的情况？面上堆着下意识的微笑,眼神有些飘忽。

"意儿,准备一下,我们要立刻进宫,皇上和皇后还在等着我们呢。"表小姐温和地说,眼神中突然滑过一丝悲哀的表情,这个傻表妹,喜欢二皇子真是一点也不作假,虽然临在嫁人前还要闹闹小脾气,却仍是掩饰不住要见到二皇子时的幸福表情。

可是,二皇子——他是真的因为喜欢丛意儿才决定要娶她的吗?

骄傲自信的司马溶真的会喜欢姿色平常、任性刁钻的丛意儿吗？他不是从小就看不起丛意儿吗？他一直喜欢的不是另外一个女子,一个比丛意儿美丽优秀很多很多倍的女子吗?

可是,有时候取舍真的是由不得人自己做主！

苏莲蓉犹豫了一下,心中突然有些好奇,那个二皇子究竟何许人也？是否和月馨言语间的相似？故事是否真的可以变成真实?

"意儿——"表小姐看见苏莲蓉一脸的出神表情,轻轻一笑,又唤了一声,"快些准备准备,我们得去宫里了。"

苏莲蓉心中想,也好,不如见到了那个什么二皇子,告诉他自己不想嫁了,看他会如何,说不定,一生气处死她,毕竟,好像开始的时候慕容枫和司马锐,叶凡和司马希晨,都不是一上来就爱上的。纵然他们有上天注定的缘分,她可以在他还没有爱上她之前让他杀了自己！

她不想像慕容枫和叶凡那样,爱得那般顺从天意,爱得那般辛苦。纵然她真的是轮回的灵魂,她也只想做现实中的苏莲蓉,嫁给浩民,过她幸福平静的生活,而不是跑到这个陌生的王朝中,做一个自己也不认识的人,一个莫名其妙的什么意儿！

"好吧。"苏莲蓉点了点头,从床上坐起来。

小青立刻上前伺候,苏莲蓉心思有些恍惚,根本没有看镜中的自己,她现在一门心思就是想要离开,而离开的方法,她能够想得到的好像只有死亡,她相信,除了死亡,她没有别的离开这儿的办法。虽然这个办法也不保险,但好像是唯一可行的。

跟随表小姐走出房间,上了软轿,苏莲蓉觉得有些辛苦,这个意儿一定是个懒散的女子,不然怎么可能走了这么点路就觉得有些气喘吁吁?她悄悄掀起轿帘,望向外面,一路的行人,除了衣服是古代的,好像并没有太陌生的感觉,倒有些像是在拍古装剧。她忍不住轻轻一笑,若是可以回得去,一定要和月馨说说这儿的情况。

只是,这儿,让她有一种说不出的亲切感。

放下轿帘,苏莲蓉轻轻叹了口气,为什么是自己,不是其他的人,为什么是她,成为这个灵魂?!

一个只可能在故事中出现的情节竟然如此全无预兆地发生在她的身上,真是不知道是该欢喜还是该悲伤。想到之前和月馨逛街的时候开心谈论的故事,确实有些憧憬,只是,想和真实毕竟两种感受,想是好玩,真实却是前途未卜了!

皇宫,就在眼前:富丽堂皇,威严无比。

一眼看到了悬崖,就在视线所及之处,可以听得到隐约的涛声,想象得出惊涛拍岸的激烈。那儿,大约就是故事中枫儿落崖的地方。苏莲蓉觉得自己在这儿特别容易走神。

她们沿山路而上,大兴王朝的皇宫就建立在群山之中,有着说不出的神秘。

"丛姑娘、苏姑娘到。"有人朗声喊道。

丛姑娘?苏姑娘?哪一个是现在的自己?

"苏姑娘,好久不见。"一个温和的声音在轿外响起,苏莲蓉心中一动,忍不住掀起轿帘,看到轿外有个清俊的身影,着一身锦服,玉面含笑,眼神温柔,"今日如何得空到宫中来?"

苏莲蓉忍不住礼貌地一笑,刚要回答。

"见过二皇子。"表小姐的声音在后面响起,温柔细腻,还有隐约的欢喜,不是那么明显,但却没办法全部掩饰。

苏莲蓉愣了一下,原来此时的自己姓丛,表小姐姓苏。皇子姓什么?是不是也姓司马?是不是故事中三生三世的再一世?

她走下轿,轿前被表小姐称为二皇子的人似乎没有看到她,从她身边直直走过,笑容温和地望着她后面的与她同来的小青口中的表小姐,也就是二皇子口中的苏姑娘。"今日来了要多待些时间才好。"

这种情节,苏莲蓉在电视剧里看得多了,很简单,自己此时这个身体,也就是丛意儿,肯定是单恋着这个二皇子,而这个二皇子大概对这个丛意儿是相当的讨厌,也许只是为了某种利益才决定娶丛意儿。从小青口中、表小姐的言谈间可以猜测到,这个丛意儿的父亲一定是皇上所看重的大臣,二皇子可能是为了想要得到皇位才决定娶丛意儿为妻。想来这就是所谓的政治婚姻。

只是,大兴王朝难道真的有四位皇子?

幸好自己不是真的丛意儿,问题是真的丛意儿跑到哪里去了?难道和自己对调了不成?不会跑到现代中的自己身上了吧?睁开眼一声尖叫,不把现代搅成一锅粥才怪!这样一想,苏莲蓉真是巴不得此时就两眼一闭死了才好。

"二皇子,劳您前来迎接真是不好意思,意儿,为何不和二皇子打声招呼?"苏姑娘走近苏莲蓉,轻声说,"二皇子,意儿她可是日日盼着可以见到您,听说今日可以见到您,高兴——"

"苏姑娘,听说前几日你有些不舒服,我送去的药你吃了吗?"二皇子似乎并不愿意谈论丛意儿,眼睛只看着苏姑娘,温和地说。

"已经好了,多谢二皇子您惦记着。"苏姑娘轻轻挽着苏莲蓉的胳膊,微笑着说,"意儿——"

苏莲蓉轻轻一笑,说:"好啦,我知道了。"她对着面前的二皇子照着苏姑娘刚刚微弯身体的模样行了一礼,礼貌地说,"丛意儿见过二皇子。"

"罢啦。"二皇子冷冷地说,语气中有着掩饰不住的厌恶。

他语气和神态里的厌恶之意让苏莲蓉心中生出一种莫名的恼恨之意。她,好像不太喜欢面前这位莫名其妙的二皇子。这种人还想做皇上,真是的,连厌恶的情绪都不愿意掩饰,如果真是政治婚姻,好歹他还得用到丛意儿的父亲,就这样对待丛意儿?!真是的——有本事就别娶,娶了就别说!

"表姐。"苏莲蓉笑嘻嘻地说,"我已经打过招呼了,你也瞧见了,二皇子他看见我想必是不吃也饱了,我瞧着,他更喜欢与你攀谈,你们聊,我四处看看。"

"意儿。"苏姑娘立刻解释,"没有,二皇子只是念着他与我更生疏些,所以才特意先与我打招呼的。"

苏莲蓉一笑,心说真是的,骗我呀,真当我是丛意儿呀,你们这点儿伎俩,骗丛意儿成,骗我,还太小儿科。反正我也不是真的丛意儿,你们情投意合,与我何干,这二皇子讨厌我更好,只要他下令杀了我,那倒是帮了我,说不定我两眼一闭,发现不过是一场噩梦,而当梦醒的时候反而会有些后悔没好好在梦中经历一番。

想一想,那些故事里有美丽聪慧的枫儿,沉静内敛的凡儿,当然也有般配的痴情男主,不论是潇洒的司马锐还是深沉的司马希晨,但就是没她这样傻乎乎的女主,她就是一个意外,最好是立刻消失!

"好的,"她一笑,眼睛看着周围,这皇宫还真是漂亮,要仔细看看,回去一定让月馨听得后悔没有跟着一起过来,"我知道了,不过,二皇子讨厌我只怕是真的,对啦,若是真的讨厌我,二皇子,你去跟你父皇说,丛意儿真是无趣的女子,你不愿意娶,不就好了?"

"意儿——"苏姑娘脸色一变,立刻微笑着对二皇子说,"二皇子,您不要生气,意儿她,她只是开个玩笑。"

二皇子厌恶地瞧着苏莲蓉,正巧看到苏莲蓉一脸无所谓的表情瞧着他,好像巴不得自己一刀杀了她才畅快似的。这个令人厌恶的臭丫头,从来就没看她顺眼过,可是,为了自己所喜欢的女子,他不得不这样做。其实只要惜艾开心,怎样都好,心中想着,他更是厌恶面前的苏莲蓉,脱口说,"好啊,这样,大家都过得舒服。你还真当我想娶你不成!"

苏莲蓉点了点头,微笑着说:"知道,丛意儿知道二皇子你不是真的喜欢丛意儿,所以,请二皇子念在丛意儿愿意放弃这门亲事,并因此终让二皇子得到舒服的分上,让丛意儿死得轻松些如何?"

"意儿!"苏姑娘声音略带斥责,"休再耍性子,你要害了丛府上下人等吗?!"

苏莲蓉愣了一下,那些人与她无关,可是真要连累那些人,似乎不太妥当。

"是我不同意嫁,与那些人有什么关系,二皇子要娶我,又不是娶整个丛王府的人,我不嫁了,他不娶就是了,关丛王府那些又没说要嫁给他突然又不嫁的人什么事?"

苏姑娘愣愣地盯着苏莲蓉,无奈地说:"意儿,你真是被姑妈给宠坏了。这儿不是丛王府,是皇宫,你竟然仍是如此任性,如果不是二皇子念着姑父他老人家是朝中大臣,而且还碍着——只怕此时就可了结了你,治了丛王府的罪。"

苏莲蓉看着面前的苏姑娘,温婉的眉,清秀的目,红润的唇,如脂的肤。想起故事中似乎还有一世,可惜没看过后续的故事,但想来那个灵魂的模样应该是这个样子的吧?自己冒失而来,知道些故事,跑到故事情节中,难道就一定是那个注定的三生三世的灵魂吗?说不定自己是孟婉露或者杜若欣的来生来世?

这样一想,她就更是一心一意的想要离开。

二皇子一甩手,面带恼怒,瞪着苏莲蓉。苏莲蓉只觉得似乎有一股不知来自何方的强大气流猛的推了她一下,她身子往后一踉跄,后退了好几步,扑通一声,摔向后面的一个池塘中。这是一个荷花池,里面种了许多的荷花,此时正是荷花含苞之时,池中全是淤泥,苏莲蓉一头倒进泥水中,瞬间沾了一身一脸的泥。

"意儿——"

"小姐——"

苏莲蓉听到两声同时喊出的声音,只觉得一身寒意不禁,池塘中的水仍有几分春寒,瞬间湿透全身,只觉得浑身颤抖。

她突然想起叶凡,那个时候,叶凡也曾经被人戏弄坠入水中,但叶凡有她傲人的武艺,可以自保,可以反过来戏弄他人。而此时的自己,却只不过是个普通的人,没有叶凡的出色武艺,没有白敏的聪明机敏。她只是一个无辜的闯入者,她无法自救。

苏莲蓉眼睛一闭，如果可以这样离开，说不定就可以回到她自己的世界，不论她到底是谁，她现在只想回到她自己的世界里去，不想待在这儿，做一个被人讨厌的丛意儿。

有人跳入水池中，把她从水中拉了出来，一脸的焦急不安，是那个快人快语的小青。

苏莲蓉拂去自己脸上的池水，不用想，也晓得自己的样子十二分的狼狈，这是什么跟什么嘛，又不是她想跑来这儿的，也不是她乐意做这个人人讨厌的丛意儿的，搞清楚好不好，是丛意儿喜欢这个二皇子，又不是她苏莲蓉喜欢，真是的，以为自己是个二皇子，一个未来的皇上人选，就可以这样对待她吗？以为自己有武功就了不起吗？实在是可恶得很。

"你是故意的是不是？"苏莲蓉瞪着面前的二皇子，他确实是个相当帅气的人，长着一张让人陶醉的脸，但是，就凭这个，就可以这样欺负她？不论她现在是丛意儿还是苏莲蓉，他，都没有这个权力，不就是丛意儿喜欢他吗，难道他不喜欢她，就要这样对她吗？"你讨厌我，可以直接说，用不着这样来嘲弄我，你是二皇子，未来的皇上人选，却对一个喜欢你的女子如此言行，实在是——让我觉得相当的可恶！"

"丛意儿！"二皇子紧皱起眉头，冷漠地说，"娅惠说得不错，你真是让你母亲给惯坏了，到了皇宫也如此的目中无人，就算你姑姑是当今的皇后，也由不得你如此不知天高地厚！"

姑姑？皇后？原来丛意儿的姑姑是当今的皇后，难怪，二皇子不愿意娶丛意儿也不得不娶。

看来这个丛意儿倒真是个千金小姐。父亲是皇上最看重的大臣，姑姑是当今的皇后娘娘，还有个当了王妃的大表姐，被未来皇上人选所喜爱的苏表姐，呵呵，真是不错，这样想，自己真有可能就是孟婉露或杜若欣的来生来世。

"小姐。"小青轻声地说，"这儿不是丛王府，小姐您不要太任性，二皇子的脾气您不是不知道，何必与他作对，他是您以后的夫君，不要让表小姐看笑话，若是传到苏王府，难免惹人笑话。"

苏莲蓉看了一眼小青，这个朝代的人是不是都早熟，想事情想得如此通透？小青寥寥数语苏莲蓉已经听明白许多事情。那就是丛王府和苏府虽有亲戚关系，却有着明争暗斗，纵然苏娅惠如此温柔甜美的女子也不好让她看到自己出糗的模样。

想了想，苏莲蓉轻叹了口气，他们讨厌的是丛意儿，关她苏莲蓉什么事，她只是想要离开，想要回到她自己的世界，做原本幸福平静的她自己。

"算啦，我也理论不清，你是当朝的二皇子，有一天也许会成为大兴王朝的皇上，得罪了你，我也难得安静，只是，你如果真的很讨厌丛意儿，可以不必娶。"苏莲蓉看着二皇子，说，"何必为难你自己，选择一个你自己并不喜欢的人守着过一辈子，贵为当朝二皇子，不会连这点儿小事情你自己也做不了主吧。"

二皇子面沉如水，冷冷地看着一身泥水的苏莲蓉，她眼睛睁得大大的看着他，全无惧意，只有一脸的怜悯。她，竟然怜悯他！简直是无法忍受的可恶！

"意儿。"苏娅惠轻轻喊了一声，虽然对丛意儿的任性已经习惯，但今日听她说出这些话，仍然是非常的意外和害怕，纵然她的身份非常特殊，二皇子与她的婚事也是皇上所恩准的，但，她这样说话，难免不会惹来杀身之祸。

"我不去见姑姑了，弄成这个模样，少不了要被姑姑唠叨，我还是乖乖回家换身衣服，听家人说我几句还好些。"苏莲蓉觉得湿湿的衣服贴在身上极是难受，而且还有股不太好闻的泥腥味，她猜测苏娅惠约她一同到宫中来，应该是来看姑姑的，否则，就算她是丛王府的丛意儿，也不可能有权利随意出入皇宫。

"意儿，我和你一起回去。"苏娅惠轻声说，声音里透出一份大家闺秀的教养和沉静，她轻轻看了二皇子一眼，转身和苏莲蓉上了各自的轿，放下了轿帘。

二皇子站在原地，静静地看着轿子远去。

回到丛王府，躺进温热的水中，苏莲蓉惬意地吁了口气，古代的人真是会享受，大大的木盆，水热热的，躺在里面，舒服得很，上面还放了些香香的玫瑰花瓣，只是奇怪，这个时候有玫瑰花吗？

而且，丛意儿的头发竟然是过腰的长，乌黑亮泽，好像电视上广告上所看到的头发一样，相当的飘逸，直直的长发，估计到了现代，这种头发是很难看到的。只是红红的指甲有些俗恶之意，太过红艳，和丛意儿尚且少女的身份不符，而且太长了，瞧着真是不舒服。

"小青。"苏莲蓉微笑着，伸着自己的手，乐呵呵地说，"怎么弄得这么红呀？"

小青叹了口气，说："小姐呀，您真是——奴婢都不知说什么才好了，您今天可是惹了大祸了，如果，老爷和夫人知道了，少不了要骂您的，好不容易替您订了这门婚事，二皇子本就是不太情愿，您却偏偏嚷着不想嫁了，而且还是当着表小姐的面，您呀！真是找死呀！"

苏莲蓉一乐，说："小青呀，我还真是急着找死。对啦，你还没有告诉我怎么可以弄得如此红呢？"

小青叹着气说："这是小姐您自己最喜欢的颜色呀，您昨天特意嘱咐过奴婢为您准备的，这个时候，您怎么还有闲心问这个呢？"

苏莲蓉心想丛意儿怎么会喜欢这么俗艳的颜色，也不是不漂亮，只是看着有些怪异，好像红得太厉害了，有点瘆人。

"丛意儿！"外面有人用很大的声音恼怒的喊了一嗓子。

小青一哆嗦，面上有些惧意，看着苏莲蓉，声音颤颤地说："小姐，是、是大少爷来了。"

大少爷？丛意儿的大哥？小青为什么这么怕他？

"我——在——洗——澡——！"苏莲蓉也大声地喊，心想，就算你是丛意儿的大哥，也不可能妹妹在洗澡，就闯进来。

小青愣愣地看着苏莲蓉，刚要说什么，大门哗的一声被撞了开来，一个高高的身影挡住了室外的阳光，带着一种说不出来的霸道之气，压得人喘不过气来。小青立刻下意识地冲到水盆前挡着，却被来人一巴掌推到一边，摔倒在地上。

"丛意儿！——"来人恶狠狠地喊。

小青转头看向水盆中的苏莲蓉，苏莲蓉正一脸困惑地站在水盆中，不知何时，她竟然已将衣服穿在了身上，虽然穿得有些不太整齐，但足以保持她的尊严。可是看她的表情，却好像连她自己也不知道事情是怎么发生的似的，正愣愣地看着冲进来的身材高大的男子。

苏莲蓉想要从盆里出来，一抬脚，却又一下子栽了进去，呛得咳嗽了好几声，脑子里一直在想：刚才是怎么回事？自己是怎么把衣服穿上身的？好像武侠电影里有这样的镜头，刷的一下子就把衣服套在了身上，问题是，自己根本不会穿古代的衣服，而在来人把门撞开的瞬间，她就站了起来穿上了衣服，一切都很突然！

"小青！咳——咳——扶——咳——我起来！"苏莲蓉心中想，反正自己是想要求死，死在谁手里都一样，二皇子也罢，丛大少爷也成，只要能死就好，管他是谁杀死自己，"丛大少爷，我刁蛮任性也就罢啦，你是丛家的大少爷，也跟着凑什么热闹！不就是我惹恼了二皇子，耽误了你的美好前程吗？真是的，有没有男女有别的概念呀！"

小青立刻爬起来，伸手把苏莲蓉从水盆中扶了出来，苏莲蓉浑身湿漉漉的极是难受，衣服大概是丝绸的吧，被风一吹，凉丝丝的紧贴在身上。苏莲蓉打了个喷嚏，一脸的恼怒，满心的恨意，搞什么搞，穿越到这儿来，本就不是她的本意，偏偏落到一个人人讨厌的丛意儿身上，连个哥哥也敢这样欺负她，真是的，不过也好，这样寻死更容易些。

"丛意儿！"来人一巴掌打了过来，苏莲蓉一个不提防，一下子摔倒在地上，觉得嘴角有些甜腥之意，左脸颊热辣辣的很痛，如同火在烧，耳听得那人恼怒的嚷，"你真是活腻味了，竟然敢招惹二皇子，为了你的婚事，父亲费了多少心思，你竟然敢对二皇子讲，你不想嫁了，真是该死！"

"你敢打我！"苏莲蓉一咬牙，心中说，豁出去了，反正就是要寻死，死得越快越好，越利索越好，她可是一分钟也不想再在这儿待下去，她一定要回到现代，回到浩民身边，做他的新娘，过她安静平稳的日子，她不想穿越，不论她是哪个灵魂的再生再世，她都不想，穿越的故事可以看，穿越的事情可以想，但，真的要做，她没有勇气，也不想尝试，她只是一个平凡到家的女子，她不想不平凡，"你竟然敢打我的脸，那二皇子，对于丛意儿，娶也得娶，不娶也得娶，我使使性子又如何?! 你不替妹妹担心后半生可否幸福，竟然只关心会不会耽误你的前程美景，你、你真枉是丛王府的大少爷，真是蠢笨之辈！你打伤了我的脸，若是二皇子知道了，倒要如何交代?!"

高个子年轻人一愣，看着苏莲蓉，衣服湿湿的贴在身上很狼狈，却一脸的恼怒，一脸的视死如归，好像什么也不怕，真以为自己要成为二皇子妃了，胆子也见长了，真是可恶！"我打了你又如何？你还以为你是个多么美丽的女子吗？你不过就是凭了你丛王府二小姐的身份，否则，你想嫁二皇子，就是痴人说梦。"

"我漂亮不漂亮，与你有什么关系，我是你的妹妹，不是你的妻子，你瞎操什么心！"苏莲蓉瞪着面前的年轻男子，浓眉大眼，看着一脸的正气，却说着这般刻薄的话，她越想越生气，抬手就是一巴掌扇了过去，高个子年轻人一时不曾提防，生生地挨了一巴掌，苏莲蓉用的劲很大，饶是对方有武艺在身，而且是个男子，也下意识地捂住了脸，气得眼睛冒火，死死地盯着苏莲蓉，苏莲蓉也毫无惧意地盯着他，甚至有些挑衅的味道。

"死丫头，你敢打我！"高个子年轻人气得整个身体都有些哆嗦。

"你能打我，为什么我打不得你？难道你是人，我就不是人不成？你问的问题还真是奇怪！有本事你就杀了我！"苏莲蓉一仰头，面上带着几分不屑的微笑看着面前的年轻人。话虽然这样说，但心中却哆嗦了一下，说不害怕，那是假的，只是，她一心求死，只想迅速离开这儿，就顾不得害怕了。

高个子年轻人差点一口气没喘上来，愣愣地看着苏莲蓉，恨恨地说："好，你等着，我让父亲大人好好的收拾你！"

"他敢收拾我，我就死给他看。"苏莲蓉毫不退让地说，"好歹我还是皇上亲准的二皇子的未婚妻，我闹闹脾气，如今也由不得丛王府的人教训，若论起道理来，父亲大人日后见了我也要行礼的，你问他此时可敢找我的不是?!"

"你——"高个子年轻人真想一拳打在苏莲蓉的脸上，这个要命的妹妹，原来不是最怕他的吗，一见到他，就好像老鼠见到猫，怎么此时胆子长了这么多，她还真以为嫁了二皇子就可以麻雀变凤凰不成？难道她是真的不知道二皇子娶她，仅仅只是皇命难违，只是为了借助于丛王府的力量而登上皇位?!

"克辉！"有温柔但不容置疑的声音从门外传了进来，"休得胡闹，意儿，又耍小孩子脾气。"

门外有个女子走了进来,是个美丽的少妇,有一双温柔的眼睛,透着冷静而平和的力量,看着狼狈的苏莲蓉和恼怒的丛克辉,慢慢地说:"兄妹二人闹成此等模样,若是传到外面去,不让人笑话死。克辉,你也太不知礼数,你妹妹还未出阁,而且是个女子,你怎么可以随意冲进来?如果不是为娘赶来,真是让奴才们看笑话了。小青,你知道你家小姐的脾气,怎么不拦着些?快带你家小姐进去换身衣服,这湿湿的衣服贴在身上,怎么可以,闹出病了,如何向宫里交代?"

小青立刻扶住苏莲蓉,低声说:"夫人,是奴婢的错,是奴婢没有尽到力,小姐她,她只是——奴婢这就带小姐进去。"

苏莲蓉想,这就是丛意儿的母亲?果然生得美丽,难怪千金小姐都是美丽的,看来古代的男子只要有权有势,也是会选择漂亮些的女子娶的,丛意儿有这样漂亮的母亲,应该也不太丑。那个丛克辉,应该是叫这个名字吧,生得浓眉大眼的,看来好像不太像这位女子,应该是更像丛王爷些吧。如果这样论起来,丛意儿应该是个漂亮的女子,不论是生得随母亲还是随父亲,都应该是个可人的女子。

随着小青进了内室,听着小青嘟囔着替她拭净身上和头发上的水,苏莲蓉完全没有任何反应,人有些呆呆的。

"小姐,您、您真是惹了大祸了。"小青轻声嘟囔,"夫人此时护着您,可老爷知道了——您,您怎么——"

"我怎么了?"苏莲蓉看着小青,古代的衣饰真是漂亮,和她在电视上看到的有些相同又有些不同,她喜欢古代的衣服,看起来飘逸妩媚,只是,这个丛意儿,为什么会用这么多的金银首饰?"小青,我现在头疼,整个脑袋都是大的,你让我脑袋歇歇吧,不要弄这么些个金的银的挂我头上,还有,我是个人,你弄这么多的东西挂我身上干什么?走路时候碰得叮当响,很烦人的,你让我安静安静吧。"

小青愣愣地看着苏莲蓉,傻乎乎地说:"可是,小姐,您以前最喜欢这样的,您,您怎么突然间不——"

苏莲蓉面上带着笑,心想我当然不喜欢了,因为我不是丛意儿,但口中却说:"我呀,以前是怕人家笑话我丑,就弄了很多东西放在身上,人家就只注意我身上叮叮当当的东西,顾不得注意我了,这叫转移注意力。现在,我就要是二皇子妃了,没人敢说我丑了,所以,就不用在身上挂这么多叮叮当当的东西了。"

小青半信半疑地看着苏莲蓉,有些不太相信的说:"小姐,您真的以为嫁给二皇子以后,就没有人敢欺负您了?"

"我现在是丛王府的筹码。"苏莲蓉突然想起叶凡,那个女子,曾经怎样的辛苦,或许如丛意儿般傻,她就不会觉得痛苦了,只是,这个丛意儿,何尝不是一厢情愿地爱着二皇子,难道注定的生生世世都要让女子这般痛苦吗?如果自己真的是这灵魂的再世,是否也会入住冷宫? 不,她一定不要留在这儿,她一定要回去,因为,她不愿意这样去爱一个人,爱得如此辛苦,"他们就算想要招惹我,也得仔细考虑一下,信不信,那个丛大少爷等会儿得向我道歉。"

小青睁大眼睛,但是满脸都是不相信,轻声说:"小姐真是会开玩笑,小姐以前见了大少爷,话都不敢大声说,他会给您来道歉? 小姐,这种玩笑可是开不得,让大少爷听到了,一定没有好果子吃,您还是安生些吧,能够在丛王府里待下来,已经是老爷和夫人厚待您了,难道您还想翻身不成?"

苏莲蓉心中有些犹豫,这个丛意儿,好像并不是个受宠的人,为何,丛王府会选择她嫁给二皇子?

"您让我去给那个野丫头道歉?!"外面传来丛克辉的声音,声音里充满了愤怒,甚至不压低自己的声音,"那个丫头也配我道歉?! 一个不知哪里来的野种,竟然让我堂堂的丛家大少爷给她道歉?! 母亲,您是不是真的以为她成了二皇子妃就可以麻雀变凤凰了,如果不是小妹染了重疾,哪里用得着这个野丫头?"

"克辉,不许无理。"是刚刚那个女子的声音,声音不高,但威严在耳,"她毕竟是丛家的血脉,虽然不是你的亲妹妹,但,她是你的堂妹,当年你叔叔将她托付给你父亲,为娘就已经视她如己出,你不可以如此欺负她。"

"就是母亲将她宠惯得太厉害,让她如此狂妄自大,目中无人。"丛克辉恨恨地说,"母亲,孩儿真是不明白,您当时是最不喜欢叔叔和婶婶的,怎么会如此疼溺他们的孩子?"

那女子没有吭声。

苏莲蓉一愣,突然有了一个奇怪的感觉,这个丛意儿,真是可怜,她一定不是存心成为目前大家都讨厌的人的,她,根本就是因为丛夫人的缘故,丛夫人若是真如丛克辉所言,'您当时是最不喜欢叔叔和婶婶的,怎么会如此疼溺他们的孩子?'那么,就一定是因为,她不喜欢他们所以才特意让他们的孩子变成这个样子!

她突然特别地同情这个丛意儿。

"为娘的话,你听还是不听?"那女子的声音静静地响起,"你小妹身体不适,虽然你姑姑是希望能够让惜艾嫁给二皇子,但是,如今惜艾的身体不适,得养个一年半载才成,所以,让意儿嫁给二皇子,也算是于己于人都有利的事。"

丛克辉没有吭声,过了一会儿,从外面走了进来,努力压着恼怒的声音,恨恨地说:"丛意儿,大哥给你道歉,刚刚是大哥鲁莽了,冲撞了你,你不要介意。"

小青低下头,心吓得扑通乱跳,这个丛克辉最是霸道,也最是严厉,如果有什么事情发生,他责罚起人来,绝对是毫不留情的。

苏莲蓉心想:还真让我蒙对了,原来这丛王府真不是一个省事的地方。这个丛意儿虽然不是这儿的丛王爷和丛夫人的亲生骨肉，但毕竟是丛王爷亲弟弟的女儿，也许是唯一的遗腹子，也不算是外人，如果丛夫人如此惯溺于她，并且让她如此不招人待见，只怕是这个丛夫人与丛意儿的父母有着一些恩怨。

"我如何介意得了。"苏莲蓉懒懒的声音中透着一份警告，"自小就是如此，丛意儿已经习惯大哥的脾气，只是，如今，丛意儿毕竟是二皇子的人，纵然没有入门，但，若是被人欺负了，传到宫中，就算二皇子再怎么不待见丛意儿，只怕也不愿意让别人来教训丛意儿吧。丛意儿拒婚是使小性子，你未经允许私自闯入闺阁，出手打伤了我，你说，换了你是二皇子，当会如何？"

丛克辉一愣，抬头看着苏莲蓉，努力压着怒火，问："那你还要如何？"

苏莲蓉微微一笑，一字一句地慢慢说道："从此时起，丛意儿希望大哥可以礼貌些，周全些，免得落了话柄在人家口中，生出是非来，你也说了，能够让意儿嫁给二皇子，父亲大人用了很多的心思，你不想让父亲大人的心思付诸东流吧，所以，不要再招惹我！"

"丛意儿！——"丛克辉差点气晕过去。

"不要这么大的声音。"苏莲蓉心想，我就是要气疯你，否则我要怎么让人杀死呀，"丛意儿我小小年纪耳聪目明，你小一些声音我听得更清楚。"

丛克辉瞪着苏莲蓉半天没有说出话来。

"好啦。"丛夫人从外面走了起来，微笑着说，"你们兄妹二人不要见面就吵，你们呀，从小吵到大，你们不烦，为娘都听得烦了。"

丛克辉瞪了苏莲蓉一眼，转身出去。

苏莲蓉叹了口气，真是的，找个人杀死自己竟然如此困难。

"意儿，"丛夫人温柔地说，"听娅惠说，你和二皇子发生了争执，你说你不想嫁给二皇子了，娅惠很担心，怕你惹出事来，特意告诉为娘我一声，让为娘劝劝你，不要再耍小孩子脾气，二皇子与丛王府虽然关系密切，但是，他毕竟是当朝的二皇子，是皇上最疼爱的儿子，在他面前，还是多少要收敛些，免得惹出事来，不仅你自己有麻烦，也会给丛王府带来些不必要的麻烦。"

苏莲蓉点了点头，说："我记得了，下次说话客气些就是了，其实，我倒觉得意儿对二皇子是单相思，二皇子对娅惠表姐好像更爱慕些，我看二皇子和娅惠表姐说话的时候，语气温柔，对意儿说起话来却是凶巴巴的，不如，意儿不嫁了如何？"

丛夫人一愣，立刻说："意儿，这话可乱说不得，你的娅惠表姐也算是我们丛王府的人了，大概是因为娅惠一直是个温柔和顺的女子，所以二皇子一直待她如同亲妹妹般，你不是一直最喜欢二皇子的吗？不要理会别的，能够嫁给你喜欢的人，不就是一件值得开心的事吗？为娘希望你能够凡事遂心遂愿，难道你不是最喜欢二皇子最想嫁给他的吗？"

"好吧。"苏莲蓉无可奈何地说,"母亲说得是,是意儿不知天高地厚,还想着能够两情相悦,既然不能如此,能够嫁个自己喜欢的人也是件值得庆贺的事,意儿记得以后见了二皇子听话些就是了。"

　　丛夫人微微一笑,说:"意儿最乖了,好啦,收拾好了就随为娘一起入宫,今日是你的不是,你得去给二皇子道个歉才妥当,而且,你姑姑也想见见你,你呀,总不能娇纵到让当今的皇后娘娘在宫里等着你吧?"

　　苏莲蓉心中叹息了一声,不是在古代寻死很容易的吗?电视上,只要是稍有个不小心就会惹来杀身之祸,怎么现在自己想要找个人杀死自己,竟然困难成这个样子!不知道这次去宫里有没有机会把自己的性命送掉?"好吧,那意儿就再去趟皇宫。"

　　"小青,给你们小姐打扮好。"丛夫人温柔地说,"好啦,意儿,好好地收拾一下,为娘在外面等你。"

　　苏莲蓉点了点头,看着丛夫人离开。

第二章　相遇望天　嬉笑怒骂心乍动

　　小青看着苏莲蓉,轻声说:"小姐,听小青一声劝,这儿,毕竟不是您自己的家,虽然老爷和夫人认了您为女儿,可——小青也不好说什么,但是,不论老爷和夫人是如何想的,能够让您嫁给您一直想嫁的二皇子,就算日后有什么变故,您也是二皇子的结发妻子,身份和地位是不会变的,您还是好好地收敛一下自己的脾气,让事情顺利地进展吧。"

　　苏莲蓉突然有些喜欢这个丛意儿,她,也许是个人人讨厌的家伙,可,她却是个可怜的女孩子,父母早亡,寄人篱下,看着风光,身为丛王府的千金小姐,实则处处受人欺负,就算看似疼爱的温情中也掺杂了许多的私人目的。

　　走出闺房,苏莲蓉微眯上眼睛,躲避开耀眼的阳光,空气中有着花的淡淡香气,空气是清冽的,新鲜的,呼吸着,觉得那般的沁人心肺,让她觉得那样的舒服,古代真是有古代的好处。其实,能够生活在古代,也不算什么坏事,如果,她如白敏一样,在现代没有所牵挂的人,如叶凡一样,只想逃离现代,她,一定也会希望可以留在古代,但在现代,她是一个待嫁的新娘,有个可以相伴终生的人,她不留恋这儿可能的感天动地的故事,她只希望可以回去过她平凡幸福的生活,她不想再接受除了浩民以外的任何男子。

　　"小姐。"小青轻轻喊了一声,有些犹豫地说,"小姐,小青想告诉小姐,有些事情,小姐不要太计较,能够让您活得更好才是最重要的,就算,就算——"小青似乎有些为难,停顿了半天,仍然是没有说出下面的话。

　　苏莲蓉看着小青,眼神里有些感激,这个小姑娘,也许目睹了许多事情,所以会说出如此的话来,其实,对于她来说,并不在意丛意儿的事情,只是,突然有些同情可怜无辜的丛意儿,忍不住想要替她出口气,所以,才会答应再进次宫,就算她的离开是私心的,她也要在离开前,让丛意儿活得有尊严些。

　　"我知道,谢谢你,小青。"苏莲蓉看着室外绿树红花,心中倒有些留恋这儿的风景,在现代根本感受不到如此蓝的天,如此清的风,如此温软的味道。

　　"准备得如何啦?"丛夫人温柔的声音再次传来,她看着苏莲蓉从房间里走出来,有些诧异,丛意儿第一次没有打扮得花枝招展,没有满头的金凤银钗,没有满身的叮当佩饰,甚至没有浓妆艳抹,竟然让她有些不太习惯,就如同看到一个陌生的人一般。"意儿,你,你怎么没收拾就出来了,小青,你怎么可以让你家小姐如此模样出去,不怕宫里人笑话丛王府寒酸吗?"

小青看了看苏莲蓉,有些犹豫,轻声说:"夫人,小青这就陪小姐回去收拾好了再出来。"

"不必了。"苏莲蓉一摆手,说,"是我自己高兴这样的,反正他们也不喜欢我,打扮得如何用心,也不过是更让人厌恶,不如这样落个舒服清静。小青她只是个奴婢,我说如何她就得如何,以后有事直接和我说就成了,不必再责备她。"

丛夫人静静地看着丛意儿,眉间掩饰过几分讶然,打扮得这般清汤寡水的丛意儿,眉宇间有着那个女人的痕迹,甚至那隐约的忧郁都那么的相似。

突然想起,那个女人临死前的模样,中了剑,受了重伤,却仍能微笑着合上双眼,干干净净地离开,头发依然黑得发亮,皮肤依然洁净如玉,甚至眉目依然如生。那个时候,丛意儿还只是襁褓中的婴儿,抱在她父亲怀中,睁着眼睛好奇地看着所有人,那双眼睛几乎就是那个女人的再版。

苏莲蓉看到丛夫人盯着她发呆,眼睛中藏不住内心当中的起伏,没有说话,她对于丛意儿与丛夫人之间的恩怨不感兴趣,也无法感同身受,想到要再见到那个骄傲的二皇子,她还真有些不太情愿。

"既然如此,就随你吧。"丛夫人用依然温柔的声音温和地说,"反正我们意儿不论如何收拾,都是最好看最漂亮的。只是,今日见了二皇子,不要再使性子啦,难得你可以嫁给你一直想要嫁的男子,忍忍也是值得的。不要辜负了你父亲的一番苦心。"

"嗯。"苏莲蓉点了点头。

司马溶的情绪非常糟糕,刚刚那个丛意儿,简直是让他厌烦到了极点,他真是不明白,自己怎么要选这么一个一无是处的女子做他司马溶的妻子?!简直是想不开!其实不选她,选别的人也是可以的,但是,为了惜艾,这是最佳的选择!

"主子,那个丛意儿,似乎是胆子更大了,竟然敢和您顶嘴了,如果她真成了二皇子妃,还不得蹬鼻子上脸吗?"旁边的侍卫李山轻声说,"且不说和丛姑娘相比,就算是和苏姑娘比起来,也简直一个天上一个地下。"

司马溶微皱眉头,李山的话说得不错,他认识丛意儿不是一天两天了,她的任性娇纵也见得惯了,但是从来没见过丛意儿如此大胆过,她竟然敢与他直视,敢毫无惧意地盯着他,甚至,还怜悯他。

一想到她当时的神情,司马溶心中就窝火,她凭什么怜悯他,难道她不知道,她自己根本就是一个不被他喜欢的人吗?他只是不得已才娶她的吗?她应该谨小慎微地对他,应该时时小心免得惹来杀身之祸,她应该时时讨好他顺从他!她竟然敢那般冲撞他,竟然能够在掉入泥塘中仍然能够维持自尊!简直是太可恶了!

这简直就不是他平常所认识的丛意儿!

"不过,倒是第一次听到丛意儿自己说,她不想嫁给主子啦。"站在李山旁边的另外一位侍卫刘河轻声说,"这可不是丛意儿一贯的口气,原来她可是对主子死缠烂打的,恨不得独占了主子一人才好,今日竟然说她不想嫁了,不晓得丛王府又搞什么名堂,主子倒要小心些才好。虽然您和丛意儿的婚事只是皇上嘴上答应,但皇上是金口玉言,说出的话就如同圣旨,您也是违拗不得的。"

司马溶眼睛望着前面,眼前是丛意儿倔强的眼神,那般无惧,那般怜悯地看着他,他从没有注意过,原来丛意儿的眼睛也会如此清亮,一直以来他对她,都是厌恶到家的,从不愿意承认她有哪儿是好的,今日倒有些意外那个俗艳的女子竟然还有如此清亮的眼神。

"主子,要不,奴才派人惩罚一下丛意儿?"李山轻声说,"听说轩王爷回来了,不如,主子去请轩王爷帮忙,把丛意儿弄到醉花楼去受上两天的苦,杀杀她的性子,如何?"

司马溶看着李山,醉花楼?虽说是个青楼之处,但是,有皇叔在那儿,应该不会有什么问题。虽然自己不喜欢丛意儿,但他也不可能让别的男人染指丛意儿,若是皇叔肯帮忙,让丛意儿到那种地方做做苦力,说不定真可以让她收敛些。

"好的,这倒是个可以考虑的主意,既然皇叔回来了,我就去求他帮这个忙。"司马溶微微一笑,轻声说。

柳丝轻垂,春风暖心,小桥流水,茶香飘逸,亭台楼阁处隐约琴声入耳醉人心,依稀可见美人如玉,唇畔笑意妩媚。

"皇叔好兴致,"司马溶笑着说,"侄儿真是羡慕得很。"

弹琴的女子粉红的衣袖随风轻飘,露出皓腕上翠绿的镯,映着春日灿烂的阳光,纤指在琴弦上轻抚,悠扬的琴声令人如痴如醉。

一声轻笑,朗朗入耳,桌旁一位素服男子举了举手中的酒杯,笑着说:"司马溶,这醉花楼的酒酿得极好,不妨坐下来喝上一杯。"

司马溶笑着说:"侄儿哪敢和皇叔比,侄儿对皇叔真是羡慕加嫉妒。皇叔,若是可以帮侄儿解决一个难题,侄儿就可安心愉快地坐下来陪皇叔好好喝上一杯这醉花楼扬名天下的美酒。"

司马逸轩轻轻一笑,说:"什么事让你如此头疼,说来听听。"

"还不是那个要命的丛意儿。"司马溶在素服男子对面坐下,一脸的沮丧,恨恨地说,"真是不知父王到底是怎么想的,竟然一定要我娶了丛王府的丛意儿为妻,那个傻丫头,除了让人讨厌外,真的是找不出一点让人可以接受的地方。今日去到宫里,遇到了我,竟然还耍起脾气来,嚷着不想嫁我了,而且,最最可恶的是,她竟然会用怜悯的眼神看着我,真真是可恶,这样女子如何可以成为我的皇子妃?! 真要好好杀杀她的性子,所以,侄儿想请皇叔帮个小忙,让醉花楼的蝶润姑娘好好帮侄儿管教管教丛意儿。"

弹琴的女子扑哧一笑,停下手中的弹奏,调侃地说:"二皇子,您可真是会开玩笑,竟然让未来的二皇子妃到这等烟花之地青楼之处收敛性子?"

"我不是在开玩笑,我是说真的。"司马溶认真地说,"而且我只是说让她来此处杀杀性子,可没说让她在此处伺候男人,父皇有言在先,她一定要成为我的皇子妃。而且,就算是我极不喜欢她,巴不得她立刻在我生命中消失,我也不可能让别人染指于她,自然只是让她在此做些苦力,看看她不倚仗丛王府的时候要如何生存下去,如果知道没有了丛王府做靠山,她连活下去的可能都没有,自然会收敛些脾气,再嫁到了宫里,也不至于成为他人口中的笑柄。"

弹琴的女子笑了笑,说:"可怜的丛意儿,如果真到了醉花楼,做些奴婢们做的事情,只怕是让她求生不得求死不能,二皇子,您可真是会折磨人。"

司马溶笑着说:"所以,我才会求皇叔帮忙,有他在此,丛意儿只是吃些苦,不会损失什么。而且有蝶润姑娘在,定不会出事。"

素服男子只是微笑着喝酒,并不说话。他靠坐在软椅上,有些懒散,有些闲适,似乎全天下的事情皆与他无关,只有这手中的酒能够让他在意。他的眉梢微微锁着几分看不出的心事,仿佛对什么都漫不经心却又深谙其道。

"主子,那轿子好像是丛王府的。"李山眼尖,远远地看见有轿子向这边走来,绕过这边,才能到通往皇宫的正路,"看那后面的轿子应该就是丛意儿的,今早她就是坐的这顶,前面的好像是丛夫人的,她们是不是又是去皇宫的?"

这醉花楼的望天阁是京城中最高之处,除了皇宫,这儿的楼阁建得最高,可远观四周景色,自然看得见楼阁前那条宽敞大道上的种种,而且,丛王府的地位也使他们的轿子与别家不同,更显奢华,更引人注目些。

"皇叔,"司马溶眉头一皱,轻声说,"侄儿真要皇叔帮侄儿这个忙,若是她们去了宫里,到了皇后那儿,只怕又生出事来,您也晓得,我父皇最是疼爱如今这位皇后,丛意儿是皇后的侄女,哭哭闹闹的,侄儿定是不得安宁——"

"本王最不喜欢弄权朝廷的人,借此戏弄一下丛王府的人也是有趣,好吧,就让丛意儿到醉花楼小住几日。"司马逸轩微笑着说,抬了抬手中的酒杯,对弹琴的女子说,"蝶润,去请丛意儿来,也可以让杏丫头歇上几日。"

弹琴的女子轻轻一笑,娇嗔地说:"你们叔侄二人真是会为难人,这光天化日的,蝶润倒要如何请她来?"

"我知蝶润姑娘轻功无人可比,就算是光天化日,又怎么能够难得住蝶润姑娘?"司马溶微微一笑,说,"对蝶润姑娘来说,绝对是小菜一碟。"

蝶润轻轻一笑,说:"好吧,看在轩王爷的分上,就帮一次。"

"谢谢蝶润姑娘。"司马溶微微一笑说。

身影一闪,蝶润已经不在司马溶视线中,司马溶轻轻一笑,说:"皇叔,您真是幸运,能得此红颜知己相伴,比起勋皇叔可是要幸福多了,虽然勋皇叔有娇妻美妾相伴,哪里比得上您自由自在。"

司马逸轩淡淡一笑,未置可否。

不过一杯酒的工夫,蝶润就已经微笑着回到司马逸轩的身旁,衣衫未乱,面容未倦,柔和的声音中透着几分撒娇的味道,轻声说:"光天化日之下劫了丛王府的二小姐,这可是要杀头的罪名,轩王爷,您可要替蝶润担着。"

司马逸轩轻轻一笑,手中酒杯一抬,蝶润就着他手中的酒杯喝下杯中酒,娇娇一笑,身子轻轻歪进司马逸轩的怀中,眼神妩媚。

司马溶见状,知趣一笑,说:"既然皇叔已经帮了侄儿,侄儿就不打扰皇叔了,美人如玉,美酒醉人,侄儿祝皇叔日日如此。"

司马逸轩淡淡一笑,揽着怀中的蝶润,完全不理会站在那儿的其他人。

司马溶知晓司马逸轩的脾气,生性不按常理出牌,所以,立刻带着李山、刘河二人离开了醉花楼。

"主子,那个蝶润的轻功真是好,奴才们只怕是脱了鞋也追不上,她竟然可以在光天化日下带走丛意儿,只怕是现在丛夫人也不晓得丛意儿已经不在轿上了,奴才们虽然是仔细瞧着的,竟然也没看出来蝶润姑娘是如何带走丛意儿的。"李山一脸佩服的表情,说,"不过是一介青楼弱质女子,竟然会有如此好的轻功,既然有如此好的轻功,为何要存身青楼?"

"她的轻功不算好,在你们眼中是好,可与皇叔比起来,就是小巫见大巫了,她是皇叔教出来的,得了皇叔武艺的一招半式,你们见了就觉得不可思议了。"司马溶冷冷地说,"大兴王朝,哪个人可以胜得过皇叔的武艺,若不是皇叔痴迷于武艺,说不定,现在大兴王朝的皇帝位置还轮不到我父皇!"

李山和刘河对望一眼,没有再说话。

司马溶回头望着醉花楼,突然间有些莫名的担心。历来娇纵任性惯了的丛意儿,能否在这样一个鱼龙混杂的环境里生存下去?纵然有皇叔在里面,可以避免丛意儿被他人所染指,但,做惯了王府小姐的丛意儿,是否能够做得了奴才们才做的事情?想到那清亮的眼神,司马溶突然有些怀疑自己是不是有些过分。不知道为什么,这一刻,那清亮无比,完全没有惧意的眼神总是在他眼前闪来闪去,怎么也驱散不开。

"主子,"李山看到司马溶出神地看着醉花楼,小心地说,"估计此时丛意儿已经待在里面了,您何必再为这样一个女孩生气,只怕此时她早已经后悔她自己的行为了!"

司马溶看了看李山,愣了愣,说:"她毕竟是丛王府的千金,不论是何等人品,名字岂是你们做奴才的可以直呼,下次记得不要连名带姓地称呼,免得被人说我手下的人没个规矩。"

李山立刻点头,脸上有些诚惶诚恐。

司马溶再回头看了看醉花楼,冷冷地笑了笑,不过是一个蠢笨的丫头,他何必挂念,况且,如果说他司马溶娶丛意儿有一定的目的,难道丛意儿就是无辜的吗?丛王府何尝不是在利用他!

而此时的苏莲蓉真是觉得自己倒霉得很,坐在轿里好好的,正想着见了所谓的姑姑要如何解释为什么要和二皇子发生冲突,突然间觉得好像被什么人点了一下,然后腾云驾雾般的掉进了一个黑黑的房间里,周围什么人也没有,就是一间黑黑的房间,床板也是硬硬的,透着一股子潮湿阴冷之气,任何人都没有发现她的消失,甚至包括抬轿的人,真是邪门了!

她只嗅到一股香气,脂粉的香气。

坐了许久都没有人出现,苏莲蓉开始的时候真是觉得害怕,吓得心扑通乱跳,但整个人又动弹不得,就算想要逃也逃不掉。后来突然想,她其实并不是丛意儿,现在她只是寄存在丛意儿的身上,不论出了什么事其实都与她苏莲蓉无关,都是丛意儿的,她有什么好怕的,最多是死,而对她来说,死却是最好的选择,可以让她回到现代,回到她所熟悉的环境里去,可以过她自己原本的生活。这样想着,她竟然糊里糊涂地睡着了。

"起来!起来,起来干活了,你当自己是什么人呀,竟然还能悠闲地睡觉,真是找死!"有个粗粗的声音在耳畔响了起来,透着股子让人生厌的蛮横。

苏莲蓉吓了一跳,立刻清醒过来,不知什么时候,房间里点起了蜡烛,火苗闪啊闪的,让整个房间变得有些恐怖。她刚刚进来的时候,这儿也是黑的,是因为门窗紧闭的缘故,这会子觉得房间黑,是因为确实是到了晚上,还能听得见外面有喧哗之声。

"这儿是哪里?"苏莲蓉轻声问,强自保持镇定。

"醉花楼。"粗壮的汉子粗声粗气地说,"你是新来的吧,蝶润姑娘说杏儿姑娘不舒服要歇息两天,正好你顶上,你真是够幸运的,来就可以伺候蝶润姑娘,不必干粗重的活,真不知你是哪辈子修来的福气。"

醉花楼?!堂堂一个大兴王朝,竟然从开始到现在都有醉花楼,呵呵,想来真是好玩。

"笑什么笑,快去干活。"来人恼怒地说,"蝶润姑娘还等着呢。"

苏莲蓉犹豫了一下,蝶润姑娘?蝶润姑娘是谁呀?是这儿的头牌吗?就像月娇一样?或者像后来的雅丽?她在哪儿呢?

"快点走!"来人不耐烦地说,"狗奴才,竟然敢拖延时间,找死是不是?!"说着,一巴掌打了过来。

古代的人是不是特别喜欢打人呀。苏莲蓉只觉得眼前金星乱冒,唇角流血,脑袋嗡嗡作响。这是她到了古代第二次挨打,一天内挨了两巴掌,真是够可以的。苏莲蓉心里这个火呀,心说古代的人真是野蛮,除了打人巴掌,就是莫名其妙的冲人发火,反正我也不是想活,找死又怎么着。

想着,顺手抄起桌上的烛台毫不犹豫地砸了过去,她用的劲还真是不小,一则是生气;二则是一股子火往外窜,完全没有顾及手的轻重,偏偏对方根本没有想到苏莲蓉瘦瘦弱弱的模样会还手,全不提防,被砸了个正着,额角流出血来。

苏莲蓉倒被自己吓了一跳,愣了愣,嘴中不肯服软地说:"你敢打我!还骂我奴才!你才是找死呢!你自个儿在这儿寻思吧,我要去伺候什么蝶润姑娘啦!"说完,快步跑出了房,赶在对方反应过来还手之前跑了出来。

外面亮如白昼,莺声燕语,甜腻的声音让人听得心里痒痒。这就是青楼,苏莲蓉有些好奇的四处观望,真是有趣,这原本只有电视上才可以看到的,这儿的姑娘还真是多,个个还真是漂亮,打扮得招人耳目,眉目间脉脉含情,难怪男人们都喜欢跑到这儿来。

"小妞,来,陪爷喝杯酒。"有个轻佻的声音吓了苏莲蓉一跳。

苏莲蓉回头看到一个脸上有些醉意的男子,正摇摇晃晃地向她走过来,她吓了一跳,立刻抓住一个刚好经过的女子,颤声问:"麻烦问一下,蝶润姑娘在哪儿?我是来伺候她的,她,她在哪儿?"

被她拦住的女子愣了一下,瞧了瞧她,笑了笑,说:"难怪曹公子看见我不理我,原来这儿还有一位如此眉清目秀的丫头,是蝶润姑娘新选的奴婢吗?她还真是有眼光,这位真是一个招人爱怜的丫头。好啦,不要怕了,曹公子,她可不是我们醉花楼的姑娘,她是蝶润姑娘新挑的丫头,你可别吓着她,从这儿往南走,穿过一个月亮门,到了最高的一处楼阁前你停下来,那儿就是蝶润姑娘的住所,她可是我们醉花楼的头牌,但也是轩王爷的女人,你小心些伺候,今晚,轩王爷就住在这儿。若是伺候得好了,说不定——"那女子突然捂住嘴笑了笑,其意颇深,但却没有说下去。

苏莲蓉愣了一下,轩王爷?轩王爷是什么人?

离开那名女子,苏莲蓉顺着那女子指出的方向,走到了最高的一处楼阁前,因为害怕,加上路不熟,苏莲蓉根本没看周围的景色,只顾着匆匆地赶到楼阁前,

第二章 相遇望天 嬉笑怒骂心乍动

21

隐约听到有好听的琴声传来。拾级而上,她听到自己脚步的回声响在耳畔。

琴声真是悦耳,苏莲蓉听着,觉得心情平静了许多,顺着声音的来源她走到了楼阁的最上层,这儿远离了前面的喧哗声,风也凉了许多,有茶香琴声,似乎不那么真实。

"什么人?"有个柔美的声音轻轻地问。

苏莲蓉顿了一下,原来声音也可以勾魂呀,如此柔美的声音听在耳中真是一种享受。

她想了一下,有些犹豫地说:"我也不知道我是什么人。早上还是丛意儿,此时,好像没什么姓名,刚刚有人说我是来伺候蝶润姑娘的,若是此时回答,应该是个奴婢吧?"

突然有人轻轻笑了一下,声音听来很有磁性,是个男子的笑声。

"你是丛意儿?"刚刚那个柔美声音的主人抬起头来,看着一脸茫然的苏莲蓉,声音听起来有些严厉,不再那般柔美,"真是会开玩笑,丛意儿是什么人?她是丛王府的二小姐,是丛王府的千金,是二皇子未来的皇子妃,岂是你可以假冒的!"

苏莲蓉叹了口气,正要解释,突然抬头看到了亭台外面的夜空,忍不住惊呼道:"好美的星星!"

在现代,天空中几乎看不到星星,就算可以看到,也是小到不真实,而且如蒙了灰尘般,不让人惊喜,此时突然看到古代夜晚的星星,她真是吓了一大跳,那么大,那么明亮,那么近,似乎伸手就可以触及,她真想伸手去碰触一下,看是不是可以摘下一颗星星来。

又有一声轻轻的笑声传来,苏莲蓉愣了一下,循声望去,看到桌旁还坐着另外一个人,一个素服的男子,正安静地看着她,拿着手中的酒杯轻轻把玩,神态说不出的悠闲。苏莲蓉同样安静地看着他,他是谁?看起来气质相当好,难道就是刚刚那个女子说的什么轩王爷?

"真是大胆,竟然敢这样盯着轩王爷看,真是活够了!"蝶润柔美的声音中添了几分斥责,"信不信他随时可以取了你性命,不论你是什么人!"

苏莲蓉转头看向蝶润,脱口问道:"他真可以取我性命吗?"

"当然。"蝶润淡淡一笑,为司马逸轩的酒杯中倒了些酒,语气有些漠然地说,"他取你性命就如碾死一只蚂蚁般简单。"

"那是最好。"苏莲蓉高兴地说,"那就麻烦轩王爷现在取我性命如何?不过,能不能够让我死得舒服些,闭上眼睛就可以死掉?"

蝶润目瞪口呆地看着苏莲蓉,心中思忖:这丫头不会是脑筋有毛病吧,竟然让人取她性命?!真是够可以的,难怪二皇子头疼,谁要是碰上这么一个不知天高地厚的丫头,都会觉得头疼的,更何况是一直高高在上的二皇子。遇到这样一个不讲道理,不按常规出牌的千金小姐,觉得头疼也是正常的。

司马逸轩淡淡一笑,轻声说:"如此良辰美景,却说些如此煞风景的话,难怪司马溶不喜欢你。本王为何要杀你,一个小小丛意儿,竟然敢吩咐本王,真是够胆大的,你要本王杀你,本王却偏偏不杀你,而且要让你活得好好的。"

苏莲蓉看着面前的素服男子,穿了件素白的锦服,虽然是极简单的白色,却穿出了说不出的高贵味道和潇洒气质,剑眉星目,唇畔含笑,有着说不出的令人怦然心动的神韵。他真以为她是丛意儿呀,可以左右她的生死?

苏莲蓉四处看了一下,这儿很高,放在现代,也足可以摔死人啦,他不是说"本王却偏偏不杀你,而且要让你活得好好的"吗,好,我就偏偏死给你看。"那可不一定,如果我执意要死,任谁也拦阻不住。"说着,苏莲蓉纵身向楼下跳去。

蝶润觉得一声惊呼从自己的嗓子眼里冒了出来,她的一声尖叫声音未落,司马逸轩已经到了楼阁边上,只看到丛意儿瘦弱的身影从楼阁之上如同被风刮着一般飘落向下,司马逸轩的身影几乎是如影相随,却隐约听到一声略带几分得意的笑声,听起来很是清脆悦耳。

司马逸轩不知何时返回到了楼阁之上,手中的酒杯依然握着,送到唇畔,一饮而下,脸上却带着隐约的笑意,眼中仿佛突然间鲜活起来,唇畔有隐隐的调侃的笑,仿佛一切非常有趣。

蝶润讶然地看着司马逸轩,她并没有看到丛意儿,司马逸轩从来没有失手过,怎么可能让丛意儿真的坠落到楼阁之下呢?如果丛意儿真的在醉花楼出了事,就算是有轩王爷在,也少不了一些不必要的麻烦,毕竟丛王爷还是当今皇上眼中的红人,当今皇后娘娘的亲哥哥!

她赶到司马逸轩身边,却突然发现,丛意儿正有些傻兮兮的笑着,坐在楼阁外边缘处,才想起,在楼阁外有一处足可以让一人行走的台子,只怕事先丛意儿并不知道有这么一截多出的台子,她跳下去的时候一定落在了台子上。出于自我求生的念头,她跳下去时发现自己落在台子上,一定是下意识地抓住某处让自己停顿下来。

蝶润轻轻一笑,这丫头,倒是有趣。

"看样子你挺得意可以戏弄本王。"司马逸轩心平气和地说,面上有浅浅的笑意,似乎并不是真的非常恼怒。

苏莲蓉有些心惊胆战地看了看自己前面因为夜色而变得更加深不可测的高度,勉强笑着说:"原来想要寻死竟是如此的困难,轩王爷吧——我,我可没打算戏弄你,我还要求你让我死得痛快些呢,问题是,你杀我之前能不能把我拉上去,这儿坐着,有些——我,我有些恐高,而且,这儿,这儿看来确实有些吓人。"

司马逸轩轻轻一笑,淡淡地说:"本王只说不会让你死,却并没有说过要救你,这儿空气甚好,你慢慢享受吧。"说完,转身揽着蝶润笑着离开。

蝶润微微有些愕然,轩王爷竟然有如此好心情与一个傻丫头打趣,而且好像还很是乐在其中。轩王爷喜欢女人,这,她知道,她知道轩王爷有许多的红颜知己,但,丛意儿只是一个普通的王府千金小姐,在京城中也并不起眼,除了身份尊贵些外,好像没有别的什么值得人想起的,更何况,她还是他侄子的未来妻子。心中疑惑,她侧头看了看司马逸轩,却看到司马逸轩一脸平静,专心喝酒,看不出他心中到底是何想法。

苏莲蓉一个人呆呆地坐在楼阁外的平台上,刚刚好旁边有一根装饰的柱子,上面有装饰的鸟兽,她正好可以抓住,但是,老是这样抓着,在春日晚风中,还是有些禁不住,尤其是,身前就是随时可以要了她命的高度,如果她一个不小心,可能就真的死掉了,摔死,其实是很痛苦的,尤其是一个不小心,摔不死的话,摔残废了,更是可悲。现在是古代,怎么可能有现代那么好的医术?当然,书中所说乌蒙国有神奇的药,可以让慕容枫和叶凡死而复生,说不定,摔成残废,也可以救回来。

春风微寒,苏莲蓉此时觉得有些寒意不禁,坐在那儿,初时还好,慢慢地,一天没有吃东西,体力明显不支,有些恍惚,而且有些莫名的倦意,这一整天,她似乎一直觉得很虚弱,大概和千里迢迢从现代赶来有关吧,她想要强打精神也无用,倚着柱子神思恍惚,陷于一种莫名的昏迷中。苏莲蓉自己是个医生,她知道,她此时的昏迷很容易要了她的命,但是,一切不正是她所想要的吗?

司马逸轩慢慢喝下杯中的酒,听丛意儿的鼻息声,应该是疲倦得很,看她能够支撑到什么时候!丛意儿,不过就是丛王府的二小姐,未来的二皇子妃,脾气果然任性刁钻,难怪司马溶头疼。

"轩王爷,就让丛意儿在那儿待着?"蝶润心中有些隐约不安,丛意儿,在灯烛下看倒是个清秀的女子,尤其是那毫无惧意的眼神,竟然敢那么直视着轩王爷,大兴王朝,哪个人敢如此直视轩王爷!就算有人敢如此直视皇上,也没有人有胆量如此直视轩王爷!而丛意儿,竟然敢!而且,坦然无惧,似乎与她是丛王府二小姐的身份并无关系。

突然,开始下起雨来,不大,细密如线。

"王爷,下雨了。"蝶润轻声说。

司马逸轩抬头望着楼阁外,大兴王朝多雨,刚刚还是满天的星星,此时就突然变了天,落下雨来,隐约听着雨声入耳,空气中有了潮湿的味道,感觉真是舒服,他轻轻叹了口气,却是一心的寂寞。大兴王朝,为何让他觉得如此寂寞。

他是大兴王朝的轩王爷,皇上的亲弟弟,如果他愿意,他或许就是当今的皇上，就算他不是当今的皇上，却就连当今的皇上对他也不敢造次。他拥有天下人梦想的一切，不论是金钱还是女色，他唾手可得。但，他依然觉得寂寞。

"王爷，丛意儿还在那儿待着呢。"蝶润轻声说，"已经下半夜了，她是个王府的千金小姐，只怕是受不了这种风寒，若是真出了事，也不好向丛王府交代——"

司马逸轩冷冷地说："提她作甚，扰本王喝酒，她自己愿意待在那儿，就随她自生自灭。若她出事，自有本王担着。"

蝶润立刻住嘴，安静地陪司马逸轩喝酒，风雨中，酒香四溢，让雨变得有些不太真实。

雨越下越大，风将雨丝吹了进来，蝶润哆嗦一下，拢了拢披风，有些担心地看着楼阁外栏杆，偷偷看了看司马逸轩，司马逸轩已经喝了许多的酒，但脸上仍然没有醉意，只有落寞满脸，手中的酒杯握着，突然，应声碎成几片，清脆地落在桌上，叮叮当当地滚动着。

"带她上来。"司马逸轩落寞地说，"给司马溶送回去，告诉他，本王突然没了兴致，如果他真的讨厌，就退了婚事。"

蝶润没有吭声，身影一闪已经到了楼阁边上，弯腰伸手一拉，将已经陷入半昏迷状态的苏莲蓉拉了上来，在烛光下，苏莲蓉的脸色已经少血色，变得苍白，嘴唇也冻得有些微紫。

"得熬些姜汤给她喝了。"蝶润轻声说，"这样给送回去，只怕是到不了皇宫，人就不行了。"

司马逸轩看着蝶润扶着苏莲蓉过来，伸手一搭苏莲蓉的脉，一扶苏莲蓉的下巴，取一空酒杯倒了杯酒，送入苏莲蓉口中，让她咽下，淡淡地说："送她走，她死不了。"然后转头看向楼阁外越来越急的雨，长叹一声，满身满心的落寞不去。

蝶润没有吭声，起身下楼带人送昏迷中的丛意儿离开。

司马溶坐在书房中，熏香在鼻畔轻轻飘浮。突然，他放下手中的书，看着窗外，窗外风雨正急，不知为何，今夜突然失眠，怎么也睡不着，闭上眼睛，就看到一双眼睛在自己眼前晃来晃去，晃得他情绪起起伏伏。

那眼睛明亮如寒星，有着他不熟悉的决然，清如泉深如海。

丛意儿，他不是不熟悉，丛王爷的小女儿，确切地讲，应该是丛王爷弟弟的遗腹子，当年一场意外的变故，丛意儿的父母丢了性命，只有这个小姑娘幸免于难，临死前被托付给丛王爷夫妇，丛王爷夫妇二人对她倒极是疼爱，视如己出，甚至极力为她安排了这门婚事。但是，他并不爱她，不仅不爱，还是极度的讨厌。

但是，今天白天遇到她的时候，她却那么不管不顾地说出她不想嫁他了，这正是他一直想要的结果，只是为何，此时的他心中竟然有些恼怒，她不想嫁他了，不是最好的吗？他不爱她，他喜爱着另外一名女子，如果告诉父皇，丛意儿拒绝了这门亲事，父皇也许会收回成命，他也可以不必再娶这个愚蠢的女子。只是，她是哪里来的勇气，竟然敢直视着他，告诉他，她不想嫁了?! 还是仅仅只是想要引起他的注意?!

他是第一次看到她如此直视着他，完全不在乎会出现什么结果，甚至是巴不得他杀了她才好，她是如此迫切地盼望着死亡的来临，司马溶真是不明白了，她为什么突然变得如此勇敢？她不是一直最爱他的吗？她不是一直希望可以嫁给他的吗？怎么会这样拒绝这门婚事？现在她在醉花楼，还好吗？

传来敲门声，李山在外面轻声说："主子，歇息了吗？醉花楼的蝶润姑娘来了，说是轩王爷吩咐她过来的。"

蝶润？她此时来这儿做什么？她是轩王爷的人，虽然是个青楼女子，却有着其他女子所不能有的特权，比如，她可以代替轩王爷到宫里传话，轩王爷，也就是他的皇叔，极少时间出现在宫里，更多的时候，他喜欢游历江湖，偶尔有事，也多半是委托手下人来传信。

"请她进来。"司马溶轻声说。

蝶润的微笑在烛光下如此妩媚动人，能够被轩王爷收为自己的女人，自然有着其他女子所无法比拟的长处。她的微笑，永远是如此的妩媚，永远让人心中痒痒的，却又可望而不可即，因为，她是轩王爷的女人。"时间很晚了，来打扰二皇子，真是不好意思。"

司马溶淡淡一笑，说："蝶润姑娘这个时辰来，定是有不得已的事情要办，是不是皇叔有什么事情要你转告？"

蝶润依然微笑着说："王爷说，他累了，让蝶润把丛意儿姑娘给您送回来。"

丛意儿？司马溶愣了一下，看着蝶润，"她现在在哪儿？"

"就在外面的轿内，她淋了雨。"蝶润面上依然带着迷人的微笑，轻轻柔柔地说，"丛意儿真是被丛王府的人给宠坏了，竟然和王爷较上劲了，您得好好管教管教，若是再有下次，不知王爷是否还可以原谅她的不知天高地厚。"

"她和皇叔发生冲突了吗？"司马溶愣了一下，有些不相信的问，他不是不知道，以前丛意儿见到轩王爷，就好像老鼠见到猫，吓得不得了，今天竟然和轩王爷较上劲了？这怎么听怎么奇怪。

"也算不上什么冲突。"蝶润犹豫了一下，想着发生的事情，似乎也没什么不妥之处，好像只是丛意儿要寻短见，却被楼阁外的平台救了，她觉得有趣，就笑了一声，王爷恼她竟然敢戏弄于他，所以处罚她，让她在平台上淋雨直到昏迷。

"来人。"司马溶提高声音对外面说，"将轿内的丛意儿接进来，召府里的太医过来瞧瞧。"

蝶润面带微笑，轻轻从房内退了出来。一个小小丛意儿，竟然搅乱了这许多人的平静,难怪大家都说丛意儿是个任性不知轻重的家伙,这样看来,果然是不错。

太医搭着丛意儿的脉,微微皱了皱眉头。

司马溶站在一边,隔着床上的纱,看不清丛意儿的表情,隐约看到发黑如缎,散了一枕,愈加衬得肤洁如玉,吹弹得破。平日里见惯了花红柳绿的丛意儿,乍一见如此素颜的丛意儿,还真是不太习惯。"她怎样了?"

"丛姑娘只是感了风寒,好好休息几日就没事了,老臣这就开个药方。"太医轻声说,似乎是怕惊醒了床上昏睡的人,犹豫一下,太医又接着说,"只是,老臣觉得,丛姑娘的脉象好像有些奇怪。"

司马溶看着太医,平静地问:"她的脉象有何奇怪之处?"

"丛姑娘的身子很弱,或许是先天性的,如果以她的身体状况,淋了雨感了风寒,难免会送了性命,但是,丛姑娘人虽然在昏迷中,脉象却很好。"

司马溶微微一愣,手指搭上丛意儿的脉,沉吟无语,如果自己猜得不错,一定是皇叔救了她。她体内隐约有一股较强的真力,如果不是皇叔帮忙,就除非这丫头本身就是个武艺高强的人,但是,这是绝对不可能的,丛意儿只是一个任性娇纵的王府千金。她绝对不会武艺,如果会武艺,就不会被自己一掌击入荷花池中了。

"给她开些药吧,来人,吩咐厨房给丛姑娘熬碗姜汤。"司马溶说,"太医,到外面开药吧。"

太医点了点头,转身随着司马溶离开。

床上,苏莲蓉轻轻睁开眼,有些发呆地看着房顶,有纱帘遮着,看不清房顶的东西。她叹口气,人人都说在古代死很容易,为什么轮到自己,想要死就这么困难?那个轩王爷搭上她的脉象时,灌了她一口酒,她隐约听到他用懒洋洋的声音说:"丛意儿,你竟然敢戏弄本王,想死,没那么容易,只要本王在一天,你就得好好地活一天,除非本王允许你死!"

这个轩王爷真是很奇怪的一个人,听他的语气,他说出的话,好像没有实现不了的,只要他说了,她想死,只怕是真的比登天还难啦。

而且,他的武艺真高,她纵身跃到楼阁下的时候,他也同时出现在她身边,而且,发现她停了下来,他竟然瞬间也停了下来,回到了楼阁之上,真是的。只是可恶得很,他竟然让她一个弱女子在楼阁外淋雨。而且,他的眼神也真是可恶,好像笃定她会如何,想想真是沮丧,在这个莫名其妙的时空里,她好像处处受限。

司马溶看着床上的丛意儿,她并没有发现他的存在,正瞪着眼睛盯着床顶发呆,脸上的表情很可爱,她可能是动了一下胳膊,所以扯动了床上的纱,露出一道缝隙,正好可以让司马溶看到她。她的睫毛真长,闪啊闪的,小嘴微微噘着,似乎正在恼恨着什么,又似乎有些委屈不甘,呼吸很平稳。

皇叔肯定施了内力给她,不然,以她柔弱身躯,淋了雨感了风寒,绝对不可能好得这么快。

"想什么呢?"司马溶故意尽量放轻语气,轻轻地问。

"啊?!"苏莲蓉吓了一大跳,条件反射地从床上一下子坐了起来,呆呆地看着司马溶,有些茫然地问,"我现在在哪儿?"

"在皇宫。"司马溶静静地说,"在二皇子府中。"

苏莲蓉微皱眉头,有些困惑地说:"大兴王朝真是够奇怪的,好好的我突然到了醉花楼,又莫名其妙地到了二皇子府中?!此时,丛王府会不会已经乱成一团?光天化日之下,丛王府的二小姐丛意儿突然消失,他们会不会掘地三尺寻找?"

司马溶努力控制住自己脸上的笑意,说:"那是自然,你毕竟是我二皇子的未婚妻,突然间在来皇宫的路上消失,丛王府当然是害怕的,怕不知如何向我交代。"

苏莲蓉脑筋一转,心里想:看这二皇子的态度,他好像知道自己去了醉花楼的事,却有意地忽略。那儿的轩王爷应该是皇宫的人,轩王爷既然在那儿,这个二皇子也肯定会去哪儿,说不定,她被劫去醉花楼的事根本就是他策划的!

这样一想,苏莲蓉不由自主地狠狠瞪了一眼司马溶。

司马溶正微笑着站在那儿,看着丛意儿眼睛转啊转的,突然,看到她抬起头来狠狠地瞪了他一眼,吓了一跳,不晓得她怎么突然变了脸,好像特别恨他似的。

"怎么了?怎么突然这样盯着我,好像要吃了我似的?"司马溶好脾气地问,他觉得一脸生气表情的丛意儿真的很可爱。

苏莲蓉心想这大兴王朝的人真是奇怪,好言好语地对他,他一脸凶巴巴的模样,生气对他,他却和气得很。"没想什么。"苏莲蓉躺回到床上,扭头向另外一边,冷冷地说,"你们还真是奇怪,我要休息了,丛王府闹得翻天覆地也罢,与我何干。本人要睡觉啦。"

司马溶忍不住笑了笑,说:"听说你淋了雨,太医也说你感了风寒,需要好好休息,待会儿吃了药再睡。"

苏莲蓉好像没听见似的,躺着,一声不吭。

外面有奴婢送了药进来,司马溶温和地说:"丛意儿,起来吃了药再睡,你感了风寒,可不是闹着玩的,就算是皇叔用了真力帮你驱了寒意,也只能解一时,你还得吃药才行。"

苏莲蓉坐起来,接过药碗,咬着牙一口气喝了下去,药还真是苦,但是,她是想要死,却没想要慢慢的死,所以,最好还是听话乖乖的把药喝下去,否则,真要慢慢耗死的。现代有先进的医术,可以打个针,现在,好像只有吃药这一种方法。

司马溶看着丛意儿一脸决绝之意的一口气喝下苦苦的药,然后再一次躺下,侧面向里,自己拉上薄被,根本不理会自己,竟然忍不住微微一笑,似乎很满意丛意儿的反应。

他挥了挥手,示意奴婢们退出去,看着丛意儿一动不动地躺在床上,静静地站了一会儿,替她放好床纱,也悄悄地退了出去。

"找李山来。"司马溶吩咐守夜的太监。

李山匆匆来到书房,"主子,您找奴才?"

"是的。"司马溶淡淡地说,"皇叔已经把丛意儿送来了,天亮之后你去通知丛王府,就说丛意儿现在待在皇宫里,若是他们问起她为何会在皇宫,你就说,当时丛意儿贪玩,偷偷下了轿,到了这儿,不论他们信或者不信,他们一定不会再追问。"

"是,主子,奴才记得。"李山有些奇怪二皇子对丛意儿从未有过的温和态度,却不敢多事,低下头恭敬回答。

司马溶觉得有些累了,淡淡地说:"去办吧,我累了,要去歇会儿了,如果没有什么要紧的事,就不要打扰我。"

李山点头退了出去。

第三章　原本无情　一语不合牢狱灾

丛王府，一夜未睡的丛夫人，神情有些憔悴，带着丛意儿出去，到了皇宫门内，却突然发现丛意儿不见了，当时惊吓出一身的冷汗，不知要如何向自己的夫君交代。

府内的人不敢声张，虽然也派人四处寻找，但，只怕传出了消息，万一丛意儿落在歹人手中，反而会令事情变得更糟糕。

丛克辉被扰得一夜不得安歇，冒着雨四处查看，哪里找得到丛意儿，好好的突然在轿里消失，怎么可能呢？"母亲，怎么可能好好的就在众人眼皮底下消失呢？那丫头能够隐身不成？"

丛夫人摇了摇头，微皱眉头，说："她定是被人劫走了，而且还是武艺高强之人，否则，不可能在众人眼皮底下消失，小青她虽然只是一个奴婢，但自幼习武，平常人三五个近不得身，要想在她眼皮底下劫走丛意儿，除非是江湖上的高手。只是不知道是谁劫走了丛意儿？"

"丛意儿那丫头生性刁蛮，不晓得招惹了什么人，被劫走也不是件什么奇怪的事，况且，二皇子喜欢的是惜艾，并不是丛意儿，现在惜艾身染重疾，送去乌蒙国治疗，等到她回来，还不是要嫁给二皇子。"丛克辉冷冷地说，"丛意儿她只不过是先替惜艾占着位，丢了又如何？不过是听父亲大人责骂两声，孩儿不介意。"

丛夫人轻轻叹了口气，看着丛克辉，有些出神，过了半天才慢慢地说："为娘只是有些担心。那女子，聪明伶俐，丛意儿只是被为娘给惯坏了，如果她——只怕终究是个祸害。"

"您是说婶婶吗？"丛克辉轻声问。

"不错，"丛夫人看着外面的雨，轻轻地说，"大兴王朝最常见到的就是雨——苏家的先辈曾经救过大兴王朝的一位皇后娘娘，那位皇后娘娘虽然只做了短短一年的皇后，但是，却是大兴王朝最为出名的皇后，以美丽、聪慧和沉静而著称。当年苏家的先辈救了她，并与她结成好友，这使得苏家渐渐成了气候，我与你舅舅是苏家最近的一支。而你婶婶是那位皇后娘娘的后辈。"

丛克辉有些听不明白，不解地看着自己的母亲。

"论起渊源来，丛意儿她与皇家有着千丝万缕的联系。她的母亲，也就是你的婶婶是当时那位皇后慕容枫的后人，而慕容枫又是大兴王朝第一位皇后的后人，据说，慕容枫的祖辈娶的就是大兴王朝第一位皇后的姐姐，虽然说那位皇后在位的时间非常短，不过短短数月就被一直照顾她的奴婢取而代之。因为这种原因，你姑姑她很希望丛意儿可以嫁进皇宫，嫁给未来的皇上。"丛夫人语气平缓地讲着。

"可是，母亲，您好像很不喜欢叔叔和婶婶，却偏偏一直很照顾丛意儿，甚至有时候疼爱得没有道理，是为什么呢？"丛克辉很好奇地问。"明明二皇子他喜欢的是惜艾，但是，为了能够让丛意儿高兴，您竟然舍得让自己亲生的女儿放弃到手的幸福，来成全一个与你并无多大关系的丛意儿，孩儿真是不解。"

丛夫人静静无声，眼前晃过那美丽女子的模样，眼神沉静如水，唇畔笑温柔可亲。

"母亲？"丛克辉有些不解地看着自己的母亲。

丛夫人缓过神来，看着自己的儿子，淡淡地说："不论用什么办法，一定要找回丛意儿，为娘一定要她好好的活着，一直活到她老去为止，在此之前，为娘不会让她有任何意外。"

丛克辉虽然心中不太情愿，但仍是点了点头。

"夫人，少爷，外面有宫里来的公公说有事要见夫人。"家仆站在门口，低声说，"好像是二皇子府里的李公公。"

丛夫人一愣，这个时候，时间还早，二皇子有什么事情这么早派人过来？"请他进来。"

家仆转身出去，领进来李山，见了丛夫人，李山笑着说："见过丛夫人。"

"李公公好。"丛夫人温和地说，"这么早，李公公有何事来丛王府？二皇子可好？昨日本想去看望二皇子的，只是出了些小事，所以耽搁了，实在是失礼。"

李山笑了笑，说："丛夫人客气了，奴才来，是为了向丛夫人道一声歉，昨晚丛小姐在二皇子府里待着，玩得开心淋了雨，感了风寒，但是，有府里的太医照顾，应该不会有事，二皇子爷怕你们不放心，特意让奴才来说一声。"

丛克辉一愣，脱口说："她在二皇子府?！那丫头是怎么跑到二皇子府的?！"

"克辉！"丛夫人轻声斥责一句，对李山点了点头，微笑着说，"多谢李公公前来说一声，意儿她真是顽皮，竟然自己一个人跑去了二皇子府，没有给府上添什么麻烦吧？"

"没有，二皇子爷特意让奴才来和丛夫人说一声，免得府里人担心，看样子，二皇子和丛小姐处得很开心。"李山笑着说。

丛夫人眼神中闪过一丝诧异的表情，但是，一闪即逝，她依然微笑着，说："这样呀,意儿能够得到二皇子欢心,真是让我欣慰,只是,听李公公的意思,好像意儿有些身体不适,不知我可否去宫里看看她?"

李山一笑,说:"这倒不难,丛夫人随时可以去看望丛小姐。"

丛夫人点了点头,客气地说:"李公公若是不嫌弃府中粗茶淡饭,可否留在府中吃过早饭再走?"

李山笑着说:"丛夫人客气了,奴才还要回宫里交差,以后有时间再来叨扰。"

丛夫人没有再挽留,微笑着送李山离开。

转头看向儿子,丛夫人眉宇间有了一丝隐忧,慢慢地说:"克辉,听李公公的意思,好像二皇子突然间不是那么讨厌意儿了,这真是一件很意外的事情。今天之前,二皇子还是非常讨厌意儿的,不愿意娶她,怎么突然间让府里的公公来传话,说是意儿现在待在二皇子府里,虽然他们已由皇上许了婚事,可并没有对外下旨,怎么会这样?不过,这样的话,对意儿来说,倒是一件好事。"

丛克辉眼前突然闪现出昨天早上看到的情景,他听说丛意儿拒绝嫁给二皇子的时候真是恼火到家了,选择丛意儿嫁给二皇子,母亲从不解释原因,但是,他坚信,母亲不会为了一个与她并无血缘关系的女子而放弃掉让惜艾幸福的机会。妹妹和二皇子几乎是从小一起长大的,两个人的感情一直很好,一直以来,大家都以为,嫁给二皇子的一定是丛惜艾,这几乎是无人怀疑的事情。可是,半年前,妹妹突然得了怪症,被送去乌蒙国治疗,在这段时间,母亲突然决定让丛意儿嫁进皇宫,嫁给二皇子,并亲自从中斡旋,让当今皇上允准。

丛意儿,在他眼中,一直是一个娇纵任性的女子,从小,她就被自己的母亲宠溺着,从不让她有任何的不满意。她是叔叔的遗腹子,但是,他始终觉得,自己的母亲实在是太疼溺她了。

那天,他是第一次看到她敢与他顶嘴,是的,母亲是偏疼着她,但是,他却是极讨厌她的,所以,他从来不让着她,只要母亲不在眼前,他就有办法"欺负"她,她开始还会哭泣告状,但到了后来却突然不再说什么了,他做什么,她都是忍着,似乎是怕了他。

从他认识她开始,昨天是她第一次与他正面冲突,而且,竟然敢还手打他一巴掌!这是他所想象不到的。

不过,不得不承认,丛意儿有一双非常漂亮的眼睛,瞪着他的时候,眼神出人意料地清冽无惧。他知道叔叔和婶婶都是相当出色的人物,尤其是婶婶,更是人见人夸的漂亮女子,丛意儿长得漂亮应该不是一件奇怪的事情。但是,他却从来没有注意过,她的眼睛是那么的有神,那么的坦然,让他竟然在挨了打后忘记了还手。

"克辉,陪为娘去宫里看看意儿。"丛夫人的声音好像是从很遥远的地方传过来的,"为娘要看看,二皇子是不是真的对意儿好啦!"

丛克辉茫然地看着自己的母亲,没有说话。

"克辉,怎么了?"丛夫人有些不解地看着自己的儿子,"为娘说话你听到没有?"

"噢,听到了。"丛克辉有些犹豫地说,"孩儿只是突然——母亲,昨日孩儿与丛意儿发生冲突的时候,突然发现,素颜的丛意儿竟然是一个容颜出众的女孩子,尤其是她的眼睛,孩儿——该怎么说呢,孩儿说不出来,只是,只是,只是觉得,丛意儿似乎比我们想象的,或者说比我们认为的要引人注意。"

丛夫人一愣,突然说:"克辉,为娘要去趟宫里,这样下去,只怕京城里会传出对意儿和丛王府不利的传言,意儿如果真的是在二皇子府里待了一晚,为娘就一定要让二皇子立刻娶了意儿。为娘不可以对不起你们九泉之下的叔叔和婶婶。"

"母亲——"丛克辉一愣,看着母亲。母亲为何如此着急让丛意儿嫁给二皇子?!难道丛意儿比丛惜艾还要重要吗?!

"不要问那么多,你要立刻陪为娘去趟宫里见见你姑姑。"丛夫人温柔但不容置疑地说,"为娘自有分寸。"

丛克辉犹豫了一下,没有再说什么,陪着丛夫人离开了丛王府,不论母亲要做什么,作为丛王府的长子,他都只能听从,而且,他现在真的是非常好奇,那个丛意儿在二皇子府待得如何?

"她醒了吗?"司马溶漫不经心地问,眼神中却藏着他自己也不知晓的关心,那个丛意儿,那双毫无惧意的眼睛,此时在眼前浮现,让他有些莫名的挂念。素颜的丛意儿,认识了这么久,还真是第一次看到,平常看到的丛意儿,总是花红柳绿,浓妆艳抹,像个哈巴狗一样毫无尊严地跟在他后面,每次见了他,给他的感觉,就好像是个花痴一样,实在是讨厌得很。

可是,她却说她不想嫁他了。当他刚开始听她这样说的时候,他只以为她又是在耍小孩子脾气,又是在故意任性。但是,他却看到一双毫无惧意,清灵如水的眼睛,就那样不管不顾地盯着他,下定了决心似的想要放弃这份婚姻。

他是不想娶她的,从来没有想过,如果要娶,他也只会娶惜艾。丛王府在朝廷的身份确实非常特殊,父王也确实希望他可以娶丛王府的千金,可是,丛王府的千金并非只有丛意儿一个,惜艾也是其中之一,而且惜艾也是一个相当可爱的女子,论美丽,论才华,都是丛王府中最好的。

"主子,听那边的奴婢说,丛姑娘早就醒了。"李山轻声说,偷偷地打量着司马溶的表情,"此时只怕是正在宫里逛着呢。"

司马溶轻轻一笑,说:"她倒是很有兴致,在醉花楼住了一夜竟然没让她收敛一些,生了病也没让她老实一些,真当这宫里是她的丛王府不成。如今她去

33

了哪儿？"

"丛姑娘可真是个胆子大的，醒了之后，府里的几个奴婢都没拦住，自己一个人出去了，这宫里大家都认得她，此时去了哪里虽然不知道，不过，想要找到她却是不难。主子如果想要找到她，奴才现在就去。"

司马溶一皱眉头，淡淡地说："还是这样不知深浅的脾气。算啦，随她去吧。"

李山没敢吭声，只觉得主子的脾气有些古怪，好像很生这个丛意儿的气，生丛意儿的气对于司马溶来说，并不是什么值得奇怪的事，几乎每次看到丛意儿，他都会生气。但是，这一次的生气却有些不同，李山心里嘀咕了几句，但没敢说出口来。

"皇叔有没有说什么？"司马溶看着李山问，"把丛意儿送来之后，他有没有再来过，或者派人说过什么？"

李山低头说："轩王爷只是让蝶润姑娘捎话给您，如果觉得丛意儿实在是不合适您，就退了吧。"

司马溶愣了一下，低下头，想了想，淡淡地说："替我传话给皇叔，就说司马溶谢谢皇叔的关心，只是，这婚约是父皇亲自准许的，容不得司马溶有自己的想法。"

李山微微一愣，心中有些诧异，依着司马溶原来的性格，此时正是好机会，完全可以借助于轩王爷的力量推掉这门亲事，虽然轩王爷只是一位王爷，但在朝廷之中，大家都心知肚明，就算是皇上本人，也难为不了轩王爷，甚至，有些事情上，皇上对轩王爷也是让着三分的。可是，司马溶竟然婉转地谢绝了轩王爷的好意，说他并不反对这门亲事？他呆呆地点了点头，却不敢多说。

司马溶微皱眉头，想了想，突然说："把刘河找来，我要你们陪我在宫里转转，免得那丫头惹出麻烦来，毕竟她是我司马溶的女人，纵然不堪，也由不得外人笑话。"

李山几乎是僵硬地点了点头，"奴才这就去。"心中却暗自忖度，以前每次主子都是恨不得让丛意儿不得好死才解恨的，为何这一次却突然表现得如此"关心"？！还有就是丛意儿，按照以前的惯例，如果丛意儿可以和二皇子在一起，一定是黏着寸步不离的，怎么这一次宁愿自己一个人跑到宫中闲逛也不和二皇子在一起？

但是，丛意儿此时在哪儿呢？

听府里的奴婢们讲，丛意儿醒了之后，就一个人跑出去了，也不说去哪里，只说在宫里随意转转，有人曾经想要阻拦，却被她硬闯了出去。因为她是丛王府的千金，皇后娘娘的亲侄女，未来的二皇子妃，所以，没有人敢真的阻拦她。

刘河和李山分开两处去到丛意儿可能去的地方寻找，一个是她表姐勋王爷的兰妃处；另一个是当今的皇后娘娘那儿。可是，兰妃说不曾见过丛意儿，正阳宫里也没有丛意儿的影子。这几乎是丛意儿从来没有做过的事情！

丛意儿，确切地讲，是苏莲蓉，她自己现在也不知道自己在什么地方待着。从二皇子府离开后，她就随意闲逛起来，按照书中所描述的情景，在宫中随意乱逛。她的衣着打扮与宫中的奴婢不同，没有人阻拦她，她倒走得自由。

书中对皇宫的描述并不详尽，叶凡的世界是个刚刚建立的大兴王朝，那个时候，正阳宫是刚刚建成的，叶凡只待了短短的时间，就以荷妃的身份在暖玉阁常住下来，至于慕容枫的世界，书中也仅仅只是涉及了几处要紧的地方，其中也提到了暖玉阁，所以，苏莲蓉对暖玉阁非常好奇，很想找到暖玉阁在哪儿。

皇宫可没有她想象的那般有方向标志，应该说，她本身就不是一个特别有方向概念的女子，她甚至会在自己熟悉的地方迷路，所以，在偌大的皇宫里，她走着走着，就突然不知道自己身处何处了。

奇怪的是，她并不觉得害怕。

在能够回去之前，她突然对这个地方产生了一些莫名的好奇感，她开始对自己的身份有了些许的揣测，她到底是哪个人的第三世？还是这只是她的第一世？如果她是叶凡和慕容枫的第三世，司马溶是她的归属吗？

突然，她看到一棵桂树从一处院墙里伸了出来，这儿建筑的格局非常精致温馨，桂树有了岁月的痕迹，没有开花，安静地立着。苏莲蓉愣了一下，这儿是司马明朗的旧居吗？

她顺着墙边寻找大门，一处大门轻轻掩着，上面有一个半新的匾，匾上有三个字，"合意苑"，这儿应该是司马明朗修建，司马锐和慕容枫离开皇宫前住的地方。如果猜得不错，那桂树应该是当年司马明朗送给慕容枫的那盆小桂树，如今已经长得这么大啦！

苏莲蓉站在门前，有些好奇，这儿好像没有人看守，不像二皇子府，门里门外总有不少的太监和奴婢。难道，远离了慕容枫和司马锐的时代，这儿就变得不再重要了吗？

"如果很好奇，为何不进去看看？"有人用淡淡的口气，在她身后轻轻说了句。

苏莲蓉吓了一大跳，立刻转头望去，身后站着一位年轻的男子，素衣锦服，意态洒脱，面如凝脂，朗眉星眸。"轩王爷？"虽然昨晚光线不好，她没有很仔细地看清楚轩王爷，但是他给她的印象却很深，让她看到他的时候就能够一下子认出他来。

尤其是他身上莫名的归属感，仿佛见到他，所有的一切都变得不再重要，有他在，一切都好，都很安全，让她不由自主地有些心安。这种情绪在内心的最深处，不是那么的真切，就算是她自己，也只是隐约感知，似真似假。

但是，此时的司马逸轩虽然面含微笑，看起来十分的亲切，却仍是冷冰冰的让人无法亲近。

"今天很有兴致呀。"司马逸轩安静地说，但注意力并不在苏莲蓉身上，他的目光静静地落在那棵茂盛的桂树上，有些恍惚。

"您好。"苏莲蓉低低的声音。

心中觉得，这个人，恐怕是最难让她接近死亡的一个人！

她悄悄地往后退。轩王爷似乎根本没有理会她的存在，她现在对这儿好奇得不得了，却不敢在这儿停留半分钟。她觉得，在他眼中，人不过蝼蚁而已。他看来温和，却实则冷酷无情。而且，他是如此的看轻她，司马溶也同样看轻她，她却没什么感觉，因为她觉得司马溶看轻的是丛意儿，并不是她。可，面前的男子，似乎并不在乎她是谁，而是根本就不在意她的存在。她的心中竟然有隐隐的挫败感。

"这么着急离开吗？"司马逸轩并不看苏莲蓉，眼睛一直盯着院墙内的桂树，听起来语气很是随意。

"是的。"苏莲蓉心中狂跳一下，不知道为什么，有点害怕面前这个男子。

司马逸轩回头看着已经退到他身后一个身长的苏莲蓉，淡淡地说道："本王有同意你离开吗？小小一个丛王府的二小姐，果然张狂得可以。这儿，是你能来的地方吗？"

苏莲蓉看着司马逸轩，他的语气里有着明显的厌恶之意，根本就不掩饰。他的语气听起来并不强硬，却听得她满心的慌张。她是想要寻死的，司马逸轩讨厌的是丛意儿，关她苏莲蓉什么事，只是，为什么，心里头有如此多的恼怒之意？！她就不信他能真的不让她死，她就不信惹恼了他，他会真的一而再再而三地容忍她。她一定要激怒他，书上不是说，君王历来都是容易被激怒的吗？

"为什么我来不得？"苏莲蓉硬着头皮，盯着司马逸轩，大脑飞快地旋转，"你不让我来，我偏偏要来！"说着，她竟然举步向合意苑里走去，心却跳个不停。她在赌，赌着对方置她于死地。

一股莫名的力量将她硬生生地拉了回来，而且，这股力量里明显有着愤怒的意思，让她的身子收不住，竟然跟跄着向后摔倒在地。这一刻，苏莲蓉觉得很是狼狈，满心的委屈。

"这是本王定下的规定，不许丛王府的人踏入半步！"司马逸轩眉头一皱，冷冷地说，"你的记性实在不够好。"

苏莲蓉坐在地上，忍不住落下泪来，这算什么嘛！怎么偏偏是她，不是别的什么人？她是喜欢看故事，甚至也幻想着自己可以成为故事中的人物，但是，事情真的发生的时候,她却是满心的惶恐,宁愿这只是一场梦,立刻回到她所熟悉的现代去,做现代平凡幸福的苏莲蓉,此时,她真是想念蓝月馨的那声"莲蓉月饼"。

"信不信,本王今日就可以毁了司马溶与你的婚事。"司马逸轩平静漠然的声音听到苏莲蓉的耳朵里,纵然丛意儿并非是她,却仍是让她心里生起一股子寒意,这个人并不是什么皇帝,却有着苏莲蓉感觉中的帝王之霸,相比较之下,倒是司马溶更温和稚嫩些。

苏莲蓉看着司马逸轩,轻声说:"君子一言,驷马难追,你如果可以退了我与司马溶的婚事,我定要好好地谢你。"

司马逸轩微微一愣,看着面前的女子,有些迟疑,这似乎不是平日的丛意儿,丛意儿什么时候敢如此直视着他,而且如此清晰明白地表达自己的意思?"你胆子不小,竟然敢直呼本王为'你'。好啊,既然你一心想要退了婚事,本王就成全你!"

苏莲蓉笑了笑,和气地说:"好的,谢谢您,轩王爷。"但是她突然想到,如果她不嫁司马溶了,要如何应对丛王府的人?他们不吃了她才怪!"轩王爷,商量件事情好吗?"

司马逸轩一愣,他并不是一个容易喜怒形于色的人,只是,丛意儿的表现实在是有些奇怪,有些日子没见,她似乎比以前更加任性张狂,竟然敢这样没有礼貌地和自己说话,难道仗着她的姑姑是如今皇上宠幸的皇后娘娘,就不知道天高地厚了不成?

苏莲蓉并没有注意到司马逸轩的表情,她只是突然觉得,最好在事情发生变故前,让自己从这个大兴王朝消失掉。

"轩王爷,我可以不嫁司马溶,也就是二皇子,因为我本来就不应该嫁他,嫁他关我什么事——只是,如果我不嫁了,丛王府的人还不得生吃了我,不如这样,你,噢,应该是您,干脆让人把我弄个斩立决,或者,我知道乌蒙国的毒药最是厉害,曾经让叶凡和慕容枫差点送了性命——喂,你打我干什么?!"苏莲蓉捂着脸,不解地瞪着司马逸轩,古代的人真是喜欢打人呀!可是,她说错什么了?

"你竟然敢直呼两位仙逝的大兴王朝前皇后的姓名,真是不知天高地厚,不过是有个做了皇后的姑姑,有个成了王妃的堂姐,就猖狂到如此地步!"司马逸轩冷冷地说,"来人,把这个没轻没重的家伙送到大牢里,让她清醒两天。"

司马逸轩的声音不大,却突然在他身后冒出两个人来,一样干练清俊的男子,年纪不大,却让人觉得干练利索,蓝衣上点尘不沾,瞧着极是干净。他们看也不看一脸无辜表情的苏莲蓉,直接把她架起来,连拉带扶地向另外一个方向走去。

第三章 原本无情 一语不合牢狱定

37

苏莲蓉还真是反应不过来，这能怪她吗？看的小说中，这两位皇后娘娘的名字是一次又一次的出现，她看过了，自然是记名字的，她又不是什么大兴王朝的臣民，怎么会记得不可以直呼她们二人的名讳，更何况，她现在还在怀疑，自己是不是就是她们二人的再世，如果是，就实在是倒霉了，连喊自己的名字也会惹来麻烦，她想寻死，可不想受罪，书上太多酷刑，她只想速死，死得又快又无痛苦。要是到了大牢，别的不说，只大牢里的老鼠就能让她疯掉，她天生就怕动物，学医的时候，每次上解剖课，她一定会如临大敌，也使得她每次从手术台上下来，都要病上一些时间才能恢复，大家觉得是累的，其实她自知，她是害怕，害怕面对生命的残缺。如果不是为了让父母开心，她宁愿不做医生，做个平凡的上班族，朝九晚五地过着近似无聊的日子。

架着她的两个人并没有用力，却让她半分动弹不得。

大牢什么样？故事里没有形容过，故事中只有冷宫，叶凡和慕容枫都进过冷宫，还有那个什么刘妃，也进过，但是，从来没有大牢。

"她有没有说什么？"司马逸轩看着回来的两个手下，站在合意苑里，桂花树在阳光下树叶婆娑，空气中有着青草的味道，刚刚这儿的奴才清理了院落，整理了青草，有些青草被修剪平整，所以，空气中有着淡淡的青草香气。他喜欢这儿，喜欢这儿藏着故事的安静，能够在大兴王朝坚守爱情的两个皇后娘娘，这儿，就住过其中一位，他见过画卷中美丽的皇后娘娘慕容枫，若说容颜，似乎并不是绝色天下无人可比的美女，但是，真的很美丽，看着，那么的赏心悦目。不得不承认，那个司马锐真的是很有福气，自打他之后，好几个皇帝竟然都不曾得遇到像那位慕容枫般令人难忘的皇后娘娘。

"丛姑娘倒没有说什么。"甘南犹豫了一下，强忍住唇边的微笑，心中实在是觉得丛意儿今日倒是极有趣和可爱，"她只是一再地和属下们商量可不可以立刻结果了她，或者，送她去冷宫而不要去什么大狱，她说她对冷宫还有些印象和好感，但对大狱可是一点感觉也没有。还一直担心那儿有没有老鼠之类的东西。"

甘北也接口说："是啊，刚开始的时候她还是有些慌张，听得出来心跳如鼓，人也有些软软的，但后来，似乎注意力全转到了可不可以立刻让属下二人结果了她的性命这件事情上，一路一直在游说属下二人，让属下二人立刻一刀结果了她，她说她就感恩戴德啦。真是有趣，我们二人，还是第一次遇到巴不得让人杀了的人。真不知这位丛姑娘是真的傻还是太过狷狂。"

甘南轻轻笑了笑说："属下倒是觉得，这个丛姑娘是个单纯的女子，只是在丛王府待的时间久了，有些飞扬跋扈，其实，今日送她去大狱，却不曾见她有什么过分的行为，只是一再要求速死，在下有些不解。"

司马逸轩没有说话，神情有些恍惚。

甘南和甘北相互望了一眼，不再说话。

"她说她想去冷宫？"过了一会儿，司马逸轩突然开口问。

"是的。"甘北微皱眉头说，"也不知她是真的糊涂还是在装糊涂，她发现属下二人并不肯搭理她，就放弃了让属下二人杀死她的打算，说什么'如果硬要你们二人此时立刻结果了我，只怕是，那个——'"说到这儿，甘北犹豫了一下，不知要如何说下去，住了口。

司马逸轩不以为怪地说："是不是那丫头又直呼了本王的名讳？"

甘北有些为难地点了点头，继续说："她说，如果在下此时立刻结果了她，王爷您一定不会答应，说不定还会怪罪在下，所以，就算啦，不如送她去冷宫，她说她想去敏枫居那儿。"

"哼，真是不知死活的家伙，这些岂是他们丛王府的人可以进入的地方，若不是念着他们的前人曾经救过仙逝的皇后娘娘，此时此刻哪里有他们存在的可能。既然如此不知深浅，就让她在大狱里好好地待些日子吧。至于她的去向，不许对任何人提起，本王要让她在皇宫里安静地消失些日子。"司马逸轩冷冷地说，"本王正看着丛王府的人不顺眼，为了得到皇后的位置，竟然不惜设计害死前皇后——罢啦，在这儿提这些个龌龊之事，真是煞风景，不提也罢。"

"在下记得啦。"甘南和甘北低头齐声说，"属下一定会请大狱里的人特别照顾一下丛姑娘的。"

大狱里，苏莲蓉正在猜测她到底是怎么得罪了那位奇怪的轩王爷，那位轩王爷好像极是讨厌她，确切地讲，是讨厌丛王府的人。他说过不会让她死，就一定不会让她死，她想求死，却偏偏遇到一个绝对不让她死的手握大权的轩王爷，真是够倒霉的。

她看了看自己所待的大狱，似乎和她想象中的大狱不太一样，看起来挺干净，就是有些冷冰冰的，墙壁很干净，有些刻画的痕迹，说不出是些什么文字图案，冷冰冰的透着一股子莫名的寂寞。地上也干干净净的，别说老鼠，就连一道缝隙也没有。一张床，铺着木板，一张薄薄的褥子，颜色灰暗。没有窗户，一张桌，一个灯台，亮着昏黄微弱的光，在墙上摇呀摇的，看着心惊。

现在是什么时辰？应该快中午了吧？或者已经是下午了！看不到室外的情况，就有些猜不出此时的时辰。

这让苏莲蓉有些不安，心中慌慌的。

坐也不是，站也不是，发了半天呆，她终于在床上躺下，什么也不想地盯着上面的墙壁。这儿安静得很，并没有想象中的哭闹声，甚至安静到掉根针在地上都能听得清清楚楚。

她现在该怎么办?

上吊自杀吗?不行,这儿不仅没有绳子,连颗挂绳子的钉子都没有!

咬舌自尽?不行,她下不了这个狠心!

一头撞死?不行,她是医生,她知道,想要一头撞死也不是想撞死就能撞死的,最多撞个脑震荡!哪可能像电视剧上看到的,一撞就撞死了,唉,人呀,总会有求生欲望的,只怕是到了最要紧的关头,定会软了心肠,下意识地放弃的。

饿死?渴死?也不可能,那个奇怪的轩王爷定不会让她死!

只怕是会让她活得心不甘情不愿却半点伎俩也使不得!

这个轩王爷,真是可恶得很!

"丛姑娘,饿了吗?渴了吗?"外面有人喊了一声,声音在这寂寞安静之处听得苏莲蓉心惊。

回头,看到一个中年模样的女子,大概是这大狱里的狱卒,或者说是个管事的,人长得挺精神,微胖,面色很和气,说话也很客气,看着苏莲蓉,面上带着微笑。苏莲蓉心中有些嘀咕:看着如此和气的一个人,为何让她觉得皮笑肉不笑呢?总觉得这个人的笑容后面有着让她大大不安的东西。她下意识地点了点头,轻声说:"不说倒还不觉得,你这一说,我还真觉得有些饿了、渴了。"

那女子微微一笑,和气地说:"丛姑娘大约是初次来这儿,对这儿不太熟悉,这儿是宫中专门关押皇亲贵族的大狱,比起别处,要好上千百倍。两位甘大人离开的时候,特意嘱咐过在下,让好好地关照丛姑娘,若是丛姑娘有什么吩咐的,尽管说出来。"

苏莲蓉心中一惊,两位甘大人离开的时候,特意嘱咐过?!这个嘱咐定不是什么好事!绝对不会是什么好事。轩王爷怎么可能会关照她呢?只怕是要难为她才是真的。

哼,真是够倒霉,是谁说的,在古代寻死特别容易?谁说的谁来试试,看看是不是想死就死得了!

现在她恨那个写故事的人,为什么要有这些纠缠?为什么一定要是她而不是别人?

她有些挫败地瞧着中年女子,有气无力地说:"如今看来,这个丛意儿真是个倒霉家伙,看样子,是不会有人喜欢她了,让我想想,在我临死之前,不对,死是不可能,那个轩王爷说过,只要他在,就定不会让我死,他虽然是个可恶的家伙,但说话一定是算数的,所以说,我是死不成的,只是要难受些日子。算啦,既然这样的话,我就既来之则安之吧,反正,你也不敢动我一根汗毛,除非让我从这个世界消失,否则,只要我出得去,就会有秋后算账之说。想必你此处待得久了,这些个道理也懂得,定不会太过为难我。你就照着他们说的来吧,此时我还想不出有什么想要吩咐的,只是有些饿了、渴了,你看着办吧。"

中年女子面上带着微笑,点了点头,应了声,转身出去准备,心中却暗自奇怪,这个丛意儿,是和传闻中的有些相像,任性、不知天高地厚,到了这种地方,竟然还可以讨价还价地和自己说话,难道她没有听说过,在这个大狱里待过的人,就算不死,也要脱层皮吗?

只不过,轩王爷的两位手下嘱咐过,只要小小地惩罚一下丛意儿就好,也不要太过分,毕竟她是二皇子的未婚妻,也是丛王府的人,没有不得已的情况,不要让丛意儿出什么意外。所以,她还是有分寸的,不会太过为难丛意儿。只是,这个丛意儿好像还是和传闻中的丛意儿有些不同,大家都说丛意儿是个娇纵任性、粗俗不堪的女子,但看面前这个丛意儿,倒是个清秀佳人,言谈举止虽有些唐突,但却也温文尔雅,谈吐斯文。

说实话,这个丛意儿,真的不是一个丑丫头,眉眼还真是招人喜爱,尤其是说话时有些许无奈又有几分娇嗔的表情,更是吸引人。实话讲,她倒不怎么讨厌这个丛意儿,甚至还有些喜欢她。

苏莲蓉看着面前的饭菜,听中年女子和气地说:"丛姑娘,这儿比不得丛王府,只能给您备些粗菜淡饭,委屈您啦。"

白白的米饭,冒着热气,一盘青菜,菜色青郁,瞧着就很好吃。苏莲蓉一笑,在现代想要吃这么好吃的东西还真是不可能,估计丛王府大约是天天鸡鸭鱼肉,所以,这位中年女子就觉得这样的饭菜她定是吃不下去。问题是,她不是他们以为的丛意儿,她是来自现代的苏莲蓉,所以说,她很高兴可以吃这样的饭菜。"呵呵,这就挺好,看起来不错,别说,我还真是有些饿了——嗯,还真是好吃,你要不要也吃一些?"

中年女子再也没办法维持脸上的微笑,讶然地看着面前的丛意儿,真怀疑自己听错了,丛意儿怎么和传闻中的有这么大的差别?她是一个王府的千金,怎么可能吃得下如此粗糙的饭菜?

"你怎么了?"苏莲蓉放下碗筷,喝了口水,心满意足地看着中年女子,笑着说,"怎么如此表情?呵呵,我说的是真的,这饭菜还真是好吃,米饭还有米粒的香气,这在我——在我的记忆里,几乎是不可能有的味道了。"

中年女子咽了些口水,真有些怀疑,自己是不是端错了饭菜?明明是简单的米饭、青菜,她怎么可以吃得下去呢?自己都觉得不好吃,一个王府的千金竟然会吃得如此开心?是不是饿坏了?也不像呀,看她吃饭的模样,不像是饿得不成样子,是有些饿了,但——中年女子咽下自己的怀疑,重新恢复了微笑,说:"只要丛姑娘喜欢就好。"

"对啦,我要如何称呼你呀?恐怕我要在这儿待些日子,最起码也得有个两三天,总不能见面不说话吧?"苏莲蓉微笑着说,心中想,去了醉花楼,知道要伺候的是什么蝶润姑娘,到了这儿,也应当知道要面对的是什么,要把这些个情节记得清清楚楚,回去好说与蓝月馨听,让她羡慕死,"给个称呼吧。"

"在下是这儿的狱官。"中年女子面带微笑,和气地说,"姓陆,你称呼在下陆狱官就好,贱名不足让丛姑娘提及。"

苏莲蓉没有勉强她,点了点头,知道在古代,尊卑是分明的,反正也解释不清自己不是丛意儿的事,既然一定要如此,就随他去吧,她也乐得可以冒充一下王府的千金,随意任性一下。

看着躺在床上安稳睡着的丛意儿,甘南和甘北相互看了看彼此,脸上全都是讶然。丛意儿竟然可以睡得着,而且睡得如此香甜?这个丛意儿是真的傻还是聪明得让人看不透?

"她有什么反常的表现?"甘南轻声问陆秀芬,她是这儿最严厉最公正的一位狱官,纵然是对皇亲国戚也不会有什么偏差,最是让人放心。

陆秀芬想了想,轻声说:"是有些奇怪,只是在下不曾见过以前的丛意儿,不能评论她与以前相比有没有什么反常的表现,只能说,她在这儿的所有行为对在下来说,都是反常的表现。按道理来说,到了这儿的人,不论是皇亲国戚还是什么高官显爵,没有不垂头丧气、寻死觅活的,或者不停地哭泣,或者焦灼疯狂,但这个丛意儿,真是奇怪,她好像挺享受在这儿的日子,已经在这儿一天多的时间,竟然可以吃得下睡得着,而且不觉得粗菜淡饭咽不下去,硬硬的床板睡着不舒服,在下,对此真是不太能理解。在下也觉得,这个丛意儿有些奇怪,轩王爷的怀疑不是没有道理,说不定,丛王爷选了她嫁给二皇子,并非只是大家表面上看到的愚蠢表象。"

甘北看着面色平静,睡得蛮香甜的丛意儿,忍不住轻声笑了笑说:"若不是以前见过这丛意儿的模样,此时还真是怀疑她究竟是不是丛意儿。我以前见过丛意儿几次,哪一次不是让人看见了恨不得躲得远远的,是不是,大哥?"他看着甘南问。

甘南点了点头说:"不错,我也真是怀疑,这个丛意儿到底是怎样一个人,以前见到她的时候,真是讨厌极了,但看她现在模样,倒觉得她不是一个特别让人讨厌的女子。"

甘北笑了笑,说:"其实在合意苑前乍一见到她的时候,我还真没有认出来,平常她总是花枝招展,打扮得像一朵牡丹花,老远的就让人觉得俗艳不堪,但在合意苑见她时,她素颜素面,看着还真是漂亮养眼,如果不论别的,只说这容颜,她真的不比她的姐姐丛惜艾差半分。只是可惜,少了丛惜艾的大家气质,一个家门出来的,怎么可能如此不同?"

"也不能这样说,我倒觉得,那时见到她,反而觉得她极有大家闺秀的风范,一言一行间都有着一份看着舒服的味道,真是奇怪,好像突然间换了个人一般。"甘南沉吟一下说,"或许我们素日看错她了,而且,我倒觉得她与王爷'冲突'的时候,甚是可爱。"

甘北也笑着点了点头,微笑着说:"难得王爷有这般好心情与她游戏,嘴上虽然说着要处罚她,私下里却嘱咐我们不要太过分,只要小小地警告一下就成。难得看到王爷有这份闲心对丛意儿。"

甘南笑着点点头,轻声说:"我们出去吧,免得惊醒了她,她也是可怜,明明知道二皇子心不在她身上,却不得不嫁,若是这样说起来,她也是个可怜的家伙,不过是丛王府的一个棋子罢啦。"

陆秀芬陪着二人离开,临了回头看了一眼依然睡着的丛意儿,眉宇间竟然滑过一丝温柔之意。这时的丛意儿,让她想起自己的女儿,每次离开家的时候,自己的女儿就是这样安睡着的,枕着枕头,头发散开着,小嘴微微噘着,有几分娇嗔,有几分孩子气,唇边还有淡淡的微笑,不知道是梦到了什么好事情。她心中想,不论怎样,丛意儿待在这儿的日子,她一定会尽量让丛意儿过得舒服些。

二皇子府里有些气氛紧张,书房里,李山和刘河垂头丧气地站在司马溶的桌前,心跳如鼓,额上见汗。

司马溶紧皱眉头,盯着李山和刘河,不相信地问:"真有如此邪门吗?一个好好的大活人,竟然在皇宫里消失不见了?!你们这样说,是什么意思?!"

李山低着头,有些慌张地说:"主子,您不要生气,奴才不是故意说话招惹您生气,只是,只是,这确实是事实,从皇上请您过去开始,奴才们就在皇宫里四处寻找丛姑娘。可,可,竟然就是没有人见过丛姑娘,而且任何角落里也没有丛姑娘的痕迹,按道理说,丛姑娘不仅是丛王府的千金,而且还是主子您未过门的二皇子妃,断然没有人敢寻她不是,可是,确实是没有人见过丛姑娘,没有人知道她去了哪儿。主子,请您息怒,如果她确实没有离开皇宫,一定可以找得到——"

司马溶瞪了李山一眼,恼怒地说:"我知道,可是,问题是,丛意儿能到哪儿去?!她又不是个武林高手,会飞檐走壁,可以遁形不见,她只是一个无知的王府千金,能够躲到哪儿去?藏到何处?她又是为何突然决定毁了婚约?"

"主子,您不是不喜欢丛姑娘的吗?"李山小心地问,"您不是一直希望可以取消这门亲事的吗?既然丛姑娘她不愿意嫁了,您应该觉得开心才对,为何如此恼怒?"

司马溶愣了一下,看着李山,半天没有说话,李山的话不错,他确实是特别讨厌丛意儿,恨不得她立刻从这个世界消失才好,可是也说不出来为什么,自打和丛意儿发生冲突开始,自从听丛意儿第一次说出她不想嫁他的时候开始,他突然

43

对丛意儿产生了好奇,想要了解她为何突然不嫁了?而在接下来的时间里,他似乎开始觉得,丛意儿没有他想的那般可恶,有时候还是蛮可爱的。

"主子,奴才倒觉得,可能丛姑娘并没有离开皇宫。"李山轻声说,"奴才特意派人偷偷地去丛王府那儿打听过,丛王府的人并没有见过丛意儿,因此有可能丛姑娘她还在皇宫里待着,只是不晓得跑去了哪儿,说不定,随时都可能自己回来。丛姑娘一直对主子痴缠不放,怎么可能就这样突然消失呢,主子,或许等等会好一些。"

司马溶盯着李山和刘河,想了半天,突然说:"我要立刻去趟轩王府,没有人敢拿丛意儿如何,除非是根本不把丛王府放在眼中的人,这个人,除了皇叔,不作他想。"

李山和刘河彼此相望一眼,没有说话,今天的二皇子,真的有些奇怪,怎么突然对丛意儿如此的在意和关心?!

第四章　夜访敏枫　逸轩重识丛意儿

　　轩王府在皇宫里的身份极是特殊,甚至比皇上居处更令人心生敬意和畏惧之意。就算不论司马逸轩本身有些古怪的脾气,就只说轩王府里的人,哪怕只是一个普通的家丁,也是身怀武艺,为人处事胜旁处之人一筹。确切地讲,在皇宫诸人心目中,都有一个不说出口的规矩,那就是,宁肯得罪九五至尊的皇上,也不要得罪闲散适意的轩王爷。

　　轩王府其实并不在皇宫之内,而是在皇宫外不远处,那儿曾经是一位旧臣的旧居之地,时隔多年之后,重新建成了轩王府。虽然都称为王府,可是,在轩王府面前,没有任何一个王府的人敢自称"王府"二字,哪怕是此时极受皇上宠爱的皇后娘娘的娘家,丛王府,也只是虚担了一个王府之名,在轩王府面前,也不敢张狂半分的。

　　"皇叔在王府里吗?"司马溶问站在门前的轩王府的家丁。

　　门口的家丁微笑着,恭敬地说:"原来是二皇子您来了,可巧,王爷刚刚从宫中回来,正在府内与友人闲谈。奴才这就去给您通报一声,知道您来,王爷一定很高兴。"

　　司马溶轻轻一笑,说:"皇叔难得会在家,这两天是不是很闲呀,竟然有闲情去宫里坐坐,可惜我没有看到皇叔。皇叔也真是小气,到了皇宫也不去我那儿坐坐。"

　　家丁没有说话,前头带路向府内走。

　　到了后院一处小亭处,家丁止了脚步,轻声但清晰地说:"王爷,二皇子来看您了。"

　　司马逸轩由亭内向外看了看,微笑着说:"好,进来吧。正巧本王这儿有好茶,来,尝一尝。"

　　司马溶微笑着,抬步进了小亭,亭内有一位极是漂亮的女子,着一件淡黄的衣,宛如枝头初绽的迎春花,娇柔妩媚,坐在石桌前,纤手端着一个上好的瓷杯,闻得到淡淡的茶香。

　　那女子生得极是漂亮,眉目如画,观之悦目。司马溶愣了一下,他不是没见过漂亮的女子,可是,极少见到如此美丽难忘的漂亮女子,隐约还有几分眼熟的感觉。"好漂亮的姑娘,皇叔真是艳福不浅呀。"

那女子微微抬目看了看司马溶,朱唇微启,淡淡一笑,轻轻点了点头,算是打了声招呼,一双眼睛重新回到司马逸轩身上。

"这是乌蒙国的蕊公主。"司马逸轩淡淡地笑了笑说,"是个我们大兴王朝也难得一见的漂亮女子,是不是看着有些面熟?这女子与我们大兴王朝仙逝的皇后娘娘有些相似。"

司马溶愣了一下,仔细看了看面前的女子,在皇宫内有从大兴王朝开始到现在的所有的皇后娘娘的画像,若论起来,这女子确实与其中某位皇后娘娘的相貌有几分相似。

那就是大兴王朝的第一位皇后叶凡和最为传奇的皇后慕容枫,这两名女子是大兴王朝两位皇上唯一的妻子,虽然他们都有过别的选择,可是,担了皇后之名,做了皇后之实的,似乎只有她们二人。

"蕊公主,你好。"司马溶在女子面前坐下,微笑着打了声招呼。

蕊公主再次微笑着点了点头,依然是什么也没说,她的全部注意力似乎都在司马逸轩身上,眼神里看得出来有依恋和温柔。

司马溶心中猜测,乌蒙国的公主来这儿做什么?其实,现在大兴王朝和乌蒙国几乎已经是完全不来往了,而且,现在乌蒙国已经衰败,司马逸轩与乌蒙国也只是私交,并不与国事相掺,想必,蕊公主也是因私事而来。最大的可能是,这位美丽的蕊公主也是司马逸轩的一位爱慕者,这种情形,司马溶已经觉得毫不奇怪啦。

"皇叔,侄儿这次来,是有事情要请皇叔帮忙的。"司马溶现在的心不在这儿,他要弄清楚,丛意儿跑去了哪儿?!

司马逸轩举了举手中的茶杯,示意司马溶喝茶,并没有说话。

司马溶看着司马逸轩,喝了口茶,微笑着说:"果然好茶,皇叔真是让侄儿羡慕,乐得逍遥。只是,侄儿现在可是没有这种心情,侄儿这次来是希望皇叔可以帮侄儿一个忙。"

司马逸轩依然只是喝茶,并不开口说话。

司马溶继续说:"皇叔可知道丛意儿如今在何处吗?"

司马逸轩淡淡一笑,轻轻地说:"司马溶,本王对那个傻丫头没有丝毫兴趣,她是你司马溶的人,与本王无关。"

司马溶顿了一下,说:"丛意儿在皇宫里失了踪迹。侄儿真是不知道要如何解释,所以想请皇叔帮忙想个主意。丛意儿毕竟是在二皇子府里失踪的,侄儿得担起这个责任才好。"

司马逸轩静静地看了看司马溶，冷冷地说："现在丛王府的势力如此之大，哪里有人敢胆大到在皇宫里劫了她？说不定，她是顽皮过度，自己在宫里迷路了吧。"

"但是侄儿心中始终不安。"司马溶犹豫了一下，说，"那晚蝶润姑娘把丛意儿送回来后，她就一直待在二皇子府里，今日却突然没了踪迹，侄儿不知如何向丛王府解释才好。"

司马逸轩微微一笑，淡淡地说："司马溶，你是不是突然喜欢上了丛意儿？否则，哪里来的如此多的担心。"

司马溶愣了愣，说："侄儿哪里会喜欢那个一无是处的丛意儿，侄儿只是，只是——侄儿只是觉得，丛意儿是在二皇子府内失踪的，侄儿就应当找她回来才对。"

司马逸轩淡淡地说："那你就慢慢地找吧，本王对丛意儿的事情不感兴趣。"

蕊公主看着司马溶，微笑着说："俗话说，当局者迷，旁观者清，蕊儿倒是觉得轩王爷的话说得有道理，只怕是二皇子您真的喜欢上了那位丛意儿了，不然，您怎会如此着急和担心？蕊儿真是很好奇，那个丛意儿是怎样一个人物，竟然能让当今的二皇子跑到轩王府内要人？"说着，她看了看司马逸轩，微笑着继续说，"而且蕊儿真是好奇得紧，为何二皇子要跑到轩王府来要人，而不是其他什么地方？难道这个丛意儿也是轩王爷心中心仪之人不成？"

司马逸轩冷冷地说："本王最是讨厌自作聪明的人，若是想喝茶就安静地喝茶，如果再多事，就离开轩王府，本王不欢迎自以为自己很聪明的人，尤其是女人。"

蕊公主紧咬嘴唇，却没有再说话。

司马逸轩轻轻叹了口气，眼神中全是寂寞之意，不过是容颜上有些相像，这世上哪里会有像慕容枫那般空灵脱俗的女子！

他是在无意中看到宫中所藏的历代皇后娘娘的画像的，叶凡和慕容枫是历代皇后娘娘中容颜最为相似的两位，尤其是神情神态，让他觉得既熟悉又陌生。他曾经发誓一定要像前人司马锐一样，守着一个真心相爱的女子幸福过一生。可是，这几乎是个奢望！

第一次看到蕊公主的时候，他真的以为遇到了他想要遇到的女子，可，世上再难有如慕容枫般清灵的女子了，虽然容颜不是天下最美，可是，却越看越美，他看过，慕容家四位姑娘的图像，若论起五官，慕容枫绝对胜不过慕容雪，但是，不知道为什么，就是觉得她美，美得让人心驰神往。

"皇叔。"司马溶看到司马逸轩的表情，有些愕然，那眼神中的悲哀，他真的很少在司马逸轩眼中看到，仿佛是一种绝望和厌世！

47

司马逸轩淡淡一笑，扭头看了看司马溶，喝了口茶，轻声说："怎么突然关心起丛意儿来了？"

　　司马溶愣了一下，想了想，说："我也不知道，只是突然觉得她似乎没有以前看着的那般可恶。"

　　司马逸轩眼中的落寞浓得化不开，他淡淡地说："你去看看她吧，她在宫中的大牢里待着，是本王送她去的。"

　　"宫中的大牢？！"司马溶愣了一下，看着司马逸轩，脱口问道，"皇叔，您，您把她送去哪儿做什么？！她做了什么事——"

　　"本王做事需要给你解释理由吗？"司马逸轩冷冷地说，"本王不喜欢的人，对她已经算是和气的了！"

　　司马溶没有吭声，他知道司马逸轩的脾气，他不想给自己招惹麻烦，如果惹恼了司马逸轩，实在是件麻烦事，"侄儿现在去看看丛意儿如何了。"

　　"没有本王的吩咐，任何人也不能带她离开，如果你不想惹上麻烦，就不要声张她此时的情况。"司马逸轩头也不抬，冷冷地说，"大牢里的人会照顾她，她不会有什么不妥。"

　　司马溶一窘，没有说话，低头带着李山和刘河离开。

　　大牢里，安静得没有任何声音。司马溶走进大牢，感觉一股阴冷之气扑面而来，丛意儿做了什么事情，让皇叔如此恼怒，竟然把她关进了大牢里？

　　甘南和甘北从里面走了出来，看到司马溶，似乎并不意外，躬身施礼，低声说："见过二皇子。"

　　"皇叔吩咐过你们？"司马溶并不奇怪他们二人的反应，司马逸轩的武艺无人可比，他手底下的人也非等闲之辈，尤其是这两个一直跟着司马逸轩的侍卫，功夫更是了得。他们二人赶在他到来之前知道他要到来的事，实在是最正常不过。"丛意儿呢？"

　　"她——"甘南和甘北相互望了一眼，微笑着说，"丛姑娘正在收拾她的'房间'。"

　　"她的'房间'？"司马溶愣了一下，举步向前走，到了关押丛意儿的大牢处。他愣愣地望着里面，丛意儿正独自一人在屋里忙活，一间小小的监房让她弄得五颜六色，而她正开心地欣赏着自己的成绩，一脸的满足。

　　"丛姑娘吩咐我们兄弟二人去替她拿来染料，这是宫中染布的颜色，她说她有用。"甘南微笑着说，"王爷吩咐过，虽然关了丛姑娘在这儿，若是她有什么请求，都可以满足她。开始在下也不晓得丛姑娘要做什么事，后来取了来，才发现，丛姑娘是用这些颜色来装饰她的监房。说实话，在下倒觉得这一收拾，这监房别有了几分味道。没想到，丛姑娘在大牢里竟然有如此好的心情！"

　　"丛意儿。"司马溶微皱眉头，不明白丛意儿哪里来的如此胆量，以前，把她独自一个人扔在一个陌生的环境里,都吓到哭的一个女子,怎么突然有了如此豁达的心境?!

苏莲蓉,或者,此时称呼丛意儿,她更熟悉些,从到了这个时空开始,她一直听到的都是丛意儿,所以,此时有人唤她丛意儿,她很自然地回过头来,一脸微笑地看着来人。"是二皇子。你好。"丛意儿摆了摆手,手上有些颜色,脸上有些汗意,头发有些微乱,但,气色好得很,看起来,有一种很奇怪的感觉,让司马溶心中跳了跳。

"你怎么跑到这儿来了?"

丛意儿,苏莲蓉想,在离开之前,她还是接受这个名字吧,这样,似乎更真实些,就算她记得自己的名字叫苏莲蓉,在这个时空里面被人一遍遍地称呼成丛意儿,时间一久,她也会忘记自己的名字其实不叫丛意儿的。"我不知道。"她摇了摇头,有些困惑地说,"可能是我说话不太注意,得罪了轩王爷吧,不过,好像他原本就不太喜欢我,所以,就进来了,好像我就不能控制我的去向,丛王府,醉花楼,二皇子府,大牢,不知道下一步会去哪儿。"

司马溶心中突然有些心疼的感觉,心疼丛意儿此时的无助,一个王府的千金,此时竟然被关在大牢里,而且是皇宫的大牢里!这对她来说该是多大的恐惧?"你还好吗?"

丛意儿微微笑了笑,点了点头,似乎是很满意的说:"还不错了,这儿比我想象的要好许多,最起码没有老鼠,原本想象的大牢不应该是这个模样,应该是老鼠满地跑,潮湿不堪,而且还有不少的人在哭喊,但,这儿挺安静的,没有人哭、没有人闹,狱官也很客气,饭菜也不错,就是,有些孤独,有些害怕,尤其是晚上的时候,一个人待在这儿,有些害怕。"丛意儿说到这儿,脸上闪过一丝羞涩之意,似乎是有些不太好意思。

司马溶走到大门前,说:"来人,打开牢门,我要进去。"

"这——"甘南和甘北相互望了一眼,犹豫了一下,甘南轻声说,"二皇子,请原谅在下不能听命,王爷吩咐过,没有他的命令,任何人不得接近丛姑娘。您就委屈些,隔着牢门和丛姑娘说几句吧,请二皇子您放心,丛姑娘在这儿不会受到什么伤害的。等到事情结束,二皇子您随时可以接丛姑娘回去。"

司马溶恼怒地说:"我只说我要进去,又没说让你们放丛意儿出来,哪里来的如此多不行!去告诉皇叔,就说我二皇子要和丛意儿面对面地坐着说话——来人,吩咐府里的人送些好饭好菜来,对啦,府里有父皇刚刚赐的好茶,派人送来。去呀,李山,你发什么呆?!"

李山吓了一跳,立刻跑了出去。

丛意儿笑了笑,说:"二皇子,您的表现有些奇怪,您先前的时候不是恨不得杀了我才解恨的吗？怎么突然如此关心起丛意儿来，竟然为了丛意儿要和轩王爷翻脸？"

"丛意儿，"司马溶假装生气地说，"我要如何，难道还要你同意不成？我现在不想和你生气了，难道不成吗？"

"当然可以呀。"苏莲蓉微笑着，温和地说，职业的习惯让她习惯于在语气间保持平和，在医院里常常会遇到一些情绪有些激动的病人，她总是耐心地沟通，给予他们足够的包容，所以，面对司马溶的时候，她下意识地恢复了工作时的状态，"来，进来吧，看看我的新居如何。"

甘南和甘北彼此望了一眼，打开了牢狱的门，司马溶迈步走了进去，看着已经变了模样的房间。丛意儿似乎很懂得使用颜色，而且，她似乎很擅长画画，墙上盛开着美丽的花，绽放着说不出的美丽，好像是蔷薇，粉粉的颜色，盛开在白色的墙壁上，绿色的叶子，飞翔的蝴蝶，还有灿烂阳光，在枝叶间跳动。

"你什么时候有了如此好的绘画技巧？"司马溶有些意外，他记忆中的丛意儿并不是个多才多艺的女子。

丛意儿微微一笑，淡淡地说："寂寞让我有太多的时间和耐心可以画出这些花朵，这是在去皇宫的路上看到的。"画画并不是苏莲蓉所擅长的，可是，确实是寂寞极了，她就用木炭在墙上勾画出花朵、树叶的轮廓，然后用颜色填充，这是一件值得开心的事情，因为，它让寂寞变得如此微不足道。人，有时候需要自娱自乐。

"很漂亮。"司马溶很认真地说，如果仔细看，丛意儿的笔法并不够娴熟和老到，甚至有些稚嫩，但是，却透着一股子随意，在简陋而冷漠的空间里，营造出一种说不出的快乐味道，"是我见过的最好看的画。可惜这儿是牢房，但是，我可以让这间房永久地保留下来。"

丛意儿笑了笑，很满足地看着自己画出的漂亮房间，想起自己的一个病人，一个可爱的小孩子，在寂寞的午后，安静地画自己的图画，图画里有太多的幻想，画画的时候，那个小孩子是一脸的满足，此时，她是真的体会到了那个小孩子的感觉，"我只是用这件事来装饰我寂寞的时间，我自己看着也很漂亮。"

司马溶安静地看着丛意儿，素颜的丛意儿很好看，虽然算不上国色天香，但眉清目秀，透着一股子让人舒服的闲适安详，这，和他平日见到的丛意儿实在是不一样，完全的不一样，如今的丛意儿对他来说，几乎是一个完全陌生的人。

"想离开这儿吗？"司马溶问，问过，就觉得自己问了一个相当愚蠢的问题。

丛意儿在床上坐下，惬意地说："这可不是我想离开就能离开的事情，除非那位轩王爷同意，否则，我休想离开这儿半步。这儿其实不坏，虽然是个牢狱之地，但少了许多的是非，倒落得个清净。你不必担心我，等到轩王爷不生气了，就会放我离开了。对啦,你能告诉我,为什么轩王爷不许丛王府的人靠近前面已经仙逝的两位皇后的旧居吗?比如合意苑,以及敏枫居?"

司马溶看了看丛意儿,犹豫了一下说:"我也不是特别的清楚,但是,皇叔确实非常讨厌丛王府的人,曾经下令不许丛王府的人靠近前面两位已经仙逝的皇后的旧居,你跑到哪儿了?"

"合意苑。"丛意儿微笑着说,"我对合意苑真的很好奇,毕竟那儿是司马锐和慕容枫离开皇宫前最后居住的地方,而且是司马明朗亲手修建,在书中——百姓们传闻中是个不错的地方,所以,想要去看看,不想,正好让轩王爷碰上,所以,就到这儿来了。"

司马溶包容地一笑,说:"你肯定是说话不注意,在皇叔面前就如此不知轻重地说话,你竟然敢当着皇叔的面直呼这些先人的名讳,真是不关你进来有些对不起祖先了。"

"名字取了就是让人喊的呀。"丛意儿不生气地说,"轩王爷也是的,他的名字也不错呀,司马逸轩,很飘逸的名字,可是却偏偏让人称呼轩王爷,有些冷漠。其实,就算是嘴上不叫了,心里也一定会叫的,我就不信百姓们提起大兴王朝的历代皇帝们,也会皇帝长皇帝短的喊,只怕是会连名带姓的称呼,是不是?"

司马溶无奈地摇了摇头,丛意儿的任性和张狂真是一点也没有改,而且更胜以前,以前只是无知,现在好像道理懂得不少,说出来的话,有理有据,生气归生气,但也不得不同意她的说法。

丛意儿笑了笑说:"不过,可能确实是我太不注意了,这些人毕竟是你们的祖先,当着你们的面,直呼他们的名讳,难免你们会生气,也是我的错,所以,就要受罚了。哎,对啦,你还没有告诉我,为什么轩王爷如此讨厌丛王府的人?丛王——我父亲他不是当今皇上最看重的大臣吗,我听苏娅惠,也就是我那位苏表姐是这样说的,为何,却偏偏不入轩王爷的眼呢?"

司马溶笑着看着丛意儿,说:"或许是我以前对你太有成见,所以从心里讨厌你,不肯和你交谈,但今日和你说了一席话,倒是觉得你和我以为的丛意儿完全是不同的两个人,或许真是我误会你啦。至于皇叔为什么如此讨厌丛王府的人,我也不是太清楚,皇叔本就是一个性格古怪的人,从不按常理出牌,所以,不必介意。你父亲确实是我父皇最看重的大臣,娅惠并未虚言。"

丛意儿点了点头,心里说:说了半天,我还是不明白为什么司马逸轩如此的讨厌丛王府的人!

二皇子府的人送来了好饭好菜和好茶,放在牢房的桌上,丛意儿看着,笑着说:"其实这儿的饭菜不错,不必如此。"

司马溶轻轻一笑,说:"可能皇叔确实有照顾你,但是,再怎么照顾,这牢房里

51

的粗茶淡饭你怎么可以咽得下，不过，你可以放心，在你离开这儿之前，我会安排奴才们日日给你送好吃的、好喝的，断不会亏待了你。只是，你目前在这儿，暂时不可以通知丛王府，就算你回到丛王府，也不可以对你父亲提起此事。我会和你母亲解释，她昨日就已经找过你了，只要我和皇后说说，搪塞过去就好。皇叔也不会关你太长时间的，过些日子就会放了你的。"

丛意儿点了点头，展颜一笑，说："没事，这儿很好。"

轩王府，司马逸轩坐在庭院里一把摇椅上，在阳光下微眯着眼睛，身体随着摇椅轻轻前后晃动，素衣锦服，透着一份寂寞和冷漠，听到甘南和甘北走进来的声音，头也没回，问："他走了吗？"

"嗯。"甘南轻声说，"待了有两个时辰，和丛姑娘聊了半天，然后就走了。"

司马逸轩微微一笑，说："这司马溶也极是有趣，原来最是讨厌丛意儿的，怎么突然有了兴趣与她攀谈？"

甘南犹豫了一下，轻声说："王爷，今日听丛姑娘与二皇子攀谈，在下觉得，这个丛姑娘并不是大家想象的模样，听她谈吐，倒也有理有据，不是那般的无知，而且言行也落落大方，虽然偶尔有些不妥之处，却并不让人生厌。如果在下没有猜错，只怕是二皇子原本确实是极厌恶丛姑娘的，在下也见过以前二皇子和丛姑娘相遇时的情景，真是恨不得让丛姑娘立刻在眼前消失。但今日见二皇子和丛姑娘说话的神情神态，在下有些怀疑二皇子是不是真的喜欢上了丛姑娘。难得见二皇子会有如此好的心情对待丛姑娘。"

司马逸轩轻轻一笑，淡淡地说："这个丛意儿果然有点意思。"

甘北在一旁笑了笑说："在下也觉得很有意思。按道理说，一个王府千金突然被关进宫里的大牢，应该是要死要活才对，偏偏这位丛姑娘，却好像是很认命的样子，而且，"甘北犹豫了一下，轻声说，"在下觉得这位丛姑娘好像笃定王爷不会杀了她似的，竟然安心待了下来，今日还把自己的监房收拾得花团锦簇，煞是好看。"

司马逸轩眼神中闪过一丝好奇，但语气仍是淡淡地问："把监房收拾得花团锦簇？什么意思？"

甘北笑着说："在下在牢里盯着丛姑娘，她吃得下睡得着，开始的时候似乎有些慌张，但并没有闹，后来，让在下去取些染料来，自己在监房里画起画来，就在监房的墙上，画了许多的花，然后，再用染料涂上颜色，弄得倒真是好看，看不出像个监房的模样。"

甘南温和地接着说："不错，如今这个丛姑娘和传闻中似乎有很大的差距，也许是世人误看了她。"

司马逸轩没有说话，眼睛看着远方，一个一脸茫然的女孩子执着地请求他立刻杀了她！那眼神中有着陌生的清冽,有着羞涩的温和,有着一份求死的决心,却看不出什么厌世的决绝,似乎只是想离开,离开这个世界。为何有如此念头?为何自己不肯结果了她?纵然她是丛王府的千金,他杀她仍然是易如反掌!

"甘南,"司马逸轩突然开口说,"让陆秀芬把监房的锁打开,本王想看看那丛意儿她会如何。"

甘南点了点头,"属下这就去办,属下会小心跟随的。"

司马逸轩没有任何反应,继续表情淡然地看着院落中的花花草草,就好像他没有说过话,甚至没有存在过一样!

苏莲蓉,如今的丛意儿,安静地坐在监房里,守着一室的安静和寂寞,看着烛火闪烁。她盯着牢房的门,那儿没有上锁,她不是幼稚的丛意儿,她是来自千年之后的苏莲蓉,这个牢门不锁必定是有意的,要么是二皇子买通了陆秀芬,要么是那个轩王爷故意如此。

不过,不论是什么原因,她待在监房里或者走出监房,都是一样的结果。所以,为什么不离开呢?她一心寻死,若是可以死,最好!如果死不成,也只得认命,她相信,若是那个轩王爷不许她死,在这个皇宫里,甚至在大兴王朝里,就没有任何人可以让她死。所以,她如果想要求死,除非自杀,或者是彻底激怒轩王爷!

她要离开,她很想去敏枫居看看,而且很想知道,为什么聪慧如叶凡,有着绝世的武艺,有着绝顶的聪明,却仍然无奈于皇宫的纷扰而选择一次次的离开。毕竟,说不定,她真的就是她们的来世。

出了监房的门,正如她自己所想,没有任何人阻拦她,包括那个陆秀芬,此时也不知去了哪里,丛意儿轻轻一笑,真当她是幼稚无知的丛意儿呀,这样"大意"?他们一定是好奇她究竟是怎样一个人,为什么一直厌恶她的二皇子突然有了好心情和她攀谈?那个轩王爷,为什么如此讨厌丛王府,却对一个丛意儿如此在意?她也想不出来。

她不知道敏枫居在什么地方,书中也没有任何的描述。站在夜色中,风吹在脸上,有微微的花香,天上的星灿烂如钻,她深深呼吸一下,是啊,一个偌大的皇宫,哪里会真的如某些书上所说,随时有刺客,除非真有叶凡那样武艺超群的女子,可以来去自如。

丛意儿微微一笑,觉得心情突然好了起来,死对她来说,其实是一种祈盼,但是,有那个轩王爷在,她想要死还真是困难。既然那个轩王爷说了,只要他在一天,她就别想寻死,他一定会派人跟着她,更何况,今天她从大牢里如此走出来,一定会有人跟着她的。

甘南?还是陆秀芬?

想了想,丛意儿突然对着暗暗的天色轻声说:"我不是傻瓜,起码不是真的傻瓜,所以,若是你跟着我,请告诉我敏枫居如何走?"

有一阵沉默,似乎并没有任何人跟着她。

丛意儿轻轻叹了口气,淡淡地说:"不要再隐藏了,哪里有可能,我可以如此轻易地走出大牢,除非是轩王爷安排了这场逃离。既然对我好奇,何必要躲躲藏藏,我可以告诉你我下一步要去哪里,但是,我自己找不到那个地方,需要你出来给我带路。如果你执意不肯出来,那就只好陪着我在皇宫里乱逛一通,只怕到了天明,也不知晓我要去哪里。"

静静地等了一会儿,就在丛意儿觉得没有可能听到回答的时候,在暗暗的夜色里走出来一个人。

"轩王爷?!"丛意儿愕然地看着来人,呆呆地站在当地,说不出话来,怎么可能会是他?!

司马逸轩静静地站在夜色里,看着面前的丛意儿,干净的面容,略带讶然的表情,眼睛睁得大大的,如古潭泉水,透着一股干净舒服的深邃,望着,似乎随时都会陷进去。这是丛意儿吗?淡蓝的裙,看不到任何的装饰,根本不像是一位王府的千金。她虽然被带进了大牢,但是,当时并没有收走她身上任何一样物品,她似乎换了衣服,却舍弃了所有的饰物,看着很舒服。

丛意儿努力保持镇定,她根本没想到会是司马逸轩,一个王爷,为何对她一个王府的千金如此感兴趣?夜色下,司马逸轩的衣衫轻飘,素衣锦服硬是让他穿出华服也不可及的高贵与洒脱,一双眼睛在夜色中显得冷漠无情,藏着很难研判的味道,微眯,唇边有着似有似无的笑意,呼吸中有着让丛意儿不安的压力。

"你想去敏枫居?"司马逸轩平静的声音听起来似乎没有生气的意思,"难道你忘记了丛王府的人不许靠近这些地方的规矩吗?"

"就因为不能靠近,所以好奇。"丛意儿觉得手心里有汗意,但仍是硬着头皮说出她要说的话,其实,她有什么好怕的,她不是巴不得让这个人杀了她的吗?只要可以激怒他,就可以丢了性命,就可以回到苏莲蓉的时代里去,继续做她的"莲蓉月饼"。

司马逸轩突然笑了笑,在夜色中,他的笑容充满了诱惑人的魅力,让丛意儿的心跳了跳,难怪每次看到他,总可以看到美女相伴,这个男子确实有着让人迷惑的味道。

司马逸轩看着丛意儿,忽略她眼中的困惑,轻轻地,似乎是极无意地说:"你为什么要拒绝嫁给司马溶?他会是大兴王朝未来的皇上,嫁给他,你可以获得一切。"

丛意儿笑了笑,原来他是替司马溶来做说客的呀,这个问题太简单了,为什么不想嫁，因为她不是真的丛意儿呀！但是，这个答案是不可以说出来的。"那只是我任性，有皇上的旨意，有父母的安排，岂是我丛意儿可以抗拒的，问题是我觉得我丛意儿太普通，最重要的是二皇子也不喜欢我，所以，有自知之明，才想要不嫁算啦。"

司马逸轩的眼中闪过一丝失望，淡淡地说："原来你还是想嫁的呀。这也难怪，你一直非常喜欢司马溶，能够嫁给他，对你来说，该是一件幸福的事。"

丛意儿微微一笑，突然起了顽皮的主意，说："我是个被安排的人物，算命的人说我得嫁给一个帝王，除非司马溶他做了帝王，否则，我还真不知道我要嫁给谁。"

"你的要求还真是不低。"司马逸轩淡淡一笑，很意外，在他的语气里并没有听到什么嘲讽，倒有几分调侃之意，"皇兄如今已经立了新的皇后，虽然是你的亲姑姑，但你仍然是可以嫁的呀。"

"嫁给当今皇上？"丛意儿一撇嘴，不乐意地说，"我不感兴趣，嫁他，还不如嫁给司马溶，起码他还年轻，还是未来的皇上人选，更有潜力。"

司马逸轩笑了笑，说："难怪听闻丛意儿是个张狂的女子，今日今时看来，果真是不错。就算你嫁给司马溶又能如何？难道你可以真的忽略他和丛惜艾的感情？"

"丛惜艾？"丛意儿愣了一下，一时没有想起司马逸轩说的是谁，只是隐约好像听过这个名字，好像也是自己在丛王府的一位姐妹，其实，目前丛王府她认识的也只有丛夫人和丛克辉，她连丛王爷本人都没有见到。

司马逸轩眼睛看着夜色，淡淡地说："除非你可以让司马溶放下心中对丛惜艾的感情，否则，嫁了也是无趣。你的母亲可没有你想象的那般疼惜于你，你毕竟不是她的亲生血脉，她怎么可能为了你而牺牲她自己亲生女儿的幸福呢，更何况，他们二人还是青梅竹马的玩伴。"司马逸轩转头看向一脸茫然的丛意儿，平和地说，"选择你，只是觉得你是个无知的女子，任性、骄横、不知深浅，可以替丛惜艾占稳二皇子妃这个位子，有你在，没有人敢出现争夺这个位子，而等丛惜艾归来后，你只能深锁冷宫，而让位于她。你觉得本王说得对不对？"

丛意儿下意识地点了点头，说："难怪我觉得她的疼爱有着说不出来的怪异，原来是这样。其实何必如此，万一我和二皇子之间产生了感情，她要如何？丛惜艾要如何？"

"司马溶现在好像确实有些喜欢你了。"司马逸轩微笑着说，"本王对此很是好奇，你是怎么做到的。从开始的万分厌恶到如今的关心挂念，甚至为了知晓你的下落，亲自跑到轩王府问询于本王，这可不是司马溶的行事方式。"

丛意儿一愣。

第四章 夜访敏枫 逸轩重识丛意儿

司马逸轩突然抬腿向前走，一边走一边说："如此良辰美景，总是待在此处，倒是浪费了，你不是很好奇敏枫居是何模样吗？若是有兴趣，本王就放纵你一次，让你好好地看看。"

丛意儿立刻跟了上去，侧头看着司马逸轩，微笑着说："是真的吗？我是真的很好奇想要知道慕容——噢，那位仙逝的皇后的一些事情，她应该是一位最具传奇色彩的皇后吧？"

"若论传奇，她应该算不上，最具传奇色彩的应该是大兴王朝的第一位皇后，也就是你口中的叶凡。"司马逸轩微笑着说，似乎突然间情绪好了起来，也有了耐心，不再以冷面面对丛意儿，"若说起来，她还是你的一位祖先，这件事情你也许知道，只是，经历了这许多的年代，已经说不清你们之间的瓜葛。"

"对，听说我好像是慕容家的一位后辈。"丛意儿微笑着说。

"是的，"司马逸轩突然不再说下去，而是指着前面不远处的一处安静的庭院说，"那儿就是你一直好奇的敏枫居。"

夜色中，一处安静的庭院，静静地立在月光之下，没有灯火，应该是没有人居住。

丛意儿侧头看了看司马逸轩，小心翼翼地说："我想进去看看，这儿，有着慕容枫，抱歉，我不知道要用怎样的称呼来称呼她，称呼她的名讳，绝对没有不敬之意，只是，我觉得这样称呼反而亲切，或者，我更喜欢称呼她'枫儿'，这仿佛是唇间最温暖的呼吸，一念，就觉得心中有温暖之意。"

司马逸轩微侧头看着丛意儿，半天没有说话，好半天才轻轻地说："你是个奇怪的女子，如果不是以前就认识你，或许我也会喜欢上你。"

丛意儿脸上一红，有些羞涩，退后一大步，慌乱地说："轩王爷，这种玩笑可开不得，我是您侄儿的未婚妻，您还是用别的方法来开我玩笑吧，这，这有些——奇怪！"

司马逸轩突然抢前一步，他的动作相当的快，快到丛意儿只来得及感觉到一阵温暖的呼吸扑到面上，才发觉，司马逸轩已经站到离自己不过寸余的位置上。"奇怪？！就算是你已经嫁给了司马溶，若本王喜欢，一样可以喜欢！"他的声音里有慵懒的味道，那种诱惑让丛意儿心跳如鼓，想要躲闪逼近在眼前的面庞，却动弹不得，觉得浑身有些酸软，说不出是惊吓还是慌乱，整个人呆呆的。

丛意儿真不知道要如何躲闪，只得向后一坐，心想，就算此时摔到地上，也好过这样和这个莫名其妙的男子如此近距离接触。她扑通一声坐在地上，样子有些狼狈，脸上还挂着很无辜的笑容，有些许慌乱和羞涩，面色红得诱人。

司马逸轩伸手去扶她，"怎么啦？来，本王扶你起来。"

"不用了，谢谢。"丛意儿慌张地说，"不要，不要，这是我想得出来的可以不必和您如此近距离面对的唯一办法,您若是扶了我,岂不是仍然要如此近距离的面对?"

司马逸轩愣了一下,在丛意儿面前蹲下,静静地看着丛意儿,安静地问:"你如此讨厌和本王在一起吗?"

丛意儿尴尬地笑了笑,有些别扭地说:"不,也不——这,自古男女授受不亲,这是古训,呃,还是注意些好,这里是皇宫,若是让人瞧见,还不知传出些什么话来。再怎么说,我也是您侄儿的未婚妻,按道理来说,您还是丛意儿的长辈,是不是?"

司马逸轩鼻子里轻轻哼了一声,站了起来,冷冷里说:"你的道理还真是够多,既然如此,我们就避讳些,要不要我们之间隔上几米的距离,或者再叫上几个奴才以证明我们彼此的清白?"

丛意儿除了尴尬地笑笑外,似乎还真是想不出别的可以做的事情,自己从地上站起来,看着几米外的司马逸轩,夜色中,那张英俊的面容上已经没有了温和的表情,只有礼貌的冷淡,让她看得心寒。她的心中有一份莫名的失落,自己也说不出来是为了什么。

"轩王爷。"丛意儿不知所措地轻轻喊了声,"您,您一定要这么严肃吗?丛意儿只是,只是,不想招惹麻烦,这个皇宫,您是这儿的轩王爷,是皇上的亲弟弟,您可以按着自己的心愿活着,丛意儿却不可以,丛意儿只是一枚棋子,不能左右自己的命运。您也知晓,您可以随时左右丛意儿的生死,这个皇宫,可以如此对待我的,并非只有您一个,丛意儿不是怕死,只是想要死得简简单单,不想深陷这纷争中。"

司马逸轩安静地看着丛意儿,脸上有着挣扎的表情,眼睛中闪过一丝不易察觉的悲哀,轻轻地说:"或许本王不该招惹你,你和司马溶在一起,很好。"

丛意儿不解地看着司马逸轩,不知道说什么才好。

"想进去看看吗?"司马逸轩温和地问。

丛意儿有些兴奋地点了点头,随即又有些迟疑地看着司马逸轩,轻声说:"可是,您,您不是不允许丛王府的人接近这些地方吗?我是丛王府的人——"

司马逸轩温和地一笑,夜色下,他看起来极是洒脱、清朗,只是语气里有着狂傲的味道,"本王想如何就如何,本王想让你进去,你就可以进去,不论你是谁!"

丛意儿开心地一笑,这个人有些大男子主义,但是,并不让人讨厌,最起码,他不是一个坏人,而且,说不定,他会是这个皇宫里可以保护她的一个人。他可以令她生也可以令她死。在这个诡异的皇宫里,她作为丛意儿,要想好好地活下去,或许真的需要这个人的保护。

看着丛意儿灿烂的笑容,司马逸轩微微一愣,在那日醉花楼相遇前,他对丛意儿几乎是没有印象的,确切地讲,在那之前,他并没有在意过这个小姑娘,只是听闻是个俗不可耐的女子,也是丛王府最娇纵蛮横的女子,痴恋着司马溶,一心想要嫁给司马溶。好像是皇兄准许了他们之间的婚事,虽然只是口头上答应,却好像被丛王府当成了真,一心想要玉成此事。想到此,司马逸轩突然轻轻一笑,只要是自己看不惯的事情,在大兴王朝就不要想能够发生,只是,他为什么要阻止这门亲事的成真?他,竟然说不清楚。

"来,我们进去吧。"司马逸轩微笑着说,"此时是深夜,里面没有烛火,你要小心些。"

丛意儿点了点头,很兴奋地跟在司马逸轩身后。

借着明亮的月光,司马逸轩带着丛意儿走进了敏枫居。敏枫居比丛意儿想象的要大许多,庭院里有几棵粗壮的树,风一吹过,有隐约的花香,其实,在敏枫居的外面,就沿墙种着些花草,敏枫居的匾在门上静静地挂着,就好像这庭院的主人般,安静内敛。进到这儿,丛意儿突然觉得有一种陌生的放松感,仿佛归家。她轻轻呼吸着空气中清新的味道,整个人突然泪落,说不出为什么。

"怎么了?"司马逸轩看到丛意儿突然泪落,有些诧异,停下脚步,关切地问,"是不是觉得有些黑,有些怕?"

丛意儿摇了摇头,努力微笑着,却不知道要如何解释,平定了一下自己的心绪,才慢慢地说:"不是,只是,突然有些伤心,您就当我是个傻丫头,不必理会我的。"

司马逸轩长身玉立,在夜色中,安静地看着丛意儿,突然伸手牵着丛意儿的手,温和地说:"来,我带你四处看看。"

丛意儿觉得一股暖流从司马逸轩的手中传来,整个人呆立在当地,甚至忽略了司马逸轩话语中第一次以"我"的口气与她讲话,第一次用如此温和疼惜的语气和神态对她。这应该是她来到大兴王朝后看到的最温暖的目光。可她不知道要如何面对,她的灵魂在丛意儿的身体里,司马逸轩接触的应该是丛意儿的双手,却为何让她如此心跳?她这样做,可否对得起远在现代的浩民?

呆呆地随着司马逸轩进了房间,司马逸轩点亮了烛台,虽然没有人住,里面却整洁如初。不知道为什么,看到这一切,丛意儿竟然是一心的感动,泪水再也控制不住,呆呆地站立在房间里,看着墙上挂着的画,桌上的笔墨,竟然无语。

"我很羡慕司马锐,他能够拥有慕容枫。"司马逸轩轻轻地说,"相对于司马希晨来说,他真的是很幸运,可以守着所爱的女人一生一世,司马希晨虽然建立了大兴王朝,却只和所爱的人厮守了不足一年的时间,不知道他是以如何的心情面对那个陪了他后半生的荷妃,他允许她陪他度过剩下的时光,却不肯给她名分,只把名分留给了叶凡,猜不出这两个女人哪一个更幸运。"

丛意儿微微一笑,叶凡,哪里有人可以知晓她的念头,她用最沉默的方法维护了自己的爱情,让所有人忘记,却守着所爱的男子一生一世,其实,她的聪明和幸福,无人可知。

"你笑什么?"司马逸微笑着问,这一刻,他好像不再是那个大家敬畏的轩王爷,一脸的微笑,眼睛中看不到落寞的痕迹,跳跃着一份欣喜,"引起了我的好奇。"

丛意儿偏着头,故意说:"不告诉你。"

司马逸轩难得好脾气地说:"告诉我,哪个才是真实的你?"

丛意儿微笑着说:"我一直是我,只是世人误看我。"

看着空无一人的牢房,司马溶微皱起眉头,柔弱的丛意儿不可能就这样突然失了踪迹,除非——他盯着陆秀芬,静静地说:"丛意儿去了哪里?"

陆秀芬低着头,低低地温和地回答:"二皇子,她应该还在皇宫里,是在下不小心,忘了锁上牢门,所以丛姑娘去了别处。"

"哼,你以为这样的话我会相信吗?"司马溶冷冷地说,"就算你忘了锁上牢门,她一个柔弱女子又哪里有可能离开这个戒备森严的牢房!这儿是皇宫里的大牢,关的都是皇宫里犯了罪的人,可以说处处有关卡,处处有高手守护,她怎么可能说离开就离开?!这里是皇宫,不要告诉我,一个手无缚鸡之力的女子竟然可以游走自如!"

陆秀芬低着头,一声不吭,好像哑了一般。

"好,你不说,我也能找得到她,她的离开一定和皇叔有关!"司马溶恨恨地说,"他好好地做他的王爷就好了,何必多此闲心,处处为难丛意儿,再怎么说,丛意儿也是我的女人,哪里用得着他自作主张。"

陆秀芬依然是一声不吭,低着头站在司马溶面前。

司马溶恼怒地转身离去,李山和刘河一起跟了上去。陆秀芬轻轻抬起头来,看着一行三人离开,回头看了看花团锦簇的监房,唇旁闪过一丝微笑,一个小小丛意儿搅乱了两个男人的心,身为过来人,她怎么会不知,两个骄傲的男人同时对丛意儿动了心。

司马溶并没有直接去轩王府,而是去了父皇的正阳宫,自从有了新皇后,父皇只要不上朝,一定是待在正阳宫,守着他美丽的新皇后。

"父皇,大哥,皇后。"司马溶恭敬地施礼,看到自己的哥哥司马澈正陪着父皇在下棋,美丽的新皇后正面带微笑看他们父子二人对弈。她是丛意儿的亲姑姑,一个聪慧美丽的女子。

皇上抬头看了儿子一眼,温和地说:"怎么了,如此匆匆而来,看你神情,一定是有什么事情,说与父皇听听。"

59

司马溶犹豫了一下,说:"孩儿想立刻娶丛意儿为妻。"

皇上愣了一下,皇后也微微一愣,司马澈也微有些愕然地看着自己的弟弟,太阳从西边出来了吗?他不是最讨厌丛意儿的吗?不是一心想要结束这份婚约的吗?怎么突然想要娶丛意儿了?

"溶儿,是不是父皇听错了?"皇上看着自己的儿子,温和地问,他最是欣赏这个儿子,并有心让他成为大兴王朝下一位皇上,看到他,就好像看到了自己年轻时的模样。

司马溶在心中叹了口气,这个丛意儿,真是害人,以前是那般的讨厌,怎么突然这样让他乱了心绪?他抬起头看着自己的父亲,轻轻地说:"父皇没有听错,孩儿说的是真心话,孩儿想请父皇允准孩儿娶丛意儿为妻!"

皇上忍不住笑了笑,看着自己的皇后,说:"这孩子是怎么了,前些日子是日日缠着朕让朕收回成命,千万不要让他娶丛意儿为妻,如今却要求朕允准他立刻娶丛意儿为妻。溶儿呀,父皇真是让你弄糊涂了。出了什么事,让你如此急迫要娶丛意儿为妻?不是父皇不答应你,而是父皇实在是不知道你在搞什么名堂。"

司马溶低下头,轻声说:"孩儿先前误会了意儿,所以,如今想立刻娶了她。"

皇后看着司马溶,她也是一心的不解,司马溶不是最讨厌丛意儿的吗?如今为何司马溶一心想要娶丛意儿呢?

让司马溶娶丛意儿也只是一时的权宜之计,只是为了让丛惜艾病好归来之前,替丛惜艾占稳二皇子妃这个位子。当时哥哥和嫂嫂出了这个主意,真是让她矛盾了很久,丛意儿是二哥和二嫂的女儿,也是他们唯一的血脉,虽然有些不争气,可,毕竟是丛家的血脉,她也不想令丛意儿日子太悲哀,其实开始时是不同意的,但拗不过哥哥和嫂嫂的一再请求,才勉强促成了此事。对了,丛意儿如今在哪儿呀?嫂嫂说,有些日子没见到丛意儿了,好像丛意儿一直待在二皇子府中,她看着司马溶,温和地说:"见到你,突然想起问一声,意儿是不是还待在你府中?"

司马溶说:"她此时大约在皇宫某个地方玩耍。"

皇后皱了皱眉头,轻笑着说:"这个意儿,到如今也改不了这小孩子的脾气,你切莫放在心上。她不是一个坏女孩,只是,只是有些任性,心地倒是极善良的。"

司马溶低着头,轻声说:"这怪不得她,是司马溶听信了世人传闻,心里存了厌恶之意,所以,才误看了她,若是近距离接近她,其实她只是一个单纯善良的女子,而且聪慧可人。"

皇后差点笑出来,这些评论放在丛意儿身上,怎么听怎么奇怪,丛意儿是个单纯善良的女子,而且聪慧可人?好像和她认识的丛意儿有着天壤之别,印象中的丛意儿已经让嫂嫂给惯坏了,惯得任性狂妄,不知深浅。

第五章　情愫暗生　宁负天下不负卿

正在此时，外面传来太监的声音，"轩王爷到。"

皇上立刻站起身来，门外走进来一个面带笑意的男子，意态潇洒，却偏偏带着些玩世不恭，正是司马逸轩。

"皇弟，怎么有时间到这儿来？"皇上微笑着，他与司马逸轩本是一母同胞，虽然年龄差很多，司马逸轩自小就是一个不肯顺着规矩活着的家伙，是父母最疼爱也最头疼的一个孩子，本意想让司马逸轩继承皇位，司马逸轩却留书外出放弃皇位，才由他做了皇上。

"皇叔，"司马溶插了句话，语气中有些急迫之意，"可否告诉侄儿丛意儿现在何处？"

司马逸轩淡淡一笑，却没有说话。

司马溶沉声说："皇叔，侄儿不是开玩笑，是真的很着急知道丛意儿如今的情况。她不过是一位柔弱女子，虽然任性些，有些不知天高地厚，但绝非有意，她只是天性直率，还请皇叔多多谅解，有什么得罪之处，请不要放在心上。"

听司马溶的意思，丛意儿似乎是得罪了轩王爷？！

这是怎么回事？皇后有些担心，她深知轩王爷一直对丛王府的人有成见，如果丛意儿得罪了轩王爷，无疑等于自寻死路，如果轩王爷要取丛意儿的性命，纵然是皇上，只怕是也无能为力救她。

司马逸轩淡淡一笑，说："得时不惜，失时方怜，司马溶，你果然有趣。你如此迫切地想要得到丛意儿，可对得起与你情深意切的丛惜艾？若娶了丛意儿，你可否能够一生只此一个女子相伴终生？"

司马溶愣了愣，看着司马逸轩，说："皇叔，侄儿的选择是侄儿的事，但是，丛意儿她只是一个弱质女子，不论做了什么，皇叔本是一位七尺男儿，自当宽容些。"

司马逸轩漠然地说："司马溶，如果你真想娶丛意儿，除非你能够对本王保证，今生你只娶丛意儿一人，否则本王绝对不会让丛意儿嫁给你。"

司马溶愣了愣，一时不知如何说。

司马逸轩看着司马溶，平静地说："司马溶，本王的建议如何？你可否能够答应，除了丛意儿，再不娶他人？"

司马溶轻轻低下头，如果答应了司马逸轩的提议，他要如何面对无辜的丛惜艾？那个与他心意相守的女孩子，如今还在乌蒙国养病，如果知道了这件事，她要如何办才好？

司马逸轩轻轻哼了一声，淡淡的笑容中有着一份冷酷之意，转身离开正阳宫，好像他来这儿只是为了得到这个答案。司马溶犹豫一下，也跟随着追了出去。

"溶儿他是怎么了？"皇上有些不解地看着自己的皇后和皇子，疑惑地说，"他怎么突然如此在乎起丛意儿来？雪薇，你知道吗？对了，朕有些日子没看到丛意儿了，她往常是经常来打扰你的，这些日子怎么突然没了消息？"

丛雪薇微微一笑，心里也在嘀咕，她也不知道是怎么回事，怎么一向不理世事的司马逸轩也会牵涉进来？而且还是为了一个不起眼的丛意儿，怎么会这样？！

"为妻也不知道出了什么事情，让二皇子突然如此在乎起丛意儿来。只是听嫂嫂说，这几日，丛意儿一直待在宫里。前日嫂嫂还来找我，让为妻一定跟皇上说，让二皇子娶了丛意儿，因为丛意儿在二皇子府留宿，这本不是一个未出阁的女子应该做的事情，担心对丛意儿的名声不妥。"

皇上微微皱眉，说："真是奇怪，怎么皇弟也会蹚这浑水，他最是讨厌丛王府的人，"说到这，突然想起自己的皇后也是丛王府的人，皇上立刻转移话题，说，"澈儿，你知道此事吗？"

司马澈摇了摇头，低声说："此事孩儿不清楚，等回去的时候，孩儿去二皇子府里坐坐，问询一下，或许可得一个解释。"

外面，司马溶追上司马逸轩，恳求说："皇叔，侄儿知道，丛意儿她一定在您手中，您就放了她吧，她只是一个并无害人之心的女孩子，或许脾气直率了些，但她真的没有什么坏心眼。侄儿知道皇叔很讨厌丛王府的人，但丛意儿她的家人毕竟与先皇有些瓜葛，就请皇叔饶她这一次，如何？"

司马逸轩平静地说："本王说过，只要你能够做到此生只娶丛意儿一个人，本王就放了她让你娶她为妻。"

司马溶低下头，轻声说："皇叔您也知道，侄儿自幼和惜艾一起长大，与惜艾青梅竹马，侄儿定是要娶她的，只等她从乌蒙国回来就会娶她为妻。侄儿无法答应今生只娶丛意儿一个，但是侄儿保证一定会全心全意地对待意儿。"

"那就不要和本王谈什么丛意儿，"司马逸轩冷漠地说，"既然心中如此犹豫，何必关心丛意儿的下落，还是专心些对待丛惜艾吧，过些日子，她就会从乌蒙国回来了。一颗心分给两名女子,还口口声声全心全意!"

"皇叔——"司马溶还想说什么,司马逸轩却已经走开,留他独自一人呆站在当地,不知如何是好。

回到二皇子府,司马溶安静地坐在书房里,望着窗外发呆,为何,竟然如此矛盾,丛意儿能够让他放弃丛惜艾吗?——不能,丛惜艾是他从小就喜欢的女子,怎么可能为了一个一直让他讨厌的女子而放弃呢?他如今这样对待丛意儿,也许只是觉得丛意儿并没有原来想象的那般可恶,只是觉得她有些可怜,怕她落在皇叔手中,受尽折磨!一定是这样的,丛意儿还不值得他如此付出。

"主子。"刘河悄悄走了进来,脚步声轻得几乎听不到,他看到二皇子的脸上有着挥不去的犹豫和挣扎,不敢大声说话,怕惊扰到司马溶,但是,又有话不得不说。

"什么事?"司马溶知道刘河历来是个稳重不多事的,这个时候出现,一定有什么要紧的事,遂强打精神问道。

"主子,"刘河轻声说,"奴才刚刚看到,好像,丛姑娘她去了轩王府。"

司马溶一愣,虽然知道极有可能,丛意儿落在皇叔手中,但是听到如此消息,仍是吓了一跳,脱口问:"她没事吧?"

刘河摇了摇头,轻声说:"是王爷手下的两位甘大人陪着,坐着王爷府中的软轿,奴才正觉得奇怪,那顶软轿是王爷自己的,从不让外人乘坐,如果不是刚巧丛姑娘掀了轿帘和甘南大人讲话,奴才也不会正巧瞧见,看他们说话的模样,好像相谈甚欢。甚少看到王爷手下的人对外人如此客气,尤其是丛王府的人。"

司马溶一愣,皇叔会对丛意儿如此态度?!似乎没有可能,会不会是刘河看错了?乌蒙国的蕊公主待在这儿,说不定会是那个美丽的蕊公主。那个蕊公主的长相和仙逝的两位皇后有些许相同之处,也说不定过段时间轩王爷会娶了她。

"你没有看错吗?"

"没有,奴才没有看错。"刘河轻声说,"初时奴才也以为看错了,但是,奴才认得丛姑娘,那日在大牢中也见过素颜的丛姑娘,不会看错的——主子,奴才有句话要说,那丛姑娘,似乎是比前漂亮了许多,看着也顺眼了许多,也说不定,丛姑娘是误担了世人的白眼。"

司马溶微皱起眉头,有些冲动,想要立刻到轩王府把丛意儿要回来!但是,司马逸轩的话语再次响在耳边,他能否答应皇叔此生只娶丛意儿一个?

"主子,"刘河轻声说,"依奴才拙见,主子当不必再理会丛姑娘才好,和轩王爷产生冲突,对您真的不是一件好事。"

司马溶抬眼瞥了身旁的奴才一眼,问:"如何不好?"

刘河看了看司马溶,轻声说:"主子您是皇上最喜爱的一位皇子,如果不出意

第五章 情愫暗生 宁负天下不负卿

63

外,您将是未来的大兴王朝的皇上。为了一个丛意儿和轩王爷闹翻了,若是轩王爷存了心思,难保不出什么差池。"

司马溶静静地看着刘河,脑海里起起伏伏,自己劝慰自己,一个区区丛意儿,怎么可以让他乱了心绪?!只是奇怪,一个区区丛意儿怎么会让他如今如此头疼?这很没道理可讲!

"皇叔对她态度可好?"司马溶装作无意的样子,用淡淡的口气轻声问。

刘河低下头,轻声说:"奴才见到丛姑娘的时候,并没有看到轩王爷本人,只有两位甘大人陪在一边。但奴才见他们二人对丛姑娘的态度,丛姑娘应该不会有什么危险。主子可以放心。"

司马溶叹了口气,终究是觉得心有不甘,但又说不出来什么,只得不再说话。

"主子,"刘河轻声说,"容奴才再多嘴说一句,您和丛姑娘的婚约本只是皇上随口一说,您也晓得,皇上他老人家并不喜欢丛姑娘,您和丛姑娘的婚约其实等于并不存在,如果不是丛王爷抓住了皇上一时的口误,怎么会有您和丛姑娘的婚事?您此时放弃了,对您还是一件好事,若是真的娶了丛姑娘,以丛姑娘的为人处事,难免会给您带来一些不太好的影响,落些笑话在他人口中。"

司马溶看着刘河,有些无奈,说:"好吧,暂且如此吧。"

蕊公主安静地看着庭院里正驻足观看蔷薇的丛意儿。司马逸轩带回这个女子,让她觉得心里别扭得难受。庭院中的丛意儿,在她看来并非是什么国色天香的女子,一身素淡的衣衫,看不出什么奢华,甚至有些太简单和随意,眉目确实清秀可人,可真值得心高气傲的司马逸轩带回王府吗?

但蕊公主心中仍是不情愿的承认,这个丛意儿,似乎有着与众不同的味道,那种味道是清爽而宁静的,仿佛深谷盛开的幽兰,说不出的干净自然,让人看着极是舒服。确切地讲,丛意儿是个越看越耐看的女子,第一眼,是个漂亮的女子,再看,就会陷进去。

这和传闻中的丛意儿是如此的不同!和她以前见过的丛意儿也完全是截然不同的两个人!她记忆中的丛意儿,总是花红柳绿的一身,闹闹哄哄的不肯停歇,让人不胜其烦。她甚至记不起丛意儿的模样,只记得一脸的脂粉,俗不可耐,但洗去铅华的丛意儿,眉目竟然是如此的可人!

"看我,不如看花。"丛意儿微笑着转回头来看着站在她身后的蕊公主,恬静温和地说。

蕊公主吓了一跳,她是悄悄走过来的,虽然她的武艺不如轩王爷,但应付任性刁蛮的丛意儿,应该是绰绰有余。她以前不是没有接近过丛意儿,第一次来京城的时候,就在皇宫内的一次宴席上见识了这个丛意儿的骄横任性。

"你是如何知道我走过来的?"蕊公主微皱眉头,轻声问。

丛意儿轻轻一笑，随意地说："人走路总是有声音的。"

蕊公主淡淡一笑，不冷不热地说："不愧是丛王府的千金，只是比起你姐姐丛惜艾来说，实在是相差太多。"

丛意儿轻轻一笑，从进入轩王府开始，第一束目光就是来自这个漂亮的异族美女公主，这目光中有着太多的敌意，她来自现代，怎么会不知这目光中有太多的排斥。这个美丽的异族少女，一定是深爱着司马逸轩的。她的出现，让这个美丽的异族少女觉得不开心，其实，任何一个出现在司马逸轩身边的女子都会让这个异族少女觉得不开心。

丛意儿的不语让蕊公主愣了一下，丛意儿是怎么了?！以前她可不是这个样子的，且不说话语间得罪了她，就算是让她看着不顺眼的人，她也会暴跳如雷的大发脾气。而如今，自己做好了与她发生争吵的心理准备，却只得到一个沉默的微笑和包容的表情！

一只蝴蝶飞了过来，在蔷薇花间自由地飞舞。丛意儿看着漂亮的蝴蝶，唇旁荡起淡淡的微笑，古代真是好呀，什么东西都是如此的干净和真实，这蝴蝶竟然也如此的美丽，美丽得让她不由自主地屏住了呼吸。她伸出手，想要捉住这只蝴蝶，仿佛只是瞬间，那蝴蝶竟然飞过来，静静地落在她纤细的指尖，翅膀颤啊颤，让她的指尖微微有些痒意。丛意儿唇旁的微笑轻轻地荡漾开，一脸的陶醉。

"丛意儿。"有人微笑着打招呼，丛意儿一愣，手指微微一动，那只蝴蝶受了惊展翅飞走，隐入花间，看不见踪影。

丛意儿顺着声音的来处看去，看到一身锦衣华衫的司马溶，一脸微笑地站在阳光下，似乎很高兴的模样。

"有事吗?"有个声音懒洋洋地说，"惊扰本王欣赏美丽景象。"

丛意儿转头看到花丛另一处，一身白衣的司马逸轩在阳光下面带微笑，却让人感觉不到温暖的味道，在蔷薇花间，点尘不沾。他是个王爷，而且是当今皇上的亲弟弟，却一直偏爱穿这种不带华丽之意的素衫，但不知为何，纵然是如此简单的衣服，却使一身华服的司马溶黯然失色。完全相同的微笑表情，却仿佛春天和冬天同时存在。

司马逸轩的冷漠似乎完全不加掩饰地表现在面上，甚至完全不在意他所表达的情绪是针对自己的亲侄子。

对这个和自己相差不足十岁的皇叔，司马溶心中是有些敬意和惧意的。在他的记忆中，自己还什么也不懂的时候，这个皇叔就已经陪着皇祖父在马场纵横，那个时候，自己的父亲只能低着头不吭声地站在场外，连参与的份都没有。而皇叔在像他此时这么大的时候，就已经权倾朝野，不论文韬还是武略，都已经是无人可及。皇祖父甚至萌生早早退位让皇叔继承皇位的念头，但皇叔却偏偏

第五章　情愫暗生　宁负天下不负卿

留书离开皇宫,游历江湖,行踪飘忽不定。

皇祖父当时气得生了病,突然下了旨意,让自己的父亲继承了大兴王朝的皇位。如果没有皇叔的突然离开,以自己父亲的才学,是绝对没有可能坐到如今的皇位的。纵然自己的父亲和皇叔是一母同胞的亲兄弟,皇叔却一直都是皇祖父最疼爱的孩子。

司马溶有些心虚,他其实不该如此不经通报就进入轩王府,如果司马逸轩知道他是点了门口家丁的穴位才进来的,肯定不会轻饶了他。其实他也是突然袭击,趁家丁在前面带路、疏忽了他的时候突然出的手,他现在还记得李山的表情,嘴巴张得可以塞进去一个鸡蛋,却一个字也说不出来。也是,以他堂堂二皇子的身份,却做出如此行径,李山不奇怪才怪呢!

他也不知道为什么会这样,为什么听完刘河的劝告后,他仍是无法说服自己,还是来到了轩王府。幸运的是,他一眼就看到了丛意儿,看到了蝴蝶在丛意儿纤细柔软的指尖停留的画面,他的欣喜让他竟然没看到对面的司马逸轩,脱口喊出了丛意儿的名字。

李山一脸紧张地站在司马溶的身后,心里暗自哆嗦,这个二皇子,今日是怎么了,竟然敢在轩王府找不是,竟然敢不经通报就直接闯了进来,而且还袭击了轩王爷的家丁。纵然他是二皇子,未来皇上的人选,但这样做,实在是不亚于在刀尖上行走。

"皇叔。"司马溶努力让自己表现得平静如常,微笑着和司马逸轩打招呼,壮着胆子开玩笑说,"原来丛意儿真的在皇叔这儿,皇叔真是喜欢和侄儿开玩笑。"

司马逸轩微笑着,平淡无奇的语调听不出恼怒或者不安,仿佛他根本就没有说过丛意儿在不在轩王府的话,"她在或者不在如何?"

司马溶微微一愣,不知要说什么才好。

"你是不是很开心这种状况。"蕊公主冷冷地说,"自古红颜是祸水,真是不错半分,一个小小的丛意儿竟然可以让他们二人心系,真是令本公主大开眼界。"

丛意儿轻轻一笑,说:"你我都是红颜,是否都是祸水?"

"轩王爷他是我所爱之人,你休想从中捣乱。"蕊公主面沉如水,语气中透着霸道之意,"否则,你也知我乌蒙国的厉害,如果本公主想让你存活一天,就可以让你存活一天,如果本公主看你不顺眼,你就休想多存活一天。信不信,我可以在轩王爷眼皮底下随时结果了你!"

丛意儿忍不住一笑,说:"好啊,你不妨试试,看看是你杀得了我,还是轩王爷救得了我。"

"如果丛意儿有任何差池,世上就不会再有蕊公主这一称呼。"司马逸轩的声音听来懒洋洋的,却透着无法抗拒的决绝,"你如果不希望乌蒙国有任何不测,就不要动这种心思。"

丛意儿和蕊公主同时看向司马逸轩，表情是同样的愕然。

"皇叔?!"司马溶眉头一皱，司马逸轩不会也喜欢上丛意儿了吧?!

蕊公主立刻声带委屈地说："是蕊儿不对，轩王爷，您不要生气，蕊儿以后一定不再如此。"说着，她转向丛意儿，努力微笑着说，"丛姑娘，是本公主不对，你不要放在心上，权当玩笑两句。"

丛意儿一笑，没有说话。

"你是如何进来的?"司马逸轩看向司马溶，问。

司马溶心中一跳，有些尴尬地笑了笑，说："呵呵，皇叔，没什么，是侄儿有些不懂礼数，我，我——"

司马逸轩看着司马溶，对丛意儿微笑着说："我这个侄儿只怕是对你动了心，是不是肯回头，嫁给他?"

丛意儿一愣，看着盛开的蔷薇花，这儿的花真美，突然想起那晚的星星，古代真是好，比起现代，总有着让她心动的东西，静了一下，才突然轻声说："你说过，他心中有丛惜艾，我不愿意与任何一个女子分享同一个男子。"

司马逸轩依然微笑着，没有任何的惊讶或者意外，只是淡淡地说："若是有一天，司马溶做了大兴王朝的皇上，自然会有很多的女人，除非你能如大兴王朝的第一位皇后一样。"

丛意儿没有说话，如叶凡一般有哪儿不好，做一个让世人误以为已经离开，却一生与相爱的男人相守的女子，有何不好?!"如她一般有何不好？若我嫁人，除非这人此生只爱我一个人，否则，宁肯不嫁，被遗忘好过始乱终弃。"

司马溶愣了愣，说："就算有惜艾在，你也嫁在她前，这很重要吗？难道仅仅是因这一点，你才执意退婚的吗?"

司马逸轩轻轻一笑，未语。

丛意儿犹豫了一下，轻声说："如何解释你才会明白呢？如果你心中有了丛惜艾，那她应该是你生命中的唯一，不论是她先嫁，还是我先嫁，这不重要，重要的是，你心中有谁！你和丛惜艾是青梅竹马的爱人，你心中不应该再有我的影子。"

"怎么听，你好像都是在吃惜艾的醋。"司马溶微笑着说，"其实应该是惜艾吃你的醋才对，毕竟你先嫁我，而非是她，若论地位，你仍是胜她一筹。"

丛意儿无奈地一笑，真不知要如何说才好了，"司马溶，你这是在曲解我的意思。你真是有趣得很，以前是恨不得我立刻消失在你眼前，第一次见到你，你就一掌推我入荷花池中，沾了我一身的淤泥。怎么如今如此在乎我要不要嫁你？其实，我不要嫁你，并不是因为我吃不吃惜艾的醋，而是我根本就不爱你，我不会嫁一个我不爱亦不爱我的人。"

司马溶脸色一沉，有些不高兴地说："丛意儿，你不要太任性，我已经对你纵容得很可以了，和惜艾比起来，你永远不知道忍让和包容。你倒是告诉我，什么叫爱我，什么叫不爱我？"

司马逸轩坐在一旁，手中轻轻把玩着一个杯盏，若有所思地看着面色恼怒的司马溶和一脸无奈的丛意儿，却不说一个字。

丛意儿愣了愣，轻声说："爱或不爱，无从解释，但我自知。"

司马溶看着丛意儿，阳光下，蔷薇花开，娇嫩动人，愈加衬出丛意儿眉清目秀的干净和无惧，她的一双眼睛，就那样安静而无惧地看着他，面上有淡淡的微笑。

"丛意儿，你这些话若是传了出去，可以要了丛王府上上下下百余口人的性命，你可曾想过。"司马逸轩调侃道，"毕竟司马溶是当今的二皇子，你如此拒绝他，难道不怕惹来祸端？"

丛意儿微微一挑眉，有些顽皮地说："轩王爷，您不会如此小瞧您自己吧，也不会不重视自己的承诺吧，可是您自己亲口所说，您绝对不允许我死，只要您在一天，您就会让我好好的活着。除非您自己否认说过这些话，否则，丛意儿在大兴王朝就绝对是安全的。对于丛意儿来说，如今最难的事，恐怕就是寻死了。"

轩王爷看着丛意儿，懒洋洋地说："你太高看本王了，本王本就是一个随意的人，说过的话，可以忘可以反悔，若是你当了真，可就真的危险了。"

丛意儿一愣，有些意外，愕然地说："也就是说，丛意儿还是有可以死去的机会？"

司马逸轩看着丛意儿，忍不住哈哈一笑，爽朗地说："丛意儿，你果真是个有趣的人，本王没有看错人，好，就算本王这辈子负了天下所有人，也绝对不会负你，本王说过的话，绝非戏言，本王郑重保证，你，丛意儿，一生安危由本王负责。"

丛意儿不知该笑还是该哭，有些愣愣地站在那儿，呆呆地看着司马逸轩，心中暗自叫苦，没想到，在大兴王朝寻死竟是如此的难！

蕊公主从司马逸轩眉宇间看到了她自己从未看到过的惊喜，好像突然遇到了什么值得一生珍惜的人和事般，难得会在司马逸轩眼中看到如此神采。一直以来，他的眼神中总是透着寂寞和冷漠，甚至是冷酷的味道，此时却突然间有了温暖，让她的心一下子沉到了谷底。

"丛意儿，你是随我回二皇子府，还是继续留在轩王府？"司马溶努力保持温和的语气问。

丛意儿随意地说："我是轩王爷请来的客人，就留在这儿吧，去了二皇子府，少不了闲言碎语，还是待在这儿，看哪个人敢说什么不中听的话。"

司马逸轩哈哈一笑，"丛意儿，你不担心你是羊入虎口？"

丛意儿微笑着说:"如你一般游戏江湖的人,不是我丛意儿的选择,我丛意儿亦非你的选择。有美丽温柔如蝶润,有冷艳高贵如蕊公主,再加上那许多许多仰慕你的妩媚女子,你才不会花时间在我身上呢。更何况我还是丛王府的人,是你最不能容忍的一个大臣的女儿,想来,定是无妨。"

司马逸轩笑而不语。

司马溶心中真是恼火,忍不住拂袖离开,弄得李山一脸茫然,对着轩王爷,看着司马溶,不知如何是好。二皇子可以生气,他一个奴才却不可以,二皇子要了他的命,尚需说出口,或者会给个理由,但轩王爷,想要了他一个奴才的性命,也许手都不用抬。

"轩王爷,奴才,奴才告退。"李山的头上流下汗来。

司马逸轩似乎并没有生气,只是摆了摆手,示意他离开。李山立刻一溜烟地跟在司马溶后面,心如鼓敲地离开。

丛意儿笑了笑,司马溶,未来大兴王朝的皇帝,或许就是灵魂轮回要许了今生的人,竟然如此不堪,根本是个还没有长大的孩子,也许是让皇宫里的人给宠坏了。不过,要说起来,司马溶并不是一个坏人,文才和武艺都不错,如果他做了大兴王朝的皇上,说不定会是一位有道的明君。

"想什么呢,如此专注,还一脸陶醉的表情?"司马逸轩微笑着随意地问,"不晓得你小小脑袋里又在打什么主意。"

丛意儿微微一笑,说:"保密。"

司马逸轩并未继续追问,只是朗朗一笑,似乎很满意这个回答。他们如此说说笑笑,竟然完全忽略了蕊公主的存在,没有看到蕊公主阴沉的脸色和恼恨的表情。

轩王府的景致相当的不错,可以看得出来,司马逸轩是个相当随性的人,并不刻意求得一种精致的美丽,但随处都有一种让人惊讶的感觉。丛意儿感觉,这儿比二皇子府更优雅和从容,同时还多了份傲气和霸气,让人心生敬畏之意,不敢放纵。

司马溶的匆匆离开,并没有影响到司马逸轩的情绪,甚至对于司马溶"胆大"的行为,司马逸轩也忽略不计,心情似乎是难得的好。

站在司马逸轩为自己安排的房间里,临窗可见外面景致动人,房间收拾得非常整洁,颜色也很雅致,物品更是一应俱全。

"喜欢这儿吗?"司马逸轩温和的声音在她身后响起。

丛意儿回头看了一眼,微笑着说:"很好,谢谢你为我准备如此舒适的房间。"

司马逸轩淡淡一笑,说:"住得舒服就好,轩王府并不留住女客,平常另有别苑,蕊公主就住在那儿。这儿是临时为你收拾的,如果有什么不合适的地方,可以和我说,我会派人立刻去做。"

丛意儿一愣,难怪司马溶离开的时候,蕊公主还在,吃过午饭,到了下午,就看不到她了,还以为她去了别处休息,原来,她去了别苑。丛意儿问道"为何如此照顾我?"

司马逸轩一笑,说:"答应过要让你活好这一生一世,当然要把你放在眼皮底下才放心,这京都不是寻常地方,角角落落都可谓藏龙卧虎,只怕稍有一个不小心,就会有闪失。为了不失诺于你,自然是这样最好。再者说,这儿到底比别苑舒服随意些,难道你不喜欢?"

"喜欢。"丛意儿眼睛看向窗外,犹豫了一下,轻声说,"只是,这轩王府有着连皇宫也不及的霸气,让我有些拘束。"

司马逸轩笑着说:"是你太在意轩王府三个字,其实,轩王府不过是我居住的院落,大家因着怕我,自然会小心谨慎,你只要不去想我的身份,就可以放得轻松自如些。"

丛意儿轻轻点了点头,轻轻一笑,说:"尽量。"

司马逸轩一笑,不再言语。

外面走进来一个姑娘,一双眼睛骨碌碌地乱转,看模样打扮,应该和蕊公主同是乌蒙国的人,她盯着丛意儿,笑嘻嘻地说:"原来轩王爷您也在这儿呀,我家公主特意让奴婢送些花篮过来,说是别苑的花开得正艳,只可惜丛姑娘欣赏不到,就特意摘了些过来,让丛姑娘可以欣赏一下。丛姑娘,这花篮可是我家公主亲手所插,您可真是有眼福,我家公主从不轻易为人做这些事情的,念着您是轩王爷的客人,自然是要尽些主人的本分。我家公主说,希望丛姑娘在轩王府住得开心,如果您有得闲的时候,可以去别苑坐坐。"

丛意儿微微一笑,好一个口齿伶俐的丫头。

"放那儿吧。"司马逸轩淡淡地说,"回去告诉你家公主,丛意儿是本王的客人,论身份并不低于她。不要开口闭口'本公主',在本王府中,只有本王的客人最重要,身份休得论来论去!"

那丫头立刻低下头,说:"是奴婢嘴快,其实我家公主并不觉得比丛姑娘强上多少,只是,奴婢称呼惯了,是奴婢的错。"

司马逸轩依然淡淡地说:"果然是个好奴才,只是,你要记得,在本王府中,没有本王的命令,你家公主亦不得在此时踏入轩王府半步,本王今天心情不错,暂且不与你计较,在本王发火之前,立刻在本王眼前消失。"

那丫头脸色一变,低着头匆匆退了出去,隐约见得额头上已经有了汗意。丛意儿微微一愣,司马逸轩讲话的语气并不凶狠,却字字听得人心惊,一个堂堂的乌蒙国公主,竟然也不可以在轩王府随意走动?!这轩王府真是霸气得可以。

"来人,把花篮拿走。"司马逸轩平淡地说。

立刻有人走了进来,取走了花篮。

"这样好吗?"丛意儿有些不解地说,"虽然蕊公主并不喜欢我,送花篮给我也并不是出于真心,但就这样草草扔掉,似乎仍是有些可惜。那些花儿毕竟无辜。"

司马逸轩看着丛意儿,考虑了一下,努力简单地解释,"蕊公主来自乌蒙国,乌蒙国一直以毒药最为出名,就算是出自她手中的一片小小的叶子也有可能害了你的性命。她的花篮中藏有一种奇花花瓣,这种花瓣到了夜深之时,就会散发一种好闻的香气,可以使人精神涣散,看到奇怪的画面,后果是或者自己伤了自己,或者受了惊吓而生一场大病。"

丛意儿愣了一下,脱口说:"乌蒙国的药真有如此神奇吗?既然如此,为何,你还与乌蒙国的人一直保持联系?"

司马逸轩微笑着说:"乌蒙国的毒药对我来说,形同虚设,并无任何意义,而且,乌蒙国景致与京都不同,游历山水间很是惬意。你姐姐丛惜艾如今就在乌蒙国养病,纵然大兴王朝并不愿意承认乌蒙国的存在,但是,在药术上,乌蒙国确实有其独特之处。"

丛意儿点了点头。

"时间不早了,你早点休息吧,我的房间就在你旁边,这儿有任何风吹草动,我都会知道,你可安心休息,没有任何人可以伤你毫分。"司马逸轩微微一笑,"而且,甘南和甘北就守在附近,你定可以一夜好梦到天亮。"

丛意儿点头,目送司马逸轩离开。隐约听到雨落之声,这个大兴王朝还真是多雨,随时都可能下雨,听到雨声,丛意儿的心情突然好了起来,推开门,外面的雨下得并不大,隐约可以看得见细细的雨丝在摇动的烛光中似真如幻。

坐在走廊中,晚来的风微有些轻寒,丛意儿收紧双肩,静静地看着眼前的景致,心里头全都是茫然,不知去或留。她想念现代的家人、朋友和浩民,离开后,现代中的苏莲蓉究竟是生是死?还是这所有一切不过一梦之间?白敏的大兴王朝之行,似乎就是一夜之间!

"这个时候,室外是冷些的,丛姑娘还是回房里休息吧。"有个温和的声音在她身后响起,"王爷瞧见了,只怕也不肯歇息的。"

转回头,看到身后站着稳重内敛的甘南,安静如树。

丛意儿微微一笑,轻轻地说:"我睡不着,出来走走,你怎么还没有去休息?是不是轩王爷他让你来保护我的?"

"姑娘是王府的客人,保护姑娘是属下的本分。"甘南温和地笑了笑,说,"姑娘还是进去歇息吧,若是王爷看见了,定是不能放心的,跟了王爷这么久了,还是第一次看到王爷如此紧张。"

"紧张？"丛意儿一愣，微笑着说，"紧张我倒没看到，只看到他一身一脸的霸道之气。轩王爷会有紧张的人和事？这么讲，还真有些奇怪。"

甘南笑了笑，说："姑娘以前和我家王爷并不熟悉，也不了解我家王爷的性格和脾气，在下跟了王爷这么多年，还真的是第一次看到王爷这样认真地对待一位女子。王爷他并不是一个特别怜香惜玉的男子。"

丛意儿忍不住一笑，说："不会吧，就算他是你的主子，你也不必如此维护他，他并不是一个怜香惜玉的男子？这话听来真是夸张，我每次遇到他的时候，他身旁总是有美女相伴，第一次是蝶润，第二次是蕊公主，下一次不知道还会有哪一位美女冒出来。"

甘南好脾气地笑了笑，说："属下是不可以随意议论自己的主子的，可是，甘南并没有夸大其词，您听到的、看到的，只是世人眼中的假象，就如众人口中的丛姑娘，和如今甘南所见到的丛姑娘根本是两个人，有些事，不过是世人误传。若王爷真如你所认为的风流，此时轩王府内早已经是莺声燕语了，哪里会有如此清静？"

丛意儿愣了愣，想了想，说："我还真是没见到轩王府中有女眷的影子。你家王爷为什么不娶妻，以他的身份地位，早应该娶妻生子，你们古代——噢，我是说你们王爷他是当朝的王爷，当今皇上的亲弟弟，怎么可能不娶妻生子呢？"

甘南微笑着说："这是王爷自己的事情，属下议论不得，不过，丛姑娘可以放心，属下可以用性命担保，王爷他绝对是一个值得属下用生命跟随的人。如今属下说什么，丛姑娘定是不肯相信的，只能让您自己慢慢地去重新认识我家王爷了。"

丛意儿轻轻笑了笑，说："慢慢认识你家王爷？还是算了吧，我不过图一时好玩，在轩王府住上几日，还是要回丛王府的。"

甘南微微犹豫一下，轻声说："丛姑娘很喜欢二皇子吗？"

丛意儿微微一愣，突然问："你见过丛惜艾吗？"

"见过。"甘南微笑着说。

"她是如何模样的女子？"丛意儿有些好奇的问，"听说她和司马溶是青梅竹马的恋人，能够让司马溶动了心的人，一定是个非常美丽动人的女子，和苏娅惠相比如何？"

甘南笑了笑，说："姑娘真会讲笑话，丛惜艾姑娘是您的姐姐，您和她自小一起长大，怎么反倒问起甘南来了？"

丛意儿微笑着说："我就想听听你们是如何看待丛惜艾的。"

"您姐姐是一个琴棋书画样样出众的女子。"甘南微笑着，言语谨慎地说，"时间不早了，丛姑娘还是回房去休息吧。"

丛意儿点了点头。返回房内，关上房门，躺在床上，却辗转反侧，再次起来，室外因为下雨，没有月光，此时除了雨声听不到任何声音。

她看到附近的房子里还亮着灯，自己离开的时候，那儿的烛火好像已经灭了，怎么突然又亮了起来？记得司马逸轩说过，他就住在她附近，如果没有猜错的话，离她最近的这间房子应该就是轩王爷的住处。这个时候他为什么不睡？

她悄悄走近，隐约看到房里好像是两个人，再走近些，藏在窗外的花丛处，上面盛开的繁茂花朵正好替她遮住风雨，虽然偶尔也有些细细的雨丝飘下来，但并无大碍。这时，她看清了房里确实是两个人，一个是司马逸轩；另外一个竟然是司马溶！

这个时候他跑来轩王府做什么？

隐约听到他们二人谈话的声音，她屏住呼吸仔细听，在雨声中听到司马溶很诚恳地说："皇叔，您就让侄儿带丛意儿走吧。她真的是一个很无辜的女孩子，一切都是侄儿的错，如果不是侄儿当时起了顽心，把她送去醉花楼，也不会有今日的状况，侄儿觉得丛意儿只是一个单纯的女子，性格爽直，没有心机，以前是侄儿误会了她，全是侄儿的错。皇叔，您一直最疼爱侄儿，这次就帮帮侄儿吧。"

司马逸轩从桌旁站起，走到窗前，静静站立，看着窗外的细雨，沉默了一会儿，淡淡地说："丛惜艾回来的时候，你要如何安排她们姐妹二人？"

司马溶垂下头，想了想，然后说："惜艾是侄儿青梅竹马的恋人，侄儿是不可能弃她不顾的。丛意儿是父王指婚，若不娶，传出去会毁了丛意儿一生的幸福，侄儿娶了她，会好好对待她，绝不会让她受到任何委屈。更何况，她们本是姐妹，惜艾又是一位知书达理的女子，绝对不会为难丛意儿的。"

司马逸轩淡淡地一笑，神情有些冷漠，说："司马溶，你的个性实在是太过优柔寡断，如果你以这种个性做大兴王朝的皇上，终有一日会被他人取而代之。本王已经一再地说过，在丛惜艾和丛意儿之间，你只能选择一个，你怎么还心存着两全其美的打算？"

"皇叔，"司马溶有些为难地说，"请原谅侄儿的贪心，可是，这在大兴王朝并不是什么奇怪的事情，就算不做皇上，依旧可以三妻四妾，您为何一定要让侄儿从中选择其一呢？就算是大兴王朝的第一位皇上，也并没有真的就自始至终只有一位皇后，在皇后死后不久，他就立了新妾，宠爱了荷妃娘娘，并且专宠她一人，您信一个男人会只爱一个女人吗？"

司马逸轩冷冷地说："不要和本王谈什么条件！你只能在她们二人之间选择一个，如果你执意要娶丛意儿为妻，就得放弃丛惜艾，如果选择了丛惜艾，你今生就不能对丛意儿再动什么心思！"

"皇叔！"司马溶略微提高了声音，说，"不论怎么说，丛意儿她也是侄儿的未婚妻，若论身份，她是您的后辈，您怎么可以如此留她在轩王府，如果传了出去，丛意儿她以后要如何嫁人？世人只会传闻，她被二皇子休了，然后混迹于轩王府，怎么知道您和她并无任何关系？皇叔若是肯为丛意儿着想，就放了她，让她回丛王府，您就不必再理此事。"

司马逸轩笑了笑，说："司马溶，休拿那些道理来教训本王，本王做什么事情考虑过后果？丛意儿，本王是留定了，你要是真想带她出去，那就要看你的本事了！"

司马溶顿了顿，说："您是不是还在记恨丛府？"

司马逸轩没有吭声，看着窗外，慢慢地走出房间，到了门口，顺手拿起放在一边的披风，软软的毛，素淡的颜色，在烛光下有着温暖的光泽。司马溶有些不解，顿了一下，跟着走了出来。

丛意儿站在花丛下，纵然有繁茂的花挡在头上，时间一长，那些渗过花朵的细细雨丝飘落在她身上和脸上，薄薄的衣服被风雨打得有些潮意，她有些后悔出来得匆忙，没多加件衣服，但她出来的时候却并没有想到会遇到这叔侄二人。正犹豫着，看到司马逸轩走了出来，她下意识地想努力把身体往花丛里躲。

司马逸轩似乎并没有看到她，走到离花丛还有些距离的时候，他突然停住了脚步，回头淡淡地说了句："司马溶，夜深了，还要和本王讨论这个问题吗？"

丛意儿这才发现司马溶也跟着出来了，她有些犹豫，要不要走出去，免得被他们二人发现反而不妥，却突然觉得肩上一暖，似乎风雨突然停了。她微微一怔，却发现司马逸轩房内的烛火突然灭掉了，光线一下子暗了下来，而她的身上，却披着一件暖暖的素淡的披风，有柔软的毛。在这突然暗下来的光线中，纵然她身上披着这件颜色浅淡的披风，司马溶也看不到她。

听到司马溶说："皇叔，您放了丛意儿吧。"

司马逸轩冷冷一笑，说："司马溶，丛意儿单纯如水，你以为她可以在皇宫里活得下去吗？"

司马溶愣了愣，没有再说什么，抬腿向外走，走了几步，突然停下来，说："皇叔，不论用什么办法，侄儿一定会带走丛意儿。"

"本王耐心等候。"司马逸轩淡淡地说。

司马溶离开后，丛意儿从花丛中走了出来，微笑着说："谢谢你的披风，确实有些寒意。"

司马逸轩温和地一笑，说："这么晚了还不睡，出来的时候也不知道带件厚一些的衣服，虽然已经快到夏日，可是只要下雨，温度还是低一些的。"

丛意儿笑了笑，说："谢谢，只是有些睡不着，就出来转转，无意中看到你这儿亮着灯，有些好奇，就走来瞧瞧，你们叔侄二人正在聊天，不小心听了几句。"

"你有多久没有见过你姐姐丛惜艾了？"司马逸轩平和地问。

丛意儿一愣,心说:他不会问我有关丛惜艾的事情吧?如果他要问的话,自己一定会露馅的。总不至于要和这个人解释,自己并不是丛意儿,而是来自现代的苏莲蓉吧?

"怎么不说话?"司马逸轩温和地问。

"在想如何说。"丛意儿微笑着,心里有些忐忑不安,但脸上依然保持着平静的表情说,"因为我不知道要如何谈论我这位美丽出色的姐姐。"

司马逸轩轻声说:"丛意儿,记住我一句话,你或许可以和丛惜艾做姐妹,但绝对不要与她分享任何人和事。如果她在皇宫,如果她嫁了司马溶,你就再也不要心存侥幸可以嫁给司马溶。"

"如果是我先嫁给司马溶呢?"丛意儿微笑着说,"如果是我容不得丛惜艾呢?不可能我丛意儿要事事为他人做嫁衣吧。"

司马逸轩忍不住一笑,说:"丛意儿,我真是要用尽一切办法留住你,你每时每刻都给我新鲜感觉,我以前真是错看你了。"

司马溶刚刚走进二皇子府,李山匆匆迎了上来,神色不安地说:"主子,您去了哪里?这么晚了,可真是吓死奴才啦。"

司马溶没好气地说:"我还能去哪里,真是多事!"

"主子,刚刚丛夫人来过。"李山犹豫着说,"到现在,丛王府还不知道丛姑娘她待在轩王府的事,这也很正常,以轩王府和丛王府的关系来说,丛王爷就算是想破了头,也不会知晓丛姑娘去了轩王爷那儿。不过,丛夫人说,明日丛姑娘的姐姐就会从乌蒙国回来,听说是想念父母,特意回来住些日子。"

"惜艾回来了?"司马溶微笑着说,"这倒是难得的好消息,暂且不要把丛意儿的事情告诉她,免得她担心。如果明日回来,我倒要亲自去趟丛王府见见她才好。"

李山松了口气,心中猜测,丛惜艾回来应该是件值得高兴的事情,丛惜艾回来了,丛意儿的事情就可以暂时放到一边。因为丛意儿招惹轩王爷,实在是件让他这个做奴才的心惊肉跳的事情。

清晨,窗外的雨依然在下,下得不急不躁,下得很有耐心。

丛意儿早早就醒来,却不想起,就赖在床上,享受着雨声带来的放松。说实话,她有些喜欢这个对她来说莫名其妙的大兴王朝,甚至有些隐约的念头想要多留些日子。不论她是不是灵魂的轮回。

"姑娘,"有丫头的声音在外面轻轻地响起,"醒了吗?"

"醒了。"丛意儿漫声应着,依然懒懒散散地躺着,"进来吧。"

门被从外面推开,轩王府的奴婢轻手轻脚地走了进来,很利索干净的一个小姑娘,年纪不大,一张脸干净而温和,丛意儿微笑着看着她,心中想,这个司马逸轩,眼光还真是不错,府里上上下下的人,不仅仅是司马逸轩本人英俊潇洒,就连府中的侍卫奴婢,个个都算得上眉清目秀,看着甚是养眼。

丛意儿起床洗漱,看到奴婢带来一身淡蓝的衣衫,颜色淡到几乎察觉不到,却透着蓝的清澈,仿佛水般的纯净,忍不住有些讶然。她只以为这儿是古代,就断定这儿比不上现代发达,可是,就算是在现代,也找不到如此优良出色的布料,"这布的颜色真漂亮,是送我的吗?"

"是的,是王爷亲自为您挑选的,这是宫里都少见的物品,王爷说配姑娘您最是合适。"奴婢微笑着说,"王爷还亲自挑选了一件玉钗,正好搭配这件衣裳,不晓得姑娘您喜不喜欢。"

丛意儿怀着欣喜的心情换上衣裳,纵然这身体不是自己的,却在这几日的相处中,已经不再觉得陌生。丛意儿,确切地讲,是真实的丛意儿,真的不是一位丑丫头,有着清秀的容貌,有着婀娜的身姿,如果是在她亲生父母跟前长大的话,定是个人见人爱的女子,可惜却生生被自己的大娘塑造成那般模样。虽然没有亲眼见过丛意儿以前的模样,但从司马溶的厌恶中可以想见,这之前的丛意儿,真的很让自己难过。

站在镜前,镜子里有她清晰的模样,丛意儿抑或苏莲蓉? 此时已经分不清楚。苏莲蓉看着镜中自己纯净恬淡的模样,安静的眼神,清秀的眉目,轻轻叹了口气,心中轻轻地说:苏莲蓉,离开这儿之前,请以丛意儿的身份好好的活着,无论如何,想要回到现代,就如同自己来的时候一般不可想象,要走的时候一定会离开,无法离开的时候也一定是走不了,我要丛意儿好好活着。我是不是灵魂的轮回,此时无关这份特别的经历,我终究要有我的故事,而这个故事注定属于丛意儿,所以,要好好的活。

"在想什么呢,笑得如此动人?"司马逸轩的声音在门旁温和地响起,"喜欢我送来的东西吗?"

"喜欢。"丛意儿微笑着,看着司马逸轩,有小小满足的模样,藏在眉眼间有着娇娇的女儿气,她信赖面前这个男子,"真的很喜欢,它们真的很漂亮。现在看镜中的自己,也会觉得好看了几分。"

司马逸轩微笑着,温和地说:"你本来就很好看,不论有怎样的事情发生,我希望你永远是最真实的你。"

丛意儿微微有些羞涩之意,司马逸轩并不是一个喜欢隐藏自己感觉的人,他对自己直接的赞美,听来既令她开心,又让她有些隐约的羞涩,"谢谢。"

"你姐姐今天回来了。"司马逸轩淡淡地说,面上依然有温和的笑痕,"小小一个丛意儿,竟然可以搅起大兴王朝的波澜,真是自古英雄出少年,哈哈,说说就会脸红,倒让我不好意思再说下去了。"

"你也太夸张了。"丛意儿有些不依地说,"我怎么挑起大兴王朝的波澜了,这样听,总有些红颜祸水的味道。"

"你知道丛惜艾是如何回来的吗?"司马逸轩笑着看着丛意儿,丛意儿清丽的面容上有着她自己也不知的娇嗔和柔美,那么真实自然地吸引着他的目光,就好像是一朵静静绽放的花朵,开得让他怦然心动,甚至连呼吸都要放缓。

丛意儿轻轻一笑,想了想,说:"如果按我'母亲'的行事方式来看,她并不急于寻找我,一定是着急把丛惜艾从乌蒙国带回来。"

"聪明。"司马逸轩轻声称赞道,"你已经搅乱了二皇子府和丛王府的平静生活,小小一个柔弱女子,能够如此,实在是令我佩服。"

"难道真的是我如今的母亲把丛惜艾从乌蒙国接回来了吗?"丛意儿有些不太确定地问。

司马逸轩点了点头,温和地说:"是她和她儿子一同快速离开京都赶去乌蒙国,亲自把丛惜艾接了回来,丛夫人发现,司马溶为你动了心,这让她觉得惶恐,怕你真的将丛惜艾取而代之,毕竟,她深知你的亲生父母原本是出色的一对人儿,你怎么会差呢!"

丛意儿微微皱了皱眉头,淡淡地说:"这种麻烦最是要不得,正如你说,如果司马溶的心在我和丛惜艾之间摇摆,我怎能嫁给他,既然这样,就不如让他和丛惜艾青梅竹马厮守一生的好。"

司马逸轩微笑着说:"意儿,你真的只有十六七岁的年纪吗?这许多念头竟是多少须眉也想不透通的。"

丛意儿淡淡一笑,微偏头,轻嗔调侃:"近朱者赤,近墨者黑,与你司马逸轩待得久了,就算不会,也熏出来了。"

司马逸轩朗朗一笑,未语,眼中却满是欣喜。

"我想见见我这位美丽出色的姐姐。"丛意儿微笑着说,"不过,我们偷偷地看看如何?"

司马逸轩温和一笑,说:"好啊,只要你觉得开心就好。今日司马溶会在饮香楼请丛王府的人吃饭,主客当然就是你姐姐丛惜艾,我们就去'偷偷'看一眼。"

第六章　姊妹相逢　真真假假风波起

饮香楼,司马溶怜惜地看着脸色微微有些苍白的丛惜艾,疼惜地说:"惜艾,怎么去了乌蒙国这么久,仍然是如此让人心疼的柔弱?皇叔替你寻找的大夫是不是没有尽心?"

丛惜艾微微一笑,轻声说:"大约是旅途劳顿的缘故吧,歇息几日就没事了,我这病来得突然,大夫也嘱咐过,只要好好的休息些日子就好,您不必太过担心,辜负了轩王爷的一番好心。"

司马溶微笑着说:"你总是替别人着想,只是旅途劳顿就好,吃过饭就好好的休息休息。如果不是着急见到你,真应该让你好好地休息休息再寻你出来,好在这儿有你最爱吃的饭菜,你就好好地吃吃家乡的饭菜,解解馋吧。"

丛惜艾轻轻点了点头,微笑着说:"谢过二皇子,我还真是想念这儿的饭菜,在乌蒙国的时候,幸好有轩王爷安排了京都的人跟着,才可以时常吃到家乡的饭菜,否则,真是有些难过。对啦,听母亲说,意儿她到了宫里,今日怎么没有带她过来?"

司马溶微笑着说:"那丫头顽皮得很,此时不知道正躲在哪儿玩耍呢,在宫里待着就如在她自个儿家里一样,她要是有你一半的稳重成熟就好了,我真是拿她没有办法了,此时,想必正在缠着皇叔呢。"

"缠着皇叔?"丛惜艾愣了愣,微微睁大眼睛,轻轻地反问,"她和轩王爷在一起?这,这怎么可能?他——轩王爷,不会为难意儿吧?您,没有带她回丛王府吗?"

司马溶微笑着说:"你不必担心,意儿她不会有事。"

丛克辉在一边说:"二皇子,不提那丫头还好,提起来她来,我真是恼火得很,那丫头竟然敢还手,她竟然——"

"克辉!"丛夫人一边温和地笑了笑,说,"兄妹二人开个小小玩笑,也值得在二皇子跟前说吗,打打闹闹的,自小不就是这样的吗?意儿她一个女孩子家家的,能打得疼你吗?二皇子,您不要听克辉他在那儿乱讲,意儿不过是耍耍小孩子的脾气而已。"

丛克辉看了自己母亲一眼，咽回下面的话，微笑着对司马溶说："对啦，二皇子，我妹妹她现在还好吗？"

司马溶看了看窗外，微微愣了一下，丛意儿她还好吗？是啊，她现在还好吗？应该是好的吧。看皇叔对她的态度，应该不会为难她。"她和皇叔在一起，看情形，皇叔对她还是很好的，其实，丛意儿也是个很可爱的女孩子，只是平常不太在意。"

"她很可爱？！"丛克辉眼睛睁得大大的，盯着司马溶，有些茫然和傻乎乎的模样，这是司马溶说的话吗？他记得以前的时候，每每一提到丛意儿，司马溶的脸就阴得好像随时滴下雨来，怎么突然夸奖起丛意儿来？！这太阳简直是从西边出来了！不过，眼前闪过那一日的画面，丛意儿站在水盆里，倔强的表情，完全无惧地与他对视，一张脸，眉如画，眼似水，唇微抿，完全是个清丽如水的女子，那对他来说，不也是一个完全陌生的丛意儿吗？

"是啊，"司马溶微笑着说，"和她聊天的时候才发现，她还是一个相当有内涵的女子，就好像突然间长成了大人，或许真的是以前误看了她。"

丛夫人安静地听着司马溶和丛克辉的对话，眼睛中隐藏了所有的情绪，丛王爷碰了碰她，轻声说："招呼他们吃饭吧，这样聊下去，只怕这顿饭就不是请惜艾的而是请意儿的了。事情怎么会变成这个样子？意儿怎么会突然如此受二皇子的喜爱了？"

丛夫人轻轻皱了皱眉，摇了摇头，面上带着温和的笑容，温柔地说："克辉，不要再烦二皇子了，大家快坐下来吃东西吧，既然意儿她依然在宫中待着，有皇后娘娘和二皇子照应，还有轩王爷在，我们也不必太担心，只是，惜艾从乌蒙国回来，一直很想见见意儿，如果有机会见到意儿，告诉她玩得累了，就回丛王府见见她姐姐，她姐姐还特意从乌蒙国给她带来了许多好玩、好吃的物品。"

司马溶点了点头，说："好的，我记得了。来，我们吃饭吧，惜艾，你想吃些什么？"

坐在船上，丛意儿怡然自得地喝着茶，欣赏着水上的风景，心情很好，司马逸轩告诉她，这儿是从饮香楼出来的必经之路，如果他们从饮香楼出来，一定要从这儿走过，她就可以看到她的姐姐，那个一直没有露面的丛惜艾。

船在水上轻轻地晃动，甘南和甘北安静地背对着司马逸轩和丛意儿站在船头两边，篷内，司马逸轩与丛意儿对面而坐，微笑地看着丛意儿一脸的微笑，这个在他的注视下，依然镇定自如的奇怪女子，她此时正看着船外的景致，纤手托腮，嘴唇轻抿，很是舒服。

"你在这儿，只要抬抬头，就可以看到饮香楼的贵宾室，那个只留给皇室成员的房间,甚至,可以看到坐在窗口的丛惜艾,你的姐姐,她就坐在司马溶的身边。"司马逸轩温和地说。

丛意儿好奇地顺着司马逸轩所指的方向看去,那儿的窗户特别的大,窗户开着,临窗坐着一个妙龄少女,年纪与此时的自己相仿。乌黑的头发垂在肩上,发髻侧插一根淡淡的银钗,看不清形状,但滴垂的链如同一缕细雨在发旁轻晃,有着说不出的韵味。只看得见她一张侧面,五官精致如同精心雕刻而出,高贵而宁静,一件素淡的衫,包裹着微有些瘦弱的肩,披一件质地极好的披风,让观者心生怜惜之意。

"她真的很漂亮。"丛意儿微笑着温和地说。接着,她安静地转头看着船体两侧分开的河水。古代的河水真是干净,就算随时取了来喝,也应该不会腹泻。她清楚地看到水底流动的鱼儿,那么悠闲自在。

低垂的头,映在干净的水中,倒映出一张干净的面容,发旁轻轻晃动的钗,如冷雨般的链轻轻晃动。

"丛姑娘,小心些,您的身子离船身远一些,前面水速会急一些。"甘南恭敬地说,"您这个样子会掉入水中的。"

丛意儿抬起头,微笑着说:"这河水真清,都说水至清则无鱼,可这水清澈至此,却仍可见鱼儿欢游,真是好看。"

甘南微笑着,嘱咐船夫慢一些。丛意儿收回身子,才突然发现,船上似乎少了司马逸轩的身影,便下意识地四下里看了看,果然,不知司马逸轩去了哪里。"咦,轩王爷呢?"

甘南笑了笑,轻声说:"刚刚经过醉花楼的时候,王爷去了蝶润姑娘那儿,好像是有些事情要做,只嘱咐我们小心照看姑娘,他去去就来。姑娘有什么吩咐尽管说,甘北他跟着王爷去了。"

丛意儿想了想,说:"甘南,我很想见见我姐姐,你送我去饮香楼,如何?"

甘南犹豫了一下,说:"好吧,既然姑娘要去,属下这就送姑娘过去。要不要等王爷回来一同去?"

丛意儿摇了摇头,说:"你只要把我送到岸上就好,他们是我的家人,轩王爷一直对丛王府的人没有好感,我们不必为难他了,只等他回来,替我谢谢他这几日在宫中的照顾,就好。"

甘南犹豫一下,说:"好吧,属下送姑娘到饮香楼下,就在下面等着姑娘。"

丛意儿又摇了摇头,说:"不必了,你送我到岸上就好,不过走几步就到了。我想在见姐姐之前,给她买些礼物,也好堵堵她的嘴,免得她怪我不懂礼数,瞒着家人到处乱转。"

甘南笑了笑,点了点头,"姑娘说得是,属下这就让船靠岸。"

船靠了岸,丛意儿上到岸上,回头对甘南摆了摆手,微笑着说:"见了轩王爷,替我向他说一声。"

甘南微笑着点头,退回到船上,轻声说:"属下在这儿候着,有什么事需要属下做的,姑娘尽管开口吩咐。"

丛意儿笑了笑,沿着街慢慢走。街两边有许多小摊,风尘满面却一脸满足的小商小贩们热情地招呼着,空气中洋溢着一种幸福的味道。她微笑着,却突然想到,自己用什么给丛惜艾买见面的礼物呢?

她一直在皇宫里转来转去,那儿根本不需要她身上带钱,而且,她也确实没有钱放在身上——

"除非你的微笑在丛惜艾的眼中也是珍贵的礼物,否则,你这个样子没办法堵上她的嘴。"一个懒洋洋的声音在丛意儿身旁响起,如同阳光的感觉。

回头,司马逸轩长身玉立,意态潇洒,正微笑着看着她。甘北和甘南各自面带微笑,也温和地看着她。她有些愕然,讶然道:"轻功真有这么神奇吗?你,你不是去了醉花楼吗?"

司马逸轩哈哈一笑,说:"你真当我会飞呀,只是巧了,刚好赶在你在这儿的时候我也在这儿。如果我此时仍在醉花楼,就算我的轻功天下第一,只怕也追不上你。"

丛意儿忍不住轻轻一笑,说:"你真是奇怪,走的时候悄没声息,出来的时候倒是吓人一跳。人是不经吓的,你体谅一下我的心脏如何?"

司马逸轩微笑着说:"你去看你姐姐,本王为你准备一份你可以送你姐姐的礼物,这样,可以助你轻松搪塞过这次的所谓'任性而为'。"

丛意儿微微一笑,说:"好,看在礼物的分上,暂且放你一马。"

司马逸轩轻轻一笑,却就在微微一笑间,看到丛意儿头上的玉钗失了踪迹,乌黑的发,只有发间一朵小小的花轻轻颤动。那是河边一种不知名的小花,花瓣不大,淡粉如雕,晶莹似玉。

登上饮香楼,店里的伙计迎上来,热情地招呼,知道她是来找丛王府一家,立刻前头带路,招呼丛意儿上去。虽然不认识她,但眼前的女子眉宇间有着一种坦然高贵的气质,隐约有些冷冷的淡然,却有着温暖的微笑,温和而细腻,料想也是名门之后。

丛惜艾垂着眼睑,静静地喝着手中的茶,听着司马溶与她说笑,温柔而文静,招人怜惜。突然,她顿了顿,抬眼看向门口,几乎是在同时,丛意儿的目光也落在了她的身上。

丛惜艾真的是非常的漂亮,这种漂亮是令人惊讶的。丛意儿知道丛惜艾是美丽的,单单一个侧面已经让她感觉到了似雕刻出来的精致的美丽,整个人看过去,仿佛是完美的。她的微笑微凉,姿势高雅,整个人透着无人可以模仿的闺秀千金的端庄文静。

丛意儿微笑的模样静静地落在丛惜艾眼中,眼前的女子,眉目干净,眼睛仿佛会说话,那么安静地看着自己,仿佛看透了自己的内心,那一件淡淡的衣,穿在身上,整个人显得干净而恬静,近在眼前却又似遥不可及。她的容颜透着一种让人舒服的坦然和干净,仿佛深山幽谷里盛开的花,流动的泉。

她是谁呀?怎么可以直接进来。

丛克辉愕然地看着丛意儿,这是……丛!意!儿!吗?!他那个花枝招展的"宝贝"妹妹吗?!如果不是那日见过她素颜的模样,他会认不出来的。那个整天把一张脸抹得艳丽无比的丛意儿,什么时候变得如此干净舒服?"丛意儿?你,你,打什么地方冒出来的?"

丛意儿?她的妹妹?丛惜艾愣愣地看着眼前的女子,眉头轻皱,这是丛意儿吗?!

司马溶很高兴地站起来,招呼说:"丛意儿,你怎么来了?皇叔呢?他有和你在一起吗?"

丛意儿摇了摇头,微笑着说:"各位家人好,意儿在这儿向大家道歉,害大家这段时间担心。二皇子,你皇叔他好像去了醉花楼,如果有事去那儿找他。另外,丛克辉,我是好好走上来的,不是打哪儿冒出来的。丛——姐姐,你好。"

丛惜艾很快恢复了常态,微笑着说:"有些日子没见,妹妹是出落得愈加好看,姐姐差点没有认出来。我在乌蒙国给你带了些好玩的物品,等吃过饭,回府后我拿给你。"

丛意儿微笑着在司马溶安排的一个空位上坐下,轻笑着说:"谢谢姐姐,我也给姐姐捎来些好用的,是轩王爷帮忙付的钱,算是借花献佛。——丛克辉,你这个表情看着我做什么?"

丛克辉咽了一下口水,努力镇定地说:"丛意儿,我的名字是你叫的吗?竟然当着二皇子的面直呼我的名讳,你还有没有家教?"

"彼此,彼此。"丛意儿轻轻一笑。

"丛意儿!"丛克辉提高些声音,喊了一声。

"好了,"丛王爷插言制止,"兄妹二人不要见面就抬杠,都多大了,当着二皇子的面,惹人笑话。"

司马溶微笑着说:"没事,意儿她不是故意的,何况是丛克辉他直呼意儿名讳在前,是不是,克辉?"

丛克辉先是一愣,继而有些傻傻的点了点头,心里思忖,什么时候,司马溶如此维护丛意儿了?丛意儿去了一趟皇宫,到底发生了什么事,竟然让一直讨厌她的司马溶变得如此维护?

丛惜艾微笑着说:"哥哥,二皇子说得不错,你对意儿和气些,她就不会和你置气。"又看着司马溶,温柔地说,"谢谢你肯如此照顾意儿,惜艾心里真是很感激。"

司马溶微笑着说:"意儿她本就是一个招人喜爱的女子,宫里不仅我肯如此照顾她,就连皇叔对她也是和气的。"

丛夫人温和地说:"她们姐妹二人可以同嫁你一人,彼此有个照顾,真是件好事。"

司马溶微笑着说:"惜艾回来了,若是身体好一些,父亲希望我可以先在意儿之前接惜艾入宫。"

丛惜艾身体轻轻晃动一下,似乎想说什么,却又悄悄咽了回去。

丛夫人看了一眼自己的女儿,微笑着说:"既然皇上这样想,惜艾她这次从乌蒙国回来,应该已经没什么大碍,只要再好好休息些日子就可以了。而且在宫里,有你照顾,我倒是极放心的。"

丛意儿淡淡一笑,喝着茶,似乎无意地说:"既然姐姐嫁了,我这个做妹妹的,嫁或者不嫁,应该不算是个问题了,而且,那皇宫,不待也罢。"

"意儿,"丛王爷轻斥道,"不许乱讲话,在丛王府偶尔张狂也就罢啦,当着二皇子的面,说话没个轻重。你嫁或者不嫁,岂是你可以做主的,而且,那皇宫,也不是你随便可以待的。"

丛意儿轻轻笑,说:"女儿知道了,不再乱讲话了。"轻侧头,看着司马溶,眼神含笑,有些调皮,轻声说,"嫁到皇宫到底有什么好?说个话也要再三权衡。司马溶,你若娶了惜艾,就守着她一个人好了,不要再让我嫁了,好不好?"

司马溶微笑着看着她,轻声低语,"皇宫里房间多得很,你是喜欢正阳宫还是平阳宫?假以时日,随你挑选。"

丛意儿浅笑,看了看丛惜艾,她有一种奇怪的感觉,这个丛惜艾一定听得见他们的每一句话,因为,她虽然在喝茶,却神情并不散漫,好像在聆听什么。她再转向司马溶,微笑而语,"司马溶,这话你该问丛惜艾的,是她嫁你,不是我嫁你。轩王爷说过,若娶了丛惜艾你就娶不得我,娶了我就得放弃丛惜艾,你不会忘了吧?"

司马溶愣了愣,下意识脱口而出,"那我娶你如何?"

丛意儿一愣,继而笑了笑,说:"玩笑而已,何必当真。"

"轩王爷,他,如今可好?"丛惜艾突然温和地开口,看着丛意儿,面带微笑,"听二皇子说,这些日子你一直得轩王爷照顾,可否有机会请轩王爷允许惜艾设宴请他,谢谢他的救命之恩?"

83

丛意儿一笑,说:"如果有机会可以见到他,我一定代为转告,只是,若是你自己说出来,可能会更有诚意些。"

丛惜艾微微一笑,温柔地说:"他是当今的王爷,是仅次于当今皇上的一个人,姐姐怎么可以想如何就如何? 只是心里存了感恩之心,希望可以当面谢谢他,只是一直不得机会。这次从乌蒙国回来,听二皇子说,轩王爷一直在照顾你,这样想来,你可以见到他的机会便多一些,如果有机会的话,代为转告一声为好。"

丛意儿浅笑着点了点头,心中有几分诧异,如果丛惜艾和司马溶真的是青梅竹马的玩伴,感情深厚到可以论及婚嫁,为何,丛惜艾对司马溶却是如此的恭敬谦和? 不像对自己心仪的男子,倒好像是更多一些上下尊卑的味道。

"意儿,你这些日子到哪里疯癫去了,害得你娘和为父担心。"丛王爷沉声说,倒是并不严厉,只是有些冷漠。

"我只是在宫里随便转转。"丛意儿微笑着说,"宫里很好玩,景致不错,轩王爷人也不错,虽然偶尔脾气坏一些,别的还好。"

"意儿,是不是今日随我们一同回府?"丛夫人温和地说,眼睛盯着丛意儿,"虽然有皇后娘娘照顾着你,但是,有些人还是要小心些的好,为着你姑姑着想,也得收敛些,好吗?"

"好的。"丛意儿点了点头,看模样似乎是很乖巧。

"你有这么听话吗?"司马溶轻声说,声音中微微带着笑意,夹杂着些调侃,"怎么听着如此的言不由衷。"

丛意儿一笑,半真半假地说:"我一直很听话的,否则哪里会答应嫁给你,明明知道你厌恶透了我,如今你和丛惜艾终于要喜结良缘,我也终于可以不听话一次了。"

司马溶看了她一眼,无可奈何地摇了摇头,低头吃东西,不再理会她。他并不是很认真地相信着她的话的。

醉花楼,蝶润安静地弹琴,司马逸轩安静地听琴,独自浅酌轻饮,身体斜靠在长椅中,懒懒散散,只是神情隐约有些恍惚,眼神飘忽在很遥远的地方。蝶润一曲弹完,他竟然眼皮也没有抬一下。

"轩王爷,想什么呢?"蝶润轻声问,在司马逸轩身旁坐下,替他倒了杯酒,看着他。

司马逸轩似乎才回过神来,淡淡笑了笑,说:"本王在想一位女子。"

蝶润笑着轻声问:"不知是哪家的姑娘有此福气,能够让轩王爷时时放在心里,连蝶润弹琴也懒得听,真真是让蝶润心中难过。"

司马逸轩一口饮尽杯中之酒,笑了笑,爽朗地说:"你该替本王高兴,游戏这世间如此久,终于有可以让本王心中挂念的女子了。能够让本王知晓这想念的种种滋味,真是幸事。"

"蝶润恭喜王爷遇到了心仪的女子。"蝶润轻声说。

离开饮香楼,一行人上了轿,向丛王府的方向走去,软轿依次前行。听着马蹄声清脆地敲击着路面的声响,甘南和甘北彼此望了一眼,不知如何留下丛意儿才好,直到软轿看不到了,二人也没有想出合适的办法。不是不可以照着蝶润的方法带走丛意儿,但是,一则他们二人的轻功不及蝶润;二则现在有个丛惜艾。丛惜艾是丛王爷自小就特意遍寻名师教导出来的,武功极高,在她眼皮底下劫走丛意儿,把握实在不够大,也太冒险。

软轿停在丛王府府内,丛惜艾从软轿内下来,略显苍白的面庞上表情有些恍惚之意。司马溶也下了轿,微笑着和她打招呼,"好些了吗?吃了顿饭,好像累着了,早些休息吧。"走到丛意儿坐的软轿前,司马溶微笑着去掀起轿帘,口里道:"好啦,丛意儿,到你的家了,还赖在轿上不下来——"轿帘掀起,里面却是空无一人,"丛意儿呢?你们怎么抬轿的?"

轿夫脸都吓白了,明明看到丛意儿上了轿,明明是驱赶着马车载着她的,怎么突然间就没有了踪迹?不可能大白天没有了一个大活人吧?扑通一声,轿夫跪在地上,一句话也说不出来。

"这已经是第二次了。"丛克辉若有所思地说,"什么时候丛意儿成了抢手货?这一次是谁在我们大家的眼皮底下劫走了丛意儿?"

司马溶没有说话,第一次是蝶润劫走了丛意儿,但是,这一次,就算是蝶润再出马,也不可能如此轻易地在丛惜艾眼前劫走丛意儿。这一次会是谁呢?丛意儿又跑到哪儿去了?

甘南和甘北回到醉花楼,对着司马逸轩说:"王爷,丛姑娘已经随着丛府里的软轿回去了,属下想不出办法带她回来。"

司马逸轩看了看他们二人,摆了摆手,淡淡地说:"无事,退下吧,她离家有些日子了,回去也是应该的,小小一个丛府,想带她出来,不过小事一桩。"

甘南轻声说:"是属下技拙,丛姑娘的轿就在她姐姐的软轿后面,虽然两辆车的马有些距离,但在丛姑娘姐姐的眼皮底下带回来丛姑娘有些困难,属下担心被丛姑娘的姐姐知晓,会给王爷带来麻烦,所以没有动手。"

司马逸轩点了点头,喝了杯酒,淡淡地说:"下去吧。"

甘南和甘北点了点头,转身准备退下去。

隐约听到有悠扬的笛声传来,在逐渐暗下来的天色中,有着说不出的感觉。笛声微有些伤感,如同大兴王朝的雨一般,安静而清冽。

司马逸轩愣了一下,这笛声就来自醉花楼,但是,却是他第一次听到。"这笛曲很好听,醉花楼来了新人吗?有如此技艺?"

蝶润也愣了一下,轻声说:"声音好像就来自这儿附近的某个地方,应该不是醉花楼里的姐妹,如果来了新人,又有如此好的技艺,我不可能不知道。我去看看。"

司马逸轩摆了摆手,轻声说:"这笛声极好,听着是种享受,且由她去吹吧,若是惊扰了她,说不定反而扫兴。这吹笛之人似乎有些心事,有些伤心,仿佛离了家的人想要回家,我们还是安静的听吧。"

蝶润不再动弹,而是安静的坐在司马逸轩的身旁,唯一做的事情就是替司马逸轩倒酒。司马逸轩也只是安静的喝酒,微闭着眼睛,不言不语。笛声如同水般,满满地流淌在周围。甘南和甘北也停下脚步,怕脚下的声音惊扰了吹笛之人。

突然,笛声戛然而止,司马逸轩一愣,睁开眼睛,身形一动,人已经不见了踪影。蝶润未动,司马逸轩一定是去追吹笛之人,她要做的只是安静的在这儿等着,等着司马逸轩回来。

楼台的最高处,那一晚,就在这儿,丛意儿要跳下去的地方,笛声就是从这个地方传出来的。司马逸轩轻轻地落在楼台上,一眼就看到了依着栏杆坐着一个素衣的女子。

"丛意儿?"司马逸轩脱口而出,"是你吗?"

暮色之中,丛意儿淡淡的衣裳轻轻地包裹着她,孤独的一个人坐在栏杆旁,发丝微飘,脸上有泪痕未干,一脸无助,一脸忧伤。

"出了什么事?"司马逸轩一步跨到丛意儿身旁,在丛意儿身前蹲下,平视着她,担心地问。

丛意儿努力笑了笑,眼睛里的泪珠还在落,"没事,只是,突然特别特别想念我的父母家人,不知道他们——知道回不去了,再也见不到他们了,司马逸轩,你杀了我如何?如果你杀了我,我就可以见到他们了。这儿,不是我该待的地方,你帮我好不好?"

司马逸轩伸手握住丛意儿无助的拿着笛子的手。丛意儿的手有些凉,微微颤抖,似乎是不敌晚来风急,"意儿,没事,有些事情就算再不情愿,如果无力达到,也一定要学着放弃。你的父母一定希望你可以好好地活着,既然生你到这个世界,舍了命保住你,你绝不可以辜负他们。而且,相信我,只要我在,这个世上就没有任何一个人可以伤害到你,你的生命就等同于我自己的生命。"

丛意儿轻轻叹了口气,低垂下眼睛,一心的茫然。今天丛王府的人在一起吃饭,吃着吃着,对现代家人的思念就如潮水一般淹没了她,她想他们想得心疼,所以才会偷偷地溜下软轿,却不知去向何处,就跑来了这儿。看到放了一支笛,或许和灵魂有关吧,现代的她并不精于此道,而现在,她却会吹笛。

"司马逸轩,你救我,我心中却并无感激之意。"丛意儿轻声说,"我并不眷恋这个生命,你杀我,才是救我。"

司马逸轩松开丛意儿的手,淡淡地说:"如果你因为思念而放弃你自己的生命,我可以成全你,只要你觉得你可以坦然面对九泉之下的父母,就好。"

丛意儿叹了口气,不知道要如何同司马逸轩解释,她想念的是自己远在现代的家人,而并不是丛意儿已经死去的父母。看着司马逸轩,丛意儿无奈地说:"你说的和我想的不是一回事。你何必如此对我,好得没有理由,你们——你和司马溶原来是那么厌恶我,为何现在如此善待我?对了,今天吃饭的时候,丛惜艾说,她希望有时间可以请你吃顿饭,谢谢你的救命之恩。你答应吗?"

司马逸轩没有说话,而是看着越来越深的暮色,转头看着丛意儿,轻声问:"你是怎么在丛惜艾眼皮底下离开的?是她让你来的吗?"

丛意儿摇了摇头,说:"不是她,我是偷偷溜下车的。我不想回丛王府,那儿又不是我的家,噢,我的意思是说,那儿如今是丛惜艾的家——你答应她请你吃饭的事吗?"

司马逸轩淡淡一笑,说:"你果然奇怪,以丛惜艾的武艺,你竟然可以在她身边溜开,我不得不佩服你。要知道就算是蝶润,只怕也要小心再小心才可以避得开她,你却可以如此轻易逃开。"

"丛惜艾会武艺?"丛意儿愣了一下,轻声说,"看她一副柔弱模样,真是想不出她还会武艺。不过,她真是长得很漂亮,她,是不是喜欢你?她对司马溶的态度真是很恭敬,不像是相恋的人。"

司马逸轩淡淡一笑,说:"你的想法还真是多。"

丛意儿看着司马逸轩,他没有继续说下去,她也没有再继续问下去。回不去了,她有些沮丧,这个地方,看样子,不待也得待了。

"今晚你打算住在哪儿?"司马逸轩微笑着说,"不会是想着住在醉花楼吧?"

"有什么不妥吗?"丛意儿微笑着,努力让自己情绪好一些,"你一个堂堂的大兴王朝的王爷都可以,我一个区区小女子如何使不得?而且这儿清静得很,没有人会想到我丛意儿会跑到这儿来,呵呵,由着丛王府今晚不能成眠,我却乐得自在。"

司马逸轩笑了笑,说:"好啊,那就让蝶润尽地主之谊,让你过得舒服惬意如何?"

丛意儿从栏杆上轻轻地纵身跃下,落在地上,将笛子递给司马逸轩,"这笛子应该是你的吧,看着笛上的玉佩应该是你的,呵呵,上面有个轩字。"

伸手接过笛子,司马逸轩看了看丛意儿,眼中闪过一丝疑惑之色,但瞬间既

第六章 姊妹相逢 真真假假风波起

87

逝,淡淡地说:"你的动作倒真是利索。"

回头看了看栏杆,丛意儿轻轻笑着说:"才这么高,跳下来太容易了,信不信,更高一些的我也敢跳。"

司马逸轩淡淡一笑,并未再言。

看到司马逸轩和丛意儿一起从楼阁上下来,蝶润有几分愕然,第一个反应就是,丛意儿是怎么来到醉花楼的,连甘南和甘北都不能轻易地带她回来,她又是怎么冒出来的?难道是司马逸轩带她回来的吗?面对这个女孩子,司马逸轩明显变得温和了许多,脸上总是带着笑容。暮色中,再一次看到丛意儿,她总是给人干净舒坦的感觉,眼神明明净净的,不带什么杂质,坦然地看着周围,无惧无忧,甚至无喜无悲,没有欲望。

"丛姑娘!"蝶润温柔地说,声音听来甜美温和。

丛意儿轻轻一笑。蝶润心中一颤,丛意儿的笑容看来纯净坦然,不论面对的是至高无上的轩王爷,还是她一个普通的青楼女子,丛意儿的表现都是那么平和。

甘南和甘北也同样愕然,他们并没有看到丛意儿离开软轿,怎么会突然出现在这儿?他们可是一直悄悄跟到丛府的,一直看着软轿进了院子!丛意儿是打哪儿冒出来的?

"丛姑娘,您,您是从哪儿冒出来的?"甘北忍不住问。

丛意儿轻轻一笑,说:"今天是第二次被人问这个问题。我是好好地从上面走下来的,不是从哪儿冒出来的。你们两个真是有趣,为什么一定要悄悄地跟在软轿后面?我呀,跟了你们一会儿,你们都只注意软轿没有注意我。"

甘南和甘北互相看了一眼,脸上一红,不敢看司马逸轩。身为司马逸轩身边最得力的两个侍卫,让一个不会武艺的丛意儿跟在后面竟然也不知道,真是丢人。但是,他们好像确实没有注意到后面有丛意儿跟着呀,因为,他们根本就没有看到丛意儿从软轿上下来。

蝶润为丛意儿倒了杯水,微笑着说:"丛姑娘,请喝口水吧,刚刚笛子是您吹的吗?真是好听。"

丛意儿伸手去接茶水,蝶润向前一步,突然一个不小心,裙角被桌角绊住,整个人向前倒了下去。丛意儿仓促之间没有反应过来,茶水洒了一身,忙伸手去扶蝶润,"你没事吧?"

蝶润搭着丛意儿的手,站稳身子,充满歉意地说:"对不起,是蝶润不小心,弄脏了您的衣服,蝶润这就去替您准备一套干净的衣服。"

"罢啦,没事的,只是一些茶水,干了就好。"丛意儿微笑着说,"你没事吧,要小心些,天色晚了,视线会有些模糊,没伤到吧?"

蝶润摇了摇头,"没事,害丛姑娘担心,真是蝶润的罪过。今日醉花楼真是贵宾满至,一个王爷一个未来的二皇子妃,真是让蝶润受宠若惊。"

丛意儿在一旁笑了笑,说:"蝶润姑娘,未来的二皇子妃是我姐姐丛惜艾,不是我,这玩笑可是无趣了。"

"这是大兴王朝大家都知道的事情,姑娘和丛姑娘姐妹二人是未来的二皇子妃人选,不知道有多少千金小姐羡慕得很。"蝶润温柔地说。

丛意儿笑了笑,看着渐渐暗下来的天色,转移话题,淡淡地说:"好像天色又有些阴了,司马逸轩,可有兴趣出去走走?在饮香楼吃得好饱,应该出去消化消化吃过的东西。"

司马逸轩轻轻一挑眉,有些意外,却并不反对,而是爽朗一笑,说:"好呀,你要去往何处?"

丛意儿看了看自己,微微一笑,说:"若我此时模样出去,说不定,明日大兴王朝就闲言碎语飞满天。可否让我换个模样,少些那不必要的麻烦?"

"你想扮作男装?"司马逸轩微笑着问,打量着文静秀气的丛意儿——白皙的皮肤,清秀的眉目,优雅的气质,如果扮作男子,绝对是个翩翩公子。

丛意儿摇了摇头,说:"不行,若是扮作男装,要么是做你的侍从,要么就是你的朋友,轩王爷可有朋友?好像除了红颜,还不见你有什么朋友,还是算了吧。我想扮作丫鬟模样,这样外出,也容易些,我本是女子,言语行动间不需要太刻意,而且以丫鬟的身份与你在一起,别人也不会作他想。如何?"

司马逸轩微微一笑,说:"主意不错,那你还需要更换衣着吗?"

"当然要。"丛意儿轻笑言道,"这身衣服想必非常昂贵,一个王爷身边的丫鬟,穿得好一些并不为过,可是如此衣服穿在身上,只怕就有些显眼了,而且,我的家人见过我穿这身衣服,还是换些简单的才好,找身素净的,做个丫鬟打扮,也舒服些。"

司马逸轩点了点头,说:"说得也有道理,蝶润,去替意儿选身衣服,照顾她换上。甘南,去准备马车。"

丛王府,丛惜艾独自一人坐在灯下,淡淡地看着对面的小青,看着桌上的礼物,好半天没有吭声。送走了司马溶,避开了父母,她难得可以一个人静静地待会儿。

她让随身的丫头找来一直照顾丛意儿的丫头小青,安静地看着小青站在自己的面前,低垂着头,不说话。似乎是考虑了好半天,她才慢慢地说:"小青,你家小姐这段时间有什么特别的事情发生吗?"

小青低着头,听着自己的心跳,小心谨慎地说:"她好像没发生什么特别的事情,只是这几日不见她在府中待着。"

丛惜艾轻轻喝了口茶,慢慢地说:"小青,可不许在我跟前说假话的,我只喜欢听真话。告诉我,到底出了什么事情,为什么突然间丛意儿换了个人似的,言行举止都整个换了样?"

小青用低低的声音说:"小青不敢欺骗大小姐,我家小姐她确实没出什么事情,若说有变化,唯一的变化也只是,我家小姐突然间不想嫁给二皇子啦,执意要退掉这门亲事。"

丛惜艾静静地看着小青,手指慢慢地在杯上滑动,似乎在考虑着什么。过了好一会儿,她才继续说:"她和轩王爷在一起有多久了?"

小青抬眼看了一眼丛惜艾,立刻说:"这个奴婢真不知道,奴婢并不知道我家小姐和轩王爷在一起,他们怎么会在一起呢?"

丛惜艾面色一沉,冷冷地说:"如果我知道,还需要问你吗?一个做奴才的,竟然连自己的主子都看不好,如果传出去,定会让人看我们丛府的笑话!"

小青立刻低下头,轻声说:"是奴婢的错,奴婢知错了。"

丛惜艾顿了顿,说:"罢啦,有着丛意儿那般品性的人,手底下的人也不会好到哪儿去。这儿是你家小姐送的礼物,只看这礼物,她和轩王爷必定是熟悉的,因为只有轩王爷可以从醉花楼取到我喜爱的这种胭脂。这种胭脂也只有醉花楼中蝶润可以做得出来,任凭她丛意儿如何张狂,也不可能有此本事。"

小青不知说什么才好,只得不说话,低着头,听到丛惜艾轻轻叹了口气,"为什么他不肯做皇上?为什么那算命的人一定要说我必须得嫁给成为皇上的人?下去吧!"

小青得了大赦一般,匆匆离开,头也不敢回。她知道丛惜艾表面上温柔平和,其实若是厉害起来,是很吓人的。

丛惜艾轻轻地打开放在桌上的胭脂盒,看着里面细腻的胭脂,神情有些恍惚,呆呆地发愣。

"司马逸轩,你为什么要送丛惜艾胭脂?"丛意儿坐在马车上,有些好奇的问,"那胭脂很贵吗?"

"那是醉花楼独有的,"司马逸轩微笑着说,"而且是蝶润亲手所制,别的地方买不到。"

"那以丛惜艾的聪明,她肯定会立刻猜出胭脂其实是你送的。"丛意儿微微一笑,调侃道,"司马逸轩,这样利用我可不好,通过我传递信息,我可是要收费的。"

司马逸轩看着卷起的车帘,闻着风中淡淡的花香和微微的细雨随时来临的气息,似乎是很无意地说:"如果她知道了,才是我想要的。她知道胭脂是我送的,就不会轻易为难你。"

丛意儿轻轻笑了笑,说:"司马逸轩,真是难为你有如此心思。对啦,可不可以回答我一个问题,我姐姐她是不是喜欢你?"

司马逸轩静静地看着车外的暮色,淡淡地叹了口气,说:"你姐姐她心思缜密,非你可比,喜欢或者不喜欢,不是那么重要。"

"那你喜欢她吗?"丛意儿好奇地问。

司马逸轩回头看了丛意儿一眼,微笑着说:"能让我放在眼中的女子,这大兴王朝似乎还没有。"

丛意儿轻轻点了点头,说:"你还真是够狂的。"

司马逸轩哈哈一笑,说:"丛意儿,你是大兴王朝第一个敢如此语气和我说话的人,但我喜欢。你真是没有虚担一个狂字,敢如此坦然地直呼我的名字,就连我的父母也不曾如此唤过,但从你口中喊出来,竟如此顺耳。"

丛意儿淡淡一笑,说:"是不是因为这个原因,你才会注意到我?就因为我不同于你周围的女子,才引起你的好奇?"

司马逸轩顿了一下,微笑着,看着丛意儿,上上下下打量了半天,看得丛意儿心里头直发毛,才慢慢地说:"是啊,我还真没有仔细想过,我为何要注意你,可能就是因为这个原因吧。哈哈,你怎么了?怎么用这个表情看着我,好像随时要逃跑一样?"

丛意儿瞪了司马逸轩一眼,不乐意地说:"如果有人这样死死盯着你看,似乎非要看出个所以然来,你也会有如此表情的。你的表情让我无处遁形,我不紧张才怪。"

司马逸轩忍不住哈哈笑了起来,看着丛意儿,半真半假地说:"丛意儿,如果说大兴王朝有让我放在心里的女子,也许就是你。"

夜色中,马车飞奔,风吹进来,吹动丛意儿肩上的发,有着淡淡的青草和花香。丛意儿惬意地叹了口气,这古代还真是好,难怪来了的人不想再离开,愿意放弃现代的生活。说实话,她自己也觉得她喜欢这儿胜过喜欢现代,因为这儿有她喜欢的味道,淡淡的,不用费尽心思的活着,不用面对许多的是非复杂。

"为什么要把头上的玉钗取掉?"司马逸轩微笑着看着丛意儿,问,"仅仅因为丛惜艾有一支类似的吗?"

"有一些。"丛意儿坦然地回答,"我不想给自己惹来麻烦。"

"那只钗是司马溶送给她的。"司马逸轩微笑着说,"司马溶到轩王府玩的时候,看到了你戴的这根玉钗,觉得很好看,向我讨要,我没有答应,他就特意回去找工匠做了根类似的。不过,寻找这种上等的玉极是困难,所以,他做了根银钗送给丛惜艾,也就是你吃饭的时候看到的丛惜艾戴在头上的那根。你是不是以为银钗是我送的?"

丛意儿有些意外,下意识地点了点头,说:"是的。"

司马逸轩轻轻一笑，说："我并不放她在眼里，亦不放她在心中，哪里会为她花这份心思。司马溶与她自小一起长大，也算得上是青梅竹马，所以只有司马溶肯为她花这份心思，只是不晓得她会不会珍惜。"

暗夜中，不远处，站着一个女子，丛意儿抬眼间，隐约看到，还真是吓了一跳。那影子静静地立在黑夜里，若不仔细看，真是看不到，"咦，那儿怎么有一个人？不会是找你的吧？看起来有些像是丛惜艾的模样，她今天穿的就是这种颜色的衣服。"

司马逸轩淡淡地笑了笑，说："不错，你的眼力真是不错，确实是她，她还真是不肯罢手。"

丛意儿轻轻闭上嘴，不晓得丛惜艾会不会认出自己来。

丛惜艾在夜色中转过头来，看着马车静静地停在她面前，司马逸轩安静地坐在马车上，一身素服，点尘不沾，意态潇洒，正安静地看着她。有个丫头模样打扮的女子坐在他一侧，被司马逸轩的身子挡了多半，看不清楚模样，半低垂着头，安静得很。

"好久不见，轩王爷。"丛惜艾温柔的声音中听不出什么感情，似乎只是一声打呼，但整个人在夜色中却有些微微颤抖。

司马逸轩轻轻点了点头，淡淡地说："在乌蒙国住得可好？"

"谢谢轩王爷关心，惜艾回来，也不能亲自去轩王府表示谢意，心中满是歉意，偶然见王爷的马车驶出王府，特意在此等候，说声感谢的话。"丛惜艾轻声说，眼睛看着司马逸轩，有些忧郁。

"司马溶去看过你吗？"司马逸轩淡淡的语气听来有些客气和距离，似乎并不愿意与丛惜艾多说什么，"他可是时常记挂着你，希望你能够早日回来。"

"惜艾谢谢轩王爷的关心。"丛惜艾轻轻的声音听来有些许委屈，"可惜惜艾只是一个弱女子，不能左右自己的人生，这被天意注定的人生。惜艾自出生，就有宫中占卜的人在皇上面前断言，惜艾必将是未来的皇后，惜艾要嫁的必定是大兴王朝的皇上，否则，何必有如今的困惑和挣扎？"

司马逸轩没有说话，安静得好像没有听到丛惜艾的解释一般。

丛意儿愕然地呆呆坐着，丛惜艾？美丽的丛惜艾？占卜的人断言她必定是大兴王朝未来的皇后？必定要嫁给大兴王朝未来的皇上？她心思缜密！她武艺出众！她美丽动人、气质出众！是否，她就是灵魂的轮回？而，自己只是一个无意间闯进来的观众？！

"司马溶他会是大兴王朝的皇上，定不会辜负了你的一片苦心。"司马逸轩淡淡地说。

"惜艾大胆地说，二皇子他性格太过温和，并不适合做大兴王朝的皇上，为何轩王爷您不肯做这原本就该您做的事情?!"丛惜艾突然略略提高些声音,说,"若大兴王朝由您统领,局面会更加兴盛!"

丛意儿想,原来丛惜艾喜欢的是这个霸道的轩王爷。其实,这也没什么奇怪,以司马逸轩的实力,若是想做皇上,并不会比司马溶困难。

"还有别的事吗?"司马逸轩淡淡地说,"难得本王今日有好心情想要好好地欣赏夜景,不想被这无趣的事情打扰。"

丛惜艾愣了愣,不知道说些什么才好,只能呆呆地看着司马逸轩的马车从她面前飞驰而过,转眼消失在她的视线之外。

"知道马车里是谁吗?"一个温柔的声音在她耳边细细柔柔地响起,仿佛是风吹过。

丛惜艾一愣,立刻回头看,夜色中站着一位盛装的女子,温婉柔美,脸上带着甜美的微笑,正静静地看着丛惜艾。"蝶润?!"

蝶润轻轻笑了笑,说:"难得您还记得蝶润。许久不见,丛姑娘可是生得愈加出众了,真不愧是大兴王朝未来的二皇子妃,或者可以确切地说,是大兴王朝未来的皇后娘娘。只是,您可知,此时坐在马车里,陪着轩王爷欣赏夜景的是谁吗?"

丛惜艾没有说话,只是安静地看着蝶润。

蝶润依然笑靥如花,安静地说:"此时陪着轩王爷的,是您的妹妹,那个也要嫁给二皇子的丛意儿。如今她正陪着轩王爷在同一辆马车里,您不觉得很奇怪吗?那个让人厌恶的丛意儿,何时竟然成了轩王爷和二皇子眼中的红人了?只怕有一天,她终究是要取而代之的。"

丛惜艾面无表情,似乎没有听到蝶润的话,只是安静地站立在夜色中,风中身体微微有些似有似无的颤抖。

"您的伤好像还没有好利索。"蝶润依旧声音甜美,面带微笑地说,"如今蕊公主就住在轩王府的别苑,您还是小心些,避开她些才好。虽然您和她在武艺上不分伯仲,甚至您还略略高一些,可是,若论起用毒来,您就不及蕊公主了。"

丛惜艾依然不吭声,却抬腿走开,并不看蝶润。蝶润安静地看着丛惜艾在夜色中慢慢消失,唇角滑过一丝浅浅的冷冷的笑意。

到了河岸边,细雨已经飘落,和着晚风,有着几许凉雨。丛意儿下了轿,深深呼吸了一口凉凉的空气,笑容在她脸上淡淡地洋溢开。

"什么事这么高兴?"司马逸轩好奇地问。

"一定要有事才会高兴吗?"丛意儿微笑着说,"我就是开心,觉得高兴,这就是我高兴的原因和理由,可以吗?"

司马逸轩点了点头,"可以。不错,开心不一定要有理由,只要觉得开心就好,意儿,你有着很多人没有的灵气。"

丛意儿轻轻一笑。

皇宫,二皇子府,司马溶独自一人坐在书房里,看着本书,注意力似乎并不集中。过了一会儿,李山和刘河从外面走了进来,彼此看了一眼,然后李山轻声开口:"主子,奴才们去过,轩王爷确实留宿在醉花楼,到了晚间的时候带着一个小丫头外出,没有看到丛姑娘的影子。轩王府和蕊公主所住的别苑,都不曾见到丛姑娘的踪迹。"

司马溶放下书,微皱眉头,说:"这丫头能跑去哪里?她是怎么在大家眼皮底下跑开的?以我和丛惜艾的武艺,她不可能就这样无声无息地消失掉的!"

"主子,您对丛姑娘的关心是不是太多了些?"刘河轻声说,"如今丛家大小姐已经回来了,您和丛家大小姐的婚事也已经确定下来,再这么关心丛姑娘,只怕会惹得丛家大小姐不高兴的。"

司马溶叹了口气,说:"我知道,可是,总不能就让丛意儿这样莫名其妙地消失了吧?也真是邪门了,这个丛意儿简直就像是穿了隐身衣般,说消失就消失了。如果说上一次是蝶润做了手脚,这一次又会是谁呢?找不出答案来,我心中始终是不安多些。"

李山和刘河彼此相视一眼,都没有说话。

丛雪薇刚刚吃过早膳,正待在花园里逗弄笼中的小鸟,贴身的丫头从外面走了进来,轻声说:"娘娘,丛姑娘来看您啦,您要见吗?"

"哪个丛姑娘?惜艾还是意儿?"丛雪薇淡淡地问。

"是前者。"心凤轻声说,"她是独自一个人来的,看神情好像有什么事情。"

丛雪薇顿了一下,说:"让她进来。"

丛惜艾从外面走了进来,穿一件鹅黄的衣裳,面上带着淡淡的微笑,安静地看着自己的姑姑,轻轻施了一礼,温柔地说:"惜艾见过皇后娘娘。"

"罢啦。"丛雪薇微微一笑,说,"听说你自乌蒙国回来了,身子可好些了?有些日子没见了,人也出落得越发招人疼惜,可曾见过二皇子了?"

丛惜艾轻轻点了点头,温柔地细言道:"惜艾的身子已经好了许多,再休养些日子应该就没事了,多谢娘娘挂念。惜艾回来后,二皇子就去了府上探望,并在饮香楼替惜艾接风洗尘,惜艾心中感激得很。"

丛雪薇点了点头,在椅子上侧转了一下身子,靠在软榻上。这些日子,她总觉得身子有些酸酸的不太舒服。她慢慢地说:"惜艾,这么早来这儿有什么事吗?"

丛惜艾低垂着头,轻声说:"惜艾来这儿,确实是有事有求于娘娘,希望娘娘能够帮惜艾达成愿望。二皇子与惜艾自幼一起长大,也是皇上亲许的亲事,但是,惜艾心疼意儿妹妹,她一直喜爱二皇子,从小就是,一心希望可以成为二皇子的妻子。惜艾与意儿本是姐妹,也有意想让意儿与惜艾一起共侍一夫,请娘娘玉成此事,让意儿也可以随惜艾一起嫁给二皇子。"

丛雪薇看着丛惜艾,轻轻笑了笑,说:"这几日是怎么了?什么时候意儿变得如此抢手?二皇子前些日子跑来,一定要让皇上答应他娶意儿为妻,轩王爷却执意反对,并让二皇子答应此生只娶一女,若是娶了你就不可以再娶意儿,如果娶了意儿就不可以再娶你。你母亲也来了这里,一再请求本宫去跟皇上说说,不要让意儿再在宫里待着,说意儿在二皇子府里待了一晚,若是传了出去,会毁了意儿一生的清誉,请二皇子速速娶了意儿。今日你又来到这儿,请求让意儿与你一起共侍一夫。这真是有趣得紧,素日里,你们提及意儿,一个个总是眉头紧锁,一脸的厌恶,如今为何又如此迫不及待地想要争夺于她?"

丛惜艾微微一愣,看着丛雪薇,下意识地说:"轩王爷不许二皇子同时娶了我们姐妹二人?"

丛雪薇静静地看着丛惜艾,淡淡地说:"惜艾,有些心思不要存,存了也是枉然,人要懂得珍惜自己的运气,若失了此时,或许就失了一生一世。有些事情,还是罢了的好。"

丛惜艾面上一变,立刻低下头,轻声说:"娘娘教训得是,惜艾一定谨记在心。只是,惜艾担心,意儿总是和轩王爷待在一起,难免惹来闲言碎语,心忧就失了冷静,请娘娘原谅。"

丛雪薇轻轻叹了口气,说:"意儿真是个小小的麻烦,要么就是让人唯恐避之不及,要么就是让人争得头破血流。她确实在轩王府吗?你能够确定吗?"

丛惜艾点了点头,安静地说:"这惜艾可以确定。惜艾的父母也担心得很,只是这种事,若是说得多了,只恐世人多些想法,所以,不能亲自前来求娘娘帮忙,惜艾心疼意儿,顾不得这么多,所以,前来求娘娘帮忙。"

丛雪薇点了点头,说:"本宫有些倦了,来人,送惜艾姑娘回去,去轩王府请意儿姑娘过来。这丫头也够可以的,到了皇宫这么久了,竟然也不来看看本宫,请轩王爷一定要答应本宫这个不情之请。"

丛惜艾静静地退了出来,站在正阳宫大红的宫门前,看着威严的宫门在风中安静地立着,虚掩着,掩藏了所有的繁华。她唇边轻轻滑过一丝淡淡的似喜非喜的笑容,还掺杂着几许似真似假的忧郁。

第六章 姐妹相逢 真真假假风波起

95

第七章　心机暗藏　情字面前无情意

"这正阳宫可是你以后的归宿?"一个轻柔的声音在她耳边轻轻响了起来,带着几许笑意,"这要是落在别人眼中,姐姐是要被人暗地里评论的。"

丛惜艾吓了一跳,定睛看着来人。

"意儿,真是顽皮,瞧你把你姐姐吓成什么样子了。"另外一个声音同时响起,是个已婚的美丽女子,圆润的面容,笑容和善。丛惜艾认得,这是她的表姐苏娅娴,苏娅惠的姐姐。

丛意儿就站在离她不足一人的距离,正微笑着看着她。阳光下,丛意儿干净美丽,一脸的纯净,一眼的干净,带着恬静的微笑,心无芥蒂地看着她。她的心一阵狂跳,苏娅娴距离她还有些距离,已经有了身孕的苏娅娴走路有些慢,而且还有奴婢搀扶着,她注意不到并不为怪,但是,丛意儿走得离她这么近了,她竟然没有发现,这,她真是太疏忽了,竟然出神到这种地步。丛意儿说得不错,她此时的模样,如果落在别人眼中,当真是说不清的。

只是,丛意儿怎么会出现在这儿?姑姑不是刚刚才派人去轩王府请她来的吗?她怎么就突然出现了?而且还是和勋王妃在一起?

"不好意思,我不是故意的。"丛意儿看着丛惜艾一脸呆呆的模样,心里有些过意不去,笑着说,"我只是和你开个小小玩笑,看见你一个人站在这儿对着正阳宫的匾额发呆,就想吓吓你,悄悄靠近了你。想必是你太过于专心了,没有发现,让我吓了个正着。"

"好啦,惜艾,意儿她也只是顽皮,你不必放在心上。她一直都是这样的,你只怕也习惯了。"苏娅娴温柔地说,"去看皇后娘娘了?"

丛惜艾缓过神来,微笑着说:"是的,刚刚和娘娘说了会儿话,见娘娘有些倦了,就告辞了。"

苏娅娴微笑着说:"这几日皇后娘娘身子不太舒服,太医们说,这些日子娘娘感了风寒,需要好好休息。"

丛惜艾轻轻点了点头,再次看了看丛意儿,轻声说:"我有事先离开了。"

目送丛惜艾离开,苏娅娴轻轻低下头,淡淡笑了笑,说:"意儿,你真是惜艾命中的劫。"

丛意儿轻轻一笑,说:"娅娴表姐,不许乱加罪名的。我什么时候成了丛惜艾命中的劫?当真是欲加之罪,何患无辞。"

苏娅娴轻轻喘了喘气,说:"你知道今日我特意去轩王府请你出来是为了什么吗?你这个小丫头,也真是够有福气的,自打轩王府建成开始,就从未有人可以在轩王府留宿,不论男女,你是第一个,而且你还是丛家的人,你不晓得这有多么不可思议。"

丛意儿轻轻一笑,说:"有这么'严重'吗?"

"你呀,真是让姑妈给宠坏了。"苏娅娴微笑着说,"不过,今日见你不是浓妆的模样,虽然有些意外,可瞧着竟是顺眼了许多。说实话,意儿,你若是不做以前那种奇怪的打扮,实在是个很漂亮的女子,虽然不及惜艾艳丽,却更清丽些。"

丛意儿笑着说:"奇怪的打扮?呵呵,听来有趣,我们还是进去吧,趁着皇后娘娘此时还未歇息,或许可以说上几句。我心里觉得,惜艾这次来,定是与我有关。"

苏娅娴笑了笑,说:"你呀,真是个麻烦。"

丛雪薇看着走进来的二人,笑着说:"这人呀,果然是不经念叨,刚刚还在说着意儿,这转眼的工夫人就来了,还省得本宫手下的人心惊胆战地去见轩王爷了。"

丛意儿打量着眼前的皇后娘娘,最多不过二十五六岁的模样,妩媚娇美,顾盼生姿,是个可人的主儿。丛意儿微笑着说:"姑姑,你可比我想象的年轻许多,也漂亮许多,难怪皇上执意要娶你为妻。"

丛雪薇忍不住一笑,说:"意儿,什么时候嘴儿变得如此甜?你日日见本宫,难得听你夸奖几句,今日这是怎么了。"

丛意儿笑了笑,说:"我说的是实话,姑姑是很年轻漂亮呀。我听轩王爷说,皇上对姑姑一见钟情,娶了为妻,当时姑姑可是有很多人登门求亲的。"

丛雪薇轻轻一笑,说:"难得轩王爷对丛家人说句不刻薄的话。"

"轩王爷说话并不刻薄,只不过听话的人心中有念,听着刻薄而已。"丛意儿随意地说,"不过是说者无心听者有意。我听他说了许多,并未听他如何非议丛府。"

丛雪薇微微一愣,静静地看着眼前的丛意儿。从丛意儿进来开始,她就一直在打量着面前的女子,真有些不太习惯这样的丛意儿,一身浅浅的衣,透着浅浅的紫,乌黑的发垂直地散在肩上,一张脸眉目如画,透着清丽脱俗的味道,仿佛转眼间,褪去了满身的庸俗之气。如果不是有苏娅娴陪着,或许她会认不出来面前的女子就是那个让她时时头疼的丛意儿。

如今的她很像她死去的母亲,那个安静如水的美丽女子,外柔内刚、雅丽如仙的女子。

"你此时的模样很像你逝去的母亲。"丛雪薇轻轻地说。

丛意儿淡淡一笑,这对她来说是没有概念的话题,"皇后娘娘,我不想谈这个话题,也不想惊扰已经安睡的先人。"

丛雪薇微微一愣,此时说话的丛意儿感觉有些陌生,什么时候她可以说出如此有道理的话?!看着丛意儿,丛雪薇温和地笑了笑,说:"意儿,在轩王府待得可开心?没有任性吧?"

丛意儿轻轻一笑,说:"在轩王爷面前任性?还不如直接寻死的好。不过,轩王府确实是个不错的地方,没有皇宫这般威严。姑姑,姐姐来了,是不是和意儿有关?"

丛雪薇一愣,脱口说:"意儿,你如今聪明了许多,不错,惜艾来过,而且向本宫提起想让你嫁给二皇子,与她共侍一夫。本宫知道你最是喜欢二皇子,一直都想嫁他为妻,如果你愿意,本宫可以玉成此事,只要你愿意,随时可以嫁给你一直喜欢的二皇子,如何?"

丛意儿心跳了一下,立刻说:"罢啦,还是罢啦吧,我可不想与惜艾同嫁一个男人。我有喜欢过二皇子吗?不过是一时好玩。得不到的东西是最好的,所以一心想要得到,如今可以得到了,就不想了。姑姑若是疼惜意儿,就不要让意儿进入这纷乱复杂的皇宫,不做这众人盯在眼中的二皇子妃。"

丛雪薇很是意外地看着丛意儿,一旁的苏娅娴突然静静地开口,"意儿,你突然不想嫁给二皇子,是不是因为你心中已经另有所属?这事与轩王爷有没有关系?你一个未嫁的女孩子住在轩王府,终是不妥,难道你想嫁的人是轩王爷不成?"

丛意儿摇了摇头,说:"他们叔侄二人,我可不想招惹,突然不想嫁了,只是因为突然不喜欢了。喜欢一个人太辛苦,被二皇子推进荷花池中的时候,我就断了所有念头,不想再嫁了。"

"丛意儿,这话说得有些太狂了吧,朕的儿子如何由你来决定嫁或者不嫁?"一个声音在外面响起,接着皇上由外面走了进来,声音中透着不快,"真不知溶儿为何一定要娶你为妻。若不是念着溶儿执意如此,岂容你如此张狂!"

丛意儿回头看着来人,皇上的模样和司马逸轩完全不同,司马逸轩是一种洒脱的清俊,而皇上却有着一张方方正正的面庞,透着几分世故。或许是做皇帝做得久了,架子端得久了,语气中自始至终带着帝王的傲慢,让人觉得很不舒服。丛意儿觉得自己很不喜欢这个男人,这个人竟然是司马逸轩的哥哥,而且是一母所生,真是奇怪。

"你盯着朕做什么？如此没有家教！"皇上有些恼怒地看着面前的女子。这个总是惹祸的丛意儿，如果不是念着她父亲有功于朝廷，又是当今自己的正宫的亲侄女，只怕是早就死了好几回了。

丛意儿并未低头，看着皇上，心中悄悄嘀咕："理对不在声高，做个皇帝就如此口气，真真是讨厌。"可口中却说："丛意儿并未决定，只是不愿意被决定。"

丛雪薇瞪了丛意儿一眼，轻声斥责道："意儿，不许无理！"

丛意儿轻抿唇，不再说话，却并不低头，依然用淡淡的眼神直视着皇上。皇上恼怒地盯着丛意儿，看着丛意儿一双清亮的眼睛无惧地看着他，眼神中甚至有些不屑，真是恼怒得很。

"朕可以随时要了你的命。"皇上咬着牙，说，"不要以为你是朝中重臣的女儿，朕就会对你一再网开一面。朕在外面已经听到你狂妄的说辞，你应该感恩溶儿他肯娶你。原本是你死缠烂打的想要嫁给朕的儿子，如今朕的儿子肯娶你了，你竟然端起了架子，枉你姐姐肯允诺你与她共侍一夫，朕要是把溶儿交到你手中，还真是不放心！"

丛意儿依然不吭声，只是安静地看着皇上。

"还有，你竟然敢出言妄议朕的皇弟，一个小小的丛意儿，真要反了天不成？"皇上冷冷地说，"皇弟岂会喜欢你这样一个黄毛丫头。不知你是用了什么办法留在了轩王府，有此事放在这儿，朕也不会答应你嫁给朕的儿子！"

丛意儿依然安静地看着皇上，依然不语。

"怎么不说话？"皇上不屑地说，"是不是被朕说中了心事？"

"与您说话，实在无趣，言不合不想说。"丛意儿漠然地说，"皇上贵为九五至尊，竟然出言如此刻薄，真是枉担了帝王之名。"

皇上没想到丛意儿会出言反对，一时没有反应过来，只是转头看着丛雪薇，恨恨地说："皇后，你瞧瞧，这个丛意儿真让丛王府给宠坏了，真是——丛意儿，你给朕记住了，朕就是让溶儿娶尽天下女子，也轮不到你。"

丛意儿微微一笑，说："皇上，您还真是有趣，您大可放心，意儿绝非是二皇子红线所牵之人，您不必恼怒至此。"

皇上盯着丛意儿，听她如此风轻云淡地说出这番话，神情是那般的无所惧，脱口说："来人，拖出去杖责二十！"

"皇上——"丛雪薇吓得脸色一变，杖责二十？！那还不要了丛意儿的命？丛意儿再怎么不堪，也是自己二哥的唯一血脉，如果丛意儿出了事，如何对得起九泉之下的哥嫂。"皇上，您消消气，意儿她只是图一时痛快，并未有不敬之意，皇上——"

"是啊，皇上，意儿她，她只是个小孩子，任性而已。"苏娅娴施了一礼，说，"皇上,您不必与她生气,让丛王府的人领回去,好好教训一通也就是了。"

皇上恨恨地盯着丛意儿,今天早朝的时候遇到不顺心的事情,回到正阳宫,听到丛意儿说她拒绝嫁给司马溶的话,心中真是恼怒得可以,正巧这火也没处发,如今正好可以发在这不知天高地厚的小丫头身上。"不成,如果朕今日不好好地教训一下她,日后还不知她会张狂成如何模样。今天,朕就算是替丛爱卿教训教训她!"

丛意儿心说,这儿的人都怎么了,一个皇上,会因几句话气成这个样子?前一任皇帝到底是怎么想的?好好的把一个江山交给这样一个心胸狭窄的男子掌管,真是的!不过,杖责二十,听起来是有些让她心惊,挨了这二十下,还不要了她的小命?

电视上看到被杖责的人总是被人搀扶着,脸色苍白,小命丢了半条,丛意儿犹豫着,想着要如何处理。这个皇宫真不是个好地方,好像每个人都可以欺负她,如果司马逸轩在这儿就好了。

司马逸轩?!对,还有司马逸轩呀,他说要保护她的,只要他在,就不会让她受到任何欺负,可是,她要如何通知司马逸轩呢?这儿是正阳宫,离轩王府远得很。

"皇上,我可是好好的从轩王府出来的,如果您让我伤痕累累的回去,您可要替丛意儿想好解释。"丛意儿微笑着说,心想能唬一时是一时了。

皇上顿了顿,恼怒地盯着丛意儿,思忖了一下便说:"朕可以告诉皇弟,是朕的皇后思念你,把你留在了正阳宫,你说如何?"

"好!"丛意儿爽快地说,"可以,我现在可以出去领受杖责了吧?我可不喜欢被人拉着出去,那样太丢人啦,反正是要挨打了,何必再那般无趣挣扎。"

皇上愣了一下,心里头倒有些没底了,他看着丛雪薇,有些犹豫地问:"她说的是真的吗?她是从轩王府皇弟那儿来的吗?"

"是的,皇上。"丛雪薇小声说,"是勋王妃带她来的,这几日她一直住在轩王爷那儿。如果您真的打伤了她,被轩王爷知道了,一定不太妥当的。是不是……"

"皇弟不会为了这样一个小丫头和朕翻脸的。"皇上恨恨地说,"真是太让朕恼火了,竟然敢和朕顶嘴,不教训教训她,朕咽不下这口气。来人,拉出去!咦,人呢?"

"她已经自己出去了。"勋王妃小声说,担心地看着外面,随时准备听到丛意儿的惨叫之声。

丛意儿到了院中,早有人准备好了行刑的器具。丛意儿看了看,还真有些不安,免不了要挨这二十棍了。她看着行刑的太监和丫鬟,很无意地说:"是你们来杖责我吗?"

"是的。"领头的太监面无表情地说，听起来中规中矩，声音嘶哑，"请丛姑娘趴下吧。"

丛意儿点了点头，微笑着说："好的。不过，行刑前，我却有点小小的请求，你们可否答应？"

"什么事？"太监翻了翻眼，依然没有表情地问。

丛意儿依然微笑着说："这几日一直待在轩王府里玩耍，本想着今日看过姑姑后和轩王爷道声别回丛府，这好好地到了正阳宫，却一瘸一拐地回去，总得给轩王爷一个解释吧。你们得挑个人送我回去，然后仔细地解释一下这件事，好不好？"

领头的太监一愣，哑着嗓子问："简直是笑话，轩王府何时留过外人？至于如何和丛王爷解释，奴才倒可以亲自去说一声。"

丛意儿淡淡一笑，说："不必考虑如何和我父亲解释，那不重要，皇上也说了，是替我父亲教训我不懂事，这倒罢啦，念着他是长辈，又是一国之君，只得认了。问题倒是如何向轩王爷解释才好呢？你也晓得，哪里敢有人拿轩王爷当挡箭牌的，若是撒谎，倒不如好好地挨上这几下，快些回去养伤的好。"

领头的太监有些迟疑，得罪轩王爷，倒不如得罪皇上，若丛意儿真的是从轩王府出来的，给打伤了，纵然不是轩王爷的客人，只怕也会落个不好的收场。这一想，他倒真的犹豫起来。

丛意儿心里也有些紧张，原本是想死的，为何真的可能要死了，却如此心怯起来？也许怕的不是死，是这杖责二十的痛苦。想到二十棍要生生地打在身上，到底是有些不安在心里徘徊。但是，她却硬着头皮努力保持平静地看着太监，脸上还保持着温和的微笑。

领头的太监也在考虑，这个"打"字就是喊不出口。

皇上和丛雪微、苏娅娴在房内提着心听着，准备随时听到丛意儿的惨叫之声。

皇上心里头也在犹豫，虽然不相信自己的弟弟会在意这个小黄毛丫头，但是，又知自己的弟弟历来做事不合常理，难说他是怎么想的。若他是真的留丛意儿在轩王府待着，丛意儿要是真的挨了打回去，司马逸轩肯定不会和自己罢休！一旁的丛雪薇和苏娅娴更是担心得不得了，心里想着，要是这二十杖责打完，丛意儿还不得丢了小命？

三人各怀心思，都没有说话。

但是，过了几乎一盏茶的工夫，也没听到院中传来丛意儿的惨叫之声，三人倒是好奇起来，难道丛意儿硬生生地挨了这二十下不成？难不成这丫头不仅脾气倔强，耐受力也是非同一般？

第七章 心机暗藏 情字面前无情意

101

"这些人是怎么办事的！"皇上恼怒地说，"收拾一个丛意儿竟然也如此的麻烦吗？来人，让他们给朕狠狠地打！"

"皇上，您暂且不要生意儿的气，好吗？"丛雪薇急得几乎落下泪来，"意儿她虽然顽皮，也有些张狂，但，她真的不是一个坏孩子，您就算生气，就气在为妻身上好吗？意儿，她，毕竟是为妻二哥唯一的血脉，念在她和大兴王朝有着千丝万缕的联系，您，就放她一次好吗？她一个弱女子，如何扛得过这二十杖责？"

皇上看着丛雪薇，其实今天的事情也怪不得丛意儿，只是在朝堂上受了些大臣们的气，不晓得如何宣泄，所以回来拿丛意儿出气。丛意儿的脾气他也知道，平常比这更不讲道理的话她不是讲不出来，只是，今天她的话讲得清楚而冷漠，让他有些下不来台，任性也不可以如此任性的，好歹他也是当今的皇上。

"不行，若是饶了她这一次，她肯定会有下一次的！"皇上背过脸去，冷冷地说，"溶儿执意娶她为妻，以她这种脾气，朕还真是不太放心，朕要在她嫁给溶儿前，好好地收收她的性子！"

丛雪薇不知如何才好，只是无助地站着，看着苏娅娴。苏娅娴低垂下头，看不清脸上的表情。丛雪薇心中很是恼火，纵然丛意儿再怎么不堪，如今也是要帮的，怎么可以不吭声呢？这一会儿，她倒是忘了刚刚苏娅娴也是开口的，只是此时不晓得要如何求情才好。

皇上走出房间，来到院落中，看到丛意儿正安静地站着，负责杖责的太监正呆呆地站着，不知道在想些什么。皇上心中这个火呀，便恨恨地高声说："你们一群奴才，在做什么？竟然敢拖延朕交办的事！"

领头的太监吓了一跳，傻傻地呆看着皇上，低声说："这，若是真的打了，要如何向轩王爷交代？"

皇上脸一沉，冷冷地说："皇弟那边朕自然会解释，来人，拖了下去，给朕狠狠地打！"

丛意儿心中一顿，这个皇上是吃了枪药了，来了就和自己过不去，如果免不了，就挨了吧，如果死不了，一定不会让这个可恶的皇上安生。凭什么说打人就打人，不嫁他儿子有什么了不得，真是的！

"好吧。"丛意儿说着，自己走了下去，来到行杖刑的地方，对领头的太监轻轻地说："你可记好了，我挨一下，到时候，可不知要你还多少下，如何？"

太监额上冒出汗来，他确实不能确定丛意儿与司马逸轩到底是什么关系，如果惹恼了司马逸轩，在这个大兴王朝还有存活下去的可能吗？而且，丛意儿还是丛王府的千金，未来的二皇子妃，打了好像也不太合适。

皇上盯着丛意儿，冷冷地说："好啊，你竟然用朕的皇弟来压朕的奴才，好！好！你不是说你是轩王爷的客人吗？你不是说你与轩王爷关系良好吗？来人，立刻去轩王府请轩王爷来,朕倒要看看,朕的皇弟要如何救你!"

丛意儿差点笑出声来,这个皇上真是很可爱,早知道可以这样,就早些这样馋着他了。但面上,她却依然温和地说:"好啊,丛意儿就在这儿安静地等着。"

领头的太监抹了一下额上的汗,心跳如鼓,死的心都有了。

"不用!来人,先替朕打着,朕就不信朕的皇弟会为了这个小丫头和朕如何计较!"皇上恨恨地说。

所有人都没敢动,皇上心中这个气呀,一个小小的丛意儿,竟然可以如此"作乱"后宫,如果真成了司马溶的皇子妃,那不就更加不可收拾了吗?岂不是要让后宫成为是非之地吗?!

领头的太监不敢动,但却有大胆的,也如同皇上一般的想法,不过就是一个小小的丛意儿,堂堂的轩王爷怎么会帮她呢?不过是拿着轩王爷的名声来压人,拿轩王爷当挡箭牌,丛意儿历来名声是个张狂任性的,这种事她定做得出来。有人上来,架住丛意儿,压在长椅上,高举起棍子,狠狠地落下。

丛意儿闭上眼睛,这个古代,没有道理可讲,随它去吧,能够来,就能够撑得下去!棍子带着风声狠狠地落下,一股凉意,马上就要落在丛意儿的身上。丛意儿下意识地收紧了身体,准备挨下这一棍。

"哎哟!"一声惨叫响起,尖锐而短促,房内的丛雪薇脸色一变,由房内跑了出来。这个丛意儿,若真挨了打,她心中还是疼得不得了。这叫她如何和自己的哥嫂交代,九泉下如何有颜面解释?一个大兴王朝的正宫娘娘,竟然保护不了自己的侄女。

苏娅娴也吓了一跳,听声音,好像变调了,是由嗓子里硬生生地呛出来的。她搭了自己奴婢的手,匆匆地随着丛雪薇出了房间。

院落中一片寂静,除了这声惨叫,再也没有别的声音发出,所有人似乎失了声,除了风声轻轻地吹过,和着令人压抑的气氛。

皇上呆呆地站着,仿佛一切都不是真的。他亲眼看着自己的奴才把丛意儿带到了椅子上,那棍子高高举起狠狠地落下,心里正在想,这个奴才用的劲可真够大的,这样打下去,说不定真会要了丛意儿的小命。那棍子带着风落了下来,几乎是贴到了丛意儿的身子。就这一瞬间,一片小小的树叶飞了过来,然后,那施刑的奴才一声惨叫,脱手扔掉了棍子,捂着自己的手腕,却不敢再发一声。

"皇兄,本王的客人如何得罪了你,要如此对她?"司马逸轩仿佛突然间出现,静静地站在院落中。就在棍子落下的一瞬间,他刚刚出现在门口,仓促间顺手摘了一片树叶,划伤了行刑的奴才的手腕。大约是过于着急的缘故,那伤口划得极深,鲜血瞬间喷射出老远,在阳光下滑出一道鲜红的曲线。

"父皇,您为什么要让奴才杖责意儿?"另外一个声音几乎同时响了起来,司马溶一脸焦急,语气中的不满也不加掩饰,"意儿她又如何惹了您气恼成如此模样?"

口中说着,他一步抢到丛意儿跟前,抬手给了行刑的奴才一巴掌,恼怒地斥责道:"该死的奴才,竟然敢打丛意儿,来人,拖下去,狠狠地打!意儿,你没事吧?"

丛意儿轻轻叹了口气,说:"司马溶,你得找个人替我叫叫魂了,这杖责虽没挨上,心却吓得不轻。你父亲他今日是不是吃枪药了?"说话间,抬头看到司马逸轩微皱眉,正安静地看着他们。

丛雪薇和苏娅娴呆呆地站在门口,一个小小丛意儿?!是真的吗?竟然让轩王爷和二皇子同时出面?!

"勋王妃,人是你从本王府中领走的,你倒是给本王解释一下,丛意儿她为何如此?"司马逸轩冷冷地说,"你当庆幸这棍子没有落在丛意儿身上,如果有了任何差池,本王定不会饶你!"

苏娅娴低下头,出了一身冷汗,却一声也不敢吭。

"是啊,婶婶,你怎么不劝阻我父王?"司马溶也抱怨道,"父皇,到底出了什么事,让您如此惩罚意儿,她不过是个单纯率真的女子,并没恶意。"

"因为她说她不想嫁给你!"皇上恼怒地说,什么跟什么嘛,一个小小的丛意儿,竟然让他被自己的弟弟和儿子齐声质问。

司马溶不高兴地说:"意儿她想不想嫁的事情我可以慢慢和她商量,您这样,只会使事情更加糟糕。都是我以前太过于苛刻,所以,她才不愿意嫁,更何况,是让她和惜艾一起嫁给我,她心中有些不情愿也是正常。父皇,您不要因为此事就责备意儿。"

"你成了他心中的牵挂,为了你,他不知如何是好。"司马逸轩的声音在她耳边淡淡响起,听来真切,但又遥远。她下意识看了一眼司马溶,突然意识到,司马逸轩这话只是单独说给她听的,"很奇怪,在这么短的时间里,你竟然可以左右他的心思,司马溶似乎是真的对你动了心。你当如何?"

丛意儿在心中淡淡地说:"我也不知道是因为什么,或许只是突然间觉得我很新鲜吧。可我并不是他生命中红线所牵,他应该娶的是丛惜艾,而并非是丛意儿。"

她这样说,觉得司马逸轩应该不会听到,但是,却听到司马逸轩以平淡的声音说:"这不是解释的理由,他不可能如此简单就对他一直厌恶的人突然动了心,甚至放弃了他对丛惜艾一直以来的迷恋。你身上有着令人惊讶的东西,那是一种无法言说的感觉,因为,我也对这种感觉动了心,你亦能牵动我的心绪,甚至,我能够听到你的声音。如果不是你声音的引导,我亦不能恰恰赶到。"

丛意儿愣了一下，没有吭声，转头看了司马溶一眼，却看到司马溶一脸的关切表情，正看着她，眼中写满了担忧。轻轻叹了口气，丛意儿轻声说："司马溶，为何突然放不下我？你应该爱的是丛惜艾，而不是丛意儿，丛惜艾，才是你今生红线所牵之人。"

司马溶轻声说："我刚刚听奴才们通报，说是父皇正在斥责你，而且要责罚你，很担心，就赶来了，幸好你没事。"

丛意儿心中有隐约的感动，微微笑了笑说："谢谢，姑且原谅你那日推我进荷花池的可气吧。"

司马溶轻轻叹了口气，说："算啦，如果你执意不肯嫁，我也不会勉强你，你开心就好。但是，还有机会不是吗？你会重新接受我的，是不是？父皇，不要再责怪意儿，我希望可以慢慢和她商量此事。请父皇答应孩儿，以后不论出了什么事情，请不要再责罚意儿。"

皇上愣愣地看着自己的儿子，不知该说些什么。丛雪薇和苏娅娴彼此望了一眼，心中各自松了口气，却并没有注意到此时，司马逸轩已经不知去了何处。他的离开就好像他的到来一样，根本没有任何的征兆。

丛雪薇微微一笑，说："好啦，既然事情已经这样，大家就进屋里来吧。意儿，来，随本宫一起进来坐坐。咦，轩王爷呢？他刚刚还在呢，怎么不说一声就走了？"

丛意儿在心里头思忖了一下，也许司马逸轩只是不太喜欢这种氛围，所以看到她没有危险就离开了，但是，她心里总有些说不出来的感觉。丛意儿正这样想着，突然听到司马溶的声音响在耳畔，"意儿，想什么呢？这么出神？是不是心里还在担心？不会有事的，下次不会再有同样的事情发生。我请你去饮香楼吃饭，替你压惊如何？"

"没事，只是突然走神了。"丛意儿缓过神来，轻轻笑了笑。

司马溶轻轻笑着说："刚刚真是多亏皇叔及时出手，我晚了一步，只来得及问询一声。"

在正阳宫待到吃过午膳，丛意儿才得以离开正阳宫。其实她心里头有些焦急，总觉得应该去见见司马逸轩，也不一定是为了解释什么，只是觉得见了，好像心里会更踏实些。

司马溶陪她一起走在路上，微笑着说："意儿，准备去哪里？"

丛意儿想了想，说："想去轩王府谢谢轩王爷。"

"这倒是正理。"司马溶微笑着说，"确实应该谢谢皇叔，是他出手救了你。我们只顾在正阳宫陪着父王吃饭，倒一时疏忽了他。应该的，应该去皇叔那儿说声谢谢的，不如，我陪你去吧。"

丛意儿犹豫了一下,说:"如果你一定要去,随你。"

刚到轩王府的门口,他们就看到甘南匆匆走了出来,看到他们二人,微微愣了一下,停下脚步,施了礼,说:"见过二皇子,丛姑娘。"

司马溶微笑着说:"罢啦,皇叔在吗?"

甘南看了一眼丛意儿,轻声说:"蕊公主要去醉花楼听蝶润姑娘弹琴,王爷陪蕊公主过去了。二位有事吗?"

丛意儿愣了一下,有些意外,也有些隐约的失望,但是,想了想,似乎又正常得很,"那他有没有说什么时候回来?"

甘南再犹豫一下,轻声说:"王爷他没有说,属下觉得,今日怕是要迟些才能回来。丛姑娘有事情急着要见王爷吗?属下正要过去,如果有事的话,属下可以代为转告。"

"我要——"丛意儿犹豫一下,轻声说,"算啦,也没什么事情,恐怕轩王爷也不在乎这些个繁文缛节,心里时时念着就好,不说也罢。看你行色匆匆,应该是轩王爷有什么事情,你去吧。"

甘南点了点头,说:"既然如此,属下就告辞了,二位随意。"

司马溶点了点头,看着甘南离开,微笑着说:"意儿,既然如此,不如我们也出去玩玩,这京城之中有趣之处还是很多的,如何?"

丛意儿点了点头,路上见过一些景致,有些趣味,看看也好。

醉花楼,琴声悠扬,蝶润端坐在琴前,轻轻地弹奏。娇红的衣裙,玲珑的身姿,透着一种婉约妩媚之意。一身华服的蕊公主坐在桌后,微笑着与司马逸轩攀谈,司马逸轩神情淡淡地坐着,喝着酒,看不出心中情绪如何,听着蕊公主说话。

"王爷,"蕊公主微笑着,轻声说,"听说丛家姐妹争着嫁给二皇子,那个丛意儿是不是就是其中之一?"

司马逸轩举了举手中的酒杯,淡淡地说:"喝酒,这酒的滋味好过这许多无趣的话题。"

甘南从外面走了进来,和站在门前的甘北点了点头,对司马逸轩施了礼,恭敬地说:"王爷,您要的东西属下已经取来了。"说到这儿,甘南犹豫了一下,顿了顿又接着说,"王爷,刚刚属下回来的时候,在王府门口遇到了二皇子和丛姑娘,看样子丛姑娘找您好像有什么事情,属下多嘴问了一句,是否有事情需要属下转告,丛姑娘犹豫了一下,只说'算啦,也没什么事情,恐怕轩王爷也不在乎这些个繁文缛节,心里时时念着就好,不说也罢'。"

司马逸轩安静地听甘南说完,淡淡地说:"不过谢谢二字,她倒放在心上了,难得她还记得。没事了,下去吧。"

甘南有些不解,但仍是恭敬地退了出去。

蕊公主突然一笑,说:"只怕是这个丛姑娘对您也动了心,轩王爷,您可真是害人不浅呀!"

司马逸轩慢慢地喝酒,不语。

蕊公主正要继续说什么,蝶润突然间手指落在琴上,轻轻一滑,一首新的曲子在周围轻轻地荡漾开,适时地堵住了蕊公主下面的话。蕊公主恼怒地看着蝶润,但蝶润低着头,专心看着琴,仿佛蕊公主根本不存在。蕊公主看向司马逸轩,司马逸轩身体靠在椅背上,眼睛闭着,不发一语,只安静地听着琴声。蕊公主咽下了后面的话,不敢打扰司马逸轩。她虽然不了解司马逸轩心中在想些什么,但是,她知道,司马逸轩的沉默其实蕴藏着极大的危险,还是不要招惹的好。

夜色渐渐地深了,热闹的氛围却越来越浓,街上行人携儿带女地喧哗着。丛意儿觉得,这和她生活的现代没有什么区别,除了少了些现代的物品,却更多了一份难得的闲适。拿着一手的各色物件,丛意儿脸上的笑意越来越浓,她真的是越来越喜欢这儿了。

几个人迎面走来,丛意儿抬眼刚好看到,他们似乎在看她,却眼睛转来转去的四处乱瞧,一副人在街上行心却不在街上的恍惚劲。他们的模样看起来,好像不是大兴王朝的人,因为那种眼神不像。大兴王朝的人,眼神中更多坦然和自信,因为他们始终活在一种可依靠的兴盛发达里。她突然有一种不太好的预感——

快到丛意儿跟前的时候,他们突然加快了脚步,其中一个人好像是无意地撞向了丛意儿。丛意儿下意识地一闪,那人撞了一个空,身体一下子前倾,收不住脚,摔在了地上,引得路人注目。

"你们是怎么走路的?"司马溶恼怒地说,"睁着眼,硬往人身上撞,你们是乌蒙国的人吧,到了大兴王朝怎么不晓得收敛二字!"

乌蒙国?丛意儿一下子联想到了蕊公主。第一个直觉,这和她住在轩王府有关,怎么可能蕊公主可以无视她的存在?!一个堂堂的乌蒙国的公主只能住在轩王府的别苑,她,一个小小的丛意儿,却可以留宿在轩王府内。蕊公主怎么可能咽得下这口气,到如今才冒出来,反而已经是够忍耐了。

摔在地上的人立刻站起身来,努力维持着自己的尊严,猜疑的眼光瞟过丛意儿,口中不停地说:"对不起,对不起,对不起。"

丛意儿微笑着,极低的声音,极温和地说:"是蕊公主的手下吧?怎么到了今日才出现,难得蕊公主可以如此忍耐我的存在。"口里说着的时候,心里想着那晚的花篮,那个花篮中的玄机。

那人微微哆嗦了一下,偷眼看了看丛意儿,嘴里叽里咕哝地说:"是小人不小心,小人不是故意的,请丛姑娘原谅。小人只是一心逛街,一心看景,没有注意到丛姑娘和二皇子……"

丛意儿忍不住一笑,轻轻地说:"果然不是无意的,真是有意而为,你若是路人,如何认得我是丛意儿?如何知晓他是二皇子?如果蕊公主知道了,怕是生吃了你们也不会解气。"

那人脸色一变,身子微微一晃,便软软地摔倒在地上。

丛意儿一愣,心想:不过是开他几句玩笑,何必吓成如此模样?

"来人!"司马溶大声说,跟在他们身后不远处的随从立刻出现在他们二人周围。丛意儿愣了一下,她还真没注意到司马溶带了这么多的人跟着,虽然她知道有人跟着,可没想到司马溶这一声,竟然冒出来十几个人。这和司马逸轩不太一样,司马逸轩一般情况下只有甘南和甘北二人跟着,有时候,甚至是无人跟随的。"把这几个人抓起来带回去。这人竟然服毒自尽,其中定有缘由!"

其他几人此时想要跑开,但瞬间被围在中间,一时之间每个人脸色都变了。丛意儿心中一惊,眼看着几个人如同前一个人一般,软软地倒在地上,甚至来不及再看第二眼。生命如此脆弱,死亡如此简单,为何自己偏偏不容易如此送了性命?或许是自己没有杀死自己的勇气,而且,对这个时空也有着莫名的好奇。

"把这几个人带回去,仔细查一下他们是何人带入大兴王朝的,看他们的着装和身手,应该是有武艺在身,而且不像是商人。如果不是商人,他们应该不可以自由出入大兴王朝,立刻去查一下!"司马溶冷冷地说,"他们如此害怕,即刻服下毒药,定是不愿意被人知晓身份。去查一下他们为何要为难意儿?"

"算啦,他们也许是害怕了,如今大兴王朝和乌蒙国之间并无太多往来,他们一时担心才会出此下策,已经丢了性命,就暂且不去计较吧。"丛意儿轻声说。

司马溶看了一眼丛意儿,说:"这事并不是如此简单,他们应该是认得我们二人,否则不会在大街上如此刻意碰撞你。如果不是你刚刚凑巧闪了一下,只怕是如今躺在地上的就不是这个人,而是你了。大兴王朝有规矩,如果乌蒙国的人用药害及大兴王朝的人,定是绝不可饶恕的死罪。"

丛意儿看着司马溶的随从带着这几个人的尸体离开,在周围晃动的灯笼的光线下,街景突然变得有些诡异,便下意识地看了一眼远处的醉花楼。这个古代,也许并不总是风平浪静的。

"不要害怕,有我在,不会有事的。"司马溶看着丛意儿出神的表情,以为她是吓着了,温和地安慰着,"乌蒙国的人不敢轻易为难你,你做了二皇子妃,出入皆有宫中的高手保护,这等小角色,根本近不得你的身。"

丛意儿无意识地点了点头,其实,她根本没听进去司马溶说了些什么。

"意儿,今晚到我府上住吧。"司马溶轻声说,"你不是惜艾,你对付不了乌蒙国的人,你不会武艺,也不懂得如何解毒。在目前不清楚乌蒙国的人为什么对付你的情况下,你最好是待在我附近,这样,更安全些。"

丛意儿没有吭声,想了想说:"我不想麻烦更大,如果去了二皇子府你那儿,如果乌蒙国的人针对我,会让你惹火上身。我还是回轩王府那儿,蕊公主在那儿,乌蒙国的人如果真想针对我,也绝对不会在轩王府动手,让众人的注意力放在蕊公主身上。而且,有轩王爷在,应该更没有人会冒这个险,你正好有时间可以处理这些自杀的人。"

司马溶有些许失望,说:"你仍然信赖皇叔超过信赖我吗?你不愿意待在二皇子府,是不是觉得我可以给你的安全不能与皇叔可以给你的安全相比?"

丛意儿看了一眼司马溶,说:"你需要的是解决事情,我需要的是保证我自己的安全,这并不抵触。如果我在二皇子府你那儿,你必然要分心照顾我,而疏忽查清楚事实的真相。"

"但愿这是你的真实想法。"司马溶轻轻嘟囔了一声,没有再反对,"好吧,如果你一定要这样,只是,今晚,皇叔会回轩王府吗?"

丛意儿微微一愣,继而轻轻一笑,说:"我不是他,怎知他今晚会不会回来?我不过借住在轩王府,客随主便,收敛不得他的行为。司马溶,你大可以放心,纵然他不在,也没有人敢在轩王府生非分之意。"

"意儿,我不放心。"司马溶微皱眉头,轻声说,"我始终觉得心中不安心。你和惜艾不同,惜艾她有着很好的武艺,在大兴王朝也是数一数二的,而且惜艾是个聪明内敛的女子,可以随时处理任何状况,你却不同,你几乎是一个手无缚鸡之力的女子,而且一直生活在一种安逸之中,这些打打杀杀的事情对于你来说,真的不是一件可以应付的事。我觉得你还是待在二皇子府里更好一些,而且,查明真相也不在此一时,是不是?"

丛意儿心中有隐约的感动,但犹豫了一下,说:"我不想带给你任何麻烦,你是未来的大兴王朝的皇上,你不可以有任何的闪失。这样吧,如果在轩王府我觉得害怕,我会随时去二皇子府,如何?"

司马溶无奈地摇了摇头,说:"意儿,你还真是固执,好吧,我会派人跟着你。另外,我会派人去醉花楼通知皇叔,如果他不回来,最起码也要让甘南或者甘北回来保护你。"

丛意儿笑了笑,说:"算啦,你不要扰了轩王爷的好事,难得可以得份清闲,我已经麻烦了他许多时日。如果你实在不放心,就派个人跟着我好啦。"

司马溶笑了笑,说:"好吧。来人,好好跟着丛姑娘,若是丛姑娘有任何闪失,就不要活着来见我!"

丛意儿笑了笑,说:"好啦,不要说得如此可怕。本来还不害怕,让你这样一说,还真有些担心了。我运气很好的,你看,他们想杀我,还不是让我无意中躲了过去？放心,如果天意不带我离开,我始终是无法离开这个朝代的。"

司马溶执意把丛意儿送到轩王府门前,看着她走了进去,才转身对李山说:"李山,你立刻去醉花楼通知皇叔,告诉他今日所发生的事情,请他如果不能离开醉花楼,就一定要安排甘南或者甘北回来保护意儿。"

李山点头离开,司马溶回头再看一眼暗夜中的轩王府,犹豫了一下,也转身离开。

夜色越来越深,王府里的奴婢伺候她吃过晚饭,梳洗休息。丛意儿躺在床上,时间一分一秒地过去,渐渐她有了些倦意。

似乎有脚步声传来,非常的轻微,似乎是竭尽全力使脚步声轻到不存在,好像呼吸是屏住的,脚步是小心翼翼的,在晚风中,几乎听不到。丛意儿微微一愣,这不对,如果是府里的奴婢,不必把脚步放得如此小心翼翼,最多是放轻,但脚步中应该没有刻意掩饰的味道,但此时的脚步,却是刻意的掩饰。她想了想,悄悄起来,拢好被子,将身体藏在暗影里,等待脚步的主人出现。

脚步声在门外停了下来,犹豫着,等待着,一直等到丛意儿几乎要放弃,怀疑自己听错了为止,才看到房门轻轻被推开,一个身影闪身而入,快如闪电,身体灵活轻巧。来人站在房内短短一刻,身影轻轻一闪,就直奔丛意儿的卧床。

"丛意儿,不要怪我心狠,我不会让你死得太痛苦。这种蛇的毒性天下第一,只要轻轻一口,一个小小的红点,就可以送你归西,从此后,你就可以再无烦忧。"来人喃喃地说,右腕一动。

丛意儿抄起旁边的烛台,这是她第二次用到这种物件,稍微犹豫一下,轻声说:"你是蕊公主的奴婢吧?"

来人一愣,立刻回头,丛意儿一烛台砸在来人肩上。来人捂住肩膀,下意识地说:"丛意儿,你是如何发现我的?"接着手腕轻动,一柄短刀直刺过来。

丛意儿摇了摇头,说:"早知如此,何必仁慈,若这一下打在你头上,你还能够还手吗?"口中说着,往旁边一闪,勉强躲了过去,却听到心跳怦怦。

来人一脸不相信的表情,瞪大眼睛,僵硬地说:"不可能,这绝对不可能!你不可能躲得过,你躲过了街上一劫,只能算你命大,你哪里可以躲得过我?!丛意儿,你应该是不会武艺的,你不是丛惜艾,你,你,除非你是会武功的!"

丛意儿往后退了一步,说:"我不过是反应快一些,要是我会武功,哪里轮得到你出手。你果然胆大,在轩王府也敢对我下手,你不怕这事情若是暴露了,你们要如何交代?若是我在轩王府里出了事,轩王爷能够罢休吗?"

"蕊公主是奴婢的主子,主子的安排,奴婢就是送了性命也是应该的。我杀了你,自然会担当所有的责罚。其实,杀了你,我也没打算再活下去的。"来人一脸绝不退缩的表情。

丛意儿轻轻一笑,说:"好啊,你若是可以杀了我,倒是好事,恐怕你只能想想。"

"你不要再存奢望,奢望轩王爷可以来救你。二皇子派去找轩王爷的人,在路上已经让我给下了药,三个时辰内不可能醒得过来,二皇子派来保护你的人,此时也正在外面呼呼大睡,只怕也得到了天亮才能醒来。"来人冷冷一笑,继续说,"轩王府上上下下的人都会武艺,可没有轩王爷的命令,没有人敢踏入此地半步,他们也不可能发现我的存在。"

丛意儿轻轻一笑,说:"好啊,那就请你下手吧。"

来人一愣,下意识地说:"你不怕死?"

丛意儿安静地在桌前坐下,淡淡地说:"我当然怕死,但是,我知道我死不了。——司马逸轩,我知道你在,你若是再沉默下去,小心我记仇,再不理你。"

来人吓了一跳,一步跃到门口,似乎是想要离开,又似乎是想要看看门外是不是有司马逸轩。夜色中,一切安静,只有风声。"你敢骗我?!"来人恼怒地说,猛地回头,一柄冰冷的器皿轻轻抵在她的颈上,凉凉的,立刻一股寒意穿透了她的身体。室内的蜡烛重新点亮,一张英俊的面容在烛光下透着冷漠的味道,那目光如同刺向她的剑一般,冷得彻骨。"轩王爷?!"他怎么可能出现在这儿?!

"立刻在本王眼前消失,"司马逸轩淡淡地说,声音里却透着不容置疑的冷漠,"本王不想意儿住的房间里有任何血腥的味道。"

来人哆嗦一下,似乎想要说什么,却说不出来。

"你无法自裁。"司马逸轩冷漠地说,"本王岂肯轻饶了你,你的穴位不可自解,绝无可能自己结果自己。"

"如果如她所说,李山中途出了事情,你是如何恰好此时赶了回来,救了我一命?"丛意儿不解地说。

司马逸轩收回剑,淡淡地说:"我不过是想要回来看看你在不在。你在,很好。"

丛意儿微微一笑,说:"你差一点赌输给我,还好,我还好好地活着,不过小小吓了一跳。"

"路上出了什么事?"司马逸轩在丛意儿对面坐下,轻声问,"听这奴婢的意思,蕊公主对你下手,这并不是第一次,难道路上也曾出现过类似的情况吗?"

丛意儿点了点头,把晚上与司马溶在一起时碰到的事情讲了一遍,突然发现什么似的,说:"咦,怎么没见甘南和甘北他们?"

"我是一个人回来的。"司马逸轩微微一笑,淡淡地说,"醉花楼里此时琴声未断,我突然心中不安,想要看看你在不在,所以,就回来,看到你房内一片黑暗,有些失望,差点转身离开,幸好,听到你们对话的声音,才及时赶到。看来,还是我大意了,不该把你一个人放在我视线之外,差点铸成大错。时间很晚了,你回床上休息吧。"

丛意儿知道自己安全了,回到床上躺下,很快就睡着了。司马逸轩走过去,替丛意儿放下纱帘,吹灭蜡烛,在桌前坐下,以手抵着额头,并没有离开,而是在丛意儿平稳的呼吸声中,安静地休息。

清晨,被一阵喧哗声惊醒,丛意儿从床上坐起来,诧异地看向门口。只见司马逸轩安静地坐在桌前,门口,站着一脸焦急之色的司马溶。

这个时候,他匆匆赶到这儿来,神情有些慌乱,一眼看到丛意儿,长出了一口气,说:"真是吓死我了,李山今早才回来,说是在路上被人下了药,一直昏睡到现在,我以为你出了事。"说话的时候,他冲到床前,竟然没有看到就坐在桌前的司马逸轩。

丛意儿从床上下来,昨晚蕊公主的奴婢来的时候,她就顺手拿了外衣穿在身上,和衣而眠的她,足可以正常面对司马溶。她轻轻笑了笑说:"没事的,我很好。你不要担心,昨晚休息得好吗?"

司马溶微皱了一下眉头,说:"那些人肯定是乌蒙国的人,但是,他们全都自裁而死。从他们的着装和佩饰来看,应该是乌蒙国皇室的人,我担心他们是蕊公主的人,但是,不明白,蕊公主为何要对付你?你们之间并没有什么过节,为什么会如此?"

丛意儿想了想,轻轻地问:"你认识蕊公主吗?"

"在这儿见过一面,她长得有些像大兴王朝一位仙逝的皇后,是皇叔的客人——"司马溶说着,走到桌前想要坐下,转过头一下子看到正安静看着他的司马逸轩,吓了一跳,脱口说,"皇叔!你怎么会在这儿?你不是应该在醉花楼的吗?"

司马逸轩轻轻一笑,说:"司马溶,这么早跑来轩王府,看到丛意儿好好的,可是放了心吗?"

司马溶愣了一下,说:"如果知道皇叔在,侄儿就不会如此紧张了。昨晚意儿遇到一群乌蒙国的人,看他们的意图是想要伤害意儿。我原本让意儿去我府上,但意儿执意要到这儿来,偏偏去通知您的奴才路上着了道,侄儿担心得要死,所以就匆匆跑来了,却不知原来您已经回来了,侄儿还以为您昨晚会留宿在醉花楼呢。对啦,蕊公主呢?她是不是还在别苑?侄儿想要问问她,是不是她的手下要伤害意儿,又是为了什么原因?"

"她还在不在,本王也不清楚。"司马逸轩淡淡地说,"蕊公主在的话,也会一口否定此事,她怎么会傻到把事情揽到自己身上。是我们自己疏忽了,让人得了空。"

"可是,她和意儿只是初次认识,为什么要对付意儿呢?"司马溶不解地问。

丛意儿看了一眼司马逸轩,抢着说:"我们现在也只是猜测,或许这事与蕊公主并无关系呢?反正我也没受任何伤,就算了吧,原本大兴王朝和乌蒙国就有些过节,这事情若是闹大了,于彼此双方都不是好事,好不好?"

司马逸轩看着丛意儿,想了想,没有说话。

"可是,如果我们不去理会,难说以后会不会再发生类似的事情。我们总应该弄清楚事情的真相,才能够想出对付的办法。"司马溶微皱着眉头,看了一眼司马逸轩,说,"皇叔,侄儿说得对不对?意儿她是一个与政治无关的人物,哪里用得到让乌蒙国的高手出面,看昨日几人尸首,可以确定的是,他们一定有不错的武艺,而且衣饰名贵,肯定是乌蒙国皇室中的人。所以,我一定要弄清楚这事到底是为了什么。小小一个乌蒙国竟然想在大兴王朝兴风作浪,真是可恶!"

司马逸轩安静地听着,淡淡地说:"事情肯定有前因后果,只是知道了,可否就真的快乐?既然意儿她自己不在意,我们就听她一次,如何?"

司马溶犹豫了一下,盯着丛意儿,有些困惑地说:"意儿,你真的不担心你的安全?你是不是有什么事情瞒着我?如果和乌蒙国的人有过节的话,可以告诉我,我会替你处理的。"

丛意儿笑了笑,说:"没有,最多也就是我待在轩王府,让蕊公主心中不太舒服,但想来一个乌蒙国的公主,总不至于因此就出手对付我吧?或许一切都只是一个意外。"

司马溶仍然有些不太相信,但并没有继续追问,三人一时之间陷于一种奇怪的沉默中。

丛意儿觉得有些压抑,便微笑着说:"你们叔侄二人坐着聊,我要去梳洗吃早饭了,对啦,今天我想回丛府,这事,不要和我的家人提起,可以吗?我不想被他们不停的追问。"

"好的。"司马溶微笑着说,"总是在皇叔这儿打搅也不是正理,何况还得让皇叔时时操心。回去也好,有惜艾在,我也放心些,她的武艺足可以保证你无事。"

丛意儿轻轻笑了笑,这个司马溶,真的适合做帝王吗?

目送丛意儿走出房门梳洗,司马溶呆呆出了一会儿神,转头看向司马逸轩,静静地问:"皇叔,您觉得意儿可好?"

司马逸轩轻轻笑了笑,淡淡地说:"司马溶,你可直接问本王是不是对她动了心。"

司马溶面上一沉,说:"皇叔,侄儿一直怀疑,以您的个性哪里会有如此耐心对她,原来,皇叔也喜欢上了意儿,但是,意儿她是侄儿的人,您绝对不可以喜欢!"

司马逸轩面上带笑,平静地说:"本王眼中,就没有'不可以'三个字。意儿她是个独立的女子,谁都可以喜欢,问题是,她喜欢的是谁?"

司马溶微微一愣,看着司马逸轩,"皇叔,您什么意思?难道您不知道意儿她从小就一直喜欢着我吗?她现在只是在赌气,怪我没有好好在意过她,您对她来说,只是一位长辈,您也不曾喜欢过她,她怎么会放您在心中呢?"

司马逸轩轻轻叹了口气,淡淡地说:"司马溶,你还是没有学会好好去爱意儿。意儿她根本就不想爱,她没有打算接纳任何人的想法,她只想逃开,本王,或者你,在她,只不过是过客。"

"可她注定是我的王妃。"司马溶认真地说,"从她一出生,这个念头就是她唯一的想法,我是看着她长大的,我知道她的想法,只是我从来不曾认真公平的看待过她,所以,她伤心失望,想要逃避,但是,以后我会好好待她的,她心中有的男子只是我。"

司马逸轩没有理会司马溶,丛意儿,她根本就不打算喜欢上他们中的任何一个人,她总是微笑着,用最温和的办法保护着自己,她不说爱,亦不说不爱,她的心并不对他们中的任何一个人打开,不论是自己还是司马溶。丛意儿外表看来柔弱,却有着最安静坚强的心灵,她不愿意成为任何人的附属品。

"皇叔,不要再引诱意儿,她只是一个无辜的人,她敌不过你的诱惑的。"司马溶盯着司马逸轩说,"您可以喜欢的人很多,喜欢您的人也很多,但是,意儿她不行,她太单纯,太直率,如果你始乱终弃,会害了她的。"

"如果本王的诱惑可以让她爱上本王的话,本王倒希望可以诱惑得了她。"司马逸轩轻轻地说,"丛意儿,并不是一个可以诱惑的人,她有着最清醒的灵魂,她清楚地知道她在做什么。"

司马溶摇了摇头,说:"皇叔,您说的侄儿听不太懂,但是侄儿知道的是,您一直在她周围出现,您总是吸引着她的注意力,让她随时随地都可以注意到您。她甚至会选择在您的王府躲避乌蒙国的人,而放弃与侄儿在一起。父皇是当今的皇上,一言九鼎,他说意儿是我的王妃,她就是我的王妃,这是不可以更改的事情。"

第八章　再返丛府　温情脉脉藏杀意

丛意儿独自一人站在庭院里,看着阳光下安静的植物、吹着沉醉温和的晨风,人一时有些恍惚。

"想什么呢?"一个温和的声音在耳边响起。

不用回头,只听声音,也知是司马逸轩,但她也隐约感到一股莫名的怒气在自己附近,不用猜,也知道那是司马溶。"看这儿的花草,真是美丽。"丛意儿微笑着回头,掩饰了全部的情绪,这个大兴王朝正在慢慢带给她越来越多的压力。

"我陪你回丛府吧。"司马溶眼中还有生气的痕迹,但对丛意儿说话的时候,语气上已经温柔了许多。这不是丛意儿的错,是皇叔的错,皇叔凭什么去引诱无辜单纯的丛意儿?有那么多的美丽女子他不去招惹,为什么偏偏要招惹他的丛意儿?!

丛意儿轻轻一笑说:"总要吃过早饭吧,这儿的厨子做出的饭菜蛮合我的口味,还是吃饱了好些,回去少不了要听些唠叨的话,只怕是没有胃口。"

司马溶只得点了点头,不太情愿地说:"好吧。"

司马逸轩安静地站着,在阳光下,玉立的身影却充满了落寞,虽然有阳光灿烂,却仿佛人在深秋。他喜欢她,喜欢得有些莫名其妙。她从不刻意地接近他,她住在轩王府,亦只是觉得好玩,并无他意,却让他心中充满喜悦。只要她在,似乎这轩王府就是活的,就充满了让他回来的力量。如果可以引诱,他宁愿背负罪名,用心全力引诱她,哪怕天下人骂他无耻,只要她在,就值得。

"小姐,您回来了——"小青一眼瞧见丛意儿,笑着,迎了上来,难怪今天眼皮一直在跳,原来是自己的小姐回来了。几日不见,小姐出落得越发好看,那眉眼间,有着她不熟悉的优雅气质和坦然。她喜欢现在的小姐,仿佛突然间活了过来似的。

丛意儿点了点头,微笑着说:"小青,有没有想我?"

"想啊,小青天天都在想您。"小青快乐地说。

丛意儿轻轻一笑,说:"不会吧,离开这么久,我为什么一个喷嚏都没打?你是不是只是在嘴上想我,心里没想呀?"

"意儿,你回来了。"一个温柔的声音紧接着响起,小青脸色一变,低下头不再说话。身后丛夫人微笑着看着丛意儿,温柔的声音听来充满呵护,细细柔柔的。"回来就好,为娘让你吓得不轻。你在宫里待着还好吗?有轩王爷帮忙照顾,有二皇子时常关心,为娘真替你开心,不过,还是回来好。"

丛意儿微笑着,轻施一礼,说:"抱歉,让您担心了。我一切都好,在宫里玩得很开心。对啦,惜艾姐姐呢?她可好?那日酒楼一别,没有让她担心吧?"

丛夫人轻轻一笑,说:"你提起酒楼,倒让为娘好奇起来,你是怎么突然消失的?怎么大家都没有发现你消失呀?真是让你姐姐担心得不得了,四处找你许久,后来知道你人仍在宫中,才放下心来,你可要好好去和你姐姐解释一下。"

"我并没有消失呀。"丛意儿淡淡笑着说,"我根本就没有上轿,你们走得匆忙,把我忘在了酒楼,我就一个人四处闲逛,后来就回了轩王府,只是玩得开心,一时忘了和家里人说一声,真是失礼。"

丛夫人微微皱了一下眉头,轻声说:"是吗?可是我明明看见你上了轿呀?怎么会这么不小心,把你忘在饮香楼?"

丛意儿微笑着,不再解释。说谎并不是她的强项,她只是不想多事,其实,也是因为她不知道自己是怎么离开软轿的,她只不过是下了轿没有被人发现,怎么每个人都奇怪得不得了?

丛克辉从里面走了出来,微眯着眼睛看着阳光下的丛意儿。这个丫头,怎么出落得如此招人注意,听说,司马溶现在对她是呵护备至,甚至那个冷漠无情的轩王爷也对她和颜悦色,这怎么可能?这原本应该是惜艾才可以拥有的,凭什么让这个不起眼的小丫头拥有了?但是,丛克辉却不得不承认,阳光下的丛意儿,有着丛惜艾所没有的东西。

走进丛府,丛意儿明显感觉到一股让她极不舒服的压抑。这种压抑是一种不欢迎,虽然,丛夫人脸上有着最温暖的微笑,但内里却有着最冷漠的心情,丛意儿从她的眼睛里根本看不到丝毫的温情,而只有一种恨。丛夫人恨自己。

丛意儿微笑着,迎着丛克辉的目光,停在院落中。

"行啊,丛意儿,还知道回来。"丛克辉冷冷地说,"还真是厉害,竟然敢在皇宫里混,我还真是小瞧了你!"

丛意儿依然微笑着,淡淡地说:"这儿,终究只是一个落脚之处,我来或者不来,很重要吗?你真的欢迎我回来吗?只怕是此时心中恨得厉害,却不得不以家人的身份欢迎我吧?"

丛克辉一愣,半天没有说出话来。这不是丛意儿一贯的作风,丛意儿纵然任性张狂,却绝对不敢招惹他,她这样说,虽然听来刺耳,却实在是他此时的真实想法。

"你们兄妹二人又拌嘴了,让二皇子瞧见,不知要如何想了。"丛夫人温柔地说。

司马溶微微一笑,说:"没事,意儿她并无恶意,对啦,为何没见惜艾?她在哪儿,我想过去看看她。"

丛夫人温柔一笑,轻声说:"惜艾她有些不太舒服,这几日替意儿担心,日日休息不好,此时正在她自己房内休息。我这就去叫她出来。"

"不必啦,我自己过去就好。"司马溶温和地说,对丛意儿微笑着,"意儿,你去吗?你这几日突然不见,惜艾她一定是焦急得不得了,你也该过去看看惜艾,以后不可以再这样任性啦。"

丛意儿轻轻点了点头,脸上浅浅地笑着,看不出她心中在想些什么。阳光下,她隐约觉得丛夫人的眼光如刀一样割在她的后背上。丛夫人为什么这么恨自己?

丛惜艾正安静地躺在床上,表情有些倦怠,看见司马溶和丛意儿进来,立刻温柔地笑着让丫头扶自己起来,轻轻地打招呼:"二皇子,您来了。意儿,你回来了?"

司马溶立刻上前一步,扶住正准备下床施礼的丛惜艾,轻声说:"你身体不舒服,就不要行礼了,意儿,你以后真的不可以再任性张狂了,看,惜艾如此替你担心,你可舍得?"

丛意儿低下头,淡淡地说:"是的,意儿记得了。"

"二皇子,不要责备意儿,她或许只是无意。"丛惜艾温柔地说,"只是,当时到底出了什么状况?惜艾自认武艺虽然不是多么出色,但也不可能让意儿突然失踪却全无察觉,真是心里内疚,怕意儿她出问题,若是出了问题,倒要如何向您和府中的家人交代。"

"没事,"司马溶温和地解释,"刚刚意儿她已经向你母亲解释过,当时可能是我们人多,不小心忽略了她,让她一个人留在了饮香楼。幸好她也只是去宫里玩耍,没出意外,而且她也答应了,以后不再如此任性,你不必再内疚和担心,你身体不好,不可以再如此费心。"

丛惜艾温柔地看着丛意儿,说:"意儿,你没事就好,如果是这样的,那真是姐姐太粗心了,也是姐姐刚刚回来,精神不太好,所以当时忽略了你,没事就好。如今回到家里,日日可以看到你,姐姐就放心了。"

丛意儿微笑着说:"好啦,我没事的,你不必再担心了,以后意儿会记得不再做这种事。你要好好地养好身子,再过些日子就是你的大喜之日。这个样子,让二皇子看到了,可是要怪我惹你生气的。"

丛惜艾温柔地微笑,说:"说起这事,姐姐倒要先恭喜你,母亲特意向皇上求

第八章 再返丛府 温情脉脉藏杀意

117

了旨意,准许我们姐妹二人同时出嫁,以后我们姐妹二人可要时时见面。能够和妹妹天天在一起,姐姐心中不知有多么高兴,你可开心?"

丛意儿微微一愣,淡淡地说:"谢谢母亲和姐姐的好意,只是意儿还没有想好,况且,这本是姐姐命中注定的事,妹妹不想从中掺和此事,姐姐是要嫁的,意儿可是要等等再说。"

"意儿——"丛惜艾有些不解地看着丛意儿,偷偷看了一眼司马溶,说,"难道宫中传闻是真的,你喜欢上了轩王爷?意儿,不要怪姐姐生气说你两句,轩王爷岂是你可招惹的人物?"

丛意儿淡淡一笑,说:"宫中有如此传闻吗?意儿倒有些怀疑,有人敢如此妄议轩王爷,只怕是听错了,意儿只是和他认识,谈不上喜欢,姐姐不必替意儿担心。"

司马溶在一旁说:"惜艾,意儿她绝对不是传闻中的情形,皇叔只是允她在轩王府住了几日,也巧蕊公主在那儿,有意儿在,可以避些嫌疑吧。——至于意儿嫁不嫁我的事,我已经和父王说过此事,父王也已经答应,她什么时候想嫁再嫁,我不会再强迫于她。"

丛惜艾微微一愣,低下头,有一会儿没有说话,最后才温柔地说:"二皇子,您如此替意儿着想,惜艾真是高兴,也知惜艾没有选错人,只是,皇宫不是个简单之处,惜艾还是担心意儿,以她的性格,怕她会吃亏。轩王爷是个充满魅力之人,惜艾担心意儿会动了心。"

司马溶看了看丛意儿,丛意儿一脸浅笑,不语,似乎他们谈论的事情与她无关,她只是个听客。"应该没事的,如今意儿已经回来了,有你和你父母照顾着,意儿她不会做蠢事的。我倒觉得皇叔是喜欢那个蕊公主的,她是个很美丽的女子,而且容颜上还和仙逝的先皇后有些许相似,只是,她——算啦,或许只是猜测。"

丛惜艾脸色微微一变,似乎有些不适,柔弱地说:"如果是这样,那是最好。蕊公主,我在乌蒙国听人说过,是个美丽的公主,只是性格有些任性,希望可以让轩王爷生活得幸福。"

"在轩王府见过她一面,倒真是个美丽的女子,性格也很温柔。她毕竟是个公主,虽然乌蒙国是个小国,也难免盛气凌人,只是料想她是绝对不敢在皇叔面前也那样的。"司马溶温和地说,犹豫一下,并没有说出丛意儿受到乌蒙国人攻击的事情。

丛惜艾的神情有些茫然,微垂着头,不说话。

"惜艾,是不是有些累了?"司马溶关心地问,"如果是累了,不舒服,就休息吧,我和意儿到外面坐会儿,不打扰你休息啦。"

"意儿,可以先出去一下吗?姐姐有些话想和二皇子说说。"丛惜艾温柔地说。

"好的,我出去等你们,你们好久没有见面了,应当有许多的话要说,我呢,恐怕要去回答父母大人的许多问题了。"丛意儿微笑着看了看司马溶一眼,微笑着说,"你得好好和姐姐沟通沟通,你看,你们现在在一起的时候,讲起话来是如此的礼貌,不像情侣,倒像是公事公办的上下级。"

司马溶愣了一下,微微一笑,说:"意儿,你哪里学得如此多的奇怪的语言,惜艾她只是按照大兴王朝的规矩来做,像你这样任性的人儿在大兴王朝可是独一份的。"

"是吗?"丛意儿轻轻一笑,说,"原来是我多心了,那么,你们二人慢慢聊。"

看着丛意儿的身影消失在门口,丛惜艾看了一眼身边的丫头,奴婢立刻也转身离开,安静地跟随在刚刚离开不久的丛意儿的身后。

"有小月跟着,我可以放心些。她离开了这么长时间,父亲和母亲难免有些生气,有小月跟着,若是出了什么事情,也可以以最快的速度通知我。"丛惜艾温柔地解释,然后看着司马溶,轻声说,"二皇子,惜艾有件事想求您。"

司马溶在床边坐下,温柔地伸手揽着丛惜艾单薄的肩膀,怜惜地说:"如此着急从乌蒙国赶回来,有什么事情要我帮忙?只要你说,我一定尽最大能力帮你。"

丛惜艾轻轻地说:"二皇子,惜艾希望您能够顺利地登上大兴王朝的帝王之位,这是您应该得的,也是惜艾的命。惜艾想请您,无论如何一定要阻止意儿和轩王爷在一起,意儿她只是一个单纯幼稚的女孩子,她不知道轩王爷的厉害。轩王爷是个充满魅力的男子,如果意儿对他动了心,就等于是毁了意儿的一生。您也知道,轩王爷他一直不喜欢丛王府的人,又怎么可能真的会喜欢一直有些任性狂妄的意儿呢?惜艾是担心,轩王爷是为了报复丛王府才接近意儿的。二皇子,您,一定要帮帮意儿。"

司马溶看着丛惜艾,轻声说:"我知道,意儿她也是我未来的皇子妃,我当然会保护她,不会让她受到任何伤害。皇叔他喜欢的是蕊公主,他不会喜欢意儿的,但是,你的担心也不是没有道理,我会好好看住意儿的。"

"意儿是个活生生的人,您不可能时时刻刻看住她,除非您娶了她,把她放在身边,才可以牢牢地看住她,免得生出事端来。"丛惜艾轻声说,"所以,惜艾想请您帮个忙,我们姐妹二人,您先娶谁都是一样的,不一定非要先娶惜艾,而且惜艾现在身体不好,只怕是一时半会儿的好不了,所以,惜艾想请您先娶了意儿,再娶惜艾也不迟,您可否答应惜艾这个请求?"

司马溶怜惜地看着丛惜艾,温柔地说:"惜艾,真希望意儿她懂得你的这片苦心,但是,我答应过意儿,绝对不逼着她嫁给我,所以,我不能强求她现在就立刻嫁给我,她不愿意做的事情,无论是软是硬,她都不会做的。虽然这话是皇叔说的,听来有些刺耳,不过,皇叔确实没有说错,我勉强不得意儿,只怕是逼得急了,她会更加为难。"

丛惜艾温柔地说:"意儿她从小就一直喜欢您,一直希望可以嫁给您,只要您愿意,她一定会答应先嫁给您的,这,不用惜艾教您了吧? 再说下去,只怕是惜艾要吃醋的了。您只要尽量不让她和轩王爷见面就好,只要没有机会见面,时间一长,意儿她也就死心啦。"

司马溶点了点头,说:"这,我会办到的,你不要再担心这些事了,好好休息吧。"

丛意儿在丛府中慢慢闲逛,并不看一直悄悄跟在身后的丛惜艾的奴婢。远远看到小青正一个人坐在一张石凳上发呆,丛意儿便走了过去,微笑着打了声招呼:"小青,一个人坐在这儿发呆做什么? 你也好意思,把本小姐一个人丢在一边,还要让惜艾姐姐的丫头跟着伺候我。"

小青吓了一跳,立刻站起身来,看着丛意儿,和远远跟着丛意儿的小月。很奇怪,小月一闪身躲在一根柱子后面,似乎是并不想让她们主仆二人发现。丛意儿的声音难道她没有听到吗? 都已经这样说了,小月怎么还是跟着呢?

"小姐。"小青不知道说什么才好,只得轻声称呼了一下。

"那个小月一直跟在我身后,看来惜艾姐姐放心不下我,小青,你说,天下有如此大度的姐姐吗?"丛意儿在石凳上坐下,微笑着说,"我猜,她呀,一定是在劝说司马溶立刻娶了我。按道理说,她应该是王妃的准人选,虽然我嫁了司马溶并不影响她的出嫁,可是,我嫁在前头,应该不是她特别希望的呀。至少我觉得我目前这位母亲就不太希望是如此的结果。"

小青低着头,犹豫了一下,轻声说:"难道小姐您不再喜欢二皇子了吗? 您从小就一直非常喜欢二皇子的。大小姐这样做,您应该很开心才对呀,怎么反而不想接受了呢?"

"我吗?"丛意儿微笑着说,"我何曾喜欢过他,我还没有准备好喜欢任何一个人。"

小青有些愕然地看着丛意儿,轻声说:"小姐,您把小青弄糊涂了,小青一直与您在一起,怎么可能不知道您喜欢谁呢? 您以前是那么的喜欢二皇子,难道——小青实在是不明白。"

丛意儿淡淡一笑,说:"小青,我要嫁一个真心喜欢我的人,就如轩王爷所说,司马溶想要娶我,就只能娶我,若是娶了惜艾,就绝对不可以再娶我。不管这大兴王朝是如何的三妻四妾,后宫三千,我丛意儿所嫁的男子,就只能有我这一个妻子,否则,我不会嫁。"

120

小青愣愣地看着丛意儿,轻声说:"小姐,您这样子,和以前完全不一样了。您以前曾经说过,哪怕只让二皇子他看见您就够了,只要您可以待在他身边,就算他视您如草芥,您也情愿。"

丛意儿先是一愣,原来,那个丛意儿爱司马溶如此之深,继而微微一笑,说:"如今,我换了想法了。"

"王爷。"甘南对坐在椅子上晒太阳看风景的司马逸轩说,"蕊公主一行人住进了客栈,看样子,她似乎是有意放慢行程,并不想离开京城。"

司马逸轩看着河面上闪动的波光,好半天没有说话。这条河,是轩王府领地内的河,平常只有轩王府的人可以到达。他喜欢坐在这儿,看河水安静的流动,听风在树叶间游走,他喜欢这种寂寞,一种被世人所遗忘的感觉。这一刻,他觉得他只是一个真实的人,而不是众人仰望的轩王爷。

"甘南,你觉得这事和蕊公主有多大的联系?"过了好半天,司马逸轩才淡淡地开口,懒懒散散地问。

甘南愣了一下,轻声说:"属下也有些疑问,丛姑娘应该不是蕊公主关注的重点,如果她要如此明目张胆地对付丛姑娘,她的目标应该定在丛姑娘姐姐身上,而不是丛姑娘身上。"

司马逸轩淡淡一笑,说:"说得不错,那奴婢应当是蕊公主授意,以蕊公主的个性,她是敢于冒这个险的,因为她高估了她在本王心中的分量。但是,街上那群人,绝对不是蕊公主的手下,蕊公主不会傻到这个地步,一个丛意儿,不至于让她如此不自信,动用那么多的人手对付,这一定是另外有人安排。"

甘南点了点头,轻声说:"属下也觉得这事蹊跷,丛姑娘并不是一个有武艺的人,如果想要对付她,只需要悄悄下点毒,就能伤害到她,但是,街上那群人,个个都是身怀武艺的人,而且还当着二皇子的面,脱口说出二皇子和丛姑娘的身份,这就有些奇怪了。蕊公主身边的人见过二皇子,可是丛姑娘,他们身为男子,应该是不可能见到的。"

司马逸轩微微皱了一下眉头,轻声说:"现在,本王非常担心意儿的安全,她回到丛府,待在丛惜艾的身边,就如同把一只羊放到一只狼的身边。丛惜艾工于心计,处事冷漠,意儿绝对不是丛惜艾的对手。"

甘南犹豫了一下,轻声说:"王爷,属下有点小小的疑问,希望王爷能为属下解疑。——如果此事与丛大小姐有关,那么,她是如何知道您和丛姑娘交往的呢?除非她认为您和丛姑娘关系密切,有人故意让她相信您十分在乎丛姑娘。丛姑娘住在轩王府不错,可是,没有人会以为您喜欢着丛姑娘,而且,只怕是丛大小姐也不会相信。"

第八章 再返丛府 温情脉脉藏杀意

司马逸轩看着河水流动,轻声说:"不错,本王一直在想,谁在中间故意掀起波澜?本王心中怀疑着一个人。"

甘南安静地站着,没有说话。

"那晚,事情应该就出现在那晚。她跟着,本王并未在意,但今时想来,她当时一定和丛惜艾说过什么。"司马逸轩淡淡地说,"本王希望你们做好自己的事情,不要自作主张,她,却偏偏不听话,惹出这些是非来。"

"王爷,属下如今要如何保护丛姑娘?"甘南轻声问。

司马逸轩闭上眼睛,摆了摆手,说:"你先下去,本王要好好想一想。"

甘南轻声答应,退后几步,消失在树林中。

看着甘南消失在视线中,司马逸轩神情变得凝重,似乎有什么事情让他觉得不能很好处理。突然,他身体轻纵,一剑在手,轻轻一送,在河面上扬起一片水迹,素衣如雪,黑发轻飘,似乎所有的情绪全都宣泄在剑势里,他心中的郁闷,他心中的心事,全都在剑招中一一发泄出来。

他喜欢丛意儿的眼神,丛意儿的冷静,甚至喜欢丛意儿的逃避,或许不仅仅是喜欢,已经深到迷恋。他喜欢看到她,看到她,就仿佛生命中有了归属,让他心中充满欢喜。水波扬起,树叶裹携其中,如同绿色水珠在水雾中飞翔,阳光如同顽皮的光泽,在其间跳跃,水雾将司马逸轩完全隐藏其中,无法看到。

在水雾中,似乎可以看到丛意儿温暖的微笑。她总是淡淡的,似乎这儿所有的事情都与她无关,她只是一个过客,什么也激不起她心中的波澜;她总是微笑着,站在他的视线所及之处,却又遥远得无法真实触摸。他心中害怕,害怕她随时会消失。

他是王爷,当今的轩王爷,他想要得到什么,只要想想就可以得到,但是,对于丛意儿,他却无法如此。他知道丛意儿喜欢司马溶,这几乎是大兴王朝人人皆知的事情。丛意儿喜欢司马溶,这念头一起,剑势突然变得凌厉,一大片水猛地跃起,如同扇子般展开,溅湿了他的衣,一张英俊的面容上,是无法掩饰的寂寞和伤心。

"王爷,您有心事。"一个温柔的声音在他耳边轻声响起。

"蝶润。"司马逸轩冷冷地说,"你赶来的速度慢了许多。"

蝶润微垂着头,轻声说:"是蝶润的不是。"

司马逸轩回过头来,静静地看着蝶润,目光冷漠,"你的胆子是越来越大了,竟然敢背着本王做事情。以你的轻功,以为可以瞒得过本王吗?你竟然敢去招惹丛惜艾,生出这些麻烦来!"

蝶润心中一跳,低下头,轻轻地说:"蝶润知错了。蝶润只是不希望王爷被丛意儿利用,她只是在利用王爷去吸引二皇子的注意力,蝶润不希望您受到任何的伤害。"

司马逸轩冷冷地说:"本王如何是本王的事情,你只要做好你的本分就可以了,不必替本王操心。丛意儿若有你所说的心思,本王就不会喜欢她了。丛惜艾的狠毒,你不是没有领教过,竟然还敢去利用她生出是非来,此事,蕊公主也不会轻易罢手,你如何收拾这个局面? 如何平息大兴王朝与乌蒙国的是非? 你忘了你自己就是乌蒙国的人了? 你忘了你留在醉花楼的目的是什么了?!"

蝶润身体轻轻哆嗦了一下,喃喃地说:"蝶润不在乎,蝶润只想着王爷您可以一世平安顺利就好。您总是太替别人着想,如果当时您不去顾虑二皇子的想法,或许今日会是别的局面。"

司马逸轩轻轻哼一声,淡淡地说:"本王如何是本王的事,本王只要做得高兴就好,得失只是一念之间而已。蝶润,本王警告你,如果再有什么事情连累到意儿,让意儿受到任何的伤害,本王绝不会轻饶了你! 没有事,你下去吧,下次再到这儿来,就在苑外候着,不要再到这儿来了。"

蝶润微愣了一下,轻声说:"王爷,您不再相信蝶润了?"

司马逸轩淡淡地说:"本王只想安静的待着,不想被任何人打扰。刚才如果不是听到你到来的脚步声,本王的剑气就会伤了你,下去吧。"

蝶润犹豫了一下,退了几步,似乎是想要离开,但又停了下来,略提高些声音,快速地说:"王爷,丛意儿她不会喜欢您的,她喜欢的一直是二皇子,她一直希望嫁给二皇子。她曾经说过,只要可以嫁给二皇子,用任何方法都可以。她只是在利用您,利用您对她的喜爱,引起二皇子的醋意,而您也看到了,现在二皇子对她,真的是和以前不一样了。丛意儿虽然不是丛惜艾的亲妹妹,但是她们也是有血缘关系的堂姐妹,丛惜艾有的,丛意儿也一定有,所以,丛惜艾的心机与城府,丛意儿也会有,甚至有可能还胜过丛惜艾。她从一个您万分厌恶的人变成您喜欢的女子,就此一点,丛惜艾也不可以做到! 王爷,您想过没有,丛意儿有说过她喜欢您吗? 她住在轩王府的目的是什么您知道吗? 为什么她不住在二皇子府,反而要住在轩王府? 您要好好想一想,丛意儿的厉害绝对在丛惜艾之上。——甚至,蝶润还怀疑,丛意儿是不是真的不会武艺,她怎么可能不被察觉地在丛惜艾面前消失? 或许,丛意儿隐瞒了许多的东西!"

司马逸轩轻轻皱眉,淡淡地说:"若本王喜欢,就算她害了本王,本王亦心甘情愿。"

蝶润退了出去,人站在阳光下,却觉得浑身发冷。司马逸轩是真的动了心,那个丛意儿,到底有什么好,竟然让历来心高气傲的司马逸轩动了心?! 她自认自己容颜不比丛意儿差,也比丛意儿更有女人味道,为了司马逸轩,她什么都可以做,丛意儿呢? 那个女子根本就不把司马逸轩放在眼中! 凭什么,丛意儿可以如此?!

她的轻功是司马逸轩教出来的,在司马逸轩身边的人中,她的轻功是最好的,她可以在光天化日下,站到丛惜艾的跟前,微笑着看着丛惜艾。不论司马逸轩会如何处罚她,不论司马逸轩会如何恼恨于她,只要可以守在司马逸轩身边,怎样的情况她都可以接受。

丛惜艾正在发呆,坐在桌前,手托着腮,想着心事,蝶润进来,她甚至没有察觉。这儿是丛王府,在不被允许的情况,没人敢光天化日之下随意出入丛王府,更何况还是一位青楼女子?!

蝶润的手轻轻地放在丛惜艾的肩上,丛惜艾突然察觉,抬头看到蝶润,想要动,犹豫了一下,没有动弹,只是冷冷地说:"你到这儿来做什么?一个青楼女子,竟然如此大胆地出入丛王府,若是轩王爷知道了,会如何教训你?"

蝶润温柔一笑,柔和的声音中透着冰冷的味道,"惜艾姑娘,你会让轩王爷知道吗?你不会的!而且,王爷也不会知道蝶润在这儿的,因为他此时心中想着念着的只有你的宝贝妹妹丛意儿,你信吗?一个让你动了所有心思的男子,竟然会不喜欢你,而最让你恼恨的只怕是,他喜欢的是你一直不放在眼中的丛意儿,你是否觉得可悲?"

丛惜艾手腕一动,似乎只是把托腮的手拿回来,但蝶润却觉得腰上一紧,接着便听到丛惜艾冷冷的声音响在耳旁,"蝶润,你太小瞧我了,以为凭着轩王爷教你的轻功可以自由出入丛王府,就可以伤得了我吗?此时,只要我手腕上轻轻一动,你就会流血而死!"

蝶润轻轻一笑,说:"惜艾姑娘果然好武艺,蝶润自叹不如,只是我此时手指动上一动,惜艾姑娘只怕也得难受难受。——不如这样,我们二人好好商量商量,如何应付你的宝贝妹妹丛意儿如何?"

丛惜艾冷笑一声说:"你的武艺是轩王爷亲传,虽然不过皮毛,却有些厉害,你此时控制着我的穴位,虽然会让我很痛苦,却不能置我于死地,但我袖中所藏之镖却是淬了剧毒,不过片刻就会要了你的性命,你自可以好好想想。"

蝶润微笑着说:"惜艾姑娘,你果然是个冷静心狠的女子,难怪轩王爷每每谈及你的时候,都会说我尚不及你的半分,蝶润自叹不如,但蝶润却有惜艾姑娘可以用到的地方,惜艾姑娘可否想想。"

丛惜艾漠然地看着蝶润,收回手腕。蝶润也收回自己的手,在丛惜艾对面坐下,静静地看着丛惜艾。丛惜艾面色还有些苍白,精致的面容透着一种雕刻般的精美。丛惜艾确实是个美丽的女子,但就是这样一个女子,仍然无法让司马逸轩动心。

"有什么话说吧。"丛惜艾冷冷地说,"不用研究我!"

蝶润轻轻一笑说:"我们二人是交易,所以,我们二人要心平气和地谈话,这种买卖大家都要有赚头才好。"

丛惜艾冷漠地说:"交易为何?得益为何?"

蝶润依然温柔地笑着,仿佛在说风花雪月的浪漫。"你爱慕轩王爷,可惜却一直没有机会得到轩王爷的宠爱,如果你帮我对付了丛意儿,我就可以帮你找机会接近轩王爷,其实,这买卖只有你赚,因为,丛意儿也是你的障碍。你觉得如何?"

丛惜艾没有说话,只是安静地看着蝶润。

"你那个妹妹,实在是个聪明的女子,如果你不打算成为大兴王朝的皇后,就让她嫁了司马溶;如果你要成为大兴王朝的皇后,就不要和她竞争,她此时,绝对是轩王爷和司马溶心中的惦念。"蝶润微笑着看丛惜艾,温柔平静地说,"但是,若是丛意儿出了事情,出了他们二人不可容忍的事情,你想会如何?"

丛惜艾轻轻哼了一声,冷淡地说:"你比我想象的要冷酷得多。"

蝶润轻轻一笑,继续不紧不慢地说:"惜艾姑娘,我这是在帮你,也是在保护轩王爷。你爱慕轩王爷,一定不希望他受到任何伤害吧?所以,只要你稍稍用些心计,就可以保证轩王爷不会有任何的不妥,也可以帮你除掉丛意儿这个碍眼的人儿!"

丛惜艾微皱眉头,看着蝶润,淡淡地说:"你口口声声说是在帮我,你是个如此大义的女子吗?你其实也深深喜爱着轩王爷,你容不得他心中有别的女子的影子,你不过是想借我之手,达到你的目的而已。既然是彼此都要获益的买卖,你得先拿出诚意来让我看看,如果你今晚可以让我见到轩王爷,我就和你做这笔交易!"

蝶润轻轻一笑,说:"你如此心急?好,你想见到轩王爷,随时可以。蝶润虽然不过是青楼女子,却可日日时时得见轩王爷,安排你们见一次面,在蝶润来说,实在是小事一桩。好,你在府中等着,我安排妥当了会通知你,让你可以与心上人相处一晚。"

丛惜艾没有说话,头也没抬,任由蝶润离开。

蝶润对此地似乎并不陌生,她没有按来时的路离开,而是沿着花园的小路准备走后门离开。

温暖的阳光,温和的风,丛王府的后花园安静而灿烂。蝶润熟门熟路地走着,就在走到后门处准备离开时,却突然觉得很不舒服,一回头,后花园的秋千上,一个粉色衣衫的清秀佳人,正悠闲地荡着秋千。纵然此时阳光灿烂温暖,蝶润却生生吓出一身的冷汗。怎么可能?这怎么可能?有人在这儿荡秋千,她竟然一点声音也没有听到？

一身浅粉的衣衫，青丝垂肩，清秀的面容上带着淡淡的温和的微笑，似乎没有看到蝶润的存在，她的眼神安静柔和地落在花草之上，看着飞来飞去的蝴蝶，唇旁的笑，轻盈而温柔。秋千轻轻地荡着，她一脸的平静如水。是丛意儿！

"你怎么在这儿？"蝶润有些茫然地问。丛意儿在这儿荡秋千，应该是有声音的，她怎么没有听到呢？竟然以为这儿空无一人，丛意儿是什么时候来的？是不是她一直都在荡秋千？为什么自己一直都没有发现？

"和我姐姐谈得开心吗？"丛意儿微笑着说。

蝶润只觉得如坠寒冰中，这个丛意儿，绝对不是表面上这样看来的单纯简单，她毕竟是丛惜艾的妹妹，丛惜艾有的心机，她也一定有，而且绝对更胜一筹！

"你，什么意思？"蝶润努力温柔，却听到自己的声音是僵硬的。

丛意儿轻轻一笑，安静地说："你看起来很紧张的样子。你来看望我姐姐，为何要从墙外进来，后门出去？我一直在这儿悠闲待着，却见蝶润姑娘目不斜视地打我面前走过。"

蝶润盯着丛意儿，脑子里是一片空白，一时之间，整个人呆呆地站着，看着丛意儿在秋千上悠闲地荡来荡去。

纯粹条件反射，蝶润的身子已经站在丛意儿的面前，声音里有了焦躁之意，"丛意儿，你为何要刻意接近轩王爷，你是不是在利用轩王爷引起司马溶的注意力？你从一开始就一心想要嫁给司马溶，怎么会突然对你一直不搭理的轩王爷有了兴趣？凭你姐姐的花容月貌都不能让轩王爷动心，你不过一个凡夫俗子，竟然想要引诱轩王爷，你，你——"

丛意儿微微一笑，让秋千的速度慢下来，说："蝶润姑娘，是你当时把我从软轿中带到了醉花楼，为何此时反而成了我的不是？你真是有趣得很。轩王爷如果是可以引诱的男子，此时可轮得到别人，蝶润姑娘不是很喜欢轩王爷吗？"

蝶润无语地看着丛意儿好半天，突然纵身离开了丛王府的后花园。她只有离开，没有别的选择。

丛意儿看着消失在视线中的蝶润，轻轻叹了口气，站到秋千上，握着绳子，让自己越荡越高，仿佛心情也同时放飞，飞出丛王府的院墙。

有人走了过来，四下里张望，似乎在找什么人。

"咦，奇怪，明明看到那丫头在这儿荡秋千的，怎么突然间又不见了，这丫头什么时候变得如此神龙见首不见尾？"丛克辉嘟囔了一句，"真是要命，到现在还是改不了旧时脾气，难怪母亲不放心，让我好好盯着她，怎么可能转眼的工夫就看不到她了？真是邪门！"

丛意儿从花丛里走了出来，悄无声息地站到丛克辉的身后，用清脆的声音说:"丛克辉,你又讲我坏话了!"

丛克辉吓了一跳,猛地回头,阳光下,丛意儿微笑着看着她,一脸阳光般灿烂的笑容,一眼的清澈如水。"你从哪儿冒出来的?"丛克辉傻傻地问。

丛意儿微微一笑,轻声说:"丛克辉,你换种问法如何?每一次都是如此的问法,一点新意也没有。我不是从哪儿冒出来的,我就在这儿站着,只是你没有看到我,仅此而已。你找我有什么事?"

丛克辉愣了愣,下意识地说:"不是我找你有事,是母亲。她担心你再不知怎么的就突然间又消失了,司马——二皇子临走的时候一再吩咐让我们一定要看好你,无论如何不可以再出任何的意外,否则,拿丛府上下人等问罪。丛意儿,你如今可真是得了宠了,竟然要丛王府上上下下的人都围着你一个人转。你是如何让二皇子对你动了心,竟然可以视你胜过惜艾,你哪里可以和惜艾相比?!"

丛意儿微笑着,重新回到秋千上坐下,轻轻地荡着,说:"我哪里也胜不过丛惜艾,二皇子何曾对我动了心?母亲和你是不是想得太多了?"

丛克辉冷冷地说:"丛意儿,你可是越来越像你的母亲了,这会害了你的!"

丛意儿低垂下头,轻声说:"就像以前一样,活得糊里糊涂?活得那般没有尊严?丛克辉,若你们肯放过我,或许一切都好。"

"你什么意思?"丛克辉努力维持镇定地问。

丛意儿轻轻叹了口气,慢慢地说:"那一晚,我,其实是被下了药的是不是?你们一直用药控制着我,是不是?否则,丛意儿再怎么张狂,又怎么会那般不堪!"

丛克辉愣愣地看着丛意儿。

丛意儿安静地看着丛克辉,想着在丛意儿的旧物里发现的一些文字,一张随意写下的纸条,被无意地保留在一件旧衣里,"明知道这水有毒,却不得不喝,为了能够活下去,意儿不得不如此,愿九泉下的父母宽恕。"她不是丛意儿,却因着灵魂落在丛意儿体内,可以了解丛意儿的心思。丛意儿,绝非众人眼中的不堪,她如此只是为了能够活下去,而活下来的理由,只是因为真的爱着司马溶。

"你胡说什么?"丛克辉恼羞成怒,盯着丛意儿,眼神中却有着慌乱。她是怎么知道的?那茶水,根本是无嗅无味,只是可以让人神经错乱,做出些荒唐的事情!

丛意儿心里轻轻叹了口气,在心里对自己说:"苏莲蓉是个医生,这些东西瞒不过我的,纵然此时我是丛意儿。"但是,她并没有说出口,她如今是丛意儿,她的灵魂落在了丛意儿身体内,不论她是否是过客,她都深深地感受着丛意儿的悲喜!

丛克辉有些狼狈,悻悻地说:"定是那个小青在那儿胡说八道,真要好好的收

第八章 再返丛府 温情脉脉藏杀意

127

拾一下才好!"

"小青?"丛意儿淡淡一笑,轻声说,"算了吧,她要是能多说一句话,也是好的。试问,我周围可有人和我多说句话的?"

丛克辉不知说什么才好,只能看着丛意儿坐在秋千上荡来荡去的,那浅粉色的衣服在阳光下绚丽成一种耀眼,无法逼视。

丛意儿将秋千再次荡高,感觉到风在脸上吹过,和着花香,带着寂寞。秋千越荡越高,浅粉的颜色越发变得不真实,丛意儿将寂寞任意挥洒,让风声藏好了所有的情绪。她走了,或许苏莲蓉会有继续的故事,但丛意儿,却从此消失不复存在,她竟然舍不下。

"小姐,小姐。"小青的声音远远传来,一眼看到丛克辉,小青愣了一下,立刻停住了脚步,低垂下头,声音也放轻了些,看着在秋千上荡来荡去的丛意儿,说,"小姐,夫人请您过去一下。"

丛意儿将秋千停下,说:"好的,我这就过去。不晓得找我有什么事情,丛克辉,你说是好事还是坏事?"

丛克辉有些意外地看着丛意儿,脱口说:"丛意儿,你最好不要这样聪明,不如像以前那般糊涂些,那样,最起码你可以活得安全长久些。"说完,又愣了一下,不知道自己说了些什么。

丛意儿轻轻一笑,跟着小青离开了后花园。丛克辉呆呆地看着依然在轻轻晃动的秋千,这儿,因着有丛意儿来过,有了说不出的味道,淡淡的,有一种让人怜惜的感觉。丛意儿,其实可怜,母亲一直故意地"疼溺"她却在她每日饮用的茶水中下药,这事他知道。

"小姐,二皇子来了。"小青轻声说,"在前厅和夫人说话,听他们说话的意思,好像是,皇上终于同意了二皇子的请求,允许你嫁入皇宫,并准备昭告天下,让你们完婚。"

丛意儿愣了一下,没有说话。

"小姐,这是个好机会,您可以离开丛王府。二皇子,在奴婢如今看来,对您也是用了心的,您若能够好好地把握,或许从此以后可以不必再被人看不起。"小青轻声说。

"小青,那晚是不是下了一场大雨,"丛意儿轻声说,仿佛一切都在眼前,她清楚地看到了当时发生的事情,"打了一个雷,吓得我丢了手中的茶杯,那每晚必喝的茶水落在了地上?我执意要去见二皇子,所以淋雨跑了出去,被丛克辉追了回来,再然后,我醒来,就决定要悔掉婚事?"

小青没有吭声,过了好半天,才犹豫地说:"小姐,若是糊涂些,或许可以活得好一些。"

"自从父母去世后,我丛意儿,就从不曾被人珍惜过。"丛意儿淡淡地说。

丛意儿安静地走在路上,阳光下,一张脸,有很多的寂寞。回来,看到丛意儿的旧物,那里面竟然有那么多的无奈和无助,惶恐和悲伤。丛意儿,她的张狂掩饰了她多少的伤心和徘徊。她深爱司马溶,却爱得贱如尘土,被人看低,低到连自己的尊严也被人践踏在脚下。

走进前厅,司马溶一眼看到了丛意儿,立刻笑着站了起来,迎上前温和地说:"我想,最好是把你好好藏在宫里,那样,才不会有人伤害到你,这样,也可以让惜艾放心,好好地养病。"

"你说过你不逼我。"丛意儿安静地看着司马溶,用轻轻的声音说,"你不可以这么快就悔约。"

"意儿?"司马溶转身对丛夫人摆了摆手,"丛夫人,你先下去吧,我有话要和意儿说说。"

丛夫人看了一眼丛意儿,稍微犹豫了一下,轻轻地退了出去。

"意儿,我是说过,一定要你答应才娶你进门,但是,如今事情有变,你待在丛府,我始终是不放心,怕你单纯被……被人伤害。"司马溶看着丛意儿,稍顿一下,轻声说,"说实话,我担心你敌不过皇叔的魅力,会喜欢上他,而皇叔他并不是一个会为了某个女人停下来的男子,若是你动了心,只会落一个伤心难过的结局。那日送你回来,你姐姐惜艾就和我说过,希望我可以先娶了你,保护好你,再娶她也可以,当时我还不是特别担心。但父皇和我说起皇叔他似乎是有意要要了你,我才担了心,所以一定要立刻娶了你,才心安。"

"你是真爱意儿吗?"丛意儿安静地看着司马溶,仿佛旧时的丛意儿在她身体内复活,藏了满身满心的疲惫和无助,一心的怀疑,"丛意儿是自看见您第一眼就喜爱上了您,但一直痴傻到现在,您可曾对丛意儿用过心?直到意儿拒绝嫁给您,您才注意到意儿的存在,您娶意儿,为的是自尊还是因为真心想要对意儿好?您可说得出答案?"

司马溶一愣,顿了顿,走近丛意儿,伸手想要去揽住她的肩。丛意儿下意识地退后了一步,安静地看着司马溶,眼神如泉水般清澈,放不下一粒沙。

"意儿,我要为以前的事情道歉,以前是我太疏忽你,没有公平的看待你。但是这一次我却是真心地想要娶你。从那一面,在宫里遇到你,把你推到荷花池中,你的眼神就瞬间打动了我,自从那一刻开始,我的心就塞满了你的影子,无法放下。"

丛意儿再次退后一步,看着司马溶,没有说话。

"也许正因为如此,我才害怕你中了皇叔的毒。我晓得皇叔的厉害,他是无数女子心中的偶像,但是,他从不曾真的为任何一个女子动过心,不论是如何的女子。你不知道,皇叔他身边的女人有可能比你见过的女子都要多。"司马溶语气略有些急促,说,"若是不在乎你,不论你是不是我司马溶的未婚妻,我都不会介意你和皇叔如何;若是不放你在心里,你就算是此时跟了皇叔,我也会乐得轻松,但是现在一想到有可能皇叔也喜欢你,你也许也有些喜欢皇叔,我的心中就充满了恼恨,我现在只想把你带入宫中,牢牢地看好你,才放得下心。"

丛意儿轻声说:"司马溶,我心中没有放不下任何人,不想喜欢任何人,不论是你还是司马逸轩,我都不想喜欢,因为喜欢你们是太辛苦的事,我不想辛苦。司马溶,你终究是丛惜艾的人,你要娶的也应当是丛惜艾。一个男子心中怎么可以放下两个女子的身影,尤其是我和惜艾是亲姐妹,你觉得,我们可以完全没有芥蒂的彼此相处吗?"

司马溶轻轻叹了口气,说:"意儿,不要让我选择,你和惜艾在我心中如今是同样的重要,放弃谁对我来说都是心痛的,和惜艾是从小到现在的青梅竹马,而你,却是一瞬间的心动。这是完全不同的,我取舍不得。"

丛意儿摇了摇头,轻声说:"若你娶她,就要放弃我;若你娶我,就要放弃她。这是意儿的要求,若是你不能答应,就不要勉强意儿,意儿绝对不会嫁,若是嫁,只会嫁一个心里只有意儿一个女子的男子。"

"意儿,"司马溶为难地摇了摇头,轻声说,"不要再任性,你所面对的是大兴王朝的皇族。如果父皇下了圣旨,你嫁也得嫁,不嫁也得嫁,若是抗了旨,就算再得恩宠,也一样会丢了性命,并害了丛府上上下下几百口子人,甚至会连累到你姑姑的。"

丛意儿盯着司马溶,轻声但清晰地问:"你当真?"

"是的。"司马溶轻轻但毫不犹豫地点了点头,说,"意儿,这是无法更改的事情,你,一定要嫁给我,成为二皇子妃。"

"若是如此,司马溶,就算你娶了我,我也会恨你一辈子。"丛意儿轻声说,"你如此要求意儿,意儿就算爱你,也会嫁得委屈。"

司马溶有些恼怒地说:"意儿,你是不是真的喜欢上了皇叔?惜艾的担心是不是不是空穴来风?难怪惜艾要舍了自己先嫁入二皇子府的机会求我先娶了你。意儿,不要心存妄想,你绝对不可能成为皇叔的女人,他岂是你可以喜爱的男子?"

丛意儿眼神澄净地看着司马溶,看着司马溶一眼的挣扎。

"父皇的圣旨草拟好了,随时都会宣旨,你好好想想吧。"司马溶无法再看丛意儿的眼神,便躲开她的眼神,轻声说,"我给你一些时间好好想一想,现在,我去看看惜艾。你有个好姐姐,肯为你的幸福做出牺牲,你要好好珍惜这个机会。虽然这个时候我娶你,有自私的成分,但是,更是为了保护你避免受到皇叔的伤

130

害。"离开前厅,走到门前,司马溶停住脚步,犹豫了一下,回过头来,看着丛意儿的背影,轻声说,"意儿,无论如何,我一定要娶了你。不论你是情愿还是不情愿,你已经让我动了心,这是你的错,你不应该用你的眼神诱惑我,而我既然喜欢上了你,就一定要你成为我的女人。"

丛意儿站在原地,动也不动,整个客厅空无一人,却有一种让她喘不过气来的压抑。

"意儿。"是一声温柔的呼唤,在她身后响起。

"母亲。"丛意儿没有转身,只是淡淡地唤了声,说,"您若是好奇,可以问意儿,为何要躲在外面偷听我们说话?如果二皇子知道了,您要如何解释?"

丛夫人一愣,依然温柔地说:"意儿,真是为娘的疏忽,为娘只是担心二皇子会为难你,所以站在外面听你们谈话,你,莫要多心。"

丛意儿转过头来,安静地看着丛夫人。丛夫人递过一杯茶水,轻声而温柔地说:"好啦,意儿,不要再生气了,来,喝杯茶水,这是你最喜爱喝的茶。二皇子,他只是听你姐姐为你担心,怕你姐姐伤心,所以一定要先娶了你,好让你姐姐放心,你就应了他吧。你姐姐是个性格温柔宽厚的女子,你们自小一起长大,她一定会好好待你的,而且有她在宫中陪着你,为娘也可放心,有你姐姐在,就不会有任何人敢欺负你。"

丛意儿看着那杯茶水,微微一皱眉,轻声说:"这几日也不知怎么了,突然怕了喝茶,母亲一直心疼意儿,特意一直为意儿备着上好的茶水,只是,现在不知因着什么,只要喝了就会觉得难受,还是罢了吧。"

那一晚,那一杯掉在地上的茶水,定是丛意儿故意的。那一刻丛意儿定是生了寻死的心,她爱着永远不会爱她的男子,过着不被人珍惜的日子,不知因着什么原因,和现实的自己做了交换。若是丛意儿去了那个时空,成了现实中的苏莲蓉,想一想,或许丛意儿一样活得出精彩来。只是,若是丛意儿真去了她的时代,浩民会如何惊慌于全新的苏莲蓉?浩民?!为何,此时想起,心中竟然全无痕迹,是不是丛意儿让爱伤透了心,将心底的爱全部交割清楚,再不放爱字在心头?!也让她到了此地后,迅速失了爱的感觉?!

丛夫人静静地看着出神的丛意儿,眼神有些恍惚,唇旁却有着恬静的微笑,仿佛想着什么,像透了那个已经死掉的女子。真是可恨,怎么可能过了这许多年,刻意养大的丛意儿,仍然是脱不掉那个女子的骨髓?!司马溶怎么会莫名其妙的喜欢上了她?!

"意儿,那为娘再去替你倒杯水来?"丛夫人依然语气温柔地说。

"罢啦。"丛意儿淡淡地说,语气中有着漠然,"谢谢母亲的好意,意儿觉得有些倦了,如果没事,意儿想要去休息一会儿。"

丛夫人温柔地说:"好的,只怕是累着了,脸色不太好。小青,进来,陪小姐回房休息,仔细伺候着,若是出了什么事,定不轻饶你。"

小青应声走了进来,低垂着头,陪着丛意儿走出了客厅。到了路上,阳光依然灿烂,在树叶间跳跃。她们安静地走了一会儿,小青轻轻对丛意儿说:"小姐,您要不要先去看看二皇子和大小姐?"

丛意儿轻轻"嗯"了一声,听不出是答应还是不答应,停了一会儿,才淡淡地说:"是个好主意。这样,你前面带路,我们去瞧瞧他们。"

小青轻轻答应道:"好的,小姐,您小心些,看此时阳光虽然灿烂,只怕过些时辰就会落下雨来。您瞧那些燕儿飞得好低。"

丛意儿没有说话,任由小青在前面带路,自己慢慢地跟在后面。

"小青,你一个人瞎逛什么呢?"丛克辉从另外一条路上走过来,看到小青安静地走在路上,微微低着头,向着丛惜艾的房间方向走去,有些奇怪,这个死丫头,不好好跟着丛意儿,一个人在这儿乱逛什么,还如此的小心谨慎,看模样就没什么好事情。

小青被丛克辉吓了一跳,立刻站住,下意识地回头去看,身后没有丛意儿的影子,她好像突然消失了一般。这怎么可能?!自己是有武艺在身的人,纵然不算好,但总好过没有武艺的丛意儿吧?怎么会不知道她突然消失了呢?好像一直听得到她在自己身后走路的声音的。小青愕然地看着自己的后面,一脸的不可置信。

"你发什么呆,我在问你话呢?"丛克辉恼怒地问。

"可,可刚刚的时候,小姐她,她还在奴婢的身后,让奴婢陪着去看看二皇子和大小姐。"小青愣愣地说,"怎么可能就突然消失了呢?不可能,是不是去了别处,或者走得慢了些,奴婢这就回去找找。一定是奴婢走得快了,小姐她许是累着了,停在哪儿歇着了。"

丛克辉愣了一下,第一个直接反应就是,丛意儿那丫头又莫名其妙地在众人眼皮底下消失了?她会去哪儿,前门有人守着,自己刚刚从后花园回来,没见她去后门,她是如何离开的?难道又有人跑到丛王府里劫了她不成?还真是够邪门的!

小青呆呆地站着,那一晚,小姐让惊雷惊吓失手掉了手中的茶杯,这每晚的茶水是夫人亲自为小姐准备的,有安神镇定的作用,夫人说小姐小时让惊吓过,需要日日服用这种安神的茶水才可以入睡。每日夫人都要仔细看着小姐服下去才会放心地离开,可那一日,夫人刚巧有事,见小姐端起茶杯就离开了,没想到一个惊雷让小姐失手掉了茶杯,还吓得落出一眼的泪水,一会儿哭一会儿笑地躺在床上,为着可以有机会嫁给二皇子而快乐着。后来跑了出去急切想要见到二皇子,被丛克辉给堵了回来。然后,一觉醒来,小姐却突然整个人完全不同了,是不是就在那一杯茶水上？如果喝了那杯茶,或许小姐还是旧时模样,都怪自己太粗心,没有仔细帮着小姐拿着茶杯。

"死奴才,你发什么呆,还不快去找找?"丛克辉恼怒地说。

突然得知丛意儿又不见了,司马溶脸色一变,看着丛惜艾,冷冷地说:"意儿她真是鬼迷了心窍,我猜她此时多半是让皇叔的人带走了,但愿她不是心甘情愿让皇叔手下带走的。除了皇叔手下的人,哪里有人敢随意出入丛府！"

丛惜艾脸色微微有些苍白,轻声说:"二皇子,您不要再犹豫了,您此时就要去和皇上说明,您要先娶了意儿,这样,才可以让她不至于出事,不至于自以为是地喜爱上轩王爷,落个流泪的下场。惜艾求二皇子成全惜艾的心事,惜艾实在不舍得叔叔唯一的血脉如此下场。"

"惜艾,你不要担心,我此时就去皇叔那儿,告诉他我要与意儿成亲的事,并带回意儿来。"司马溶冷静地说,"皇叔他纵然再怎么风流不堪,若是意儿成了我的王妃,他也不会风流到再打意儿的主意的。至于父皇那边,只要我说我要娶意儿,他定不会反对的。"

丛惜艾犹豫了一下,突然说:"二皇子,您可否允许惜艾与您同去？您此时情绪太过着急,有惜艾跟着,或许会好一些。"

"好的。"司马溶看了一眼丛惜艾,有些担心地说,"你若是在场,或许可以帮得上忙,只是,你此时的身体,可能应付这些烦人的事情？不要勉强,我想,我还是可以顺利地处理此事的,皇叔一直对我很好,不会因为此事,为着一个女人和我反目的。再者说,以皇叔的为人处事,他也不会对一个丛意儿有怎样的情意,只怕是意儿她对皇叔有些好感,也是正常的,皇叔对她不过是些礼貌上的招呼。"

丛惜艾轻声说:"惜艾的身体不要紧。惜艾很是担心意儿,一定要去的,若是轩王爷不肯答应,惜艾也可以好好求求轩王爷放过意儿。念在惜艾的分上,轩王爷或许不会怪我们的鲁莽。"

司马溶点了点头,轻声说:"真希望意儿知道你的一番苦心,不要再任性下去。她哪里知道,为了她的幸福,你牺牲了多少！"

丛惜艾轻轻摇了摇头,说:"二皇子,您谬夸了,意儿她是惜艾的妹妹,不是外人,为她考虑,本是惜艾的本分,说不得牺牲的。"

第八章 再返丛府 温情脉脉藏杀意

133

第九章　慈母旧居　往事重提释心惑

　　轩王府。司马逸轩独自一人坐在院落中的小亭里,自斟自饮,独自看着桌上一副残棋,神情极是安静。

　　突然,前面传来一阵喧哗之声。

　　"二皇子,您不要如此为难属下,王爷他此时正在休息,您不要如此闯进去,还要等属下前去通禀。"

　　是甘南的声音,似乎是在阻拦要来见他的司马溶,这个时候司马溶跑来这儿做什么?一般在他休息的时候,若是他嘱咐了手下的人,定不会有人来打扰他的,这司马溶应该是硬要闯进来,否则,甘南也不会如此阻拦,并用声音告诉他是谁过来了。

　　听见司马溶用恼怒的声音说:"甘南,不要以为你是皇叔的手下,我就不敢对你如何,我今日来,是找皇叔有急事的,也是来向皇叔要人的。你若是耽误了我的事情,我一样可以要了你的命!"

　　"您可以要了甘南的命,但此时王爷确实在休息,嘱咐过不许任何人打扰,您何必要为难属下?而且您还带来了丛姑娘。您也晓得王爷有过吩咐,没有他的准许,任何丛府的人不许踏入此地半步。"

　　丛姑娘?司马逸轩微皱了一下眉头,不应该是丛意儿,如果是丛意儿,没有人会阻拦,除非是丛惜艾!她来这儿做什么?!

　　"意儿是不是在里面?!"司马溶的声音很高,传到司马逸轩的耳朵里,听得极是真切。丛意儿?!他来此处找丛意儿?难道说,丛意儿她又不见了?一个时辰前,她不还在丛府的后花园里荡秋千的吗?怎么这一刻他们又寻到了这儿?

　　"没有。"甘南坚决地说,"二皇子,丛姑娘她不在此处,她已经回去了丛府。您若是去找她,应该到丛府,而不是此处。王爷他此时正在院落中休息,您绝对不可以进去打扰。"

　　"你以为我会相信?"司马溶生气地大声说。

　　"你应该信他。"司马逸轩轻轻的声音传了出去,却落入了所有人的耳朵,"本王不开玩笑,意儿她不在此处,你们别处寻吧。司马溶,若是下次你再带丛府的人来到此处,就不要怪本王规矩苛刻!"

丛惜艾脸色一变,微微低垂下头,好半天没有说话。

司马溶看了一眼没有说话的丛惜艾,心里真是有些恼火。这个皇叔也真是太可恶了,就算他再怎么不喜欢丛府里的人,毕竟丛惜艾也是他未来的侄媳妇,不应该如此的态度。"皇叔,您不要如此对待惜艾,她只是担心意儿,没有别的意思。她并不是想要来这儿,只是担心意儿,才陪着我过来的。您何必如此说她!"

司马逸轩的笑声轻轻传来,人似乎就站在众人面前,却没有人可以看到他,"司马溶,不错,可是,纠缠在两个女子中间,你真的知道你爱的是谁吗?本王厌恶什么人,有和你解释的必要吗?纵然她是你司马溶的人,本王讨厌仍然可以讨厌,本王就是不允许本王不喜欢的人踏入轩王府半步。"

"那意儿呢?"司马溶也提高了声音,一步闯了进去。虽然甘南的武艺极好,可是,面前是二皇子,他犹豫了一下,阻拦在前面,却并没有出手,只是安静地看着司马溶。司马溶恼火地说,"滚开!一个小小奴才竟然想要阻拦我,真是活够了。今日不论是何种情况,我一定要带走丛意儿。皇叔,您要想清楚了,丛意儿她是侄儿的人,父王已经准备下旨昭告天下,我已经准备随时娶了意儿,您就不要再在其中纠缠不清了。让开!"

"甘南,放他进来。"司马逸轩的声音听来冷漠而清晰,甘南立刻让出身子,让司马溶一个人走了进去,却又一闪身挡在了丛惜艾的面前,没有说话,但也没有让开的意思。

"让惜艾进来!"司马溶出手逼向甘南,甘南闪开,但仍然将身子挡在丛惜艾跟前,表情平静地看着司马溶。这神情是在告诉司马溶,无论如何,他不会放丛惜艾进去的。

"一个奴才,竟然敢阻拦未来的皇子妃,真是太过猖狂。皇叔,您若是还不允许惜艾进来,侄儿就拆了这儿的大门。"司马溶恼怒地说,"我定要亲手处置了这个可恶的奴才!"

一阵冷风刮来,司马溶只觉得身子一震,好像被什么东西猛地推了一把,整个身子收劲不住,几个踉跄退到了大门外,也连带着把丛惜艾带了出来。

"口气还真是不小!"司马逸轩安静地站在门前,冷漠地看着面前的司马溶和丛惜艾,冷冷地说,"司马溶,你倒是试试看!"

丛惜艾抬起脸来,楚楚动人地轻声说:"轩王爷,请您千万不要生气,二皇子他没有别的意思。他只是担心惜艾的妹妹,怕意儿任性张狂惹轩王爷生气。如今,皇上下了旨,要二皇子娶了意儿为皇子妃,此时,意儿她实在是不太合适再在轩王府待着,所以,请轩王爷放了意儿跟我们回去。惜艾绝对遵从轩王府的规矩,不会踏入半步。"

135

司马逸轩面无表情,淡淡地说:"休拿皇兄来压本王,本王若是个听话的主,岂还是本王。丛惜艾,意儿她不在本府里,你也不必说这些道理给本王听。你心中作何想法,与本王无关,只是别把这些个东西演在本王眼前,让本王心中生厌。"

"皇叔,侄儿不信你的话,请让侄儿进去看看。"司马溶站稳身子,倔强地说,"意儿她是侄儿的人,您要记得您的想法可是使不得的。您若是随了自己的性子,只会害了无辜的意儿。"

司马逸轩冷冷一笑,却没有说话。

"二皇子,妹妹。"丛克辉从远处气喘吁吁地跑了过来,看了一眼表情漠然的司马逸轩,站在那儿,有些紧张地说,"你们放心吧,丛意儿她根本没有离开丛府,她只是回到她自己房里休息去了。你们走了之后,小青四处寻找,在丛意儿自己的闺房里找到了正在安睡的丛意儿。母亲担心你们着急惹出事端来,特意嘱咐我迅速赶来通知你们二人回去。此时,估计丛意儿正在被父亲训斥。"

司马溶一愣,脱口说:"这怎么可能?这几天是怎么了,大家中了邪不成?!小青也是个身手不错的丫头,怎么可能出这等错误,意儿在她身后突然没了声音,她怎么可能听不到?!"

丛克辉有些尴尬地笑了笑,又有些心虚地看了一眼司马逸轩,瞧着司马溶,努力平静地说:"或许是这几日事情太多,丛意儿那丫头已经有好几次出现这种莫名其妙的失踪事件了,我已经把小青责罚了一顿,想来以后不会再出现这种事情了。轩王爷,对不起,对不起,我妹妹她,她只是一时担心丛意儿,才会如此着急赶到了这儿,她绝对没有想要冒犯您的意思。"

司马逸轩冷冷地看了众人一眼,身影一闪,轩王府门前已经没有了他的影子,连他的属下甘南也没瞧见他的身影。丛克辉觉得额上有汗,悄悄拭了一下,心中说:这个轩王爷,瞧着就可怕,他怎么会喜欢丛意儿那个白痴丫头呢?!说不定是惜艾想得太多了,搞得大家现在整天提心吊胆的,不晓得丛意儿又会生出什么事来!

丛意儿站在那儿,脸上的表情很是无辜,看着自己的父亲,确切地讲,是自己的伯父,安静地说:"意儿不觉得自己做错了什么,父亲大人何必气恼成如此模样?我不过是在路上突然觉得累了,就回房休息了,难道我去休息一下,也要和小青解释一下,求得她的同意才成吗?又不是我让二皇子和惜艾去找我的,他们在房里聊天聊得好好的,闲着没事去轩王府做什么?父亲大人何必把所有的错都算在我身上?"

"丛意儿!"丛王爷气得脸都白了。回到家就遇到这种混乱的局面,女儿跟着二皇子从轩王府回来,一脸的不开心,就凭轩王府和丛府的关系,丛惜艾必不会受到什么好的礼遇,但是,二皇子在跟前,他也不好询问情形如何,只得冲着一个丛意儿发火,"你这段时间是怎么了,怎么越来越没有家教?都是让你母亲给惯坏了,惯得没有轻重,没个家教!"

"意儿,你真是吓坏了大家。怎么老是玩这种突然消失不见的游戏?这样可不好玩。"司马溶说,"害得惜艾让皇叔训了一通,若不是为了你,惜艾何必受此委屈。"

丛意儿轻声说:"我哪里玩什么游戏了,只不过是突然觉得有些疲倦,半路回了自己的房间休息。我如今能去哪里?你们让小青寸步不离地跟着我,前门后门加了人手,提防我再去别处,我如今能去哪里?你当我是武林高手呀,飞檐走壁,来去自由?!"

丛夫人看着丛意儿,思忖着是不是得加重药量?可口中却温柔地说:"意儿,不要使性子,大家这是为你好。你是二皇子的皇子妃人选,随时都会嫁过去,怎么还可以与轩王爷有染?若是传了出去,可如何是好?"

丛意儿转过头来,静静地说:"意儿只是觉得与他相处很轻松,他看意儿,亦不过是图个意气相投,哪里有你们想的那般不堪?"

"丛意儿,你竟然敢和你母亲顶嘴?"丛王爷气呼呼地说,"你母亲她还不是为了你能够嫁给二皇子,费尽了心思——"

"你不也是同样和我大呼小叫吗?"丛意儿冷冷地说,"你们何曾在乎过意儿,当时选了意儿嫁入二皇子府,亦不过是为了你们的目的,何必要说得如此深情?意儿倒想问问母亲,您可曾用心对过意儿?您只怕是心里恨着意儿才对!"

丛夫人愕然地看着丛意儿,一句话也说不出来,只得委屈地看着自己的丈夫,委屈地轻声说:"夫君,是不是为妻做错了?"

"来人,把丛意儿带下去关起来,让她清醒一下。如今还没有成为二皇子妃就猖狂成如此模样,日后成了二皇子妃,还不得乱了整个后宫。"丛王爷恨恨地说,"二皇子,请恕老臣要教训这个不知深浅轻重的丫头,请二皇子不要阻拦。来人,把这丫头关起来!"

司马溶轻声说:"意儿,不要再任性。"

丛意儿面无表情,淡淡地说:"意儿就是这样的人。您此时后悔还来得及,意儿绝不会和任何人分享同一个男子,您还是娶丛惜艾吧,她更适合您。就算您让皇上下了圣旨,意儿若是不想嫁,您也强求不得。意儿,绝对不会与人共侍一夫!"

司马溶看着丛意儿,犹豫了一下,没有阻拦丛府里的人把丛意儿带下去。直到丛意儿的背影消失,司马溶才困惑地说:"意儿她是怎么了,怎么好像突然间变了一个人似的?"

丛惜艾微微低下头,轻声说:"只怕是这丫头真的对轩王爷动了心,二皇子,您得想办法让她死了这条心才好。否则,真会害了她的。她是叔叔和婶婶的唯一血脉,若是不能够幸福,惜艾真不知要如何面对九泉下的叔叔和婶婶。"

丛意儿站在院子里,看着周围。这儿,应该是丛意儿母亲的旧址,想起丛意儿留下的文字里,曾经说,她对母亲唯一的纪念就是这儿,这儿,有她父母生活过的气息。

整个院落有着浓浓的寂寞,却有着她喜爱的宁静感,也有着她喜爱的归属感。她很好奇,丛意儿的父母亲到底是怎样的一对佳侣?!又是因为什么原因失掉了性命?!把自己的女儿放在这样一个环境里?!

"你母亲据说是做了有违妇道的事情,才被处死的。"丛克辉的声音从后面传了过来。他很少过来,丛府的人一般都不来这儿,他们说这儿不干净。

丛意儿回过头,冷冷地说:"丛克辉,这儿是我丛意儿的地方,你马上离开。"

丛克辉盯着眼前的丛意儿,一双眼睛清亮如水,透着无法掩饰的聪慧和冷静,仿佛看得透一切是是非非,那目光是如此的睿智而清楚,看得他有一种无法遁形的尴尬,他有一种恐怖的感觉,或许,丛意儿知道所有的事情,知道他们在利用她!知道他们在对付她!知道他们并不是真心对她好!是不是众人的传闻是真的,丛意儿的父母亲阴魂不散,他们一直在暗中保护着丛意儿?!

"你,你,你怎么了?"丛克辉莫名地有些害怕,有些结巴地看着丛意儿,此时,天却突然有些阴沉之意,小院里的风一吹,丛克辉觉得背上一股寒意飘过,整个人不由自主地打了一个哆嗦。

"我很好呀。"丛意儿温柔一笑,笑容在突然暗下来的天色中美丽动人,但在丛克辉眼中却有着说不出的可怕,那种笃定一切的从容和镇定是丛克辉完全陌生的,"倒是你怎么了呀?脸色怎么如此的难看,是不是应该回去休息一下呀?"

丛克辉下意识地退了一步,却又觉得在自己一直不看在眼里的丛意儿面前如此模样有些出丑,便努力平定了一下心情,努力保持镇静地说:"丛意儿,休拿你死去的父母亲来吓唬我,我丛克辉何曾怕过人,你也太小瞧我了。"

"那你怕鬼吗?"丛意儿无所谓地说,"你若是不怕,就留在这儿陪我说话,若是害怕就走吧。——你来了?"

"啊——"丛克辉不自觉地惨叫了一声。什么意思,"你来了?"是什么意思?这个时候一阵带着雨意的风声吹过,就好像有什么人从他身边飘过一般,丛克辉愣在当地,身体不敢动,他隐约觉得身后好像站着什么"东西"。

丛意儿温柔一笑,眼神里似乎表达着什么,头轻轻一扭,模样娇俏可人,"知道你会来陪我的,等了一会儿了,你才来。"

丛克辉猛地一回头,身后什么人也没有,安静的门静静地开着,风中的花花草草茂密地盛开着,有着一种说不出的慵懒宁静的味道。什么人也没有,但不知道为什么,丛克辉就觉得好像有什么东西存在在他的周围,而且眼睛正静静地看着他。"哼!我娘说得不错,这地方果然不干净,我不和你在这儿浪费时间了,你在这儿好好反思反思吧!"说着,转身离开,头也不回,连门也没关。刚走了两步,门在身后静静地关上,惊得丛克辉一身的冷汗直冒。

丛意儿淡淡地微笑着,安静地看着躲藏在花丛中的小青走出来轻轻关上门,把惊恐的丛克辉关在门外。一个纨绔子弟,果然好骗得很。想着,丛意儿的笑容更加灿烂可爱。

小青也轻轻一笑,轻声说:"小姐,只怕是大少爷他此时真是吓着了。奴婢躲得刚刚好,他要是早点回头奴婢可就躲不及了,他也是吓着了,竟然连奴婢的脚步声都没有听出来。"

丛意儿忍不住一笑,轻声说:"我是存心要吓他的,谁让他说话那般难听,不过,这样简单就可以让他上当,也太无趣了。幸好你来得及时,我正在想要如何吓吓他呢,你这一来,倒成全了我。人呀真是可以吓死人的。对啦,你没事吧?下次我中途退场的时候,一定记得通知你。他们有没有为难你?"

小青不好意思地低着头说:"是奴婢的错。奴婢应当保护您的,可是您离开了,奴婢……奴婢竟然没有听到,实在是奴婢失职。"

丛意儿看了看天色,轻声说:"好像要下雨了,你说得不错,这天看着好,可转眼的工夫也许就会落下雨来,我们进去吧。"

"嗯。"小青答应着,陪着丛意儿进了房间。

房间里收拾得很干净,丛意儿有些诧异,这儿为什么一直这么干净?好像一直有人打扫?"是谁打扫这儿?"

"一直是奴婢在打扫呀。"小青愣愣地看着丛意儿,不解地说,"您不是一直都有吩咐奴婢每天来这儿打扫的吗?每过一段时间您都要故意犯了错到这儿来自己亲自打扫,您这次不也是如此吗?"

"是我忘记了。"丛意儿淡淡地说,"这些日子,总有些情绪乱乱的。小青,我以前为什么那么喜欢司马溶,我以前怎么可能容忍他在我和丛惜艾之间摇摆不定的呀?"

小青替丛意儿倒了杯水,微微一笑说:"奴婢瞧着小姐这几日确实有些反常了。您呀,自从让二皇子救了一次后,就开始死心塌地地喜欢上了二皇子。您自个不是也说,他救了您一命,您要用命还他。不过若不是因为您,二皇子只怕是还不会这么容易成为未来皇上的人选。"

外面已经开始下雨了,天色也渐渐有些暗意,房间里虽然简陋一些,却很舒服。丛意儿走到床前,惬意地靠坐在床上,眼睛闪啊闪地看着小青。

"小姐,奴婢真不知道是出了什么事情,让您突然忘记了那么多的东西。"小青在床前站好,轻声说,"奴婢觉得现在二皇子对您与以前相比真是一个天上一个地下,这不是您做梦都想要的吗?为何,突然不想再嫁给二皇子啦?您不是一直说,嫁给二皇子是您这辈子唯一想要做的事情吗?"

丛意儿懒懒地靠坐在床上,温和地说:"小青,若是你肯让我耳根清净些,就不要再说什么奴婢二字,你开口奴婢闭口奴婢,听得我有些乱,这样好不好,要么你就如我一般说话,听来还顺耳些,要不,你就用小青二字代替奴婢二字。至于前尘旧事,不过是此时无人打扰,打发些时间。去搬个凳子,坐下来慢慢说。"

小青犹豫了一下,去搬了凳子在丛意儿面前坐下,慢慢地说:"这样啊,好吧,奴——小青就慢慢讲给您听,只是,您想要听哪些事情,小青不知道从什么地方讲给您听。"

丛意儿的目光望向窗外,虚掩的窗户被风吹开了,看得见外面的风雨,好像下得比刚刚大了,隐约已经听得到风雨之声。"先讲讲我是什么时候认识司马溶并开始喜欢上司马溶的。若论起来,司马溶的性格太过温和,不是一个雷厉风行的人,怎么可能在众多的皇子中脱颖而出,胜过大皇子而成为未来皇上的人选呢?"

小青轻轻一笑,说:"小姐,您真会开奴——小青的玩笑,不是您帮了二皇子吗?如果没有您用老爷和夫人的遗物,怎么可能让二皇子成为未来皇上的人选呢?小姐您自己曾经说过,您说四个皇子中以大皇子最为出色,但太过于书生气,而二皇子,因为他救了您一命,您要帮他成为未来皇上的人选。"

丛意儿未置可否,看着小青听她继续说下去。

"您十岁那年,生了一场重病,一直胡言乱语,当时丛府上上下下都以为您染了可怕的病,会传染给他们,就悄悄把您送出了丛府,带到了一处无人知道的地方扔在了那儿。刚好二皇子和皇上一起外出打猎遇到了您,二皇子瞧您可怜,就把他的披风送给了您,也因为有了那件披风您得以在寒冷的环境里活了下来。您说您永远也忘不了二皇子看着您笑的时候温柔和善的模样,您说,从来没有人用如此温柔和善的眼光看过您。您看尽了白眼,那一眼是您一生当中唯一的一次温柔,您就从此喜欢上了二皇子。您说二皇子只是把您当成一个陌生人看,因为当时的你,形容憔悴,衣衫素淡,并不会让人想到您是丛府的小姐,所以,他救您只是觉得您可怜,并无他意。您说,如果有机会,您一定会帮他达成他的心愿。后来在几年后,您重新遇到了他,在大小姐的生日宴会上,可是他已经认不出您来,您就开始用尽全力来接近他,想要嫁给他,并发现他希望可以成为一国之君,因为只有成为一国之君才可以娶到大小姐,于是,您就帮了他。小青当时因为自己的母亲辞世回家送葬没在您身边,但事后你却一遍一遍地说给小青听,小青是忘不掉的。"

丛意儿微微点头,一个眼神,让看尽了白眼的丛意儿动了心,这个理由,倒是可以接受,"你的母亲是不是也是丛府的旧仆?"

小青点了点头,说:"是的,小青的母亲是大少爷的奶娘,所以小青可以离开丛府去给母亲送葬。"

"好的。那你就应该知道如今的丛夫人为何那般的讨厌我的母亲,我的母亲到底如何得罪了她,让她不惜花费后半生的时间和精力对付我?"丛意儿突然看着小青问。

"小姐——"小青脸色一变,有些慌乱地说,"这,这,奴婢不是很清楚,只是隐约听奴婢的母亲说过片言,说您的母亲是个美丽动人的女子。"

丛意儿淡淡地笑了笑,说:"小青,丛克辉是丛府的长子,绝对不会随意找个奶娘,除非你母亲是如今的丛夫人的可信之人,比如说是她的陪嫁丫头,否则,以丛夫人缜密的心思,绝对不会随便相信一个人。你不要用这些模糊的话应付我。"

小青脸色一变,想起母亲曾经说过,"小青,你家小姐终究不是寻常女子,你看她似是不堪,终有一天,她一定是人中凤。"

"小姐,您——"小青终于抬起头来,看着丛意儿,犹豫了一下,轻声说,"小青不是见证人,但小青的母亲确实是如今丛夫人的陪嫁丫头。她知道所有的事情,小青确实是听母亲说过,丛夫人没有嫁入丛府的时候,她喜欢的是您的父亲,而不是现在的丛老爷。传闻您母亲的师父是江湖上的大魔头,与您父亲的师父历来不合,而丛夫人是您父亲的师妹,"小青轻声说,"但是,后来您父母亲却成了一对佳侣,并没有娶一直陪着他的师妹,也就是现在的丛夫人。小姐的母亲被送到这里关起来,据传是小姐的母亲,她勾引了如今的丛老爷,大家说,说您——"

丛意儿轻轻笑了笑,天,这是老套路的剧情,原来古代的感情也不过如此,两相厮守终抵不过世人谣传。

丛意儿淡淡地说:"是不是大家说我是如今丛老爷的私生女?"

小青轻声说:"小姐的母亲却不解释,任由世人评论,好像与她无关。"

丛意儿淡淡一笑,问:"说说司马溶是如何成为未来皇上人选的?"

小青轻声说:"大家都说大小姐出生后被抱到宫里,宫中的占卜师说,大小姐长大之后一定要嫁给当皇上的人,所以二皇子才想成为大兴王朝未来皇上的人选,因为他一直都非常喜欢大小姐。有一次皇上带着二皇子出去游玩的时候,您把您父母亲留给您的遗物悄悄放在了二皇子经过的路上,让二皇子捡到。见到那样物品,宫里的占卜师就说他是大兴王朝天意注定的皇上。"

丛意儿伸了个懒腰,微笑着说:"我有些饿了,你去拿些吃的来。"

"好的,小青这就去办。"小青微笑着,站起身来离开。

外面的风雨很快将撑伞的小青的身影淹没,丛意儿站起身来在房间里随意走动着。这儿,应该不会有什么物品可以让她发现以前的是是非非,这儿虽然是个禁地,但是,肯定丛夫人不晓得从其中搜寻了多少次,就算是丛意儿的母亲想要留下些什么东西,丛意儿多次来到这儿,也应该找了许多次。但是,不知道为什么,丛意儿此时觉得,如果丛意儿的母亲是江湖大魔头的徒弟,行事一定有与常人不同之处,她肯定会有什么东西留在这儿,任丛夫人傻瓜般的寻来找去。这也就是说,如果有什么东西的话,一定放在最明显的地方,却最容易被大家忽略的地方,如果大家什么也没找到,让这儿继续存在,就肯定是表明,丛夫人还没有找到她想要找的东西。她想要找什么呢?

丛意儿的母亲是怎样一名女子?为何这房里没有她的画像?这里只有一间小小的房,不大,摆了张床,白底碎花的被褥,浅白的纱帘,一张桌,上面有一盏式样简单的灯,茶壶一套,白底上描画了几株翠竹,两把椅子,一个竹做的书架,上面摆放了几本线装的书,不过是些棋谱和诗词。除此之外,这房里再无其他物品。

丛意儿静静站在这儿,听着外面的风雨,想象着一个安静的女子在房间里,就如此时的自己一般,无人陪伴,如此安静地听着风雨,她会做什么?会想什么?如何应对漫长的寂寞岁月?她是个武林高手,既然师父是个大魔头,她的武艺应该是相当的厉害,那她应该随时可以离开这儿,但她为什么不肯离开,宁肯死在别人手下也不离开?让自己的女儿孤独无助地活在世上?

突然,听到外面有故意放轻的脚步声,在风雨中传进来。这个时候,天色已经昏暗,风雨交加,有什么人会来这儿?丛意儿以最快的速度悄悄退到床上,装成睡觉的模样,努力平定急促跳动的心跳。

门被轻轻推开,有人走了进来,带进一丝淡淡的香气。这香气是丛意儿熟悉的,这是一种脂粉的香气。闻到这股香气,丛意儿立刻猜到来的人是谁,只是,这个时候,她来这儿做什么?

"丛意儿,丛意儿——"来人轻声呼唤,没有听到丛意儿任何的回应,只有丛意儿平稳的呼吸声,因为没有点灯,室内光线已经灰暗。

来人开始四下里走动,房间不大,很快她就转了好几圈,似乎是在找什么东西,只听得她轻声嘀咕,"怎么可能什么也没有?"

又有另外两个人走了进来,没有注意到一身黑衣贴墙而立的蝶润,似乎也是来寻找什么东西的。

这次是丛夫人和丛惜艾。

听到丛惜艾声音很轻地说:"您真的怀疑丛意儿她会武艺?"

丛意儿透过眼睛的缝隙看到贴在窗口旁边墙上的蝶润像阵风似的消失在窗外,她的轻功确实相当不错,竟然能够在丛夫人和丛惜艾的眼皮底下消失掉。

"什么人?!"丛惜艾警觉地问,一纵身到了窗口处,外面风雨交加,什么也看不到,她犹豫了一下,不太确定地说,"母亲,这房间里好像还有一个别人来过。"

丛夫人愣了愣,轻轻呼吸了一下,说:"好像是,这房间里有一种脂粉香气,应该是个女子。这种香气不是丛意儿这丫头用的,而且这丫头这些日子似乎也不再用什么胭脂香粉。"

丛惜艾听自己的母亲说完,犹豫了一下,轻声嘀咕道:"难道是她?她来这儿做什么?难道是想直接杀死丛意儿这丫头?"

"惜艾,你在嘟嘟囔囔的说什么呀?"丛夫人轻声说,"就算有人来这儿也没有用,这儿,我已经找了许多遍,那女人根本就什么东西也没留下。"

"可是,自从她死了之后,那套剑谱就再也没有在江湖上出现。她是那魔头的传人,剑谱肯定在她手里。"丛惜艾微皱眉头,轻声说,"只要找到那套剑谱,女儿就可以练成那套剑法,天下无敌!"

丛夫人突然顿了一下,说:"好像是小青那奴才回来了,我们得立刻离开。这儿没有藏身之处,若是被小青那奴才发现了,难说会不会惊动丛意儿。"

"那我们今晚不找了吗?"丛惜艾不太情愿地问。

说着话,已经听到小青的脚步声越来越近,二人连忙匆匆离开。

门打开,小青提着食盒收好伞,笑着说:"小姐,您是不是等得急了?路上雨下得真大,如此小心,竟然还是湿了衣。这房里真黑,奴——小青这就把灯点起来。"

话音刚落,灯就亮了起来,丛意儿一脸温暖的微笑,正安静地看着小青,轻声说:"这雨可是下得真热闹,惹得人睡个安稳的觉都不可以。小青,这儿除了你来打扫外,可有别人来过吗?"

小青笑了笑,有些调皮地说:"这儿除了小青来打扫,平常没有人会来,只有小姐来的时候,才会有人过来帮忙收拾一下院落和修缮一下房间。大家虽然心中不耻于您的母亲,却个个都怕着她,还有就是,大家总说这儿不干净,只有您在这儿的时候别人才敢进来,平常,这儿不会有人的。"

"为何我没有学武艺?"丛意儿随意地问。

"小姐您出生的时候,您的父母亲就已经去世了,一直都是由丛府里的人照顾您,虽说没有人教您学武艺,但是大家都一直在尽心尽力地教大小姐学武艺。丛夫人说您体质太弱,不适合学什么武艺,您也就没有武艺在身。"小青轻声说,"后来,您到了这儿,也就是闲着无事时看些您母亲留下的棋谱和诗词。对啦,您

第九章 慈母旧居 往事重提释心意

最爱看的就是夫人留下的一本佛经,您常放在枕旁,几乎可以倒背如流了。"

丛意儿在桌前坐下,微笑着说:"是吗?我母亲她爱看佛经吗?"

"那佛经是夫人亲手抄的。听我娘说,夫人被关进来后,一直不吵不闹,也不解释对错,每日里就是安静的看书写字,细细密密地抄了整整一本佛经,也不是全套的。丛夫人也仔细看过,说不过是这本里看些,那本里看些,拣了些自己喜爱的抄下来。您呀,开始的时候是看,后来的时候是背,再到后来闲着无事,就倒着看,再倒着背,再到后来,您就干脆隔一个字地背,隔两个字地背,正着隔,反着隔。反正是,那本佛经,估计不管如何问您,您都可以随口接得上来。"小青眼神里有些伤感,这些话说来简单,听来却是难过,一个小小的女孩子,独自守着这样一间寂寞的房间,对着一本自己的母亲亲手抄下来的佛经一字一字地看,看到怎样都可以应答下来,这其中,该有怎样的眼泪和无助?

小青无法忘记记忆里,自己的小姐,是如何地落着泪将书中的文字深深地刻在记忆里。那眼神是那样的无助和难过,看着让她忍不住一次又一次地落泪。那或许是夫人唯一留给她的温暖。

丛意儿看到枕旁确实有本佛经,翻得已经有些旧了,但字迹清晰俊秀,看得出来书写者平和淡然的心情。她看到的时候,随意就背出其中的字句,或者正着背,或者倒着背,或者隔着一个两个字地背。那些字句如闪电般在她脑海里组成一个答案,一个让她半晌都没有动的答案!

丛意儿的母亲是何等的聪慧,何等的洞察一切,她用了最安全的办法保护了自己的女儿,她给了女儿表面上的寂寞和无助,却让自己的女儿在这种寂寞和无助里拥有了所有人想要拥有的东西。剑谱,就好好地藏在这本看似普通,任何人也不觉得有什么神奇之处的佛经之中,只有经得起寂寞,经得起无聊,才可以看得出其中的奥妙!

只有在寂寞中,在无助中,用了最无聊的办法来面对它的时候,才会发现,那种最无聊的办法的后面,背诵出来的字句却组合成了一本绝无仅有的剑谱!这就可以解释,为何,自己总可以在最危险的时候躲避开,可以在丛克辉出现的时候迅速穿好衣服,也可以在丛惜艾的眼皮底下悄无声息地溜走,可以一次一次地躲避开遇到的种种危险,甚至可以逃开蝶润的察看——

这,或许是以前的丛意儿留给自己的最好的礼物。

丛意儿离开的时候一定是放弃了所有,绝意地离开,所以,这身体里仍然有着许多属于丛意儿的东西,或许她只想干净地离开,将所有关于大兴王朝的记忆放弃!

丛意儿的母亲,又是何等的良苦用心。她身为大魔头的弟子,却不肯利用武艺离开,为的也许只是希望自己的女儿不必活在被人追踪的境地,纵然要看尽脸色,却可以好好地活着。她放弃了生命,大家惧怕着她的曾经而不敢单独到这儿来,这儿就成了丛意儿"疗伤"的最好去处。

睡梦中,是一片风吹,满天雪落,寒意砭骨。一个弱小的女孩子一脸无助地靠坐在一棵枯枝上,脸色苍白而憔悴,生命的气息越来越微弱,浑身哆嗦,却滚烫如火。她听着风在树枝间呼啸,好像无数的魂魄在周围跳舞,那一双眼睛里充满了恐惧和泪水。是怎么了?为什么会这样?她是怎么一回事?为什么所有的人都对着她笑,却看不到任何让她觉得安心的东西?母亲是微笑而客气的,父亲是严肃而拘谨的,哥哥是顽皮而恶劣的,姐姐是美丽而冷漠的,怎么唯独她像个外人?她是丛王府的千金,可为什么却好像一个人人讨厌的家伙?为什么家人要把她一个人扔在这儿,面对越来越重的夜色?

她真的非常害怕,她已经在这儿待了快一天了,还是没有人理会她,家人好像已经忘记了她的存在!这儿人迹罕至,她在这儿,除了喂野兽,好像没有别的可用之处!

一支箭,如闪电般射过来,一匹马从远处飞驶而来,那箭准确地擦过她的肩射在她身后一只突然冒出来的野狼的脖颈处,热热的鲜血喷在她冰凉的脖颈上,有着甜腥的味道。有些模糊的眼神中,她看着一个面带微笑的年轻公子稳稳地落在她的面前,穿一件厚厚的暖暖的衣。开始的时候,年轻公子并没有看到几乎被雪埋了起来的女孩子,而是去看被射死的野狼。一些血迹污渍了他的衣,他微皱起眉头,这才看到躺在地上的女孩子,感到有些奇怪。他微笑着看着这个突然冒出来的小姑娘,她一双眼睛正无助地看着他。他感到很好奇,这个时候竟然还会有人在这儿出现?看着自己被野狼血迹弄脏的衣服,他把衣服脱下来给了这个在他看来非常可怜的小姑娘,反正脏了,他也不会再穿了。

看着他越走越远,隐约的风中送来一句话,"呵呵,父皇,皇叔的箭法真好。对啦,那儿有个小丫头,真是可怜,脏兮兮的,不晓得是哪家的丫头,迷了路……"后面的话被风声吹散听不清楚了,而她感觉着衣服裹着身体的温暖,落下泪来。有人肯对她微笑,在这无人的环境里,在觉得自己被所有人放弃的环境里,竟然还有人肯对她笑,如果她可以活下来,她一定要对这个人说声"谢谢!"

丛意儿睁开眼睛,一室的黑暗,小青也睡着了。外面的风雨声清晰可闻,这个梦是丛意儿的,但对此时的丛意儿来说,却是一种解释。丛意儿经历了生死,那在风雪中的记忆让丛意儿明白了许多,更确切地讲,她觉得这是以前的丛意儿的交代,这个身体的交代。

丛意儿下了床,走到窗前,看着外面的风雨,看着几个在风雨下埋头苦干的奴仆,他们在风雨中辛苦地给花草松土。隐约中,她可以听到他们的对白声在风雨中传来。

第九章 慈母旧居 往事重提释心意

145

"为何每次都要这样,主人为何总是要我们在二小姐在的时候来做这些事情?"说话的人声音不高,但里面有些许不满,"还要提防着吵醒二小姐,还要半夜三更的做事,真是辛苦。"

"你就少说些吧。你不知道吗？这儿不干净,大家都说原来的二少爷和二少奶奶的鬼魂经常会出现,只有二小姐在的时候,他们才会不出来,所以,一直以来,没有人敢独自来,都是拣二小姐挨罚的时候才出来做事,你呀,真是……"另外一个人嘟囔着说。

"那个小青不就自己一个人来吗?"前一个人轻声说,"不过是人吓人,如果有鬼的话,他们肯饶了……"

"行了,干活吧,少说话,多干活。"有一个人轻声斥责道,"我看你们两个是活够了,就算二小姐她不会武艺,若是让我们给吵醒了,不能总是解释是来帮二小姐的花草来松土的吧?"

"是啊,哪有在这样的大雨天给花草松土的。"一个懒洋洋的温和的声音在夜色中轻轻响起,声音婉转动人,隐隐带着些笑意,"说个有新意的理由听听如何?"

院中的人吓了一大跳,这个时候,这个天气,突然冒出来的声音,不论声音如何的优美动听,也可以生生吓死人。几个人同时丢掉手中的工具,齐刷刷地看向声音的来处。

不远处,走廊下,一张摆放的摇椅上坐着一位素衣的女子,正安静地看着几个人。

"二小姐!"几个人立刻跪在地上。哪有人不晓得二小姐的脾气,使起性子来,根本不顾后果。

"起吧,地上除了雨水就是泥土,好好的一身衣服可就弄脏了。"丛意儿轻轻一笑,说,"其实倒要谢谢各位,若不是各位如此辛苦地给花草松土,哪里有如此繁茂的景象？我倒要替父母谢谢各位,让他们可以在如此环境里乐得逍遥。"

几个奴仆面面相觑,谁也不敢起来。这不是第一次惊动丛意儿,但是,丛意儿如此安静地出现,却是第一次。不知道是因为什么,这种安静反而让他们更感到心中恐惧,仿佛突然间有一种很滑稽的感觉,好像他们一直都是在丛意儿眼皮底下做着他们以为她根本不知道的事情!

丛意儿轻轻地摇着摇椅,很是悠闲的看着风雨中面面相觑的奴仆。那梦,仿佛是一种仪式,她和丛意儿完全交换了生命。

丛夫人觉得腰有些酸痛,和那个女人的一场决斗让她身体受了重创,至今仍然无法痊愈。那个女人夺了她最爱的男子,那个她视为生命全部的男子,那个她从看到第一眼就爱上的男子,却莫名其妙地爱上了江湖大魔头的弟子,并娶了那个江湖人人不耻的江湖大魔头的弟子！这是她的耻辱！她不得不退而求其次地嫁了和自己深爱的男子有血缘关系且长得非常相似的男子，成了自己深爱的男子的嫂子！

她永远也无法忘记那个女人最后的微笑，那么安静地看着她，仿佛洞悉一切，仿佛笃定一切地面对死亡。她恨死那个女人了，恨到每每想起，心都会疼得整个人都受不住！

"你仍然无法放下心头的恨意吗？"一个温和的声音在窗外响起，有隐约的叹息之声。

丛夫人几乎是闪电般的速度冲到了门前，纵身跃出。风雨中，一个女子撑伞而立，正安静地看着她。夜色中看不清她的长相，只看得见素淡的衣裙在风雨中轻轻飘动。她认得那件衣服！

"你，你是人是鬼？"丛夫人站在风雨中，被雨水击打得睁不开眼睛。

风雨中的女子轻轻一笑，笑声中透着一份洒脱，说："罢啦，你若是仍然恨，不过是自寻烦恼，何必要一次一次地难为意儿，她何罪何过？让你如此费尽心计设计？"

"因为她是你的女儿！"丛夫人冷冷地说，"管你是人是鬼，我既然做了，就不怕你找上门来。是你亏欠我在先，我如此做，不过是礼尚往来！"

说完她身影一纵，狠狠一招直逼向风雨中的女子。一阵寒风吹过，院落里一片空寂，除了风雨，似乎从未有人来过。丛夫人站立在风雨中，对着空无一人的夜空恨恨地说："你定是鬼，否则你的轻功不可能如此。你当时也受了重创，为了你腹中的女儿，你选择了放弃抵抗。你不可能练成那套剑法，你师父曾经下过毒誓，不是有缘人不可能练成，他不会你定也不会！"

风雨中传来清脆的笑声，却未有言语传来，仿佛是嘲讽她的无知。丛夫人眉头一皱，身影一纵，直奔关着丛意儿的地方而去。这儿离关着丛意儿的地方有些距离，如果有人假冒，也只有可能是丛意儿，就算真的是丛意儿假冒的，轻功也确实出众，她此时尽全力赶过去，丛意儿一定没有时间换衣！

丛夫人一把推开门，风雨中，院落中一院的暗意，什么也看不到。安排进来挖地的几个奴才正低头挖地，见她进来，都吓得一声尖叫，傻呆呆地看着她，倒把她吓了一跳。

这时传来一声轻轻的笑声，和着几分调侃的语气，"母亲，这么晚了，您来这儿做什么？连把伞也不打，小心淋病了。"

丛夫人一抬头，看到一个素衣的女子正逍遥地坐在一把摇椅上轻轻地晃来晃去，在暗色中看不清表情！

"她一直在这儿吗？"丛夫人小声问干活的奴仆。

一个奴仆小声说:"二小姐一直待在这儿。"想到被二小姐发现的窘状,几个奴仆心里暗自一跳。当二小姐吩咐他们继续松土的时候,他们就一直埋头干活没再回头,但是,他们一直听着摇椅在轻轻地晃,想来二小姐应该没有离开,因为二小姐不会武艺,若是想要离开这儿,定要拿把伞从正门出去,他们一定会看到。

丛夫人走近些,这儿没有灯,看不太清楚,走近了只看到丛意儿穿了件素淡的衣,是关进来时见她穿过的,衣摆不湿,绣鞋不脏,应该是没有离开此地半分!她温柔地一笑,说:"外面雨大,我们进去坐坐吧。小青呢?这丫头不会自己睡着,让你一个人在外面待着吧?若是这样,真得好好收拾收拾她才好。"

丛意儿淡淡一笑,说:"我倒是羡慕她睡得着,我就是无法睡着,一睡下总是做梦,看到些莫名其妙的事情。这些人白天不来松土,偏偏拣个刮风下雨的深夜时分过来,我醒来,坐在这儿看着他们忙碌,打发时间。"

丛夫人温柔地一笑,轻声问:"做了什么噩梦,吓到睡不着?"

丛意儿点亮了桌上的灯,轻轻一笑,说:"每次来,总觉得这房里人来人往的,对啦,母亲,您说这世上可有鬼魂?是不是意儿想得太多啦?可是,意儿只要睡着了,就会隐约觉得房里有人进出有人说话,还有些奇怪的声响,只是意儿害怕不敢看。"

丛夫人一愣,掩饰了一下,继续说:"可能是这儿太安静了,听到外面有风声或别的什么动物的声响,让你产生了错觉,姑且忍上一日,等明天天亮了,为娘去和你父亲说一声,放你回去。"

"谢谢母亲操心。"丛意儿微笑着说,灯光下,清丽如水,"母亲去歇息吧,您身上的衣服都湿了,要小心些。"

丛夫人点了点头,有些疲惫,轻声说:"也好,你也歇息吧,天也快亮了,应该不会有事了。"

送走丛夫人,丛意儿轻轻笑了笑。这个丛夫人,真是反应够快的,如果不是自己回来得快,衣服换得快,只怕要被逮到,原来心里有鬼的人是如此的好骗。她只是换了自己的母亲,确切地讲是这个时空的丛意儿母亲的衣服,这件衣服藏在丛意儿自己的旧时衣物中,然后放缓声音,令声音更加沉静些,就骗过了丛夫人。

但是,古代也有好玩的地方,原来轻功可以如此来去自由,但是,如果丛意儿也有这样的武艺,为什么还要忍下去呢?她完全可以自由自在地活着。就如她现在一般,戏弄众人!

清晨,风雨声未停,丛意儿起身,闻到一阵淡淡的香气,非常的好闻。这应该是某种点心的味道,只闻到味道就已经觉得很好吃了。

看到桌上放着一个漂亮的篮子,上面盖着一个干净的绸布,丛意儿走过去,掀开篮子上的绸布,香气扑鼻而来,里面放着一个精巧的盒子。看到这个盒子,丛意儿忍不住轻轻一笑,原来还是有人可以在她睡着的时候出现却并不惊动她。

"小姐,您醒来了?"小青清脆的声音在门口响起,看到丛意儿正在看桌上的篮子,小青一笑说,"也不晓得是谁送来的,醒来就有了,还吓了我一大跳。"

丛意儿就着小青端进来的盆子洗了洗脸和手,擦净,然后打开盒子,取出里面的点心。点心做得很精美,是她最喜欢的模样。这个模样她自己曾经亲手做过,只是没有这样精美,但是却让轩王爷刮目相看,想不到一个十指不沾阳春水的千金小姐竟然也会有如此好的手艺,特意让轩王府的厨房按照她做的模样做这种点心。这种点心是她还是苏莲蓉的时候偶尔会在家做了犒劳辛苦工作一周的自己的。

丛意儿轻轻咬一口,入口很是绵软香甜。还是轩王府里的厨师技艺更出色些,这种味道,就算是放在现代也不可能完全复制。古代的人似乎少些现实的诱惑,更容易静下心来做些事情。

"很好吃的,要不要也来试试?"丛意儿看了一眼小青,微笑着说,"放心,做这点心的人我是认得的,不会有事的。"

"这是特意做了送给小姐的,奴——小青怎么可以吃。"小青开心地说,"能够记得小姐,小青真是替小姐开心,二皇子可以如此对待您,小青真是太替小姐开心了。"

丛意儿展颜一笑,说:"你以为这是司马溶送来的呀?他哪里会做这种事情。他呀,只怕是一时半会儿的还放不下他的皇子架子,成为未来皇上的继承者太久,有些放不下架子了。"

小青一愣,下意识地问:"不是二皇子,会是谁呢?这种篮子做工精美,用的是上等的竹料,而这种竹料只有皇室成员才可以用,因为这种竹子太过珍贵,而且盛点心的盒子更是精美,上面的图案更是皇室专用。如果不是二皇子,还会有谁如此用心?"

"你们在说什么呀?说得如此开心。"正说着,外面传来了司马溶的声音。

"在说点心。"丛意儿喝下口茶水,说,"咦,这茶水真是好喝,入口清爽,齿间留香。小青,哪里淘来的好茶叶?"

"茶水不是小青泡的,应该是二皇子一同送来的,茶壶也不是这儿的,特意用干净的软布包着,看来应该是刚刚送进来的,茶香刚刚泡出来,茶水是宫里专供的千年古潭的水,平常人喝不到的。"小青微笑着说,看着司马溶从外面走了进来。跟在后面的奴才收了伞站在门外,司马溶一身锦衣,玉树临风,温文儒雅。

"什么好吃的点心,逗得你如此开心。"司马溶似乎是完全忘记了昨日的不快,温和地笑着,看着一脸灿烂笑意的丛意儿。

小青一愣,听司马溶这样说,好像点心和他还真是没有关系。

丛意儿轻轻一笑,说:"点心是刚刚出炉,茶水刚刚泡好,美食当前,人生一大乐事。二皇子,您怎么有时间这么早到这儿来?"

"昨晚风雨交加,你睡得可好?"司马溶看着丛意儿,微笑着问,看到桌上的篮子和茶具,微微愣了一下,脱口问,"咦,在我之前还有人来过吗?一定是皇叔派了奴才过来。这种篮子只有皇室成员家里才有,这几日就他有事没事地招惹你,除了他怎么可能有别人?只是不晓得是哪个奴才过来的,按皇叔的习惯,他不仅自己不会踏入丛府半步,也不允许哪个奴才踏入丛府半步,若是见了他,倒要问问他是为何破了规矩,存心为何?!"

丛意儿轻轻一笑,说:"不过是点心和茶水,过来尝尝,这种点心最早还是我亲手所做,他们拿来一用。你尝尝,味道可好?"

司马溶不太情愿地说:"罢啦,皇叔是特意让人做了送你,我哪敢吃,你还是自己享用吧,我已经吃过早饭了。"

丛意儿点了点头,既不看他懊恼的脸色,也不顺着他的话头往下说,只装作什么也没看到什么也没听到,笑了笑,继续吃自己的点心喝自己的茶水。

过了一会儿,见丛意儿没有理会自己,司马溶有些意外,也有些不太自在,就自己找了个台阶,说:"意儿,你今日可以出去吗?我想带你出去游玩。"

丛意儿微笑着说:"说来听听,有何安排?"

司马溶微笑着说:"今日,父皇要外出游玩,我想带着你一起去。"

丛意儿一笑,说:"今天雨还没停,要如何去游玩?"

"今日你姑姑要去庙里上香,那个庙离我们大兴王朝的一位皇上的旧居不远。"司马溶微笑着说,"那儿地势很好,而且安静,有山有水,是大兴王朝颇具神奇色彩的一位皇上和皇后隐居的地方。那儿是我们大兴王朝的圣地之一,一般不允许人进入,能够出入那儿的人也极少,就算是我们做皇子的,也不太可能不经允许就进入。"

丛意儿心中一跳,难道是司马锐和慕容枫曾经居住过的地方?如果是的话,那可真要进去瞧瞧。她立刻点头说:"好的,好的,我答应了。"

司马溶忍不住一笑,说:"意儿,你真是变了好多,但是,我还真是喜欢现在的你。"

丛意儿装作无意地问:"司马溶,还记得第一次见到我的情景吗?"

"第一次?"司马溶愣了一下,摇了摇头,"没有印象了。"

丛意儿叹了口气,真是替以前的丛意儿不值,如今的司马溶喜欢的可是以前的丛意儿?还只是觉得现在的这个丛意儿有趣?

"我确实是想不起来了,但是,想不起来以前又如何,只要我现在好好对你,不就可以了吗?"司马溶微笑着说。

丛意儿淡淡一笑,说:"司马溶,不要把时间花在我身上,我对左拥右抱的男人不感兴趣。你还是好好去爱丛惜艾吧,免得疏忽了,害得美人伤心离开。"

"惜艾一直希望我有更多的时间用来陪伴你,她说你其实很孤独,需要人好好陪伴。"司马溶温和地说,"意儿,惜艾是一个不错的女孩子,从小我就认识她,她一直很懂得收敛自己,从不招惹是非,就算是成了未来皇后娘娘的人选,也并没有什么傲慢之举,甚至希望你可以嫁在她前头,她是真的对你好。"

丛意儿愣了一下,以前的丛意儿一定是一个特别懂得保护自己的女孩子,那药,她一定是喝下去的。她任由自己疯癫,也许只有药的作用,她才敢完全不掩饰自己的感情,若是清醒,就算她爱司马溶至深,也不会那般表白和纠缠。

"我们走吧,估计这个时辰父皇已经用过早膳。我们可以抄近路过去,我已经和父皇说过,他允许我们不与他们同行。"司马溶微笑着说,"如果想要出神,就在路上出神吧,软轿在外面。我、你和惜艾同坐一轿,我们三人刚好可以在路上聊聊天。"

丛意儿点了点头,说:"好吧,你先在外面稍等,我想换件衣服再去——不如这样,你先去请丛惜艾,我和小青回我的闺房,去那儿换好衣服,再一同去,如何?"

司马溶笑了笑,说:"好吧,只是,可千万不要再打扮成以前的模样,还是现在这个样子看起来舒服。其实,你不打扮就已经很好看,反而涂抹上那些个胭脂香粉,看起来令人感到有些恐怖。"

丛意儿笑着点了点头,看着司马溶走出去——她得把昨晚穿过的衣服带回去。估计丛夫人心中一定仍然有怀疑之意,就算她再怎么不想来这儿,也会偷偷过来看看。如果被她发现衣服在这儿,她一定会猜得出来是自己假扮了丛意儿的母亲,也就会猜得出来自己会武艺的事,若真是如此,只怕是以后别想安生了。

"小姐,没有老爷的允许,您离开这儿,会不会……"小青有些迟疑地说,"您也知道,老爷平时不发火,可是,如果您不经他允许就离开这儿,他,发起火来是很凶的。"

丛意儿微笑着说:"信不信如果凶起来我不会输给他? 我想待在这儿,就会待在这儿,不想待在这儿的时候,任何人也不可以让我待在这儿。"

"胆子不小!"一个恼怒的声音在门口响起,"就算是二皇子替你求情,你从外面回来照样也得乖乖地回到这儿。就凭你此时的脾气,怎么可以到皇上跟前说话? 如果任起性来,还不害了丛王府上上下下几百口子? 你,还是安生待在这儿吧!"

丛意儿头也不回,知道不仅丛王爷来了,丛夫人也站在他的身后。昨晚她一定是没有睡好,在想那个撑伞的女子到底是谁?是丛意儿的母亲没死?还是有人假冒?

"我在讲话,你竟然敢背对着我,真是没有家教!"丛王爷大声斥责道。

丛意儿转过身来,微笑着说:"好的,伯父,意儿看着您听您教训。只是,说意儿没有家教可不妥,意儿可是您和伯母自小看着长大的。若说没有家教,您可真是伤了伯母的心,她对意儿可是用尽了所有的心思,甚至都忽略了自己的亲生女儿。"

丛王爷一皱眉头,说:"你喊我什么?"

"伯父呀。"丛意儿微笑着说,"其实您也晓得,您一直就是意儿的伯父,意儿不肯听您教训,一直在外惹是生非,令您很是恼火,不如,就改了口吧,您教训起来也容易些。意儿不说大话,您信不信,您若是再这样拦下去,让丛王府惹上是非的绝对不会是意儿,而是伯父您自己了。"

丛意儿在身后的椅子上坐下,倒了杯茶,用软布包着的茶壶倒出的水仍然是热的。真是难为司马逸轩想得如此周到,既可以让水保温,也可以让茶的香气慢慢散发,这时喝起来,茶香的味道更浓。只是不晓得是甘南送来的还是甘北送来的?

"算了,老爷。"丛夫人温柔地说,"意儿她只是小孩子,您不要和她较真生气。今日二皇子来,特意请她们姐妹二人陪皇上皇后一起外出游玩,而且今日皇后娘娘要去庙里上香,难得有机会姐妹二人一同外出,您就让她去吧,有什么不是,等到回来您火消了再说也不迟。如今二皇子还在惜艾那儿等着,让二皇子在府上等得久了,也不是妥当的事。"

丛王爷看了一眼自己的夫人,叹了口气,说:"真是不明白我们花了这么多的心血,这丫头怎么还是如此的不堪,真是像透了她的父母,江山易改本性难移,真是令人难过。"

丛夫人温柔地说:"老爷,等到意儿慢慢长大了,或许就会明白您的苦心了,好啦,不要再生气了。——意儿,你快去吧,二皇子和你姐姐正在等着你。"

丛意儿点了点头,微笑着说:"好的,伯父伯母,您二人如果想在这儿坐会儿就随你们了,意儿要回去好好收拾收拾,免得被惜艾给比下去了。"

丛夫人看着丛意儿的身影消失在门口,叹了口气,对自己的丈夫说:"这丫头也是命苦,自出生就没见过自己的父母亲,性子古怪些也就随她去了,以后嫁到宫里,有惜艾照顾着,应该不会有什么事的。这小青也是,伺候着自己的主子,也不晓得替主子收拾收拾。"口中说着,丛夫人竟然亲自替丛意儿收拾起床铺和物品。

"你怎么亲自做这些个粗事,找个奴才过来就好了。"丛王爷说,"你呀,就是太宠爱这丫头,若是严厉些,或许还好一些。"

丛夫人微微一笑,说:"知道老爷您心疼为妻,只是,意儿是为妻一手带大的,总是偏疼些。"口中说着,心中却暗自思忖,也许是自己太多心了,丛意儿这儿并没有任何物品证明昨晚的事情与她有关,而且丛意儿也不可能有那么好的轻功,到了出神入化的地步。

第九章 慈母旧居 往事重提释心意

第十章　情深义重　世人白眼何关我

　　小青跟在丛意儿的身后，说："小姐，您如今的胆子比起以前来可是要大许多了，您以前不敢如此的，总是被人欺负，如今小青倒觉得，您好像可以欺负任何人。"

　　丛意儿淡淡一笑，并不回答，回到房里，把藏在身上的衣服放回原处，找出一身看起来清爽的淡淡水蓝色的衣裙换上。

　　"意儿，你这一收拾还真是漂亮。"司马溶微笑着说。

　　丛惜艾微笑着看着丛意儿，温柔地说："意儿，如今看你，姐姐真是开心，你是出落得越发美丽动人了。"

　　丛意儿微微一笑上了软轿，坐好，微笑着说："好啦，我们走吧，免得皇上和皇后等急了。"

　　软轿沿着路向前，外面的风雨声依然清晰入耳。

　　一个身影突然映入丛意儿的眼帘。在一个突然出现的小小高地上，独自站着一个人，在所有景物中，他那么的令人瞩目，一下子就可以看到，仿佛茫茫人海中，就算再怎么混乱和复杂，却仍是一眼可以看到自己最熟悉的人。

　　丛意儿的心轻轻一跳，听到司马溶说："我们到了。"

　　三人下了马车，举目四望，是一片树林。这儿，有些眼熟，但她确实没有来过，怎么会有熟悉之感？

　　"这儿是父皇经常来的地方，原来是个猎场，是不是很有气势？"司马溶看着丛意儿，微笑着说，"我第一次陪父皇来打猎的时候，是个冬天，当时皇叔正好从外面归来，就一起到这儿来玩。说来倒令我想起一件事来，当时皇叔从乌蒙国归来，和我们一起打猎，开始时天气尚好，但后来开始下雪，而且风还特别的大，我因为穿得单薄，皇叔就把他从乌蒙国带来的一件上好的披风送给了我。当时皇叔一箭射死了一只野狼，我过来瞧的时候，发现这个树林里躺着一个就要死掉的小姑娘，脸色苍白得吓人。因为野狼的血弄脏了那件披风，我怕父皇看到衣服上的血觉得不吉利，就把披风给了那个小姑娘。若不是披风让血弄脏了，我还真是不舍得。皇叔说这儿离大兴王朝一位皇上和皇后的旧址不足百里之地，喧哗不得,父皇就不再到此处狩猎了。对啦,你不是最喜欢来这儿的吗？以前的时候,你只要有机会总是要缠着我带你来这儿。真是不明白,你为什么会喜欢这儿,这儿什么景色也没有,只有树林,其实极是无趣,而你就是喜欢待在这儿,发呆。那可是以前你难得安静的时候。"

丛意儿淡淡一笑,轻轻地说:"你说那个将要死去的小姑娘此时会待在哪儿？可还记得你司马溶？"若他能够记起点滴,也不枉旧时的丛意儿因他一个无意的微笑便许了终生。

司马溶笑着摇了摇头。

丛意儿一笑,轻声说:"也许我就是在这儿看到你的第一眼。"

"是吗？"司马溶有些困惑地说,"我记得我对你最初的印象好像是在丛府里,在你姐姐的生日宴会上,那个时候你打扮得花枝招展的,还是此时的你令人看了更舒服些,也更觉美丽些。你本是天生丽质,何必要用俗脂庸粉掩饰了你的美丽？"

丛意儿一笑,说:"我想四处转转,你们一起去见皇上和皇后吧。"

司马溶点了点头,微笑着说:"好吧,但是记得不要走得太远,等会儿你姑姑要去进香,你最好是跟着。"

丛意儿点了点头,看着司马溶和丛惜艾相伴走开,便转身去找刚刚看到的高地。四处全是树木,无法看到远处。她犹豫了一下,迈步走进了树林。

树林里一片清凉之意,细雨轻飘,软软地飘在脸上。地上的草有些水意,丛意儿走了一会儿,裙摆和绣鞋就有了湿意。树林过于茂密,她根本辨不清方向,走了这么老半天,竟然没有看到一点出路的痕迹。隐约听到前面有人说话的声音,伴着树林中沙沙的风声,时断时续,听不真切,但可以循着声音传来的方向走。

一把锋利的剑安静无声地落在她颈前,虽然并没有直接接触到她的皮肤,却让她起了一身的凉意,忍不住哆嗦了一下,整个人僵硬地呆站在那儿,动也不敢动。她甚至不敢抬头去看是什么人,只是隐约看到剑上垂下来的一块精美的玉。看到那块玉,丛意儿突然轻轻一笑,心也突然放轻松下来,忍不住有些娇嗔地说:"司马逸轩,知道你武艺好,可也不必用此种办法让我知晓你是个武林高手吧？"

一阵爽朗的笑声传入丛意儿的耳中,剑被收回,面前是司马逸轩俊逸的面容和温暖的微笑,"你也来了？"

丛意儿点点头,微笑着说:"刚刚在软轿内就看到你一个人站在一处高地上。我在这树林里走了半天也没找到出路,还生生让你吓了一跳。你怎么自己待在这儿？"

司马逸轩领着丛意儿走出树林,到了一处僻静的地方,有石头可坐,有山泉可听,有风在身旁游走,有细雨在空气里游戏。二人在一处石桌前坐下,桌上有酒有茶,有残棋,地势极是隐蔽,此处可以看到周围情形,周围却无法看到他们二人。"我每次来的时候都会在这儿。"

丛意儿点了点头,突然问:"司马逸轩,你是不是认识我父母?他们是如何的人儿?为什么你不喜欢丛家的人?——司马逸轩,你是不是喜欢我母亲呀?"

司马逸轩口里的酒差点呛出来,他盯着丛意儿,笑着说:"意儿,我虽然大你一些,但是还大不到可以和你母亲谈情说爱的地步,你能不能换个别的想法?"

丛意儿微笑着说:"昨晚在父母旧屋里待着,突然想起这许多的问题,若是你不想让我继续有此想法,最好是讲讲以前给我听。"

司马逸轩倒了杯茶水给丛意儿,微笑着说:"来,先喝杯水。首先,你母亲比我年长许多,且没有交往,如何有男女之间的私事?但是,我师父对你母亲用情极深,一直认为是丛家的人害死了你母亲,这是为什么我对丛府的人一直不友善的原因之一。当时你母亲和你父亲之间生了误会,你母亲并没有解释,她说,若是相爱的人彼此之间无法信任对方,就算解释可以消除误会,却消除不了心里的怀疑。若是知道要心碎,不如先藏了自己,没有可以伤心的身体,心就不会碎了。你母亲怀了你被关入禁地之后,没有说过一句话,直到死。你父亲无法原谅自己,追随而去,独留下你。而这一切,完全是由丛夫人所致。若不是你母亲临死前曾经让我师父答应不要惩罚任何人,此时,丛府里只怕早就没有活人了。"

丛意儿轻轻点了点头,说:"你师父是不是因为我体内流着我父亲的血而不愿意把我带离丛府,同时也因着我的缘故,一直对丛府的人并不追究到底?"

司马逸轩点了点头,轻声说:"我想应该是吧。"

丛意儿轻轻叹了口气,说:"我觉得丛惜艾如今迫切地想要我嫁给司马溶,甚至不介意司马溶越来越重视我,为的只是让现实使她名正言顺地放弃她的未来,这样她可以坦然地和家人交代,然后心安理得地嫁给她爱的你?"

司马逸轩喝了一口酒,说:"我不爱丛惜艾,她嫁我,不如嫁司马溶。在你没有进入司马溶心里之前,丛惜艾是他的唯一。"

"听说丛惜艾是天意注定要嫁给皇上的人,除非司马溶不做皇上,否则,她必须得嫁。对啦,若是你做了皇上,她肯定会嫁给你。"丛意儿说。

"哈哈——"司马逸轩忍不住一笑,说,"意儿,难道你相信那些占卜师的话吗?他们真的可知世事源由吗?其实,我一直在怀疑,当时被抱入皇室的到底是你还是丛惜艾?我记得有一个细节,你母亲把你交给你父亲的时候,曾经在自己手腕之上取出一串黑色的链子戴在你的手腕上。当时因为你幼小,手腕很细,所以手链是缠了两圈才戴上的。你母亲只说,但愿你是有缘之人,可配得起这祖先留下的物件。当时在襁褓中的婴儿的手腕上好像就有一缕黑色的物件,但因为手放在被中,所以没看清楚。如果我没有猜错,当时被抱入宫中的是你而非丛惜艾,那么注定要嫁给未来皇上的人一定是你而不是丛惜艾,而且,是你帮了司马溶,让他成了未来皇上的人选。如果没有你当时用你父母亲留给你的物品帮忙,司马溶也没可能那么容易成为大兴王朝的未来皇上的人选。其实,若论资质,司马溶并不是最好的。"

丛意儿突然站起身,对司马逸轩说:"你且等我一会儿,我去去就来。"说着,身影已经消失在司马逸轩视线之外。

司马逸轩赶上丛意儿,发现她在几棵树前转来转去。他估算了一下路程,心中顿了一下,丛意儿的轻功应该要在蝶润之上。她不是不会武艺的吗?难道她母亲把剑谱留给了她?

丛意儿在几棵树之前转来转去,她突然想起那晚的梦,梦中,那个无助的丛意儿一个人待在风雪中的时候,她的手腕上确实有一串手链!一串黑色的手链,她在梦中忽略了,但是,司马逸轩一提起,她突然想起了梦中的细节,而且,她还清楚地记起,当丛意儿在梦中把司马溶丢给她的披风盖在自己身上的时候,她的手腕上突然没有了那串手链。如果没有猜错的话,当司马溶还没有出现的时候,丛意儿一定以为自己要死掉,所以,她把手链埋进了土里。她不愿意自己母亲的遗物落在任何外人手里,一定是这样的。只是,此时,她倒要想想是哪棵树?!

"司马逸轩,你还能够想起,当时你一箭射死一只野狼的时候,是在哪棵树附近吗?"丛意儿转头看着司马逸轩,很认真地问。

司马逸轩一愣,有些不解地看着丛意儿。

丛意儿轻轻叹了口气,时间已经很久了,司马逸轩应该想不起来了。她闭上眼睛,抛却所有杂念,努力让梦中的情节一点一点地再现。那串手链到底在什么时候开始不见的?在这之前,到底丛意儿在梦中做了些什么?!

"借你的剑用一下。"丛意儿对司马逸轩说,"此时没有工具,我要找一样对我来说非常重要的物件,可否借你的宝剑在这地下挖一个洞?那年,我只有十岁,因为重病被丛府的人扔在这儿。我当时就倚在这棵树上,你一箭射来,把一只要从后面袭击我的野狼射死,救了我一命。你送给司马溶的披风因为沾了野狼的血而被司马溶给了我,使我避了风寒,得以活下命来。当时我一定是把手链埋在这棵树的旁边。我当时气力微弱,根本无力做任何事,所以,我应该就埋在我所靠树木的伸手可及之处,并且埋得不深,如果可以,应该很容易就可以找到。"

司马逸轩虽然有些意外,但仍是把剑递给了丛意儿。丛意儿拿着剑,犹豫一下,倚着树坐下。地上仍有水,让裙子上沾了些雨水,有些潮湿之意。丛意儿忽略不计,集中精力想,当时所靠位置,当时年龄和身体状况,以及伸手所及之处,尝试着挖下去。"应该是这样,当时我体力已经消耗殆尽,根本不可能做什么更

第十章 情深义重 世人白眼何关我

157

多的运动。我应该是这样,就近选个地方,挖个不太深的洞,把我母亲交给我的东西收起来埋起来,等待下个有缘之人。在此之前,我应该没有中毒情形,那个手链应该有解毒之用,我埋了手链之后,才变得疯癫!因为——真的在这儿!"挖了不久,地下出现一个锦布包裹的小包,不大,很小,上面有泥土,但包裹得很好。打开,丛意儿的心几乎停止了心跳,慕容枫的手链在这儿,她真的是灵魂的轮回!

"我不嫁司马溶,若他真的是大兴王朝未来的皇上,我宁愿消失在他视线之中。"丛意儿拿着手链,不知该高兴还是该悲哀。

司马逸轩看着丛意儿手中的手链,轻声说:"但是,是你让司马溶成了未来皇上的人选,难道这真是天意注定?"

"我是用什么办法让司马溶成为未来皇上人选的?"丛意儿不解地问,"我不过是一个小小的女子,怎么有权力可以确定未来大兴王朝的皇上人选?这可是事关一个国家的存亡大事,岂可儿戏?"

司马逸轩愣了一下,说:"明明是你帮了他,为何你却不记得是什么?意儿,你似乎真的有些奇怪。"

丛意儿说:"我确实想不起是如何珍贵的东西可以让司马溶成为未来的皇上,左右大兴王朝的前途,或许,我不过是无意,反而促成了一场本不应该发生的事情。"

司马逸轩轻轻说:"大兴王朝初建时,第一位皇上是司马希晨,这在大兴王朝的历史上有记载。司马希晨是一位武林高手,他是清风剑的传人。他的父母是一对江湖佳侣,尤其是他的母亲,原是一位异族的公主,她有一块家传的宝玉,是她母亲家中历代女子一直贴身佩戴的宝玉,可以说这块宝玉几乎是用人气养成。因为司马希晨没有姐妹,在后来这块宝玉传给了司马希晨的妻子叶凡,也就是大兴王朝的第一位皇后,叶凡辞世后这块玉就随她一起消失。大家只在一幅珍藏在宫中的叶凡的画像中见过此玉,画中的叶凡身着夏装,颈上悬一玉。这是大家对这块玉的唯一印象。"

"难道后来的慕容枫也无缘得此玉吗?"丛意儿不解地问。

司马逸轩摇了摇头,说:"没有,大兴王朝史书上再无对此玉的记录,但是,就在我兄长确定要在四个皇子之中选择一位未来皇上的继承者的时候,那块玉却突然出现在司马溶手中。据说是司马溶在外出游玩的时候,无意中在路上拾到的。当时我兄长看到的时候立刻叫去了我,宫中占卜的师父断言是先皇许了司马溶,也就成就了司马溶的身份。那块玉在确定了皇子人选的时候再次突然消失,原本我兄长是特意派人珍藏了起来,可就真的不见了。"

"那你为何那么确定是我帮了司马溶?为何你们要用这种方式确定未来皇上的人选,而不是根据四位皇子的实际能力来确定?大兴王朝既然可以同时出现四位皇子,这四位皇子应该都是相当出色的人才对。"丛意儿不解地说。

司马逸轩微微一笑,说:"那块玉上所用的红绳与我剑上悬玉的红绳是同一根,这红绳是师娘特意选用最上等的蚕丝缠绕成线,坚韧无比,又柔弱如丝。我师父把它分成两根,一根用在我的剑上悬挂我剑上的这块玉,算是我入门的礼物;一根在你三岁生日的时候悄悄缠绕在你的头发上,希望保佑你平安无事。所以,我自然认得,虽然我没有见过你佩戴你那块玉,但我却绝对不会认错这根红绳。"

丛意儿说:"那玉是何等模样?或许是有人用了同样的红绳呢?而且我也不记得我现在还藏有那根红绳,说不定是我无意遗失了却偏偏有人捡了去,用在了玉上。"

"那玉乍看并不出奇,在画上所见,和在现实中所见,那只是一块温软的玉,可是,那玉真的拿在手中的时候,你会觉得,它是活的。那玉随了它的主人,就不肯再换,除非有缘。"司马逸轩看着石桌外隐约再次有些密集的雨,轻声说,"那玉若细看,玉心就如这雨,你感觉到里面有水在流动,如美人泪,如山中泉,如此时雨。"

丛意儿下意识地把手放在自己胸前。她胸前有一块玉,听父母说起过,她出生的时候,是医院里一位很有名气的老者接生的。那老者终生未嫁,人却优雅从容。也是二人投缘,在她出院的时候老者送了一块玉给她,说是她出生的那天自己来上班的路上无意中看到,觉得漂亮就买了送给她,希望可以带给她好运。虽然玉看起来并不珍贵,但也一日日戴了下来,很奇怪,到了这儿后,那块玉是唯一随她一起到了这儿的东西。甚至包括所拴的红绳都是她到现在也没有更换的。

想到这儿,她立刻去看司马逸轩的剑。她自己佩戴的玉她自己晓得,那根红绳她看了许多遍,现在看,司马逸轩剑上悬玉的红绳与她挂玉的红绳确实是完全一模一样!

不会吧,叶凡的玉,慕容枫的手链,怎么可能同时让她一个人拥有呢?可是,如果皇上真是司马溶,她宁愿丛惜艾是灵魂的轮回!

司马逸轩疑惑地看着她,犹豫了一下,问:"你不会是要告诉我,此时那玉仍然好好的在你身上吧?"

"司马逸轩,你不要问我,此时,我心中也是疑惑不解,为何,偏偏是我而不是别人。"丛意儿轻声问,"我以前真的很喜欢司马溶吗?"

"是的。"司马逸轩端起酒杯一饮而尽,笑了笑,说,"其实以前我并不太常见你,倒是你经常跑到宫里去找司马溶,他常常会去找我抱怨。听他说得多了,有些事情就听入耳中了。你们的情形有些奇怪,以前的时候是你死缠烂打地缠着他,如今倒换成他日思夜想地放不下你。"

159

丛意儿点了点头,轻轻叹了口气,淡淡地说:"只是不知道他可曾有些喜欢过丛意儿,也不枉当时那么痴心地许下终生。"可怜旧时的丛意儿,所付出的感情,是否值得。

司马逸轩一愣,脱口说:"原来你还是放不下。"

丛意儿一愣,说:"什么放不下?你不会以为我喜欢司马溶吧?当然,似乎应该是我喜欢司马溶才对。可是……算啦,我也说不清楚,可能以前是喜欢吧,但现在我好像不知道以何种理由继续喜欢他。若不喜欢,似乎心中又怕辜负了这身体的主人;喜欢了,又怕误了这灵魂的终生。"

司马逸轩不解地说:"你的说法很奇怪,身体和灵魂不都是你吗?为何要分开来说。你似乎是一个谜。"

丛意儿轻轻一笑,说:"猜谜不是太有趣的事情,要费神费脑的,不如你且放开。"

司马逸轩看着丛意儿,一字一句地说:"意儿,你让我动了心,无法再放手,你的心能否只为我而在?若你不爱司马溶,就不要让误会再继续下去。我是个自私的人,我要我们彼此只为对方而在,你可肯答应?"

丛意儿一时不知该说什么才好,只是呆呆地看着司马逸轩。他说出这样大胆的话,确实在她意料之外,她有做好接受他的爱的准备吗?

"你不需要考虑任何问题,所有要面对的问题我会一一解决,你只要好好的用心爱我就好。"司马逸轩安静地说,"你是第一个让我想要好好拥有并娶为妻子的女子,无论如何,我不会放手!你,是我的女人!"

"意儿!原来你在这儿。"司马溶喜悦的声音传入二人耳中,并且接着听到一声恼怒的声音,"皇叔,您在做什么?!"

看到司马逸轩握着丛意儿的手,司马溶心中的喜悦一下子消失,他的声音从喜悦变成恼怒,完全没有跨度。仿佛是垂直的。

司马逸轩安静地看着司马溶,并没有松开丛意儿的手,似乎完全没有看到司马溶的存在,而是微笑着说:"意儿,凡事交给我处理。"

丛意儿说不出一个字,她也不知该如何说。

"放开意儿。"司马溶上前一步,想要伸手去拉丛意儿。

司马逸轩并没有看司马溶,他的目光依然温和地看着丛意儿,语气淡淡地说:"司马溶,意儿二字可是你叫得的?"

"皇叔,您……您什么意思?!"司马溶觉得一股巨大的力量阻挡了他的前进,他不得不停下脚步,恨恨地看着司马逸轩,"意儿她是我的皇子妃,我为何叫不得?您本是我的皇叔,也就是意儿的长辈,却处心积虑地勾引意儿,您的目的到底是什么?!"

"本王已经让你在意儿和丛惜艾之间选择，你一直犹豫，你根本不配意儿的爱。"司马逸轩始终握着丛意儿的手，目光也始终没有离开丛意儿，语气也始终不急不躁，"她何时是你的皇子妃？你的皇子妃是丛惜艾。你曾经对本王说，你们是天意注定的一对，你可曾记得？不会此时不肯承认你一直深爱着丛惜艾吧？"

司马溶一窒，瞠着眼，恼怒地说："皇叔，父皇敬让您，侄儿尊重您，并不代表您就可以在大兴王朝为所欲为！您若把事情做得太过分，照样会惹来麻烦！意儿她是侄儿未来的皇子妃，您，插不得足！侄儿这就去向父王说起，侄儿要立刻娶了意儿为妻！"

丛意儿心里有着她自己也不知道的挣扎，身体和灵魂交织着取舍，司马逸轩的爱情如此直接，没有任何的前奏，就这样认真地要了她的一生一世。而身体却对着司马溶有一份不能完全抗拒的犹豫，旧时的丛意儿的意念似乎隐约存在，毕竟是爱了这么久的一个男子，如今想要好好的爱。因此，丛意儿身心突然变得茫然。

"意儿，我们走！"司马溶猛地冲上前。他自知自己的武艺不如司马逸轩，但看着丛意儿的手握在司马逸轩的手中，却让他有着说不出的嫉妒。他一下子拉住了丛意儿的衣袖，"我们此时就去见过父皇，我要请父皇答应我们的婚事。我收回我的话，我等不到你再次答应我，因为，我不容许任何人再打你的主意，就算你恨我，我也要带你去见我父皇，哪怕要动用权势！"

司马逸轩轻轻一带，丛意儿身子一晃，衣袖从司马溶手中挣脱，她的身体被司马逸轩轻轻带到了身后，"司马溶，若本王要娶意儿，天下就没有人可娶到意儿。不信，你不妨试一试！"

"放开意儿！"司马溶倾身向上，竟然不顾对方是自己的皇叔，并且武艺高过自己，出招相逼。

司马逸轩带着丛意儿身形一纵，避开了司马溶的招式。

"溶儿，你在做什么？！"

司马溶一回头，看到皇上正一脸错愕地看着他，皇后也正茫然地看着他们；丛惜艾微垂着头，似乎在掩饰自己的悲哀，那眼睛里竟然有泪水在强忍；其他人也同样表情讶然地看着他，天，这二皇子是怎么了，竟然和轩王爷动起手来？！

"父皇，孩儿正要前去找您，求您成全孩儿一个愿望！"司马溶不想多做解释，坚决地说，"孩儿想请父皇答应孩儿即刻娶了意儿为妻，孩儿要请父皇准许孩儿立意儿为孩儿的皇子妃。"

皇上刚要说话，却听到司马逸轩用淡淡的语气却不容置疑地说："意儿是本王的女人！"

所有在场的人一时无声，只有雨和风在空气中轻轻流动。

丛惜艾面色苍白,呆呆地站立着,身体微微晃动,眼泪夺眶而出,牙齿轻轻咬着嘴唇,却咬出了血痕。她努力想要坚持站稳,但却无法让自己的身体听从自己的意志,终于眼前一黑,一下子歪倒在地上。大家全在错愕之中,竟然没有人反应过来。

皇后正巧与她一左一右站在同一个位置,看到丛惜艾一下子摔倒在地上,脱口说:"惜艾——来人,快来人!二皇子,你,你——唉,轩王爷,您——这是怎么了?!"

司马溶看到倒在地上的丛惜艾,似乎是清醒了些,他心中有些隐约的歉意——只注意这样着急于丛意儿,竟然忘了还有一个丛惜艾。

"溶儿,你太任性了!"皇上有些生气地说,"你这是怎么了,好像中了邪一般,丛意儿她到底有什么好的?你与惜艾青梅竹马,怎么说忘记就忘记了,当着惜艾的面,说得如此在乎丛意儿,你真是一点也不考虑惜艾的感受。"

司马溶站着,没有说话,看着奴仆们把丛惜艾搀扶起来,送到软轿上坐下。通过敞开的轿帘,他可以看到丛惜艾面色苍白无力地靠坐在轿内。他心里一紧,但回头再看到依然握在司马逸轩手中的丛意儿的手,恼怒地说:"孩儿知道,如今孩儿说的是意儿不是惜艾,孩儿与惜艾有婚约孩儿定会履行,但孩儿如今要先娶的是意儿。请父皇允准!"

皇上一愣,抬眼看着站在司马逸轩身后的丛意儿,有些茫然不解,这几日是怎么了,原来司马溶唯恐避之不及的丛意儿,什么时候开始成了司马溶如此在乎的一个女子?又怎么会和自己的皇弟在一起,而且看样子二人关系亲密,甚至听到皇弟说要娶她为妻?

"皇弟?这是怎么回事?"皇上犹豫了一下,轻声问。他深知司马逸轩历来是想要如何就如何,根本由不得别人来左右。

司马逸轩淡淡地说:"没什么,只是我要娶意儿为妻。"

皇上盯着丛意儿,此时的丛意儿也是一脸的茫然,看着面前的众人,不知说什么才好。皇上打量着她,眼中有些疑惑,那一日这丫头在正阳宫里冲撞自己的时候,他就已经觉得这丫头与往日不同,今日细看,才发现这丫头果然生得好看,虽然不如丛惜艾精致美丽,但更多些清新脱俗的雅致气质,仿佛一切天生,瞧着很是令人感到舒服。她看来极是舒服和熟悉,却说不出熟悉在哪儿?!

是啊,为什么她看来如此熟悉?好像在哪里见过一般?

"不行,意儿她绝对不可以嫁给您!"司马溶大声说,"如果她嫁给您,那就是乱伦!"

司马逸轩淡淡一笑,说:"司马溶,你何曾肯向天下人承认过意儿原本是要嫁给你的?你,一直不耻于她,现在,你就能保证你可以全身心给她爱?"

司马溶一愣，天下并没有多少人知道丛意儿要嫁给他，天下人知道的是丛惜艾是未来的皇后人选，是要嫁给未来要做皇上的他的！

"皇叔，您说的也许不错，侄儿之前确实对意儿不妥，但是，侄儿绝对不会让意儿嫁给您！"司马溶恨恨地说，"您现在放开意儿。"

司马逸轩的手依然握着丛意儿的手，"司马溶，大兴王朝可以左右本王的人，只怕是还没有生出来，就算你做了大兴王朝的皇上，也吩咐不得本王。"

司马溶低下头，过了好半天，才说："如今我确实抗衡不得您，但是，假以时日，侄儿绝对不会让此日之事再重演。意儿，我知你不是情愿如此，你没有皇叔的武艺，也恨着我以前对你的疏忽，这全是我的错，日后我一定会好好补偿你。如今你落在皇叔手里，我救不得你是我的无能，但是，你一定要记得，不论以前我如何疏忽你，那是以前我的错和不是，如今你在我心中已经有了一席之地，你已经变得对我重要起来，我绝对不会放手。"说完，竟然不理任何人，转身就走。

司马逸轩淡淡地说："意儿，司马溶为了你，完全忽视了丛惜艾的存在。意儿，你所许一生一世的爱，于我于他都是难遇难求。"

丛意儿有些茫然，这局面，她似乎并没有想象过，她该如何？

"意儿，"皇后突然轻声说，"轩王爷，本宫可以带意儿到正阳宫坐坐吗？"

司马逸轩淡淡地说："意儿有她的自由，但是，此时，不行！本王不想意儿面对任何问题，所有问题是属于本王的，若是有想说的，此时可以说在当面，不必把意儿带去责问。"

皇后一愣，低下头，丛意儿，怎么突然间成了大兴王朝最不可捉摸的男子的心上人？如果说司马溶对丛意儿动了心，有些不太能接受但尚不觉得有多么错愕的话，对于司马逸轩喜欢上丛意儿，她简直是觉得这根本就是不可能的事！

一声冷酷的声音传入丛意儿的耳朵中，那声音听来熟悉而且陌生，仿佛用尽了全部的心力，冷冷地传入她的耳中，"丛意儿，我绝对不会放过你！"

丛意儿将目光移到软轿内，看到丛惜艾正冷冷地看着她，目光中有着怨毒之意。那声音一定是来自她，她竟然恨到不肯再在自己面前伪装！

"皇弟，"皇上犹豫了一下，看着司马逸轩和丛意儿，轻声说，"你和溶儿竟然会为了一个丛意儿反目，这在朕的意料之外。你也是一个久经情场的男子，什么样的女子没有见过，为何偏偏喜欢这样一个青涩的小女子？而且，她还是那样的任性张狂，这一时不过是难得的安静下来，难道就可以让你动了心不成？"

司马逸轩面色平静地说："这是我的事情，不必向你交代。你们如何看待意儿是你们的事，我如何看待她是我的事。"

皇上顿了顿，轻声说："好吧，既然如此，时辰也不早了，朕还要陪着皇后去进香，其他无关的人就先回去吧。"

看着丛意儿跟着司马逸轩安静地离开,丛惜艾整个人似乎是僵硬的,她呼吸不得,甚至不知道自己是活着还是死掉了。

"惜艾,你没事吧?"皇后走过来,轻声问。

丛惜艾连摇头的气力都没有,她不知道说什么才好,难道她能够告诉自己的姑姑,她并不是因为司马溶的选择而难过至此,而是因为司马逸轩选择了丛意儿而难过绝望?!她是未来的皇后娘娘的人选,她注定要嫁给未来的皇上,不论司马溶是不是一个合适的君王人选,不论她爱不爱司马溶,嫁给司马溶都是她唯一的选择。只是,为何此时的心会疼成如此模样?当年中了蕊公主的毒也不曾如此难受过!

皇上站在那儿,突然说:"这个丛意儿真是太过可恶,竟然胆大妄为到如此地步,竟然敢引诱朕的皇弟!皇弟也是,好好的什么人不可以爱,偏偏要喜欢溶儿喜欢的人,溶儿也是,什么时候他变得如此在乎丛意儿了?!这丫头,绝对是个祸端!朕一定要收拾她,就算是皇弟此时这般的珍惜,过了些日子,他也就不再觉得新鲜了。"

皇后没有说话,心里却觉得,这一次,司马逸轩好像不仅仅只是觉得新鲜好玩这般简单,他似乎是真的对意儿动了心。

丛惜艾突然哭泣着说:"皇上,求您救救意儿吧,她只是一个单纯无知的女子,若是她真的嫁了轩王爷,会害了她一生一世的。皇上,轩王爷对她只是一时的新鲜,若是过了这个新鲜劲之后,意儿她要如何安置自己?求皇上和皇后娘娘一定要帮帮意儿,若是救不得她,惜艾宁愿替意儿嫁给轩王爷,只求能够让意儿幸福就好。她是叔叔和婶婶的唯一血脉,若是她出了意外,丛王府要如何面对九泉之下意儿的父母?!"

皇上一愣,温和地说:"惜艾,朕知道你的心思,不要难过,朕一定会帮你的,皇后娘娘也不会不管不问的。只是此时,皇弟他正在兴头上,只怕是不会听人劝。你也不要胡思乱想,就算你肯替丛意儿嫁,问题是皇弟他肯答应吗?不论他是不是一时新鲜,会不会始乱终弃,他此时感兴趣的是丛意儿,任何人也替代不了的。你的脸色看起来不好,还是先回府里歇着吧,丛意儿的事情朕自然会想办法解决的。不过,以她此时的情形,是断断不可以再嫁给溶儿的。如果有一天,她被皇弟抛弃,也只能说是她自找的,溶儿如此在乎她,她不嫁,偏偏要嫁一个风流成性的人,这也是天意注定,由不得朕做主的事情。"

丛惜艾呆呆地坐在轿上消失在皇上和皇后的视线中。

皇上叹了口气,说:"真是可怜。"

皇后有些茫然地说:"这到底是怎么了,原来是大家唯恐躲之不及的丛意儿,怎么突然间成了轩王爷和二皇子争夺的对象,甚至叔侄二人不惜反目?!早知道,就早早让意儿嫁了,此时也就少了这许多的事情,拖着不让她嫁过来,拖成了这等麻烦,实在是头疼。皇上,您倒是要如何处置此事呀?"

丛惜艾木木地任人送回丛府,她苍白的脸色和绝望的表情把丛夫人吓了一大跳,不晓得出了什么事情,一时不能维持平静,着急地问:"惜艾,出了什么事情,你的脸色怎么这么差?"

丛惜艾看着自己的母亲,突然间觉得无比的委屈,泪水夺眶而出,扑进母亲的怀中,顾不得周围还有一些奴仆,哭了出来,"母亲,惜艾要怎么办才好?"

"到底怎么了?"丛夫人示意周围的人退下,扶着自己的女儿坐下,看着女儿伤心欲绝的模样,心疼地问,"是不是二皇子做了什么让你难过的事情,还是丛意儿又招惹了你?"

丛惜艾哭泣着说:"不是二皇子,他还不足以让女儿如此难过和绝望。是丛意儿那丫头,她竟然要嫁给轩王爷。她怎么可以这样?她怎么可以喜欢轩王爷?"

丛夫人一愣,起身四下里看了看,确定没有外人,才仔细关好门窗,再走回到自己女儿的跟前,轻声说:"惜艾,丛意儿那丫头要嫁给轩王爷,你为何要难过成这个样子?为娘正在替你担心,虽然你和二皇子是自小青梅竹马一起长大,但是,也不晓得丛意儿那丫头用了什么花招,迷惑得二皇子如今对你生分。为娘正在担心二皇子会为了那丫头忘记了你,如今她要嫁给轩王爷,对你来说不是最好吗?那轩王爷是个风流成性的王爷,什么样的女子他没有见过,怎么会喜欢丛意儿那丫头,不过是一时新鲜而已,你何必替她难过!"

丛惜艾茫然地说:"女儿不是替那丫头难过,而是替自己难过,因为女儿一直喜欢的是轩王爷,并不是二皇子。"

丛夫人目瞪口呆地看着自己的女儿,哑然无语,只觉得脑袋里一片空白,好半天才呆呆地问:"你刚刚说什么?你说,你喜欢轩王爷,你,你——这到底是怎么一回事?你不是一直喜欢着二皇子的吗?怎么会突然说你喜欢轩王爷?!这到底怎么了?!"

"女儿从来不曾喜欢过二皇子。要嫁他,只是因为女儿知道女儿只能嫁给未来的皇上,这是女儿的命。"丛惜艾看着自己的母亲,一字一句地说,"女儿不喜欢二皇子,从来不曾喜欢过他。在女儿眼中,他只是一个还没有长大的任性的孩子。女儿喜欢轩王爷,从看见轩王爷的第一眼,女儿的心中就再也没有别人的影子。女儿喜欢轩王爷的冷静成熟,喜欢轩王爷的一切一切,甚至包括他的风流!女儿所做的一切全都是为了轩王爷,不论是学文还是学武,全都是为了可以引起轩王爷的注意,甚至嫁给二皇子,除了命运的安排外,也是为了可以有机会接近轩王爷。纵然女儿不能嫁给他,却可以在成为未来的皇后之后,随时可以在宫里见到他,这对女儿来说也已经是一种满足。可今日轩王爷却当着众人的面和二皇子反目,为的就是丛意儿。他竟然爱上了丛意儿!丛意儿有什么好的,她哪里比得上我?可为什么他不喜欢我,却偏偏喜欢那个蠢丫头?母亲,惜艾要怎么办?"

丛夫人伸手揽住自己的女儿,泪水落了下来,轻声说:"惜艾,你怎么这么傻。二皇子他有什么不好,虽然他此时不够成熟冷静,不能够让你觉得他可以独当一面,但当他成为大兴王朝的皇上的时候,现实的残酷会让他一日一日变得成熟,成为你心仪的男子。而且他是那么在乎你,从小就喜欢你,你是他选择皇子妃的唯一,甚至为了可以保住你的皇子妃的位子,难为他自己娶他一直讨厌的丛意儿为妃。轩王爷他是个风流成性的人,他无法专心只爱一个女子的。"

"可他肯娶丛意儿!"丛惜艾麻木地说,"母亲,女儿要立刻嫁给二皇子。二皇子可以成为大兴王朝未来的皇上,如果女儿可以成为皇后,一定有办法可以让轩王爷后悔此时的选择!"

丛夫人愣了愣,犹豫了一下,轻声说:"你刚才说丛意儿要嫁给轩王爷,你确定吗?"

丛惜艾面无表情地点了点头,说:"自然是真的,这种事情开得了玩笑吗?是轩王爷当着众人的面说的,自然是不会错。你又不是不晓得轩王爷的脾气,他若是想要做的事情,有谁可以左右和改变?纵然是当今的皇上也无能为力,只能答应!"

丛夫人的脸色变了好几变,表情严肃地说:"惜艾,你能不能够忘记轩王爷,好好地嫁给二皇子?"

丛惜艾面无表情地看着自己的母亲,漠然地说:"这是女儿的命,女儿不想嫁又能如何?"

"二皇子在几个皇子中资历并不是最好的,但却是最有奇缘的。他能够成为未来皇上的人选,有着他命中注定的机缘,所以,不论你想嫁还是不想嫁,你都得嫁,因为,这——关乎你的一生,哪怕只是为了你心中想要复仇的念头,也要嫁。"丛夫人轻声说,"为娘为了你,费尽了心机,有些事情,为娘一定要告诉你,你听了之后一定会理解为娘的苦心。"

丛惜艾麻木地看着自己的母亲,没有说话。

"丛意儿她肯定嫁不成轩王爷,这一点你大可以放心。她只能嫁给二皇子,但是,如今她和轩王爷纠缠在一起,肯定会影响到她以后在宫里的位置,想必此时皇上对她就一心的不满。但是为娘发现二皇子对丛意儿却很有意思,甚至忽略了你的存在,他每次来的时候,注意力都放在丛意儿的身上,这让为娘很是担心。"丛夫人温柔地说,"有一件事情为娘想要告诉你,——你和丛意儿年纪仅差几日,为娘生下你的时候,丛意儿的母亲也生下了丛意儿。在你们满周岁的时候,先皇下令带你们进宫,并让宫里人抱你们进正阳宫。当时如今的皇上还没有继位,还只是一位皇子。因为丛意儿母亲的事情,丛意儿还算是有孝在身的人,并不能够让先皇和皇后娘娘看到,就下旨只把你抱进去。但是,当时却出了一点意外,来抱你的公公弄错了你们二人,把丛意儿抱进了正阳宫。宫中占卜的人一见到襁褓中的丛意儿,就对先皇和皇后娘娘说,'此女子绝非俗胎,她,将是未来大兴王朝的皇后娘娘,她有着大兴王朝两位传奇皇后的庇护!'没有人想到你们二人被弄错了,为娘也不敢声张,因为若是被先皇和皇后娘娘知道了,为娘可是欺君的罪,所以也就默认下来,反正此事对你只有利没有弊,而且也因此你父亲被先皇委以重任,并陪伴在当时尚未登基的皇子爷,也就是如今的皇上左右。所以,丛意儿只能嫁给二皇子,因为二皇子是未来的皇上人选,除了二皇子,她嫁不得任何人!轩王爷是个不喜欢权位的人,若是他想做皇上,此时根本就不会有现在这位皇上的事。你不用伤心,就算是轩王爷真的喜欢丛意儿,他与丛意儿之间也终究是有缘无分!但是,为娘却希望你可以坐位正宫,当时既然已经有了误会,我们就得让误会变成事实。你可懂得为娘的心思?"

丛惜艾看着自己的母亲,眼睛里渐渐有了生气,突然间笑了笑说:"谢谢母亲告诉女儿这些,女儿知道要怎么做了。"

丛夫人松了口气,说:"为娘知道你是最明白事理的人,知道就好了,不要伤心难过了,去躺下歇息歇息吧,皇上肯定会让二皇子重礼聘你,这一点,为娘一点也不担心。你毕竟是大兴王朝最出色的女子,不娶你的话,那二皇子可真是大错特错了!"

丛惜艾唇边带笑,点了点头,说:"女儿知道。女儿确实有些累了,女儿要好好睡一觉。"

丛夫人微笑着说:"好吧,那为娘就不打扰你了。"

"只是,母亲,若丛意儿才是天意注定的皇后人选,却为何她是如此的不堪?"丛惜艾在床上躺下,闭着眼睛,轻声问。

丛夫人轻轻替自己的女儿掖好被角,温柔地轻声说:"她无法做好她自己,为娘怎么可能让她胜过你?你不要想太多了,好好睡吧,或许醒来还有许多的问题要解决呢。"

轩王府中,丛意儿看着窗外的花花草草,突然想起什么,走出去,迎面碰到甘南,随口问:"轩王爷呢?我怎么没见到他,有些事情要和他商量的,他有些时辰没露面了。"

甘南微笑着说:"姑娘不要着急,刚刚皇上下旨请王爷到宫里去一趟,王爷临走的时候吩咐过属下,等姑娘醒了后,一定要告诉姑娘,不要担心,他去去就来。"

丛意儿点了点头,这很正常,自己在轩王府里可以安安稳稳地睡上一觉,是因为她此时待在轩王府里,没有人可以接近她,但是,有许多的麻烦和问题却必须要面对,轩王爷不让她面对,他就必须面对,他被皇上叫到宫里,一定是去处理那些麻烦去了。只是,这些人为的麻烦可以解决,天意可以改变吗?丛意儿,是天意注定的皇后娘娘人选,而司马溶现在是未来皇上的人选,除非司马逸轩肯做皇上,否则,她只能嫁给司马溶。不知为什么,到了大兴王朝,她开始对天意不再怀疑,有些事情,真的不是人意可以左右的!

司马逸轩安静地看着司马溶,面带微笑。司马溶还真是够胆大的,为了能够见到他,竟然可以假冒皇上的旨意,让宫里的公公宣他速速进宫。为了丛意儿,司马溶的变化也是惊人的。他憔悴了许多,才短短数个时辰,他的脸上已经有寂寞和疲惫的感觉,他在强压着心里头的愤怒在和自己商量。

司马溶看着自己的皇叔,司马逸轩俊眉朗目,透着一份成熟内敛的高贵气质,那么自信坦然地看着自己。丛意儿喜欢他,并没有什么好奇怪的,很少有女子不喜欢皇叔的。虽然皇叔大不了自己几岁,可是却有着自己不可比拟的经历。司马溶喝下一口酒,冷冷地说:"皇叔,用这种办法请您来,实在是没有办法。如果侄儿亲自请您只怕也请不来您,但为了意儿,侄儿只能出此下策。"

司马逸轩淡淡一笑,说:"好,能够想出这种办法见本王,可见你也花了心思,可是,除了意儿,什么都好说,若是为了意儿,就什么也不要说。意儿,她是本王的女人,容不得任何人再念及,纵然你做了未来的大兴王朝的皇上,也是徒然!"

司马溶再喝一杯酒,冷冷地说:"此时侄儿还无法与你抗衡,这个侄儿承认,侄儿也不敢招惹您。毕竟在大兴王朝,何人不知,您的权力绝对不在我父皇之下,侄儿哪有能力对付您?但是,侄儿要说的是,纵然现在您利用您的权力硬娶了意儿,终有一天,侄儿也要抢回来,侄儿与您,这梁子是结下了。侄儿也要说句狂话,此时赢不得您,可是,当侄儿做了皇上的时候,侄儿就可以赢得了您,您可相信?"

司马逸轩淡淡一笑,说:"司马溶,你对意儿真是动了心,只是可惜你的心动得太晚。在你可以爱意儿的时候你没有爱,在你可以选择意儿的时候你没有选择,在本王犹豫的时候你没有勇敢的去爱。如果说本王没有犹豫,你自然是不信,本王并不想因为一个女子与你反目,但是,意儿,值得本王这么做。本王认定了意儿,你就再也没有机会,此时,你同样可以回答本王一个问题,如果在意儿和丛惜艾之间你只能选择一个,你会选择谁?还是仍然寄希望于可以两全其美?你舍不下当舍的,自然是得不到当得的!"

司马溶冷冷地说:"意儿嫁不嫁我与我娶不娶惜艾没有关系。"

司马逸轩面色平静地说:"司马溶,你的心痛得还不够。你现在还不知道自己到底想要什么,等到你明白了自己的心的时候再来与本王说三道四吧。看此时时辰,意儿应该已经醒来了,本王不希望她睁开眼的时候找不到本王,本王要走了。"

司马溶没有说话,只是看着司马逸轩离开,手中的酒杯一次一次地变成空的,仿佛他的心,被一次一次地掏空。他无法阻拦司马逸轩离开,面对皇叔的强势,他突然觉得自己是如此的不堪!他觉得心中有火想要发出来,却硬生生地咽了回去。他是一个皇子,一个未来的大兴王朝的皇上,他不可能像个寻常百姓般,遇到了事情就冲动,而且他所面对的司马逸轩,是大兴王朝最出色的男子,是一个就算是不说话也令人心动的男子。相比较下,他此时仍然青涩!

"主子,"李山轻声说,"这酒喝得多了并不解决问题,您的酒量并不能够让您如此没有节制。恕奴才直言,您还是娶了丛家大小姐的好,至于她的妹妹,还是罢了吧。"

司马溶抬眼看着李山,眼中已经有了一些醉意,恍恍惚惚地说:"哼,若是如你所说,可以放得下,哪里需要喝酒? 惜艾我是要娶的,但意儿却是我绝对不会放手的,她对于我来说,是一种无法放得下的诱惑,她的存在,令我觉得我活着是一件很有意思的事情!"

"那就舍了惜艾吧。"一个温柔的声音在门外响起,继而看到一身淡绿长裙的丛惜艾安静地出现在门口,略显憔悴的面上,带着温柔的微笑,眉眼间透着一份温顺,"二皇子不必为此事难过着急,惜艾只是一个平常的女子,不值得二皇子在惜艾和意儿之间如此为难地取舍。皇叔他只是希望你在惜艾和意儿之间只选其一,您不必再在这儿考虑如何处理我们二人的关系,且放了惜艾吧,您只要娶了意儿就成,只要意儿可以幸福,惜艾就心无遗憾。"

司马溶愕然地看着丛惜艾,没有说话。

"二皇子,您很喜欢意儿,惜艾心中真是欣慰。意儿她是个苦命的孤女,您真的不必介意惜艾心中的念头。"丛惜艾温柔地说。

走进王府的大门,甘北微笑着迎上来,司马逸轩面色平静,看不出任何的情绪,微笑着说:"你到了这儿,甘南呢?"

"丛姑娘醒来了,甘南正在陪着丛姑娘。丛姑娘醒来后就问您去了何处,听说您去了皇宫,看得出来她很担心您。"甘北也微笑着说,"听甘南讲,她好像是觉得由您自己去处理这些个麻烦实在是抱歉。此时,丛姑娘好像正在花园里饮茶,您要即刻过去吗?"

司马逸轩轻轻笑了笑,说:"好的,本王这就过去,若是再有什么事情,就替本王推辞掉。再有,若是本王有什么事情离开,要记得,在意儿附近绝对不可以少了侍卫。她性情单纯,此时又陷在这旋涡中,难免会成为众人眼中钉,一定要小心再小心。"

甘北认真地点了点头，轻声说："属下谨记在心，请主人放心，不论出现什么情况，绝对不会让任何人接近丛姑娘。"

司马逸轩点了点头，说："好，你记得就好。"

丛意儿正安静地坐在石桌前，看着花丛间几只蝴蝶在飞，表情平静温和。"回来了。"

司马逸轩轻轻一笑，在丛意儿对面坐下，说："来人，换壶新的茶水来。"

丛意儿微微一笑，轻轻地说："司马逸轩，我的出现是否是个错误？如果天意真的注定我要嫁给未来的皇上，我可否可以用全心对待司马溶？而如今，你又给了我你全部的心思，令我心动犹豫。我当如何？"

"司马溶可以成为未来皇上的人选，并不在于他有多么好的才能，如果没有你的玉帮忙，他这一生不过是个王爷，何必太把天意放在心上？"司马逸轩温和地说，"若你认定你是天意所许一定要嫁给皇上，我一样可以为你得这个天下。"

丛意儿轻叹一声，淡淡地说："这正是我所担心的。如果你们叔侄二人反目成仇，意儿必定成为大兴王朝的红颜祸水。这大兴王朝如今昌盛兴旺，百姓安稳，无波无澜，本是最好，如果你们反目为了意儿而争夺这大兴王朝的天下，岂不是一场罪过?!"

司马逸轩微笑着轻声说："意儿，你真的很在乎这皇后的名分吗？若我们不理会这些所谓的天意，或许我们可以活得更轻松些。"

"换作以前，我可能真的不相信，但是如今，我却不得不信。"丛意儿眉头微蹙，看着花丛间明媚的阳光，轻声说，"纵然是意儿用玉帮了司马溶，纵然是司马溶资质不够最好，但目前他却是大兴王朝未来皇上的唯一人选，这就是天意。为何偏偏是他而不是别人？为何意儿要拥有这块玉，并且如今还好好地戴在我身上？你射了那只野狼，救了意儿一命，你送给司马溶的衣服被司马溶转送给了意儿，不论他是出于同情还是嫌弃衣服上沾了野狼的鲜血，可，他交给意儿的披风却让意儿躲避了足可丧命的寒意，为何当时出现的不是你而是他？——司马逸轩，这是意儿的命，也是我的命，但是，此时的我却不愿意嫁给司马溶，也不想因为我的原因而令你们叔侄二人反目成仇。如果意儿不嫁，这大兴王朝是不是可以继续它的昌盛繁华？司马希晨得下这江山不容易，这江山出个司马锐也不容易，能够让叶凡和慕容枫舍不下的大兴王朝，意儿希望它可以永远存在。"

司马逸轩静静望着丛意儿，轻轻地说："一个大兴王朝如果仅仅因为一个女子就断了前程，那也只能说是它气数已尽，怪不得任何人。"

丛意儿安静地看着司马逸轩，说："我不想令你和司马溶为了我乱了心绪，彼此记恨对方。在我没有出现之前，你们是相处融洽的一对叔侄，现在，却觉得你们之间生了分,这让我害怕。"

"我仅仅离开一会儿,你就生出这许多的感慨。"司马逸轩冷静地说,"这所有的理由是不是只想要告诉我,你的心中终究只有司马溶在,你接受我只是为了让司马溶注意你的存在? 如今你得到了你想要的效果,便决定放弃我回到司马溶身边?"

丛意儿轻轻苦笑一下,说:"你此时说话真是刻薄。你可以放心,我不会让自己嫁给司马溶,我宁愿他娶的是丛惜艾。纵然丛惜艾心机极重,但却可以弥补司马溶的许多不足,使这大兴王朝的江山更加巩固,也可以让她对你死了心。我既不想让自己成为你和司马溶反目的理由,也不想让你成为我和丛惜艾老死不相往来的原因,此时纵然她恨我,却还可以称呼我一声妹妹,我不念这声称呼,却念这声称呼可以维持目前平稳的局面。"

"感情是我们自己的事,和大兴王朝如何没有丝毫的关系。"司马逸轩淡淡地说,"意儿,这不是理由,你不应该用这种理由选择逃避,所有的问题我会逐一解决,你不必放在心上,什么事情也无法阻拦我们在一起。"

丛意儿犹豫了一下,轻声说:"但是,我心中却有着无法无视的不安。司马溶,他会不会变得非常可怕? 还有丛惜艾。如果为了一个丛意儿,惹起是非争执,实在是无趣得很。除非丛意儿不嫁人,否则,只要她嫁人,她所嫁之人就必定是未来的皇上。我不爱司马溶,但他如今是未来皇上的人选,所以我宁肯不嫁,或许他依然是未来的皇上;如果我嫁了你,你必定有可能为了这份天意去夺天下。当年你放弃这种机会,如今想要重新夺回,于天下人看来,是大逆不道的作为。我绝对不愿意你为了我背负这种罪名,我宁愿你还是众人眼中那个自由洒脱的轩王爷。纵然我不嫁,我依然是你的红颜知己,依然可以守在你身边,你仍可以日日看见我。这样,也很好!"

司马逸轩安静地看着丛意儿,平静的语气中却有着不容置疑的决绝,"意儿,我不要你做我的红颜知己,我要你成为我的妻子!"

丛意儿瞪着眼,看着司马逸轩,不知该说什么。

"我知道有许多的问题需要面对,不仅仅有司马溶,也会有丛惜艾以及蕊公主等人,但是,这许多的问题我会一一解决,而你,只需要好好与我在一起,就好。你太过单纯,这皇宫中有太多的尔虞我诈,不论你心中做何想法,我都一定要你留在我的身边,只有这样,我才可以确保你的安全。你的生命对我来说,重过所有一切。"司马逸轩认真地说。

丛意儿没有说话,她不知道要对司马逸轩说些什么,而心中却因着司马逸轩的话而感动得不得了。在这个大兴王朝,这个男子对她用了心,她不是不知,只是,她的心中有着她自己也不清楚的矛盾和取舍,令她犹豫茫然。

第十一章　为情所困　岌岌可危不归路

蝶润轻声细语地问:"为何我不能进去,难道轩王爷他不在吗?"

甘北摇了摇头,"蝶润姑娘,主人吩咐过,不论怎样的事情都要替他推辞掉。你还是不要进去了,不论有什么事情,主人都不会见的。"

"谁在府里?"蝶润微笑着,轻声问,"怎么轩王爷如此的忙碌,忙到蝶润来这儿都不可以进入?"

甘北摇了摇头说:"蝶润姑娘,这不应该是你过问的事情,你还是回去吧,况且你也没有什么事情,不过是来弹弹琴给主人听听,更是罢啦。"

蝶润犹豫了一下,轻声问:"是不是丛姑娘在府里?"

"蝶润姑娘,何必如此好奇呢?"甘南的声音在一边响起,他看着蝶润,安静地说,"你做好自己的本分就好了,这些事情不需要你操心。"

"如果真的是丛姑娘在里面,那蝶润就不进去打扰了,难得有人可以让王爷如此心动。"蝶润安静的模样,语气里有着忍让的味道,却表现得似乎并不介意,"只是,蝶润希望二位可以好好照看王爷。王爷他动了心,难免有时会看不清一些东西,还要二位时常提醒着些才好。不是蝶润担心,而是如今的丛姑娘和以前的丛姑娘实在是天上地下,蝶润深感疑惑又实在是担心!"

甘北笑了笑,看了看甘南,说:"这是主人的事,只要主人觉得好就可以。蝶润,在你开始做的时候,就已经知道,你不可以对主人产生感情,难道此时你忘了不成? 如今我倒觉得主人过得很好,而且如今的丛姑娘也很适合主人。在甘北看来,丛姑娘生性淡泊,没有心机却可以应付这纷乱复杂的是非,不纠缠不索取,这样的女子,有什么不好? 甘北想提醒一下你,你只是主人的一个手下,莫要越了自己的限度。上一次街上的意外已经是死罪一条,主人不责罚,你当记得检点!"

蝶润冷冷地说:"看来你也是被迷惑了! 那丛意儿,其实最是无情无义。如果她喜欢主人,就应当心中眼中只有主人一个,可她却没有放弃二皇子,甚至还在其中周旋,这样的女子哪里配得上主人?!"

甘南淡淡地说:"你什么时候听过丛姑娘说过她会嫁给二皇子? 是什么时候

在主人和二皇子之间周旋过？她无时无刻不在拒绝，但是二皇子却不肯接受。你是女子，应该明白，如果心中有事的时候你最愿意待在一起的人必定是你心中所念所恋之人。每每出现状况，主人和丛姑娘二人相互挂念，这是他们二人的缘分，有何不好？"

"可她以前却不是这个样子。"蝶润盯着甘南，沉声说，"她以前可是又傻又笨只知道跟在二皇子后面的一个丫头，怎么此时突然间变成如此模样？！这其中肯定有值得怀疑的地方。"

"甘南不记得丛姑娘以前是什么模样。"甘南淡淡地说，"甘南只知道此时的丛姑娘令主人觉得开心，活得轻松真实，为此，甘南心甘情愿为丛姑娘做任何事情。蝶润，你还是离开吧，主人的心从来不曾为任何人敞开过，只有丛姑娘是他唯一放在心里的女子。如果丛姑娘有任何闪失，主人定不会轻饶了你，而且你在主人心目中的位置也会一落千丈，你又何必如此？"

蝶润看着甘南，没有说话。

"主人救你的时候，你还只是一个无家可归的孤女，在醉花楼门前躺着等死。主人救了你，留在醉花楼是你自己的选择，主人允了你，你没有权力干涉主人的事情。"甘南平静地说，"那件发生在街上的二皇子和丛姑娘遇刺的事情，你以为主人真的猜不到是你一手筹划的吗？只是主人不愿意与你计较，你最好知趣些。"

蝶润冷冷地说："就算主人恨我我也不介意。我绝对不允许任何人伤害到主人，丛意儿究竟是如何的一个人，你们清楚吗？难道你们心中就没有怀疑她为何突然和以前截然相反吗？她是丛惜艾的妹妹，虽然是堂姐妹，但一定有相似之处。丛惜艾是个心机冷酷复杂的人，她可以瞒得过二皇子，那么也就是说，丛意儿也有可能是一个相同的人，自然有她的办法可以瞒得过主人！"

甘南和甘北没有说话，彼此看了一眼，顿了一下，甘北才轻声说："蝶润，我们知道你对主人心存爱慕之意，也是为主人着想，但丛意儿不是丛惜艾，你最好是不要伤害到她，只怕是主人就算是明知是当也会上。如果我们想法相同的话，从主人在醉花楼看到丛姑娘那一眼开始，丛姑娘就在主人心中有了不可磨灭的痕迹。你知我们也知，只要主人觉得开心就好，何必太过计较，这世上可有人可以伤害到主人？除非是主人自己伤害自己。"

蝶润看着甘南甘北，眼睛里有了泪意，没有说任何话，就转身离开，并很快地消失在甘南和甘北的眼中。

"她会放弃吗？"甘北犹豫地问。

甘南摇了摇头，"她绝对不会放弃。当年她可以假借蕊公主的手令丛惜艾中毒，今时一样可以利用某人对付丛意儿。她的聪明之处就在于，她一般情况下不

第十一章 为情所困 发发可危不归路

会自己出手,她总是会假借他人之手来对付她要对付的人,我担心她会利用丛惜艾和二皇子来对付丛姑娘。如果二皇子真的让皇上下了圣旨赐婚给丛意儿,主人定不会答应,肯定会有一些事情发生,搅乱此时平静的局面。这是丛姑娘不愿意看到的,所以她才会在言词间婉转地谢绝主人,同时表明她绝对不肯嫁给二皇子。这于外人眼中,看似犹豫,实则是有着不得已的苦衷。"

"你是如何知道得这么清楚的?"甘北轻声问,"这两日看丛姑娘待在王府里,总是淡淡的,除了赏花饮茶,就是看书品棋,与我们记忆中的丛意儿完全是两个人嘛,这到底是怎么回事?难道一个人可以突然间变成另外一个人吗?"

甘南轻轻摇了摇头,看着远处,轻声说:"这个丛意儿是个成熟稳重的女子,考虑事情周到而且懂得取舍。她不是不喜欢主人,而是相当的喜欢。我见她看主人的时候,目光中总是有欣喜之意,听主人说话的时候,总是温柔平静,神情中全是依赖之意。而且,身为丛府的千金,不惧世人传闻而住在轩王府,如果不爱,何必冒此险,稍有不慎就会成为他人话柄。就算她以前确实是很喜欢二皇子,那也只是我们大家以为的,到底她喜欢不喜欢,无人可知。至于她为何突然间好像变了个人,我倒觉得她有可能原本就是这样的女子,只是世人误会了她。"

"倒也是。"甘北点了点头,"其实只要主人觉得开心就好,主人一直以来太寂寞了,身为大兴王朝最优秀的男子,难得有人可以让他放下所有戒备,就如主人曾经说过,能够有一个人可以疼惜也是一件幸福的事情。如今他肯定是幸福的吧。"

丛王府,氛围异常地压抑。

丛克辉百无聊赖地在院中闲逛。后花园里一只蝴蝶轻轻飞过他的视线落在安静不动的秋千上,翅膀轻轻颤动。丛意儿这丫头跑去了轩王府,竟然可以待住,已经有两天多没有任何消息传来。丛克辉微皱眉头,愤愤不平地想:丛意儿这丫头什么时候这么有魅力了?竟然可以让轩王爷和二皇子反目。听父亲说,皇上正为此事烦恼,因为轩王爷和二皇子都说要娶丛意儿为妻!丛意儿有什么好,长得不如丛惜艾漂亮,也没有丛惜艾的才学和武艺,为人处世也没有丛惜艾周全讨人喜欢!凭什么这么风光?!

但是,丛克辉眼前出现那日阳光下荡着秋千微微浅笑的女子,与丛惜艾相比,丛意儿更恬静,更让人觉得舒服。她就是那种让人看了莫名觉得心情愉快的女子,总是忍不住牵挂和想念的女子。

轩王爷还真是有眼光,能够发现丛意儿这么个宝。为什么大家一直都没有注意到她?其实仔细想一想,他还真是不太想得起来丛意儿旧时的模样,好像那个丛意儿突然间不见了,此时的丛意儿才是一直存在的。她好像一直就是这个模样,所有的过往此时想来就如同诽谤的传闻般再也与她没有任何关系。丛意儿,到底乱了多少人的心?

小青躲在花丛中,紧张的心似乎要从嗓子里跳出来。她到这儿是摘些丛意儿喜欢的花拿回去插在房里的,那日丛意儿突然让她到后花园采些花乱乱的放在花瓶中,她还奇怪得很,以前的时候,小姐不太喜欢这样,总是弄些非常名贵的花摆在房内,如今却乱乱的一大捧放在花瓶里,说是瞧着好看。不过,说真的,那样一大把花花草草的放在花瓶里还真是好看得很,好像是活的,风一吹,在窗前桌上还隐约晃动,仿佛在微笑。

这些日子虽然小姐时在时不在,行踪无法获知,但是她总是特意每天换些新鲜的花草,希望小姐回来的时候可以马上看到,心情会好。以前的时候小姐总是一个人待在房里,看不到任何人的时候,就会发呆,甚至落泪,如今,却仿佛什么事情都不在心中,说起话来也清脆率真,非常的爽朗。

但是,突然听到有脚步声传来,看到是大少爷丛克辉,吓得小青立刻躲在了花丛中。万幸的是这儿的花草甚是浓密,躲藏一时还是可以的。并且,小青还忙乱地在心中思忖如果丛克辉看到她,问她什么的时候她要如何应付。却不知为何,丛克辉竟然没有看到她,反而是对着一个秋千发起呆来,而且竟然坐在上面轻轻地荡起秋千来。他这是怎么啦? 怎么突然对着一个秋千这样开心?

丛克辉在秋千上荡来荡去,感受着风吹在脸上,痒痒的,心情也越来越轻松。他微闭上眼睛,似乎听得到空气中蝴蝶飞过的声音。

"哎哟! 惜艾,你,你要干什么呀?"丛克辉狼狈不堪地摔坐在地上,揉着自己的屁股,看着微皱眉头的丛惜艾。今天她是怎么了,怎么表情如此冷酷?! 对,就是冷酷,这是他偶尔会在自己母亲的眼神中看到的东西,怎么会出现在一向温柔如水的妹妹身上?

丛惜艾收回手中的剑,冷冷地说:"大哥,怎么突然喜欢起这个秋千来?"

丛克辉不解地说:"我在这儿站着累了坐下来休息一下。其实挺好的,晃来晃去的,不信,你试一试! 噢,不行,你已经把绳索削断了。你是怎么了,和这个秋千置什么气? 是不是二皇子惹你生气了? 不对呀,你好像有两三日没见二皇子,出了什么事? 和大哥说说,大哥替你出气。"

丛惜艾冷冷地看着丛克辉,说:"一个大男人坐在秋千上荡来荡去,成什么样子!"

丛克辉有些狼狈地笑了笑,王顾左右而言他,"咳,惜艾,你到底是怎么了,怎么说出的话来如此的刻薄?"

"刻薄吗?"丛惜艾冷冷地说,"妹妹可是想要温柔的,可是妹妹再怎么温柔也胜不过嘴尖牙利的丛意儿。如今你没有看到不仅二皇子让一个说话刻薄的丛意儿迷得不知如何才好,就连一向心高气傲的轩王爷也对她恩宠有加,只怕是妹妹从此后也要学着厉害些,才好!"

丛克辉笑着说:"原来是吃丛意儿的醋了,我还当是怎么回事呢。就这点小事也让你气恼成如此模样?这你可以放心,二皇子一直以来就最喜欢你,不会为了别的女人冷落你的。不过,你也得检讨一下你自己,你看看,你张口闭口地喊二皇子,搞得二皇子不得不保持和你的距离,和你客客气气的。说来你倒要和丛意儿学学,你看她与二皇子交往,看起来就比你和二皇子亲近许多,她那一声二皇子听来就顺耳,不似你这般心事重重,礼貌周到——哎,惜艾,你又怎么了,好好的怎么说走就走,又怎么了?!"

看着突然远去的丛惜艾,丛克辉摇了摇头,看着掉在地上的秋千,叹了口气,轻声说:"唉,只怕婶婶终究是胜者。一个普普通通的丛意儿就让一个丛府从上到下一片狼狈,不晓得惜艾是否可以重新夺回二皇子的心。如果此时丛意儿肯嫁,或许惜艾还有些希望,如果丛意儿执意选择不嫁,那惜艾可就真的没有机会了。"

丛惜艾直直地走向丛意儿母亲生前居住的那间小屋。白天,这儿看起来依然是安静的,透着凉凉的拒绝之意,仿佛房屋的主人虽然走了,却仍然有着让人不敢亵渎的味道。

早有奴仆看到丛惜艾的表情有些不对,这两三日,大小姐就有些不太同于往日,表情也冷冷的,看谁都让被看者觉得脊背直冒冷气。

也有人跑到后花园通知了丛克辉,奴仆的脸上全是努力掩饰的惊慌之意,"大少爷,您去瞧瞧吧,不晓得为什么,大小姐她,她让奴才们把,把那个房子拆了。"

丛克辉直觉觉得有些不妥,立刻随着奴才赶过去。

躲藏在花丛中的小青一脸的困惑,大小姐这是要做什么呀?丛惜艾要拆的一定是丛意儿母亲的旧居,但是,为什么要拆那所房子呢?出了什么事情让她如此失态?她在心里想着,也悄悄地赶去了那所旧房。

丛夫人看着丛惜艾,温柔但坚决地说:"惜艾,不可以,这儿毕竟是你婶婶的旧居,你不可以随意就拆掉,再说你可曾和你父亲商量过?这儿毕竟是你叔叔和婶婶最后待过的地方,也算是一种纪念——惜艾,你要做什么?"

丛惜艾一剑砍断门的锁,冷冷地说:"女儿想了好久,何必留着呢,这儿就好像是丛王府的一个心结,谁也不敢触及,甚至没有人敢大白天的一个人来这儿。这儿已经是我们的家,这些旧时的东西,能够放弃最好放弃,看在眼里,恼在心里,又是何必?!来人,立刻给我拆了,有什么事情的话,自然有我担着!"

奴才们站着,不知如何才好,全都低着头,却没有一个人敢动弹抢先上去第一个拆房子。

"怎么了，竟然敢不听我的话？难道看着我素日里说话和气就不当我是这府里的大小姐吗？"丛惜艾冷冷地说，"难道要我再说一遍不成？"

丛克辉站在当地，目瞪口呆地看着丛惜艾。这个妹妹是怎么了？怎么好像和丛意儿换了一般，若是这等口气放在旧时的丛意儿身上，似乎并不奇怪，但是，放在一直都是温柔的丛惜艾身上，却有些莫名其妙。尤其是她的眼神，仿佛藏了所有的恼恨之意。

"妹妹，你是怎么了？和一所房子过不去做什么？"丛克辉笑着说，"若是看它碍眼，我们不去看也就是了。这儿是前位皇上特意下旨保留的一处房子，奖赏叔叔有功于朝廷——"

丛惜艾冷冷地看着丛克辉，说："你不也曾经一再地说不如拆了的话吗？为何如今却变得如此维护，难不成你也被那女子迷住了不成？你这样可对得起娅惠表姐，她可是与你有婚约在身的人！"

丛克辉愣愣地看着丛惜艾，不解地说："我劝你拆不拆房子和我与苏娅惠有何关系？我自然记得我与她是自幼订下的亲，我不让你拆只是不希望你的一时冲动给丛王府惹来不必要的麻烦。你即将成为二皇子妃，若是这件事情传了出去，不知有多少人私下里看笑话，这可不是你素日行事的模样。"

丛惜艾面不改色地说："我只是让丛王府里看起来清爽一些，这儿老是留着这样一所旧房子，有什么意思，我们在缅怀什么？你们这群奴才还呆站着做什么？快点把房子给我拆了！"

奴才们不敢再呆站着，开始拆面前的房子。

小青的心跳得如同鼓在敲。她悄悄地退了出去，这是丛意儿最后的记忆，怎么可以让这一切消失呢？这是丛意儿的父母留下的最后的痕迹，如果没有这所房子，丛意儿要如何感受到曾经的温暖？！

小青几乎是一路小跑地到了轩王府门前，气喘吁吁地说着自己的身份和来此的目的。她只希望可以快一点见到自己的小姐，告诉小姐快些回府，或许可以救得了那所房子！"我是丛姑娘的奴婢小青，请代为转告，就说是小青有急事求见，请小姐允许小青诉说。"

甘南正巧在大门处处理事务，听到一个女孩子在外面着急地说着想要见丛意儿，并说自己是丛意儿的奴婢小青。他听说过小青，也见过，只是印象不深，走到门前，看着站在外面的小姑娘，年纪不大，和丛意儿年纪相仿，眉清目秀，是个眉眼很干净的女子，脸上满是焦急之色，似乎有什么事情迫在眉睫。他和气地说："原来是小青姑娘。请跟我来吧，你家小姐正在花园里和我家主人下棋。到底出了什么事情，着急成这个样子？你先平静一下，免得惊吓着你家小姐。"

177

小青认识面前的人，知道他是轩王爷身边的人，有些不好意思自己的失态，轻声说："是小青失态了，但是，确实是有急事，不得不立刻请小姐回去处理。"

"是吗？"甘南沉吟一下，轻声问，"可否告诉我一下出了什么事情吗？如果一定要你家小姐回去，只怕我家主人要担心丛姑娘的安危。或许可以不必丛姑娘回去，我们一样可以解决？"

"是有关我家小姐父母旧居的事情。"小青跟在甘南身边，轻声说，"丛王府里有一座房子，曾经是用来处罚我家小姐母亲的房子。自从夫人怀了我家小姐开始，就一直被关在那儿，但是，现在，大小姐一定要拆了那所房子。那可是小姐唯一的对她父母亲的记忆了，那儿也是小姐受了委屈最爱去的地方。如果拆了，小姐知道了一定会伤心的。"

甘南领着小青到了花园。温暖的阳光下，丛意儿正在和司马逸轩对弈，温柔的笑意在唇间眉旁，一手托腮一手落子，模样娇俏可人。

"丛姑娘，"甘南微笑着轻声说，"是您的奴婢小青来了，说是有急事找您。属下在路上听小青姑娘说了，好像是有关您母亲所住房子的事情。听小青姑娘说，似乎是您的姐姐此时急于拆了它。"

丛意儿顿了顿，微微抿唇，略略沉吟一下，淡淡地说："刚刚隐约听到小青的声音，花园中的风送来你们谈话的片言只字。拆房子是早晚的事情，如果他们一定要拆，就随他们去吧。我母亲留下的并不是一所房子，而是她整个人，就算是拆了房子，那丛府仍然是我父母亲的，丛夫人她永远也不会住得心安理得。且由他们去吧。"

"小姐，可那儿毕竟是您父母亲最后居住的房子。"小青着急地说，"小姐，虽然您不懂得武艺，可是小青还是觉得应该告诉您一声才好。小姐，您的母亲她拥有流云剑法的心法和剑谱，如果那所房子真的被拆掉了，或许心法和剑谱就会落在他们手里。这应该不是您母亲所期望的。"

丛意儿看着棋盘，自己已经落了下风，伸手在棋盘上一拢，将棋盘上的棋子混到一起，微笑着，面带几分调皮地说："我要输了，不和你下了，你得让我一次两次，每次总是我输，小心下次不和你玩了。"

司马逸轩轻轻一笑，说："你进步很快，从初时让你五子，到现在只让你二子，再这样下去，或许不久就该我和你商量要不要让我一次两次，否则我就拒绝和你下棋了。"

丛意儿轻轻一笑，转头看向一脸焦急之色的小青，安慰道："不要担心，我母亲所要给我的，早已经全都给了我。至于心法和剑谱，母亲不会让这种东西再出现的，就算是他们拆了房子，掘地三尺也是无用，且由他们去闹吧。"

小青有些不甘心，但是，看着丛意儿一脸的淡然，又不能说什么。难道小姐一点也不在乎那所房子被拆掉?

丛意儿看了看小青,微笑着说:"小青,不要想太多,那儿早已经不是我父母的地方。那儿的花草早已经被换过,房内的东西也已经被悄悄更换过,只是你不曾察觉而已。你若是仔细看,会发现,那儿的东西内荏全都是新的。包括桌椅板凳,不晓得那儿被丛夫人翻腾了多少遍,何必对着那些物件放不下呢?"

小青犹豫了一下,不解地说:"既然如此,为何丛夫人他们仍然不敢一个人进去?"

丛意儿忍不住一笑,轻声说:"那是丛夫人故弄玄虚。那所房子就在丛府里,如果害怕成那个样子,为何不早点拆去?放在那儿碍他们的眼,不过就是因为他们始终没有找到他们想要的东西。他们逐一将里面的物品,甚至房屋本身都悄悄地一点一点地更换掉,但是发现并没有他们想要的物品,就把希望寄托在我身上。只要我去,他们就必定会跟着去,目的就是希望从我的举动里发现蛛丝马迹,看来你也晓得每每我去的时候他们也必然会去的事情。"

小青点了点头,轻声说:"是的,小青确实有几次发现您进去的时候他们就会悄悄跟进去。不过,小青怕吓着小姐,就没敢和您说,原来您也知道。"

丛意儿轻轻一笑,淡淡地说:"所以,且随他们去吧,由着他们去闹,闹够了,就没事了,只是不晓得他们下一次会如何寻找我母亲的物品?如果真想知道,除非他们是意儿,否则一切不过妄想。"她侧头看了看司马逸轩,咽下了后面的话。女人要是爱了,果然是没有道理可言。但愿丛惜艾可以早些醒来,能够好好地去接受司马溶。司马溶温和的性格应该可以令丛惜艾稳定下来,至于自己,本就不爱,所以不嫁。她不是旧时的丛意儿,纵然这身体是借来的,但是,想必此时去了另外地方的丛意儿也有了新的恋情,早已经忘了这所有一切,所以自己嫁或不嫁,应该都不会令旧时的丛意儿伤心。

司马逸轩微笑着说:"果然是这样。师父一直怀疑流云剑的心法和剑谱在你母亲手中,只是苦于无法求证。当时师父爱上你母亲的时候,你母亲随身所佩的剑就再也没有拔出来过。虽然你母亲并没有说什么,但是我师父却深知,你母亲心中只有你父亲,所以也就断了念头,因为我师父敢断言那把剑就是流云剑。可惜,清风流云天各一方,各有归属。"

"我母亲应该不会流云剑法,虽然她有可能拥有流云剑。"丛意儿微笑着说,"我母亲也不算是有意拒绝你师父,因为想来应该是母亲觉得她并不是流云剑法的传人,所以和你师父之间没有清风流云的约定。她不再用剑,是因为她认识我父亲后,就再也不愿意涉足江湖,她只想做个温柔幸福的小女人。"

"你是如何知道的?"司马逸轩有些好奇的说,"难道你母亲有什么书信留给你不成?否则你哪里会想到如此多的事情?"

丛意儿一笑,淡淡地说:"不提这些旧事了。我也坐得倦了,想要四处转转,今日阳光不错,对啦,你不是答应我带我去看叶凡和慕容枫的画像吗?为何到了现在还不兑现?"

司马逸轩并不勉强,微笑着说:"好的,那就现在。但是,我只想再问最后一个问题,你确定你母亲她真的不会流云剑法吗?"

丛意儿点了点头,却并没有说出心里的猜测。她的猜测很简单,在故事中,叶凡是个武艺高超的女子,是流云剑法的唯一传人,但是到了慕容枫的时候,故事中却根本没有再提起流云剑法,清风剑也没有出现,现在,司马逸轩是师从于司马家之外的人学会清风剑法,并拥有了清风剑。突然,丛意儿顿了一下,如果按这个顺序推断下去,应该是司马溶拥有清风剑才对,为何清风剑会在司马逸轩这儿?

丛意儿怔在那儿,原来,司马逸轩才是注定的一段缘分,注定要相遇,注定要动心,却也注定要放弃!她先遇到司马溶,知道他是未来皇上的人选,几经犹豫,以为要嫁的会是那个男人,心里却那般的排斥——她不爱,纵然身体的主人爱。

原来,真正灵魂要爱的人是司马逸轩。从见第一面就有的莫名欢喜,到如今放在心里又放不下的牵挂,并不介意一切的流言蜚语,想要陪在他身边,却原来只因为他就是她生生世世要爱的男子。可是,她能够爱吗?能够因为她的爱让司马逸轩陷入纷争,为了她夺取大兴王朝的皇位吗?她不愿意。在开始不晓得他们之间的渊源的时候,她就不舍得,不愿意让司马逸轩为了她做任何他不喜欢的事情——他不喜欢做帝王,他不喜欢权势和心机,她宁愿他不做,不想他为了她而勉强自己。

"怎么了,意儿?"司马逸轩的声音响在耳边,听得出来声音中的担忧和焦虑。这让丛意儿心底隐隐作痛,因为她知道,是因为她的缘故,他失去了原有的冷静和主张,因为爱的缘故,他无法如常。

"没事。"丛意儿努力微笑。一直以来,她不敢正视自己的爱,就因为一个要成为帝王的司马溶,她不知该如何应付。她觉得她背叛了浩民,甚至违拗了天意,却原来一切就在命运的安排之下。"我只是突然,突然有些难过。司马逸轩,我想,也许我要明确地告诉你,我是真的很喜欢和你在一起。但是,我不愿意你为了我而做任何令你不开心的事情。如果我注定是要嫁给帝王的,我不愿意你因为我的缘故而与这大兴王朝产生纷争,我宁愿你还是原来的轩王爷,寂寞却平静。"

司马逸轩伸手握住丛意儿的手,温柔而平和地说:"意儿,我知道,也很清楚。如果我们在一起,我们要面对的问题有许多许多,但是,这所有的问题,需要的是我——解决。我不舍得让你面对这所有的问题,你只需要好好的与我在一起就好。就算因为天意注定,为了你,我必须成为帝王,我也宁愿为了你与这大兴王朝作对。虽然帝王并不是我的期望,但是,你却是我的唯一。意儿,我明白,明白你所有的为难,纵然我心中仍有无法平衡的念头,但那些念头统统与你无关,只是我心底自私的念头。但是我知道的是,你一定是真心对我的,因为你舍得下所有的名誉,愿意待在轩王府安静地陪着我。这就是你最大的爱,不论结果如何,我知道你永远会在!"

丛意儿看着司马逸轩,眼中含着泪,心里头却是一片的欣喜。原来所有的一切都是因这个原因,她来到这个时空,用了各种理由解释自己的不能离开,其实,只因为那醉花楼的一眼相识。自从看到那个寂寞饮酒的男子,她的心就再也没有离开的理由。茫茫人海中,遇到了他,这就是她无从解释的留下来的理由。他是她的宿命,她只是为了他才留下来,努力维持着最从容的表面去爱着这个男子。他左右了她所有的最细腻的感受。

其实她想要离开,是非常的简单。她是个医生,她知道如何让自己安静地、以最少的伤痛离开这个世界,她甚至可以自己配制毒药,平静地送自己离开,回到她自己原有的时空里去。可是,她却没有离开,甚至用了各种理由来说服自己的不离开。那不是因为胆怯,也不是因为不能离开,只是因为,在遇到司马逸轩的第一眼,灵魂就再也不肯离开。她遇到了她生命中的唯一,生生世世的唯一。

"小姐。"小青的声音在耳边响起,有些遥远陌生,仿佛来自很远很远的地方,"难道那房中就没有夫人留下的任何物品了吗?佛经你带出来了吗?那可是您一直珍爱的东西。"

丛意儿微笑着说:"母亲留给我的东西,有着母亲气息和痕迹的东西,一样不会丢。其实,丛惜艾这些行为只是想要逼我回丛府,她的目的不过如此。那我就成全她吧,其实她也是可怜,何必如此执着,一定要爱自己不可能爱的男子?其实,司马溶对她极好,若她肯退一步,仍可幸福一生一世。小青,我就随你回趟丛府,有些事情我得自己面对。"

"意儿——"司马逸轩想要阻拦。

丛意儿轻轻摇了摇头,轻声说:"司马逸轩,有些事情,是需要我们二人共同去解决的。丛惜艾此时的举动,一则是想要逼我回去面对她,让我在她的掌控之下;二则就是想要找到流云剑法的心法和剑谱,可以让她练成流云剑法,能够与你的清风剑双剑合璧。我应该回去解决这所有的问题。放心,我不会有事的,或许我应该说,在某种程度上,我可以保护自己。而且,如果我真的出了意外,你可以找到我的。我去了丛府,若是出了事,你可以派人到丛府找我,甚至可以掘地三尺来找我。请放心,我纵然消失不见,也应当在丛府里。"

司马逸轩不肯松开丛意儿的手,他不舍得她去面对丛惜艾。丛惜艾是如何的女子,他很清楚。她对他应该是因爱成恨,她爱他有多深,就会恨他有多深,恨他有多深,她就会用多大的仇恨来对付他所喜爱的女子,也就是意儿。"意儿,不要去。我们不去理她就好。"

丛意儿轻轻摇了摇头,轻声说:"这不是解决问题的办法,这一招逼不回去我,她会再出别的主意。她唯一的目的就是想要让我面对她,如果我背面对她了,大家面对面,应该会有更好的办法来解决我们彼此之间的矛盾。小青,我这就随你回去,看看大小姐到底要如何处置我这个不听话的堂妹!"

司马逸轩犹豫了一下,松开丛意儿的手,眼神里有太多的不舍,却不得不松开手。因为他看到丛意儿眼中坚决的意味,他知道,他无法阻拦她的想法。她看起来单纯温和,其实,她内敛沉稳,凡事都有自己的想法。

"只是可惜这一次还是无法看到两位皇后的画像。"丛意儿微笑着说,"真是很好奇,我回来之后,你一定要记得带我去看她们二人的画像,我真的很想看到她们。那就仿佛我可以幻想的前生。司马逸轩,前生里可有你的痕迹?"

司马逸轩微笑着说:"如果真有前生,我宁愿我是司马锐,可以那么光明正大地爱你,而非司马希晨,爱得让观者心痛,甚至无法兑现他对叶凡的承诺。纵然他爱叶凡至深,可最后却仍然是荷妃相伴一生一世。他怎么可以在深爱的叶凡离开后,接受一个奴婢代替叶凡的位置呢?这实在是辜负了叶凡的爱!"

丛意儿轻轻一笑,故意微笑着装作顽皮的样子,说:"那是史书所传,有何人可知当时真相?如果司马希晨真的深爱叶凡,如果叶凡真的深爱司马希晨,他们怎么会舍得离开对方?我们何不想象,那荷妃可能就是叶凡,叶凡就是荷妃?"

司马逸轩一愣,犹豫地说:"这种想法倒真是新奇,只是从未有荷妃的画像传下来。大家对荷妃只是有个温柔和顺的印象,侍奉始皇一生一世,从不露面于人前,只是守于本分居住在暖玉阁里。如果真按你的想法来想,或许荷妃真的有可能是叶凡?!"

丛意儿微微笑着,站起身来和小青一起离开。

她知道司马逸轩不舍得她离开,可是,丛惜艾是她必须面对的一个人,她不可以要求司马逸轩去处理这个问题。

到了丛府的时候,房子已经拆了大半,在阳光下,一片狼藉,视线却豁然开朗了许多!丛意儿走下马车,站在阳光下,看着面沉如水的丛惜艾和面带犹豫之色的丛夫人,静静而立。

"你终于来了。"丛惜艾直视着丛意儿。丛意儿一身淡淡的紫衣,想来定是司马逸轩府上准备的,料子极好,垂顺得很,风一吹,袅娜的身姿令人着迷,青丝挽一碧玉的簪,凉凉的味道,却更加衬托出丛意儿温柔的眼神,纵然是面对她,丛意儿的眼神依然清澈如水,温柔和静,"我以为你会一直躲在轩王府里不出来!"

看着拆得乱七八糟的房子,丛意儿轻轻一笑,这样,或许九泉之下的丛意儿的父母终于可以不必再日日被人念叨,可以安睡了。其实,料定丛意儿的母亲是个淡然的女子,所以,早已放下,放不下的只是丛夫人,逝者已去,徒留生者自寻烦恼。"惜艾,为了能够见到我,如此辛苦,何必?"

丛惜艾突然淡淡地一笑,声音温柔,轻声说:"能够见到你,本就是一件辛苦的事情。你终究不会再是丛王府里的人,这些属于你的东西拆掉也不算是过分之举,免得你对这儿还有任何不舍之意。姐姐是心疼你,如果有了选择,能够忘记了前尘旧事,能够忘掉最好!"

丛意儿轻轻一笑,也温和地说:"惜艾,你讲得清楚,也说得明白,不错,如果你肯忘却应该忘却的,那才最好。这儿本就是旧时回忆,放在这儿也是真的不妥,惹得大伯和大娘心里不痛快,也惹得你时时想起意儿,拆了最好。小青,再去多找些人,把这儿夷为平地!"

丛惜艾身影一动,静静地站到丛意儿的面前,从丛意儿的眼睛里看着自己,用只有她们二人可以听到的声音,冷冷地说:"丛意儿,你为何不继续愚蠢下去,那样你可以嫁给你一直喜欢的二皇子,何必招惹轩王爷?你根本不可能带给轩王爷幸福,是你逼我如此,逼我对付你们二人!等到二皇子成为皇上的那一日,我会让你亲眼看到轩王爷如何因为你的缘故而失去王爷之位,死在二皇子的权力之下,而你,仍然无法避免成为二皇子女人的下场!"

丛意儿心里一震,面上却平静如水,用同样轻轻的声音,慢慢地说:"丛惜艾,你太小瞧丛意儿了。大家同样生活在丛府里,同样由父母生养,而且我的父母还优秀于你的父母,你有此心计对付我,难道就不担心我会同样用心计对付你吗?如果你肯用心喜爱二皇子,或许能够获得幸福的未来;若你只是利用二皇子,你首先要对付的应该不是现实存在的轩王爷和我,而是司马溶心中'丛意儿'的存在,并且是得不到的遗憾。你何不为自己着想?"

"我恨你!"丛惜艾直直地盯着丛意儿,"从我十岁那年在皇上打猎后宴请百官的宴席上,第一次看到轩王爷的时候,我就许了自己的一生一世。从那时起,我的心中就再也没有其他任何人的痕迹,就只有那个素衣如雪、谈笑风生、桀骜不驯的轩王爷。那个时候,他原本可以成为新的皇上的,但他放弃了,也许正因为他当时的放弃,如今才有可能让我更有可能得到他,因为你才是未来皇后娘娘的人选,你命中注定要嫁给二皇子,而我却可以嫁给任何人。轩王爷是绝对不会做皇上的,他一直厌倦这些尔虞我诈的东西!"

丛意儿觉得胸口有一件硬的物件顶着,低头看了看,丛惜艾的剑横搁在她的胸前。丛惜艾并没用剑刃对付她,用的是内力,堵得她胸口发闷,觉得喘不过气来。她安静地站立着,淡淡地说:"丛惜艾,如果此时我受了任何的伤,你信不信,司马逸轩会铲平整个丛府?不要说做什么二皇子妃,司马溶会容你如此?而且,丛惜艾你以为你真的可以杀了我吗?!"

"我若剑递前一分,你必死无疑!"丛惜艾冷冷地说,"丛意儿,在你还不知道你是个人的时候,我就在习练武艺,这大兴王朝可以在我剑下过得了十招的难寻几人,如何杀不死你?!不错,你的亲生母亲是江湖上人人惧怕的魔女,但你,不过是个让人可怜的孤女,又能如何?"

丛意儿的手轻轻压在丛惜艾的身上,微笑着,淡淡地说:"你出剑需要一秒,我却可以在半秒之内让你立刻闭命。若是不信,可以赌上一赌,只是,这输赢你却无法得知。"

丛惜艾觉得自己的死穴上被一股力道轻轻压着,她武艺不错,知道这意味着什么。只是,丛意儿怎么可能会有此本领,难道是轩王爷教她的不成?可是,就算是轩王爷亲自教习,丛意儿也不可能在如此短的时间内成为一个动了手却让自己完全不能设防的武林高手!

"好啦,好啦。"丛克辉上前拉开丛惜艾,半真半假地说,"惜艾,你一个当姐姐的,怎么和丛意儿计较起来了?她是妹妹,比你小一些,你应该让着她的。喂,惜艾,你要做什么?!"

丛惜艾剑招反递,一剑压在丛克辉胸前,冷冷地说:"大哥,你帮她做什么?她不可能是丛意儿,真正的丛意儿根本就是白痴一个,只知道跟在二皇子后面纠缠。丛意儿不会武艺,但她却懂得武艺,她一定是假冒的丛意儿!"

丛克辉一愣,往后退了一步,躲开丛惜艾的剑,疑惑地说:"惜艾,你乱讲什么呀?她就是丛意儿呀。丛意儿,你会武艺吗?怎么我一直不知道?很厉害吗?惜艾,你的武艺在大兴王朝已经是数得着的了,怎么丛意儿的武艺还能够让你提及?丛意儿,你是什么时候学的武艺,不会是你那死去的父母的鬼魂教的吧?"

丛意儿轻轻一笑,淡淡地说:"你真聪明。"

丛克辉看着微笑的丛意儿,半天没说出话来,而是盯着那张微笑的干净面容,无法怀疑丛意儿话的真实性。

丛意儿看着丛克辉一脸不知所措的表情,想到初次见到他时他的张狂跋扈,忍不住笑了笑。那笑容如阳光般,让丛克辉呆立在当地说不出任何话来。

"立刻将房子拆得干干净净!"丛惜艾的声音听来极具威慑力,仿佛是一种命令,告诉所有人,听从是唯一的出路。

丛意儿轻轻一笑,接着说:"不错,听我姐姐的话。这儿,将不再有我父母任何的痕迹,只是,姐姐,你和大伯、大娘可以拆得掉心中的'痕迹'吗?除非你们生命中止,否则,我的父母将永远都在。"

丛夫人走了过来,脸上有着最温和亲切的微笑,看着丛意儿,微笑着说:"意儿,又耍小孩子脾气了,你们姐妹二人也是的,好好的闹什么别扭。意儿,来,随为娘——噢,如果你不肯再这样称呼我,你可以称呼我为大娘。我带你们到别处待会儿,这儿人多,看起来乱哄哄的,不如找个清静之处待会儿。"

丛意儿隐约觉得那笑容后面有着令她心寒的东西,但是,犹豫了一下,还是点了点头,轻声说:"也是的,这儿乱哄哄的,我们还是别处待会儿的好。"

丛惜艾刚要表示反对,丛夫人却轻轻拉了拉她的袖子,轻声说:"惜艾,不要这样,为娘有事情要和你们姐妹二人说说。听为娘的话,随为娘一起来。克辉,你在这儿照看着,不许任何人打扰我们三人。来,我们别处坐坐!"

丛惜艾极不情愿地跟在丛夫人身后慢慢地向外面走,丛意儿轻轻走过小青的身边,一个声音似有似无的飘进小青的耳朵中,"若是半个时辰不见我回来,定是有意外发生,但记得,不论我如何,我必定仍在这丛府里。"

小青一脸担忧地看着丛意儿从她身边走过,跟着丛夫人和丛惜艾一起消失在她的视线中。

丛夫人和丛老爷自己居住的房子前有个独立的小花园,不是很大,但收拾得很精致,亭台楼阁的一应俱全,稍显拥挤但也算是上满眼绿意,惹人喜爱。

"我们到那亭台里坐坐,说说话。"丛夫人温柔一笑,率先自己坐下,然后招呼丛意儿和丛惜艾二人,"来,都坐下吧。"

丛意儿刚刚坐下,身子还没有坐稳,就觉得身子一沉,眼前突地一黑,一股阴冷潮湿的寒意扑面袭来。她隐约听得到有声音自遥远的地方传来,"丛意儿,你应该在这个世界上消失,有你存在,对我和惜艾来说,就是一个噩梦!放心,我会安排一个人代替你活在这个世上,你会如愿地嫁给二皇子,那不是你一直心心念念想要嫁的男子吗?而我的惜艾,会得到她想要得到的一切!"

丛意儿不用想就明白,这亭子下面是个陷阱,而她,就落在这个她无法逃离的陷阱里。丛夫人会用一个女子易容成她的模样,去轩王府,而司马逸轩绝对不会爱上假冒的丛意儿,他只会认为,丛意儿只是利用他来获得司马溶的在意,然后又会因她嫁给司马溶而恨她,将假冒的丛意儿驱赶出轩王府,再然后,假冒的丛意儿会嫁给二皇子司马溶。一切,就会变成她来之前的情形,"丛意儿"依然是张狂惹人讨厌,依然是没人在意没人爱的女子,然后悄无声息地消失掉!

丛夫人恨她至此,而她却疏忽了。

"母亲,您比女儿理智。"丛惜艾眼看着丛意儿在自己眼前消失,轻声说,"此时只需要找一个合适的女子假冒她就可以,反正只要外观像就可以。"

丛夫人点了点头,轻声说:"现在立刻安排人假冒她回轩王府,很快轩王爷就会觉得丛意儿是个讨厌的女子而把她撵出轩王府。在发现她让司马溶乱了心绪

第十一章 为情所困 发发可危不归路

185

那一刻开始,为娘就一直在计划这件事。"

丛惜艾轻轻说:"女儿得不到轩王爷,也不会让任何女人得到他!"

"你想也不要这样想!"丛夫人冷静地说,"为娘如此,不是为了替你夺回轩王爷,而是为了让你能够顺利地成为未来的皇后娘娘,那是你应该得的、应该过的日子。轩王爷不是一个好相公,如果他不爱你,他会比天下所有的男人都冷酷无情,所以,你唯一要做的就是,嫁给二皇子,成为大兴王朝未来的皇后娘娘!"

丛惜艾摇了摇头,轻声但坚决地说:"女儿做不到。如果女儿不能爱他一生一世,那么,女儿就会用一生一世的时间来恨他。如果有可能,女儿一定要让他活在痛苦中,他加在女儿身上的痛苦,女儿要加倍地让他偿还!"

丛夫人轻轻叹了口气,或许天意就是如此,哪里有十全十美的事?沉默了一会儿,丛夫人开口说:"我得安排人假冒丛意儿回轩王府了。如果丛意儿在这儿待得久了,轩王府肯定会怀疑她会不会出事的,此时让'她'离开,最合适。"

站在那儿,小青真是提心吊胆,会怎么样?小姐会不会出事情?房子拆得很顺利,轰隆声中看到丛夫人、丛惜艾和丛意儿远远地走来。小青悄悄松了口气,看样子,小姐她没有事。但是,小青心里顿了一下,不知道为什么,总觉得有什么地方不对。而且,丛意儿换了衣服,是以前在丛府里穿的旧时衣服。

"小姐,您没事吧?"小青看着丛意儿微微有些苍白的脸色,担心地问。

丛意儿摇了摇头,不耐烦地说:"刚刚不小心跌了一跤,弄脏了衣服,现在我想回轩王府,准备马车。"

小青点了点头,说:"小姐,您来时的马车还等着您,要不要小青陪您回去?"

丛意儿摇了摇头,说:"罢啦,我自个回去就好。"

轩王府,司马逸轩坐在庭院里看着桌上丛意儿临走时随手弄乱的棋盘,不舍得动一子,只是看着,似乎可以看到那一步一步落子。丛意儿,就好像这儿安静的空气,无法用强烈的词语来形容她,只觉得,有她在,仿佛一切都风轻云淡。

突然,司马逸轩觉得胸口一疼,一时之间心乱如麻,不晓得为什么,身体下意识地贴到了桌上,整个人慌乱到无法控制的地步。从来没有这样过,司马逸轩努力让自己恢复,但是,那胸口的郁闷之气却死死地纠缠住他,让他整个人害怕到茫然。害怕!这对他来说是多么陌生的词语,却为何此时突然袭击了他?好半天,好半天,他才慢慢地恢复了平静,只是心头的慌乱却怎么也驱散不去。

"甘南,意儿她回来了没有?"司马逸轩轻声问。

甘南轻轻摇了摇头,"还没有。主人不必担心,此时想必在路上了,送丛姑娘去的人也是府里顶尖的人物,没有人会伤害到丛姑娘。"

司马逸轩轻轻叹了口气,淡淡地说:"甘南,他们在暗,意儿一直在明,就算是再怎么小心,他们也会发现可乘之机。本王心中突然不安,只怕是有些我们不可预知的事情发生——甘南,你们仔细些,等马车回来的时候,立刻通知本王。"

甘南点头,立刻退了出去。

司马逸轩眉头微皱,看着桌上的残棋,眼前是丛意儿微笑的面容,表情总是淡淡的,看不出如何。不论容颜或者举止,都是淡淡的,在众人视线之外,和以前的丛意儿截然相反。他其实也怀疑,中间一定发生了什么,但是,不论发生了什么,都不重要,重要的是,此时的丛意儿是他深爱的,他舍了性命也要保护的女子,肯花一生一世的时间好好疼惜的女子。为了丛意儿,他可以做任何事情,如果天意注定丛意儿一定要嫁给未来的皇上,就算仅仅是为了成全天意,他也会仅仅为此去做这大兴王朝的皇上!

"主人,丛姑娘回来了。"甘北的声音在身后响起,语气中有淡淡的犹豫,"可是……主人,属下觉得,有些莫名的奇怪。"

司马逸轩回头看着甘北问:"如何奇怪?"

"属下也不知该如何解释。刚刚看着丛姑娘回到府里,说是要回自己房里歇息,属下就莫名地觉得,虽然属下看到了丛姑娘,却就好像没有看到一般。"甘北微皱眉头,有些迟疑地说,"真是奇怪,明明是看到了,为什么就是觉得没有看到呢?"

"她直接回房内歇息?"司马逸轩轻声问,"没有说要来这儿吗?她有没有提起本王?"

甘北摇了摇头,轻声说:"刚刚甘南也觉得奇怪,原以为丛姑娘回来后会直接来这儿,但是,她却说有些累了,要回房去休息。属下觉得,丛姑娘好像很紧张,非常的紧张。她好像很害怕来这儿,脸色非常苍白。车夫说,丛姑娘上马车的时候就有些慌张,到了这儿下了马车,就更是紧张慌乱。难道在丛府里,丛姑娘遇到了什么事情不成?属下觉得奇怪得很。"

司马逸轩沉吟一下,轻声说:"本王去看看她。"

甘北没有说话,他不知道要如何说出他的疑惑。他觉得很奇怪,不知道为什么,看到丛意儿的时候,他觉得非常陌生,就好像是在看一个陌生人,丛意儿身上那种淡然的气韵似乎一下子消失不见,确切地讲,此时的丛意儿更接近他以前见过的那个张狂任性的丛意儿,虽然妆容清淡,眉眼熟悉。却不知为何,感觉相当的奇怪!

快到丛意儿住的地方,迎面碰上了伺候丛意儿的丫头,看到司马逸轩,立刻躬身施礼:"王爷好。"

"意儿她在哪儿?"司马逸轩立刻问。

奴婢犹豫了一下,轻声说:"姑娘已经回房休息了。"

司马逸轩盯着奴婢,冷冷地问:"你好像有些疑问,不必放在心里,说给本王听听!"

奴婢偷偷抚了抚自己的胸口,迟疑地说:"奴婢只是觉得丛姑娘有些奇怪。"

甘北愣了愣,看着低垂着头的奴婢,难道别人也发现了丛意儿的不妥?!

"继续说!"司马逸轩简洁地问,心头的担忧如同池水中的涟漪般一点一点扩大,让他整个人觉得紧张,整个人绷得紧紧的,呼吸都变得凝重沉缓。

奴婢低头轻声说:"奴婢只是觉得奇怪,丛姑娘她,她竟然不知道自己回哪儿休息。刚刚府门处的丫头带着丛姑娘过来碰到奴婢,竟然不认得奴婢。初时奴婢以为丛姑娘没有看到奴婢,立刻施礼问候,丛姑娘她,她竟然问奴婢,可知她住在何处?奴婢看她脸色苍白,似乎紧张得很,就带她回去休息,可是,丛姑娘她——主人,奴婢只是觉得,丛姑娘她好像是第一次来这轩王府,可是,明明丛姑娘在府里住了些日子,对这儿熟悉得很。"

司马逸轩抬腿走进丛意儿所住居所的庭院,吩咐跟在身后的甘北,"去通知意儿,就说本王来了,让她出来迎接一下。"

甘北先是犹豫了一下,这似乎不是司马逸轩平常来看望丛意儿的方式,但是,仍是走到门前,轻声但清晰地说:"丛姑娘,王爷来看您了,请您出来迎接一下。"

甘南悄悄地站到司马逸轩的身后,轻声说:"主人,刚刚属下去找了小青姑娘,小青姑娘说,丛姑娘离开前,曾经和丛夫人、丛惜艾一同离开过一会儿,回来的时候,脸色有些苍白,还换了衣服,说是不小心跌了一跤。小青姑娘偷偷去打听过,好像是,她们三人去了丛夫人所住的地方,并没有去过别的地方,后来就回来了。属下担心,丛姑娘和丛夫人、丛惜艾离开的时间里发生了一些事情。"

正说着,丛意儿从房里走了出来,看到司马逸轩,低下头,恭敬地施礼,轻声说:"丛意儿见过轩王爷。"

司马逸轩淡淡地说:"抬起头和本王说话。"

"丛意儿不敢。"丛意儿温柔地说,但声音中却有着隐约的颤抖之意,于语气间表露无遗——她害怕!

"本王让你抬起头你就抬起头来。"司马逸轩的声音突然冷漠起来,似乎是有了恼怒之意,"哪里有什么敢或者不敢!"

丛意儿身体微微哆嗦了一下,立刻抬起头来,眼睛却不敢看司马逸轩,似乎在躲避什么,双手悄悄地握在了一起。

司马逸轩静静打量着丛意儿,空气在此刻凝固成停止,所有的人都安静无语,连阳光在此时也变得有些凉意。

"你不是意儿。"司马逸轩安静而冷漠地说。

丛意儿不由自主地哆嗦了一下,身子变得僵硬,抬起头来,眼睛看着司马逸轩,很努力地保持着自己的冷静。面前的司马逸轩,眼神冷漠得可以杀人,却仍然影响不了他英俊洒脱的气质,"我是丛意儿,只是,我不知道要如何面对您,如何解释我心中的矛盾。"

很意外,司马逸轩笑了笑,却笑得全场人的心都颤抖了一下。"好啊,慢慢说理由让本王听听。甘南,备车,本王要亲自去趟丛府,去接意儿回来!甘北,请这位姑娘同行,路上听听她的解释,免得路上无趣。"

甘南和甘北都愣了一下,司马逸轩,他是深恨丛府的,从未到过丛府,现在却要亲自去丛府,难道面前的女子真的不是丛意儿?如果不是的话,真正的丛意儿在哪儿呢?是否仍然留在丛府?如果丛夫人真这样做,真的是不异于自取灭亡!

"轩王爷,您不要着急,请听丛意儿解释。"丛意儿轻声说,似乎底气越来越足。她跟在司马逸轩的身后,用温柔的声音,努力不让声音中带有颤抖的意味,慢慢地说,"轩王爷,丛意儿这次回府,母亲教训了许久,为着丛意儿的任性和大胆。丛意儿觉得母亲教训得是,所以,这一次回来,神情有些恍惚,不知如何向您解释。丛意儿只能很抱歉地说,丛意儿不该利用您来引起二皇子的注意。原本只是想让二皇子注意到丛意儿的存在,却不想,竟给轩王爷惹来麻烦,所以丛意儿心中觉得愧疚,不知如何赎罪,请轩王爷原谅丛意儿的无知。"

司马逸轩回头看了一眼丛意儿,漠然地说:"本王说过,你不是意儿,这丛意儿三个字也不是你张口闭口道来的名字!"

"轩王爷——"丛意儿轻唤一声。

"甘北,陪这位姑娘坐车跟随着。"司马逸轩上了前面一辆马车,吩咐甘北带着丛意儿坐后面的马车。

甘南看了一眼甘北,紧随在司马逸轩身后坐在前一辆马车车夫身边,吩咐马车立刻赶去丛府。

"轩王爷为何要说我不是丛意儿?"丛意儿面带委屈之色,不甘心地说,"只是我心中有内疚之意,神情有些恍惚,到了这儿,难免心中觉得愧疚而害怕,怎么反而成了不是?!"

甘北看了看丛意儿,冷冷地说:"主人不会说错。若他说你不是丛姑娘那你肯定就不是丛姑娘,而且属下也觉得你不太像丛姑娘。"

丛意儿愕然地看着甘北,想要说话,却被甘北用漠然的神情拒绝。甘北冷冷地看着车窗外,街道上行人来往,阳光在行人间流动。

第十二章　真假难辨　全盘皆输因一念

　　丛夫人正安静地坐在桌前喝茶,神情间有些许担忧,但是,仍然用温柔的表情掩饰着。丛克辉一旁偷偷看着她,心里感到真是奇怪,母亲是怎么了?而且,还有惜艾,明明看着她和母亲一起送丛意儿出来的,怎么突然间就不见了呢?真是奇怪,为什么要那么匆忙地送丛意儿走?以母亲和惜艾的打算,应该是让丛意儿看着她母亲居住的地方在她眼前消失才解恨的,为何,却匆匆让她离开?

　　不知为何,他心中替丛意儿担起心来。他虽然不全知母亲的打算,可他却知母亲是个计划周全的人。她一直不喜欢丛意儿,一定有什么事情发生了,母亲才可能表现得如此不安,茶杯端了半天都没有喝一口。这可不是母亲素日的行径。

　　"夫人,轩王爷来了。"一个奴仆匆匆走了进来,神情慌张地说,"他们此时就在厅外,夫人,您,您怎么了?"

　　丛夫人手中的茶杯掉在了地上,啪的一声,在客厅里异常清楚地响了起来,吓了丛克辉一跳,脱口说:"母亲,您怎么了?轩王爷他怎么会来我们府上?他可是从来不涉足丛王府一步的?母亲,您做了什么?您不会傻到招惹轩王爷吧?!"

　　丛夫人轻吐了口气,司马逸轩竟然到了丛王府?她犯了一个致命的错误!这个错误足以要了她的命!她突然发现自己可能低估了丛意儿在司马逸轩心目中的分量!

　　"意儿呢?"司马逸轩的声音听来平静,却让听者心头一震。那声音中的恼怒和冷酷如同利刃般让她的心一直狂跳不止,她看着跟在司马逸轩身后的丛意儿,以最快的速度调整自己的情绪。

　　"轩王爷,意儿她不是好好跟在您身后吗?"丛夫人的声音听来依然温柔细腻,"是不是她又惹您生气了?她来的时候,臣妻已经好好训过她了。这孩子也是,太不懂事了,竟然想到利用您来吸引二皇子的注意,真是臣妻素日教导得不够,您可千万不要生气。意儿她也绝非是有意,只是一时兴了这么个念头,想要让二皇子注意到她的存在,您且饶了她吧。"

　　司马逸轩冷冷一笑,站在丛夫人的对面,冷冷地说:"丛夫人,你确实有些小聪明,可惜你却低估了意儿在本王心目中的位置,以为不过是本王一时新鲜,让本王以为你选择意儿接近本王,只是为了吸引司马溶的注意,你以为仅仅这个理由就可以让本王恼恨于意儿,迁怒于真正的意儿。丛夫人,本王没有兴趣与你理论,在本王动手前交出意儿。"

丛夫人温柔而卑微地说:"轩王爷,意儿她此时就在您身后,您让臣妻去哪里再找一个丛意儿出来?"

"那就再找一个丛惜艾出来!"司马逸轩冷冷地说,"你若是能够立刻叫出丛惜艾来,本王就信她是真正的意儿!"

"惜艾她,去了二皇子府。"丛夫人微微顿了一下,轻声说。

"二皇子前日感了风寒,此时正在休养,皇上让御医传旨,任何人不得近身。"甘南沉声说,"二皇子在芋善斋休养,那儿不得女色入内,这事,您应该知道的。"

丛夫人一愣,盯着甘南,心中恼怒,一个区区轩王府的奴才也有如此思量和口才,倒真是疏忽了,当时真不该由着惜艾的性子让她偷偷替了丛意儿入了轩王府!原本要变成丛意儿的丫头短时间内成了丛惜艾,逃过众人眼睛后就恢复了容颜。早知如此,应该让那丫头再坚持些时间就好了。

"轩王爷,您不要难为臣妻,臣妻真的不知道这是怎么回事。"丛夫人温柔哀怨地说,"臣妻这就吩咐人去找惜艾回来,您身后的意儿她确确实实是意儿,您怎么会如此想呢?"

"如果你执意不肯交,本王就只好封了丛府,挖地三尺也要找到意儿。到那时,本王就会收拾这丛府上上下下人等,丛夫人觉得如何?"司马逸轩冷冷地说,"本王可是说到做到!"

"可她,她确确实实是丛意儿呀。"丛夫人声音颤抖,委屈地说,"如果是易容,她脸上应该有层皮,在她脸上可能找得到。轩王爷可去试上一试,如果取得下皮来,臣妻定不再嘴硬。"

"丛惜艾在乌蒙国待着的时候,曾经在蕊公主眼皮底下逃开。她有乌蒙国的一种药,这药可以让人在一定时间内更改容颜,需要改回真实容颜的时候,只需要用专门的药水洗过就可以。丛惜艾,本王说得可对?"司马逸轩转回身看着身后的丛意儿,冷冷地说,"这药极是珍贵,你不惜动用自己的魅力从乌蒙国皇宫一位皇亲手中得到这种药,这种药,连蕊公主也是难得一见,本王可说漏些什么!"

"这些事,应该去问我姐姐,丛意儿不知道您讲的这些事。"丛意儿看着司马逸轩,平静地回答,"轩王爷,您恼恨丛意儿的任性和自私可以,却不必怀疑丛意儿的真实。我姐姐她心地善良,哪里有您这些想法,而且,她只是在乌蒙国养伤,由二皇子派去的人照顾,怎么有可能做出您说的这些事情?您何必因着丛意儿污辱丛意儿的姐姐?母亲刚刚已经说过,您若是不信,可让母亲此时亲自去找我姐姐过来,与您对质。"

司马逸轩冷冷一笑，说："好，丛惜艾，本王倒是佩服你的胆量。甘北，带人去意儿在丛府所待的最后一处瞧瞧，那儿应该是丛夫人的居所吧。仔细些，丛夫人如此精明的人，断不会把人放在面上！若是找不到，就派人将这丛府挖上一遍，定可以找得到意儿的踪影！"

"是的，主人。"甘北答应着，转身离开。

"轩王爷——"丛克辉一愣，脱口喊了一声，看了一眼自己的母亲和面前的"丛意儿"，心中暗自喊糟。母亲真是胆大得可以，如果面前的人真的不是丛意儿，那么也就是说，丛意儿一定被自己的母亲悄悄处理掉了。这么短的时间，一定不可能弄出丛王府，如果依着轩王爷的脾气，真的会将丛王府搞个天翻地覆。到时如果找得出丛意儿，丛王府就休想在大兴王朝有再存在下去的理由！"您不要生气，一定是误会，请王爷允许在下和丛意儿聊聊，问清楚到底出了什么事情，再给您一个交代。"

"本王需要的是意儿立刻出现在本王面前，本王不想听任何解释和理由。"司马逸轩冷冷地说。

站在一旁的丛意儿一直没有说话，她只是死死地盯着司马逸轩，眼睛里全是绝望和悲哀，仿佛一切让她心灰意冷。她突然上前一步，一把抽出站在司马逸轩身边的甘南的剑，悲伤地说："丛意儿知道您恨着丛意儿，丛意儿不知如何向您谢罪，就以死谢罪，请轩王爷不要惩罚丛王府上下人等。"说着，剑往颈上一送，竟然一心寻死！

"惜——希望轩王爷放过意儿，她，她只是一时糊涂，并无意伤害您！"丛夫人脸色苍白，一下子扑到丛意儿身边，夺下丛意儿手中的剑。剑上有血滴下，丛意儿脸色苍白，身子软软地倒在丛夫人怀中，眼睛里竟然流出泪来。

司马逸轩冷冷地看着昏迷过去的丛意儿，冷冷地说："你以为意儿有如此好的身手吗？可以不被甘南察觉地拔走佩剑？丛惜艾，真是难为你了。不要在本王面前演戏，以丛惜艾的身手，她只是划伤了自己，绝对不会有生命之忧！"

"轩王爷，您，您何必如此？"丛夫人哭着说，"就算是意儿她利用了您吸引二皇子的注意，也不应当如此被您记恨，怎么您一定要认定她是惜艾呢？她确实是丛意儿。快来人，去宫里请二皇子过来，就说意儿得罪了轩王爷，只因着她一时糊涂利用轩王爷想要引起二皇子的注意，所以，请二皇子前来替意儿说句好话。若是再这样下去，意儿她定会送了性命的！"

司马逸轩面无表情地说："是你们自取其辱，本王现在就要将这丛府查个彻底，若是找不到意儿，本王绝不会罢休。甘南，本王命你在十招之内杀死丛克辉，丛夫人，本王再给你最后一次机会，也就是说只有十招的机会，否则，丛克辉必死无疑！"

甘南拣起丛夫人从丛意儿手中夺回来丢在地上的剑,走到丛克辉跟前,礼貌地说:"丛少爷,承让!请先出招。"

丛夫人的脸色刷的一下变得苍白,身子晃动着,抱着昏迷的丛意儿,满眼的慌张。司马逸轩的冷漠无情实在是出乎她意料之外,她开始担心、害怕,如果丛意儿真出了意外,司马逸轩会如何血洗丛王府!

"第一招。"甘南轻声说。

丛克辉整个人呆愣愣的不知如何是好,但甘南剑横在他们二人之间,纵然他不想出招,似乎也不能解决问题。他知道甘南是司马逸轩身边极为出色的侍卫,刚才丛意儿抽走甘南佩剑的时候,他就一眼认出,面前丛意儿所用的招式是丛惜艾的武艺。天!母亲真是聪明到愚笨,竟然和轩王爷玩这种心眼,真是活腻了!难道眼前的人真的不是丛意儿,而是丛惜艾装扮?母亲和妹妹真是活够了!

丛克辉勉强出招,甘南剑轻轻一递,剑尖直指他的咽喉,却在离他咽喉半寸的时候恰好停住。丛克辉只觉得咽喉处一阵凉意,唬得他出了一身的冷汗!甘南此招并无意杀他,只是戏弄,只是倒数,警告他的母亲。丛克辉真是有苦说不出。

"丛少爷,承让,请出第二招。"甘南礼貌地说。

"轩王爷,您,您请放过臣妻唯一的儿子吧。"丛夫人的泪落下来。此时,她失去了主张,若是承认怀中的人不是丛意儿,司马逸轩不会放过她们母女,若是不承认怀中的人不是丛意儿,司马逸轩绝对不会放过丛克辉,那可是丛家唯一的血脉!

司马逸轩漠然地站在当地,面无表情,却冷得让观者心寒。

丛夫人呆呆地看着甘南招招致丛克辉死地,却并不真的杀死他,她知道,以丛克辉的武艺绝对不是甘南的对手,但是,她该如何才好?额上的汗一滴滴地落在面色苍白的丛意儿的脸上,丛意儿的呼吸之气越来越弱,似乎已经不支。

"丛少爷,第九招,请接好。"甘南礼貌的声音听在丛夫人耳朵中真是如同惊雷般,炸得她心跳如鼓!

"二皇子到——"外面传来一个声音。

丛夫人听到这一声,就如同久旱逢甘霖,整个人一下子软了下来。无论怎样,二皇子此时出现,实在是好事!

"皇叔!"二皇子的声音中还有疲惫之意,一步跨进厅内,一眼看到躺在地上的丛意儿,声音失措地冲上前,"意儿,你怎么了?丛夫人,意儿她怎么了,怎么会流这么多的血?这儿的奴才到宫里请求见我,说是意儿出了事情,得罪了皇叔,只因为意儿想要引起我的注意,利用了皇叔。是不是真的?"

丛夫人绝望地看着司马溶,他来了,有可能解决面前的问题,可是,他来的理由竟然只是担心丛意儿,这局面要如何收拾?!

"第十招。"甘南微笑着说,"丛少爷,不可以再让在下了。"

"二皇子,救救克辉!"丛夫人声音都变了调,因为司马溶已经从她怀中接过了躺在她怀中的丛意儿。她此时立刻努力站起来,一下子冲到丛克辉跟前,挡在自己的儿子和甘南中间。

司马溶抱着丛意儿,冷冷地看着司马逸轩,说:"皇叔,就算是意儿她利用了您,也只能怪侄儿当时忽略了她,您若是抱怨,自可来找侄儿,何必到这丛府里弄出这许多的事情来。丛夫人,你莫怕,如今我们最要紧的事情是赶快带意儿到宫里救治,来人,带丛夫人和丛克辉随我回宫。皇叔,您若是还生气,就自己在这儿待着好了,侄儿要救意儿,无暇与您理论,有事,请您到宫里来找侄儿!"

司马逸轩面无表情,看着甘南的剑从丛夫人肩膀穿过直接刺入丛克辉的胸前,冷冷地说:"丛夫人,意儿在哪儿!?甘南的剑再递前一寸,丛克辉必死无疑,你可考虑好了!"

"皇叔,您到底在做什么?!"司马溶既气恼又不解地问。

司马逸轩看也不看他,就好像司马溶根本不存在一般!

丛夫人整个人都要崩溃了,司马逸轩根本不是一个按理出牌的人,他根本不是她能对付得了的,她只能绝望地看着剑上的血一滴一滴地落下来,欲哭无泪,甚至对可能发生的事情无能为力,喃喃地说:"臣妻所住之处花园内小亭的下面,正南的石凳可以移动,下面是个密室,她,她在里面。"

她的声音很低,低到除了司马逸轩之外没有人可以听到。司马逸轩身影一晃,已经消失在众人视线之中。甘南刷的一下收回剑,紧跟在司马逸轩的身后出了大厅。大厅里一下子冷落下来,所有的人都茫然而立,一时如同在梦中般。

"母亲——"丛克辉用手捂着自己胸前的伤口,血从指缝间不停地流出来。他无奈地看着丛夫人,轻声说,"您怎么会傻到和轩王爷耍这种心计?!您要如何收场?如何向二皇子解释,他怀中之人是丛惜艾假扮而非真正的丛意儿?"

丛克辉的声音也很低,低到只有丛夫人一个人可以听到。司马溶并没有注意他们之间的交谈,他此时全部的注意力都在怀中面色苍白、眼角落泪的"丛意儿"身上。看她如此脆弱无助,他真是心疼得很。"意儿,我一定会娶你为妻。你这就随我回宫,我这就向父王禀明,我要风风光光地娶你入二皇子府,给你幸福。"

丛夫人眼前一黑,昏迷过去。一切,乱了套,丛意儿究竟有怎样的魔力,短短时间内让两个男人动了心,许了终生?!惜艾要如何才好?

"来人,立刻带丛夫人和丛克辉随我回宫。"司马溶沉声吩咐,抱着怀中的女子急匆匆地离开了大厅,带着众人离开丛府回宫。

赶到后面丛夫人所住之处，甘北正在花园中吩咐随行的人处理亭内石桌石椅，看到司马逸轩和甘南快速赶来，甘北立刻说："主人，这儿下面应该是个空的密室，丛姑娘有可能被藏匿在下面。"

司马逸轩沉声说："挪动正南的石凳，意儿就在下面。"

有两个人挪开正南的石凳，下面是个透着凉气的只可容纳一人上下的洞口，人站在旁边，就能感觉到一股一股的阴冷之气不停地冒上来，令人不禁。

"果然狠毒，不仅封了透气之处，而且里面全是阴冷之气。主人，在下这就下去，带丛姑娘上来。"甘北恼恨地说。

"不必，本王要亲自下去！"司马逸轩心中着急，沉声吩咐，"拿根绳子捆在本王的腰上，送本王下去，如果有什么事情，本王会通过绳索和你们联系。"

"主人——"甘南和甘北同时说，"这太危险，使不得！在下下去就好，一样可以马上带丛姑娘回来。"

"快点准备！"司马逸轩怒声说，完全没有听从之意。

甘南和甘北相互望一眼，迅速拿来绳索，系在司马逸轩的腰上。看着司马逸轩从洞口进入密室，很快消失在众人视线之中，此时，谁也不知下面是怎样的情形，洞内有没有机关？丛姑娘有没有在里面？此时是否还活着？希望主人和丛姑娘都不会有事！

从洞口往下开始，就感觉到刺骨的寒意，司马逸轩注意到，这儿的周遭全是用冰砌成的，根本没有落脚点，如果人掉在里面，根本不可能爬上来，也就是说，如果丛意儿被丛夫人关在里面的话，她此时应该仍在密室里！

"意儿，你在吗？"双脚落在坚实的土地上，司马逸轩尽量平静温和地呼唤，"如果你在，请回答我。意儿，我很害怕，告诉我你在，好吗？"

并没有任何回答传来，司马逸轩觉得心跳在这一刻要停止了一般。

过了好一会儿，才有虚弱的声音传来，"我在，可是我的脚踝扭伤了，没办法挪动。"

司马逸轩迅速取出一颗夜明珠照亮他视线所及之处，看到就在他落脚处不远的地方，丛意儿靠在冰墙上，脸色苍白，室内很冷，可她额头上仍然有汗意，嘴唇轻报着，似乎在努力忍受着疼痛。

司马逸轩一下子冲过去，将丛意儿揽在怀中。他可以听得到自己的心跳声，从来没有过，什么事情可以让他如此紧张，甚至是害怕。是的，他害怕，害怕再也见不到丛意儿！"意儿，不要怕，有我在，所有事情我来解决，是我的疏忽，再也不会有同样的事情发生。"他伸手握住丛意儿的脚踝，轻轻揉动，然后微一用力，丛意儿只觉得脚踝处一股暖流传来，感觉上轻松了许多。

"我很害怕。"丛意儿轻轻嘘了口气，轻声说，"这不是我可以想象的事情，我

195

已经很小心,却仍然发现,在这大兴王朝总有不可预知的状况发生。"

司马逸轩没有说话,只是紧紧地把丛意儿揽在怀中,借助于自己身体的温度给丛意儿带来足够的暖意,然后拉了拉绳子,让上面的人带自己上去。

丛意儿觉得疲惫至极,闭上眼睛。她是医生,知道在那般黑暗的环境中待了许久,眼睛不可以突然接触明亮的光线,而且她也是想要通过这种方式掩饰内心中的起伏。落入那个密室,在封闭的冰冷环境里,不知道下一步会怎样,唯一的可能就是等死,落下来的时候,她摔伤了脚踝,甚至挪动不了半步,而且她知道,所有的墙壁是真实存在的,没有什么机关的。这只是一个类似冰窖的洞,丛夫人不知道自己会武艺,所以根本就没有想过要如何特意地对付她,以为只要把她关在一个冰窖里,在缺氧的情况下她随时可以窒息死掉!

"意儿,什么也不要想,我在这里。你需要好好休息,在有阳光的地方,我陪着你,闻花香,吹暖风。"司马逸轩轻声说。此时,他真的是说不出任何话来,包括安慰的话,他知道,在那样一个冰冷黑暗的环境里,丛意儿一定很害怕,现在任何的安慰都是苍白的。他只能够怀着一心的内疚,让丛意儿待在温暖的阳光下,让风温柔地吹过,让阳光灿烂地照在她身上,让花香在她的周围慢慢飘荡。

丛意儿坐在微微晃动的摇椅里,晒着太阳,闻着花香,微闭着眼睛,睫毛轻颤,好半天没有说话。

"意儿,好些了吗?"司马逸轩用轻轻的声音问。

丛意儿仍然不说话,她仍然觉得冷,似乎仍然待在冰冷黑暗的冰窖里。她不知道丛夫人怎么会恨她至此,竟然恨到要令她在一个无人知晓的地方窒息而死。她是医生,知道那种窒息是种怎样的痛苦经历,在丛夫人心中,对她,只有仇恨!

"她恨我至此。"丛意儿突然轻声说,"恨到视我的性命如草芥。逸轩,大兴王朝并没有我看到的那么美好。"

司马逸轩抚摸着丛意儿的头发,看着花丛间飞舞的蝴蝶,轻轻地说:"是我疏忽,让你面对了这许多的事情。"

丛意儿轻叹了口气,淡淡地说:"原来丛惜艾爱你如此之深。"

司马逸轩轻声说:"可我喜欢的不是她。"

丛意儿再次闭上眼睛,难怪叶凡宁愿隐姓埋名,难怪司马锐会舍弃九五至尊的帝王之位,都只因为若在这为权力而存在的竞争中,永远温情不得。"她只是在不合适的时候爱上了不该爱的人。"

二皇子府里,李山和刘河忙成一团。太医紧皱眉头地开出药方,所有的人都因着司马溶的脸色而忙成一团,却不敢有任何声音发出来。司马溶面上带着担忧的表情,丛意儿出事了,丛府里传来这个消息,他突然发现,为了丛意儿,他可以做任何事情,那一刻,没有选择,只有一个念头,丛意儿是她的!

"李山,我要立刻去见父皇。"司马溶说,"以我此时的力量无法有足够的能力对付皇叔,为了保护意儿,我只有立刻娶了她。如果她此时成了二皇子妃,皇叔就只能放弃他的念头。"

"可是丛姑娘现在正在昏迷当中,这样如何让她成为二皇子妃?"李山犹豫地说,"您是二皇子,大婚是需要重大仪式的。"

"现在这一切不重要,重要的是要如何保护好意儿,而且我觉得对于意儿来说,她根本不会在乎这所谓的形式。以前是我亏欠了她,如今我一定要尽最大的力量保护她,不让她受到任何的伤害。"司马溶沉声说,"吩咐人好好照顾意儿,以及丛夫人和受伤的丛克辉,皇叔还不会闹到这儿来。"

李山没敢再提出异议,只得跟着司马溶去了皇上那儿。

轩王府,一派安静,没有任何人走漏丛意儿待在这儿的消息,而且知道丛意儿待在这儿的,也只有轩王爷近旁最可靠的几个人。他们都是懂得严守秘密的人,轩王府封锁了所有对外的消息。

"主人,刚刚从皇宫得到消息,说是皇上准许二皇子立刻娶'丛意儿'为妻,想必,此时,二皇子仍然不知道二皇子府中的丛姑娘其实是丛惜艾假扮的。"甘南轻声说,"皇上下旨,一切从简,待'丛意儿'身体恢复之后再举行仪式。"

司马逸轩淡淡一笑,说:"很热闹。"

甘南轻声说:"丛惜艾此时正在昏迷之中,那一剑虽然不至于要了她的性命,但是也可以使她昏迷较长一段时间。如果没有解药,没有人可以使她恢复原来的容颜,而就目前情况来说,实在是没有足够的理由让丛惜艾出现。"

丛意儿在花园里散步,看着飞来飞去的蝴蝶,一场雨即将来临,整个花园透着一股说不出的清冷味道。

此时,是二皇子司马溶娶"丛意儿"的时辰。这个决定下得非常突然,皇上临时下了圣旨,就让司马溶收了"丛意儿"为妃。丛意儿知道,此时二皇子府里的"丛意儿"还在昏迷中,丛夫人忙于照顾同样受了伤的丛克辉,无法接近"丛意儿",确切地讲,是丛夫人还没有得到消息,如果不是司马逸轩的身份和地位,自己也不可能知道得这么快。丛意儿不知道,如果司马溶发现,其实他娶的是丛惜艾,纵然是他一直喜爱着丛惜艾,会如何?!

二皇子府内,大红的灯笼一一悬挂着,鲜红的颜色满目飘荡,透着兴高采烈的味道。司马溶微笑着看着奴仆们忙来忙去,摆放着瓜果花草,进进出出。太医刚刚说过,丛意儿没什么大碍,只是失了些血,受了些皮肉之伤,已经上了药,好好歇息几日就会好的。

"李山,去接丛夫人过来,估计丛克辉已经无事了。"司马溶微笑着说,"此时意儿正睡着,就不要惊动她了,过了今夜,她就是我的皇子妃,任谁也伤害不了她。对了,记得问一下丛夫人,为何到现在我都没有看到惜艾。"

李山走进丛夫人和丛克辉居住的庭院,丛夫人正一脸愁容地坐在房子里发呆,出神到竟然没有发觉李山的出现。

丛克辉躺在床上,脸色看起来不再那么苍白。其实,甘南手下有分寸,只是让他受了伤,却不会要他的命,但是,轩王爷说得不错,虽然现在看来他只是受了些伤,失了些血,休养些日子就不会有事,可是当时要是自己的母亲不说出丛意儿的下落,甘南的剑只要再微微向前递一分,就可以随时刺穿他的心脏令他一命呜呼!真是不知道母亲是怎么想的,知道轩王爷喜欢上了丛意儿,怎么还去招惹丛意儿,并胆大妄为到欺瞒轩王爷?

看到李山走了进来,母亲却毫无反应,丛克辉强自想要起来,口中说:"李公公好,快请坐。"

他的一声招呼惊醒了丛夫人。丛夫人抬眼看到李山一脸笑嘻嘻的模样,心惊得差点背过气去,但是,看他的模样,惜艾应该是没什么大碍了,但是,为何,看到这藏着恭维和巴结的微笑,却让自己心里慌乱成如此模样?!"李公公,失礼,没有看到你进来,快请坐。"

"谢啦,丛夫人,您不用客气,奴才没事,只是得了主子的吩咐,特意来请您过去,若是丛少爷身体允许,也可以同时过去,若是身体不适,就不必太过勉强。主子也嘱咐过,如今只是为了替丛姑娘着想,也是应急的,待丛姑娘身体恢复后,一定会好好迎娶的。"李山微笑着,恭敬地说,"刘河已经去请丛王爷了,丛夫人可要再梳洗一下?待会可能会见到朝里的几位王爷和夫人们,如今夫人为了丛姑娘和丛少爷的事情操心费力的,精神上一定很疲惫。"

丛夫人的脸色瞬间变得苍白,毫无血色,傻傻地看着李山,茫然地说:"二皇子,他,他要娶丛意儿?!"

"是的,主子已经准备妥当,特意请皇上和皇后娘娘过来观礼。虽然不是一个很隆重的形式,但是有皇上亲口允准,也算是一件值得欣慰的事情。"李山笑着说,"毕竟此时丛姑娘还在歇息,身体还没有恢复,也不能行什么大礼,可是,奴才倒是很替丛姑娘开心,能够得到主子此番真心实意的疼惜。"

丛夫人身子晃了晃,用手扶着桌沿,不让自己摔倒在地上,可脸色却越来越苍白。天!若是二皇子发现,他娶的不是丛意儿而是假扮成丛意儿的丛惜艾,会有怎样的情形发生?"谢谢李公公!我梳洗一下就过去,克辉他身体不适,就罢了吧。"

李山微笑着说:"好,奴才这就去告诉主子一声,临走前,奴才可得好好恭喜一下您,不仅有个大兴王朝数一数二的女儿,还教导出一个如此出色的丛姑娘,真是有福气。对啦,来的时候,主子还嘱咐过奴才,要奴才问询一下夫人您,怎么没见到丛姑娘的姐姐?她今晚能够到二皇子府里来一趟吗?"

丛夫人勉强笑了笑,说:"真是不凑巧,惜艾她这几日身体不适,我送她去了一处地方静养。这些日子府里有些乱,怕打扰她休息,耽误了身体的康复。如果二皇子希望她去的话,我会安排她尽快赶回来,但是,今晚好像是赶不回来了。"

李山有些遗憾地点了点头,说:"既然如此,就不必打扰了,奴才回去会和主子禀报一下,主子应该会谅解的。"

"那就麻烦李公公费心了。"丛夫人努力坚持到李山的身影消失在视线中,然后一下子瘫倒在椅子上,额上的汗一滴滴地落了下来,心里慌得不知如何是好。

"母亲,您要如何应付现在的局面,难道要妹妹一生一世顶着丛意儿的面容活着?"丛克辉茫然地问,"如今只怕是轩王爷已经找到了丛意儿,否则他哪里肯放过您?就算是您躲到皇宫,他也不会放过您的。此时二皇子一时认不出来丛意儿是惜艾假扮,可时间一长,惜艾总不露面,他难道不会怀疑?如果知道一切是您一手操纵,他还不灭了丛王府?他毕竟是当朝的二皇子,可是您随意戏弄的?"

"我知道。"丛夫人软弱无力地说,"可是事已至此,我又能如何?最要命的是,你妹妹她此时尚且不知目前状况。"

"也只能走一步看一步了。"丛克辉叹了口气,说,"不论怎样,也得应付过今日,或许妹妹想得出办法来。毕竟二皇子知道她受了伤,应该不会在今晚强要了她。"

看着躺在床上的丛惜艾,丛夫人心疼得几乎站立不稳。那时眼看着女儿一剑在自己颈上划过,那一刻她的魂差点丢了,后来发现,女儿在一剑划过去的时候用了巧劲,只是弄伤了颈部的皮肤却并不会要了女儿的命,才悄悄松了口气。但此时,站在女儿床前,看着已经有奴婢替她换好了干净鲜艳的衣服,纵然是不举行大的仪式,可是也看得出来二皇子是用了心的。

丛惜艾根本就没有睡着,丛夫人更加心疼地发现,惜艾的眼角有泪,努力忍着不流出来,胸口强压着起伏,努力维持的平静,却无一不显露出她的脆弱和无助。她已经知道所有,知道自己将要以丛意儿的身份嫁给二皇子,知道如果稍有不慎就会跌入地狱!

"女儿,"丛夫人不敢直呼丛惜艾的名字,只得用这个模糊的称呼,轻声说,"为娘害了你,如今要如何是好?"

丛惜艾半天没有吭声,仿佛睡得很香,睫毛却轻轻一颤,一滴眼泪再也忍不住落了下来,挂在腮边,却不肯开口说话。

"为娘估计,轩王爷他已经找到了她,否则,就如你哥哥所言,他岂肯饶了我们。"丛夫人轻声说。明知道这些话会刺痛丛惜艾的心,但是,不说,这许多的局面要如何应对?如果今晚二皇子请了轩王爷,而轩王爷偏偏带来了丛意儿,她们母女要如何面对?"如果今晚他们二人出现,二皇子肯定会暴怒至极的。"

　　"他也变了心。"丛惜艾突然睁开眼睛,静静地看着自己的母亲,心灰意冷地说,"他真的以为我是丛意儿,竟然对我说,为了丛意儿可以放弃丛惜艾。他说,丛惜艾是个好姑娘,可是,丛意儿突然受伤,让他发现,他离不开丛意儿,他能够做的就是,只要丛意儿安全就是他最大的幸福!他,曾经视我为唯一,如今,却轻易将我放弃!母亲,我恨他,我会亲自告诉他,我是丛惜艾,我不是丛意儿,我喜欢的不是他,我只喜欢轩王爷一个人!"

　　"女儿,"丛夫人一脸的惶恐,"你疯了?!"

　　"是的,我疯了!"丛惜艾冷冷地说,"我要搅乱这朝纲,我要让这大兴王朝从此不再太平,我恨这儿所有的人!"

　　"女儿——"丛夫人哀叹了一声,"你不要这样作践自己。"

　　丛惜艾面无表情地说:"我要让司马溶用全部身心来对付司马逸轩,我要让他们叔侄二人反目成仇。我要他们二人斗得两败俱伤,然后我看着他们谁也得不到丛意儿!"

　　丛夫人茫然地看着自己女儿眼中的仇恨,突然,涌起一心的凉意。是不是自己做错了?这仇恨就这样交给了自己的女儿?如果当时自己放下仇恨,或许此时,女儿幸福得很。丛意儿不过是伤害过她的女人的女儿,血液中还流着自己最爱的男人的血,如果当时肯饶过丛意儿,是不是现在命运也可饶过她们母女二人?!

　　司马溶走了进来,故意放轻脚步,唯恐惊醒了躺在床上的人儿,看到丛夫人在,他微笑着轻声说:"你来了,意儿她还好吧?"

　　这一声"意儿她还好吧?"听得丛夫人心里一惊。她以前知道司马溶极爱丛惜艾,至少大家是这样相信的,因为,一直以来,司马溶身边除了丛惜艾,就没出现过别的女子,可是,就算是如此,也不曾得到过他如此贴心的问候,这一声问候中,有着太多的疼惜和眷恋。他是什么时候如此深切地爱上了丛意儿?"她还好,只是睡着了,身体有些虚弱,过些时候就没事了。"

　　"嗯。"司马溶点点头,轻声说,"真是难为她了,为了我要利用皇叔,出了这许多事情。我一定会好好保护她的,如今她成了我的皇子妃,皇叔一定不会难为她的。"

　　丛夫人茫然地点头,看着躺在床上的女儿,看着女儿伪装成丛意儿的面容,心里头真是难受——女儿要如何承担这一切?一直以来,她相信司马溶只在乎她,虽然有可能很早以前就已经不爱司马溶了,或者说,她从来没有爱过司马溶,但是,突然知道以为一直爱自己的人却爱上了别的女人,而且爱得极深,深到可以放弃自己,他的心中不再有自己,只有那个根本不可能被他爱上的人!她,怎么可能心理平衡呢?她纵然不爱,也不会允许这种情况出现!

"对啦,怎么没有看到惜艾?听李山说,她现在去了别处休养,出了什么状况,要她一定要离开京城去别处休养,难道是又回乌蒙国啦?"司马溶漫不经心地问,他的目光转向躺在床上的女子,"如果可以,我会从乌蒙国请大夫来替意儿治疗,因为,说实话,在医药上,乌蒙国确实有独特之处。"

丛夫人愣了愣,不知道要回答哪一个问题更好,只得不作声。

躺在床上的丛惜艾突然睁开了眼睛,安静地看着司马溶,平静而漠然地说:"二皇子,请原谅,我不能嫁给您。"

司马溶微笑着说:"你怎么又这样说了,如果不是为了想要嫁给我,何必要利用皇叔来吸引我的注意?傻丫头,我会好好对你的,放心,在你能够接受惜艾之前,我不会让她进入二皇子府的。如果你一直不能接受,我也会考虑一直坚持下去,而且,以惜艾的容貌和才学,可以获得更好的夫君。因为今晚的事让我明白,原来分心喜爱一个人也是辛苦的事。"

丛惜艾的眼睛冷冷地盯着司马溶,眼神里全是绝望。她冷冷地说:"二皇子,您搞错了,我是丛惜艾,不是您想要娶的丛意儿。母亲,去把解药拿来。"

司马溶愣愣地看着他眼中的丛意儿,实际上的丛惜艾,从床上坐了起来,吩咐丛夫人去拿解药,准备清水,很冷静地在他面前,从清秀的丛意儿变成了娇艳的丛惜艾。其实,就是短短的一瞬间,可是,司马溶却觉得有一百年那么长。

丛惜艾的面容清晰地展现在司马溶面前,精致的眉眼,妩媚的表情,眼神里却有着嘲讽的味道,甚至完全不加掩饰。"二皇子,您没有想到吧,您所说的话,竟然被一个不应该听到的人听到了。丛意儿此时仍然待在轩王府里,你仍然是没有得到她!"

司马溶面无表情地看着丛惜艾,没有说话。

"很抱歉,让您看到了您不愿意看到的面容。"丛惜艾冷冷地说,看着司马溶呆滞的表情,"真是不好意思,让您如此失望。"

司马溶还是没有说话,只是静静地站着。

丛夫人觉得自己快要窒息了。

"二皇子,惜艾知道您心中很失望也很恼火,可是,这种状况实在不是惜艾想要您面对的,是您自己一定要面对的!"丛惜艾冷冷地说,"惜艾心中只有一个人,是为了他,才宁愿如此。但,那绝对不是您,您要恨,就请恨吧!"

"惜艾——"丛夫人绝望地喊,整个人都快要僵硬了。

201

"立刻重新变成意儿!"司马溶突然僵硬地说,"不要考验我的忍受力,不论中间出了什么状况,我今天要娶的是意儿,你就必须是意儿。如果可能,丛惜艾,你就得从这个世界上消失,直到真正的意儿嫁给我,你才可以出现!"

"惜艾不能答应。"丛惜艾冷冷地说,"惜艾就是惜艾,不能变成丛意儿,而且此时真正的丛意儿就待在轩王府,您要是想要娶她,就去那儿找她,何必要一个假的。"

"立刻再变成意儿,否则,我立刻灭了整个丛府!"司马溶高声说,声音里透着极度的愤怒。

"二皇子,她,她只是惜艾……"丛夫人低声说。

"我知道!"司马溶大声说,"闭嘴!但是,现在她就只能是意儿。我要娶的是意儿,不论她待在哪儿,她都是我的,不是任何人的,就算她此时待在皇叔那儿,天下人都知道是我娶了意儿,他就不能再把意儿收为己有!马上去做,我要丛惜艾立刻在我眼前消失,我只要意儿她站在我面前!"

丛惜艾站着,没有任何反应。

司马溶逼近丛惜艾,一个字一个字地说:"丛惜艾,你给我听好了,你今日必须以意儿的身份嫁给我,明天,我会同时娶你入府,你就老老实实地待在二皇子府,别存任何念头!"

丛惜艾轻声说:"二皇子,若是我就是不答应呢?你不要以为你就可以威胁得了我。如果你今天真是硬要我以丛意儿的身份嫁给你,我也可以答应,但是,你不要以为你可以对抗轩王爷,你,永远都不是他的对手,你,与他比起来,实在不值一提!"

司马溶的呼吸扑在丛惜艾的脸上,他的声音像针一样扎在丛惜艾的心上,"那是本皇子的事情,与你无关,可是,有一点我却可以做得到,皇叔他只是王爷,我却是未来的皇上!"

丛惜艾看着面前的司马溶,静静地说:"此时,你才有些帝王的气势,以前的你,终究太过温和,成不了大事,现在的你,或许真会成为大兴王朝的皇上!"

"啪——"司马溶一巴掌打在丛惜艾的脸上,鲜血从丛惜艾的嘴角流下来,"今天,只有意儿,没有任何外人。这就是你要做的!"

看着司马溶从房间里离开,那背影中有着太多的愤怒,丛惜艾的心轻轻颤抖了一下,男人!怎么可以如此寡情薄义?!明明以前是那么在乎自己的人,曾经为了自己食不知味,寝不能安,为了让自己能够坐到未来皇后娘娘的位置上,不惜答应娶一个他最为讨厌的女子的男子,怎么突然间变成了如此模样?如此厌恶的表情!

"惜艾——"丛克辉的声音在门外响了起来。因为受了重伤的缘故,他的脸色看起来有些苍白，没有血色，声音中带着一丝悲哀，"妹妹，你为何要如此傻，做到这一步？"

"你都听到了？"丛惜艾重新回到床上坐下，靠在被子上，一副倦倦的、散漫的表情，"已经如此，倒省得再伪装下去。我早已经不再喜欢他，而且，我也从来没有爱过他。这样的结果反而好，如果不捅破这层窗户纸，只怕我还要伪装一辈子。"

"你这样，只会令二皇子恨你一辈子，真的是毫无利益可得。"丛夫人无奈地说，"你怎么会喜欢那个轩王爷呢？他太完美了，完美得不像真实存在的人，他的心思和处事，都不是你我可以了解的。和这样一个男子生活在一起，会是一件相当痛苦的事情，除非你能够和他不相上下。但是，惜艾，为娘觉得，你，只怕是无法了解轩王爷啊。"

"他是怎么发现我不是丛意儿的？"丛惜艾疲惫的声音中透着无法掩饰的茫然，她此时的注意力，仍然在此事上，其他的，似乎完全影响不到她，"我已经做得很好，为什么他还是可以一眼认出我不是丛意儿来？"

"因为，他爱的不是你。"丛克辉悲伤地说，"惜艾，哥哥是个男子，知道有些东西是绝对隐藏不了的，就如同你费尽心思假扮丛意儿，却无法逃得过爱她的人的眼睛。姑且不论轩王爷是如何出色的人，能够在大兴王朝为所欲为，做自己想做的任何事情，就算是普通世俗男子，也是可以一眼辨真爱！就只能说你低估了他对丛意儿的在意。"

"是吗？"丛惜艾冷冷地说，"我们不是看到二皇子也一样很喜欢丛意儿吗？为什么他就没有看出来我是假冒的？我和丛意儿在一起生活了许多年，从小我们就认识，模仿她，对于我来说，根本不是一件困难的事情，怪只怪我太小瞧轩王爷了。"

"你模仿的只是以前的丛意儿，而非现在的丛意儿。"丛克辉轻声说，"惜艾，如今的丛意儿变化太大了，任何一个小小的细节都会葬送了你。轩王爷站在你面前的时候，你说话的表情就泄露了你不是真正的丛意儿。你太卑微，表现得太奴才模样，如果丛意儿在轩王爷面前真是如此模样，你以为轩王爷会喜欢吗？"

丛惜艾闭上眼睛，似乎是在休息，又似乎是在想什么问题，过了好一会儿，才轻声说："好啦，目前已经这样，我要好好收拾一下，在众人面前假扮丛意儿了。如果我们大家想要活下去，这是我们唯一可以做的，也就是说，从现在开始，世上暂时只有丛意儿，不再有丛惜艾。如果一切顺利，或许我可以早些回到丛府；如果不顺利，你们就要相信我已经不存在了。"

丛克辉轻叹了口气，低声说："打住吧，不要再做任何和丛意儿有牵连的事情，轩王爷真不是一个可以和平共处的王爷。"

"我知道。"丛惜艾看着镜中越来越陌生的模样,真的很厌恶变成丛意儿的模样。"但丛王府的人得继续活下去!"

看着司马逸轩面色平静地出现在自己面前,司马溶没有说话。他以为司马逸轩不会来,正在想着要如何把司马逸轩请来,因为他需要司马逸轩来主持这个仪式,令天下人都知道,他,司马溶的皇子妃,是丛王府的丛意儿,从此后,丛意儿将永远只属于他一个人。"皇叔,您来得可真是早,真给侄儿面子,可惜,意儿她此时身体不好,否则,侄儿倒真希望可以好好地请皇叔喝上一杯。"

司马逸轩淡淡一笑,面色平静,什么也没说。

司马溶面带微笑继续说:"侄儿希望可以请皇叔来为侄儿主持一个简单的仪式,虽然因为意儿的身体不太好而不能举行盛大的婚礼,但是,我还是希望皇叔可以替侄儿主持一个简单的仪式,让天下知道意儿的存在,如何?"

司马逸轩眉毛轻轻一挑,微笑着说:"本王是你的长辈,自然是要用心替你主持。"

丛惜艾看着镜中陌生的自己,眼神中全无表情。丛意儿,这个她从不曾放在眼中的女子,此时竟然可以如此颠倒乾坤!她将要以丛意儿的身份出现在婚礼的仪式上,成为司马溶的皇子妃。这真是相当滑稽的事情,什么时候自己变得如此卑微?

"惜艾,你,可好?"丛夫人轻声问,似乎怕声音大了,惊扰了丛惜艾。眼看着自己的女儿如此情形,丛夫人的心绞痛难忍。是自己害了自己的女儿,如果当时——有些事,真的是毫无道理可讲,她恨那个女人,所以恨那个女人的女儿,恨这个和她所恨的女子容颜相似的丫头的一切,纵然这个可恶的丫头体内流着她深爱的男子的血,也不能够让她放弃仇恨。

丛惜艾有些疲惫地点了点头,轻声说:"母亲,我,很好,您不必担心,这些事情女儿还应付得了。母亲,丛意儿真的不是一个丑丫头,为了装扮成她,我不得不仔细回想她的容颜细节。丛意儿,确实是个很有味道的女子,只是素日里我们忽略了而已。她的母亲到底是怎样的一个女子,能够让你到此时仍然恼恨在心头?"

丛夫人有些恍惚,半晌才慢慢地说:"那是一个为娘一辈子也不可能忘掉的女子。她是个让人不能忘记的女子,不管你是恨她还是爱她,只要遇到她,这一生,她就永远如影相随。惜艾,我们现在放手吧,不要再继续下去了,或许现在还来得及。"

丛惜艾轻轻吐了口气,无奈地说:"母亲,女儿不得不继续下去,走一步算一步。女儿若是此时放弃,会害了整个丛府。女儿不能让丛府毁在女儿一人手中。"

司马逸轩始终面带微笑，似乎什么事情也不放在心上。司马溶眼睛看着，心里头疑惑重重，皇叔究竟是怎么想的，他似乎是看出了自己的打算，却并没有任何的举动。

皇上走了进来，皇后跟在身后，二人脸上带着微笑。司马溶要娶丛府的千金丛意儿为妻，这虽然不是皇上满意的结果，但是，既然儿子执意如此，就答应他好了，何必为了一个女子惹得父子二人反目成仇。

"原来皇弟也在。"皇上笑着说。

司马逸轩微笑着点了点头，"今日是侄儿的大喜之日，我自然是要来讨杯喜酒的，而且，司马溶还希望我可以替他主持今天的仪式，我怎么可以不出现呢？"

"是啊，孩儿确实希望可以由皇叔替孩儿主持今日的仪式。能够和意儿结为连理，对孩儿来说，实在是值得庆幸的一件事，所以，孩儿希望可以由一个众人信服的人替孩儿主持一切。"司马溶眼睛看着司马逸轩，透着几分冷漠。

皇上叹了口气，说："真是不知道你是怎么想的，放着好好的惜艾不娶，非要娶一个蛮横任性的丛意儿，不过，既然这是你的选择，父王也左右不得，只要你开心就好。丛意儿呢，怎么没见她在？"

"她在后面更衣，因为这两日一直不太舒服，所以体力有些不支，做事情会慢一些，请父王谅解。"司马溶轻声说。

皇上没有再说什么。

夜色渐重，二皇子府里有了喧哗之声，许多前来贺喜的人各自和熟悉的人轻声攀谈，每个人都面带着恭维的笑容。

"难得大家今日有兴致。"皇上落座，微笑着看着下面的臣子，说，"今日是溶儿的大喜之日，只是即将入府的丛姑娘这几日身体不舒服，所以，暂时不举行隆重的仪式。皇弟，既然溶儿希望由你主持仪式，朕这个做父亲的就让贤了。"

司马逸轩微笑着，看着面前众人，"既然如此，本王就不再客气。今日是司马溶和丛惜艾大喜之日，司马溶和丛惜艾是青梅竹马的一对，如今，虽然不能举行隆重的仪式，可有情人可以走到一起，也是一件值得庆幸的事。"

皇上和皇后一愣，下意识地看向司马溶，司马溶不是说要和丛意儿成亲的吗？怎么突然又变成了丛惜艾？却看到司马溶面无表情地坐在那儿，看着听着发生的一切。皇上看了看皇后，轻声说："是不是朕记错了？怎么好像朕记得溶儿去找朕的时候，一再说的是他要娶丛意儿，怎么此时突然成了丛惜艾？是皇弟口误还是朕听错了？"

丛雪薇微微皱了下眉头，轻声说："妾身也不晓得是怎么一回事。好像二皇子说的是丛意儿，但看来，却好像是丛惜艾。"

"这到底是怎么回事？"皇上不解地说。

司马溶茫然地坐在椅子上,心里头真是恼恨到极点,他,怎么忘了自己要面对的是大兴王朝最不按理出牌的司马逸轩?明知道有可能司马逸轩有计谋在,却以为自己十拿九稳,司马逸轩奈何不得他!但此时他却有苦说不出,司马逸轩点了他的穴位,让他动弹不得,只能够这样傻乎乎地坐着。

但是,出来的不会是丛惜艾,而是"丛意儿",司马逸轩又会有怎样的办法来应对?!

"来,请丛大人带他的千金出来。"司马逸轩平静地说,语气里依然是大家习惯的他对丛府的厌恶之意,"恭喜丛府又出了一位入住皇宫的女子,可以让丛府继续荣耀下去!"

丛雪薇的脸色微微一变,微低下头。对这个小叔子,她始终有着一份说不出的惧意。

看到走出来的女子,司马溶脸色一变,他不是命令过丛惜艾再次更改成丛意儿的模样吗?怎么会这样,怎么可能出现的还是丛惜艾?她有如此胆量违抗自己的命令吗?

"不是我。"丛惜艾的声音听起来很小,她站在司马溶身旁,用只有他可以听到的声音说,"轩王爷和乌蒙国的私交甚好,而且还有一位蕊公主。我所用的药,除了我可以解开外,蕊公主也可以解开!轩王爷事先让人点了我的穴位,然后让我出现,陪在我身旁的人是轩王府的奴婢,我被点了穴位,如同废人一个!"

司马溶唯有苦笑,他始终太过青涩!

皇上看着出现的丛惜艾,脱口说:"咦,不是说今天是丛意儿要嫁——"

"是的,皇兄说得不错,今日我也有一件喜事要和皇兄说一声,也就是皇兄刚刚提到的丛意儿。本来要和皇兄说一声,我要娶意儿为轩王妃,但是,今日是司马溶大喜的日子,就过了今日再提吧。"司马逸轩微笑着说,"今日大家都在,我就暂且和大家提一声,在茫茫人海中,难得可以遇到自己心仪的女子,意儿就是,所以,从此时起,丛意儿就将是大兴王朝唯一的轩王妃。"

"这,这,到底是怎么一回事?"皇上有些意外,"朕怎么越来越不明白了?"

"丛大人今日是双喜临门,同时嫁了府中两位千金,是不是呀,丛大人?"司马逸轩淡淡地说,"你不仅有个女儿成了二皇子妃,而且你的侄女还成了本王最心爱的女人,本王觉得,丛大人真是幸运得可以,有个可以力挽狂澜的好侄女。"

他的话听来不经意,却听得丛王爷心头一阵阵的发冷。司马逸轩完全不加掩饰地告诉他,如果不是因为有丛意儿在,丛府一定不知是如何下场!到底是出了什么事情?过了此时,一定要好好问问自己的夫人,这些日子究竟是怎么一回事!

"二弟和令千金本就是天造地设的一对,早就应该缔结连理,虽然说因为丛姑娘的身体不适,不能够举行大婚,但有父皇亲自参加,并有皇叔亲自出面主持仪式,也就等同于大婚。只等着丛姑娘身体康复后,就可以热热闹闹地举行一场大婚。"大皇子司马澈微笑着,站在司马溶的旁边,和气地说。

勋王妃苏娅娴捂着自己的肚子,站在那儿,感到有些头晕。这屋子里人太多,身为孕妇的她有些不太适应,尤其是这房间里有着太多说不出来的东西,令她觉得压抑,但是,因为皇上和皇后在,她真的不好意思离开。这时,见大皇子说话,她犹豫了一下,转头看了一眼站在轩王爷旁边的自己的丈夫勋王爷,再看看面无表情的丛惜艾,也微笑着说:"妹妹真是好福气,能够这样被二皇子珍重,虽然一时不能举行大婚,想来姑父绝对不会在意。"这话说完,却看到丛惜艾眼中闪过一丝恨意,吓了她一跳。

司马逸轩淡淡一笑,说:"丛姑娘是有福气的人,将来会是大兴王朝的皇后娘娘,也算是丛府的运气。本王挂念府中的意儿,就不在这儿多作停留,而且今日还是司马溶大喜的日子,各位讨杯喜酒喝了就散了吧,免得让他们二人心中焦急。"

不解内中缘由的来客们笑了笑,说:"哪里会耽误他们小两口的好事,只是不知道轩王爷何时肯赏杯喜酒喝喝?"

司马逸轩微笑着,不看司马溶眼中几乎可以杀人的恼怒和丛惜艾一眼的恨意,对其他人说:"自然会请。得遇可爱之人,乃人生一大幸事,自然要与众位分享心中畅快之意。各位闲坐,本王告辞。皇兄,我先走了,你随意吧。"

皇上目送着司马逸轩头也不回地离开,转头看着司马溶,不解地说:"溶儿,这到底是怎么一回事,你是不是要和父皇解释一下?各位,惜艾她身体不适,时间也不早了,都散了吧。"

众人彼此看看,心中甚感奇怪,这仪式怎么如此短,甚至还没有来得及讨上一杯喜酒,皇上就送客了?但是,面前是皇上,大家也不敢问,也不敢再作停留,都纷纷向司马溶和丛惜艾道喜然后离开。很快,房间里就只剩下皇上、皇后和司马溶、丛惜艾四人。丛王爷也没敢再作停留,因为他着急向自己的夫人询问缘由。

丛雪薇看着自己的侄女,轻声问:"惜艾,这是怎么一回事?二皇子说他和你商量过,要先娶了意儿,再娶你为妻,怎么今日是你先嫁,而意儿她却成了轩王爷的王妃?"

丛惜艾尝试了一下,还是徒劳,司马逸轩点了她的穴位,她根本解不开,只怕得到了时辰才成。还好,司马逸轩只是点了她的穴位让她不能乱动,但并没有阻碍她说话,因为司马逸轩知道,她绝对没有理由和胆量乱说。她能够当着众人的面,包括皇上和皇后的面毁了自己吗?她还不敢!她也没有办法让众人相信,她此时应该是丛意儿而不是自己！

丛惜艾微垂下头，轻声说："皇后娘娘，惜艾也不知道这是怎么一回事。原本二皇子是和惜艾商量过，要先娶了意儿妹妹的，但是，惜艾也不晓得出了什么状况，意儿妹妹她突然成了轩王爷的王妃。让皇上和皇后娘娘担心了，真是惜艾的不是。"

皇上怜惜地说："不必内疚，这事定与你无关。溶儿他太不懂事，明明和你是青梅竹马，自小就最合得来，你也是命中注定的二皇子妃，他却偏偏迷上了那个疯疯癫癫的丛意儿。身为江湖魔女的骨肉，她怎么可能走上正道？如今你已经嫁了，那丛意儿愿意如何就随她去吧。皇弟本就是一个不按常理活着的人，朕虽是他的兄长，却也奈何不了他，就由他们二人去吧。溶儿，惜艾她是个好姑娘，为人温和，待人知礼，你要好好珍惜。"

司马溶面无表情，说不出话来，也动弹不得，就那么坐着，听着，眼中全是恼恨之意！

"皇上。"丛雪薇看到司马溶眼神中似乎有些不太耐烦，猜想这其中定有一些皇上和自己所不知道的事情，于是她微笑着说，"您就不要再打扰他们二人了，相亲相爱了那么久，好不容易可以单独待在一起共度良宵，您还是陪为妻回正阳宫说说话吧。"

皇上笑了笑，说："倒也是。朕也太不知趣了，你们二人好好相处，不许闹出事情让别人看笑话。朕虽然不知道你们之间到底发生了什么事情，也不知道你到底看上了丛意儿哪一点，但此时，你已经娶了惜艾，那丛意儿也已经成了你皇叔的王妃，你就认了吧。"

丛雪薇微笑着，半拉半拽地把皇上带出了二皇子府。

司马溶觉得身体里的血脉没有刚刚那么难受了，就尝试着活动一下，虽然不能大幅度地动，但做些简单的事情却已经可以。他站起来，看了一眼房内的众人，冷漠地说："时辰不早了，都下去吧！"

李山和刘河立刻带着各位奴才悄悄退了下去。李山觉得心跳得像鼓在敲，可怜的二皇子，他脑海里突然冒出这样一句话，却吓了自己一跳，怎么敢想，二皇子是可怜的？丛惜艾是大兴王朝的出色女子，哪一点比不上那个疯疯癫癫的丛意儿？当然，此时的丛意儿，好像完全变了个人。按理说，能够娶丛惜艾，应该不比娶丛意儿差吧？但是，伺候二皇子这么久了，他不是傻瓜，一眼就看出来，二皇子此时一点也不高兴，甚至没有拿正眼看丛惜艾。

问题是，二皇子带回府的明明是丛意儿，怎么突然间变成了丛惜艾？什么时候丛意儿去了轩王府？

司马溶端起茶杯喝了口茶，冷漠地说："丛惜艾，本皇子以前错看了意儿和你,你们二人的印象应该要交换了再看。"

丛惜艾还是没办法自由活动,陪在她身边的轩王府的丫头此时也不晓得去了哪里,连个影也看不到,她甚至不晓得那丫头是什么时候离开的。"惜艾知道您心中恨透了惜艾,可不幸的是,惜艾偏偏莫名其妙成了您的皇子妃,您就算看着再难受,也得为您自己的前途着想。您此时若是折磨惜艾,惜艾也得认,可您的父皇会认吗?"

司马溶"啪"的一声把茶杯摔在了地上,冷冷地说:"本皇子不想看到丛惜艾,也就是说,在本皇子的面前,没有人的时候,你只能是意儿,我的床上只能有意儿的位置,绝不会有你容身之处!你立刻去换成意儿的模样,那样,本皇子还可以和气些,温柔些对你!"

"您这是自欺欺人。"丛惜艾冷冷地说,"有本事您去轩王府把丛意儿抢回来,何必要难为惜艾假扮一个惜艾并不喜欢的女子?"

"你不必拿话激我,这儿是二皇子府,是我可以随意而为的地方,你如果真的激怒了本皇子,我一样可以令你生不如死。"司马溶冷冷地说,"本皇子心中此时正是一心的恼火,如果超过我的容忍度,我会立刻令你无颜苟活在人世间!"

丛惜艾轻声说:"惜艾断不会傻到因为自己的委屈,害了整个丛王府。您想让惜艾做什么,惜艾就替您做什么,若是您真的想要自欺欺人,惜艾可以为您把自己变成丛意儿的模样!"

"少说这些无用的废话,立刻让意儿出现在我的面前。"司马溶冷冷地说,"从此时起,丛惜艾最好不要出现在我们二人相对之时!"

丛惜艾转身向里面的房间走,眼泪在眼角悄然滑落。

对着镜子,丛惜艾坐下,僵硬地看着镜中的自己,抬起手来,一点一点地把自己从丛惜艾变成丛意儿,每做一步,都仿佛用刀尖划伤自己。她和丛意儿是堂姐妹,容颜上其实本就有相似之处,只不过相对来说,她的容颜更加精致些,而丛意儿容颜更加清丽些而已,可此时,不论是她自己的容颜还是丛意儿的容颜,对她来说,都是陌生而充满讽刺意味的。

忽然,听到窗外的雨声,大兴王朝又进入了多雨的时节。这种季节是丛意儿最喜欢的,丛惜艾突然想到,只有在这种时候,张扬的丛意儿才会突然地安静下来,常常一个人呆呆地坐在窗前,像个傻瓜那样一声不吭。

"意儿。"司马溶的声音在耳边突然响起,吓了丛惜艾一大跳,"你看起来真是好看。"

司马溶的声音温柔细腻,不再是刚才冷冰冰的感觉,甚至,在镜中映出的模样来看,他有着一脸开心的笑容,但是笑容中却有着让丛惜艾心寒的冰冷之意。丛惜艾下意识地哆嗦了一下,不知道是因为害怕还是紧张。

"二皇子。"丛惜艾硬着头皮用丛意儿的声音说,这一刻,她突然恨透了自己,也恨透了丛意儿。为什么,丛意儿会如此成为司马逸轩和司马溶的重心?!

司马溶声音一收,有些冷冰冰地说:"丛惜艾,你不要破坏意儿的形象。她从来不会用如此恭维的声音称呼我,只有你,用这种所谓的贤淑和恭维的声音与我说话,听起来似乎是卑微的,实则是一心的不情不愿,只怕是口里称呼着我,心里头却想着皇叔吧!"

丛惜艾一窘,真想一刀捅了司马溶,他是故意的是不是?她不冷不热地说:"二皇子,您还真是有意思,惜艾敬着您,您却觉得惜艾是虚假的,意儿得罪您,您却觉得意儿是可爱的。不错,惜艾是喜欢轩王爷,因为惜艾觉得轩王爷是个顶天立地的男子汉,敢作敢为,最起码,他喜欢意儿,他就敢去获得,而且他也有这个能力。您呢,虽然是当朝的二皇子,未来的大兴王朝的皇上,可是,您此时不是也不得不把您喜爱的意儿让了出去吗?此时,只怕是,轩王爷早就美人抱满怀,而您,也只能对月空叹。"

"闭嘴!"司马溶冷冷地说,"丛惜艾,你真是可惜了意儿的容颜。我本以为,你可以知趣地扮演好意儿的角色,看来,你们二人是真的不同。早知你是如此的一个人儿,何必当初犹豫不能舍了你,让皇叔笑话?丛惜艾,如今想来,司马溶真是愧疚,也实在是没有能力保护好意儿,但是,只要我在一天,意儿终究有一天会属于我的,就算她此时成了轩王妃,等我可以左右天下的时候,我一样可以让她回到我身边!"

丛惜艾一愣,唇被咬出血来。

"丛惜艾,本皇子心情不好,你最好不要招惹我。就算我此时不能左右天下,可这二皇子府却是我的天下,我可以为所欲为!"司马溶冷冷地说,看着丛惜艾,冷漠和不屑的表情完全不加掩饰,"你一直以来不是在用三从四德的做法,男女授受不亲的态度避让我吗?今夜可是我们二人的良辰,你可要好好遵从妇道,尽好自己的本分,讨得本皇子欢心!"

丛惜艾整个人几乎是僵硬的,司马溶脸上的不屑表情深深刺伤了她。这种表情,她以前见过,这种表情,司马溶是用来对待以前的丛意儿的。每次看到丛意儿的时候,他都是这种此时看来欠扁的表情!

第十三章　同进同出　心生眷恋悔当初

轩王府,丛意儿静静听着雨水敲落在房顶的声音,雨打在窗前的花朵和叶片上,让花朵和叶片轻轻地颤抖,看着,令人心生怜惜之意。丛意儿渐渐有些寒意不禁,微微拢了拢身上的衣,烛火让她的身影在墙上随着风吹动而轻微地晃动。

"姑娘,夜深了,您歇息吧。"伺候她的丫头仪雪是自打丛意儿第一次到轩王府开始就跟着伺候的丫头,人长得干净清秀。

"轩王爷呢?"丛意儿有些奇怪。从司马逸轩去二皇子府开始到现在,她就没有见过司马逸轩。她以为,他参加完司马溶和丛惜艾的婚礼就会立刻回来的,他也是这么说的,等他处理完那边的事情,不必让二皇子府里的事情再烦她,他就会回来的。难道是事情处理得不顺利?可是,已经到这个时候了,难道司马溶知道要娶的是丛惜艾而不肯同意了吗?

仪雪微笑着,轻声说:"姑娘不必担心,主人只是有些事情还没有处理妥当,所以回来得迟一些,不过,主人已经让甘南捎回口信来,等处理完手头的事情就会立刻赶回府里来,还嘱咐甘南吩咐奴婢早些伺候姑娘休息,说您的身体还有些虚弱,要多休息的。"

丛意儿轻轻笑了笑,说:"是啊,时候是不早了,我去休息了,你也早点休息吧。"

仪雪立刻微笑着说:"姑娘心疼奴婢,奴婢真是感激。"

"罢啦,你不要老是把奴婢二字挂在嘴边,自己称呼自己的名字吧。"丛意儿微笑着,从窗口走开,简单地梳洗,躺到床上休息。舒服的床,舒服的被褥,丛意儿轻轻嘘了一口气,闭上眼睛。现在是轩王府,是大兴王朝比皇宫还要安全的地方,这几日的休息已经让她从冰窖的噩梦中渐渐恢复过来。轩王府总是给她一种安全和舒服的感觉。

深夜的客栈,只有两个客人还在对饮。整个客栈只有几个人,所有的房间都被一个人买了下来,不会有任何人打扰这正在对饮的二人,包括这客栈的老板,此时也知趣地退了出去,打杂的店伙计也不在,只有两个着外族服装的奴仆的面朝外,距离对饮二人有些距离的站着;另外有一个劲装打扮的男子在门口一张桌前坐着,静静地看着下雨的窗外。

"轩王爷,谢谢您肯赏这个脸,蕊儿也算是没有白白在京城待这段日子,总算是有所补偿。"蕊公主的声音听来温柔,甚至有小小的不加掩饰的惊喜。

司马逸轩淡淡地说:"本王有求于你,自然是要好好谢谢你,这也是本王该尽的地主之谊。"

蕊公主轻轻一笑,说:"看来这个丛意儿对王爷来说真的是非常的重要,竟然可以让您屈尊前来请蕊儿帮这个忙,真是让蕊儿既意外又嫉妒。其实,如果有时间,您完全可以派人从乌蒙国取来解药处理目前的事情,不过是个时间前后而已。让二皇子晚些知道他所珍爱的丛意儿只是丛惜艾假冒的,也不失为一件有趣的事情,可您竟然这么着急地找来蕊儿帮忙,难道就等不得这几日?若是您派人通知蕊儿的父皇,父皇也一样会立刻派人送来这种只有我们皇室才有的解药。"

司马逸轩淡淡地说:"本王此时不想议论意儿的事情,既然大家为了解药的事有了协议,本王自然会遵守,你不必担心。今日既然答应陪你饮酒闲聊,本王就一定会做到。"

"可是您的态度让蕊儿觉得失望。"蕊公主微笑着,有些撒娇地说,"蕊儿现在不介意您喜欢丛意儿,蕊儿知道,您心中不会有任何一个女人可以长久的停留,不论是丛惜艾还是丛意儿,甚至包括蕊儿自己在其中,或许都是您眼中的过客,蕊儿只想求您在蕊儿面前的时候,心中只想着蕊儿就好。这就是蕊儿唯一的要求。"

司马逸轩依然语气淡淡地说:"本王不能预测以后会如何,也不能肯定本王和意儿就一定会白头到老,长相厮守,但是,此时本王心中只有意儿一个,所以,本王无法答应你,因为本王心中再也没有别的女子的位置。"

蕊公主有些怅然地说:"您的话听来真是令蕊儿伤心,也罢,只要您此时是在蕊儿面前的,蕊儿就知足了,最起码,您今夜是在蕊儿面前的,不是在丛意儿面前,也不是在蝶润面前。想到您曾经夜夜流连在蝶润那丫头的身边,蕊儿真是心痛,蕊儿宁愿是她,可以日日见到您。"

司马逸轩只是饮酒,不再说话。

蕊公主轻轻起身坐到司马逸轩的身边,软软的声音中,透出几分淡淡的醉意。她喝多了,从司马逸轩到这儿开始,她就一杯接一杯地饮酒。虽然酒是上好的,她喝的这种和司马逸轩的不同,味道是淡淡的,但是,喝多了一样会醉人的。可是,醉了更好,最起码可以借酒让自己沉醉些。"轩王爷,您是蕊儿心中的唯一,您会娶蕊儿吗?世人都说您对大兴王朝已经仙逝的两位皇后最是尊重,蕊儿也听说,您喜欢蕊儿是因为蕊儿长得很像您尊重的某位皇后,您会不会因此而娶了蕊儿呢?"

"你们确实是有些相像,但是,只是眉眼的相似,若论起感觉来,你却差了许多,倒是意儿更接近些。"司马逸轩淡淡地笑了笑,语气不容置疑地说,"回到你自己的位子上,本王只是答应和你今夜饮酒,以偿还你赠送解药之谊,并无他意,而且,本王此时除了对意儿有念头外,对其他女子都没有任何念头,你不必借酒意做些让本王觉得厌烦的事情。"

蕊公主的醉意已经涌进了眼神里,她懒懒地用手支着头,歪着头看着司马逸轩,痴痴地说:"她有什么好?那个丛意儿,她到底哪儿好?不过是一个大兴王朝的普通女子,蕊儿听说那只是一个任性娇纵的千金小姐。她怎么能够吸引您,让您动了心呢?我,有什么不好,蕊儿是乌蒙国的第一美女,多少年轻男子想要娶我为妻,蕊儿全不把他们放在眼里,只对您一个人心有所属,您却不把蕊儿放在心里。您来找蕊儿也只是为了那个丛意儿,为了可以让她不必被人假冒,想一想,蕊儿在你心中竟然只是如此用处,真是难过。可是,蕊儿知足,只要您可以在需要的时候想起蕊儿,蕊儿就心满意足。蕊儿知足,蕊儿不会和天下女子争夺您,但蕊儿会用一生一世的时间来等您,等您肯回眸注意到蕊儿的存在。来,来,我们喝酒,不醉不休——"

司马逸轩举了举手中的杯子,一饮而下。

蕊公主傻笑着,也一杯一饮而尽,然后再倒了一杯,一口灌入口中,仰头看着房顶,笑着,喝着。

喝得醉了,蕊公主就趴在桌上睡着了。司马逸轩吩咐蕊公主的手下送蕊公主回房休息,自己以手抵着额头,休息了一下,对一直守在门口的甘北说:"吩咐马车,本王要回王府。"

甘北立刻照办。司马逸轩扶桌站了起来,这个蕊公主,竟然在酒中下了药,幸亏事先想到过会有这种情形发生,预先服下了解药,但是,他仍然觉得有些晕眩。看来,乌蒙国的药又精进了不少,当然,也是今夜的酒烈,他几乎一口饭菜没吃,所以有几分浅浅的醉意。虽然是和蕊公主在一起喝酒,但司马逸轩几乎就没有正视过这个人的存在,他的心思全都在王府里的意儿身上,只要想到意儿在,他就觉得一切是安心和踏实的。为了意儿,如何都好!

"您要和丛姑娘解释一下吗?"回到府中首先就遇到了甘南,他轻声地和司马逸轩说,"听仪雪讲,丛姑娘等您到了很晚才睡,只怕也是担心的,才歇息不久,您是不是过去和丛姑娘解释一下,免得她心中疑虑?"

司马逸轩微微皱了一下眉头,轻声说:"本王不是特意让你回来吩咐仪雪伺候意儿早些休息的吗?怎么到了这个时候才睡下。这点事情也做不好,难道让意儿休息是这般困难的事情吗?她的身体仍然有些虚弱,而且经历了冰窖的事情,精神一直有些紧张和恍惚,你们也是太不知轻重了。"

甘南低下头,轻声说:"仪雪说,丛姑娘也没说什么,只是一直一个人静静地待着,也不说话,只是听雨。昨晚一夜她睡得还好,也没做噩梦,想必是已经渐渐淡忘了。属下只是担心主人您,您为了丛姑娘做了这许多的事情,如果不能让丛姑娘知道,反而让丛姑娘渐渐生了误会,那就太……"甘南不知道如何说下去,只得咽回下面的话。其实,他只是担心,蕊公主和蝶润的存在,会不会给自己的主人带来不必要的麻烦?蝶润是个心思缜密的女子,这几日的安静就是不祥的预兆,而蕊公主更是一个被人娇宠惯了的公主,若是她们一同生事,主人又不解释的话,一定会给主人惹误会。

"意儿不是个小心眼的女子。"司马逸轩淡淡一笑,说,"本王知道你担心什么,不过,就算是本王想要解释,她此时也已经歇息了。只要她能够好好的,发生什么样的事情,本王都可以接受。时辰不早了,你们也去歇息吧,本王也有些累了。"

"是。"甘南轻声答应。

司马逸轩觉得好像是刚刚躺下,就有人在外面敲门,请他起来,听声音好像是甘南,"主人,皇上和皇后娘娘来了,说是来看看您和新王妃的。"

司马逸轩眉头一皱,这个时候,自己的哥哥来这儿做什么?按常理来说,这个时候,他们应该在宫里等着司马溶和丛惜艾前去上茶才对,为何跑来这儿?

"知道了,让他先喝杯茶,本王很快就过去。告诉他们,依然是以前的规矩,不许丛府的人踏进半步,所以,请皇后在门外候着。差人去看看意儿醒了没有,若是没醒,就不要惊动她。告诉仪雪,若是意儿还睡着,就不要告诉意儿皇上来这儿的事情。"

外面的人答应着离开,伺候司马逸轩的奴婢立刻进来帮他更衣。司马逸轩换好衣服,有些不耐烦地走出房门,问甘南:"他们什么时候过来的?真是有趣,难得有此心意。"

"主人,好像是皇上不仅带了皇后过来,还有二皇子和二皇子妃一同前来,刚刚属下看到二皇子妃好像有些不太舒服的样子。"

"让她在外面候着,本王不想看到她。"司马逸轩没有任何商量余地的说,"这样的话,就算意儿醒来了,也不要告诉她这些人过来的事,若是生出什么事端,本王自然会解决。"

甘南点点头,轻声说:"属下这就去办。"

司马逸轩到了前厅,人还没有进门,就听到皇上的声音在里面传了出来,好像还是蛮开心的,中气充沛,"皇弟,果然是拥得美人眠,不肯早起呀。呵呵,咦,怎么没看到弟媳呀?难不成还睡着?"

司马逸轩微微一笑，淡淡地说："皇兄真是用心，这么大清早的跑来这儿，就是为了要查查我是不是像往常般早起？真是让皇兄失望了，我原本就没有很早起来的习惯。至于意儿，她此时仍是我府中的客人，自由得很，她想如何，我可是干涉不得。"

司马溶在一旁微笑着，很礼貌地说："今日侄儿和惜艾去宫里给父皇上茶，父王说皇叔最疼爱侄儿，特意让侄儿过来给皇叔和未来的婶婶敬杯茶，可惜因着皇叔府里的规矩，侄儿的皇子妃不能踏入府内半步，所以只能作罢。"

司马逸轩看着面前的司马溶，"罢啦，本王不是一个喜欢遵照规矩行事的人，这茶不饮也罢，况且早上空腹饮茶，对身体并不好，还是谢了。本王替意儿道声谢，等见到她，定会转告。"

司马溶微笑着说："既然皇叔不喜欢，那就不再要这些繁文缛节，而且侄儿和惜艾只是举行了一个简单的仪式，还未举行大婚，此时敬茶也不太合适。希望以后有机会能够有皇叔满意的侄媳妇前来敬茶于您，得您一心的欢喜。"

司马逸轩轻轻一笑，说："侄儿真是有礼数，选个皇子妃也要挑本王喜爱的，可惜，本王只喜欢一个人，而这人偏偏是你的婶婶，真是遗憾。只要侄儿喜欢，这茶是谁敬并不重要。"

皇上突然插口说："你们叔侄二人不要再站着相互恭维了，来，来，我们坐下说话。皇弟，这轩王府可是有些日子没来了，真是越变越漂亮了，看得朕都想待在这儿不离开了。这儿，可真是不差于皇宫，难怪皇弟不喜欢做皇上。这儿，可是连皇宫也比不上的地方呀！"

司马逸轩一笑，说："我这儿只是一个随意之所，哪里比得上你的皇宫，我只是觉得自己是个懒散之人，不愿意操心，否则，哪里轮得到你做什么皇上。哈哈——"

皇上也哈哈大笑几声，却没有再说什么。

司马逸轩懒洋洋地坐在椅子上，看着面前的兄长，多年的皇宫生涯让原本平庸的兄长也渐渐有了心机，有一天，司马溶也会变成这样的皇上吗？突然，司马逸轩忍不住哈哈一笑，可怜的兄长，竟然为了这虚名耗费了如此多的青春，他还真以为，他能够左右大兴王朝的天下吗？有时候，人，总是为所谓的盛名所累！

皇上似乎没有看到司马逸轩的表情，只是笑着说："皇弟真是一个率性的人，你自然是不喜欢这皇宫的束缚，否则当时你就会选择朕如今的位置了，哈哈，我们本是亲兄弟，这位置朕坐你坐都一样。溶儿，来，难得父皇今日有时间，又有心情，朕要在你皇叔这儿好好喝上一杯。你皇叔这儿，好东西要比父皇那儿都多，只怕是这皇上的位置他坐或者不坐并无两样。"

司马逸轩淡淡一笑，未置可否。

"朕的弟媳妇呢?"皇上似乎是不经意地问,"她也确实是太任性了一些,怎么可以朕来了,她连个面都不露呢?就算是和溶儿曾经有婚约在身,也不能够这样避着朕呀。"

司马逸轩微笑着,不冷不热地说:"皇兄,你这话说得怎么听着如此不顺耳。这儿是轩王府,是我的家,我想如何就可以如何,你何必在这儿说这些不中听的事情,让我说出我怀疑你们来这儿的真正目的,就显得我太不够宽容了。"

皇上微笑着,也不冷不热地说:"皇弟,朕这个要求似乎并不过分,只不过是想要见见朕的弟媳妇,这儿也算是大兴王朝的地方,难道朕在这儿随意些也不成吗?好歹朕也是大兴王朝的皇上,朕已经很迁就你,不让朕的皇后和溶儿的皇子妃进来,难道还不可以吗?就算不说这个,朕是你的兄长,难道见见弟媳妇也不可以吗?"

"当然可以。"一个温和的声音在门口轻轻响起,声音里有着礼貌和丝丝无法捉摸的距离,声音悦耳,却让人心中一凛,"大兴王朝的皇上,我家夫君的兄长,想要见见他的弟媳妇,这理由听来很好呀。"

丛意儿安静地站在门口,一件浅粉的衣,颜色浅浅的近似素白,随风轻摆,优雅中透着随意。来自现代的她,有着这个朝代的女子所没有的坦然和率性,笑容中有着说不出的纯净。清晨微微有些湿意的晨色中,她的皮肤如同凝脂般,清秀的眉,清秀的眼,清秀的鼻,清秀的唇,清秀的笑意,说不出的干净和舒服。

"意儿——"司马溶脱口喊了出来。此时见到丛意儿,他有着说不出来的激动,甚至忽略了他们之间的身份。

"意儿是你未来的婶婶,这名字可不是你可以称呼的。"司马逸轩身影似乎是老早就等在那儿,虽然刚刚他还坐在椅子上的,但转眼间就站在丛意儿的身旁,微笑着,和丛意儿并肩而立,"意儿,昨晚睡得可好?"

丛意儿侧头看了看司马逸轩,嗔怪道:"你昨晚回来得很晚,不知去了哪里,害得我今早晚起了些,没想到皇上会亲自来这儿看望丛意儿,真是失礼。丛意儿见过皇上,还有二皇子,祝二皇子新婚快乐。"

司马溶微垂下头,心头一片茫然,仿佛最珍爱的东西突然间消失了,好像什么东西放到了嘴里,却发现全无滋味。那种感觉真是说不出的难受,眼泪在心头却流不出来。

丛意儿和司马逸轩一起走到桌旁,坐下,微笑着说:"二皇子,我姐姐可好?无论如何,她如今是你的妻,请用一颗宽容的心对待她,可好?不论怎样,她都要陪你一生一世。"

"弟媳妇,你做了溶儿的婶婶,应当好好教训教训他才好。"皇上微笑着,看着丛意儿,心里头却真是恼火,也说不出来是因着什么,就是觉得在这个女子面前,有着说不出的挫败感。她总让他觉得,他无法控制这个女子,就好像他无法控制司马逸轩一样,纵然知道司马逸轩是他的亲弟弟,不会与他争权夺利,但司马逸轩的存在对他来说却永远是个噩梦。"惜艾是个好姑娘,为人贤淑,稳重大方,哪有不好,他却偏偏不放在心上,硬是要纠缠着原本不属于他的东西。"

丛意儿一笑,心中却嘀咕,真是奇怪的大兴王朝,竟能如此昌盛下来?这里似乎大半的皇帝都是平庸无奇的,尤其是现在这个,如此心胸狭窄,如何治理一个已经存在了一百多年的大兴王朝?建立一个国家容易,守一个国家却不容易,尤其是这样一个皇上。他是如何被先皇选为皇上的,又是如何治理国家的?"皇上说话真是风趣,二皇子如何轮得到丛意儿教训?惜艾自然是个好姑娘,如果不好,二皇子哪里肯娶?他们二人的私事,外人何必去理会,说不定,今时吵了,明时就如漆似胶。皇上,您说丛意儿说得可对?"

皇上一窘,有些强笑,说:"也不怕弟媳妇笑话,朕这个儿子对你有些迷恋,所以,朕有些恼火。"

丛意儿笑了笑,说:"皇上担忧了,您和丛意儿伯父之间的戏语如何可以当真?惜艾是他们最疼爱的女儿,哪里舍得让她与人分享一个男子?丛意儿不过是一个过客,莫要当真,反而无趣。"

有人从外面匆匆走了进来,脚步却轻轻的,并不仓促。站在门外的甘南立刻迎上前,那是轩王府守在大门口的侍卫。二人低声交谈了几句,甘南示意他先回去,然后自己走到厅门前,声不高但清晰地说:"主人,前面的人过来传话说,二皇子妃突然昏倒了,想请问一下二皇子要如何处理?"

司马溶眉头一皱,冷冷地说:"何时变得如此娇弱,动不动就昏倒!让她在轿内歇息一会儿就好了。"

丛意儿心中一寒,这种语气,这种神态,这种漠然,太像她刚刚来到大兴王朝的时候,他对待"丛意儿"的态度。她愣在那儿,想起他们的初见面,阳光下,一个帅气的年轻男子,却心存鄙视之意地捉弄她,视她如同草芥,甚至还更加不堪!真是想不明白那时的丛意儿为什么会喜爱这样一个男子,难道仅仅为着那一次的误会,一次误以为的救命之恩?"二皇子,您应该去看看惜艾。"

"她那样对你,你竟然还可以原谅她?她不过是因为得不到皇叔的爱,才不惜用你替她嫁给我!"司马溶恨恨地说。

"溶儿,乱讲什么?"皇上有些生气地说,"惜艾她是你的皇子妃,是未来大兴王朝的皇后,你怎么可以在这儿乱讲一通?她若是如你所说,怎么会嫁给你,怎么会事事替你考虑?若她有意于你皇叔,何必等到此时,就以她的容颜和聪慧,怎么可以一直引不起你皇叔的注意,定是有人——"说到这儿,他狠狠瞪了一眼丛意儿,继续说,"在一边胡说八道。自古红颜是祸水,真是不错半分!"

217

丛意儿不由自主地笑了笑,这个罪名,皇上可是给得不小。

司马溶立刻说:"这事与意儿无关,是孩儿自己的错,是孩儿自己错失了意儿。"他看着外面的雨意,突然想起第一次到轩王府来寻丛意儿的情景。当时丛意儿专注于一只飞翔的蝴蝶,清丽脱俗的模样。他苦笑了一下,轻声说,"意儿,真是我不懂得珍惜,如果当时不把你送到醉花楼,你不会遇到皇叔,不会引起皇叔的注意。其实,当我在皇宫遇到你的时候,你就引起了我的注意,那个时候,已经是上天给我机会,我却拱手把你让给了皇叔!如果没有我的那次行为,哪里会促成你们这段姻缘?!"

"去看看惜艾吧。"丛意儿轻声说,"她此时心中一定是很苦,若你肯好好对她,或许是份好姻缘。不论怎样,她毕竟是你的妻。"

司马溶并不动容,心中冷冷的声音滑过,他怎么可能对一个一直对他存欺瞒之心的女子有怜悯之意?况且,她一直喜爱的是司马逸轩,并不是自己,何必为她心忧?"她不会有事的。"

丛意儿轻叹了口气,侧头对司马逸轩说:"我想去看看惜艾。她是这个遵礼重纲的女子,若她嫁了,定会死心塌地守着这个男子,纵然她心中有太多的前尘旧事抹不去,纵然她恨她不甘,她也会做好她此时的身份。不知她昨晚经历了如何的难堪,司马溶此时的态度我再熟悉不过,所以怜惜惜艾她此时如何?"

司马逸轩轻声说:"此时你去看她,她会更难过更恨你,你只能当作并未听到并不知道才好。有你姑姑在,她不会有事。"

丛意儿想了想,司马逸轩的话确实有道理,只得放弃了去看望丛惜艾的念头。

皇上看了看自己的儿子,责备地说:"惜艾如今身体不适,你应当去看看她,若落下话柄,反而误了前程。"

司马溶不情愿地看着自己的父亲。他懂得父亲的意思,如今,丛王府也算是权力的代表之一,而且是最支持他们这一支的大臣,不仅有一位做了皇后,一位做了勋王妃,现在还有丛惜艾嫁了自己,丛意儿成了轩王妃,可以说,是他唯一可以依靠的最强大的力量,他就算再不情愿,也不得不承认,这是事实。

司马逸轩淡淡一笑,轻轻地说:"司马溶,若想达成目的,你就得学会取舍,就算你再不情愿,有些事情,你得用心去做。正如意儿所说,如今丛惜艾是你的妻,不论前尘旧事如何,如果你想保持现状,你就得接受面对。其实,丛惜艾心思缜密,是你最好的伙伴。"

皇上突然对司马溶说:"这大兴王朝总是要有些规矩的,是不是?溶儿!"

丛意儿心中一惊,皇上的话不是随意说出来的,他定是在心中恨着司马逸轩完全不把他放在眼里的狂傲,所以才会如此向司马逸轩表明,他才是这大兴王朝的皇上,才是大兴王朝唯一说了算的人。纵然司马逸轩如何地无人可及,却也只是个王爷,在大兴王朝,也应该低姿态些!虽然他的话看似说给司马溶听的,实则是说与司马逸轩来听的。

"皇弟,朕说得对不对?"皇上接着问了一句。

司马逸轩漫不经心地说:"那不是我的事情,是你做皇上该考虑的事情,何必来问我。"

门外甘南的声音再次响起,清晰地传了进来,"主人,皇后娘娘刚刚让人过来传话,请皇上和二皇子过去一下,二皇子妃的情形好像很不好,皇后娘娘担心她会出意外,想请皇上立刻带她们二人回宫宣太医诊治。"

皇上愣了一下,对司马溶说:"朕得过去看看,她毕竟是朕的儿媳妇,比不得某些人有人照看。"

丛意儿以手托腮,目送着皇上和司马溶匆匆离开,有些不解地说:"大兴王朝真是奇怪,怎么会想到好好的要把江山交给这样一个不够成熟的皇上管理?也真是有趣,就是这样一个皇上,竟然还可以把大兴王朝治理得如此昌盛安宁!果然是有些意思。"

司马逸轩哈哈一笑,说:"你真以为——时辰不早了,我们去吃饭吧。他们这一来,竟然耽误了我们的早饭,真是无趣。"

门前,宫里的马车安静地待着,宽大的马车里,丛惜艾静静躺着,脸色异常苍白,完全没有血色,连嘴唇的颜色都浅到令人不安。丛雪薇守在一边,一脸的焦急之色,真是不明白到底出了什么事情。怎么突然间,好像丛惜艾和丛意儿换了身份般,以前大家都讨厌的丛意儿此时竟然成了人人争夺的人,反而是以前大家一直都喜爱的丛惜艾,变成了人人讨厌的女子,司马溶原本是最喜爱她的,为何如今是如此的冷淡?!难道,司马溶真的喜欢上丛意儿?但就算是如此,也不至于要如此对待丛惜艾呀?

"皇上,您可算来了,惜艾吓死为妻了。她,她突然间就晕了过去,也不晓得是因为什么。"从雪薇看到皇上和司马溶赶了回来,语气焦虑地说。

司马溶冷冷地看着昏迷的丛惜艾,她在轩王府门前昏迷,摆明了就是触景伤情。她喜欢司马逸轩,却嫁给了自己,在自己所爱的人的府门前,自然是要伤心的!他冷冷地说:"皇后,您不必担心,她只是一时感触而已,不必理会,过会儿就好了。可惜皇叔不肯允许她进到轩王府,否则,她早就娇艳如花了!"

"溶儿,不得胡言乱语!"皇上有些恼怒地说,"惜艾她如今正在昏迷中,你却在那儿说些不知哪里听来的胡言乱语,真是让父王伤心。你是未来的皇上,怎么可以纠缠在这些个儿女情长之中?你怎么可以和你皇叔相比,他是个没有远大志向的人,你却怎么能够如此不理智不成熟?"

219

丛雪薇有些不解地看着面前的皇上和司马溶。她是知道司马逸轩和司马溶之间因为丛意儿有了疏远，但是，却不知丛惜艾哪儿不妥得罪了司马溶，什么叫"可惜皇叔不肯允许她进到轩王府，否则，她早就娇艳如花了"？丛惜艾不舒服和司马逸轩有什么关系？！

司马溶冷冷地说："父皇请原谅孩儿，孩儿无法去关爱一个不把孩儿放在心中的女子！"

丛雪薇的眼睛睁得大大的，看着司马溶，这到底是怎么一回事？丛惜艾和司马溶不是一直都很恩爱的吗？怎么成了亲反而闹成这个样子？今早看他们二人同去正阳宫的时候就觉得有些怪异，当时猜测是二人刚刚结为夫妻，有些不太好意思，再加上当晚简单的仪式上有些意外的事情发生，所以才会如此，但看目前这种情形，一定不是那么简单的事，难道，丛惜艾和司马逸轩之间还有什么事情不成？

"溶儿，不得任性！朕觉得那只是丛意儿在一旁胡说八道，你却听信了。也不知道你是怎么了，竟然会迷上哪样一个不堪的女子，她，只是一个不知道父母到底是何人的野丫头。如果不是丛夫人心善照顾，她此时早不知葬身何处，而你竟然为了她这样神魂颠倒！真是可恨！"皇上有些恼怒地说，"惜艾哪里不好，你竟然相信那野丫头说出来的话，相信她和你皇叔有染！朕只看到她对你皇叔一直尊敬有加，没有半点儿女私情！"

丛雪微越听越糊涂，但，听到皇上如此说丛意儿的时候，她却有些生气。二嫂根本就不是大家以为的那种人，意儿也绝对是二哥、二嫂的骨肉，二嫂那样一个骄傲的女子根本不屑于向身旁的人证明什么。其实，此时的丛意儿就很像她的母亲，看来平常，却隐藏着智慧，因为，只有本身出色的女子才有可能吸引出色男子的注意力，纵然这女子在其他人眼中是如何的不出色，也不能掩其风采！丛意儿就是这样一个女子，能够让大兴王朝最骄傲的男子司马逸轩动心的女子，怎么可能是平常人呢？而且，也让一向不把丛意儿放在眼中的司马溶深陷其中而不能自拔，若不出色，怎么可能？尤其是前面还有一个大家公认的出色女子丛惜艾。

"皇上，请不要如此说意儿，意儿她也是一个好女子，只是您没有太多接触她而已。一定是什么地方出了状况，否则不会有今日情景。在没有清楚事情缘由之前，请皇上暂且不要太多猜测。"丛雪薇低声说，"意儿她毕竟是为妻二哥二嫂唯一的血脉，为妻不忍看她被人误会，尤其是——您也算是她的姑夫，请疼惜些好吗？"

皇上一愣，真是邪门了，这到底是怎么了？丛意儿到底有什么好的，怎么每个人都在帮着她说话？真是可恶！于是他恼怒地说："在朕说话的时候不要乱讲话,真是头发长见识短,难道惜艾不是你的侄女,难道朕不同样是她的姑夫不成?!"

丛雪薇一愣,不知道皇上哪里来的如此大火,立刻收住口。

"哼,一个小小的野丫头,竟然敢和朕直视,竟然敢无视朕的存在,难道她以为她嫁了朕的皇弟就可以为所欲为了不成? 哼,若不是朕念着他是朕的同胞兄弟,早就——竟然真的不把朕放在眼中,就算再怎么着,丛意儿那丫头也是溶儿的人,怎么就可以说要就要了? 真是太不把朕放在眼中了。纵然朕不喜欢丛意儿,可是朕的儿子喜欢的人他就不应该打主意。他竟然敢对抗朕,敢当着朕的面抢走朕儿子的女人,真是可——恶!"皇上恼怒的声音中完全不掩饰心中的火气,说话的声音也大了许多,在马车里慢慢回荡。

丛惜艾的身体微微颤抖了一下,眼泪顺着眼角悄悄滑落。在这个时候,能够听到一声支持的声音,那种安慰和幸福真是无法形容,难怪那个小青会说,丛意儿喜欢上司马溶仅仅是因为司马溶的一个微笑,一件外衣。在决定选择丛意儿先替自己嫁给司马溶之前,她用药迷昏了小青,从小青嘴里得知了丛意儿与司马溶之间的故事,知道了在那次差点送掉丛意儿性命的冬日里,濒临死亡的丛意儿遇到了正好外出随自己父亲狩猎的司马溶。在绝望的时候,看到了司马溶,并且从司马溶手中获得了一件披风和一个微笑,就这样简单,丛意儿从此爱上了司马溶。她觉得这很好笑,但是,此时,她突然昏迷,绝非装假的情形,却发现,能够听到一声温暖的话语竟是如此让人觉得心酸。虽然她觉得皇上并不是完全因为想要帮她,可是,她仍然觉得心里头非常的安慰。

司马溶冷冷地说:"父皇,她是怎样的女子,孩儿清楚得很。孩儿没有办法再如以前那样喜爱她,而且一想到以前,就觉得是一种耻辱,她竟然敢欺骗我,让我在她面前像一个傻瓜一样! 父皇,她如今是孩儿的皇子妃,孩儿想要如何对她,有孩儿的自由。有件事,孩儿想和父皇说一声,孩儿突然觉得,二皇子府只有一位皇子妃很寂寞,孩儿想再娶一位,您觉得如何?"

皇上一愣,下意识地说:"你不会是想着再和你皇叔争夺丛意儿那丫头吧? 你也看出来了,她根本没有把你放在心里。她现在是你皇叔的人,朕暂时不想招惹你皇叔,他可不是一个可以用正常思维考虑的人,你还是断了这个念头吧。"

司马溶冷冷一笑,说:"父皇真是会开玩笑,孩儿不傻,不会在这个时候去争夺意儿,但她终究会是孩儿的人,这是不会有错的! 但是,目前,孩儿想要娶的却不是意儿,而是苏娅惠!"

"不行,那是丛克辉的未婚妻。"丛雪薇脱口说,"他们二人也是自幼订下的亲事,而且,离他们成亲的日子已经很近了,再有半年就到了。"

"哼,为什么不行?"司马溶冷笑着说,"在她没有进入丛府之前,她可以嫁任

第十三章 同进同出 心生眷恋悔当初

何人,本皇子现在就是想要娶她,为何不可?!你在嫁给我父皇之前,不是也许了人家的吗?"

丛雪薇脸色一变,低下头,没有吭声。

"溶儿,你胡说八道什么?"皇上恼怒地说,"她是朕的皇后,就等同于你的母亲,你竟然用这种口气和她说话,是不是不把朕放在眼里?自从你喜爱上那个疯疯癫癫的丛意儿开始,你就完全变了一个人,真是让朕失望!"

司马溶面无表情地说:"父皇,孩儿只是觉得二皇子府太过寂寞冷清,想要多个人多些热闹,难道不可以吗?而且您也希望孩儿可以好好对待丛惜艾,那苏娅惠本是丛惜艾的表姐,为人贤淑,性格温和,又是勋王妃的亲妹妹,定不会差到哪儿去的,难道她和丛克辉有些关系就不可以嫁入二皇子府吗?更何况,不过是区区一个丛王府,难道也要我时刻让着不成?"

皇上一窒,心中恼火,但又说不出来。看着司马溶的表情,心里思忖,如今他正在不高兴的时候,虽然那个丛意儿自己看着不济,但是在司马溶眼中或许不同,而那个苏娅惠倒确实是个贤淑温和的女子,丛克辉娶不了她完全可以再娶另外一个女子,没什么大不了。如果娶了苏娅惠,司马溶可以收敛些的话,倒不失为一件好事。犹豫了一下,皇上点了点头,有些无奈地说:"好吧,如果你一定要如此的话,朕就答应你,再另外为丛克辉选个女人。"

司马溶唇边一笑,看着躺在马车上闭着双眼的丛惜艾,静静地说:"丛惜艾,父皇让我好好对你,你看,我怕你寂寞,让你的表姐来陪你如何?是不是想得很周到?"

丛惜艾心里一阵发紧,司马溶这是故意的,他恨她,恨她的所作所为,他这是故意在令她难堪。苏娅惠是自己哥哥的未婚妻,再有半年就要成亲,他却要在这个时候让苏娅惠嫁入二皇子府,这不是摆明了要羞辱丛王府吗?但是,她现在能够如何?除了一心的恨意,她无能为力!

"父皇,依孩儿看,这轩王府也不要再待了。如今皇叔正是高兴的时候,一定不会希望有人打扰,他现在也是大兴王朝数一数二的人物,父皇也是对他有忍让之意,我们何必待在此处?还是回宫里去吧。"司马溶微笑着,语气却很是冷漠地说,"孩儿看皇后娘娘的脸色也不太好,听太医们讲,这些日子,皇后娘娘的身体一直不太好,需要好好休息。还是回去吧。"

皇上看了自己皇后一眼,再看看躺在马车上到现在还没有任何反应的丛惜艾,有些无奈地说:"好吧,那我们离开吧。"

三日后。轩王府。

远远看到司马逸轩走了过来,脸上的表情有些奇怪,好像既觉得可笑,又有些疑虑。丛意儿迎上前，微笑着说："你的表情看起来有些奇怪，是不是又出什么有趣的事情了？"

司马逸轩淡淡地说："也不算什么有趣的事，只是，司马溶又娶了一位皇子妃。"

丛意儿一愣，"他娶了哪位姑娘？"

"苏娅惠，你的表姐，你大哥丛克辉的未婚妻。"

丛意儿微微一愣，司马溶和苏娅惠？她突然想起她第一次在宫里遇到司马溶时的情景，司马溶就好像是没有看到自己，温柔地和跟在后面的苏娅惠打招呼，而且苏娅惠对司马溶的表情也很温顺，她当时还以为苏娅惠和司马溶有些故事，后来才听说苏娅惠是自己哥哥的未婚妻，而司马溶也一心喜欢着丛惜艾，也就把这事放在一边了，今天突然听到这消息，虽然很意外，倒觉得并不怎么不能接受，只是，司马溶对苏娅惠是真心的吗？还是仅仅只是为了报复丛惜艾？

"我刚刚过去喝了杯喜酒。这件事应该还没有通知你哥哥，他如今还在司马溶的一处行苑里养伤，不过，你放心，他现在其实已经没有什么大碍，只是需要休息一下。"司马逸轩平静地说，"而且，要说起来，苏娅惠和司马溶关系也一直不错，她其实也喜欢着司马溶，只是因为自己是丛克辉的未婚妻，所以把感情放在了心里。这次能够嫁给司马溶，对她来说，似乎不算是一件坏事，只是，不知司马溶对她是真心，还是单纯的利用她来报复丛惜艾。"

丛意儿轻轻叹了口气，轻声说："如果我没有出现，司马溶和丛惜艾，丛克辉和苏娅惠，甚至你，都不会有这些起伏。逸轩，我觉得，我的出现好像是个错误，我搅乱了这儿的一切。"

司马逸轩走过去，看着丛意儿的眼睛，轻声说："意儿，如果是天意，就算你不出现，一切也一样会发生。你，是天意，是我等了这么久的一份天意，就算是痛苦，在我，也是一种欣慰，因为有你，一切不同，如果没有你，我纵然一生平稳，也是无趣，生无意思。意儿，不论发生什么，你都要记得，你，是我的唯一，失去你，就等于是我不再存在，意儿，你必须为我好好活着。"

丛意儿看向窗外，她喜欢这儿干净温润的环境，已经有了初秋的味道，但仍然是有着浓郁的绿色，雨意朦胧中，有着说不出的清爽之意。待在轩王府里，司马逸轩给了她最安宁的环境，但是，她的出现，却给司马逸轩带来了许多麻烦，搅乱了他原有的闲适懒散的生活。她知道，为了顺应天意，顺应她必定要嫁给大兴王朝为帝后的天意，司马逸轩一定会为她去争夺这份他根本不放在眼中的权势，而以他的能力，只是时间早晚，可是，当他真的成为大兴王朝帝王的时候，他还能够如此闲散随意吗？他还会是她爱慕的轩王爷吗？

"苏娅惠和丛惜艾如今同嫁了一个男子，会不会是个悲剧？"丛意儿轻声说，

"虽然知道,就算我不出现,或许也会有另外一个人出现让这一切发生,只是时间早晚不同,可是,我心中总是不安。丛惜艾她是因为爱着你惹恼了司马溶,可是,苏娅惠却最是无辜,就算是她喜爱着司马溶,我倒宁愿她嫁的是丛克辉,这样或许简单些。"

司马逸轩轻抚丛意儿的长发,淡淡地说:"意儿,这轩王府可以给你一个安静的环境,但是,有些事情却是不能够避免的。苏娅惠只是司马溶的第一步,他不仅恨我夺走了他以为应该属于他的你,而且还恼怒着丛惜艾的背叛,所以,他会报复丛府,会让丛府的人因为丛惜艾的背叛而食不知味寝不得安。司马溶,生在帝王家,这,是不可避免的。在四个皇子中,能够成为未来皇上的人选,在权势中,他为了生存,这所有的变化都是正常的。人到了某个位置的时候就会变成某个样子。"

丛意儿轻轻叹了口气,说:"逸轩,若我不是丛意儿,只是一个过客,你会奇怪吗?有时候,我真的觉得,我根本就不是丛意儿,仿佛突然间睁开眼睛,就一切不同了,以前,现在,未来,我无从控制,或许我此时这个模样,下一刻会成为另外一个模样。"

"意儿,你对我来说,是全新的,或许,正如你所说,你毕竟是你父母的女儿,你骨子里的东西是绝不会改变的。我一直怀疑,你以前的某些行为是不是有原因的。"司马逸轩轻声说,"丛夫人擅长用毒,你母亲在后来怀了你之后,从来没有用过武艺,这件事情,令我师父相当的怀疑,后来,师父才发现,你母亲是为了保护腹中的你。丛夫人在你母亲的茶水中下毒,但是你母亲察觉了,为了让丛夫人相信她喝下了茶叶,从怀上你开始,你母亲就再也没有用过武艺,因为她发现那药就是为了让她失掉武艺的一种毒药。意儿,你父母为了你,舍弃了许多,你绝对不可以随意放弃你的生命。还记得在醉花楼遇到你的时候,你一心求死的事吗?那眼神里的无助和茫然让我心中很难受。就是从那一刻开始,我就发誓,不论怎样,我都一定要让你好好活着,纵然你是丛府里的人,我也不会让你再受任何委屈。意儿,当时你决定放弃你生命的时候,你的眼神清澈干净而坚决。原来,一个眼神一句话语,真的可以感动一生。"

丛意儿看着司马逸轩,没有说话,心中却知道,所有的一切,其实都是为了眼前这个男人。在醉花楼遇到他,心中就再也没有失落之意,千般理由,万种想法,不过是为了可以找个借口说服自己留在大兴王朝。从开始忘了浩民开始,从淡忘了对司马溶的记忆起,她的生命就只为眼前这个男人而存在。天意如何?就算是司马溶成了帝王又当如何?那只是他人眼中的帝王,不是她心中的帝王。在她心中,或许大兴王朝的帝王永远只有司马希晨、司马锐和此时站在自己眼前的司马逸轩。一个帝王,或许可以隐于世,但永远可以左右天下。她相信自己的感觉,这个大兴王朝绝对不是由当前这个皇上所能左右的,背后一定有秘密。司马逸轩不说,她也不会问。

苏娅惠安静地跟在司马溶的身后,浅绛红的衣裙衬着她温柔细腻的容颜。突然成了司马溶的妃子,完全在她意料之外,可是,这是命,她除了顺从,没有别的办法。

在简单的仪式上,已经做了勋王妃的姐姐努力隐藏着眼中含着的泪意祝福她:"妹妹,姐姐最后喊你一声,自此后,你就是二皇子的妃子,姐姐希望天意善待你,希望你可以过得开心幸福些。你平日里和惜艾的关系不错,她如今——你好好照顾自己,二皇子他人很好,只是因着意儿——算啦,有些事情,你不知道更好些。姐姐只是嘱咐你,一定要时时小心。"

她悄悄看了一眼自己身侧不足一步的丛惜艾,到底发生了什么?怎么让那般美丽的丛惜艾变成这个模样?

"你就留在府里吧。"司马溶冷冷地说,话是说给丛惜艾听,但却根本不看她一眼,"让娅惠陪着我出去就可以。"

他的语气里充满了厌恶之意,神情里也是,看得苏娅惠心惊肉跳。这种神情,在她看来,实在是太熟悉了,以前,只要是看到丛意儿的时候,司马溶必定是这个表情。但他对丛惜艾一直是疼惜宠爱的,这是大兴王朝所有女子都知道的事情,可是,为什么突然成了这个样子?怎么好像丛惜艾和丛意儿换了个似的?

"陪我去一个地方转转。"司马溶对苏娅惠说,语气略微和气了一些,"免得在这个府里觉得憋闷!"

苏娅惠轻声应允,没敢问要去哪儿。虽然看着马车载着他们到了一个她绝对想不到的地方,但所有的疑问被她硬生生地堵在嗓子里。

"和我谈谈意儿。"司马溶温和地说,"说说那次到宫里来的情形,就是那次你陪意儿来宫里,我把意儿推进荷花池的那次,你们来之前之后的所有事情。"

苏娅惠微微一愣,有些愕然地看着司马溶,不知如何说才好。

"不用担心,我要听所有的事情,包括当时意儿的态度,好的和坏的,我都要听。"司马溶温和地说,心中淡淡地想:就是从那一刻开始,意儿她成了我心中一个抹不去的痕迹。"我不要你用任何语言粉饰过程,意儿她的言行我心中有数,我只要真实的情形。"

"意儿她,她——"苏娅惠轻声地有些犹豫地说,"她只是有些任性,并无他意。她只是在醒来的时候,说她想要放弃与您的婚约,其实,您也知道,您与意儿之间的婚约本就是姑父和姑母刻意而成,皇上只是口头随口一说,您当时实在无意于意儿,所以她才会有此念头,您莫要怪她。"

司马溶点了点头,淡淡地说:"这我知道,我与意儿之间其实根本就没有什么婚约,当时所谓的婚约只是为了保证丛惜艾的身份,如今她已经成了我的皇子妃,有些事情也不必再隐瞒下去,当时父王根本就不同意让意儿嫁入二皇子府。——罢啦,有些事情不提也罢,说了反而心中惶恐,意儿避开我也是最正常的行为,我怨不得。"

　　苏娅惠心中微微一酸,司马溶,原本不是最讨厌丛意儿的吗?怎么突然间这样眷恋起她来?那眼神中的温柔看得她心中都隐隐作痛。

　　司马溶依然微笑着,面带回忆之色地带着苏娅惠向大牢走去,口中淡淡地说:"我依然时时可以在回忆中看到她站立在荷花池中倔强地看着我毫不害怕的说出放弃与我之间的婚约的神情神态,那清澈的眼神,将会是我一辈子的痛!若我肯用心的看她一眼,也许,所有的一切都会改变。她有和你说起过我吗?"

　　苏娅惠不解地跟在司马溶的身后。自昨天嫁进了二皇子府,二皇子在当晚的洞房中醉意朦胧,抱着自己,却喊着"意儿"的名字。她一心的不解,如今,司马溶这样和她谈着丛意儿的时候,她才隐约觉得,有些事情是不对的,但不对在哪儿,她却不知。他带自己来这儿做什么?难道是自己做错了什么事情不成?这儿可是关押宫中出了错事的皇亲国戚的地方,二皇子为什么要带她来这儿?"倒是常听意儿提起您,其实,她最常说起的就是您。"

　　司马溶心中一痛,长长地叹了口气。

　　陆秀芬看见司马溶来到这儿,立刻迎上前,躬身施礼。

　　"意儿她住过的地方照顾得可好?"司马溶轻声问。远远的已经看到那间丛意儿住过的牢房,司马溶的心竟然跳得无法自控。

　　陆秀芬低着头,轻声说:"轩王爷已经吩咐过,要好生看管,不放任何人进入。牢门已经锁好,除了每日要做的打扫外,并不曾有任何人进入过。二皇子,您有什么吩咐吗?"

　　司马溶苦笑了一下,轻声说:"哪里能有什么吩咐,皇叔他事事做在我的前面,难怪意儿对他动了心。打开牢门,我要进去待会。"

　　陆秀芬没有反对,取了钥匙,前面去开了门,口中轻声说:"轩王爷吩咐过,说是可能这些日子二皇子您会来这儿瞧瞧,嘱咐过对您不必拒绝,说您自会小心不损坏一丝一毫。只是轩王爷也嘱咐过,莫让二皇子待的时间太久,有些事情,错过了也只得错过了,总是放不开,只会害了无辜的人。"

　　司马溶没有说话,踏入牢房,看着一墙的缤纷,竟然落下泪来。意儿,意儿!他在心中一声声呼唤,有什么人可以和我谈谈你?现在能够从别人口中听到你曾经的话语也是一份安慰。

"娅惠,过来坐坐。"司马溶淡淡的声音,说,"意儿她都是如何谈起我?我现在很想知道,你只管慢慢说来,我不会烦。"

苏娅惠有些不知如何开口,司马溶到底是怎么了?怎么突然间这样看重他一直不放在眼中的丛意儿?

"她,随时会谈起您,只是她见您的机会不多,每一次见面都会被意儿无数次地提起,一遍遍地讲给身边的人听。"苏娅惠轻轻的声音中透出一丝犹豫,努力想让自己的讲话不那么不自信。她实在是猜不透司马溶到底是怎样想的,只怕说错了话,惹来不必要的麻烦,"听得最多的是您和她第一次相遇的情景。她说那个时候她还只是一个十岁的女孩子,什么也不懂,那一年她生了病,一个人迷路在外,不知道如何回到丛王府。那个时候,您和您父亲以及轩王爷一起出外打猎,您送了她一件外衣救了她一命,而且,您还对她微笑,她说那个微笑是她今生见过的最温和的微笑,让她突然间觉得这个世界是如此的美好——"

司马溶突然有些走神,苏娅惠的话让他突然间想起一些已经模糊的旧事,有些细节已经淡忘的一段完全不在记忆中的记忆。

那一年的冬天,他是曾经陪着父皇和皇叔一起外出打猎。那么茫茫的大雪中,没有任何人看到那个雪地中的小姑娘,她的衣服本就素淡,再放在大雪中,就更加没了踪迹,但是,皇叔却一眼看到了大雪中那个小姑娘乌黑的长发在风中飘动,也看到了一只饥饿的野狼突然出现在那个小姑娘的身后,就一箭射去救了那个小姑娘一命。自己当时去查看被射中的野狼,才发现那儿有一个小姑娘,回来还和自己的皇叔说起,但是,他当时对那个小姑娘微笑,并不是如何的关心,只是觉得有些奇怪,怎么那样寒冷的野外竟然还有一个活人?!

那个小姑娘竟然就是如今的丛意儿?!他那时完全无心的一个微笑,竟然让丛意儿痴痴爱了他这么久!他的心中突然有些莫名的感动,人也有些痴傻起来。只是,丛意儿知道真正救了她的是司马逸轩而非他吗?她知道,当时他送的衣服是司马逸轩的吗?还有,她知道当时她昏迷后,是司马逸轩派人救了她,将她送到了猎场附近皇家的一处庙宇内,让庙内的人点火为她取暖,并让人照看直到她再次醒来?

那个时候,他还笑皇叔无事找事,救那样一个小丫头,只记得皇叔随口说了一句,"很奇怪,从心里觉得,若是我不救她,定会后悔一辈子。不过是举手之劳,既然可做就做,何妨。"

司马逸轩,救了他准备共度一生的人,而自己,却将丛意儿拱手相让!司马溶此时除了苦笑,真的别无他法。

"二皇子,您怎么了?"苏娅惠说着说着,发现司马溶一脸的落寞呆呆地看着牢房的墙壁,有些担心,停下话头,轻声问。她真是好奇,这儿明明是牢房,为何弄成这个模样,花团锦簇?

司马溶愣了愣,突然间醒来,看着苏娅惠,有半天的时间没有说话。过了好一会儿,他才慢慢地说:"没事,只是突然有些走神,你说到哪儿了?除了说到我们第一次见面的事情外,她难道没有说过别的什么?从那次见面到如今已经有了几年的时间,难道这几年她只谈这个吗?说点别的事情给我听。"

苏娅惠犹豫了一下,轻声说:"平常我也不太常见到意儿,她出现在众人面前的时间其实仔细想想并不算多。意儿她平日里看着咋咋呼呼,其实私下里她害羞得很,有时候说话还会脸红。"说到这儿,苏娅惠突然微笑着说,"这样说,听来有些不太可能,可是,有一次她生病了,我去探望她,她当时躺在床上,与我聊起你,说着说着,竟然羞红了脸,那模样在我看来真是很陌生。——我想起件事来,就在我们二人来皇宫,也就是你把意儿推入荷花池的那一次,在来前的晚上意儿突然把我找了去,也不说什么,只是邀我喝酒。意儿的酒量并不算好,喝了些酒,就只是无声地落泪,问她什么她也不说。那一夜其实她应该很开心才对,因为皇上终于应允她嫁入二皇子府,这是她梦寐以求的事情,可是,我却觉得她很不开心,不晓得为什么,后来她睡了,我就离开了。第二天我觉得不放心,赶去看她,她突然说她不想嫁给您了。我一直不太明白,中间到底出了什么事情?"

司马溶微愣一下,轻声说:"或许是她觉得委屈吧,虽然很高兴可以嫁给我,却突然觉得我爱她不够深,所以觉得委屈,才喝酒才难过吧?很奇怪,以前一直不在乎的一个人,却突然间打动了我的心。原来,有时候爱一个人真的是很简单,甚至不需要理由。她就那样眼神清亮地看着我,仿佛看透了我的心,就那样,她无声无息的进入了我心中,再也抹不去。"

苏娅惠微微低下头,轻声说:"原来您一直不曾喜欢过意儿,只是那一次她说她不想嫁您了,您才注意到她?"

司马溶微微一笑,说:"是的,在那之前,我根本就没有注意到她的存在,她的存在在当时只有让我头疼的分,哪里谈得上爱。在那之前,我真是恨不得可以立刻把她从视线中彻底地抹掉,但是当时为了——但,她就那样一脸无惧地看着我,完全不把我放在眼中,毫不迟疑地说她不想嫁我了,甚至求死的时候。我却突然喜欢上了她,而且再也放不下。这样说,听着一定很奇怪,但却是我内心当中真实的想法。爱一个人,原来如此简单,如此没有道理!想来,皇叔他喜欢上意儿,也是因为这个原因,因为她那样真实自然,是一个独立的人,她的微笑可以让人忘却所有。意儿她看来简单,其实,正因为她不简单所以看来反而简单。你可懂得我的意思?"

苏娅惠轻轻摇了摇头,有些困惑地看着司马溶。

"她看来简单,是因为我们自己觉得自己很复杂,凡事通透,实际上,她看得更明白。她只是在做看客,她根本不想介入其中。也许在那一刻她就放弃了再爱我,所以反而坦然!"司马溶轻声说,"这大兴王朝能够让皇叔动心的女子她是唯一的,似乎爱她爱得没有理由,此时想来,他爱她,只是爱她这个人,不是她的某一方面,可惜我想通得太晚。就好像这儿,当时皇叔关她在这儿,换了别的女子,早就寻死觅活,最起码也要哭得死去活来,但意儿她却可以在这儿获得乐趣。她根本不把我们众人放在眼中,甚至不把大兴王朝放在眼中。她只是一个率性而活的女子。我们看她痴傻,但是,若是心中杂念纷乱,可有心情描绘出如此美丽的图画?可以在这种寂寞到令人恐惧的地方如此乐在其中?"

苏娅惠看着司马溶,有些失落地站着,不知如何才好。

"我一定要成为大兴王朝的皇上,不论用怎样的办法,我也要从皇叔手中将意儿夺回来!"司马溶轻声但不容置疑地说,完全忘却了面前的女子是他刚刚娶入府中的皇子妃,是一个要陪他一生一世的女子。此时,他的心中眼中只有丛意儿的影子,只有她的一颦一笑。

第十四章　波澜再起　道是无情却有情

　　司马逸轩安静地看着面前的长者。长者背对着他,背影传达着一份刻骨的冷静,和一份无从掩饰的疲惫！长者脊背虽然挺得笔直,却明显地表达出一种心力交瘁。锦服衬托出一种凛然的王者之气,声音也浑厚,微微有几分嘶哑。

　　"病了不过半月,竟然冒出如此多的事情,如果不是蝶润那丫头冒死前来通知,不晓得好好的一个大兴王朝要变成如何模样！"长者回过头来,目光炯炯地看着司马逸轩,带着责备之意,"你哥哥他不过庸才一个,若不是你母亲当时执意恳求,你又不肯委屈自己,此时哪里轮得到他？为父又怎么会到如今还要如此辛苦？念着他是朕的骨肉也就罢啦,反正不过一个虚名,他喜欢就由他去吧,为一个丛雪薇争这虚名,冷宫里让结发的妻子郁郁寡欢而亡,夺了他人已经到了门前的女子,朕都可以容忍。但是,偏偏你,也如此不成气候,和一个小辈争夺一个丛家的女子,这丛家何时可以安生？如果不是因着那个丛意儿的父亲对大兴王朝有功,丛意儿的母亲是大兴王朝皇族血统,朕早就除掉这丛府了！那丛意儿是否就是与你同来的女子？你竟然带她来这故去的祖先的旧居打扰,她对你,有如此重要吗？竟然可以让一向铁石心肠的你柔情似水？"

　　司马逸轩安静地看着长者,目光中却有着怒火,似乎穿越了长者的身体如刀剑般落在长者身后安静而立的蝶润身上。这丫头胆子是越来越大,竟然敢偷偷来这地方,找到自己的父皇,说出这许多事情！他的声音穿过空气,落入蝶润耳中,声声冷漠刺心。

　　"你是如何找来这儿的？竟然敢背着本王做出这等决定,你以为找到本王的父亲就可以左右本王吗？蝶润,休怪本王心狠,本王最恨你这种自作主张的奴才。一个青楼女子,真是糟蹋了醉花楼三个字,醉花楼何曾出过你这样的花魁？"司马逸轩的表情依然平静,但声音中却有着起伏的情绪,"立刻从醉花楼滚出去！"

　　长者淡淡地说:"让那个叫丛意儿的丫头进来,朕倒要好好看看,是怎样的一个女子可以让朕最出色的儿子去和他的侄儿争夺,真是乱了纲常！她怎么说也是你侄儿未过门的皇子妃,你一个堂堂的王爷却要去纳为己有,若你成了这大兴王朝的九五至尊,如何面对天下百姓?真是让为父失望。蝶润,去请丛意儿进来,免得逸轩他不舍得让那丫头在朕面前出现!"

蝶润轻轻点头,轻声说:"奴婢这就去请丛姑娘进来。只是奴婢要如何向丛姑娘解释您的身份?"

长者冷冷地说:"这不是你分内的事情!"

蝶润没敢再说什么,站起身来刚要离开。

"站住!"司马逸轩冷冷地说,"你一个青楼女子,一个奴婢,哪里配得起请意儿进来?本王自会亲自带她进来,意儿坦坦荡荡一个女子,就算是立刻与本王的父皇见面,岂会有惧意!"

司马逸轩的声音冷得让蝶润一哆嗦,她知道,司马逸轩最讨厌手下的人自作主张,她这一次,没有经过他的同意,悄悄跑到太上皇这儿,说出了司马逸轩和司马溶为了丛意儿反目的事情,其间自然有些添枝加叶。一直跟在司马逸轩身边,她知道,其实真正左右大兴王朝的并非是如今的皇上,而是这始终对外宣称修身养性的太上皇和看似玩世不恭的司马逸轩。她相信,以太上皇的权势,一定可以解决掉这个丛意儿。太上皇是个以国事为重的人,岂能允许一个女子作乱大兴王朝的后宫,尤其是丛家的后代!

长者静静地看着司马逸轩,这个一向冷静的,不谈感情,纵然身边花团锦簇却仍然心不为动的儿子,此时却因着一个叫丛意儿的女孩子乱了心绪,好像一个守护者,任何人接近丛意儿,都会让他冒出敌意来,甚至说出刻薄的话,纵然蝶润只是一个在青楼待着的奴才,但是,想必这也是第一次司马逸轩如此不管不顾的指责她!这个儿子,他相当清楚,因为他心中对这些女子没有爱,所以也就没有所谓的恨和讨厌。他看她们只是视如陌路,谈笑风生间不过游戏。可那个丛意儿怎么可能在这么短的时间让自己这个最出色的儿子如此情深?!丛意儿,他听说过也在偶尔的场合上远远看见过,只是一个任性刁蛮的王府千金,容颜也就算得在众人之上,怎么可能有如此魔力?!

丛意儿独自一人站在外面,司马逸轩没有带任何人同来,包括一直寸步不离的甘南和甘北。她独自一个人站在这个院落里,看着院落里的一草一木,无处不透露出干净和悠闲。她喜欢这儿的感觉,仿佛一物一景都熟悉到闭着眼睛也可以畅通无阻!她闭上眼睛,像个孩子似的在院落里静静地走,伸手,那儿是一盆花,再走几步,那儿有干净的石凳可以休息。

"意儿。"司马逸轩吓了一跳,她还真是心情不错,竟然闭着眼睛在一个完全陌生的院落里走来走去。他微笑了一下,担心地想,意儿她定是不晓得,这儿的一草一木,在大兴王朝里有着怎样的意义。这儿,有着皇宫里也不可比拟的尊贵,连自己的父亲也只是借住,不敢称自己住在此处,而且是选客房居住。堂堂大兴王朝的太上皇也如此谨慎,若是丛意儿不小心弄坏了任何一处,自己的父亲一定不会轻饶了丛意儿。但是,好像很奇怪,丛意儿似乎很熟悉这儿,她闭着眼睛,虽然走得慢一些,可竟然能够在花草物件之间行走自如。

丛意儿睁开眼睛,灿烂的笑容映入司马逸轩的双眼。她顽皮地说:"这儿的花草真是漂亮,枫儿还真是会享受,若生生世世都是那般的简单悠闲多好。人呀,何必要三生三世,若相爱,就生生世世停留在那一生就好,何必要在茫茫人海中寻寻觅觅,猜来猜去?天意究竟如何,你可知?我是不知的。"

司马逸轩微微一笑,说:"相爱的人一生一世是不够的,恨不得生生世世相随,又巴不得生生世世都有惊天动地的爱情。若是慕容枫有来生,或许她不会再选择同样的人生,若是生生世世相同的经历,何必三生三世?定是要费了心,才能得了爱,否则,不会觉得珍贵。"

丛意儿朗朗一笑,笑声如风铃于风中轻晃,小小石头抛入水中激起微微涟漪,"是啊,哪个女子不希望被所爱的男子用心珍爱,用心疼惜,用心追求,想必枫儿和凡儿都不能例外!"

司马逸轩微笑着看着面前的丛意儿。丛意儿的唇边有着浅浅的笑意,眼中是当前美景的一份惬意。他突然想到,在醉花楼遇到丛意儿时的情景,那时的丛意儿,眼神中还有着茫然和慌乱,想要随时逃避到一个没有人的地方,躲开所有人的视线。而如今,她却坦然自若地面对着大兴王朝,站在这儿,笑意轻盈,透着恬静和淡然。他喜欢丛意儿这份居于俗世却远离俗世的感觉,觉得她在眼前,能够看到她笑听到她说话,却无法碰触到她,仿佛她在遥不可及的地方!

"我想让你见一个人。"司马逸轩温和地说,脑子里快速地考虑着如何在最短的时间内向丛意儿解释清楚她要面对的人,"他是我的父亲,大兴王朝的太上皇。"

丛意儿轻轻一笑,看着司马逸轩,轻声说:"他该是如今大兴王朝隐于后的实际当权者吧?"

司马逸轩闻言一愣,刚要说什么,听到后面有人沉声说:"丛意儿,你果然聪明,难怪逸轩会为你动心!"

丛意儿轻轻转回头,看着身后的长者,容颜上司马逸轩与此人有几分相像,尤其是眉眼间那份王者之气,只不过司马逸轩更多几分玩世不恭,而且更随意些。面前的长者更多几分忧国忧民之意,更像一个帝王。丛意儿微微一笑,心中想:这大兴王朝还真是奇怪,既然有如此出色的帝王,何必让一个庸才坐到九五至尊之位?看面前长者,年龄虽然已长,但身形依然洒脱,神情依然清醒,偶尔眉宇间闪过一丝担忧之意,也不影响他傲然之气!这样的人才应当是帝王,足够冷静足够筹谋!

"你是如何一下子猜到朕才是大兴王朝隐于后的实际当权者?"长者面色平静,却语气不容置疑地问。

丛意儿轻轻一笑,面前的人愈严厉,她反而愈轻松。她读得出来面前长者眼中既喜欢又担忧的眼神,这不奇怪,一个左右了司马逸轩心思的女子,他怎么能够完全接受?!"一个好好的大兴王朝怎么会交给一个平庸之辈?这样怎么对得起开国的皇上司马希晨?为了这个王朝,司马希晨牺牲了多少个人的滋味,甚至不能给所爱的女人一份安稳的生活!一个王朝到了现在,要守下去,何其辛苦,如今的皇上虽然坐着皇上的位子,但却没有帝王之相,无法成全这个大兴王朝的天下,担当不起天下百姓的期望。"

长者眼中有赞赏之意,但语气中却有着帝王不能不面对的取舍,"果然是冰雪聪明,如今看来,逸轩为你动心并不是没有道理,可是,你这些话说来听在朕的耳中虽然舒服,却是得罪了众人面前的皇上,他随时可以要了你的命。女人不能够太聪明,太聪明了只会要了自己的命,一个男人还是娶一个笨一些的女子幸福。"

丛意儿微微一笑,这个长者,虽然没有说什么,却让她明白,他绝对不会允许司马逸轩娶她为妻,她要成为轩王妃,并不是司马逸轩说说就可以成真的事情。她面上带着微笑,声音却穿过空气飘进长者的耳中。"您不必说出您心中的话,逸轩如果知道您的打算,他会很难过,也许会因此与您反目。您不讨厌我但绝对不会接受我成为轩王妃,您担心我会左右了大兴王朝的朝政。"

长者的表情微微有几分愕然,看着丛意儿,再看看司马逸轩,轻声说:"你很像你的母亲,聪明而冷静,懂得取舍,你的想法不错,朕确实不会答应。在朕听说你的存在开始,朕就在心中决定,朕不会答应。朕需要一个温和愚笨些的女子成为未来的皇后,这大兴王朝建来辛苦,守来更辛苦,朕不能让大兴王朝这样轻易地断送在朕的子孙手中。"说到这儿,长者目光冷静地看着站在一边的司马逸轩,用低沉的声音缓缓地说,"逸轩,朕和你谈个条件,这么多年来,你一直在暗中帮助为父,让为父可以掌控大兴王朝的大小事务,而你哥哥也安于这皇上的虚名,但是,朕不放心把江山交给你哥哥,或者是所谓的人选司马溶手中。朕见过他,不过是一个温和青涩的年轻人,实在没有足够的心智支撑大兴王朝的江山!所以,你必须在为父之后坐镇这江山社稷,否则,只要为父在一天,丛意儿她就有一天的危险!你可否愿意考虑一下?"

司马逸轩微皱眉头,沉声说:"这是孩儿自己的生活,父皇不必太过关心。孩儿想要选择怎样一个女子过一生是孩儿的自由,与这江山社稷无关,父皇不要逼孩儿。"

"可这关系到大兴王朝的江山社稷,为父不能不管。这丛意儿是个冰雪聪明、清丽脱俗的女子,确实值得一爱,可是,和大兴王朝的未来相比,就显得微不足道了。你必须得接受这个条件,如果你肯答应为父的安排,你做了皇上,自然可以收她为妃百般宠爱,但是,她绝对不能够成为大兴王朝的皇后做主后宫!"长者漠然地说。

丛意儿突然轻轻一笑,笑容如蓓蕾初绽,让观者心中轻轻一跳,说不出的欢喜。长者微微眯着眼,看着素衣浅妆的丛意儿,那清秀的眉眼,那淡然的味道,还有那波澜不惊的眼神,仿佛天大的事情也不过谈笑间。

"你笑什么?"长者有些好奇的问,"难道不担心自己的将来?"

丛意儿忍住笑意,轻声说:"皇上,您还真是有趣,您用丛意儿要挟逸轩,却可曾问过意儿的意见?您担心意儿嫁了逸轩乱了大兴王朝的朝政,难道您就不担心逸轩完全不在意这帝王之位,却因着您把意儿做了条件而心生怨责之意,与您的想法背道而驰吗?"

司马逸轩唇旁闪过一丝笑意,好聪明的丛意儿,估计这许多年来,除了那个聪明冷静的女子,还没有哪个女人敢如此质问自己的父皇。父皇的退位,也是因着那个女子的离去。丛意儿的母亲,那个美丽沉静的女子,就这样语气淡然地微笑着拒绝了自己的师父和自己的父皇,只愿追随着那个始终微笑陪着她的男子。

长者长叹一声,轻声说:"你果然像极了你的母亲,可是,朕是大兴王朝的万人之上,朕想要怎样就怎样。如果你一定要和朕抗衡,除非朕不在人世,否则,你只能与逸轩相顾无言。朕不是不喜欢你,其实朕很欣赏你。但是朕需要一个冷静的帝王,帝王是需要寂寞的,太过幸福的生活不适合帝王。逸轩他原本是个冷静的,不与女人有任何纠缠的男儿,纵然众人看他身边花红柳绿,但他从不曾动心,这样的人才可以做帝王!可是,你却乱了逸轩的心。"

"父皇,孩儿实在无心于这帝王之位,但是,如今孩儿倒想坐坐这帝王之位,因为,孩儿要成全意儿的天意。"司马逸轩不经意地说。这三人聊天就好像房内的蝶润根本不存在一般,其实,此时的蝶润就如一个废人,司马逸轩在离开房间的时候已经点了她的穴位,让她如同木雕泥塑般,听不到看不到。

"让丛意儿留下来,朕想要和她聊聊。"长者安静地说。

"不行!"司马逸轩立刻说。

"随你。"长者淡淡地说,"逸轩,为父知道你此时可以左右大兴王朝的朝政,但是,你没有争权夺利之心,而且并不专心于此,所以,为父此时仍然可以调动朝中的一切。如果你执意不听从为父的安排,为父就会下令,让人追杀丛意儿。如果你想丛意儿安全无事,就要考虑为父的安排,况且,喜欢一个女子,并不一定非要娶她为妻,她只做你的妃也可以拥有繁华和恩宠,如何?否则,从此时起,这丛意儿就要日日活在担惊受怕中,朕随时可以要她生不如死!"

丛意儿身影一闪,仿佛是一阵风轻轻刮过,轻轻地落在长者的身后,安静的话语在长者的耳旁轻轻响起,"皇上,您就真的放心让意儿待在您身旁吗?您若是让意儿不得安生,可有想过,不得安生的意儿不得眠的时候会如何?只怕意儿会想不开,日日纠缠于您的周围。如果意儿经不起惊扰,做出如何事情来,又当如何?皇上,意儿想要告诉你,意儿最不喜欢被人威胁,您呢?"

司马逸轩差一点笑出声来,他曾经看到过相同的或者说类似的画面。当年丛意儿的母亲就曾经这样用自己的父皇来要挟自己的父皇,父皇当时不知丛意儿母亲的武艺深浅,就这样被丛意儿的母亲用剑压在脖颈上动弹不得,如今丛意儿虽然没有用剑,但随时也可以制伏自己的父皇。一物降一物,父皇似乎注定是那女子的手下败将,包括她的女儿,也同样可以让他束手无措!

长者半天没有说话,好半天才说:"意儿,您果然聪明,竟然可以想到用朕来要挟朕。"

丛意儿却轻轻叹了口气,轻声说:"不是意儿聪明,是意儿不想自己成为逸轩的一种负累。意儿希望意儿的存在是逸轩快乐的理由,如果您一定要用意儿做筹码来要挟逸轩,意儿相信他会为了意儿做他本不愿意做的事情,但那样,只会令他不快乐。如果他做了帝王,拥有了权利,又能如何?能够做帝王的人多得很,但是,能够拥有一个快乐的人生却是可遇而不可求的。难道您不希望逸轩他是快乐的吗?"

长者愣了一下,看着丛意儿,犹豫了一下,说:"不是朕不希望逸轩快乐,而是,大兴王朝的进展需要一个优秀的人做出牺牲,成全这个王朝。如果有更合适的人选,朕何必要用心良苦的在此处理国事?逸轩的哥哥只是一个庸才,他做皇上只是为了权势,他竟然会自作主张地选择未来皇上的人选,他还真当自己是大兴王朝的帝王不成?!这许多年来,一直是逸轩在帮他。逸轩是个合格的帝王人选,虽然他不愿意做帝王,但是,你出现后,朕害怕逸轩会把你当成他人生的重点而放弃这整个大兴王朝,就如这旧居的主人般,为了慕容枫而放弃了整个江山,宁愿过着不为人知的平淡生活。"

"如果给司马溶足够的时间,他也会成为一代帝王的。"司马逸轩平静地说,"其实,司马溶现在正在成长,如果时间足够,经过世事的锤炼,他可以独当一面。"

"不行,他不过是个青涩的年轻人,莽撞、狂妄、自私,朕可以随时数落出他的毛病。当初梓怀选择这个儿子做未来皇上人选的时候,朕不是没有观察过他,但是,朕很失望,他甚至没有那个丛惜艾聪明,被人玩弄于股掌之间竟然不自知。朕真想扇他一个耳光,让他清醒过来。他是傻瓜不成?难道看不出来,丛惜艾,就是你那个头脑精明、冷静漠然的姐姐,就和她母亲一样令朕讨厌!"长者不屑地说,"如今的年轻人,还真没有被朕看在眼中的,好在还有一个逸轩,虽然年轻,但足智多谋,就如朕当年。"

丛意儿努力忍住笑意,这个皇上还真是有意思,说着司马逸轩的时候,也不忘了夸奖自己。

"你知道吗?"长者突然长叹一声,说,"你令朕很为难。其实朕很喜欢你,你很像你的母亲,一样的聪明,一样的内敛,一样的是个清秀佳人,一样的看似平凡却冰雪聪明。但是,正因为如此,朕不能让你嫁给逸轩,除非逸轩他肯答应替朕支撑这大兴王朝的江山,不做第二个司马锐!可是,朕看见你的第一眼,就知道,如果朕这样做,逸轩他一定会和朕反目。你,会成为他生命的一部分,就如你母亲,虽然离开了,却深植在朕的生命中,纵然她再怎么冷漠地对待朕,再怎么心意许于他人,却仍然让朕深深眷恋,放不下,不恨,却疼惜她的早早离开。"

丛意儿安静地看着面前的长者,心里微笑着,丛意儿有着怎样出色的母亲,搅乱了这许多优秀男子的心?!

长者突然一反身,闪电般点在了丛意儿的穴位上。丛意儿想要闪避,却一犹豫,悄悄承受了这一点。长者的手法虽然快捷,却并不会为难到她,可是,她想知道这位隐于此处的太上皇到底想要做什么。

司马逸轩想要出手,却被长者一指,轻声说:"逸轩,这一下并不会要了丛意儿的命,朕也不会对她下杀手,朕只是想让你答应朕的要求。朕如今已经觉得精力不如以前,朕不能让这大兴王朝毁在你哥哥的手中。朕要你做这大兴王朝的皇上,不能让祖先的心血毁在这一世!如果你肯答应,朕就放过丛意儿,允许她成为你的妃,但是,她绝对不能成为你的唯一,纵然你不喜爱,也得娶一位皇后放在那儿,而她,就算你再爱再宠,也得屈居在次位。"

司马逸轩静静看着自己的父亲,轻轻地说:"父皇,您不要为难孩儿。您知道孩儿是个怎样的人,孩儿可以帮您,但孩儿不愿意做这大兴王朝的皇上,孩儿也可以答应您,在您选出合适的人选前,替您成全这大兴王朝的前程,可孩儿不会永远做这无趣的事。江山对孩儿来说,没有任何眷恋可言!如果意儿她有任何闪失,孩儿绝不会独自留在这世上,她在,孩儿在;她去,孩儿去!"

"朕不会让她死,朕手中有乌蒙国进贡的药,可以让朕控制她,但是,解药只有朕手中有。若是你不肯顺从,朕虽然不忍杀她,但却可以让她长睡不醒。"长者不肯退让地说,"就因为为父知道您的性格,所以,朕既恼火意儿的出现也庆幸她的出现,她是你唯一的软肋!逸轩,你应该想想,为什么朕可以如此得手,这药又是如何配出来的?你太专心于丛意儿,忽略了太多,还记得那个蕊公主吗?那个蕊公主虽然不知这配方为何,但是她却可以替朕找到合适的药材。孩儿,你的专情害了你!你专情这一个女子,自然会激起其他女子的嫉妒之意,为了得到你,她们是什么都能做得出来的！"

司马逸轩眼中闪过一丝恼火，看着站在自己父亲身后的丛意儿。他现在不能太过着急，父亲是个固执的人，为了让他成为大兴王朝的皇上，什么办法都用了，如今绝对不会放过这个机会，还是自己太疏忽了。他静静地站着，没有做任何冲动的事情。"好，意儿，你暂且在这儿待着。这儿景致不错，我会慢慢和父皇'商量'。你是他手中的筹码，可大兴王朝的前途却是我手中的筹码，父皇，您可想明白了，我们手中的筹码都是彼此心中最重要的。如果您做任何事情伤害到意儿，孩儿就停止处理大兴王朝的事务，孰轻孰重，您自知！"

长者一窒，有些急躁地说："逸轩，你总是不肯顺从父皇的意思，可是，你手中却有着大兴王朝最具权势的东西。你明明是大兴王朝唯一的九五之尊，为何却不肯坐到龙椅上？"

"不过一把剑，何必当真。"司马逸轩淡淡地说。

"不过一把剑？！"长者无奈地摇了摇头，说，"这把剑一共只在三个人手中出现过，一个是始皇司马希晨，一个是这旧居的主人司马锐，一个就是你。这把剑看似普通，可是，只有三个人拥有，除此之外，任何人都不曾得到过它。在大兴王朝，这把剑等同于玉玺，这是大兴王朝不成文的规矩，难道还要为父讲给你听不成？"

司马逸轩不说话，但脸上的表情淡然，根本不当成一回事。

长者有些气恼，说："如果清风剑不在你手，也就罢啦，可偏偏剑就落在你手中。当年，清风流云在始皇司马希晨手中，流云剑在大兴王朝第一个皇后叶凡手中，后来就不再露面，甚至始皇的子孙也不曾拥有。到了司马锐那儿，两把剑全都在他手中，他却从不显示于人，甚至没有人知道这两把剑的存在。但是，就算是当时的皇上和皇太后也认定他是最优秀的，希望他继承皇位！再后来，他和慕容枫隐居此处，两把剑就突然又消失了。直到你得到，但现在，流云剑在何处？除非你能够证明丛意儿她是流云剑的拥有者，那朕就不可以违拗天意，就允许你们二人自由厮守！但这剑现在在何处？！"

司马逸轩淡淡地说："她是不是流云剑的拥有者，我不关心，我只关心她是我心中的唯一就好。父皇，不要用她做条件和孩儿谈，在孩儿心中，大兴王朝的前途根本微不足道，轻如尘埃，但若是意儿她有任何闪失，孩儿就会作乱这太平盛世！"

长者一愣，看着司马逸轩。

司马逸轩静静地说："意儿她本就对此处好奇，刚好她可以在这儿好好欣赏一下景色。孩儿给您三天的时间，您考虑如何取舍！"

丛意儿安静地站着，眼神温柔地看着司马逸轩，心中轻叹，逸轩，意儿希望你

第十四章　波澜再起　道是无情却有情

237

可以平安幸福地活着,你爱着意儿,就搅乱了原本的平静生活,要怎样才可以让你重新过着闲适的生活?意儿愿意成全!

长者没有说话,目送司马逸轩离开,听不到司马逸轩的声音在空气中静静落入丛意儿的耳中,"意儿,这儿其实最安全,你可以用这三天的时间在这儿好好看看。三天后,我定会亲自带你离开。这儿是父皇隐身之处,纵然是江湖上的高手也休想踏入半步,你在这儿,我很放心,我会用这三天时间处理其他俗事,不会再让任何人做任何伤害你的事情!"

丛意儿看着司马逸轩身影消失,蝶润面无表情地被他带走,她就知晓,蝶润一定是大脑空白的,司马逸轩绝对不会允许她听到这儿的只言片语的,但是,她是如何来到这儿的?不是说,这儿就算是江湖上的高手也休想踏入半步吗?

"她是在外围跪了多时,才见到朕。"长者看着丛意儿面上的微微疑惑,安静地说,"你可以放心,朕绝对不会为难你,看在你母亲的分上,朕不会让你受一丝一毫的伤害,但是,在此处,你却不可以随意走动,朕不会允许这儿任何物品有任何损失。朕会让人去取解药来,这儿的人虽然不多,但个个是顶尖高手,你不要自作主张生出任何事情来。穴位再过半个时辰会解,你到时自会——"长者努力让自己镇静地看着丛意儿,却说不出下面的话来。

只见丛意儿正安静地坐在石桌的旁边,她什么时候从自己身边离开的,又是如何坐到那儿去的?长者竟然全不知道。而且,看她脸色,明朗温润,并无中毒之状,眼神清冽温和,根本没有涣散之意。这摆明了是在告诉长者,她什么事情也没有,她好好的,刚才根本就是装的。

"你,是怎么回事?"长者微皱眉头,大感不解。

丛意儿抬起手腕晃了晃手腕上的手链,淡淡地说:"这手链可解百毒,纵然是乌蒙国最毒的药也克制得住。而且,就您的身手,也只是开个小小玩笑,准许您吓我,就不许我也吓吓您?"说话时,淡淡的笑意在眉宇间轻轻绽放,几分调侃隐藏其中。捉弄一个高高在上的皇上,也是有趣的事。她承认面前这个人才是皇上,与他相比,那个众人面前的皇上实在不堪,不过,也有可饶恕之处,毕竟一心获得这虚名,只是为了心爱的女人。丛雪薇能被如此挂念,若她是喜爱对方的,也算是幸福的。纵然她舍却了原有的人生安排。

"你是你父母的遗腹子,就你那个大娘,是个心胸狭窄卑鄙小人,怎么会教你武艺?而且娇纵得你不知天高地厚,落下恶名在市井之间,你是哪里学的武艺?"长者走到石桌前坐下,觉得最好是心平气和地和丛意儿说话,否则,天知道这看似平静如水的丫头会做出如何的事情来,仿佛谈笑间便可掌控一切。

空气中有淡淡香气传来,是花香,是最早绽放的桂花,是树丛间初绽的第一朵。她忽然一笑,司马明朗能够在慕容枫生命中留下痕迹的也只有这淡淡的花香,可桂花之香适合远闻,近了就会令人窒息。或许这就是司马明朗最失败的地方,在他心中,爱情绝非唯一,他想要自由,亦会眷恋尘世欢情,耐不得人生寂寞,所以,在慕容枫生命中只是过客!这桂树绝对不是栽种在这院落里的,慕容枫不会让桂花香气充满她生活的空间。她四下看看,微笑着说:"这桂花香气好闻得很,只是这院落里不曾有桂树的痕迹,大概是种在别处吧。"

长者点点头,说:"是,在百米之外有一棵。这儿的主人,也就是先皇之一的司马锐的妻子,曾经的大兴王朝的一位皇后娘娘慕容枫,这你应该听说过,她有一个很奇怪的命令,在百米之内不得栽种桂树,免得花香呛人,但在百米之外,当时的皇上司马明朗栽下了几棵,当作送他们夫妻二人的礼物,慕容枫在桂树中挑选了一棵,然后其他的都送去了别处栽种。这唯一的一棵有迎风之势,每每秋风乍起,就会有淡淡花香随风飘来,若有若无之间,很是惬意。你竟然可以嗅到,不容易,朕在此处待了许久,才解了其中奥妙。这桂树花香诱人,可香飘数里,但是,若是太多,则有呛人之意,反而只这一棵,随风而来,清心怡神,实在是妙。"

丛意儿轻轻一笑,司马明朗娶了慕容枫身边的奴婢为妃,他人看着似乎是觉得司马明朗心中喜那女色,因为那烟玉容颜清秀,是个可人的丫头,但是,最重要的是,那烟玉是慕容枫身边的人,而且稳重可靠,对慕容枫忠诚,司马明朗可以在寂寞长夜,酒意微醉的时候,与烟玉谈谈慕容枫,可以不着痕迹地去回忆他所喜爱的慕容枫。那是他放不下的牵挂,所以,他只能远远地看着慕容枫。

这桂花是一种提醒,提醒慕容枫,他就在她可以触摸的地方,但是,慕容枫何其聪明,她只让桂花的香气偶尔随风飘来,似乎要告知对方她的谢意,但她心中全无杂念,所以在她视线所及之处,绝对不许栽种桂树。她的心只许给司马锐,聪明如司马锐,怎么可能不知这一切?他不说,他只交付了全部的身心,爱,是他唯一的事情。或许就是因此,他故意隐藏了两把剑的存在,为的就是可以让自己远离这尘世是非,并让司马明朗可以坦然自若地做大兴王朝的皇上。

但是,清风剑此时在司马逸轩的手中,流云剑在哪儿呢?

"这儿是司马锐和慕容枫居住的地方,难道这大兴王朝就没有叶凡的存身之处吗?"丛意儿好奇地问,看着长者,面带微笑,并没有接着他的话头说下去。其实,她比谁都清楚慕容枫的心思,而且,她心中另有猜疑,突然浅笑,仿佛明白了什么。

长者微微一笑,说:"当然有,那叶凡虽然只做了一年的皇后,可是,始皇却始终对她情有独钟,后来还让人用上好的玉以真人大小雕刻了自己和叶凡的雕像,后来与司马锐、慕容枫的雕像放在这里。那雕像很是奇怪,不容人触摸,玉本是上好的,但是,却精致到似乎吹口气就会碎掉,所以,一直保得极好,没有任何不妥之处。雕像存放于千年冰块之中,栩栩如生。你是有缘之人,朕很是喜欢你这个丫头,聪明灵秀,通透可爱,等过了今日,朕陪你去看看。说起来,你和她们二人竟然有相似之处,说不出来你们相似在哪儿,只是觉得,神似得很。若论起来,你比你母亲还要清丽脱俗、冰雪聪明些。"

"那雕像可是司马锐特意存放在这儿的?"丛意儿轻声问。

长者点了点头,微笑着说:"不错,你是如何想到的?"

丛意儿突然微微一笑,不再说什么,望着周围的景致。她喜欢这儿,这儿,有着让她熟悉的东西,那就是一份悠闲从容。

司马逸轩冷冷地看着站在自己面前的蝶润,他们面前是安静无语的醉花楼,甘南和甘北一直安静地站在司马逸轩的后面。他们赶到的时候,在暮色中,只看到司马逸轩冷漠的背影和蝶润低垂的头。他们不问出了什么事情,只知道,司马逸轩非常的生气。

"蝶润,本王是在这儿发现你的,如今,你自己作了选择,本王已经废了你的武艺,这醉花楼将不再是你的清静之处。从此之后,你会如何就听天由命吧,本王将你再放在此处,去留你自己取舍。"司马逸轩冷冷地说,"本王曾经警告过你,意儿等同于本王,你却置若罔闻,这是你咎由自取。本王虽不亲手杀你,但是否救得了你自己要看你自己的造化!"

蝶润的脸色苍白,身体微微颤抖。司马逸轩没有任何商量余地地处置了她,废了她的武艺,把教给她的武艺漠然地收回,不许她再踏入醉花楼半步,而且在发现她的地方,放开了她。她要如何才好?

但是,司马逸轩忘记了她是个很有姿色的女子,废了她的武艺,她可以再慢慢回忆,慢慢练,除非是司马逸轩杀了她,否则她定有再来的机会!以她的姿色,如果肯做,她一样可以出现在司马逸轩的周围。那个庸才的皇上,会为了一个丛雪薇做许多的事情,她知道如何诱惑那个在她眼中愚笨不堪的皇上!纵然他没权,但她一样可以自由地出现在司马逸轩的视线中,除非他杀了她!

当今皇上喜欢丛雪薇不错,但是,再深的眷恋也经不起时间的过滤,到底是旧不如新。她在青楼,虽然是因着司马逸轩的缘故并不卖身,但是,如何勾引男人,她却是知道的。初时,她曾经想过要利用自己的姿色诱惑当今的皇上,帮助司马逸轩坐上龙椅,现在,这个初时的打算竟然成了她此时生存的机会。

那个愚笨的皇上见过她,她相信他绝对不讨厌她,因为,他始终很羡慕司马逸轩的眼光,总有出色的女子相伴左右。而且,听说这段时间丛雪薇的身体一直不好,这难道不是个机会吗?

司马逸轩并不理会一直低头不语的蝶润,带着甘南和甘北离开。

甘南轻声说:"主人,就这样放过她吗?"

夜色中，司马逸轩轻叹一声，淡淡地说："本王应当杀了她，否则以她的聪明她定可重新再来。本王给她最后一次机会，若她悔悟，或可有份踏实幸福的生活，若她继续，只怕是落得个生不如死。随她去吧，当时救了她，今日就不愿杀她，生死她自定吧。"

甘北不解，"她如何自定生死？"

"那要看她如何取舍。"司马逸轩淡淡地说，"时辰不早了，本王也累了，要回府休息了。"

安静的夜，风吹得很静，却声声入耳。醉花楼的喧哗声刚刚开始，却让整个夜显得异常寂寞。蝶润站在那儿动也不动，任由风在自己脸上吹来吹去，吹乱了发丝，吹得心越来越凉。从看到司马逸轩第一眼开始，她就失去了自己，成了司马逸轩的影子，只要可以"保护"司马逸轩，她可以做任何事情。泪水滑落，冰凉了整个面颊的皮肤。

司马逸轩是如此的冷酷无情，废了她的武艺，断了她的归路。醉花楼是她的，她是醉花楼的砥柱人物，没有她，醉花楼就等于是不存在，就好像没有了那个神秘的异族女子，醉花楼就只是一个烟花之所，只是一个供人玩乐的地方。只有在她出现之后，才可以如此为人津津乐道！

她转身想要离开，习惯性地想要施展她最擅长的轻功，她喜欢这样，像阵风似的在空气中游走。可是，她却动也未动，仍然待在原地，这才突然想起，司马逸轩已经废了她的武艺！蝶润有些沮丧，慢慢地顺着路边走。她现在能去的地方已经没有，如果司马逸轩说她不可以再回醉花楼，她相信，如果她此时回去了，只有被撵出来的份。

"什么人？！到这儿做什么？"侍卫盯着面前的女子，奇怪一个女子半夜三更的跑来这儿做什么。

她是司马逸轩的手下，虽然失去了武艺，可是，没有失去记忆。到这儿的路，司马逸轩从来不走其他人走的路，他永远是抄近道，可以避免许多的麻烦。蝶润安静柔和地回答，"我是轩王爷的奴婢蝶润，轩王爷派我来有要事要见皇上。"

没有人敢拿轩王爷做挡箭牌，尤其是这条路，知道的人不多，但大家晓得，敢这样说，并在这条路出现，定是轩王爷手下的人。侍卫们没有太多的怀疑，他们都知道轩王爷为人风流，派个女人来找皇上，或许只是让皇上更开心些吧？这几日皇后娘娘的身体一直不好，皇上一直非常的郁闷，说不定轩王爷是为了让自己的皇兄放松些。而且，这个女子确实有些眼熟，似乎确实是跟随轩王爷到过这儿。

皇上正准备休息，这几日朝上的事情多了许多，他感到有些疲惫不堪。其实他也知道自己不是处理国事的材料,不过,这个位子坐久了,还真是感觉不错!

"皇上,好像是轩王爷身边的蝶润姑娘来找您,说是轩王爷有事情要和您商量,您要见吗?"侍候皇上的公公悄声说,不敢抬头看正在被人伺候着更衣的皇上。这几日,皇上的心情一直不算好,而且是这个时候,若是皇上生了恼怒之意的话,挨训的肯定不是外面的那个冒昧赶来的蝶润姑娘,而必定是自己。

皇上一皱眉,这个时候,皇弟让一个青楼女子到这儿来做什么?有什么事情,不可以自己过来?平常有事脱不开身的时候一般是由甘南或者甘北过来,怎么今天让蝶润过来?"让她进来吧。"皇上懒洋洋地说,反正一个青楼女子,什么样的情形没有见过?他此时可是懒得再更衣见一个青楼女子,让她进来说话比较简单些。

蝶润轻轻走进房内,一阵淡淡的香气若有若无地在空气中弥漫开,引得皇上下意识地嗅了嗅,真是好闻,是说不出的花香味道。蝶润轻轻弯下身子跪在地上,声音温柔细腻地说:"蝶润见过皇上,轩王爷知道皇上这几日心情一直不好,特意让奴婢进宫为皇上弹琴解闷。"声音丝丝飘入皇上的耳朵,使得皇上不得不集中注意力听,蝶润声音甜甜的透着几分羞涩。什么弹琴,皇上心中一动,皇弟倒是有趣,竟然会替他想得如此周到,是不是觉得夺了司马溶的女人心中有些愧意所以才会如此?他看着慢慢站起身来的蝶润,烛光中说不出的妩媚和温柔,尤其是含情的双眼,唇边的微笑,和玲珑有致的身材。

晨曦中,有很大的雾气,太上皇吩咐手下的奴才推开窗户,看着外面,微皱了一下眉头,整个人好像在云里,很大的雾气再加上细密的雨,几乎什么也看不到。"昨晚那个丛意儿歇息得怎样?"

一旁的太监立刻恭敬地说:"回主子,昨晚丛姑娘歇息得很好,不过,奴才倒觉得有几分奇怪,昨晚安排丛姑娘去了客房休息,奴才记着,丛姑娘应该是第一次来这儿,这儿也是第一次有外人居住,可是,她竟然好像是这儿的主人一般,对这儿极是熟悉,把侍候她的小樱吓了一跳。"

太上皇微微一挑眉,很是好奇的说:"如何吓的?如何奇怪?"

刘公公轻声说:"开始的时候,倒没觉得客房里的被褥有些薄,毕竟那儿从不曾住过外人,所以小樱就没在意,可是,丛姑娘说她觉得有些冷,让小樱帮她取套新的被褥来,她说她要那床淡蓝底配浅色蒲公英的棉被。小樱那丫头一愣,不知哪里去寻找,丛姑娘就说到柜里第几个格里,从上面数第几个就是。小樱开始还觉得丛姑娘很是有趣,因着她是轩王爷的人不敢得罪就过去寻找,哪里想到,竟然和丛姑娘说的一模一样,才把小樱吓得出了一身的冷汗。尤其是一回头,看到丛姑娘就坐在床上微笑着看着她,她说,真以为见着鬼了。"

"什么叫真以为见着鬼了？"太上皇不高兴地说。

刘公公立刻解释道："小樱那丫头说，丛姑娘坐在那儿，给她的感觉就好像丛姑娘是这儿的主人，她只是一个闯进来的外人。尤其是那种感觉，就和雕像一般模样，虽然说容颜不是太像，可感觉却是相同的。"

太上皇停了一下，说："让丛意儿来见朕！"

刘公公轻轻点头，立刻退了出去。

但是，在丛意儿休息的客房里却没有发现丛意儿的身影，只有小樱一个人待在里面收拾东西。刘公公觉得有些奇怪，主子吩咐过，没有他的命令，任何人不得在院落内随意走动，因为，这个看似简单的庭院，却是一个对所有人来说都陌生的地方。

"小樱，丛姑娘呢？"刘公公温和地问。跟在太上皇身边，他需要懂得收敛自己所有的情绪，对任何人他都是温和有礼的，这是他生存下来的理由，因为，他知道，在这个复杂的皇室里，任何一个人都有可能影响他的生死。

小樱微笑着说："丛姑娘去看雕像了。"

刘公公微微一愣，下意识地脱口说："丛姑娘是如何知道雕像在哪儿的，她不是昨晚才刚刚到这儿的吗？你有告诉她雕像在什么地方吗？那儿可不是随便哪个人就可以过去的，除非主子同意。"

小樱有些委屈的说："不是我说的，是丛姑娘自己去的。早上丛姑娘很早就醒来了，在我醒来之前，她就已经醒来。在替丛姑娘准备梳洗的温水的时候丛姑娘离开了一会儿，回来的时候，她手里拿着一束花。那花只有雕像附近有，而且，平常人根本靠近不得，因为雕像用千年的冰块保护着，在冰块附近，除了这种花，没有任何花草可以生存。而且，人如果没有很好的武艺在身，根本靠近不得，所以，我没有阻拦她去任何地方，因为，我觉得，没有任何人可以阻拦她。"

刘公公看着小樱，小樱年纪不大，但一直跟在太上皇身边，也是个有数的人，否则不可能被太上皇选中留在这儿，她这样说，一定有她的道理。但是，丛意儿是如何知道雕像所在位置的？

"在找我吗？"丛意儿的声音在他们二人身后响起，把二人吓了一大跳，不知道她什么时候回来的，或者说是不是一直就在附近。她的声音听起来倒是蛮愉快的。

刘公公回头，恭敬地看着丛意儿，恭敬地说："丛姑娘早上好，奴才奉主子的吩咐请您过去一下。"他的余光看到丛意儿乌黑的秀发上有一朵美丽的花，晶莹如玉，却又娇美无比。这种花确实只有雕像最近处才可以生存，类似于雪山玉莲，但又不同，是从乌蒙国特意选来的一种花，没有人叫得出名字，也没有人真的近距离看过它们。刘公公在这儿待了这么久，还真是第一次如此近距离看到这种花,真的是非常的美丽。

丛意儿点了点头,轻声说:"回去告诉你主子一声,就说我知道了,很快就会过去。走了这一段路,有些倦意,稍稍休息一下我就过去,请他稍候片刻。"

刘公公没有再说任何话,悄无声息地离开。

轩王府,也同样地在雾气中寂静无声。司马逸轩刚刚醒来,甘南就匆匆赶来,神色有些异样,匆匆走入,对司马逸轩低声说:"主子,宫里的人说,蝶润去见皇上了,对皇上说,是您让她过去伺候皇上的,因着这几日您见皇上寂寞,特意让她过去的。皇上昨晚宠幸了她,如今她去了暖玉阁。皇上说她有些怕寒,所以特意安排她去那儿住上几日。"

司马逸轩似乎并不觉得有什么意外,只是淡淡地说:"果然聪明,昨晚猜到她会利用自己,放了她一马,她竟然不肯放了自己。皇兄是怎样的人,她应当清楚,她竟然如此把自己放入一场旋涡中,真是可惜了她的聪明。且由她去吧。"

甘南犹豫了一下,轻声说:"属下担心她会因爱生恨,处心积虑地陷害主人。以她的聪明,她可以在一夜之间得到皇上的宠幸,属下担心她会利用这种聪明陷害主人,令主人为难。"

司马逸轩淡淡一笑,淡淡地说:"不必担心,她如何一个人,本王最清楚。毕竟是救了她一命,她也陪本王走过了许多的日子,只是可惜太过聪明,反而误了她自己。对本王来说,唯一失望的是,她没有听从本王的最后告诫,做个普通人。那皇宫比不得醉花楼,她可以依靠的只有自己的容颜和皇兄对她的新鲜感。她现在只是钻了丛雪薇这几日身体不适的空,只是对付宫里的那些女人,就足够她伤神的,只怕是没有时间再来对付本王了。"

甘南微低着头,还是有些担心地说:"主人,您废了她的武艺,可是以她的聪明,她仍可以依照以前的路子再重新练。如果她刻意对付主人您,还是有些麻烦的。"

司马逸轩淡淡地说:"这倒不是本王担心的事,本王所担心的倒是丛雪薇的身体,怎么突然间就越来越虚弱了呢?她本也是有武艺在身的人,而且在宫里是皇兄极为宠爱的人,一直都是皇兄最相信的人在照顾,正阳宫里里外外全是皇兄跟前的人,她的饮食起居都是小心再小心,可她依然出了这种状况,并且太医们根本诊治不出任何原因,这定有可疑之处!"

甘南轻抬手阻止刚刚进入的甘北开口,静静地听司马逸轩继续说下去。"现在让宫里的人小心查看一下,素日里都是谁在丛雪薇的附近出现?不论是谁,都要禀告本王,如果真是有人在其中做了手脚,这个人就一定是城府极深之人,而且绝对是司马溶最强有力的竞争者,或者说这个人才是有心要继承皇位的人。"

"是。"甘南和甘北同时回答,彼此看了一眼,甘北才轻声说,"丛姑娘如今还和太上皇待在一起,是不是要接回来?"

司马逸轩轻轻摇了摇头,说:"父皇是个极固执的人,如果本王此时硬要带意儿回来,父皇也奈何不得本王,但是,这样反而会令意儿很难在宫中立足。那儿是意儿一直好奇之处,她待在那儿绝对不亚于待在轩王府,所以暂时不必带她回来,就让她和父王在一起待上几日吧。说不定,她会解了父皇心中一直不得解的心结。"

丛雪薇躺在床上,觉得很疲惫。这段时间是怎么了,怎么老是有这种感觉?贴身的奴婢走了过来,轻声说:"娘娘,您此时要起来吗?外面的雾气很大,什么也看不到。"

丛雪薇看着自己的奴婢,叹了口气,说:"就算是本宫想要起来,此时也是心有余而力不足。曼莲,是不是出了什么事?你的表情掩饰得不够好,说与本宫听听。昨晚皇上没来,是不是去了别处?他昨晚宠幸了哪位妃子?"

曼莲犹豫了一下,轻声说:"昨晚皇上没有过来,可是,听皇上身边的人说,皇上昨晚宠幸的不是宫里的哪位嫔妃,而是轩王爷的女人,醉花楼的蝶润。今早,皇上把她送去了暖玉阁。这几日暖玉阁正在清理,原本过些日子娘娘您要搬过去的,再过些日子天气就凉了,娘娘您素日里不耐寒,可是,蝶润那贱人却提前搬了进去,并且住在娘娘您素日里住的房子的旁边。真不知道轩王爷是怎么想的,怎么会想到这样一招,皇上也是,别人玩残的女人他也要!"

"曼莲!"丛雪薇厉声说,"说话小心些,别送了命还不知道是怎么回事!去请二皇子妃过来,本宫说的是惜艾,不是娅惠!速速请她过来,就说本宫有急事要找她。"

曼莲自知说话不小心,也不敢再多说,立刻退了出去。

丛惜艾随着曼莲赶来正阳宫,司马溶一直和苏娅惠在一起,她倒是很容易就可以出来,不必花时间陪着司马溶。进到正阳宫,丛惜艾一眼就看到自己的姑姑正半卧在床上,脸色有些苍白,神色极是疲惫,好像很累很累的样子,没看到皇上的身影,大约是去早朝了吧。

"惜艾见过皇后娘娘。"丛惜艾跪下行礼。

"罢啦,快些起吧,这儿没有外人,不必如此拘礼。曼莲,去外面瞧着些,不许任何人打扰我们娘俩说话,若是有人过来,你就在外面高声宣一下让本宫知晓。"丛雪薇轻声吩咐。这些话说完,她竟然觉得有些疲惫不堪,自己这到底是怎么了?就算是嫁给了皇上不再练习武艺,身体也不至于差到这个地步!

等曼莲离开,丛雪薇这才发现,丛惜艾竟然也消瘦得令人惊讶,原本精致的五官也显得不再真实,虽然依然是美丽的,却看着让观者心惊。"惜艾,你,你怎么弄成现在这个样子?"

丛惜艾苦笑了一下,说:"娘娘,是惜艾这几日不想吃饭,可能是吃不惯这宫里的饭菜吧,娘娘不必担心。"

"二皇子对你好吗?"丛雪薇轻声问。

丛惜艾苦笑了一下,能说什么呢?她对丛雪薇再施了一礼,轻声说:"现在有苏娅惠陪着,不用惜艾陪,所以惜艾也不晓得二皇子对惜艾好还是不好。"

丛雪薇犹豫了一下,轻声说:"难道那些说法是真的吗?你喜欢的是轩王爷而不是二皇子?二皇子他真正喜爱的是意儿而不是你?这怎么有些乱呀?虽然本宫知道意儿她要成为轩王妃,但也只是觉得轩王爷对她只是一时新鲜,只怕过了这几日就淡了。意儿那丫头自小就任性,她有此事情也就罢了,你怎么也如此不懂事?就算是你真的喜欢着轩王爷,在嫁给二皇子的时候,你也当瞒着些才好!"

丛惜艾没有吭声。

"惜艾,这儿是皇宫,不是丛府。"丛雪薇微皱着眉头,带着责备的意味说,"你如果想要生存下去就必须获得你所嫁之人的欢心。如果没有二皇子的庇护,你想要生存下去根本没有可能。这宫里最是现实,只要你失了主子的宠爱,随便一个奴才都敢给你白眼,难道你如此聪明的人也不晓得这一点吗?二皇子他是未来皇上的人选,你如今已经嫁了他,就要让他放不下你才好,怎么会好好的接着就娶了娅惠呢?而且听闻二皇子好像很是宠爱她,不论做什么都会让她陪着,你这是怎么弄的,怎么成了这个模样?"

丛惜艾叹了口气,淡淡地说:"娘娘,惜艾如今已经淡了心,二皇子只怕是除了恨惜艾外,绝无他意了。"

丛雪薇也轻轻叹了口气,说:"这皇宫最是现实,最是不可信的就是所谓的爱意,你可知昨晚出了什么事情吗?昨晚皇上宠幸了轩王爷身边的女人蝶润,如今那女人就住在暖玉阁里。不论她是何等的出身,只要得了宠幸,就可以在宫中高人一等,就算本宫再怎么不情愿,到时候也得称呼她一声妹妹。这就是宫里的现实,就算是你以前喜爱着轩王爷,如今轩王爷要娶的是意儿,你也已经嫁了二皇子,就得学会放低姿态,好好去取得二皇子的宠爱,在这宫中活得好好的!"

丛惜艾轻轻苦笑一下,说:"惜艾是错了一步就步步错,现在二皇子看见惜艾不吃就饱了,惜艾怎么还有可能再翻身?还是算了吧。"

丛雪薇想要说话,却觉得有些喘不上气来,只得停住口,歇息了好半天,微闭上眼睛,气息也慢慢不均匀起来。

丛惜艾一皱眉,丛雪薇的情形看来有些奇怪。她下意识地四处看了看,想要找人帮忙,或者去倒杯水给丛雪薇喝,却突然看到桌上花瓶里插着一束盛开的花,好像是新摘的,还带着水滴。她愣了愣,她在乌蒙国待过,她也懂得用药,从小母亲就教过她,但是她却还是中了蕊公主的毒,让自己陷入一种混乱的状况中。她这一辈子也忘不了那娇艳的花,开放着,娇艳的,诱人的,但却是可怕的。

这花怎么会在这儿出现?是谁放在这儿的?这种花只有乌蒙国有,大兴王朝根本没有人种植。

"娘娘,这花是谁送来的?"丛惜艾突然觉得心里头一阵阵的发冷,如果这花是无心送的,或者丛雪薇自己摘的倒罢了,但是,如果是有人送的,则必定是心存恶意。如果只有丛雪薇有这种情况,而皇上没有,那肯定针对的就是丛雪薇而非皇上!什么人这么恨丛雪薇?!

丛雪薇微微喘息着说:"什么花?——噢,是桌上的吗?是曼莲从院子里采来的。你也晓得,本宫最是喜欢在桌上摆花,院子里有些花花草草,本宫常常让她采来了摆在那儿。"

"这种花也是院落里的吗?"丛惜艾的手微微有些颤抖,从那束花里挑出那一枝不大的花,但开得很娇艳很诱人,淡淡的粉色,还带着水珠,"是谁在院子里种的?"

"没人特意栽种。"丛雪薇看到丛惜艾惊愕的表情,立刻猜测到这花肯定有什么不妥的地方。她犹豫了一下,说,"或许是风吹来的落在院子里就长出来了吧,看着很漂亮,有什么不妥吗?"

丛惜艾有些忧郁地看着丛雪薇,轻声说:"娘娘,既然您说这儿没有外人,惜艾就和您说一些惜艾的旧事。您也知道,惜艾真正喜欢的是轩王爷而非二皇子,现在惜艾不想隐瞒这些,这是惜艾的真心实话。但是,在惜艾——"

"不必如此拘礼。"丛雪薇温和地说,"这儿虽然是正阳宫,但皇上不在这儿,奴才们都出去了,你有话随意些说就好。"

丛惜艾轻轻点了点头,说:"姑姑,在我遇到轩王爷的时候,当时乌蒙国的蕊公主也正巧刚刚认识轩王爷。她是个心狠手辣而且多疑的女子,最主要的是她擅长用毒。当时我太过稚嫩,仗着自己武艺不错,又是在大兴王朝的京城,并没有把她放在眼里。她当时让她的丫头送了一个花篮给我,我就莫名其妙地开始觉得头晕疲惫,如果不是轩王爷发现得及时,此时,您只怕是就见不到我了。这种花可以令人渐渐丧失生命,在不知不觉当中,甚至感觉不到痛苦,就是觉得疲惫,体力不支,懒得活动,到最后,呼吸也会慢慢停止。最可怕的是,人却是清醒的,一切都是知道。您现在就中了这种毒,这种花绝对不会随着风吹过来,这种花在乌蒙国也属于皇室医师才有权利种植的,寻常百姓根本没有种子!不过,这个送花的人没有蕊公主那么直接,他或者她,采用的是一种慢慢消耗的办法,

第十四章 波澜再起 道是无情却有情

他或者她,是让您慢慢中毒,所以,肯定,这个院落里只有一棵这样的花草,所以,每次只能采摘一朵。"

丛雪薇的眉头微微皱着,轻声问:"这种毒可有解药?"

丛惜艾犹豫了一下说:"这种药不是完全没有解药,但是无法根除,这一生都要受其累。我曾经去乌蒙国疗伤,那儿宫里的御医告诉我说,这种香气会渗入人的神经,以及人的血液中,这样的话,怎么可能清除得干净呢?"

"如果本宫找到解药服下,还会有什么后遗症吗?"丛雪薇轻声问。

"需要长时间的休养,这是最重要的,或者可以这样解释,您会更明白些,在休养的这段时间里,您什么也做不了,做什么你都力不从心,这也就是为什么我在乌蒙国的时候,我母亲会想尽一切办法让丛意儿代我嫁入二皇子府,其实就是为了保住我的位置不被别人占据。"丛惜艾轻轻叹了口气,说,"姑姑,您这段时间要尽量少的和皇上在一起,为了您自己的身体着想,您此时只能任由那个蝶润代替您的位置。她是轩王爷的人,皇上不会对她眷恋多久的,最多只是身体上的新鲜感,而且她是个青楼女子,她比您我更懂得取悦男子。就算您身体没事,一时半会的也得承认她的存在。"

丛雪薇犹豫了一下,看着丛惜艾,叹了口气,说:"惜艾,若说你糊涂吧,其实你懂得的道理很多,为什么事情到了自己身上,就没了足够的理智和清醒?你任由自己喜欢轩王爷的事情被二皇子知晓,任由苏娅惠取代了你在二皇子心目中的位置,这种损人不利己的事情,何必去做呢?"

丛惜艾没有说话,而是看着面前的花。她已经具备抵御这种花的力量,在乌蒙国,让这种药折磨了这么久,现在看到这种花仍然是心有余悸。是什么人这样恨丛雪薇,却又如此有耐心,慢慢地等着药性发作,让丛雪薇死得不明不白,又不着痕迹?"姑姑,难道您想不出来谁有这种可能吗?这个人一定是个足够冷静的家伙,而且有足够的耐心,有足够的恨意。是什么人这样恨您?是宫里的哪位嫔妃吗?"

丛雪薇苦笑了一下,轻轻说:"惜艾,就算本宫知道又能如何,在这个皇宫里,死个人太容易了,而且想要查出后面的真正谋划者也不太可能,总会有替死鬼的。"

丛惜艾看着丛雪薇,一个堂堂的皇后娘娘,都无法左右自己的生死,这听起来有些太荒唐可笑。

"惜艾,如果你想活下去,就要好好活下去。你和意儿,不是同路人,你们各安天命吧。二皇子随时可以让你不明不白地消失,甚至可以让你背上任何罪名,成为日后别人的谈资,你如果不想这样,就一定要想尽一切办法,让二皇子重新在乎你,坐稳你的位子。"丛雪薇轻声说。

丛惜艾微微叹了口气,爱一个人哪里会有如此容易,自她喜欢上司马逸轩开始,她的心中就再也装不下其他任何一个人。如果说在遇到司马逸轩以前,她还是对司马溶有些好感的话,在遇到司马逸轩后,她的心中就再也没有任何的空间留给司马溶。她走到窗前,看着窗外依旧没有散去的雾气,一想到此时守在司马逸轩身边的人是那个从不被她放在眼中的丛意儿,心中就疼得发紧!

"我不会让自己永远这样下去的。"丛惜艾回过头来看着自己的姑姑,轻声说,"现在只是临时的,我不能够允许让那个丛意儿如此主宰我的生活,她和她的母亲伤害了我和我的母亲,怎么能够这样就作罢?她从我手中夺走了轩王爷,我就要再夺回来。姑姑,这个皇宫正如你所说,是需要被认可的,可是,仅仅是被认可是不行的,我要权势,足够的权势,可以决定人生死的权势!苏娅惠的姐姐是勋王妃,如果我正面和她冲突,只会更多的树敌,而且,这几日我仔细想过,二皇子这样恨我,不仅仅是因为丛意儿,更重要的是他觉得我背叛了他,他咽不下这口气,所以,他不会轻易让我死,他只会折磨我。"

丛雪薇看着丛惜艾,无奈地说:"惜艾,你果然聪明,本宫倒是多余担心你了。其实和意儿相比,你们真的是完全不同的人,你有足够的心计和谋略在这个复杂的皇宫里生存下去,而意儿不同,她单纯率直,不看重这一切,所以放得开,舍得下,反而占了先机。这大约就是轩王爷喜欢她的缘故,她如你一般聪明,却比你懂得取舍。她知道自己要什么,从不贪心。就如她对轩王爷,她从来没有主动表示出她的爱意,反而更让轩王爷着迷。虽然你让轩王爷知道了你对他的爱,可是,却让轩王爷躲得你远远的,因为你的心计是他不喜欢的。轩王爷是个聪明的人,和他耍心眼就等同于宣布自己的愚笨。"

丛惜艾的眼睛再次看着外面的浓雾,一切都不明朗,便总有希望。她只要还活着,就还有机会再见到轩王爷,纵然无法一生相伴,一眼相往也是眷顾。

第十五章 锐枫旧居 权衡之间微起嗔

太上皇看着对面的丛意儿，丛意儿同样微笑着看着他，那神情让他觉得有些许的挫败。每个人看见他的时候，眼中都有莫名的恐惧，和让他厌恶的卑微，可是，丛意儿如今看他的时候，就如同看一个她所熟悉的长辈一般，有着尊敬，却没有敬畏。

"听说你自己一个人在这院落里逛了个遍，甚至在雕像周围采了些花回来？"太上皇问，语气里努力压抑着自己的好奇。这丫头，并不是一个精明的女子，为什么让他觉得底气不足呢？

丛意儿轻轻一笑，说："是的，这儿很漂亮。"

太上皇心里说，这丫头还真是会装傻，她应当明白他话里头的意思，竟然如此简单地回答他，逼得他不得不实话实问。"你果然比朕想象的要厉害，这儿可不是个简单的所在，虽然当年的司马锐和慕容枫不是工于心计的人，但是，这儿的院落却是个局，寻常人根本不可能在里面行走自如，哪里会允许外人在这里面随意走动？就算不说这些，那雕像是用千年的寒冰围护着，没有高人一等的武艺，是根本无法靠近的。你如何解释这些？"

丛意儿轻轻一笑，说："可以。我母亲是慕容家的后人，也就是说我丛意儿不是什么外人，虽然没有见过先人，但心意相通却是有的；至于第二个问题，答案更简单，既然没有高人一等的武艺无法靠近雕像，那就说明我的武艺就是高人一等的。"

她这话说来轻松自如，听不出任何味道，也不是那么的郑重其事，让太上皇辨不得真假，只能呆呆地看着丛意儿。这丫头的话到底是真是假？

"皇上，轩王爷他是不是才是真正的皇上？"丛意儿微笑着问，"若猜得不错，您是太上皇，那如今的皇上不过是一个傀儡？至于被选为皇上人选的司马溶也不过是一个笑话？是不是？"

太上皇没有回答丛意儿的问题，而是站起身来，看着外面的浓雾，过了好一会儿，才说："丛意儿，你必须得答应朕，放弃朕的逸轩。你的存在会让逸轩很难面对以后的道路，他会为了你而委屈自己。他是一个优秀的帝王，虽然他不在乎这些个虚名,但是,大兴王朝离不开他,他是唯一的!"

丛意儿静静地坐着,这个太上皇是个很聪明的人,而且有足够的冷静做取舍。大兴王朝,是一个需要继续下去的王朝,它需要一个真正的帝王来统领它,让它生生世世地存在下去。

"这儿的雕像你已经看过了,它们成全了完美的爱情,但是,却没有成全一个王朝。朕不能让逸轩再走他们的老路,为了爱情而放弃责任和义务,逸轩他注定是这天下的帝王,而你,朕绝对不让你成为他的绊脚石,朕不要他成为司马锐,为了一个慕容枫,要美人不要江山,朕要他最起码成为司马希晨,舍却所爱之人,成就伟大的大兴王朝。朕不知你来自何方,但朕知道,你绝非是以前的丛意儿!"太上皇转过头来看着丛意儿,平静地说,"朕认识以前的丛意儿,除非这之中发生了什么朕所不知道的事情,或者说,是朕小看了你。"

丛意儿淡淡一笑,轻声说:"皇上说笑了,我当然是丛意儿,您若是不认识此时的我,就说明您也不认识以前的我。我一直是这个样子的,只是你们错看了我而已。"

说着,丛意儿起身轻轻走入浓雾中,素淡的衣裙几乎淹没在浓雾里。她的步履轻盈,背影有着不容小觑的高贵和从容。太上皇犹豫了一下,也起身跟着丛意儿走入浓雾中,一直到了雕像所在的地方。

"我知道您作何想法。"丛意儿突然转过头来,轻声说,"您一直以国事为重,您不能够完全接受司马希晨和司马锐的选择,但是,您一直好奇流云剑在哪儿,您猜测这剑一定在这院落里。您想知道剑在哪儿吗?我可以告诉您。"

太上皇一愣,看着丛意儿,浓雾中看不太清楚丛意儿的表情,她的五官在浓雾中却显得愈加清秀脱俗,仿佛雕像般的不真实却又美丽动人!"你很聪明!"

"这是您第二次夸我聪明了。"丛意儿微微一笑,说,"您是个以国事为重的老者,我可以接受您的选择,但是,您若真的想要让我听从您的吩咐,当年我母亲是如何答复您的,我就会如何答复您!"

说话间,丛意儿身影轻轻一动,衣裙轻飘,在雾气中,如同仙子。她走近千年之冰,那冰原本是极为坚硬和光滑的,映出她的身影,如同人就在冰块中。她微笑着,说:"皇上,您安排不了逸轩,也决定不了意儿的取舍。我既然选择了逸轩,就绝对不会放弃,不论我来自何方,是不是真正的意儿,除非您能够让我立刻消失,否则,我就是意儿,我就会跟随逸轩到死。"

太上皇轻叹口气,说:"意儿,朕真的很欣赏你,但是,朕真的不能够让逸轩娶你为妻,否则,他绝对会放弃这大兴王朝的一切,只用心呵护你一个人。大兴王朝没有比他更合适的人选,朕不能够让一个女人毁了整个大兴王朝。留你在这儿,朕确实有朕的打算——"

太上皇一边说，一边逼向丛意儿。丛意儿一愣，下意识地一掌挡在胸前，掌上用了五成力。但一接近太上皇的身体，丛意儿立刻就觉得不妥，太上皇根本就没有用真力，他是故意撞上自己手掌的。丛意儿强要收回自己的手，但是，太上皇仍然是身体微微一晃，嘴角流出血来，微笑着看着丛意儿，"让一个男人在亲情和爱情之间取舍，是最残忍的，但是，你觉得逸轩会选择什么呢？朕还是你？"

　　丛意儿愣在那儿，茫然地看着自己的手心，五成力就可以把太上皇伤成这个模样吗？

　　"就算你不用力气，朕也一样会受伤，这千年寒冰所发出的寒气足可以伤了朕。朕并不明白为什么这千年寒冰之气伤不到你，但是，如今朕受了伤，伤在你的手下，你应该想想，要如何向逸轩解释才好。"太上皇微笑着，无奈地说，"朕并不想如此，朕喜欢你母亲，也同样地欣赏你，但是，朕是大兴王朝的皇上，朕需要一个好的皇上替朕统领这个天下。朕不得不让你背负天下的指责和逸轩的内疚！"

　　丛意儿背靠着千年寒冰，觉得脊背上一阵凉意。她看着太上皇，一掌将太上皇送出去，使他远离开千年寒冰。她有些疲倦地说："我知道了您的取舍，您已经让我伤到了你，逸轩此时就站在离我们不足五十米的地方，浓雾未散，他看不真切，但是他可以看到我出手打在了您的身上。有时候眼睛一样会骗人，更何况您一直是用真力在和我说话，除了我听得到您的话，没有人可以听到的。"

　　太上皇看着靠在冰上的丛意儿，眼睛里有着淡淡的水意，就如当年她的母亲，心中竟然一痛，大兴王朝和这个女孩子，在司马逸轩心里孰轻孰重？但不论哪个更重要些，都会让司马逸轩伤痕累累。

　　"意儿！"司马逸轩冲了过来，口中说，"父皇，您答应孩儿不为难意儿的，您何必逼她？"

　　太上皇一愣，这个时候，司马逸轩还帮着丛意儿，如果自己不是傻瓜的话，应当明白，在司马逸轩心目中，最重要的还是丛意儿。

　　"不要靠近我。"丛意儿轻声说，"这千年寒冰发出的寒气，不是你和皇上可以应付的，我也不知道我为何可以应付，但是，一时还伤不到我。只是，皇上，您太扫我的兴了，我现在很不想告诉您我刚刚要告诉您的事情了。"说到这儿，丛意儿突然用只有皇上可以听到的声音说，"您永远也别想知道流云剑到底在哪儿！也别想知道，流云剑剑法究竟是如何的神奇了。我生您的气了！"

　　太上皇突然心里头有些后悔，这个女孩子，是如此的纯净从容，真的一定要用她来换取大兴王朝的兴旺发达吗？

　　"意儿，你有事吗？有没有伤到哪里？"司马逸轩想要上前，但是，丛意儿面前就好像有一股强大的力量阻挡着，他一时竟然冲不上去。他一脸焦急之色地看着丛意儿,恼怒地对自己的父亲说,"父皇,不论发生了什么,您一个长辈怎么可以如此为难意儿,逼她出手?"

太上皇心中苦笑了一下,心说:难怪人们常说爱情面前人都会变成白痴。真是一点不假,司马逸轩这话问得就古怪,什么叫"您一个长辈怎么可以如此为难意儿,逼她出手"?说来说去,还是埋怨自己不该让丛意儿出手!当然,他的指责也有道理,确实是自己有意逼丛意儿出手。丛意儿年轻易上当,没什么好奇怪的,可是,听司马逸轩这样说,太上皇心里还是有些失落。"逸轩,你这话是什么意思?怎么听来倒好像全是父皇的错。难道父皇一个堂堂大兴王朝的皇上,也有必要对一个小丫头动手吗?你怎么不问问她,到底是怎么一回事?上来就指责父王的不是!你遇到她之后,怎么变得如此不够冷静清醒,这种糊涂问题你也问得出来?!"

司马逸轩犹豫了一下,自己是有些着急,但是,丛意儿再怎么任性不懂事,也不会冲动到和自己的父皇动手,更何况他隐约看到丛意儿出手之前,父皇和丛意儿的表情都是温和亲切的,不像有冲突的模样。"孩儿是有些着急,但现在孩儿不想理论谁对谁错。您受了伤,意儿她现在也在寒冰前,我们也奈何不得她,所以,目前来说,最重要的还是给您疗伤。孩儿这就去传太医。"

太上皇一愣,这话听着怎么这么别扭,"罢啦,朕怎么会和这样一个小丫头计较,算啦,朕不舒服,要回去休息了,你让她也出来吧。你的话确实有道理,她待的地方,一般人确实不能靠近,也只能如此,这儿还真找不出可以如她一般站在那儿没事似的人!"

丛意儿静静看着太上皇离开,那背影当中有太多的挣扎,她知道,太上皇并不是真的讨厌她排斥她,只是他在国事和情感之间作了取舍。他是大兴王朝的顶梁柱,但他现在老了,没有办法再继续下去了,因此他需要一个合适的人代替他掌管这个大兴王朝。他选择了他眼中最优秀的儿子司马逸轩,可是,司马逸轩却不是一个听话的人,好不容易让司马逸轩有了帝王之意,却突然冒出一个自己来,让司马逸轩动了心,他怎么可能不担心不排斥呢?她是个意外!

丛意儿从千年寒冰的雕像前离开,走到司马逸轩身后,轻声说:"或许我的出现真的打乱了大兴王朝的进程,或许这并不是我应当出现的合适时间。如果没有我的出现,你会不会就是大兴王朝真正的皇上?"

司马逸轩突然微微一笑,转过头来看着丛意儿,轻声说:"意儿,你是个异数,你是真的丛意儿吗?"

丛意儿一愣,静静看着司马逸轩,不知道说什么才好。

"意儿,我认识以前的丛意儿。从你母亲去世后,师父就吩咐我一直暗中照顾你。虽然不是时时可以看到你,但是,我却是熟悉你许多事情的,包括你的言行举止。"司马逸轩微笑地说,"但在醉花楼遇到你的时候,你却是一个完全陌生的女子,你的言行举止对我来说,根本就是另外一个也叫丛意儿的陌生女子。一开始的时候我怀疑你是乌蒙国派来的人,因为易容术是乌蒙国非常擅长的事情。但是,接下来我却发现,你只是一个心性单纯的人,和以前的丛意儿相似却完全不同。以前的丛意儿任性疯狂单纯执着地喜爱着司马溶,而你,聪明理性地回避着他。你不爱他,这一点,你和以前的丛意儿就完全不同。你根本就不是以前的丛意儿,但你也不是乌蒙国的人,蕊公主这段时间派她的手下仔细查询了所有乌蒙国的人,并没有一个外出或突然不见的人。乌蒙国的药术始终是最好的,你却并非易容,而是就是丛意儿。这就非常的奇怪。你究竟是什么人?"

丛意儿突然想到在醉花楼遇到司马逸轩时他微微有些愕然的表情和出人意料的举动,言词间的不屑和冷漠,甚至把她关进大牢,这种种在原来看来不过是一个王爷对一个他不喜欢的人的反感,如今看来,每一件事情,司马逸轩都有着深思熟虑的安排。他虽然表面上只是一个王爷,却实际操纵着整个大兴王朝,难怪不论是皇上还是臣民以及奴才,对他都有着一种敬畏之意,因为,他虽然不是皇上,可却有着让人望而生寒的权力。丛意儿脱口说:"你对我竟然有如此深的心思,难怪你父亲一直希望你可以做大兴王朝的皇上,你不做皇上还真是可惜了。"

"意儿,你是个闯入者,就如你自己所说的,你只是一个闯入者,所以,我不可能完全不怀疑地接纳你。开始的时候,你一心寻死,而且言词间颇多破绽,你总是不经意地说出'你们大兴王朝''以前的丛意儿'之类令人疑惑的话语。你的无惧,你的坦然,都不是周围女子们常有的处事方式。"司马逸轩有些困惑和矛盾的说,"大兴王朝是一个看起来太平昌盛的王朝,可是,背后也有着许多不可言说的危机和阴谋,所以,我不能不怀疑你,查询你到底来自何处为何而来,希望你能原谅。"

"你从一开始就怀疑我,但却不明说。"丛意儿盯着司马逸轩的眼睛,心里头有一点一点的痛意慢慢泛滥开,"你的喜爱是不是也是了解我到底来自何处为何而来的方式?!只有我喜欢上你,对你百分百信任的时候,才会不对你设防,才会对你说出所有?!"

司马逸轩看到丛意儿眼中的难过,有些犹豫,不知道要怎样说才更能表达出他内心的种种想法。他不能否认,他无法对丛意儿说谎,甚至善意的也不行。他无法对丛意儿做假,因为,开始的时候,他确实是利用了丛意儿对他莫名的好感。以他的经历,他一眼就看出了丛意儿在看到他的时候眼中莫名的信任和喜爱,开始的时候,他真的只是利用了这种喜欢让她不存设防之意,取得她的信任,来获得自己想要的东西。但是,从什么时候开始,他自己也不知道,丛意儿就像一粒种子般在他心底扎了根,发了芽,泛滥成无法控制的情感,让他无法抗拒,无法逃避!

"意儿,我真的很抱歉,可是,我却不得不如此。你是丛意儿但却又不是丛意儿,这种感觉相当的奇怪。我承认开始的时候是有一些不太合适的利用,可我绝对没有要伤害你的意思。开始的时候,你是假想的敌人,所以,不存在所谓的伤害,我只是想要知道你到底是什么人。而后来,我对你的喜爱越来越重,你对我来说也越来越重要,我就再也没有利用过你对我的感情,这我可以用生命起誓。我宁愿伤害我自己也不愿意伤害到你。"司马逸轩认真地说。他从来没有如此的认真过,如此的在乎过一个人,在乎到每一句话说出来都是如此的艰难而不掺杂任何的欺骗。

"我宁愿你没有说。"丛意儿怔怔地看着渐渐淡去的雾气,阳光在雾气的缝隙间射进来,照在她身上,很舒服。秋天的阳光有一种让她非常踏实的温暖,就如同母亲的怀抱,那一份带着淡淡清香气息的踏实。"关于这一切,你讲得也很有道理。不错,我确实是一个闯入者,为了你们大兴王朝你不得不猜测和试探我的身份和来意。这是为了大兴王朝着想,也许换了我也一样会如此。但是,放在我身上,却如此的难受,尤其是想到,面对猜测和试探的你,我却傻乎乎地相信着你是因为喜欢我才那般照顾我,甚至是戏弄我,现在这一切,却让我想要躲藏起来。"

司马逸轩伸手去握丛意儿的手,丛意儿却下意识地一躲。这一躲明显伤害到了司马逸轩,他微微颤抖一下,收回伸出的手,故意装得轻松地说:"你知道了,肯定会恨我欺骗你,但是,就算我开始的时候确实有利用之意,但也是用了心。如果开始的时候没有第一眼的熟悉和好感,就算你是个敌人,值得怀疑的人,我也完全可以让别人来查询你的来龙去脉,而不必我自己时时刻刻地纠缠你。"

丛意儿没有吭声,以转身离开来表达她抵触的意思。

司马逸轩伸手就可以抓到她,但是,人却站在原地没有动。他不想欺骗丛意儿,就算他的怀疑并无恶意,就算他开始的时候就莫名其妙地为她动了心,每一次的试探都让他心中隐隐作痛。他想给丛意儿时间让她明白他的心意,她永远是他唯一的选择,就算她是怎样的一个人,就算她会毁了整个大兴王朝,他也会放下所有的一切,与她在一起,这是他人生所有的幸福。

丛意儿的情绪乱糟糟的,回到自己住的地方,情绪还是不能平静。只要她一想到,所有的喜爱都表现在一个猜测自己的男人面前,那种挫败感,就让她觉得自己很丢人。她还傻兮兮地以为司马逸轩是喜欢她的,或许是喜欢她的吧,但只不过是一种新鲜感,因为她和原来的丛意儿是不同的,所以,吸引了他的注意。她以为她要成为他的妻子是因为他爱她,却原来不过是因为他对她有怀疑!她

第十五章 锐枫旧居 权衡之间微起填

的脑子乱糟糟的,一切尽往无理的地方想,越想越生气。

太上皇远远看着雕像前的两个人,一个人离开一个人静静站着,爱情远比现实更伤人,自己的儿子从来没有如此认真的喜爱过一个女子,如果爱了,就必定要痛!司马逸轩他怎么如此不冷静,怎么能把心里的想法统统都说出来?他完全可以欺瞒着丛意儿,让她相信他一直是深爱她的,他对她是一见钟情的,或许这样可以更好。太上皇无奈地想,这个儿子,这一次是真的认了真,放不下了!

雾气渐渐散去,阳光愈加灿烂,整个院落却异常的寂寞,没有任何人在院落里走动。司马逸轩独自一人坐在石桌前,面前一盘残棋,他就安静地看着棋子动也不动,俊眉朗目间有着淡淡的思虑,乌黑的发被风轻轻吹动,随同着素淡的衣衫,飘逸洒脱。

甘南不知道司马逸轩怎么了,从太上皇那儿回来,人就变得沉默,对着一盘残棋坐了整整一个上午,临近中午了,也不过走了两三个子。主人一定有心事,而且是很重的心事。只有面对他很难处理的事情的时候,他才会如此远避开所有的人独自待着。也不知道丛姑娘在太上皇那儿怎样了,不过,想来以丛姑娘的聪明伶俐,应该不会有任何问题,说不定还可以征服那个"心思极重"的太上皇。想到这儿,甘南忍不住微微一笑,那个丛姑娘,其实真的很可爱。

"主人。"甘北从外面走了进来,轻声说,"宫里的人已经将这段时间出现在正阳宫的人都列了出来,不过是一些经常伺候皇后娘娘的奴才,皇上本人,以及过去拜见皇上的几位皇子。"

司马逸轩手里举着一枚棋子,停在半空中,淡淡地说:"还有什么事?"

"宫里的人说,今日皇后娘娘特意让二皇子妃丛惜艾进了宫,两人在房内商量了很久,二皇子妃临走的时候还特意在正阳宫的花草前站了许久,并且带走了一些花草。属下想,皇后娘娘此时的情形和当年丛惜艾的情形有些相似,如果猜得不错的话,她们中的一定是相同的毒。"甘北轻声说,"想必这人定是深恨皇后的。"

司马逸轩放下手中的棋,并不看甘南和甘北,只是淡淡地说:"这事且放放,如果被丛惜艾察觉,下毒之人的计划一定会改变,本王要看他要如何进展下一步。世上事,就如这落棋,一步错,就会步步错,无法收拾。"

到了黄昏,太上皇吩咐刘公公去请一整天都没再露面的丛意儿,很好奇她在做些什么。

刘公公到了丛意儿住的地方,却只看到小樱一个人,问:"小樱,丛姑娘在吗?主子请丛姑娘过去一同用膳。"

小樱犹豫了一下,轻声说:"奴婢也不知道她去了哪儿。"

"什么?!"刘公公愕然地盯着小樱,眼睛瞪得大大的,困惑不解地问,"你这是什么意思?你是被派来伺候丛姑娘的,怎么可能丛姑娘去了哪儿你会不晓得?她什么时候离开的?去了哪儿?"

"奴婢是真的不知道。"小樱无奈地说,"小樱哪里可以限制丛姑娘的自由?奴婢也不知道她是何时离开的,就更不知道她去哪儿了。她只留了一张纸条,说她随意去也会随意来,不必寻找,她该出现的时候自然会出现。奴婢能如何?"

刘公公愕然地说不出话来,只直直地盯着小樱。

小樱很是无可奈何地说:"奴婢也正在困惑中,当时小樱正在桌前陪丛姑娘说话,她拿着本书,奴婢就低头做针线活,然后再一抬头,已经不见丛姑娘的身影。她离开的时候,根本就没有任何声响。小樱也不是不会武艺的人,伺候主子这么久了,何曾失过手?但是,这次是真的不知道是怎么一回事。而且,小樱竟然不知道何时中了丛姑娘的'道',她何时点了我的穴,让我可以待着,却不能随意行走,最多可以做些简单的事情,但是想要离开这儿,却是想也不要想。那门你也曾留意过,从外面看是虚掩的,但是,从里面却是上了机关的。刘公公,你可以在外面一推就开,我却是从里面打不开的。小樱还正在这儿考虑,那个丛姑娘是真的存在还只是我们想象出来的,她是怎么做到这一切的?如果猜得不错,她一定不在这儿了。这儿多少武林高手进出不得,她怎么可以出入自由?您倒是说来小樱听听!"

刘公公没有吭声,小樱猜得不错,如果丛意儿还在这儿待着,她不论去到哪儿,太上皇随时都可以知道,但是一整天下来,没有任何人向太上皇禀报丛意儿的去向,所以太上皇会以为丛意儿和轩王爷闹了别扭,独自躲在房内生闷气。

但是,整整三天,丛意儿却突然凭空消失不见。

太上皇找不到,刚开始的时候猜测她去了轩王府,就没有多心,心想两个人闹闹别扭也好,年轻人总是把爱情想得浪漫单纯,其实,相处久了,怎么可能没有矛盾?再深的爱也会有被时间钻了空子的时候,更何况,他们相处的时间还不够久,如果可以争了吵了有了芥蒂,或许对司马逸轩来说不算是一件坏事。这样想,也是因为从那天开始,司马逸轩也再没有在旧居露过面,仿佛打定主意不再见太上皇。太上皇也只当是司马逸轩有些生自己的气,心想,过些时候就好了,也没放在心上。

但是,一天,两天,三天,整整三天,就好像从来没有过丛意儿这样一个人似的,就再也没有这个人的消息。太上皇也在当天派人在旧居里细细查找过,角角落落,甚至暗室也找过了,都没有丛意儿的痕迹,而且各处守卫的人也都说没有见过丛意儿离开过。

整整三天,太上皇终于失去了信心,他开始担心,丛意儿去了哪里?他派人悄悄去轩王府打听,结果是不见有丛意儿的痕迹。丛府没有,皇宫没有,京城也不见,这个丛意儿,就这样突然间消失不见!

太上皇终于决定让人通知司马逸轩说,丛意儿突然不见了!

甘南盯着来者,眼睛瞪得大大的,这是什么话?!什么叫丛意儿突然不见了?!搞什么名堂?!他要如何向司马逸轩禀报?!说丛意儿突然不见了?!在旧居,在太上皇和众侍卫的眼皮底下消失不见了?!谁信?!而且是整整三天的时间,这是什么事情,三天时间看不到丛意儿,到现在才想起来通知轩王爷,轩王爷不恼火才怪!

"可曾四处细细寻找?"甘南微皱眉头,轻声问。

面前的侍卫有些尴尬,伺候太上皇的全是武林中的高手,却让一个"手无缚鸡"之力的小丫头在他们眼皮底下莫名其妙地消失了,说出来谁信?"已经四下里找过了,整个京城也细细搜寻过,但是,这丛姑娘就好像突然间消失了一般,一点消息也没有。"

甘南苦笑了一下,这叫什么事呀!

"主子特意让奴才前来通知轩王爷,或许轩王爷知道也说不定。如果知道的话,请速速通知一下主子,免得主子担心着急。"侍卫硬着头皮说,心中却在想,看甘南的表情,好像他也不知道丛意儿的去向,难道说,丛意儿她真的没有来过轩王府?她可是未来的轩王妃,怎么可能不来这儿却跑去别处呢?如果真是找不到了,轩王爷不吃了他们才怪!

"丛姑娘根本没有来过这儿。"甘南有些恼火地说,"这事要如何通知王爷,若是王爷知道丛姑娘突然间不见了,一定会着急上火,你们是怎么伺候太上皇的?"

侍卫低头不语,虽然甘南和甘北表面上只是轩王爷的侍卫,但是,却是有官职在身的人,而且是轩王爷的左膀右臂,没有人敢得罪的,而且甘南的问询并不是没有道理,他们是干什么吃的?!看不住一个小丫头,如何放心他们照看大兴王朝的主心骨!

到了后花园,看到司马逸轩正在赏花,很难得看到蕊公主在,正一脸幸福微笑地站在司马逸轩的身旁,妩媚的表情有着掩饰不去的快乐和幸福感。她是什么时候来的?甘南犹豫了一下,觉得这个时候不太方便提及丛意儿失踪的事情,就咽回了话,只是安静的站立在他们二人视线所及之处的最远处,安静地等着,心中却是焦急得很。

蕊公主微笑着,快乐地说:"轩王爷,这花可是开得真好。"

司马逸轩面色平静,淡淡地说:"这花原本是引自乌蒙国,你自然是瞧着喜欢。本王让你做的事情你做得如何了?"

"蕊儿自然是小心查问过。"蕊公主微笑着,身体微微贴近司马逸轩的身体。

她是如此喜爱着这个男子，就算是死，她也情愿死在他怀中。"这种药花极是罕有，自然不是寻常百姓可以种植的，而且这种花只有皇宫里面有花种，因为外种的花都是只开花不结果的，所以不会有种子外传。蕊儿也只是带出来几朵，也没有机会在外面种植。这花种确实曾经失踪过，是送与了这儿一位尊贵的人。"

司马逸轩不着痕迹地将身体轻轻外移了几分，淡淡地说："这么说，你是知道这拿到药种的是何人啦？"

蕊公主微笑着，看着司马逸轩，有些哀求地说："轩王爷，您可不可以抱抱我，我就告诉您是谁拿走了花种。如果您肯亲亲我，我就去救了那个丛雪薇，否则，她有可能活不过今冬！"

司马逸轩冷冷地说："她的生死关本王何事，那是皇兄的事情，你可以去和他谈条件。除了本王心爱的女子，任何人在本王心中不过视若草芥。你想说就说，不想说就不说。"

蕊公主轻叹了口气，哀伤地说："或许是命里欠您的，要如此在您面前作践自己！而我却是心甘情愿让您欺负和看轻，明知道您心里只有那个丛意儿，却如此不管不顾地想要亲近您，难道您心中就没有一点对蕊儿的怜惜吗？就算只是一时的怜惜也好，蕊儿也觉得这一生足矣！好吧，您也明知道蕊儿不会不告诉您，蕊儿也只是想要让您欺负一下，蕊儿这就说与你听。"

"本王知道是谁。"司马逸轩淡淡地说。

"您知道？"蕊公主睁大眼睛脱口说，"这怎么可能，蕊儿知道是他的时候还真是以为自己听错了，根本不可能想到会是他！"

"他一直是个沉默少语的人，孝顺，不喜武功，只喜读书，但是，却是几个皇子当中最稳重可靠的人，也是最懂事最沉稳的人。"司马逸轩淡淡地说，"或许正是因此，他才有可能察觉出这许多事情背后的真相，他能够猜测得出，并不奇怪。"

蕊公主轻声说："他确实是沉得住气，从一开始，他就知道了他母亲去世的真相，然而却能够放弃许多，表面温和谦恭地对待自己的杀母仇人，然后一步一步地计划，直到目前这一步，可惜还是被发现了，不然可就真是既报了仇又不惊动任何人。此时若是知道自己的计谋失策，他一定会痛苦不堪！"

司马逸轩点了点头，说："本王却不会相信他会放弃，他一定不仅仅只准备了这一条路，他会准备许多的方法来报复丛家。他如此谨慎，甚至骗过了所有的人，一定是筹划了很久，本王倒是小瞧他了。"

蕊公主轻轻叹了口气，慢慢地说："只是看他平常是个是非极少的人，应该不会和这档子事情联系在一起，我知道的时候，还真是觉得意外。他那么淡泊于权利，甚至放弃自己可以成为未来皇上的机会，让司马溶获得这种殊荣，没想到，最有心机的竟然会是他。"

司马逸轩没有继续这个话题,而是轻轻回头看了看站在他视线范围内的甘南,问:"甘南,有什么事?"

司马逸轩隐约觉得好像有什么事情使甘南很烦躁,好像一直希望自己能够回头看到他的存在,这种感觉越来越重,使得司马逸轩不得不在与蕊公主的交谈中抽空转过头来看着甘南。

甘南犹豫了一下,看了一眼蕊公主,不知道要不要说出丛意儿失踪的消息。"没什么事,您和蕊公主先聊,等蕊公主走了,属下再禀报。"话说到这儿,甘南有些恨自己,他真的不知道要如何说才好。在丛意儿待在太上皇那边的三天时间里,司马逸轩好像表现得并不是特别的关心,反而极少提起丛意儿。确切地讲,是根本就没有提起丛意儿的名字,就好像丛意儿突然间在司马逸轩记忆里消失了一般。

司马逸轩看了看甘南,心中有稍许怀疑,但是,他的注意力接着转到了蕊公主身上,"事情既然已经这样,本王也不想再做阻拦。他远比本王想的有谋略,也懂得取舍,为了专心复仇,为了不引起大家的注意,竟然舍得放弃未来皇上的继承权。司马溶和他比起来就太过毛糙和心急,不懂得隐藏自己。"

"那么蝶润呢?您就任由她成为当今皇上的贵妃吗?怎么说,她也是您手底下的人,她这样做不是故意令您难堪吗?"蕊公主盯着司马逸轩,有些故意地问。

司马逸轩淡淡地说:"这样,你不是少了个所谓的敌人吗?她以前是本王认识的人,而如今却只是一个陌生人,本王管不得她要如何,她想如何就由她如何去吧!"

蕊公主顿了一下,不知道要说什么才好。她为什么会喜欢这样一个男子,在乌蒙国,哪有人敢如此对她,她想要怎样的男子得不到?从来乌蒙国就和这大兴王朝不同,那儿的女子自由得很,想要如何都可以,但在大兴王朝却不能!

"蕊公主,本王想要告诉你,不要把感情放在本王身上,本王知道你的想法,但是这根本不可能。"司马逸轩并不看蕊公主,只是淡淡地说,"有时候,一个人的心空间很大,可以容下许多的事情和是非;有时候却很小,只住得下一个人。本王心中可容天下事,但却只装得下一个人。如果你执意不肯放手,难过的只是你。"

"您还是放不下丛意儿?!"蕊公主不甘心地说,"她到底有什么好?值得您如此缠绵徘徊?"

司马逸轩依然不回头,倦倦地说:"如果一个人在心中扎了根,就算是连根拔掉了,疼的依然是自己,依然会在经年后不触也痛。她已在本王心中扎了根,就如身体所流血液,若是失了,消失的只可能是这身体的生命。"

蕊公主低垂下头,轻声说:"那您就不要要求蕊儿,您也在蕊儿心中扎了根。

如果您要求蕊儿放弃您，就如同把您从蕊儿心中连根拔掉，只会让蕊儿伤痕累累，会要了蕊儿的命。您既然自己放不开，何必强求蕊儿放开？"

司马逸轩轻轻叹了口气，说："世上的事情真是奇怪，你所喜欢的却不喜欢你，你不喜欢的却偏偏纠缠着不放，这三日本王给了她足够的时间，可她却宁肯选择沉默，视本王如同不存在。蕊公主，本王确实要求不得你，但这伤痛最后伤到的只可能是你，何必呢！"

蕊公主不再吭声，只静静地站在司马逸轩的身后，安静地看着花园中的花花草草，守着一个心中并没有自己的男子偷偷地流着泪还快乐着。她觉得，这竟然也是快乐的，纵然司马逸轩不爱她，可以看到他，也是一种难得的幸福。

甘南心神不安地站在那儿，心里恼恨着为何这个蕊公主如此不识趣，司马逸轩已经不再理会她了，她却仍然好好地站在那儿不肯告辞离开，真是够"讨厌"的！等会儿蕊公主离开的时候，他要如何向司马逸轩说出丛意儿失踪的消息？大兴王朝疆域广阔，想要寻找一个安心消失的人实在是困难，她可以躲藏在任何一个地方，如果她可以在太上皇眼皮底下突然的消失，就一定可以在众人眼皮底下不被察觉地活着！

风轻轻吹，吹进司马逸轩的心中，全都变成了寂寞，充满了心中的角角落落。他从甘南的眼中看到了焦虑，这种焦虑让他第一个念头就是，一定是丛意儿出了什么事情。丛意儿出了什么事情？司马逸轩在心中苦笑一下，三天，没有丛意儿的消息，简单地说，丛意儿一定是选择了"离开"。在大兴王朝想要藏起自己，并不是一件太困难的事情，尤其是丛意儿。从看到丛意儿可以自由地站在千年冰块雕成的雕像前那一刻开始，他就明白，他无法掌控她！

终于挨到蕊公主离开，甘南的焦虑几乎要全部爆发出来，但面对司马逸轩，他还是选择了他可以做到的最冷静的状态。丛意儿可以莫名其妙地在旧居太上皇眼皮底下消失，这已经可以说明，她绝对有能力生存下去。那个地方岂是寻常地方，为了保护太上皇，那儿有着大兴王朝最优秀的人，武功更是人中豪杰，她可以离开，就说明她远远在这些人之上。

"甘南，出了什么事？"司马逸轩淡淡地问，眼睛看着面前的花花草草，在风中轻轻摇摆，有说不出的闲适味道。

甘南没有废话，简单地说："主人，刚才太上皇那边来人，说住在那儿的丛姑娘，突然不见了三日，就在众人眼皮底下莫名其妙地消失不见了。太上皇已经派人遍寻，仍然不见。"

司马逸轩一顿，那心中的苦笑在唇旁慢慢展开，丛意儿，终究不是一个可以随意控制的女人，她始终都是一个谜！"意儿她在旧居消失？那儿竟然没有人发现？"

司马逸轩并没有甘南想象中的焦虑和不安,甚至面上还带着淡淡的笑意,"本王知道了,她要是一定离开,任何人阻拦不住她,就由她去吧。如果她心中有着本王,自然会回来。"

甘南愣了愣,本以为司马逸轩会焦虑万分,动用他手下的人马四处寻找。丛意儿是轩王爷心中的唯一,是比王爷生命更重要的人,但是,司马逸轩的反应却让甘南大跌眼镜,什么也说不出来。

一剑起,风起,花舞如雨,溅起水面薄薄雾气,恍若眼花。剑停,风静,花落满地,水面平静如镜,一人安静而立。素衣淡衫,面若凝脂,唇旁浅笑,雅丽脱俗。

她在这儿待了几日,喜欢上了这儿。这个距离京城不过数里的一个小小山峰,其实不用遥望就可以看到旧居,但这儿太过偏僻,没有人会想到丛意儿会选择这儿,就在众人眼皮底下,逍遥自在地待着。京城也异常安静,太上皇曾经派人四处寻找过她,甚至曾经有人问询过她有没有见过某某模样的一个女子,却没有人想到她就在他们面前。她不过是换了平常女子的打扮,做了一个安静的寻常女子,来寻找她的都是太上皇身边的人,他们确实非常出色,但却不肯相信一个王府的千金会做她这般寻常打扮。他们只在寻找一个太上皇在意的、轩王爷心仪的女子,怎么可能这般"平常"?

她想,如果是甘南他们,或许她瞒不过去,但是哄骗这些个守在太上皇身边的人,实在是太过简单的事情!

她甚至可以出现在京城,坐在京城的饮香楼吃饭,都没有人会想到她就是丛意儿。毕竟,乍一看起来,她实在是太过普通。

只是,她心里竟然有隐约的失望。她心中原是以为,以司马逸轩的性格,她突然不见了,一定会动用手下人四处寻找她,却为何如此安静,安静到甚至在街头看不到甘南、甘北的身影?好像她根本就没有失踪,确切地讲,她觉得好像司马逸轩根本就不认识她!

她并没有刻意地隐瞒自己,但他也没有刻意地寻找她。

她相信她瞒得过任何人,却一定瞒不过他!

饮香楼,高朋满座,大家大声谈笑,唯有临窗的桌前坐着一位年轻的公子,年纪轻轻却气质淡泊,瞧着好像是哪家的公子,闲了出来饮酒,独自坐在一张桌前,面前摆着几个小菜,烫着一壶好酒,却并不着急饮酒,只偶尔浅酌一口,甚是闲适。一件淡淡的衣,却透着干净和随意,质地却不错,应该是家境不错的公子。

丛克辉一踏进饮香楼的二楼,就一眼瞧见了这位年轻的公子,看着竟然有说不出的亲切感。他犹豫了一下,走到年轻公子的面前,不知为何,虽然对方没有凌人的气势,他却不敢张扬跋扈,语气甚是和气地问:"这位公子,这儿可有人坐?

如果无人,我可否坐下来与公子共用一张桌子?"

年轻公子抬眼看了一眼丛克辉,一张脸,清秀得很,是个极有教养的书生模样的人,笑容里有着一份贵气,瞧着隐约有些许莫名的熟悉之意,淡淡的笑,温和地说:"丛公子随意。"

"你知道我姓丛?!"丛克辉一愣,仔细看了看对方,虽然对方看着有些熟悉,但并不认识。

年轻的公子笑容依旧,温和地说:"丛公子进来的时候,早有伙计高声招呼,我听到了,自然就知道你姓丛了,这很奇怪吗?"

丛克辉想了想,点点头说:"倒是我大惊小怪了。"

在桌前坐下,丛克辉招呼伙计点了几道饮香楼的招牌菜,看着对面的年轻公子,笑着说:"虽然和公子是初次相识,但看着亲切,也算是有缘,这次就让我做东,请公子尝尝这饮香楼的招牌菜,不知如何称呼公子?"

年轻公子一笑,语气依然温和,笑容依然淡淡,"我姓苏。"

"你姓苏?"丛克辉听到这个姓,忽然自我解嘲地说,"碰到一个瞧着亲切的人,竟然也是姓苏的,真是有趣得紧。刚刚拱手让出的我的未婚妻,就是姓苏的。知道这儿的苏府吗?与我们丛王府有着亲戚关系,有两位姑娘成了宫里的王妃和皇子妃,也是姓苏的。"

年轻公子微笑着说:"好像听人说起过,如此说,你就是丛府的大公子丛克辉了。听说,你的妹妹也成了二皇子妃,岂不也是喜事一桩,而且听说他们二人自幼相识,感情深厚。至于你,或许得失不过一念之间,失了苏家的小姐,也可以遇到更好一些的。"

丛克辉叹了口气,轻声说:"世上事哪里可以事事如意,那二皇子——这儿也没有外人,我看公子也是个性情中人,有些事说与你听也无妨,正好也可以解解我心头的郁闷之意,人呀,何时可以得意尽欢?!——不错,我是有一个妹妹成了二皇子妃,而且和我的未婚妻嫁的是同一个人,可是我还有一个更要命的妹妹,说她要命,是她一个小小丫头,竟然可以搅动二皇子和轩王爷的心意。轩王爷你是一定听说过的,什么时候他为女人动过心?偏偏就是他,为我那个妹妹动了心,生出许多是非,而且就是因为这个妹妹,让二皇子淡了对我另外一个妹妹的爱意,并且夺走了我的未婚妻。"

年轻公子只是微笑着听丛克辉说,不说任何一句话。

突然,丛克辉轻声嘟囔了一句,"真是邪门,说谁竟然就来了谁!"

年轻公子微侧目,看到楼下上来几个人,打头的正是二皇子司马溶,紧跟在他身后的正是丛克辉刚刚提起的苏娅惠,着一件大红的衣裙,仍然有着初嫁女子的羞涩和温婉之意。乍一看到坐在窗前的丛克辉,苏娅惠微微有些愕然,一时之间愣在那儿,不知如何是好。

丛克辉硬着头皮,施礼,称呼:"二皇子,二皇子……妃,这么巧,在这儿遇到。"

司马溶漠然看着面前的丛克辉,却看也没看坐在丛克辉对面的年轻公子,径直走入雅间,连个招呼也没有,甚至连头也没点,倒是苏娅惠努力温和地一笑,虽然没有说什么话,倒也算是回了个招呼。

年轻公子轻轻一笑,淡淡地说:"这位二皇子,性格可是有趣得很,凡事喜欢走极端,可怜好好的苏姑娘嫁了这样一个人。"

丛克辉重新坐下,无奈地说:"她是我舅家的女儿,是自幼定下的婚事,感情却并不算太多。她太温和,太过规矩,不是我喜欢的那种,但是,真的让她嫁了别人,心中还是不太舒服的。更可恼的是,二皇子娶她,根本不是因为真心喜欢她,只是为了报复我另外一个妹妹,也就是嫁了他的妹妹,恨她心中没有他只有轩王爷。咳,这话说了,你听着也乱,我也说不明白,不说了,我们还是喝酒吧。"

年轻公子微笑着举了举手中的酒杯,浅浅喝了一口。

看着丛克辉一口喝下他杯中所有的酒,神情有些落寞地看着自己,继续说:"我是个倒霉蛋!本来我这个倒霉蛋日子过得不错,却不知道为什么突然一切乱了套。或许人呀,是真的不能做什么坏事,终有一天,会报应在自己身上!我有个特别有心机的母亲,她呀,就是太有心机了,不仅害了我,也害了我妹妹。原本一切都是好好的,可有些事情真是说不明白,我们一直不放在眼中的另外一个妹妹,却突然成了大家眼中的宝,让所有人的视线都集中在她身上。"说着,一杯一杯地喝着酒,脸色渐渐红了起来。

年轻公子偶尔吃口菜,浅浅饮口酒,神情安静地听着丛克辉唠叨。

"苏公子,我和你说,人呀,真是倒霉了,喝口凉水都塞牙!"丛克辉傻笑着看着面前的年轻公子,唠唠叨叨地说,"我那个妹妹其实是我的堂妹,是我叔叔和婶婶的遗腹子。我那个婶婶真是个漂亮的女子,比我母亲漂亮,所以,听说,好像我母亲喜欢的人最终娶了我婶婶,所以我母亲对她和她母亲都恨之入骨。可是,她再怎么用尽心机,这个丫头却依然成了我们丛王府的最大心病——她竟然出落得让轩王爷也动了心,让二皇子忘记了他一直喜欢的惜艾。那个丫头,就这样乱了整个丛府。人呀,真是算不过天意,这样的结果我认,谁让我母亲对婶婶用了心机,害了婶婶,也让叔叔送了性命?这是报应。那个丫头,其实倒真是一个不错的丫头,虽然模样不如惜艾精致,却绝对是个让人眼前一亮的丫头,那模样和气质绝对不是一般的优秀。和她比起来,惜艾更像是一朵画出来的花,她倒更像是一朵自然天成的鲜花!"

年轻公子温和地看着丛克辉,并没有让他停止唠叨。或许这样说说,对心中郁闷的丛克辉并不是一件坏事。

突然,年轻公子的神情变了变,下意识地把面庞转向了窗外的方向,神情也有些许紧张。楼下,司马逸轩带着甘南和甘北走了上来。几日不见,司马逸轩明显瘦了许多,神情也有些落寞,眉宇间有着抹不去的忧郁和寂寞。他去了另外一个雅间,在他上来的时候,刚好店里的伙计挡住了窗前年轻公子略微有些紧张的身影。

"轩王爷!"丛克辉醉眼蒙眬地喊了声,想要施礼,却一个趔趄险些摔到地上。

司马逸轩看到醉意满脸的丛克辉一头栽向地面,一抬手,一股力量轻轻托住了丛克辉的身体,淡淡地说:"罢啦,难得能够痛快喝杯酒,不必拘礼。"

丛克辉傻乎乎地笑着,看着司马逸轩离开,回到自己的位子上坐下,突然落下泪来,沮丧地说:"人呀,真是各自的命,你说这个轩王爷为什么这么好命?可以生得如此优秀,可以让这么多的人放在心上,让我那个心高气傲的妹妹乱了分寸,执意在自己的婚礼上说出她心里真正喜爱的是轩王爷,失了可以和二皇子好好过下去的可能。唉,真是不能比呀!"

年轻公子神情似乎有些恍惚,并没有应答丛克辉。

丛克辉长叹了一声,悲哀地说:"你看,连你一个刚刚认识他的人都这样被他吸引,你说还有什么人不喜欢他?!连我对他也只有敬意而无恨意。说实话,我倒宁愿苏娅惠她喜欢的是轩王爷而不是那个二皇子!喂,我在和你讲话,你有没有在听呀?"

年轻公子点了点头,轻声说:"我一直在听。"

丛克辉一杯接一杯地喝酒,傻笑着,语无伦次地一直在说。年轻的公子一直坐在那儿,安静地听他说,好像那是他唯一可做的事情。

伙计推门送菜进雅间,门没有关严,风一吹,竟然悄悄吹了开来。从年轻公子的位置正好可以看到正在饮酒的司马逸轩,有些落寞,非常安静,似乎有满腹的心事,人也清瘦了许多,虽然依旧英俊,眉眼间却藏不住憔悴之意。年轻公子似乎有些难过,却偏偏在这个时候,却看到了坐在司马逸轩对面的人,一个美丽动人的女子,浅浅微笑,正妩媚欣喜地看着司马逸轩。年轻公子微微愣了一下,轻轻笑了笑,隐约有几分自嘲的味道,似乎是笑自己无趣,收回了目光。

第十六章　姻缘注定　不是冤家不聚首

"搞什么名堂,瞎了眼吗?"一声娇斥突然传入众人耳中,语气中充满了骄横之意,入耳的还有清脆的打击声,应该是一巴掌打在了人脸上的声响,听来有些心惊。

众人抬目同时循声望去,看到了一个异族打扮的女子,正在训斥一个可怜的小伙计。那个小伙计大约是不小心弄脏了那女子的衣服,看情形并不是特别的严重,只是小伙计不小心溅了些汤汁到那女子的裙衫上几滴。小伙计的脸上有明显的手掌痕迹。

"不过是几滴汤汁,至于你如此大呼小叫吗?"丛克辉歪着脑袋,在如此酒醉的情形下,他竟然还可以清楚地表达自己的意思,并且仗义地管闲事,倒让他对面的年轻公子有些意外,忍不住微笑了一下。

那少女立刻冲到丛克辉面前,用清脆的声音说:"你倒是肯管闲事,我就是喜欢如此大呼小叫,你能如何?!"说着,竟然抬手就是一巴掌,利索地落在丛克辉的脸上。完全没有防备的丛克辉实实在在地挨上了这一巴掌,立刻半边脸红了起来,有了五个细细的指印,一时之间呆愕地立在当地,无语无言。

过了好半天,丛克辉才恼怒地指着异族少女,恨恨地说:"哪里来的野丫头,竟然敢动手打我,你也不问问我是谁,小心我——喂,你有毛病是不是?怎么这么喜欢打人?!"

丛克辉的话还没有说完,又挨上了一巴掌。异族少女看起来年纪不大,但手脚利索,看起来应该是会家,不然的话,也不敢如此在大庭广众之下出手打人,而且全无惧意。并且看她的打扮,应该是来自他国别乡的女子,且出身富足。"你是什么人关我什么事,你以为你有什么了不起的,最多不过是个王府的公子,你能吃了我不成?"

年轻公子一旁坐着,面上带着浅浅的笑意,好像挺乐意看这场突然生出的风波,竟然没有说任何的话帮腔或者制止。

丛克辉的酒此时醒了大半,但除了愕然地看着面前的异族少女外,竟然别无他法。他还真没有碰到过如此"不讲道理"的女子,就算是他堂妹丛意儿,也不曾如此张狂过。如此不管不顾地出手打人,而且是在大庭广众之下,如此说起来,丛意儿也还是听话的,只是偶尔有些任性,比起面前这丫头还是好许多的。

"阿萼,你在做什么?你怎么跑来这儿了?"蕊公主的声音从众人后面传来。她从雅间里走了出来,看着自己的小妹正和丛克辉剑拔弩张地站着,旁边还坐着一位眉清目秀的年轻公子,素衣素服的,看着似乎有些眼熟,但想不起来在哪儿见过。

异族少女回头看到蕊公主,欣喜地说:"蕊姐姐,你果然在这儿,我到处在找你。这大兴王朝还真是好玩,难怪你来了就不肯回去,父王和母后派人来找你,你也不肯回去,这儿果然有趣得紧。"

司马逸轩也一眼看到了坐在那儿的年轻公子,微微有些愕然,但年轻的公子立刻微微一点头,好像是客气地打了声招呼,表情平静淡然。看得出来年轻公子他并不认识他们,只是客气而礼貌地打声招呼,有些许距离。司马逸轩犹豫了一下,说:"这位公子看起来有些眼熟,我们在哪儿见过吗?"

年轻公子微微一笑,说:"轩王爷是不是认错人啦?"

"你认得本王?"司马逸轩看着面前的年轻公子,平静地问。

年轻公子淡淡一笑,说:"刚刚听丛公子称呼过您。"

司马逸轩没再说什么。

蕊公主正在劝阻自己的小妹,这个小妹,最是天不怕地不怕,年纪不大,却是一个古灵精怪的丫头,满脑子的主意。看到她和丛克辉发生冲突,蕊公主实在是一点也不奇怪,要是小妹出现的时候周围没有风波,那才是怪事呢!

阿萼却并不怎样紧张,反而很是好奇地看着司马逸轩,眼睛中有亮晶晶的神采,笑嘻嘻地说:"原来你就是让我姐姐怎么也不肯回乌蒙国的轩王爷呀,果然是个很帅的家伙。喂,你这个家伙和轩王爷比起来可真是差许多了,要是你是轩王爷一般的人物,那种口气训训我倒还罢啦,现在,你得郑重其事地向我道歉,还有你!"她一指年轻的公子,半真半假,怪怪地笑着,说,"你也得向我道歉。历来是英雄救美,你竟然看着我这样一个美丽的女子被人训斥却视若无睹,就称不上英雄,所以,你也得向我道歉!"

年轻公子淡淡一笑,淡淡地说:"我并未自称英雄,也并未觉得你是美女,如何有错?"

阿萼一窘,盯着年轻公子,气恼地说:"你竟然说我不漂亮?"

年轻公子依然微笑着说:"你很漂亮。"

"那为何说我不是美女?"阿萼恼火地说,一把推开蕊公主,紧盯着年轻公子,想从那张平静淡漠的脸上找出原因,几乎就要贴在对方脸上了。"我不是聋子,我听得清清楚楚,你明明就说你并未觉得我是美女,难道你想睁着眼说瞎

第十六章 姻缘注定 不是冤家不聚首

267

话不成？"

年轻公子淡淡地笑着，根本没怎么看到他动，就似乎突然间换了地方。阿蕚觉得有一股莫名的力量轻轻一推，她就稀里糊涂地换了地方，又回到了原处，而年轻公子依然微笑着面色平静地看着她，语气温和地说："姑娘何必在意我的看法。"

阿蕚不是个傻瓜，她立刻明白，眼前的年轻公子绝对不是一个表面上看来弱不禁风的家伙，而是一个深藏不露的高手。她根本没有看到他如何动手，就逼退了她，而且完全不着痕迹。在别人眼中，她似乎只是说过话后又立刻返回了原处，但只有她明白，她是被对方轻轻用真力送了回来。她没有任何表情地看着年轻公子，对方眼中依然清澈一片，好像什么也没有发生。

"好吧，你想道歉就道歉，不想道歉就随你。但是他绝对不行，他一定要向我道歉！"阿蕚指着丛克辉，一字一句地说，但语气里明显有了些犹豫。她担心，丛克辉和这年轻公子一起饮酒，若是二人关系密切，这年轻公子出手相助，就算是自己的姐姐和轩王爷在，自己也是要吃些亏的，"这，你总不会再阻拦吧。"

"他说你不过是实话实说，你打他已经出了气，何必再多事计较。"年轻公子淡淡地说，"还是你和你的姐姐叙旧，丛公子和我继续喝我们的酒聊我们的天，如何？"

阿蕚恨恨地看着丛克辉，在心里骂了千百遍，但是，面上却不得不硬着头皮说："你们大兴王朝的人就会欺生，若是在乌蒙国，我早就扒了他的皮，还能让他站在这儿不成？最起码也要斩了他的舌，让他后悔自己的多嘴多舌！"

年轻公子轻轻一笑，没有说什么。他越是如此，越是让阿蕚恼火。这摆明了是看不起她，真是够可恶的。但是，刚刚她出手就发现，对方的实力绝对在她之上，随时可以让她丢了性命！突然她转向司马逸轩，微笑着说："姐夫，你可肯替阿蕚出这口气，教训教训这个不知天高地厚的小子？好歹我姐姐她也是你的人。"

司马逸轩面无表情，懒懒的神态，就好像没有听到阿蕚的话，也没有看到面前这个女子。

蕊公主有些难堪，她知道，司马逸轩绝对讨厌这个称呼。她盯着阿蕚，嗔怪道："阿蕚，这是在大兴王朝，不是我们的乌蒙国，你不要恣意妄为。人家好好坐在那儿，怎么就招惹到你了，而且，丛公子也是二皇子妃的哥哥，你不要多事，说你两句，也是应该的。"

阿蕚眼睛转来转去，没有说话，似乎是在考虑什么。

年轻公子的表情有些隐约的笑意，这个阿蕚绝对是个聪明灵活的家伙，他看着她，就好像是在看一场好戏。他知道，这丫头心中有些不甘，但聪明的她知道她不是自己的对手,所以她打起了司马逸轩的主意,可惜,司马逸轩根本不打算蹚这趟浑水。突然,阿萼手腕一动,一个不经意的动作,没有人注意到。

丛克辉只觉得一股凉气扑面而来,一丝隐约的杀气直奔自己的喉咙,年轻公子的笑声听起来似真似幻。与此同时,丛克辉觉得好像自己的脚一软,一下子跌坐在椅子上,耳听得年轻公子淡淡的声音说:"来,丛公子,我们继续喝我们的酒。"

"臭小子,你为什么总是和我对着干?!"阿萼大声说。

没有人理会她,她也只是大声咋呼,却并没有表明指的是哪一位。虽然她的眼睛死死地盯着年轻的公子,可表情却是对着丛克辉的。她不是个傻瓜,她从丛克辉的表情中看到,他的躲闪根本就是茫然的,她射出的银针悄无声息地落在丛克辉身后的柱子上,没入三分之二的深度。如果落在丛克辉的喉咙处,绝对可以让丛克辉懂得言多必失的道理,但现在,傻乎乎的丛克辉并不知道出了什么事情,却幸运地躲了过去。一定是那个年轻公子在捣乱!

司马逸轩安静地看着年轻公子,这个年轻人,武艺深不可测。

"阿萼,你还有事吗?如果没事的话,随姐姐一起回客栈休息。"蕊公主真的是有些生气了,这个小妹,真当自己是乌蒙国的公主就不知天高地厚了不成?那个年轻人,摆明了不是一个表面上看起来那般简单的书生,只他那份坦然,就可以知晓,这绝对是个深藏不露的人。

"这位公子,可否坐下来与你饮上几杯?"司马逸轩微笑着说。他微笑的时候,看起来英俊得让人不由自主地心动。他的笑容有着莫名的温柔和温和,态度也意外地平和自然,甚至没有自称本王。

年轻公子淡淡一笑,看着司马逸轩,温和地说:"如果丛公子不介意,你也不介意三人对坐而饮,当然可以,请!"

司马逸轩笑了笑,说:"当然不介意。难得碰到合脾气的人,如何介意周围的环境和人?来人,再上好酒,本王要好好地饮上几杯。公子如何称呼?"

"苏。"年轻公子淡淡的语气,听来温和,却有着浅浅的距离,让人无法完全亲近。

"原来是苏公子。"司马逸轩微笑着说,"听苏公子的口音应该是京城中人士,我倒是第一次见到。"

蕊公主一愣,她以为自己听错了,司马逸轩竟然当着一个陌生人的面,自称为"我"?这是不曾有过的情形,司马逸轩是个心高气傲的人,根本不屑于与不相识的人交谈,却突然对一个陌生的年轻公子有了如此好的态度和语气,这有些奇怪。

"轩王爷是个忙人,哪里有时间在这市井之间行走,今日若不是遇到这位姑娘，只怕轩王爷也不会留意到在下。"苏公子微笑着，举了举手里的酒杯，"入乡随俗，在这京城中逗留，自然要讲这京城中的口音，免得因为是个外乡人，惹来不必要的麻烦。"

司马逸轩爽朗一笑，说："好，倒是我多事了，来，我们喝酒。丛公子，你也同饮。"说完，一杯酒一饮而下，全无犹豫。

丛克辉有些傻乎乎的看着饮酒的司马逸轩，木偶般饮下手中的酒，傻兮兮地坐在那儿，对着突然间变得温和爽朗的司马逸轩，有些手脚无措。他知道，司马逸轩这态度绝对不是因为他，而是因为面前这位姓苏的年轻公子。

苏公子微微犹豫一下，看着微笑的司马逸轩，轻挑眉毛，调侃道："轩王爷，在下知道你的酒量非常人难比，您这样喝法，分明是难为在下，我若是有如此好的酒量，何必和丛公子饮酒的时候一直悄悄地尽量少饮。"

"你随意。"司马逸轩眼睛亮亮地说，似乎突然之间心情好了许多，"难得今日我心情如此之好，来，我们大家喝个痛快。"说着，杯中刚刚满上的酒又一饮而尽。

苏公子嘘了口气，说："好吧，既然如此，在下就舍命陪君子。"说着，杯中的酒也一饮而尽，眼睛中含着淡淡笑意，温和地说，"只是请轩王爷稍微宽容些，只怕是在下沾了轩王爷某位故交的光，看轩王爷如此心情，定是在下令轩王爷想起了某人。来，为轩王爷的故交旧友干上一杯。"说着，竟然也将杯中刚刚满上的第二杯一饮而尽，面上的肤色依然白净，看不出任何酒意。

司马逸轩微微一愣，但也是眼神微微一闪，既而笑着说："好啊，果然爽快，今日我真是高兴，能够遇到苏兄弟这样脾气相投的人，真是一大幸事。来，我们喝酒。"

丛克辉一旁坐着，不知道说什么才好，只是傻乎乎地跟着一杯一杯地喝酒。他原本已经有了醉意的脸更加红起来，到后来已经是醉眼蒙眬，趴在了桌子上，喝里哼着说不出名字的小曲，咿咿呀呀地竟然睡了过去。司马逸轩和年轻公子好像没有看到一般，依然对饮。

蕊公主和阿萼呆呆地站在一旁，走也不是，坐也不是。

"何人在此喧哗?!"一声低沉的声音在众人耳旁响起，司马溶沉着脸从雅间里走了出来。陷于半昏睡状态下的丛克辉正趴在桌上嘴里哼唱不休，时而高亢时而模糊。二皇子的眼光落在丛克辉身上，眼中闪过一丝厌恶，侧头看了看表情微有些愕然的苏娅惠，冷冷地说，"原来是你的旧相识，大概是看到你，心情有些不舒服吧，要不要上去安慰安慰?"

苏娅惠脸色一变，立刻深深地低下头，并不敢接话。

司马溶正在继续说什么，一眼看到了司马逸轩，表情立刻变得更加冷漠，很不乐意地说："原来是皇叔在这儿，侄儿打扰了。"

司马逸轩并不理会司马溶,只是对着年轻公子说:"苏兄弟好酒量,这许多杯下去,竟不见苏兄弟有任何酒意,我真是佩服得很。"

苏公子面上已经有了浅浅的酒意,越发衬得皮肤白净,吹弹得破。蕊公主一旁见了,心下叹了声:这年轻人果然清秀得很,如果是个女子,绝对算得上绝色佳人,只可惜生了个男儿身。

"爱妃,去和丛公子打声招呼。"司马溶冷声说,似乎完全不在意司马逸轩的故作不见。

苏娅惠脸色变得有些苍白,她不知所措地站在那儿,不知道如何做才好。

"不行!这小子是我的人,可不许你再安排别人打他的主意。"阿萼的声音让众人都把目光转移到了她的身上,看着她瞪着一双黑白分明的眼睛,正古灵精怪地看着司马溶,"我刚刚见到他就让他挖苦了一通,我正准备等他醒了酒后好好收拾收拾他的,哪里允许别人抢在我前面?况且,她是你的爱妃,大庭广众下岂可以与别人的男子叙旧?对啦,你是什么人?爱妃,应该是个皇子王爷之类的吧?看你年纪和轩王爷差不太多,又喊他皇叔,那应该是个皇子了吧?"

苏公子微笑着看着阿萼,心中突然冒出个念头,唇旁的笑意如同湖水般温柔的荡漾开。

"如果遂了你的心意,这丛克辉倒也算是个因祸得福的人。"司马逸轩调侃的声音在年轻公子耳旁响起。

苏公子侧目看了看司马逸轩,微笑着说:"他因为别人的错误失了心爱的女子,或许算不上心爱的女子,也毕竟有着一份面子在,这阿萼虽然是乌蒙国的女子,性格泼辣爽朗,倒也有趣。如果二人有缘在一起,说不定是段美满姻缘。"

司马逸轩点了点头,轻声说:"这主意不错,或许我可以帮得上忙。这丛克辉倒并不是个十恶不赦的家伙,虽然有些坏习气,到没做什么大奸大恶之事。念在他是意儿堂兄的分上,我就帮他一帮。"

"意儿?"苏公子微微有些意外地问,但继而淡淡一笑,轻声调侃道,"原来轩王爷也放不下这红尘,也有些儿女情长。"

司马逸轩看着苏公子,只是微微一笑,并不出言。

司马溶冷冷一笑,说:"好啊,既然如此,本皇子就成全你,让他娶你为妻,你看如何?"

阿萼面上微微一愣,却泼辣地说:"你是什么人,就算你是大兴王朝的皇子,又如何可以左右我的婚姻之事?你或许可以指责你的爱妃,不过因为或许他们二人曾经相识,但你却左右不得我的事情。收起你的皇子权势,我想嫁何人,想让何人娶我是我自己的事情,你还是忙你自己的事情吧,真是无趣!"

司马溶一窘,半天没有说出话来,指着阿萼,恼怒地说:"哪里来的野丫头,竟然敢如此与本皇子说话？来人，把她——"

"她是本王的客人，蕊公主的妹妹。司马溶，何必在此如此失了风度。"司马逸轩淡淡地说，"就算你想成人之美，也不必着急成如此模样。阿萼，本王倒觉得这是个不错的建议，丛克辉他虽然不算是顶尖人物，倒也不失为一个男子汉，可以考虑考虑。"

阿萼一挑眉，嘴一噘，不乐意地一扭身子，看着趴在桌上依然醉意浓重的丛克辉，听着他有一声没一声地哼着歌，说："不带这样的，就算是想让他娶我，也得拣他清醒的时候。你们总不能让我等到他醒来的时候，告诉他，轩王爷和某位皇子爷做主把我许给了他吧？真是的，你们也真会乱开玩笑，我还没傻到那种程度。"

年轻公子忍不住一笑，这个阿萼，绝对是个有趣的人儿，如果丛克辉能够娶她为妻，真的是因祸得福。那个苏娅惠虽然是司马溶突然起意娶走的，但苏娅惠心中却早已经有了司马溶的痕迹，反而是这个阿萼，本就是个简单精灵的女子，心中全无杂念，谁能娶到她，倒真是福分一场。

司马溶真是满腹的恼怒无处发泄，只得转身离开。苏娅惠急忙紧走几步跟了上去，头也不敢回，眼角竟然有隐约的泪痕。她不是个复杂的人儿，心中对着无辜的丛克辉有着一份驱散不去的愧疚，可她现在已经是二皇子妃，又能如何？

"不过是个可怜的人儿。"司马逸轩淡淡地说，"她并不是司马溶心中牵挂的人，这个名分对她来说，实在是份多余！"

苏公子没有说话，只是安静地喝下杯中的酒，看着窗外。

二人一直喝到暮色初上，苏公子面上的酒意依然是浅浅淡淡，司马逸轩则根本看不出酒意。蕊公主和阿萼一直在一旁的桌前坐着，默默地看着，心中满是怀疑：司马逸轩酒量好她们是知道的，这个年轻人到底是何方神圣，竟然可以和司马逸轩拼酒到如此程度，真不是一个寻常人儿！

"时候不早了，在下要告辞了，今日与轩王爷一起饮酒真是一件开心的事情，希望后会有期。"苏公子站起身，首先提出告辞。他站起来的时候身形微微有些摇晃，看来，还是有了一些醉意的。

司马逸轩并没有挽留，而是一挥手，微笑着说："能够遇到苏兄弟真是我的福气，大家有缘自会相会。如果苏公子肯在这京城多留些日子的话，我一定会日日来烦扰苏兄弟的。路上好走。"

苏公子点了点头，微笑着下了楼，背影很快消失在夜色中。

司马逸轩也接着离开，蕊公主则带着妹妹阿萼搭了自己的马车回休息的地方。

"这人好酒量，竟然可以和轩王爷对饮到这个时候还看不出醉意，比这个丛克辉真是强上百倍了,可惜不知道他到底是何来历。"蕊公主轻声说,有些疑惑地看着马车外的暮色。

"此人是个会家。"阿萼轻声说,"他一定是有很好的内功,他们二人不是在饮酒,而是在拼内力,应该还是轩王爷更胜一筹。其实也说不上这丛克辉就是个不堪的家伙,最起码他是个平常人,平常人自然有平常人的福气。虽然这个轩王爷确实是个出色的人儿,但是,姐姐,好像不是你能够配得上的人,姐姐还是趁早收回自己的情意为好。"

蕊公主有些恼怒地说:"你这话是什么意思,不要以为你是我妹妹,我就不能拿你如何!你还是管好自己的事,轩王爷已经允下你和丛克辉的事——"

阿萼不以为然地说:"这是两码事,我不过是说实话而已。我也喜欢英俊潇洒的人儿,但是,我一看到轩王爷,就知道他必定是心有所属,你何必把时间花在一个并不把你放在心上的人儿身上?我们乌蒙国有那么多出色的人儿,哪一个不是对你情深意长?如果你嫁了他们,也好过嫁给轩王爷,而且,轩王爷他可有意娶你?我来大兴王朝有几日了,听市井人说,这轩王爷迷恋着一个女子,是丛府的千金丛意儿。妹妹是不希望你到最后只落得一心惆怅!"

蕊公主没有说话,只是淡淡叹了口气,望着窗外,好半天才慢慢地说:"你说的话都有道理,但是姐姐已经放不下他,纵然这一生他都不会爱我,却并不能阻拦我爱他。他爱不爱我是他的事,我爱不爱他却是我自己的自由。妹妹,或许嫁了别人可以幸福,但是,只有爱他才是我唯一想做的事情!"

阿萼叹了口气,不再说什么。

皇宫,清冷的风吹过,一院的寂寞。蝶润倚在廊柱前,任风轻轻吹动衣裙,一脸的清冷漠然。皇上还没有来,这段时间他总是腻在这儿不去,难得这个时间不出现,不过,她也正好有时间清静一下,可以站在这儿想想自己的心事。她手里有个小人,拿在手里,一根银针静静地插在小人身上,决绝而毫不仁慈。

"这样并不能伤了我。"一个声音在前面的花丛中间响了起来,声音如同晚风,飘忽而安静。

蝶润身子轻轻一动,仿佛受了惊,抬眼看着面前的花丛,一个素衣女子正安静地站在中间,似真似假,一张清秀的面容,表情恬静淡然。风一吹,花瓣飘舞,掺着秋日落下的树叶,在夜色并不清晰的光线中,极是美丽,极不真实。

"丛意儿?!"蝶润试探地问。她不相信,以为自己是眼花了,一个区区丛意儿,如何可以出入高手林立的大兴王朝的皇宫,而且是皇上出入的地方?!仅仅次于正阳宫的暖玉阁,这根本不可能,而且,暖玉阁里可谓是机关重重,那花丛间也是机关重重,如何可以让一个丛意儿立于其中?或许是自己这几日一直在想

第十六章 姻缘注定 不是冤家不聚首

273

着这个可恶的女子才会有了错觉吧!

素衣女子微微一笑,轻声说:"蝶润,好久不见,可好?"

蝶润仔细看着,花丛中的女子,发如墨,肤如脂,笑如花,人如玉,确确实实是丛意儿,绝对不会有错,但是,她是怎么进入这儿的?就算她是皇后娘娘的亲侄女,也不可能不经通报就出入暖玉阁!"你是如何到这儿的?!"

丛意儿轻轻一笑,说:"走来的呀。"

说话间,她已经坐在蝶润面前栏杆间的平台上,走近了看清楚原来穿了件淡粉的衣,披了件淡粉的披风。真是够大胆的,在皇宫里出入,没有皇上的命令,不穿夜行衣,不避众人眼目,就这样来去自由,不是她疯了,就是自己眼花了。

蝶润安静地想,却没有说话。丛意儿可以不惊动任何人来到这儿,武艺应该在自己猜测之上,于是她聪明地选择了不做任何反应。

"你来这儿做什么?"蝶润轻声问,把手中的小人悄悄藏到了身后。那根银针无意中扎在她的手指上,她下意识地哆嗦了一下。

丛意儿淡淡一笑,"不必藏了,我已经瞧见了,你这个方法对我来说真是一点用处也没有。"蝶润哪里想得到她根本就不是真正的丛意儿,她们的出生年月根本就不是同一天,就算是同一天,自己也是千年之后的,蝶润如何可以伤害得了?!"我不过是路过这儿,过来看看你。皇上此时正在我姑姑那儿,一时半会儿的不会过来,正好我们可以说会儿话。如何?"

蝶润把小人扔到花丛中,冷冷地说:"你既然可以不惊动任何人到了这儿,自然是有些我所不知道的过人之处,你想要如何,就随便吧!"

丛意儿一笑,说:"司马澈如何可以说动你,让你帮他对付我姑姑?润公主,何必要如此呢?"

蝶润身体一颤,冷冷地看着丛意儿,说:"你知道的事情还真是多,只是休要称呼我什么润公主,我不过是一个谁也不想要的累赘!自从我被他们丢弃在醉花楼前的时候,我就已经不把自己当成他们的女儿。他们不过是两个狗男女,一个所谓的乌蒙国的皇上,一个醉花楼的青楼女子,生下我这样一个私生女。他可以为了自己的前途,亲手杀了她,她可以为了成全他,亲手将我丢弃,我心中哪里还有什么挂念?是我不小心,被司马澈知晓了身份,但我不想让轩王爷知道这一切,如果他知道了,一定会将我送回乌蒙国。如果我回去了那儿,就再也没有可能见到他,所以我宁愿担个青楼的名字厮守在他身旁。而且,你那个姑姑也是个该死的人,为了自己的荣华富贵,默许皇上将当时的皇后娘娘也就是他的结发妻子送入冷宫,害那可怜女子冤死狱中,难道我帮大皇子有错不成?!那死去的人本是他的亲生母亲,他想要替他母亲报仇,何错之有?!"

丛意儿没有说话,只是安静的听着。丛雪薇的往事确实不光彩,可她已经成了皇上的皇后，又能如何？

丛意儿轻叹一声，说："蝶润，你究竟想要争得什么？逸轩他虽然废了你的武艺，但是，并没有完全让你失了全部，离开这儿，你依然可以活得很好。他除了废了你的武艺，并没有拿走你任何的东西。何必将一生余下青春误在这并不在意你的皇上身上。"

蝶润冷冷地说："你不觉得你在我面前喊轩王爷一声'逸轩'的时候就如同给了我一刀吗？你不要把所谓的同情放在我身上，我心中极恨你，纵然你以为是对我好，我也会用最厌恶的心来揣测你，不会听从于你的！"

丛意儿轻轻叹口气，看着夜色渐渐浓重，空气中有了寂寞和清冷的味道，隐约的风逐渐变得真实，有些寒意不禁。蝶润说得不错，此时她随意的一句话都可能伤害到蝶润，虽然她确实是有心想要帮她。她听到皇上对丛雪薇说的话，她知道皇上是如何看低蝶润，他只是把蝶润当成一时的工具。这个皇上虽然用了不光彩的手段得到了丛雪薇，但对丛雪薇却是真的用了心，蝶润根本就是在作践自己！

"你不用怜悯我。"蝶润淡淡地说，"走到今天这一步，我并不后悔，因为我知道我是为了我所爱的男人。你是我穷一生之力要对付的女人！这已经让我不觉得人生无趣！我知道皇上他并不在意我。他心中一直有着丛雪薇，为了得到她，皇上用了许多的办法，在爱情面前他倒算是个不错的男子，至少他肯为他所爱的女子用心。丛惜艾发现丛雪薇中了毒，但是没有猜测到是谁，不过，丛雪薇却已经怀疑到大皇子了，只是没有明说。在这个皇宫里，为了自保，她一定会做出她力所能及的反击。虽然我没有在皇宫里待过，但是，皇宫外面的世界一样残酷，如果没有轩王爷的庇护，我也不可能在醉花楼待下去。因此她如何对付我，我就会如何对付她；她要自保，我亦要自保；她有丛惜艾，我有我自己。"蝶润突然轻轻一笑，笑得凄美动人，声音有些飘忽，"一个蝶润足够她们二人花去全部的时间来对付——"

丛意儿没有说话，这个故事她并不喜欢，每个人都仿佛历尽了沧桑，无法幸福的模样。

蝶润看着丛意儿安静地走入花丛中，素淡的身影在夜色中看着极是美丽，仿佛有风吹来，那些花瓣在风中轻轻飘起，仿佛有雨落下，把丛意儿裹在了中间，美丽得惊心动魄。丛意儿轻回头，看着蝶润，轻叹息道："蝶润，你原本可以幸福的，为一个并不爱你的男子浪费你的一生，真的不值得。你是个聪明的女人，好自为之。"

风一吹，有些许潮湿之意，蝶润闭上眼睛，再睁开，夜意如水，花瓣静静落了一地，却没有了素淡的身影，仿佛什么也没发生般的安静而寂寞。突然，蝶润泪落如雨,一滴一滴落在已经冰凉的手背上,极是不真实。她恨丛意儿的关心,恨丛意儿那么容易就读懂了她的心事,知道了她此时的无助和寂寞。为什么偏偏是丛意儿?

酒醒来,丛克辉觉得头痛欲裂,却什么也想不起来,好像是和某个人喝了酒。窗外已经是清晨,他躺在客栈里,饮香楼已经有些喧哗声传来。他摇摇晃晃站了起来,走到窗前,看着窗外的晨曦,有些不知身处何处。

"公子已经醒了。"店里的伙计走了过来,脸上带着笑意,恭敬地说,"苏公子临走的时候嘱咐过,您醒来的时候一定让您到楼下吃顿清淡的早饭。"

丛克辉有些疑惑地看着伙计,苏公子?什么苏公子?受伤后在二皇子别苑待了几日,伤势好了后,就回到丛王府,苏娅惠的事让他心里郁闷,于是独自一人出来转转,到了饮香楼,然后——然后好像遇到一个年轻的公子一起喝了酒,还有轩王爷,对,那个年轻的公子就姓苏。"他在哪儿?"

"苏公子不住在这儿,他临走的时候安排好您的一切,才离开的。"伙计一边忙着收拾桌椅茶壶,一边口中恭敬地回答,"苏公子应该住在顺风客栈。"

丛克辉点了点头,随着伙计下楼吃早饭。

"你醒得挺早呀!"

一声清脆的声音吓了丛克辉一跳,抬眼便看到一个异族打扮的女子,漂亮的面孔,有些意图不明的笑意。他立刻就想起了这个女子,昨天就是她打了自己两巴掌,让他颜面尽失。

"你怎么这么个表情?"阿萼得意地一笑。她喜欢看到这个看起来蛮英俊的男子看到自己有些不安的表情,这让她觉得这个男子挺可爱的。"好像大白天看到了鬼,不过,就算是见鬼,像我这样漂亮的鬼多遇几个还是好的。喂,你发什么呆呀,我在和你讲话呀,你还没有为昨天的事情向我道歉呢!"

丛克辉心说:真是倒霉,怎么又遇到这个丫头。这个丫头可真是惹不起,他隐约记得她是乌蒙国的公主,虽然乌蒙国是个小国,一直臣服于大兴王朝,但,毕竟是个公主。他虽然是个皇亲国戚家的少爷,还是不要招惹这种丫头的好。他装作醉意未醒的模样,在桌前坐下,低头喝自己的粥,心说:我不理你,看你能够如何!

阿萼却不介意,走到丛克辉对面坐下,托着腮,笑着说:"喂,丛克辉,我听我姐姐说,你也算是个有钱有权人家的少爷,你的父亲是当今皇上的宠臣,你还有一个姑姑做了皇后娘娘,一个妹妹嫁了二皇子做了皇子妃,甚至还有一个妹妹差点成为轩王爷的王妃,却为何如此模样,难道我能够吃了你不成?"

"男女授受不亲。"丛克辉在心中暗自叫苦,脸上似笑非笑地说,"你是乌蒙国的公主,我当然要恭敬些,免得一个不小心得罪了你,这可是个不小的罪名。公主请不要为难我,我头疼得很,胃里很不舒服。昨晚我酒量不济,今日正难受得很。"

"我怎么为难你了?"阿萼笑着说,"我只是觉得你极是有趣,也真是奇怪得很,姐姐说昨天那个二皇子妃原是你的未婚妻,她为何不嫁你,却嫁了那个阴恻恻的二皇子?我一看他,就觉得心里十分的难受,那个苏娅惠真是遇人不淑。算啦,那样的女人跑了就跑了,你再找一个比她更好的让她后悔就是了,何必一个人喝成如此模样,真是不值得。"

丛克辉一愣,抬眼看着面前的女子,听阿萼如此说,他心中竟然满是感动和安慰,原来自己也不是一无是处。

突然,丛克辉感受到一股温暖的目光,和一份淡淡的笑意,轻侧头,昨晚那个苏公子正从外面走进来,微笑着看着他们,眼睛中有份莫名的笑意,让他心里突然升起一阵温暖。他对苏公子轻轻一笑,回头看着面前的阿萼,心情突然好了许多,语气间也轻松了许多,"让你这么一说,我还真是心里舒坦了不少,既然如此,我就暂且饶恕你昨日的无礼吧。当着那么多人,出手就打我,还让我道歉,怎么可能挨打的人还要向打他的人道歉?这不合乎道理!"

阿萼哈哈一笑,说:"这样才好嘛,我又不是真的要你一定要道歉,我们谈得舒服,就说明我们心中已经没有芥蒂。丛克辉,你是个不错的人,虽然我姐姐说你不算是个好人,但至少你也不算是个坏人,最多是个小小的坏人!"

丛克辉有些尴尬地一笑,这算什么话呀。

"喂,你是什么时候冒出来的?"阿萼突然看到了昨晚的年轻公子,不知何时坐在了他们二人的对面,微笑着看着他们二人。

"我一直在呀,只是你们二人一直在讲话,没有注意到我。"苏公子温和地说。

阿萼一挑眉,说:"你姓苏对不对?你的武艺到底有多高,为何我面对你的时候竟然全无还手之力?昨晚要不是你,我早就让丛克辉乖乖地道歉了,何必还要等到现在。虽然我在乌蒙国算不上高手,但也不至于在你面前半招也出不了呀?"

苏公子轻轻一笑,说:"那是姑娘谦让。"

"我才不会谦让呢。"阿萼不以为然地说,"我怎么可能让自己那么可怜呢?看着丛克辉在那儿对我指手画脚却不能惩罚他,以我的性格,只要有一线可能,我也会让他吃尽苦头的。如果不是你昨晚出手帮他,他怎么可能皮肉全无损伤?!"

甘南从楼下走了上来,看到在座的几人,径直走到年轻公子面前,恭敬地说:"您应该就是苏公子吧,我家主人请您到落雨亭一坐。我家主人已经准备了薄酒,正等您前去。"

年轻公子微微一笑,说:"为何我要过去,大家不过昨晚一起饮酒,何必牵挂彼此。"

"我家主人说,能够遇到公子是人生一大幸事,若是公子愿意听雨看河水流动,随意说说话,我家主人诚心恭候,如果公子不愿意,我家主人说他也不会勉强。"甘南安静地说,微低头,"我家主人绝不勉强,但却会真心等候。"

年轻公子淡淡一笑,说:"你家主人真是有趣,这和勉强有何区别?好吧,你告诉你家主人,我会前去。"

甘南抬起头来看着年轻公子,轻声说:"苏公子,我家主人虽然贵为王爷,但从不曾如此恭候过一个人,希望苏公子不要以为这是一件苦差事,我家主人只是希望有个能够说说话的人聊聊天而已。不瞒公子说,在下也觉得公子和我家主人的心仪之人有些许相似之处,或许这也是我家主人在意您的缘故,希望您能够好好对待我家主人的这份真心。"

"丛意儿对吗?"苏公子微微一笑,说,"听你家主人昨晚提起过,但是,她应该是个女子,而我是个男子,除了感动你家主人的痴心外,我能如何?解铃还须系铃人,若要解了你家主人的心病,除非找得到那个突然不见的丛意儿,或者另外有一个别的女子让他再次动心,而我,最多不过是个听客。"

甘南轻声说:"苏公子果然是个明白事理的人,烦请苏公子多多劝慰我家主人,放下能够放下的。至于丛姑娘,她是我家主人的心上人,这一生,能够让我家主人动心的只有丛姑娘一个人,绝对不可能有另外一个人替代得了她。"

苏公子淡淡一笑,却没说话。

甘南心中却是困惑,似乎这个年轻人与丛意儿有隐约的相似之意,但是,听他谈吐,却又不像,而且,他是如此的礼貌平静,自己想要近前试探,都做不到。看他举手投足间,沉稳坦然,不带女儿家的扭捏之态,极像是个知书达理的读书人,只是隐约间又暗藏丰华,应该是个会家,只让自己无法靠到近前就足以说明,这绝对是个深藏不露的高手。

他有可能是丛意儿假扮的吗?甘南实在没有把握。

"你在怀疑我是丛意儿假扮吧?"苏公子微笑着说,神情间有些许调侃之意,似乎觉得这很好笑,但碍于礼貌,不得不强忍着不笑,"好吧,吃过早饭我就会履约前往。谢谢你家主人的热情。"

甘南有些不好意思,低头退了出去,独自一人走在热闹的大街上,想着心事,脚步有些缓慢。突然,他隐约听到有温柔细腻的声音说:"好吧,我就要这个。"

那声音熟悉得很,他猛地抬起头来,不远处,嘈杂的人群中有个淡紫的身影,娇柔淡雅,正站在一个摊子前买下一个面塑的小人。那小人正憨笑着远远地看着他,那身影,他不会看错,是丛意儿!

"丛姑娘——"甘南大声喊了出来,那身影微回头,但似乎没有看到甘南,微微轻摇头,收回目光,付了钱,准备离开。甘南着急地推开人群向那边赶去,可是,越是着急过去越是过不去,等他好不容易挤过去,却发现,视线中突然间没有了丛意儿的影子。他一把捉住卖面人的人大声问:"刚刚那个穿淡紫衣裙的姑娘呢?"

卖面人的一愣,正在挣扎,但看到甘南的打扮,立刻软了口气。他认得这身衣服,除了轩王府的人,没有人敢如此打扮。"她,她去了那边。"他伸手指了指前面,前面有许多的人,但没有那淡紫的身影,他也有些困惑地说,"咦,她走得还真是快,怎么突然间就没了影子?但是,她刚刚离开的呀?"

甘南松开手,立刻顺着卖面人的手指的方向追赶而去,卖面人的男子摇了摇头,整理了一下自己的衣服,正要继续手头的活计,却突然听到有人说:"师傅,这面人的笑容可以再深一些吗?"他手中的东西一下子掉在了地上,猛抬头,眼前一个美丽的淡紫衣裙的少女,笑靥如花,清丽动人,正静静地看着他。他愣在当地,呼吸几乎停止,这怎么可能,她不是走了吗?那个官府的人不是正在找她吗?怎么她还站在原地?如果她站在原地没走,刚刚为何没有看到她?

一直追了许久,也没有发现丛意儿的影子,甘南有些怀疑自己是不是眼花了,或者说是不是看错了?!赶到落雨亭,他在想,那个苏公子再怎么像丛意儿,也不可能是丛意儿,因为苏公子已经来了些时间,正与司马逸轩在下棋。而以自己的轻功,纵然在街上耽误些时间,这花费的时间也不至于久到让苏公子换成丛意儿再由丛意儿换成苏公子赶来这儿。

"你好像慢了些。"苏公子温和地说,"我已经是吃过早饭才赶过来,你还是迟在我后面。"

甘南轻声说:"路上遇到一位旧相识,耽误了些时间。"

他走近司马逸轩,附在司马逸轩耳边轻声说出刚刚在街上遇到丛意儿的事情。司马逸轩眉头一皱,抬眼看了看正低头看着棋盘的苏公子,犹豫一下,说:"抱歉,苏兄弟,我有些事情要去处理,要先离开,你自己随意。"

苏公子轻轻点了点头,淡淡地说:"王爷随意。"

司马逸轩没再多言,和甘南匆匆离开。他看着甘南,轻声问:"你确定你看到的是意儿?"

甘南点了点头,很肯定地说:"肯定是丛姑娘,我喊她的时候她还回头看了看。可惜街上人太多,她没有看到我,大概以为自己听错了,就走开了。我想赶过去,却被街上拥挤的人群挡着,赶过去的时候丛姑娘已经离开了。她肯定还在京城,只是我们没有找到她,在下这就仔细查找。"

司马逸轩微皱眉头,轻声说:"难道说是本王猜错了,这位苏公子并不是意儿假扮?"

"应该不是。"甘南肯定地说,"属下离开饮香楼的时候,丛克辉和萼公主还在那儿,就算属下在街上耽误些时间,也不可能让丛姑娘有时间自由变换身份。而且,苏公子虽然容颜清秀,有些弱不禁风,但却并无女儿家的扭捏之态,而且他谈论丛姑娘的时候也是坦然自若,并无故意隐瞒之意。"

司马逸轩也有些疑惑地说:"如果按你所说,或许真是本王猜错了,本王也觉得他和本王谈论意儿的时候态度很是自然,不带任何个人情感,可本王还是有些怀疑这位苏公子的真实身份。"

"只要丛姑娘还待在京城,就一定可以找得到她。"甘南坚定地说,"看她形容打扮,目前的情形应该还是不错的,至少过得还舒服,所以,应该住在环境不错的地方。她应该不会因为一些心事而委屈自己。"

司马逸轩轻轻一笑,说:"甘南,你这话听来真是不是滋味但却是实情,意儿她肯定不会傻到委屈自己来求取内心的平衡。本王猜得出来,她此时一定很得意地看着我们在笑,因为我们到现在还没有她任何的消息,虽然她就在我们周围。这让本王想起大兴王朝的第一位皇后,她有着极高的武艺,可以瞒过大兴王朝的始皇帝整整四年。这是大兴王朝的秘史,但是,第一位皇后是流云剑法的传人,能有如此精妙的本领并不意外,本王虽然知道意儿会些武艺,可是,她能够有如此出色的武艺吗?"

甘南犹豫了一下,没有说话,想到突然在他眼前消失的丛意儿,还真是不好说丛意儿的武艺如何,但是,可以肯定的是,能够在他眼皮底下突然消失不见的女子,丛意儿还真是第一个。纵然是蝶润,是轩王爷亲自训练出来的轻功高手,也不可能在他面前无缘无故地消失,但是,丛意儿却已经在他们面前消失过多次了。

甘南在整个京城搜了个遍。他自信自己的能力,他是在京城长大的,这个京城对他来说,角角落落他没有不熟悉的。可是,也真是奇了怪了,他竟然就是没有发现丛意儿的任何痕迹,不论是奢华的居所还是隐藏的居所,都没有她的身影!

他没有惊动任何人,只是和甘北一起,在京城里悄悄地搜寻。他们担心有人知晓丛意儿失踪会对丛意儿不利,毕竟现在有不少的人知晓她是轩王爷未来的王妃,因着轩王爷在二皇子与丛惜艾婚礼上的话,朝中大臣们有不少知道了轩王爷要娶丛意儿的事情。如果有人心存恶意,丛意儿一个柔弱女子只怕会出现状况。

可是,丛意儿究竟在什么地方?他们整整找了三天,依然是任何消息都没有,简直太莫名其妙了!

丛惜艾推开房门,窗外的秋意已经越来越重,叶子落了一地,全是枯黄的颜色。她的精神不算太好,有些虚弱,脸色也苍白。丛夫人忧郁地看着,真不知道如何才好。二皇子吩咐过,不许她随意出入这儿,她是趁着二皇子不在,悄悄进来的。她花了钱打点了这儿的奴才,加上仗着丛王府的权力,她总算是可以偷偷过来瞧瞧,好在与那个苏娅惠也是有些亲戚关系的,她平常一般是睁一只眼闭一只眼,并不说破,还是好的。

"惜艾。"丛夫人难过地轻唤了一声,听说女儿这几日身体不舒服,现在看到,不仅仅是不舒服这么简单,她应该是相当的不舒服。

丛惜艾回头看了一眼自己的母亲,扭回头来,这个样子让自己母亲看到,实在是件不太好的事情,尤其是自己确实有些不妥。昨晚,二皇子像个疯子一样,让她装扮成丛意儿的模样,想想,她都有些想要呕吐。人要是疯狂了,原来可以这个样子。"母亲,你怎么来了,如果让二皇子知道了,又会多出许多事情来。"

"他不在。"丛夫人走近自己的女儿,看到女儿露在外面的脖颈上有些隐约的瘀伤,心里一颤,哆嗦了一下,难过地低下头,"惜艾,或许一切真的都只是命,你还是不要太和二皇子对着干,毕竟他已经是你的丈夫,是你一辈子的男人。"

丛惜艾没有说话,只是有些出神地看着外面的风景,看着一片一片的树叶飘落下来,才轻轻地,慢慢地说:"丛意儿她如今如何?"

丛夫人摇了摇头,说:"我没有她的消息,她应该还待在轩王府吧,我用尽了所有的办法让她成长为一个十足让人讨厌的家伙,可还是没能避免她成为你的敌人。"

"也许我们不这样,她反而不会是我的敌人。"丛惜艾疲惫地说,"如果一直以来她都是大家注意的人,也许我们可以各自有各自的精彩,不必像如今,我的一生都在设防她,却最后仍然输在她手里。母亲,也许是我们太在意她了,反而害了我们自己。"

"你不是没有机会。"一个轻微的声音悄悄流入丛惜艾的耳朵中,那声音是如此的熟悉,"只要你肯给自己一个机会,或许仍然可以幸福。"

丛惜艾四下里看了看,什么也没看到,她看了一眼自己的母亲,"母亲,我有些累了,如果您没有什么事情的话,请先回吧。也许过一会儿,二皇子就该回来了,若是让他看到了,只怕又生出事情来。以后,不要常来这儿了,女儿不想让母亲总是为了女儿操心。如果有事的话,女儿会让奴婢去通知您的。"

丛夫人犹豫一下,恋恋不舍地转身离开,心里头却难过得很,惜艾如今的模样,自己,是否应该负些责任? 旧日的恩怨放到现在仍然放不下,到底是对还是错？她到底是报复了那个女人还是报复了自己？为什么,到了最后会是这个结局？

送自己的母亲离开,丛惜艾对着空无一人的室外,冷冷地说:"我母亲已经走了,你可以出来了。你竟然可以来到这儿,是不是轩王爷也和你在一起？"

一个身着淡粉衣服的女子安静地站在庭院中,表情温和地看着丛惜艾。丛惜艾瘦了许多,憔悴了许多,但是,她精致的美丽依然是在的,她确实是个美丽的女子,虽然她的美丽有些过于精雕细刻的味道,可确实是漂亮的。"你好,好久不见。"

丛惜艾冷冷地说:"你见了我落魄的模样,觉得如何？是不是心里很开心？二皇子对你情深意切,经常把我当成你,一时亲热一时羞辱,如果二皇子看到你在这儿,一定会非常的兴奋,可惜他此时不在。"

丛意儿轻声说:"丛惜艾,你真打算用一生的时间让自己如此不开心吗？"

"你是来说教的吗？"丛惜艾轻轻哼了一声,漠然地说,"罢啦,如今的我安于此时的状况,这些痛苦可以让我清楚地知道我是存在的。"

丛意儿在栏杆上坐下来,微笑着看着脚上的鞋,上面绣着精致的图案。古代的物品就是精细,连一双普通的鞋子都有着如此精致的做工,如此美丽的图案,裙摆在眼前轻轻地摆动,很养眼,"你能够允许他把你当成我,这不是你的个性。"

丛惜艾目光落在丛意儿的身上,冷漠地说:"你什么意思？"

"纵然你认命,丛惜艾,你也不会轻易地允许一个男人在你身上寻找另外一个女人的影子,你不过是在故意纵容他。"丛意儿微笑地看着丛惜艾,看着随风飘落的树叶,温和地说,"丛惜艾,其实,好像你没有你想象的那般讨厌司马溶,仔细想一想,司马溶也没有你想象的那般不堪,至少在你从乌蒙国回来看到轩王爷和我在一起之前,你心中还是不讨厌司马溶的,甚至想过要真的嫁给他的,那个时候你对轩王爷也许只是一份迷恋,他并不是你确定的选择。"

"你以为你是谁？"丛惜艾声音略高地说,"我如何想与你何干！如果你想看我笑话,你尽可以看,既然我如今落到这个地步,就由着你看,我不在意！"

"丛惜艾,你有很好的武艺,司马溶他并不能强迫你。你在乌蒙国待过,那些毒药对于你来说,不过是一时的控制,不能控制你一生一世。"丛意儿语速平缓地说,"如果你真的恨透了司马溶,何必还留在这儿？难道真的是为了丛王府吗？"

"当然。"丛惜艾立刻说,"不然我是为了什么？"

"你有许多机会可以离开。"丛意儿微笑着说,表情中有了调侃的味道,"你可以假扮我骗过司马溶,当然可以变成任何人或者让任何人变成你。丛惜艾,你真的就想这样输给我吗？如果你可以让司马溶再次死心塌地地对你,不是可以证明,其实你是更出色些的？"

丛惜艾看着丛意儿，表情有些僵硬。丛意儿说得不错，她随时可以离开，她可以让自己突然死亡，可以让任何一个人假扮成她糊弄过司马溶，不必晚上受辱，但是，丛意儿是如何知晓的？

"你一定奇怪，我怎么会知道如此多？"丛意儿微笑着，说，"你与我，都是女子，有些想法是相通的，再者说，我们也算是自小一起长大，你的为人处事，我还是知道的。丛惜艾如果如此容易被击败，那就不是丛惜艾了。你会真的愿意输给我，输给苏娅惠吗？"

丛惜艾没吭声。

"让一个恨你的人再次喜欢上你，如果你做得到，那你绝对就是赢者。"丛意儿爽朗一笑，笑声听起来清脆悦耳，"如果你成为司马溶心中的唯一，那才是丛惜艾。"

听见外面有人说话的声音，丛惜艾一愣，是司马溶回来了。她看向丛意儿，栏杆上只有一朵盛开的菊花，娇黄鲜艳的色彩，安静地在她的视线中。走过去，丛惜艾拿起菊花，花梗处还是新鲜的。她有些茫然，丛意儿，究竟是如何的一个人？

"丛惜艾！"是司马溶的声音，充满了厌恶之意。

丛惜艾身体有些僵硬，看着手中的花，司马溶，如此的厌恶她，丛意儿的话听来不错，曾经那么爱她的司马溶，却突然间不爱她了，而且是如此的厌恶她，那个总在她身边微笑着呵护她的司马溶，难道就真的从此消失了吗？正如丛意儿所说，她不甘心！

"妾身在。"丛惜艾轻轻的声音，努力压下心头的种种念头，慢慢转身跪下施礼。

司马溶冷冷地看着跪在地上的丛惜艾，冷冷地说："立刻在本皇子眼前消失。"

丛惜艾话也不多说，立刻起身离开。

司马溶看着离开的丛惜艾，眼神中充满了恨意。

第十七章　被劫出府　螳螂捕蝉黄雀后

甘南有些沮丧地坐着，甘北看着甘南，不解地说："这怎么可能？如果你确实看到过丛姑娘，以我们二人对京城的熟悉程度，不可能找不到她，难道她现在已经不在京城了？"

甘南没有把握地说："我也不清楚，再去找找，如果实在找不到，再说。"

"咦，那不是苏公子吗？"甘北突然指着前方说。

甘南抬头顺着甘北指着的方向看去，不远处有一个小摊，一个中年男子正在挥毫写字，一个穿着淡灰衣服的年轻公子正在一旁观看，正是苏公子。这几日他也少有露面，似乎并不热衷于与轩王爷交往，总是淡淡的，刻意寻找却寻找不到，没想到这时竟遇到了他。

"苏公子！"甘南打了声招呼，迎上前。

年轻公子闻声回头看了看，见是甘南和甘北，微笑着点了点头，"怎么二位有时间待在这儿？"

甘南笑了笑，说："不瞒苏公子，我们二人是外出来寻找主人的一位旧时好友。"

苏公子微笑着说："这京城如此之大，如果有人存心想要藏起来，你们二人在明，那人在暗，哪里容易寻找得到。二位可是在寻找丛姑娘？"

甘南点了点头，说："丛姑娘是我家主人未来的王妃，在前段时间出了些小事情，一时不知去了哪儿，我家主人日日担心，派我们二人四处寻找，这找了些日子，却一点线索也没有，真是惭愧！"

"找不到就算了，也许是她根本就不想让你们找到。你们是轩王爷最信赖的手下，你们尽了全力，就可以了。"苏公子微笑着说。

甘南叹了口气，看着桌上放着的写好的字，不知道说什么才好，想到司马逸轩，他的主人，眼神里藏不住的忧郁，和努力控制自己的模样，心里就觉得难受。他的主人，其实背负着整个大兴王朝，有时候不得不为。他知道自己的主人比任何人都迫切想要寻找到丛意儿，但是有时候，自己的主人真的是不能为！如果他真的放手，可能出事的就是整个大兴王朝！

"苏公子,你是个局外人,说得出如此轻松的话,若是我家主人可以忘掉丛姑娘,那或许是我们主人的福气。"甘南叹息着,难过地说,"我家主人在他人眼中是十全十美的,几乎是没有任何缺憾的,但是,事实上呢,我家主人是最寂寞的。人要是到了高处,真是高处不胜寒。我家主人担了许多的虚名,可他却懒得向世人解释,若是我家主人可以心狠一些,或许他可以活得自由轻松些。"

"何人可以勉强得了他?"苏公子淡淡地说。

"公子说得不错,可是,他不是一个不负责任的人。如果他可以放下自身的责任,不理会这大兴王朝上上下下的百姓,百年的基业,一定可以活得如公子一般逍遥自在。"甘南平静地说,"公子这样说,只能说是身为局外人,事不关己。就如对丛姑娘,其实最想找到丛姑娘的就是我家主人,但是主人却放弃寻找,为的只是希望丛姑娘可以活得轻松些,不要也背上这些负累。如果主人想要寻找,就算是丛姑娘躲藏到任何地方,也难不倒我家主人。我家主人江湖之上并不缺乏知交好友,我家主人曾经告诉我们,只要江湖上一日平静不传来任何消息,就表明丛姑娘是平安幸福的活着。他希望丛姑娘可以过得轻松自然,虽然最想见到丛姑娘的是他。"

苏公子淡淡一笑,说:"轩王爷能有你们这样的手下,也是他的福气,得你们如此忠心护主,也不枉他来此世上一遭。是我看事情太过简单,倒忽略了你家主人的这番良苦用心。如果丛姑娘知道他此番用心,也会心存感激之意的。其实不必苦苦寻找,如果丛姑娘心中有你家主人的位置,她一定会在合适的机会出现,回到你家主人身边,或许她此时也只是想要静下来,过了这段时间就没事了。"

"但愿如公子所言。"甘南微笑着说,"难怪我家主人对公子印象极佳,和公子谈论至此,心中也觉得舒坦了许多。其实对我家主人来说,只要丛姑娘过得幸福,就是天大的事情,他受再多的委屈和辛苦也是值得的。我们只希望丛姑娘一切平安,尽早回到我家主人身边。"

"苏公子!"有人在不远处惊喜地喊了一声,把正在说话的几个人吓了一跳,因为那声音中充满了兴奋和意外,已经变了声调,而且还大有见到救星的感觉。

苏公子抬眼看到,丛克辉从远处紧赶几步跑了过来,一脸的惊喜,盯着面前面色平静温和的年轻公子,着急地说:"苏公子,你这几日去了哪里?快要急死我了!苏公子,你可要帮帮我,我快被那丫头烦死了。我是哪辈子得罪她了,她像阴魂不散的鬼般日日纠缠着我,我算是怕了她!如今见了她,才发现我那个一直刁蛮任性的小妹其实温和可爱得很!最起码,我那个小妹懂得进退,不是如此的不依不饶。天,天下竟然还有如此女子!"

苏公子微笑着说:"听丛公子说起过你那个'可怕'的小妹,原来还有比她更

第十七章 被劫出府 螳螂捕蝉黄雀后

285

为'可怕'的女子,难道萼公主如此让你害怕?竟然让你如此唯恐避之不及?"

"丛克辉!"一声清脆的声音在众人耳边响起,丛克辉的脸色立刻变了,好像见了什么可怕的东西一般,拔腿就想溜,"你搞什么名堂,见了我躲什么躲呀!我又不是吃人的老虎!"

苏公子一笑,这世间的事情真是奇怪,谁看着谁顺眼真是天注定。丛克辉在许多人眼中不过是个纨绔子弟,但在来自异国的阿萼眼中,却成了宝。偏偏丛克辉唯恐避之不及,真是有趣!

"咦,你也在这儿。"阿萼看到了站在一边面带微笑的年轻公子,笑着说,"对啦,我正在奇怪,听丛克辉开口闭口说到什么苏公子,难道你没有名字吗?"

苏公子淡淡一笑,温和地说:"我叫苏从,从容的从。"

"苏从?"阿萼重复了一遍,不在意地说,"简单好记的名字,和你一样,听起来很干净。对啦,你是哪儿人呀?看样子应该是个富家公子,但你如此人品,若是京城中人物,丛克辉岂能不认识?若不是京城人物,你在个京城转来转去的做什么呀?"

苏从面带微笑,说:"转来转去?听起来好像陀螺,可惜我只是随意走走,枉负了你的想法。我不是京城人物,只是在此居住,住得烦了,便换个去处,说不出来自哪里去向何处。"

"嗯。——喂,丛克辉,你要去哪里?!"阿萼漫不经心地点头,突然看到丛克辉悄悄往后退,立刻一步蹿上去抓住丛克辉的胳膊,半真半假地说,"你越是跑我越是要抓住你,在我还没有厌烦这个游戏前,你别想逃跑!你的轻功和手段还不能和我相比,若论心眼,你也少一些,如何?!"

丛克辉一脸无奈地看着阿萼,无奈地说:"萼公主,这京城有趣的地方和人多的是,你何必一定要和我过不去?我只是一个一事无成的人,是个相当讨厌的人,你何必花时间在我身上。若是想要玩游戏,还是找个旗鼓相当的人吧!"

"偏不,我就想纠缠你!"阿萼满不在乎地说,"我就是觉得看你无可奈何的模样很是有趣,很可爱!而且,我们也算是你们大兴王朝皇家认定的一对。"

苏从强忍着笑,看着面前纠缠的一对人儿。

突然,远远的蕊公主的丫头跑了过来,几乎是冲到阿萼的面前,伏在阿萼的耳旁用乌蒙国的语言叽里咕噜地说了一通,只看到阿萼的表情从惊讶变成恼怒,脱口用乌蒙国的语言说了几句,然后转向丛克辉,有些不舍地说:"丛克辉,我姐姐出事了,我要赶快赶过去。记得,不许逃跑,我要你在的时候你一定要在,不然,我会很难过的。"

丛克辉一时无语,呆呆地无奈站着。

甘南的眉头一皱,似乎想不明白。他和甘北彼此看了一眼,对苏从说:"苏公子,我们有事先离开了,后会有期。"说完,二人就匆匆离开了,剩下丛克辉和苏从二人站在原地。

"二皇子,他是不是疯了?"丛克辉喃喃地说。

"出了什么事?"苏从有些不解地问,"看萼公主的反应,应该是很意外的事情,不然的话,她们主仆二人之间不会用到乌蒙国的语言,而且看萼公主的反应,似乎是和她姐姐有关。"

丛克辉轻声说:"我妹妹惜艾在乌蒙国养过伤,我曾经去陪过她一些日子,听得懂一些乌蒙国的语言。那奴婢说些什么我不太清楚,但是萼公主的话声音够大,我还是听得懂大概的意思。好像是二皇子派人去乌蒙国提亲,要娶蕊公主为妃。"

苏从轻轻叹了口气,慢慢地说:"一个大兴王朝的二皇子,如何生得如同一个任性的孩子,这样的性格脾气如何担得起掌握大兴王朝命运的责任?伤害了一个丛惜艾,连累了一个苏娅惠,怎么又生出再祸及蕊公主的念头?!而且好像没个结束,真是无趣。"

丛克辉仍然在发呆,他闹不明白,自己到底好在哪儿,竟然让阿萼如此纠缠不放?!因此他没有听清楚苏从说什么,扭过头来,疑惑地问:"苏公子,你刚刚说什么? ——咦,苏公子,去了哪儿?"

眼前并没有苏从的身影,刚刚还站在他身边的苏从,不知何时去了哪儿。

司马溶站在院中,满心的寂寞和说不出的沮丧,面对的是司马逸轩,一个大兴王朝最负盛名的男子,心爱的女子就被他掌控在手中,他却无力抢夺过来,这种感觉,实在是糟糕透顶。甚至他都不能再见到丛意儿,一个堂堂的大兴王朝的二皇子,一个未来要成为这个王朝的皇上的人,竟然左右不了一个所谓的皇叔!这种挫败感,几乎要让他疯掉!

一种冷冷的感觉,像风,毫无声息地接近了他。他一凛,整个人的身体僵硬得停在了当地,一柄剑,静静地压在他的脖颈上,凉凉的,似乎穿透了他的生命,让他整个人的血液都静止不动。

"什么人?"司马溶努力保持着冷静。这儿,是二皇子府,没有人可以随意出入其中,就算是要挟了他,也不可能从这儿出去,所以,他的心中还有残存的自我安慰。

剑微动, 滴血静静落在司马溶的手背上,暖暖的,鲜艳刺目。一个声音,清楚温和,在他耳边轻轻响起,"司马溶,我要带你走,打个赌,若没有人认得出你是大兴王朝的二皇子,你当如何?"

"你以为你可以带着本皇子离开这儿吗?"司马溶嘲讽地说,"这儿是大兴王朝的二皇子府,你能够在众人眼皮底下带走本皇子吗?"

"我既然进得来,就出得去。"那声音温和平静地说。

大兴王朝,一个普通的清晨,有着凉凉的雨,街头有些寂寞,而且还特别地冷。

司马溶睁开眼,一时之间以为自己在做梦,不知道自己身在何处。他四下里看看,是饮香楼的外面,自己怎么会在这儿?! 觉得头有些疼,他抬起手来想要按压额头,却整个人呆了当地,傻瓜般的盯着自己的手。那,好像是只陌生的手,有些脏兮兮的,衣服也是,不是他穿的锦衣华服,是一件洗得泛旧的灰衣,还算干净,只是有些破旧,甚至不如他府里的奴才穿的好!

一声惊呼好像就在自己的嘴边,却一句话也说不出来。他几乎是绝望地发现,他失声了! 到底是什么人把他丢在这儿? 到底是得罪了什么人? 难道是乌蒙国的人? 还是皇叔派人把他弄到这儿? 他们是如何把他带出二皇子府的?

"滚开——"有人粗声喊道,一脚踹过来,正中司马溶的腰,疼得他冷汗直冒,一下子被踹到了一边。他想骂骂不出来;想动,却觉得整个人浑身无力。他不是傻瓜,他知道,昨天带他离开二皇子府的人点了他的穴位,他现在,不过是一个手无缚鸡之力的人,而且一钱不值。什么人如此恨他?

司马溶从地上站起来,恨恨地盯着踹他的人。那人他认得,是饮香楼门前一个站门的,平常见了他恨不得整个人笑成一朵菊花,现在却是另外一副嘴脸,真是可恶! 只要他可以回到二皇子府,一定要好好地收拾这个小人,让这人后悔一辈子!

"你还敢瞪我!"那伙计一拳打来,司马溶只觉得眼睛一黑,金星直冒,晃了几下,再次摔倒在地上。"小子,知道这儿是什么地方吗? 这儿是京城的饮香楼,只有皇亲贵族们才可以来的地方,你一个臭要饭的,也敢在这儿出现,真是活腻了。快滚!"

司马溶想回自己的二皇子府,却发现,没有人认得他,纵然那人暂时点了他的穴位,让他说不得话,用不得武艺。但是,也应该有人可以认得出他是谁才对呀? 可是,好像没有人认得他,他甚至进不得任何他认得的地方,只要一靠近,就会被站在门口的人撵得远远的。刚开始的时候,他还尝试着用手比画,甚至还拿出架势来,但,一次次地被人用脚踹开,大半天下来,他已经饿得没有气力再做任何的事情,连悲哀的气力也没有了!

丛惜艾坐在桌前,司马溶不在府中,不晓得去了哪儿,苏娅惠倒待在府里。刚刚宫里来人说到二皇子求皇上做主要娶乌蒙国的蕊公主的事情,说是皇上已经允准。三妻四妾,并不是什么奇怪的事情,但那个蕊公主,一直是自己的对头,要是她也来这儿,成了二皇子的妃子,实在是个麻烦。

"主子,刚刚丛府里来人说,您的母亲丛夫人身体不适,问您有没有时间回去看一看?"奴婢走进房,轻声说。她是这儿的奴婢,负责照顾丛惜艾,原本府里带来的丫头已经让司马溶给退了回去。

司马溶不在家,或许自己可以回去一趟,反正也没有人在意她在不在府里。大家看出来二皇子不在乎她,平常也就眼中没有她的存在,一直是很粗心的,估计她就是突然间消失了,若是司马溶不问起,只怕是死了都没有人知道!

"好的。"丛惜艾轻轻点了点头,"替我找件颜色鲜艳些的衣服,免得回去后让母亲担心。你不必随我回去了,只要让软轿送我回去就好。如果二皇子回来,问起的话,也好有个应答的。"

奴婢轻轻点了点头。她并不是怕眼前这位没人在意的皇子妃,她所谓的主人,只是,她怕面前主人的妹妹,也就是未来的轩王妃亲自嘱咐过她,平常要照顾好丛惜艾。她不想得罪未来的轩王妃。

软轿到了半路,突然停了下来,丛惜艾本身觉得有些不太舒服,正有些昏沉沉之意,轿子一停,倒把她吓了一跳。她掀开轿帘,却发现几个轿夫都突然不见了,只有自己和轿子静静地待在一个安静的小巷内,看不到任何人。

丛惜艾从轿内走出来,四下里看看,恼怒地问:"有人吗?"

没有任何的回答。

丛惜艾苦笑了一下,突然想:或许一切都是故意的!她一个不被重视甚至被嘲弄的皇子妃,原本就不被二皇子府里的人放在眼中,怎么可能有机会知道自己母亲身体不适的消息,又怎么可能随意地离开二皇子府?在没有经过二皇子同意的情况下,一个奴婢竟然可以答应她的安排?难道不是很奇怪吗?府里的轿夫一定是被安排好的,一定是二皇子故意折磨她!

身后的轿子突然自己着起火来,把丛惜艾吓了一大跳。她苦笑了一下,一定是司马溶有意把她撵出二皇子府,让她苦不堪言。她如今也不敢轻易去丛府,如果去了那儿,或许是正好中了二皇子的圈套,他完全可以以一个随意离府的罪名好好地嘲讽捉弄她一番,让她在众人面前出丑。而如果不去丛府,她又以何种理由回去二皇子府?这儿离皇宫颇远,她要如何回去?摸一下身上,奴婢没有给她准备银两,而且,最要命的是,奴婢并没有给她准备穿金戴银的打扮,只是简单的装束,只是颜色稍微鲜艳些。也怪不得奴婢,如今在二皇子府里,她甚至不如府里的奴婢打扮得精致。娘家陪送的物品全让二皇子给退了回去,她其实不过是个穷光蛋!

只好走吧,就算是一步一步走,也得想尽办法走回到二皇子府,否则,不晓得二皇子会如何处置她!

这时竟然下起雨来,丛惜艾觉得自己真是倒霉透顶了。虽然药物控制了她,但是，她的武艺还是在慢慢的恢复，但今天也不知道是怎么了，就是觉得有些疲惫，不要说用武艺了，就算是走路，也是累得她气喘吁吁的。平常她何曾走过如此多的路，出入都有人伺候自己，今日真是狼狈得可以！初时怕被人认出来，但是走了半天，好像根本没有人注意到她的存在。丛惜艾真的是没有办法再维持自己的优雅，看到有一处大树处有干净的石凳，紧走了几步在那儿坐了下来。

突然，有人出现在她面前，把丛惜艾吓了一大跳，猛地站了起来，身体往后一退，感觉到自己的腿撞在石凳上，隐隐作痛！面前站着一个她并不认识的男子，比她高，目光正呆呆地直勾勾地看着她，好像要一口吞吃了她。男子一张脸脏兮兮的甚是恐怖，都快看不出来原本的颜色了。眉眼平凡，倒并不是特别的可怕，应该不是个穷凶极恶之徒，应该只是一个乞丐！"你，你要做什么?!"

司马溶抬手想给眼前的女子一耳光，她竟然敢不经过自己的同意就离开二皇子府，今天的事情一定是与她有关的，否则，她不可能不经允许离开二皇子府在大街头乱走，她肯定安排了他的失踪！像她这样心机复杂的女子，什么事情做不出来？但是，他心中恨透了，却说不出来，也动不得手，现在他饿得连呼吸都觉得累！

丛惜艾一把推开面前的男子，她觉得对方的呼吸直逼在自己的脸上，好像随时可以吞下她，这让她觉得十分的恐惧，虽然看得出来眼前的男子只是个乞丐，但不知道为什么，那眼光却让自己内心充满恐惧。她觉得对方好像唯一的目的就是一口吞下她！"你干吗！"

司马溶一下子摔坐在地上，气得他真想一刀杀了眼前的女人。这个丛惜艾，竟然也认不出来自己，简直是太可恶。这样看来，原来她心中真的只有司马逸轩，根本没有自己！这一摔，司马溶只觉得浑身上下全是泥水，眼前乱冒金星，饿得是前心贴后心。他眼睛一闭，权当自己昏了过去。

眼看着周围一个人也没有，雨越下越急，丛惜艾看着面前的男子突然间闭上眼睛昏了过去，心里竟然有些担心，如果外人看到二皇子妃和一个陌生的男子待在这儿，会怎么想？就算她再不被二皇子在乎，二皇子也不会原谅她，他完全可以以此为理由，处置整个丛府！"喂，你不许死，你知道我是谁吗？要是你死了，我要如何办？"

司马溶心中气得要疯掉，骂道：我当然知道你是谁！问题是我说不出话来，否则我咬也要咬死你！你真是会装，只要我回得去，我一定要亲手宰了你！还要灭了整个丛府！

丛惜艾一巴掌打在司马溶脸上，期望面前的男子可以醒过来，但是司马溶的身子是僵硬的，完全没有反应。丛惜艾着急地说："你不可以死！你要是死了，我可真是浑身长嘴也说不清了！喂，你不要吓人，你睁开眼！你是不是饿了？我去给你弄些吃的,好不好?"

司马溶原本想要装下去,但是一听到丛惜艾要去给他弄些吃的,就立刻睁开眼睛,努力点着头。他确实是饿坏了,管它是怎么回事,他目前最重要的是要吃东西。他可是又渴又饿!甚至都来不及为丛惜艾那一巴掌生气了。

丛惜艾松了口气,原来是饿的。她稳定一下自己的情绪,准备离开,司马溶一把抓住她的裙子,眼光明明白白地告诉她,如果她不是去给他找吃的,他定会吃了她!丛惜艾哆嗦了一下,平头百姓也是固执得可怕,一个乞丐也可以如此对待她。如果没有人知道她是二皇子妃,在这样的天气里出现,一个弱质女子独自走在雨中,一脸一身的狼狈,那就是一个任何人都可以训斥的女子!"我不是要逃走,我现在也没有地方可去,我只是想办法去给你弄些吃的。我身上没有钱,但头上还有一两件饰物,或许可以换些银两,为你弄些吃的。你在这儿安静地等着,我去去就来。"

司马溶有些不相信地看着眼前的女子,这是丛惜艾吗?竟然也懂得为别人着想,竟然会说自己无处可去?

眼看着丛惜艾在他视线中消失,司马溶不是十分有把握丛惜艾会回来。那样一个女人,一个处心积虑对付丛意儿的女子,能信守诺言吗?会不会是她故意装的,有意在戏弄他?现在没有人知道他是谁,她可以随意地折磨他!每一分钟的等待都漫长到好像一年那么长,司马溶看着越来越密集的雨中空无一人的街道,越来越绝望。又累又饿,一心的绝望,一天的耻辱,司马溶只觉得有些昏沉,靠在树下,竟然有些迷迷糊糊的睡意。树并不是特别的茂密,所以,待在树下一样会被雨淋到。他觉得好冷,收紧身子,叹息一声,不知道丛意儿如今可好?她一定被司马逸轩好好地宠爱着,温暖幸福地活着。

司马溶睁开眼,感觉很温暖,好像也不下雨了,还闻到一股好闻的饭香。顺着香气的来源,司马溶看到一个弯着腰的身影,在自己的视线范围之内正在拨弄一堆火,饭香就是从那儿发出来的。那身影听到身后的声响,转过头来,笑着说:"你终于醒来了。你是饿坏了,好不容易把你弄到这儿来,没有人帮忙,差点累死我。"

司马溶看着丛惜艾,有些怀疑自己是不是看错了,好半天没有反应。直到丛惜艾把饭端到他跟前,他才不管不顾地低头吃饭,噎得他直打嗝,连喘气也顾不上,脸憋得通红。

"你大约是想着我是在骗你的吧?"丛惜艾在火堆旁坐下,慢慢地说,"其实我还真是想要骗你,我想赶快逃走,回到二皇子府。你可能不认识我,我是二皇子的妃子,一个不被疼爱的妃子,一个二皇子巴不得立刻死掉的妃子。但是,我还不到宫门前就被赶了出来,因为没有人认得我就是二皇子的妃子,只当我是一个疯女人！你不要用那样的目光看着我,不要以为我在说谎,那饭里我下了药,你是吃饱了,但是,没有我的解药,你就不能安生活着,我随时可以要了你的命！如果你敢说出今日经历的一点一滴,你就必死无疑！"

司马溶手一哆嗦,碗掉在地上,碎成几片。他是吃饱了,可是,他伸手到喉咙处想要抠出吃下的饭,却浑身无力。

"你不要乱动了,我只是说下了药,又没有说是毒药。我担心你会伤害到我,才出此办法,如果没事了,我自然会解了毒,反正你是个哑巴,不可能说出去。对啦,你认识字吗？会写字吗？"丛惜艾的脸被火映得泛红,她好像是换了身衣服,质地不算太好,但还算整洁干净。

司马溶的头摇得好像拨浪鼓。

丛惜艾笑了笑,说:"你应该是不会,否则也不会做什么乞丐！我也正在奇怪,我哪里来的如此好心肠要救你一个乞丐？不过,反正我也是无处可去,无事可做,就权当是做次善事吧。你吃饱了吗？对啦,你叫什么名字？算啦,你是个哑巴,十聋九哑,你不聋就已经是幸运的了,就不难为你了。幸亏在乌蒙国待着的时候有过一些经历,否则,只是这火我就是生不着的。这儿是丛府的一处家庙,平常到了节日的时候,我的父母亲会来这儿烧香,但平常这儿没有人,除了打扫的人。今日天气不好,估计他们也回去了,你可以安心地在这儿待着。如果有机会我和我母亲说一说,或许可以在丛府为你安排一个好位子,可以让你混口饭吃,也不必再在街头挨饿受气。你倒好,还有个去处,我如今还不知要去哪儿呢。"说到这儿,丛惜艾轻轻叹了口气,看着眼前的火苗,发起呆来。

司马溶倒有些奇怪,丛惜艾和他平日见到的好像有些不太一样。他挪到火堆前坐下,看着丛惜艾,她的头发散着,没有装饰,一身略微粗糙些的淡蓝布衣,看着倒干净,精致的五官此时略微有些憔悴,眼睛中竟然有些泪意,好像并不知道面前的人就是她一直在说的二皇子。司马溶不知道她是真是假,想了一下,用手比画着,嘴里咿咿呀呀。管她是真是假,反正现在吃饱了,心情也好了些,而且有她在,回二皇子府的可能性也要大一些。

"你说什么呀？我听不懂。"丛惜艾看着司马溶比比画画,努力猜测着,"你是问我为什么不回二皇子府？或者为什么不回我自己的娘家丛王府？还是问我为什么会出现在外面,一个人淋着雨步行走在大街上？"

司马溶微笑地看着丛惜艾,心里却说:我也不知道我在比画什么,你爱怎么想就怎么想,我倒要看看下面你还能生出什么新花样出来！

丛惜艾轻轻叹了口气,拨弄着面前的火,有些出神。她不在二皇子府里,会不会有人发现她不在？会不会出来寻找她？她真是一点把握也没有,但是,似乎是觉得不会有人在乎,更何况有二皇子从中左右,哪里有人敢替她着想?！听着外面的风雨之声，丛惜艾突然有些悲哀，忍不住落下泪来。她这是为着什么？为着一个永远不会爱她的男人？还是只是为了一口气？她越想越难过，忍不住伏下身子，将脸藏在双臂间，先是轻声啜泣，既而是不加控制地哭出声来。

丛意儿轻轻地离开，有丛惜艾在，丛惜艾和司马溶都不会有事，纵然司马溶现在是恨透了丛惜艾，也对她做不得任何事情。丛意儿撑着伞走在雨中，一路的寂寞和寒意。"躲藏"在京城中，其实并不是一件特别困难的事情，甘南和甘北再怎么熟悉京城的角角落落，却不曾用心注意过身边的普通人。有时候，她装扮成一个普通的人，就可以坐在路边的茶铺里看着甘南和甘北经过，匆匆地，目光从每个人身上扫过，甚至就从她身上滑过，却不曾留意到她的存在。

她突然想起，有时候就是这样，越想找到一样物品，越是找不到，越想遇到一个人，却偏偏就是遇不到。就好像她心里很希望遇到司马逸轩，却怎么也碰不到他，他好像就足不出户地待在轩王府里。他到底在做什么？难道想念可以仅仅只是想想吗？

醉花楼——她初次遇到司马逸轩的地方，有隐约的光线。她微微愣了愣，这个时候，蝶润不在，那儿只怕是早已经没有人去，为何还有烛光轻晃？她轻纵身跃上二楼平台，为了避免被人发现，她收起了伞，冰冷的雨静静地落在身上。

确实有人，石桌上，有一盏灯，灯火在罩里不停地跳动，让光线变得有些虚幻。一个人随意地坐在那儿，风雨中有淡淡的酒香飘来，让雨变得更加通透和冰冷。雨已经渐渐变成倾斜，被寒风随意掌握，密集而寂寞。光线下，那人显得有些疲惫和憔悴，比起以前来消瘦了许多，眉头微微轻皱，正安静地想着心事。

丛意儿的心跳了跳，是司马逸轩。他来这儿做什么？是他亲自废了蝶润的武艺，难道有些后悔，不该那样对待蝶润，毕竟蝶润陪了他许多年？他看起来非常的寂寞。

风雨中，丛意儿尽可能地放轻呼吸。她知道司马逸轩的武艺远远在她之上，最起码她觉得应该是这样。她其实更多的时候只是一种下意识，毕竟武艺不是自己亲身所学，而是来自身上的潜意识。她站在平台最偏僻的一处，躲在冰冷的石柱后面，安静地待着，任雨落在身上，冰凉了整个的身体。她有一种念头，想要立刻走到他面前，但身体却僵硬得动也动不得。人，何时可以自由随心地做人？！

司马逸轩安静地喝着酒，寂寞而漠然，仿佛不在这个世界存在。他举着酒杯，淡淡地说："如果有心想来喝杯酒，不如进来，那儿雨大，会伤了身体。"

丛意儿微皱了一下眉头，还是被司马逸轩发现了，不过，他应该还没有猜到自己就是丛意儿，他只是听到了她的行动或者呼吸，而断定那儿站着一个人。她犹豫了一下，沉下声音，用一种较为成熟略显沧桑的声音慢慢地说："罢啦，我不愿意见外人，这儿就好。若是可以，或许我可以撑伞遮雨，如果不会扰了您的酒兴的话。"

"随意。"司马逸轩淡淡地说，完全不在意外人的存在。应该是个年长的女子，听声音好像有心事，且由她去吧，这儿本是青楼之处，她来这儿，应该是有自己的伤心事吧。空气中有淡淡的若有若无的香气，似乎有些莫名的熟悉。

丛意儿轻轻嘘了口气，暗自在心中松了口气。想要瞒过司马逸轩并不是一件容易的事情，如果不是他此时心情不好，早就被发现了。

突然，一个身影迅速地闪过，一下子就逼近了司马逸轩。一柄刀带着寒意直刺向司马逸轩，丛意儿看得真切，一声惊呼呛在嗓中，因为来人是从司马逸轩的身后出手，在风雨中，听到这迅速的声音几乎是不太可能的。丛意儿完全没有考虑，身体已经直逼向来人，手中的伞轻轻一旋，雨水如同密集的暗器将她和司马逸轩围在中间。而几乎就在同时，司马逸轩身体轻轻一动，一柄长剑已经轻轻地压在来人的脖颈上，只要轻轻一递，对方必然会没了性命。

"意儿——"司马逸轩的声音中透出惊喜。

丛意儿叹了口气，这个时候想要离开，有些不太可能。什么人想要刺杀司马逸轩？看对方身手，应该是个高手。

对方也不说话，刀锋一转，凌厉的攻势完全不加掩饰，招招直逼司马逸轩的死穴！

丛意儿手中伞一收，雨水如网逼退了对方的攻势，在百忙中问："他是什么人？为何要杀人？"

司马逸轩微笑着，根本不理会对方的攻势。他手中的剑依然挥洒自如，但脸上的表情却平静快乐。能够在这儿看到丛意儿，真是让他满心的欢喜，甚至忘记了今天来此的目的。"他是乌蒙国的一位杀手，来此是为了可以杀掉我，然后取代大兴王朝，让乌蒙国成为唯一。"

"乌蒙国是由杜若欣的后人建成的吗？"丛意儿好奇地问。

司马逸轩有些意外地看了看丛意儿，微笑着说："这本是我大兴王朝的绝不对外说起的旧闻，你是如何知道的？"口中说着，剑尖一递，对手一声不吭地倒在雨中。丛意儿有些愕然，她本以为司马逸轩不会杀死对方，但是，就只是随意的一招，就让一个活生生的人死在了雨中，他可有妻儿？可有父母仍在盼望他回去？

丛意儿觉得有些恶心，那空气中有隐约的血腥之气，让她透不过气来。或许只是心理作用，司马逸轩并没有让对方血溅当场，只是一招刺中对方的死穴，让对方立刻丧命而已，但是，这已经让丛意儿觉得是那般的不堪。

司马逸轩看出丛意儿的不适，身体一动，挡在那人的面前，轻声说："他是乌蒙国的顶尖杀手。说起来,也算是杜若欣师父的传人,可惜了一身好武艺,心中存了杂念,如何练得成出色的武艺。放心,他死不了,他只是昏迷了过去,醒来后会忘记这儿所发生的一切,也会失了一身的武艺。我本想一剑结果了他,——其实,他死在我剑下或许痛快些,如果回去乌蒙国,一定不得活命,乌蒙国杀人的手法绝对不是你可以想象的残忍。"

丛意儿有些困惑地看着躺在地上的人,面上的巾已经掉落,是一张干净的轮廓,浓眉大眼,看上去实在不像是个坏人。不过也没有说刺杀司马逸轩的人就一定是坏人,毕竟他们的目的只是想要杀了大兴王朝的掌权人,然后取而代之而已。"你并不是大兴王朝的皇上,他们为何要来杀你,而不是去皇宫刺杀你的哥哥?他才是名义上的皇上呀,还有旧居里的太上皇,也是实际掌握大兴王朝实权的人物呀,为什么他们都没事,偏偏要来对付你?"

司马逸轩收回剑,说:"意儿,杜若欣并不是如今的人们知道的名字,因为她曾经伤害过大兴王朝的第一位皇后,所以,在史册上根本就没怎么提及她,你是如何知道她的存在?并且知道她去了乌蒙国,还有她的后人建成了乌蒙国的?"

丛意儿一笑,带着几分顽皮地说:"我知道的东西比这还要多。人有前生今生与来生,说不定我的前生就是叶凡或者慕容枫,所以知道得要多一些。其实,有些事情只要发生了,自然是不可能藏得住的,虽然史册上极少提及。你还没有回答我的问题呢,我已经回答了你的问题,大家要公平些的。"

司马逸轩一笑,温和地说:"好吧,此处也没有外人,只是风雨大一些。如果你不介意,我们还是回去坐下来暖暖和和地说说,今夜就是为了等这个人到来,既然已经解决了此事,我们不必在这儿待着,如何?"

"他要如何处理?"丛意儿指了指地上的人。

"甘南会来处理。"司马逸轩淡淡地说,"他并不是一个人来的,他也有随从,那些随从已经让甘南和甘北解决了。我们离开后,甘南就会将他带走,剩下的事情就由他处理去吧。"

后宫,一室的寂寞。

蝶润悄悄起了身,拿起放在床边的衣服随意包住裸露的身体。皇上睡得正香,不会知道她起身离开,外面的风雨之声听来十分的真切,好像就下在她自己的心里。她看着窗外,没有任何消息,也就是说,这次的行动又失败了,这对她来说,是好事还是坏事?!一边是心爱的男人;另一边是自己的国家!她不知道该如何取舍。守在那个男人身边,虽然放弃了一切荣华富贵,却觉得开心,但是,如果他知道了所有的秘密,是否还愿意在心里留一丝一毫她的痕迹?!

蕊和萼,多么幸福,能够活在阳光下。

因着对司马逸轩的爱慕,她假借蕊之手,让丛惜艾中了毒。大家都觉得蕊公主是出于嫉妒,又是乌蒙国的公主,会下毒,会任性,没有什么大不了,是很正常的,这只能说丛惜艾本人倒霉,可是,又有谁知道是自己下的毒,蕊只是背了不该背负的罪名?

一阵奇异的香气传来,让人陶醉,蝶润脸色一变,回头看了一眼在床上安睡的皇上,匆匆离开房间,到了外面。廊间站着一位中年模样的女子,看打扮应该也是乌蒙国的人,透着一股傲慢之气。

蝶润立刻跪下,"蝶润不知姑母大人到来,真是惭愧。"

中年女子回过头来,一张脸,和蝶润的极是相似,"这儿的看守严密,我没有太多的时间在这儿耽误,有些话要告诉你,说过了我自然就会离开。"

蝶润跪在地上,低头不语。

"你哥哥的这次安排又出了意外,在和司马逸轩对面的时候失了手,落在了司马逸轩的手中,你得想办法把他弄出来。"中年女子淡淡的声音中全无感情,似乎说的完全是与自己无关的事情,"他落在司马逸轩手中,难保不被司马逸轩查出问题来。你现在是皇上的爱妃,要利用你的权利把他从司马逸轩手中抢过来。若是做不到,你父亲让我转告你,就立刻结果了他,免得他泄露了我们的事情,让事情败露。"

"难道,"蝶润悲哀地抬起头来,看着自己面前的女子,轻声说,"不是父王和皇后所生的子女,就命该如此吗?五哥哥他虽然不是皇后所生,但也是父王的孩子,有着他的血脉,难道就因为他失手落在轩王爷手中,就该断送了性命吗?蝶润待在轩王爷身边这么多年,知道他的为人处世,他不仅聪明过人,而且武艺出众,非常人可比。能够在他手中拣了性命已经是大幸,是意外中的意外,为何父王还要结果了五哥哥的性命?纵然他不是乌蒙国未来的君王,但也不至于要如此结果吧?姑母,蝶润觉得很难过。"

中年女子轻轻叹了口气,轻声说:"我知道你心中凄苦,有着说不出的难过。为了乌蒙国,你作了太多的牺牲,甚至不能像蕊和萼那样堂堂正正地活着。你为了能够获得大兴王朝的消息,不惜做了青楼女子,甚至一生一世不能够以乌蒙国公主的身份出现在别人面前,但是,这就是你的命。大兴王朝的二皇子司马溶已经派人前去提亲,你父王已经准了他的请求,要把蕊嫁给司马溶,现在已经在准备嫁妆。你当她能如何?只能哭上几声,却违反不得你父王的安排。能够取而代之,让乌蒙国代替大兴王朝统一这天下,是我们乌蒙国皇家祖祖辈辈的梦想,他们岂肯为了你们的幸福而放弃?你和五皇子、蕊丫头只能认命,谁让你们投生在这样的家庭!"

"蕊要嫁给二皇子司马溶?"蝶润讶然地看着自己的姑姑,不相信地说,"她是父王和皇后娘娘的亲生女儿,一直疼爱有加,为何选择了她做司马溶的皇子妃?那并不是一个值得托付终身的男子,嫁了他,只可能是悲哀的一生一世。"

中年女子淡淡地说:"这就是你们各自的命。"

蝶润不再吭声,低下头。

"我要走了。"中年女子低声说,"你一定要在最短时间内让自己怀上身孕,并且生下一个健康的龙子,让他取代司马锐成为大兴王朝未来的皇上!这是你父王一再嘱咐的事。如果你可以做得到,你父王答应会对外公开恢复你乌蒙国润公主的身份。"

蝶润摇了摇头,悲哀地说:"蝶润已经失去了一切,失去了自由,失去了自己最爱的男子,这身外的名号对蝶润来说有什么用呢?蝶润会努力做到让父王满意,祈求父王可以活得幸福些。"

中年女子难过地看了一眼跪在地上的侄女,有些黯然,转身匆匆离开,脸上有着隐约的泪意。只留下蝶润一个人跪在那儿,默不作声。这个世界太多谎言,所有一切,什么是真?什么是假?

蝶润苦笑了一下,自己与丛惜艾是不是同样的可怜?看着丛惜艾喜欢司马逸轩,自己从中作梗,逼迫得丛惜艾最后不惜说出她的心里话,却失去了司马逸轩,也彻底失去了司马溶,最后落得个无人疼无人爱的地步。

风越来越寒,蝶润觉得寒意不禁,便站起身来,向房内走去。刚站在门口,她整个人就愣在当地,眼睛睁得大大的,一句话也说不出来。

皇上穿戴整齐地坐在桌前,正面沉如水地看着她。丛雪薇安静地、面带微笑地站在皇上的身后,面色苍白,看来美丽动人。

"蝶润,你,竟然是这样黑的心肠。如果不是雪薇心细察觉,并让二皇子妃细细追查,朕真的要栽在你的手中!"皇上阴沉的声音听起来比窗外的雨还要冷。

蝶润苦笑了一下,慢慢地说:"皇上英明,察觉了蝶润的安排,蝶润安心接受惩罚。请皇上允准蝶润可以自裁,落个全尸。"

"你到底是什么人?"皇上冷冷地说,"刚才与你讲话的是何人?朕如果没有猜错的话,她应该是乌蒙国的长公主,是蕊公主的姑姑,乌蒙国当今君主的亲姐姐。"

蝶润淡淡地说:"皇上既然知晓了蝶润的念头,就请皇上成全蝶润,不必再追问。"

皇上冷冷地说:"朕岂能让你轻松躲过此事,以为一死就可以一了百了?哼,朕一定要查清楚此事。来人,带这贱人下去,好好审问!"

蝶润低下头,心里一心的悲哀。丛意儿说得不错,值得吗?倒不如心里放了爱,好好过自己的日子的好,或许这样在司马逸轩心中,自己尚有一丝美好可言,如今,她就如丛惜艾一样,失了原本应该好好珍惜的、付出一生的代价。她随着侍卫走出暖玉阁,想哭,却落不下泪来。

　　大牢中,潮湿而阴冷,空气中有着怎么也驱散不去的诡异。远处有间牢房房门锁着,却透着灿烂的颜色,不知道为什么,里面涂画着漂亮的图案,有着别处不可模仿的快乐味道。蝶润有些奇怪地看着那间牢房,那间牢房异常的干净,似乎有专人打扫,点尘不沾,倒更像是一间客房,仿佛看得见里面灿烂的笑容。

　　丛雪薇站在牢房外面,顺着蝶润的眼光看去,也看到了那间漂亮的牢房。那儿明显是个禁地,自己进来的时候,这儿的狱官并不允许任何人接近那儿,并说是轩王爷亲自吩咐过的,那儿,是任何人不可以轻易进入的地方,除非有轩王爷的命令。

　　"不必再问我为什么。"蝶润有些疲惫地说,"你们关了我,却关不了我的生命,我随时可以结束我自己的生命。有些事情,就算我知道,我能够说出来吗?不说,你们会随时要了我的性命,说了,他们也会随时要了我的性命,倒不如我自己了结了我的性命。"

　　丛雪薇看着蝶润,静静地说:"你曾经是轩王爷的人,你就是轩王爷不可以推脱的责任。他突然丢弃了你,你突然出现在皇上身边,这说明了什么,你想好如何解释这一切吗?"

　　"这一切和轩王爷没有关系!"蝶润厉声说,"你们休想用我来威胁轩王爷,他是我的救命恩人,是他让我可以活下来,但是,这所有的一切全与他无关。你们不过是想要通过我来证明轩王爷想要夺取皇上的位子,哼,就凭如今的这位皇上,岂可以左右大兴王朝的前途?若是轩王爷有了不妥,就会失了整个大兴王朝的江山!"

　　丛雪薇安静地说:"皇上已经派人仔细查询此事,纵然他是轩王爷,有着他人不可比拟的权力,却不可以和皇上作对,皇上随时可以用造反的罪名除了他。他也太过猖狂,竟然想到用一个青楼女子来引诱皇上,并且还引诱了惜艾。如果没有他,惜艾和意儿也不会有如今的情形,她们二人早就已经嫁给司马溶,过着平静幸福的生活。他,以他是轩王爷的权力,伤害了她姐妹二人,其目的不过是想要一步一步地对付皇上而已!"

　　蝶润讶然地看着丛雪薇,哈哈笑道:"我蝶润聪明一世,却没想到栽在你这样一个蠢女人手中,轩王爷想要对付皇上?!简直是天大的笑话。你不回去问问你的夫君,如果没有轩王爷,他可有如今的天下?他不过是一个庸才!你们想要对付轩王爷,就是在对付整个大兴王朝。如果你们敢对轩王爷有任何不妥,这天下的百姓定会随时造反,你们也休想再阻拦乌蒙国的野心!"

　　丛雪薇盯着面前的女人,冷冷地说:"蝶润,司马逸轩伤害了丛王府的人,他害得惜艾没有了一生的幸福,也害得意儿嫁不得她从小就喜爱的司马溶,他让她们姐妹二人反目成仇,这一切的一切,我如何视而不见?这世道就是人不为己天诛地灭,你一心对付我,甚至帮助司马澈用药对付我,如果不是惜艾发现得早,只怕我早已经死得不明不白,我又如何放得过你?就算不为任何人,我也不会让自己白白被人陷害!"

蝶润漠然地说:"为了你坐到如今的位子,你们丛府用了最卑鄙的方法,害死了司马澈的母亲,如你所说,他岂会白白让人害了自己的母亲?!他对付你,实在是太过应该。这事也就是司马溶还不知道,否则以司马溶的性格,他岂会轻饶了你?你倒是说说,在皇上心目中,是你重要还是他的儿子重要?!丛雪薇,你要记得,你不可能再有生育的可能。不错,司马澈下了药,让你小产,但是宫中的御医却对皇上隐瞒了此事,除非你可以再有机会生下皇子,否则,总有一天,会有一位皇子成为新的皇上,不论是谁做了皇上,都会记恨于你,因为是你的出现,使他们中的人或者失去了母亲,或者自己的母亲失了宠爱,日日待在冷宫里无人搭理!丛雪薇,除非你可以让皇上长生不老,否则,总有一日,就如丛意儿所说,这宫里永远没有胜者,也没有败者,今日我败了,改日阶下之囚就会是你!"

丛雪薇没有说话,蝶润说得不错,那个平日里温和安静的司马澈竟然可以如此冷静地一步一步地让她落入陷阱中,如果她对皇上说起此事,皇上可会相信?就算皇上相信,可会处置司马澈?她却没有一点把握。

"既然是这样,我就不可以让皇上有任何的不妥,我倒要看看是皇上如今坐在位子上更让百姓们顺从还是司马逸轩他更能左右这天下百姓!"丛雪薇冷冷地说,"如今没有外人,我可以告诉你,现在,我就可以让皇上下诏书,派人去围了轩王府,罪名就是:轩王爷使用美人计,让一个乌蒙国的女子假冒青楼女子的身份接近皇上,引诱皇上,幸亏皇上坐怀不乱,发现了这一切,念在轩王爷是皇上的亲弟弟,暂且不追究轩王爷的责任,但是要削了他的王爷称号,贬为庶民,立刻搬离轩王府,永世不得再踏入京城半步!"

蝶润静静看着丛雪薇,突然用哀求的声音说:"这些事情全与轩王爷无关,如果我告诉你所有,你可否肯请皇上不要为难轩王爷?"

丛雪薇冷冷地说:"如果你早这样,何必要让我如此费工夫!"

"我这儿有一件信物,你拿着这个信物,就可以联系上乌蒙国的人,可以从他们口中知道所有的事情。"蝶润伸手从自己的袖中取出一件物品,准备递给丛雪薇,刚一抬脚,突然手捂胸口,脸色变得苍白,似乎随时要死过去般,语气虚弱地说,"对不起,可否请你前行几步?我把它交与你,请你和皇上说说,这所有的一切,真的与轩王爷无关。"

丛雪薇走到铁栅栏前,抬手去接蝶润手中的物品。

蝶润突然轻轻一笑,唇角流出血来,好像抬手去递手中的物品,却从袖口里闪过一道银光,一枚银针深深地射入丛雪薇的胸口,不见血溅,只有一个小小的红点出现在银针所刺位置处,如果不细看,根本看不出来。与此同时,蝶润脸色苍白,也一下子跌倒在冰冷的地上,仿佛用尽了所有的气力。

丛雪薇毫无声息地站在原地,没有任何的表情,胸口仿佛撞在冰山上,整个人从心脏冰冷到全身,麻木,僵硬。她没有倒在地上,但整个人仿佛石雕般动弹不得。她小瞧了蝶润,就如蝶润也小瞧了她,她们彼此的战争代价就是彼此伤害了彼此。"你做了什么?"

蝶润整个人躺在冰冷的地上,苍白而毫无血色的脸上带着一丝安慰的微笑,静静地说:"可惜轩王爷废了我的武艺,否则,我可以做得更好,不必欺骗你过来才可以得手。虽然如此,我仍然可以得手,真是上天有眼。你告诉你的皇上,那个愚蠢到家的男人,如果想要伤害轩王爷,我就算是变成了鬼也不会放过你们!你中了我的毒,这种毒,就算是乌蒙国皇宫里的药师也解不得,它会让你慢慢变老,变成一个丑陋不堪的女子。这种药毒性极大,作用也极大,在乌蒙国也算是禁药,轻易用不得,而且极是珍贵,用在你的身上,多少有些可惜,我原本是想用在丛意儿身上的!要想药性不发作,除非有我配制的解药。而且,麻烦你给你的皇上带个口信,如果轩王爷有任何的不妥,他就会知道宠幸我的后果是什么。对于我不爱的男子我是心狠手辣的女子,为了避免后患,我在与他亲热的时候已经在他身上下了毒。如果他做了令我恼恨的事情,后果就是他成为一个废人,你告诉他,如果他不想成为一个太监般的男子,就最好不要招惹我!"

丛雪薇呆呆地看着面前脸色苍白却面带微笑的女子,心里头一阵阵地发冷,说不出的害怕。这样一个妩媚动人的女子,怎么会有着如此深重的心机?如此地不相信别人,为自己早早作好安排,以避免发生对她自己不利的事情?

"走吧,你的武艺还不足以应付我的毒药。司马澈善良心软些,他只是慢慢地让你中毒,并没有打算立刻要了你的性命,最后也只是让你伤痛到老而已,但是,我却不是一个善良的女子,如果别人伤害了我,我就会加倍地还给他!"蝶润面带疲惫之意地说,"而且我也累了,我想要好好休息一下,但是你要记得,如果轩王爷有任何不妥,我会让整个皇宫乱作一团。我会让皇上哭着喊着来找我,没有我就不会有他。丛雪薇,我蝶润说到做到,你最好是相信。走吧,立刻在我眼前消失!"

轩王府,大门上的灯在风中晃动不止,这场风雨是越来越急,冬日的味道是越来越重。大门外五百米处,皇宫的侍卫列成一片,紧紧地围着整个轩王府,纵然如此,每个人还是面露恐惧之意,似乎不远处的轩王府藏着可怕的东西。

司马逸轩看着放在桌上的诏书,来宣诏的太监虽然是皇上身边的人,但他可不傻,他可不敢让轩王爷跪在地上接旨,他是乖乖地把诏书交给了司马逸轩,让司马逸轩自己看的。皇上的旨意,不论是真是假,对于司马逸轩来说,几乎是完全没有作用的。但是,能够这样对待司马逸轩,皇上也是下了狠心的。太监知道,皇上对轩王爷的忌讳是时日已久,早就想着有机会除掉轩王爷,但是,轩王爷的威望和权力,他还是不想得罪的。就算是轩王爷被削为庶民,他还是觉得恭敬些没有坏处。别的不说,若是轩王爷一个不高兴,只怕是抬抬手指头,就会送他见了阎王!

"蝶润她在何处?"司马逸轩冷冷地问,"皇上把她如何了?"

"她,她被关进了大牢。"太监吓得一哆嗦,不晓得为什么,司马逸轩只是面沉如水,就已让他心惊肉跳。

"本王要立刻见到她。"司马逸轩不容置疑地说。

太监硬着头皮,喃喃地说:"王爷,这,这,皇上,皇上——"

司马逸轩根本不理会他,站起身来,走了出去。甘南立刻紧跟上,用眼神示意甘北留下。丛意儿还在休息,这件事最好不要惊动了她,免得她为王爷担心。她好不容易才回到王府,和王爷聊了好半天,才去休息不久,皇上就生出这些事情来,真是够可恶的!

甘北明白甘南的意思,安静地站在原地,盯着太监,看着汗如雨下的太监站在原地浑身哆嗦不止。

外面围成一团的兵士没有人动一下,眼看着司马逸轩和甘南骑着马从他们众人眼前飞驰而过,大家就自觉地让出道路,除此之外,没有其他任何的反应,就好像并没有人从他们眼前消失一样。

皇宫中,恼怒的皇上一拍桌子,大声说:"眼里真没有朕了吗?!竟然视朕的兵卒如同不在,简直是太过猖狂,这大兴王朝毕竟还是朕在做皇上,他不过是朕的一个兄弟,竟然眼中无君!来人,立刻派弓箭手到大牢里去。只要他一去,立刻用箭阵围住他,纵然他有着天下最好的身手,也敌不过众人之箭。若是他敢再做出更出格的事,立刻替朕除掉这个逆弟,朕自然会昭告天下!"

丛雪薇站在皇上的身后,捂着胸口,觉得憋闷得喘不过气来。她派人去二皇子府里请丛惜艾过来,竟然说二皇子妃不在家,回丛府娘家还没有回来,她只得再派人去丛府请丛惜艾立刻回宫,可到现在还没有消息。这些奴才办事真是可恼!

司马逸轩带着甘南直接到了大牢,躺在床上正在休息的蝶润听到熟悉的脚步声,立刻睁开眼睛,看到熟悉的面孔出现在自己面前,心里真是百感交集。能够再见到司马逸轩,对她来说,就如同做梦一般。"王爷,蝶润——"

"你怎样了?"司马逸轩看着面色苍白的蝶润,直接问,"你到底是个聪明的人还是傻瓜一个?本王虽然废了你的武艺但并没有伤害到你,你完全可以过平凡幸福的日子,何必赌这口气。"

蝶润的眼泪一下子流了出来,胸口隐隐作痛。刚才射出那根银针用了她太多的气力,她已经伤了元气,如今说话都觉得气喘。她努力平息自己起伏的脉搏,微笑着说:"蝶润配不起王爷如此疼爱,是蝶润太傻。蝶润对不起王爷,如果没有王爷,就不会有蝶润,但是蝶润还是做了对不起王爷的事情。蝶润跟了皇上,并不完全是因为王爷的缘故,蝶润,蝶润有件事情瞒着王爷,蝶润其实是乌蒙国的公主,我是蕊和萼的姐姐,但并不是一母所生。我的母亲是青楼女子,被我父王宠幸后生了我,但是我却被父王丢在青楼门前,幸亏遇到王爷您救了蝶润,教了蝶润一身武艺,可蝶润却还是做了不该做的事情。蝶润接近皇上确实是有目的的,但是,这一切真的不是因为王爷,而是,而是,蝶润因着自己是乌蒙国的臣民,所以,所以,才会如此。"

司马逸轩轻轻叹了口气,淡淡地说:"就算如此,你也不必搭上自己一生一世的幸福来成全一个国家。本王知道你不是平常人家的孩子,就算你是乌蒙国的公主又如何?你在本王眼中,就只是蝶润,但是,本王却不喜欢你的聪明,你总是用你的聪明伤害到你自己。本王原本希望你可以从处罚中得到教训,好好过自己的日子,你却仍然是自作聪明地进了皇宫。从你可以顺利进入皇宫,本王就已经晓得你不是表面上看来的这般平常。"

蝶润低下头,眼泪止也止不住,一心的委屈,一心的后悔,"王爷,是蝶润对不起王爷,害得王爷替蝶润背这些个罪名。皇上他有没有为难你?听丛雪薇说,皇上要将您削为庶民?!他有没有对付您?"

司马逸轩没有回答她。

蝶润看向甘南,甘南犹豫了一下,轻声说:"皇上派人围了整个轩王府,我们来的时候,轩王府已经被围成水桶模样。"

蝶润一着急,竟然呛出一口鲜血,喘了好半天,才恨恨地说:"就知道他是个不守信义的家伙,我定不会饶过他们!"

忽听得有人声嘈杂,忽拉拉的进来许多官兵,将轩王爷一行人围在中间,全是劲装的弓箭手,箭在弦上,随时可发,密密麻麻,铁定是要等轩王爷出手后立刻齐发射死他们主仆二人。

"你们——"蝶润差点昏过去,哭着说,"王爷,您何必来看奴婢,奴婢是罪有应得,您,您,皇上他他,他要如何!"

司马逸轩眉头微皱,淡淡地说:"你们要如何?"

领头的一位犹豫一下,轻声说:"王爷,请恕在下无礼,是皇上亲自下的命令,请王爷速速回王府。若是王爷再有任何对皇上不敬的举动,皇上就让在下吩咐兵士们弓箭齐发,先斩后奏。"

蝶润大声喊道:"你们此时去通知皇上,如果王爷有任何闪失,蝶润定会让皇上他生不如死!告诉皇上,我已经在他身上下了毒,不信的话,他可以试试,如果半个时辰后他没有任何感觉再来找王爷的不是,否则,就不要自以为是!"说话间,唇边鲜血流了出来,面色愈加苍白起来。

所有的人眼光齐刷刷地集中在蝶润身上,一个女子竟然敢给皇上下毒,真是活够了!但是,她的话到底是真是假?

第十八章　阴阳相隔　比翼连理相思苦

丛意儿从床上一下子坐了起来,她做了一个可怕的梦,梦见司马逸轩一身的鲜血与她告别,微笑着嘱咐她要好好活着,就一下子从梦中惊醒过来,竟然吓出了一身的汗,额头也细细密密地流出汗来。她坐在床上平息了半天,才平静下来。跳下床,刚要冲出去,她才发现自己衣衫有些不整,便坐到镜前收拾,手竟然微微地颤抖。

突然,她发现窗外火光冲天。现在还不到天明时分,因为下雨,外面天色还是很暗的,突起的火光冲天,照亮了整个轩王府。甘北从外面冲了进来,说:"丛姑娘,快些离开这儿,皇上派人在轩王府外堆满了柴草,点起了大火,在下得立刻疏散此处的人们。他们都有武艺在身,应该可以闯得出去,您,您快去太上皇那儿,这儿有可以通到那儿的秘道,您,快些离开。"

"逸轩呢?"丛意儿睁大眼睛。出了什么事情,皇上是怎么了?

"王爷去大牢看蝶润姑娘了。她被皇上关进了大牢,皇上说王爷用美人计引诱皇上,要削了王爷的称号贬为庶民,如今还没有回来。"甘北知道此时隐瞒不得,只得说出实情。

"就算是贬为庶民,也不会生出火烧轩王府的事情,定是出了什么别的事情,否则皇上不会冒此风险针对逸轩!"丛意儿微皱眉头,说,"我要去大牢看看到底出了什么事情!"

"丛姑娘——"甘北焦急地说,"不行,您还是快些离开吧,外面围了无数的官兵,您要是出去就太危险了。要是王爷知道您冒险去看他,会生在下的气的!"

丛意儿并不理会甘北,身形一动,已经出了房门,匆忙之间竟然没有做任何的避雨准备,冒雨纵身上马,冲出轩王府。那马也精灵,看到门外冲天的大火,竟然全无惧意,一声长嘶,纵身跃过火堆冲入人群。一阵热浪扑面而至,被抛在后面。

丛意儿在马上高声说:"我是丛意儿,现在要离开轩王府,出面阻拦休怪我剑下无情!"说话间,一把长剑脱鞘而出,火光下寒光逼人。

有箭射来,听见有人高声回答:"请恕在下无礼,皇上亲自下令,任何人不许离开轩王府,如果出来就乱箭射死。在下知道您是丛王府的千金,也是未来的轩王妃,但是如今皇命在身,由不得我们,请丛姑娘还是回去吧。如今轩王爷已经被削为庶民,您还是待在轩王府里,等待皇上的处置吧。"

丛意儿眉头一皱,手中长剑一挥,射来的几支箭掉落在地。她也不说话,长剑在手,竟然要硬闯出去,围上来的官兵有些不知所措,不知如何才好。正在此时,轩王府里冲出些人紧紧地跟随在丛意儿的身后,手中各自带着兵器,保护着丛意儿向外冲。

围攻的官兵知道,轩王府里面的人全都是武艺出众的人儿,就算是一个普通的奴婢也都有着不可小瞧的武艺,再加上并不想真的得罪轩王府的人,毕竟平时大家也是见面有说有笑相熟的人,所以,大家下意识地退让出一条路来。甘北带领府中几个武艺出众的人保护着丛意儿冲出了重围,直奔大牢方向而去。

这是她第二次来这个地方,却比上一次热闹了许多。许多的官兵待着,全都是劲装的弓箭手,密密麻麻的,让丛意儿的心立刻沉了下来,她几乎是骑着马冲进了大牢内。

和大牢外面的热闹相比,大牢内却是寂静的。所有的官兵全都站在大门处,远远地看着关着蝶润的大牢,隐隐传来的哭泣声让丛意儿的呼吸几乎终止。她的脑子是空白的,直到到了牢前,她才下意识地跳下马,呆呆地看着牢前悲痛欲绝的甘南和蝶润。甘南抱着双眼紧闭的司马逸轩,完全无视自己也受了伤,而蝶润早已经哭哑了嗓子。一支箭,正中司马逸轩的胸口,鲜血浸湿了他的衣服,触目惊心地展现在丛意儿面前。

那儿是心脏!之前的医生身份让她脑海中有了一个简单的答案。

丛意儿突然觉得,呼吸是如此的困难,困难到她随时可以窒息过去。她的脑子里全是空白的,没有任何内容,只是奇怪,为什么司马逸轩不睁开眼?为什么不看她?他什么时候无视过她的存在?就算是刚刚见面的时候,他也存了心注意着她的存在!他怎么可以这样?

她跪在司马逸轩身体前,伸手去握司马逸轩的手,冰凉,完全没有温度。她紧咬嘴唇,咬出血来,却不觉得疼,只想用自己的温度温暖这双曾经温暖的手,如果有机会,如果知道会这样,她定不会因为自己觉得委屈就离开他,哪怕可以守着他,也是幸福的!她的泪无声落下,一滴一滴落在司马逸轩身上,立刻融进那鲜红的颜色里,找不到痕迹。

然后,泪如潮水,汹涌而至,她再也控制不住,就这样握着司马逸轩的手。丛意儿让自己的泪全部流出,仿佛只有这样,才能够让心里头好受些。甘南不知道是要抱着主人的身体还是该劝慰伤心的丛意儿,她清丽的面容上除了绝望竟然再没有别的表情。

所有轩王府的人冲上前,一起哭成一团。他们不敢相信,他们的王爷会突然出现这种状况,皇上竟然可以下令处死轩王爷,但是,很明显,皇上是存了心的,纵然司马逸轩和甘南的武艺再好,也不可能抵挡住无数的乱箭齐发!

丛意儿完全没有了意识,她只是呆呆地握着司马逸轩的手,静静地落泪,原来悲哀也可以如此的无奈。她看着司马逸轩的脸,他已经没有了呼吸,皮肤却依然干净温润,眉头微皱,双目合闭,似乎有许多放不下的心事。他身上的衣被鲜血染透,透着一股甜腥的气味,看起来如此不真实。甚至那冰凉的手,在丛意儿手中握着,竟然也感觉不到真实。丛意儿觉得整个人不是一种悲哀,而是一种崩溃!

"这箭是谁射的?"丛意儿的声音几乎是咬着问出来的,仿佛一个字一个字地滴得出冰意来。

没有人吭声。

所有的人全都僵硬地站立着,刚刚的情景是混乱的,没有人说得清楚刚才到底发生了什么,只知道一时之间箭如雨飞,整个地把司马逸轩和甘南围在中间,然后,一支箭正中司马逸轩的胸口,再然后,所有的人都停止了手中的动作。司马逸轩突然死在他们的面前,这几乎是不真实的。怎么可能,他有那么好的武艺,但是,再好的伞也遮不住雨落如注,纵然司马逸轩有着天下无人可比的武艺,也不可能抵得过乱箭如雨!

这是多么俗套的情景!丛意儿无助地想,就好像以前在电视上看到的情景,男女主角在知道彼此相爱的时候却突然遇到了生离死别,看的时候总是要落下些泪来,替电视剧中的男女主人公难过,期望他们可以白头到老。但是那是电视,悲哀是可以慢慢消失的,到真的事情发生的时候,竟然只有无助一种感觉。她要司马逸轩醒过来,她要他好好的活着,纵然他的爱情依然是遥远的,是她把握不住的!

"逸轩,这并不好玩。"丛意儿落着泪轻轻地说,"你,不可以这样和我开玩笑,在我终于决定好好爱你的时候,决定放掉所有来珍惜你的时候,你却这样不说一声道别的话就离开,留我一个人在这儿,有什么意思?你是一个近乎完美的人,怎么可以有这样的结局?如果你是司马希晨和司马锐的来生来世,你绝不可以悔约,你答应过要生生世世照顾我的。我千里迢迢地赶来,你却不肯好好陪我!为什么总是你在这儿等我,不是我在遥远的他乡等你?"

她的声音轻得几乎听不见,但每一滴泪落下来,都让在场的人心中一颤,说不出是怎样的感觉。

"到底是谁射出的箭?"甘北的声音中充满了愤怒。

但是没有人敢回答。

"甘北，不必再问。"甘南疲惫地说，"此时，没有人敢承认是他出手杀死了主人，但是，一旦他觉得主人再也不具有震慑力的时候，他一定会迫不及待地昭告天下，是他，一箭射中了轩王爷，是他为当今皇上立了大功，我们只要耐心等待，就好。"

甘北茫然地看着甘南，伤心地说："在下不相信，不相信主人就这样说离开就离开了。他是大兴王朝的核心，没有他，就不会有大兴王朝。为什么一支箭就可以让他离开?! 他不应该这样的!"

丛意儿安静地看着面色平静的司马逸轩，静静落泪，手中司马逸轩的手，完全没有温度地握在手中，再也感觉不到温暖和踏实。这样一个骄傲的男子，远避所有人自信地活着的一个人，用最温暖的心来呵护着她的男子，就这样毫无气息地躺在她的面前，任她如何伤心难过，如何呼唤，却再也唤不回!

"皇上驾到！"有人高声宣读。

蝶润几乎是用尽了所有的气力，愤怒地盯着门口，看着皇上和皇后二人慢慢地走了进来。皇上看着躺在地上的司马逸轩，眼中闪过一丝悲哀的表情，但转瞬即逝，脸上的表情肃穆。丛雪薇的脸色微微苍白，脂粉的颜色看起来微微有些病态的红晕，华服下的身体似乎有些体力不支的虚弱。

"来人，把轩王爷的尸体抬下去，传朕的旨意，厚葬。虽然他受了乌蒙国女子的诱惑做了对大兴王朝不利的事情，但念在他是朕的兄弟，仍可厚葬。传朕的旨意昭告天下，削去他的王爷之位，将轩王府拆掉。从此之后，大兴王朝不再有什么轩王府，也让朕的兄弟们晓得，不要自以为是的打这江山的主意。祖辈们争下这江山不容易，朕不允许这江山葬送在这些人手中！"皇上很威严地说。

丛意儿安静地看着几个走上前的人，目光中有着令人心寒的漠然，却令所有上前的人不由自主地停下了脚步。

"丛意儿，你不要太过猖狂!"皇上有些气恼地看着不作声的丛意儿，一张脸，苍白，却清丽如仙，是一种他不熟悉的感觉，是一种平视，是一种根本不把他这个皇上放在眼中的坦然，那眼神像透了司马逸轩，看起来极是可恶，却也让他心中有些不太自在。"不要以为你是司马逸轩的人，朕就不敢如何你。朕要你的命不过是抬手间，如果不是看你父亲的面，朕早就收拾你了。来人，将轩王府的人统统撵出王府，削为奴婢，包括这个丛意儿！"

丛意儿依然不吭声，只是轻轻抬手阻拦了刚要站起身来的甘南，安静地看着围在自己周围的人。她的目光如水，却寒可砭骨!

"意儿——"丛雪薇有些悲哀地看着自己的侄女。那眼中完全的不认命不退缩，像透了她的母亲，那个死时仍然纯净如水、坦然自如的女子。

一声清脆的声音，众人只觉得眼前一花，"你若敢动轩王府中任何人一根手

第十八章 阴阳相隔 比翼连理相思苦

307

指头,我随时可以取你性命,纵然你是大兴王朝的皇上!"丛意儿安静地站在皇上面前,一柄剑剑尖轻轻地压在皇上的颈上,"你杀了逸轩,我会用一生的时间让你活得忐忑不安!"

皇上一窒,他想喊人过来帮忙,却觉得冰冷的剑尖随时可以要了自己的性命,面前的女子根本不介意生死,似乎打定了主意,与他作对到最后。他若杀了她,反而是成全了她,但是,他有一种不太好的感觉,想杀眼前这个女子,似乎比杀司马逸轩容易不到哪儿去。杀了司马逸轩,完全是个巧合,不晓得是哪个人射出这支箭,正好射中了司马逸轩的胸口,令他一箭送命!

"意儿——"丛雪薇绝望地喊了声,"你,你要做什么?!"

丛意儿看也不看丛雪薇,冷冷地说:"你说我此时的心情能做什么?!若是招惹了我,丛意儿何曾怕过什么?!信不信我如同昔日般搅乱整个大兴王朝!"

皇上觉得额上有冷汗冒出,丛意儿根本不怕死,她把生死根本放在一边。他身边有许多持剑的侍卫,但是任何人出手都不会快过此时的丛意儿,就算是此时有人一箭射来把丛意儿也来个一剑穿心,但是只要丛意儿手一哆嗦,就足可以让他立刻见了阎王!"你要如何?"皇上的声音带着不可控制的颤抖,听来有些可笑。

丛意儿并不收剑,只是冷冷地说:"让你的侍卫们在我视线内消失,免得我一时生气手下没有分寸要了你的命!"

"丛意儿,不必怕他,也不必忌讳他!"蝶润在一边高声说。她此时根本已经忘记了争夺,只知道有人杀了她最爱的男子,她想做的只有报复,"我在他身上下了毒,没有人有解药,就算是丛惜艾也不知道如何去解。这狗皇上不知道他中的是何毒,有怎样的难受!他若是敢碰一下轩王爷,我会让他生不如死!"

皇上一哆嗦,差点背过气去,说不出一个字!

丛意儿并不怀疑蝶润的话,轻一收手,收回了剑,刚要转身,几个侍卫立刻围了上来,甘南身形一纵,剑起落之间,只看到鲜血飞溅,几个侍卫还没明白怎么回事,就已经倒在地上。

丛意儿脸色一沉,一剑送过去,皇上只觉得颈上一凉,耳听得丛雪薇一声惊呼,有些犹豫,不晓得出了什么状况。丛意儿冷冷地说:"一个不守信用的皇上,手下有这些不知死活的家伙实在不意外,我只是小小教训一下,你此时的伤离你的气管不过分毫,若是我手下再用一分力,你就会当场毙命。让你手下的人安生些,我要带逸轩离开,包括蝶润!"

皇上下意识地一摸脖子,一手黏黏的血。这让他脸色一变,一个不知天高地厚的丫头片子,竟然敢威胁堂堂的大兴王朝的皇上,她真是不知死活了,但是,此时可以如何?!真是不知道,司马溶看中了这丫头什么好,不过是长得清秀些,看着顺眼些,但是,这在大兴王朝也算不上独一无二,为什么偏偏是这个丫头如此不省事,惹得这么多人为她乱了分寸,使得整个大兴王朝没有规矩?他一个堂堂的皇上,何曾受过如此的窝囊气!

丛雪薇站在皇上身后,轻声说:"皇上,还是让她带轩王爷和蝶润离开吧。这丫头的武艺绝不次于她母亲,您现在受了伤,也需要尽快疗伤,且不与她生气吧。"

皇上看了一眼丛雪薇,无奈地点了点头。愣的怕横的,横的怕不要命的,这丛意儿偏偏就是个不要命的,他能如何?!至少此时不能如何!"好吧,看在你姑姑的分上,你带他们离开吧。"

丛意儿轻轻哼了一声,和轩王府的人带着司马逸轩的尸体以及蝶润离开了大牢。一行人,面色凝重,脚步沉重。

轩王府,一片狼藉,他们离开时皇上派人在外面点燃了柴草,此时烧得正旺,几乎已经有半个王府消失在大火中。好在府中的人都会武艺,再加上围攻的人心存惧意而没有尽全力,所以除了王府看起来已经不可修复外,只有一些人受了轻伤,并没有人死去。丛意儿站在那儿,看着一片大火的轩王府,心中有些颤抖,如果司马逸轩还活着,看到这种情景会怎样的伤心?

"我们去旧居吧。"丛意儿有些疲惫地说,"这儿无法让你们再待下去了,我们送逸轩去旧居吧。"

甘南点了点头,轻声说:"只怕此时太上皇还不知道。这几日正是太上皇闭关的时间,没有人敢打扰他,皇上一定是特意拣了这个时间钻了个空子,若是太上皇知道了,定是不会轻饶了他!"

"他这样做,绝对不是一时冲动,一定是筹划了许久,才敢出手。"丛意儿用手按了按额头,看着车内安静无声的司马逸轩的尸体,泪水不受控制地落了下来,"太上皇知道又能如何?不过是难过,也得接受。一样都是亲生子,失了这个,真的能再失掉另外一个吗?只怕是他早已经派人封锁了消息,太上皇一直觉得他不能够成气候,所以并不会特意留意他,此时我们去太上皇那儿,也不是容易的事。"

甘南不知道说什么才好,低下头,哽咽不能语。

"逸轩,"丛意儿轻声说,"原以为来自遥远的地方,可以从容应付这儿的一切,自以为自己是冷静的,洞悉所有,却原来,也一样的无能为力。若是可以,我宁愿自己是愚钝的,只要可以让你如旧的活着,此时想,哪怕只是知道你还活着,也是一件天大的幸福。"

泪一滴一滴掉落,除了落泪,丛意儿竟然再也想不出自己可以做些什么,所有的所有,都只是单纯的反应!

一行人停了下来,正如丛意儿所猜测的,皇上早已经派人封锁了去旧居的路,还在十里之外,就已经密密麻麻站满了宫里的兵士。皇上不是个笨蛋,他知道也许手底下的人的武艺比不上轩王府的人,但是他用了箭,且吩咐箭头淬毒。这种可以远距离发射的东西,密集,没有规律,纯粹是乱箭齐发,而且事先不打招呼,当这些人刚一进入射程,立刻乱箭如雨。这一群人一定是皇上的亲信,他们完全不顾及什么,根本就是毫不停顿,立刻就有人中箭倒地。这儿和大牢不同,范畴更大些,官兵更多一些,而且更无所顾忌些!

　　甘南不敢恋战,立刻护着丛意儿一行人向后退,却发现,皇上已经派人埋伏在来时的路上,只是他们众人太过悲哀,没有发现而已。他们能够后退的地方竟然只有高高的悬崖,但是,悬崖后面就是万丈深渊和波涛汹涌的大海!

　　丛意儿脑子里一片空白,突然想起久远的自己,那个现实中的自己,常常会有这样的情形,来自纷乱的现实,熟悉的周遭,就如此时这般前无进路后无退路。此时,她再次有了这种茫然而慌乱的感觉。看着躺在车内依然平静的司马逸轩,丛意儿突然泪落,这次的泪是温暖的,不是冰冷的滑落的。泪水在腮边轻轻掉落,却温暖了整个的身心,还好,有司马逸轩在,虽然他已经不再说话,不再呼吸,但是,最起码还有他在。有他在就好,纵然失了性命,其实也是幸福的,因为可以有司马逸轩陪着,她一定不会寂寞,而且也不必再理会这些所谓的是是非非。可以安心在九泉路上做对快乐伴侣!

　　握着剑,感觉到沉沉的感觉,突然了解了丛意儿的寂寞,她在这个朝代待着,待得异常的寂寞,所以她用心地爱着对她微笑的司马溶,纵然她知道司马溶是如何的不堪,如何的不把她放在心上!也正因为她寂寞,所以,她留给此时的自己太多的东西,流云剑其实就是一种寂寞的剑法,如果没有寂寞的心灵和环境,没有一种远离世人的安静,绝对练不成这种武艺。在漫漫的岁月中,寂寞的丛意儿在远离人的寂寞时间里,抛却白日的浮躁,一点一点地将武艺渗透进她的生命,才有了此时纵然自己不会武艺却一样可以信手拈来。

　　"丛姑娘——"甘南仗剑护在丛意儿前面,现在他们真的是别无选择,除了向悬崖方向退,还真的是没有办法面对围过来越来越多的官兵。他们采用人海战术,一步一步地仗着人墙向前逼,"您小心些,主人出了事,您可不能再出任何意外!"他的声音中透着悲哀。他心中只有一个念头,要用尽一切办法保证丛意儿活着!

　　丛意儿并不忍心下手,虽然剑在手中,而且剑术精妙,却仍是步步后退,退到再无退路。她轻叹口气,冲着围上来的官兵,说:"你们到底是为何如此,放着好好的生命不珍惜,却到这儿围住我们?就算杀了我们,你们也不过成就了一个昏庸无道的皇上。他连自己的亲兄弟都会痛下杀手,怎么会顾念你们?!"

就在丛意儿说话间，有人下令放箭，这个皇上，似乎只会用这一招，不过，这一招好像特别管用，纵然武艺出众的司马逸轩也没能逃过暗箭一枚而失了性命。众人齐齐射箭，就算被围住的人有再好的武艺也难抵四处乱箭齐发。丛意儿和甘南一行人不得不打起精神应付这不停射来的乱箭！围在最前面的人有被乱箭射中倒落在地，绊倒了后面的人，一时之间场面极是混乱。纵然丛意儿再心存善意，但为了避免葬身于乱箭之下，也不得不使出狠招，自然也有些人中剑倒地。一时之间拥挤的人一片混乱，从各处射来的箭根本不长眼，使得一些官兵不停的倒在地上。

突然，一支箭射中了一个官兵，他一个趔趄摔向地面。在他落下之前，他的身体突然倾斜向一边放置司马逸轩尸体的车辆，同时绊倒了几个附近的官兵，同时倒向车辆，使得车辆侧翻到一边，司马逸轩的尸体从车上掉落下来，摔在地上。丛意儿一眼看到，纵身跃过去想要接住，却被突然冲上来的几个官兵挡住。她一时腾不出手来，只能眼睁睁地看着司马逸轩的身体摔在地上，并且滚落向悬崖边。

丛意儿心中一紧，闭上眼睛，手中的剑一抖，几个围住她的官兵只觉得颈间一凉，倒在地上。丛意儿纵身跃过去，一把拉住司马逸轩冰冷的手，但是，偏偏就差那么一点点，她的指尖刚刚触到司马逸轩冰冷的指尖，司马逸轩的身体就由悬崖边滑落下去。丛意儿脑海里一片空白，下意识地想要纵身而下，甘南眼尖看到，不顾围住他的人，及时冲过去一把拉住了丛意儿的胳膊。一支箭正中他的大腿，他倒在地上，但仍是死死地拉住丛意儿，一边轩王府的家仆们立刻冲过来帮忙。丛意儿茫然地回头看着甘南，看到甘南眼中的乞求，她有些不明白到底发生了什么，只是呆呆地看着甘南和混乱的众人。

"丛姑娘——"甘南悲哀地喊，"主人他肯定不舍得您出任何问题，您若是也去了，主人的仇要如何报?!"

丛意儿有些不解地看着甘南，他在说什么？她只觉得头有些晕，人有些混乱，眼前的物品有些模糊，脚底下有些站不稳，只隐约听得甘南有声惊呼传来，也觉得身体有些下坠的感觉，耳边隐约有风吹过，凉凉的！然后，似乎撞击了一下，眼前一黑，便什么也看不到了。

甘南呆呆地看着面前，丛意儿站着的地方是悬崖的边边。她脚下有块石头松动了一下，所以，她摔了下去，因为突然，因为下落的速度快，甘南一下子没有拉住，只抓住了一片衣袖。他的指尖深深陷进皮肤里，鲜血迅速染红了那片衣袖。这突然的变故，让所有的人都呆住了，包括官兵们统统都住了手。司马逸轩死了，掉下了悬崖；丛意儿也摔了下去，那么高的悬崖，也必死无疑！皇上要杀的人都死了，死得如此不惊天动地。尤其司马逸轩死得那般简单！

大家心中都觉得非常奇怪,仿佛空得难受!想到这个大兴王朝再也没有了轩王爷,好像是一件实在奇怪得很的事情,好像没有了轩王爷,就没有了大兴王朝一般!

　　很冷很冷,冷得仿佛骨头都僵住了,没有一点温度。一时之间,丛意儿还真是不知道自己待在什么地方,看着周围,黑乎乎的什么也看不到,视线中除了黑还是黑。有流动的空气和寒冷的风,吹得她直打哆嗦,但是,这儿到底是哪儿?
　　是大兴王朝?还是她的莲蓉时代?
　　不可能她又穿回来了吧?这儿是现代吗?那么高的悬崖摔下来,她根本不可能活下去,除非她是神仙,否则她必死无疑。难道说,在大兴王朝有地狱和天堂存在?!
　　丛意儿觉得自己的骨头都快碎掉了,但是,她倒并不怎么害怕,司马逸轩已经不在了,死对她来说,其实是最快乐的事情。她到大兴王朝的最初也是盼望想要死掉,然后回到她的莲蓉时代的,但是,那个时候的自己是有些犹豫的,毕竟自己对这个大兴王朝是充满好奇的,而如今,天知道,又发生了什么。死最好,可以遇到九泉下的司马逸轩。
　　过了好久,大概有几个时辰的工夫,这期间丛意儿时而昏睡时而清醒,交错着,直到第一缕光线出现在她的视野里,她才惊讶地发现,天知道,她若是知道这些个时辰自己是如何度过的,一定不会睡得着。因为她就在悬崖的边边上,身子卡在一棵弯曲的树干与悬崖的夹缝间,侥幸活了下来,下面是望不到底的悬崖和汹涌的海水。晨时的风吹得她一阵阵的发冷,她是个医生,她知道,她时而昏睡时而清醒是因为她感冒了,而且是重感冒,浑身无力,脑袋沉得随时可以掉下来,让她的思维总是慢吞吞的。
　　她认得这儿,这儿是大兴王朝,因为她视线之中没有任何现代的痕迹,除了太阳红灿灿外,天空干净得看不到任何现代的痕迹,透通的蓝色让她的心立时澄静了许多。只是,悲哀是心中唯一的感觉,让她看轻了所有。司马逸轩已经死了,这是她不害怕的唯一理由,无论出现什么,都不重要,她离不离得开这个地方,无关紧要,随它去!一闭眼,丛意儿想要纵身跃下。
　　"丫头,我好不容易抓住你,你却去寻死,太浪费我的辛苦了吧。"一个声音与一只手同时出现,牢牢地抓住了她的胳膊,让她只做了下跳的姿势,人却好好地待在原地没动。
　　丛意儿吓了一跳,她刚刚明明没有看到有人,除了悬崖就是卡住她的这棵老树,而且她人在悬崖一半处,根本没有人可以下来或者上来,怎么突然有人声传来?!

她循声望去,发现在老树的枝节上坐着一位老妪,白发如霜,面上皱纹满布,骨瘦如柴,在树枝上坐着被风一吹随时要掉下去的模样,吓得丛意儿脱口说:"前辈,您小心些!"

老妪哈哈一笑,说:"丫头,倒是个乖巧的人儿,这个时候还记得关心我。你呀,还是担心一下自己吧,一晚上的工夫,你一会儿睡一会儿醒,嘴里唠里唠叨说着梦话,一个劲地说什么司马逸轩。是不是这大兴王朝的轩王爷呀?又是一个痴心丫头。"

丛意儿听到从别人嘴里说出司马逸轩的名字,心头一跳,说不出的难过,眼泪掉了出来,有些茫然地看着老妪,悲哀地说:"原以为已经知道他死在自己面前,只想着如果死了就可以见到他,但是,听到别人说出他的名字,却一样是如同刀割在心上一般。您何苦救我,若是我跳下去,这万丈悬崖定是活不下来,死了,就算见不到他,也可以落个心静,不必伤心落泪。"

老妪轻叹口气,淡淡地说:"你是若水的女儿吧?模样还真是像。如果我猜得不错,你还得乖乖喊我一声婆婆,我是你母亲的师父。"

丛意儿眼睛瞪得好大,看着面前的老妪,有些奇怪,这就是江湖上的大魔头吗?她还以为是个男子呢。怎么是个如此瘦弱不堪的老妪,看模样已经老得很厉害了。她是"母亲"的师父吗?她是一个让江湖上的人谈而色变的大魔头吗?!

"您看起来不像是什么大魔头。"丛意儿老实地说,其实她也想象不出,怎样的人才算得上是江湖人口中的大魔头。

老妪哈哈一笑,提着丛意儿的身体纵身轻松一跃,竟然落在一只飞过来的大鸟身上。那鸟身形巨大,竟然托着二人轻松地飞在半空中,滑过一条优美的弧形,于阳光中展翅而飞。丛意儿傻呆呆地看着身边的老妪,隐约看到悬崖上仍然有许多人影,不晓得情形如何了?

"他们不会有事,以他们的武艺那群笨蛋奈何不了他们。"老妪淡淡地说,她的声音听来有些沙哑,但是却很有分量,"一个昏庸的皇上,难怪他爹始终不放心,只是智者千虑终有一失,那个老皇上还是疏忽了,白白葬送了自己最优秀的儿子。那个司马逸轩,确实是人中龙,只是可惜——可惜是个不肯再爱的人,否则,也不会心静如水,舍得下一切。"

丛意儿一愣,不解地说:"什么叫可惜是个不肯再爱的人?难道他有自己放不下的心上人?"

老妪叹了口气,说:"我认识他的师父,也是个脾气执着古怪的家伙,死心塌地地喜欢着你的母亲,对啦,你叫丛意儿吧?这名字还是我替你母亲为你取的,你喜欢吗?司马逸轩是个学武的奇才,但是他太冷静。他说,他这一生不愿意再爱,他师父曾经问过他为什么,他只说,心里头总有些说不出的牵挂,所以,干脆不爱,反正这大兴王朝没有值得他去爱的人。他曾经开玩笑说,也许人真有三生三世,他的爱,在前生前世中已经用尽了,再也不愿意爱了,听来很是奇怪。但是,见过他几次,他对女人始终是冷静的,他师父曾经以为他不喜欢女人,哈哈,不过,他的女人缘可真是好得不得了。"

丛意儿茫然地看着老妪,不错,司马逸轩就是这个样子,他总是那么冷静,他总是逃避感情,甚至对她,感情也表现得淡淡的,仿佛不是那么的灼热,仿佛是害怕爱上她。

"你爱他吗?"老妪让大鸟落在一处丛意儿从来没有来过的地方,是个山中的小院落,僻静得很,但很干净,木栅栏上爬满淡紫的说不出名字的小花,还有几株枫叶红得如同初升的太阳,木头建的房子,有些岁月的痕迹,但是,看着却极是亲切,"喜欢这儿吗?这儿是你母亲小时待过的地方。她是我一手养大的,武艺也是我一手调教出来的,可惜也是个痴情的主儿,为了你爹,白白丢了性命。"

丛意儿几乎没有时间感到悲哀,她看着四周围,这儿真是漂亮,有一条小溪流过,看得见鱼儿游动,地上青草仍然茂盛,虽然颜色有些许枯黄,星星点点的小花点缀其间,煞是好看。"这儿真是漂亮。"

老妪微笑着说:"你母亲一直居住在这儿,直到她遇到你父亲。不过,这也是个人的命,婆婆我看得开,她只要过得觉得值得就好,幸福与否,只有她自知。不过,看到她留下你这样一个可爱的女儿,还是蛮让我觉得欣慰的。丫头,司马逸轩不是一个轻言感情的家伙,你若是喜欢他,或许会很辛苦,他离开了,你得学会忘记他,好在你还没有爱得忘了自己。"

丛意儿在一处木凳上坐下,有些黯然地说:"婆婆,他是意儿的痕迹,他走了,意儿只觉得整个人索然无味。意儿真的很爱他,他走了,就好像抽空了意儿的生命。"

老妪轻轻叹了口气,不再说什么,停了一下,像想起什么来说:"你一定是饿了,我去做些吃的给你。也是幸运得很,今日在外面的时候遇到一个不知趣的家伙,招惹了我,我才会去了悬崖那儿,正好遇到你从悬崖上失足,刚好一把抓住你,但是司马逸轩那家伙却是掉进了大海里。这样也好,省得他那个皇上哥哥还要拿他的尸体做文章。"

丛意儿没有说话,只是傻傻地坐着,脑子里却是一片的空白,自己也不晓得自己在想什么。

丛惜艾拨弄着面前的火,她消失了,竟然没有任何人来找她,不仅二皇子府里没有人找她,就连丛王府竟然也没有人关心她的死活。不过,这两日倒是出了不少的事情,最厉害的就是轩王府让皇上派人给烧了,轩王爷也被处死了!那一日看到轩王府在火海中化为灰烬的时候,她整个人都呆住了,不晓得出了什么事情,但这事定与当今皇上有关,否则,哪里有人会有这种胆量?然后看到宫里的人在大街上张贴的告示,说是轩王爷贪心于皇位,竟然派身边的一位青楼女子去色诱皇上,幸亏皇上英明及时发现,制止了由轩王爷一手操纵的叛乱。丛惜艾真是觉得可笑,竟然当街笑出泪来。

回到这几日寄居的地方,看到那个乞丐仍然坐在那儿,因为她点了他的穴位,所以他动弹不得。其实她也不知道是为了什么,可能只是为了在寂寞的长夜里,有一个人能陪在身边吧,虽然只是个乞丐,但是,在寂寞的长夜里,在她难过的时候,看到身边有这么个人在,竟然也是一件不错的事情。

"你真是幸福,是个哑巴,只要吃饱了就好。"丛惜艾坐在火堆前,看着面前的乞丐,叹了口气,轻声说,"你知道吗?大兴王朝出大事了,轩王爷让皇上给处死了,听说尸体掉入了悬崖。对啦,还有未来的王妃,也就是我的妹妹丛意儿也掉入了悬崖,现在还生死不明,真是想不到!喂,你,你,你怎么了?!"

司马溶开始没有听明白丛惜艾说的是什么意思,她怎么可以如此冷静地说出司马逸轩和丛意儿的死讯?!父皇怎么真的对他们二人下了杀手,他真的这么恨皇叔吗?!虽然自己也恨,可是,也只是想想,却并没有真的打算要置他们于死地!他只觉得心里慌乱,竟然一口呛出鲜血来。悲哀有时候,是没有反应的,甚至只是一种郁闷之气,想喊喊不出来,想哭哭不出来!

"他们,死了?!"司马溶想问,却说不出话来,只是呆呆地看着丛惜艾,但是嘴形却泄露了他想问的问题。

丛惜艾点了点头,淡淡地说:"是的,他们都死了!"说完这话,泪水已经夺眶而出,滴落在地上,火苗映得她的脸极是不真实,"听市井百姓们讲,皇上派人围攻了轩王府的人,逼他们到了悬崖那儿。轩王爷和丛意儿双双掉入悬崖,他们终于是圆了心愿,可以好好地待在一起了,再也没有人可以让他们二人分开了!我原是想死,但是现在却不想死了,我一定要好好地活下去,我要亲手杀了害死轩王爷的人,而且,我还要杀死逼我妹妹掉入悬崖的人——就算要杀也是我杀她,岂能轮到别人杀她!"

司马溶只觉得心里头堵得难受,一种说不出的难受,但又什么也做不了,急得整个人脸都变了形,最后,终于"哇"的一声哭了出来,似乎这是他唯一可做的。他恨司马逸轩,但是并不想他死!此时知道父亲杀了皇叔,从此后这大兴王朝再也没有轩王爷这样一个人,也再也没有精灵可爱、冰雪聪明的丛意儿,似乎一切都变得索然无味!

丛惜艾呆呆地看着面前的乞丐焦躁不堪地哭泣着,甚至跺着脚,整个人在地上团团转,好像疯掉一般,倒止住了泪,大声说:"你怎么了,疯了吗?好好的发什么疯？你不过是一个乞丐,轩王爷和丛意儿死与你何干？你不许这样！现在我已经没有任何可以说话的人啦,就连我的父母也不关心我的生死,那个二皇子视我为眼中钉。你是我唯一认识的相信的人,你不可以出事,如果你出了事,我,我就真是没人理的人啦！"

司马溶愣了愣,看着丛惜艾,看到丛惜艾一脸的无助,倒有些意外,一时之间不知如何才好。丛意儿的死讯让他整个人空了般的难受,他现在宁愿她活着,纵然她一生一世都不会爱他,纵然她一生一世都只能陪着他的皇叔,他都希望她活着！原来爱一个人,只要这个人好好的,就是一件很幸福的事情了！

丛惜艾落着泪,无助地说："虽然你是个乞丐,是个百无一用的家伙,但是,我此时真的不希望你出事。只是不知道二皇子如果知道了丛意儿的死讯会如何？想一想他也真是可怜,不能娶他爱着的女人。也是我辜负了他,并没有好好珍惜他的爱,甚至还欺骗了他,若是我早告诉他,或许他和丛意儿还可以走到一起。人呀,哪里有后悔药可吃,只是如今嫁了他,只能说我是自找的！"

司马溶呆呆地站在原地,丛惜艾的话听来如同针扎在他的心里头,如果她知道自己就是她口中的二皇子,她还会这样说吗？

皇上坐在龙椅里,看着站在自己面前的大皇子,沉声说："一切可都办妥了？"

司马澈并不抬头,并不看坐在自己父亲身边的丛雪薇,只是安静的说："一切已经照父皇的吩咐安排妥当,轩王府里的人因为都有武艺在身,能够抓回来的都关在了大牢里,逃走的已经派人四处追捕,应该很快就会有消息。至于皇叔和丛姑娘,想来已经都送了性命。皇叔中了致命的一箭,正中心脏,当时就毙命,当时在场的人已经都封了口,至于丛姑娘,应该是无法再找得到。她从那么高的悬崖上掉落下去,下面就是万丈深渊,肯定是没有希望再活下去。丛王府那边已经嘱咐过,应该不会有事,皇后娘娘也是以国事为重的人,不会介意的。"

丛雪薇恨得牙痒痒,什么叫皇后娘娘也是以国事为重的人,不会介意的?！死的是自己的侄女,是自己二哥的唯一血脉,她要如何在九泉之下向自己的哥嫂交代?！真是可恶！尤其是就是眼前这个人为自己下了毒,自己却不能向皇上说明,更是让她心中恼恨！问题是,这些天,惜艾跑去哪儿了？二皇子也不在府里,难道是二皇子良心发现,带她出去玩了?！听起来好像不太真实！

皇上喘了口气,这些日子总是觉得疲倦,做什么都没有意思,初时还担心得很,担心蝶润那贱人下了什么毒,但好像没有什么异样,只是觉得有些疲倦,传了太医,也查不出个所以然,现在他已经派人去乌蒙国请大夫,应该不会有什么大问题。"可找到蝶润那个贱人？"

司马澈摇了摇头,依然头也不抬,恭敬地说："没有。孩儿派人在烧毁的轩王府四处找过,并无可以躲藏之处。醉花楼封锁后仔仔细细的搜过,没有蝶润的影子。抓来的人都说并不知蝶润在哪儿,当时一团混乱,根本不知道她当时在何处。孩儿还在派人四处寻找,一有消息会立刻禀报父皇。"

"一定要找到她,朕要亲手杀了她,朕要千刀万剐了她才解心头之恨!对了,你爷爷可知道了此事?"皇上恨恨地说。

司马澈再次摇了摇头,轻声说:"祖父仍在闭关中,他老人家暂时还不知道这事。孩儿觉得暂时不要让他老人家知道的好,若是知道了,一时伤心是难免的,以他老人家的年龄,若是伤心过度出了事情只怕不好对列祖列宗交代。而且,他老人家也是我们大兴王朝的中流砥柱,出不得事情。这事还是交给孩儿处理吧。"

皇上点了点头,心中长出了口气,终于可以好好做自己的皇上了。对啦,这几日好像一直没有看到司马溶,那个天意注定的皇上人选,这孩子,难道还没有放下丛意儿那丫头?!"对了,你去看看你弟弟吧,这几日朕也不见他来向朕问安。你去和他说一声,就说是朕说的,朕已经派人和乌蒙国说好,随时可以让他们的蕊公主嫁入二皇子府,只要溶儿他高兴就好。"

司马澈轻轻点了点头,恭敬地说:"孩儿知道,孩儿这就去他那儿看看。他是大兴王朝未来的皇上人选,纵然一时孩子气,终不会把整个国家置之脑后不顾。这几日也许他去了别处散心,过些日子就会过来看望父王。"

皇上觉得心口堵得难受,喘了口气,说:"可派人找到你皇叔的尸体?以及丛意儿的尸体?"

司马澈仍然低着头,轻声说:"孩儿四处找寻过,但是,那悬崖高过万丈,而且下面就是波涛汹涌的大海,纵然是武艺再高,也不可能存活下来,更何况当时皇叔就已经去了。父皇您可放心,孩儿会好好处理他们二人的后事。不管怎么说,一个是大兴王朝的轩王爷;一个是未来的轩王妃,纵然有再多的不是,也由不得外人指手画脚,这些毕竟是家事,过去也就过去了,不提最好。"

皇上点了点头,叹了口气,说:"其实朕心里也难受,毕竟是朕的亲兄弟,他打小在我眼前长大,而且也帮了朕许多,他这一去,朕心中真是难受得很,可是却无从说起。其实他要是想要朕的位置,完全可以告诉朕,朕并不在乎这所谓的帝王之位。若是他喜欢他肯坐,朕倒正好可以落个清静,可以和雪薇好好过自己的逍遥日子。但是,他却用一个青楼女子引诱朕,还害得朕的皇后也中了毒,真是可恨!不过,你说得也有道理,再怎么说,他也是朕的亲兄弟,怎么可以让别人看笑话?你要好好处理他们二人的后事,就算是找不到尸体,也要隆重地安葬他们,这样我也可告慰列祖列宗。"

司马澈恭敬地说:"孩儿谨记心中,孩儿这就去办。"

第十八章 阴阳相隔 比翼连理相思苦

317

走出皇宫，伺候司马澈的奴才立刻紧跟而上，司马澈这才抬起头来看着前面，一张清静的脸，眉宇间藏着看不出的种种心事。他头也不回，淡淡的声音几乎听不真切，"可都处理妥当？"

那奴才的脚步轻快得很，看得出来是个武艺极高的人，年纪不是很大，但很内敛，轻声说："都按主子吩咐的做好了，主子可以放心。"

司马澈点了点头，轻声说："只是难为丛姑娘了，希望她最后可以了解皇叔的一片苦心。"

"有无心大师照顾，丛姑娘绝对不会有事。幸好当时无心大师赶得及时，否则真是罪过大了。"那奴才轻声说，"这毕竟是险招，错一分一秒都是要命的事。主子要小心些，奴才觉得皇后娘娘对主子有些怀疑，奴才担心二皇子妃多少知道下药的事。"

司马澈面沉如水，冷冷地说："就算她知道又能如何？当年若不是她，我的娘亲哪里会无辜失了性命，还连累了娘亲腹中尚未出世的婴儿，大兴王朝少了一位可爱的公主！我若不报当年之仇，如何对得起生我养我的娘亲？她老人家才是大兴王朝唯一的皇后！"

那奴才显然是个极忠心极可靠的人，他安静听着，并且留意着周围的情况，神情极是警惕。"奴才还没有找到二皇子的下落，这几日因着轩王爷的事情，多少分了些心，但是，好像二皇子妃还流落在外。但依奴才觉得，以二皇子妃的武艺，应付这宫外的事情应该还不成问题。对啦，听派出去的人说，二皇子妃这几日身边一直有个乞丐陪着，不晓得是什么身份，但看二皇子妃对他并无恶意，又见他并无什么特殊之处，也就没有在意。"

司马澈点了点头，淡淡地说："这些事情暂时要瞒着祖父，如果他老人家知道了，一定会心急生出不适来，好在这几日他闭关，消息通报不进去。你们要仔细些，丛姑娘不是一个简单的人儿，只怕她会很快回到皇宫来，绝对不会放过皇叔的事情。正如皇叔所说，这丛姑娘是天下最精灵可爱最让他放不下的女子，她的安全你们不可以有一丝一毫的疏忽，尤其是父皇，若是她回来，父皇一定不会放过她。她在明，父皇在暗，只怕是凶多吉少，一定要留意！"

那奴才点了点头，虽然远远有些宫里的人儿走过，也有些无意地看过来，或者看到大皇子司马澈会恭敬地施礼，但是，在任何人看来，只是看到司马澈一脸平静地吩咐着自己的奴才，那跟在身后的奴才一脸恭敬地听从着司马澈的吩咐，不过是一对并不张扬的主仆。这是宫里大家都知道的，司马澈一向是个平和稳重的人，从不招惹是非，也不太有什么架子，但是也不太容易亲近，一直是个沉默而淡然的皇子。

无心大师从房里走出来，看到丛意儿站在院中，一片黄绿中她的一身素衣非常惹眼，好像开着一朵素洁的花。她看得出来，丛意儿不是一个喜欢打扮的女子，这几日住在这儿，平常就是一头青丝垂在肩后，或者随意一束绾在头上插一玉簪，一张脸也是素素净净的，看着极是舒服。这几日她的话不多，平常总是安静地坐在院落中，盯着看一朵花慢慢地枯萎，专心得让观者心疼，仿佛是一尊雕像，甚至感觉不到呼吸的存在。她很少落泪，眼睛却深如海，看得人心酸，比落泪更让观者觉得无助，觉得难过。

"丫头，外面冷，还是屋里坐会儿吧。"无心大师无奈地叹了口气，说，"你呀，这样也总不是个办法，再伤心，也换不回司马逸轩的生命，何必如此作践自己？还是想开些好，跟婆婆学学，你看婆婆就是无心的人，所以不难过。"

丛意儿转回头来，几日下来，她清瘦了许多，眼睛越发显得大而清澈，仿佛一汪深泉，"意儿知道婆婆的好意，只是，意儿放不下离去的人，总是想着想着就忘了时间。其实这院落中极是有趣，一朵花可以静静地凋谢，一片树叶可以在风中起舞许久，真是很美丽。意儿知道再难过也换不回逸轩，但是，婆婆还是由着意儿吧。"

无心大师叹着气，在丛意儿对面坐下，轻声问："那司马逸轩在我印象中好像并不是一个多情多意的家伙，平常总是淡淡的，而且聪明得近乎不是平常人。连他师父都说，那小子简直就不是个人，有时候他的冷静都让他师父觉得可怕。当然这个可怕不是个坏词，反而是他师父口中的褒义词。这样一个家伙，如何让你动了心，难道他学会温情脉脉，还是学会甜言蜜语了？"

丛意儿有些失笑，很奇怪，她此时竟然还笑得出，但是这笑反而让无心大师心中一颤，这笑容后面是深到不可以化开的忧伤，是一种生命的遗憾，是再也无法回头的无可奈何。"此时想一想，逸轩他倒真是聪明得紧，什么事情可以逃得过他的心思，但是，智者千虑却毁于一失，他竟然还是疏忽了，所以害得自己失了性命，所以说，他究竟还是凡人一个，有着七情六欲。人，有时候真是要相信命的，或许这一生，他不肯再爱，不肯再让自己面对犹豫徘徊，不愿意再痴情相许。那一生的司马希晨和叶凡，为了建立一个大兴王朝，司马希晨几乎失去了叶凡，几番的犹豫挣扎，爱得辛苦而隐忍；而司马锐和慕容枫，或许是难得的痴情相许，却也是经过了一番生死才换来；也许这一生，他真的累了，不想再经历了。总是这样，在一个朝代，默默地等待，等待一份爱从遥远的地方赶来，历尽千辛万苦才走到一起，总少不了他人的生生死死，分分离离，得不到圆满，何必？不如舍了吧。我想，他，是怕了爱了吧。"

泪水突然从丛意儿的眼角落下，落得安静而触目惊心。

无心大师有些意外地说："你知道的还真是多，这些大兴王朝的旧闻是不对外人讲起的,我偶尔听你母亲说起些旧闻,但好像没有你说得如此透彻,你小小年纪还真是不可小瞧。只是司马希晨、司马锐这些大兴王朝的祖先与此时的司马逸轩有何关系?你竟然如此联系起来,且伤心成如此模样?"

丛意儿眼看着前面,看着落叶在风中起舞,轻轻地说:"婆婆,你信不信人有三生三世,终究要生生死死守着一个最疼爱自己的人?逸轩的爱并不激烈,或许他只是不想我受到伤害,因为他觉得爱一个人是一件很辛苦的人,或许他宁愿今生不再爱的。或许是我该还他的,如果换作是我总是在等待中期望一份爱情的来临,我也会倦的。"

无心大师有些不解,心想:这孩子真是可怜。也不能怪她,经历了这些个生死,一时之间感情上总是有些不能接受的,自己当年不也是痴痴傻傻,直到这心不在了,心死了,才活过来?!人呀,还是无心的好,无心的话就不会有什么痛苦,就可以活得自由自在!

"好吧,婆婆不再劝你了,但是,丫头,你不可以再瘦下去了,你看你都瘦成什么样了,再瘦下去,风一吹就会倒的,只要你答应婆婆不再这样,你想要如何,婆婆一定不会管的。"无心大师无奈地说,"你呀,别的不说,只这痴情,最是像你母亲。"

丛意儿不再说话,看着落叶飞舞,安静得如一朵静静绽放的花般,透着一股清冷的味道。

"婆婆,你说逸轩他现在好吗?其实他去了,对他来说也许不是一件坏事,至少他可以不必再为大兴王朝奉献所有,包括他的喜怒哀乐。他此时或许是平静的吧,意儿真希望他去了天堂,并且忘记了意儿,这样,他可以在另外一处活得轻松幸福。意儿不愿意忘记,对于意儿来说,至少此时,所有的想念都是一种幸福。"过了好一会儿,丛意儿才轻轻叹了口气,说,"想到他会忘记意儿,心里就痛得受不了,宁愿他纵然与意儿是阴阳相隔的,但也是念着意儿的,可是,想到他会因为想念意儿而难过,如同此时意儿想念他一般,意儿就宁愿他不记得意儿,而是自己可以好好的平静的幸福的活着。没有了意儿,可以有另外一个女子给他幸福的机会。其实抛却上天的安排,不是意儿,他一样可以获得幸福安静的生活,有了意儿,不过是几番波折,耗尽所有。"

无心大师叹了口气,这孩子真是中了魔了!

第十九章　藏身京城　朝朝暮暮了无趣

司马溶身上的穴位已经慢慢变得不完全束缚他了，但是，他却懒得回去，每天面对丛惜艾，继续装聋作哑，听丛惜艾唠叨些旧事，也没什么不妥。好像她此时更多的是在回忆旧时她与自己的事情，总是说着说着人就会发呆。这几日她整个人也憔悴了许多，尤其是知道司马逸轩和丛意儿出事后，她突然整个人变得有些特别能说，总是一而再再而三地说起旧时的丛意儿。每次听到丛意儿对他的痴情相许，他心中就觉得自己十二分的可恶。

"外面出事了。"丛惜艾从外面回来，坐下。外面下着雨，她收起伞，虽然没办法回二皇子府，也没办法回娘家，但是好在她在京城还有些早先在银铺里存下的银两，她去取了些，所以度日不是很困难。她还租了这处小小院落，日子过得倒也有趣。面前这个乞丐收拾干净了，人倒也看着不错，虽然不够英俊，但比起司马溶的冷脸来说，还是舒服的。"听说皇上生了重病，正在张榜寻找可以救治的大夫。"

司马溶一愣，父皇生病了？！怎么回事？！他下意识地脱口说："他怎么了？怎么会生病？难道病得连宫里的大夫也治不了？"

丛惜艾手中端着的杯子"啪"的一声摔在地上，她觉得好像是个雷响在自己的耳边，这声音，她再熟悉不过，只是此时语气中只有焦急没有挖苦和冷漠。她盯着眼前收拾干净的乞丐那张陌生的脸，半天没有说出话来，怎么可能？这人怎么突然会说话了？怎么声音和司马溶这般的相像？"你，你，你什么时候可以说话了？！"

司马溶愣了一下，突然觉得无趣，丛惜艾听出了他的声音，他恼怒地说："不错，是我。你听出了我的声音，我中了乌蒙国的易容之类的毒，你如果可以解，给我准备解药，就可以看到我！"

丛惜艾不由自主地一哆嗦，立刻站起身来，一把抓住司马溶的手腕，试了试，长出了口气，说："还好，只是让你一时失了旧时的容颜，没有关系，此时药性已经极浅，而且下药的人特别有数，并没有对你造成任何的伤害。我这就去帮你配药，你随时可以恢复旧时模样。你在这儿等等，我这就去。"

司马溶愣了愣,这个丛惜艾,好像还是蛮担心自己的。他点了点头,说:"你马上去,我想立刻回去看看我父皇。怎么会出现这种情况,到底这些日子出了什么事?先是皇叔被处死,意儿也丢了性命,然后是父皇生了病,而且是宫中御医也处理不了的奇怪的病,难道是乌蒙国的人下的毒?他到底生了什么病?"

丛惜艾愣了愣,想说什么,又咽了回去,匆匆地说:"这些还不清楚,我这就去配解药,然后陪你去宫中看看,到底皇上是中了什么毒。虽然我并不是精于此道的人,但是毕竟在乌蒙国待过,若是宫中的御医也查不出来,应该是中了乌蒙国的毒。你先不要着急,不需要太多时间,我去去就回。"

司马溶看着丛惜艾匆忙离开,在椅子上坐下。这些日子和丛惜艾相处,丛惜艾不知道他的真实身份,只把他看成一个可以说说话的陌生人,倒让他知道了许多以前不知道的事情。平心而论,他也觉得,丛惜艾如果不太工于心计的话,倒是一个聪明的女子,并不特别让人讨厌。但是,一想到意儿,他就没由来地讨厌丛惜艾,因着不知道他就是司马溶,她甚至没有对他隐瞒她当时让意儿接近他的真实原因,这让他真的是恼怒万分。

丛惜艾回来得很快,她不仅带回了解药,而且还找来一辆马车,让他们可以迅速地回到宫中,并且直奔正阳宫。司马溶知道,父皇最是宠爱如今的皇后娘娘,他生了病,定会住在那儿。这一次没有任何人阻拦他们二人,就算司马溶离开再久,也没有人敢忘记二皇子的长相,以及丛惜艾的模样,所以,他们顺利地到了正阳宫。

但正阳宫里一片寂寞,没有人在,几个正在打扫的奴才看到司马溶和丛惜艾,立刻跪下来迎接,告诉他们二人,皇后娘娘现在在暖玉阁陪着皇上,皇上这几日身体不适,正在那儿休养。

司马溶看了一眼丛惜艾,自己的父皇到底生了什么病?这儿的奴才说起话来为什么有些躲躲藏藏?

丛惜艾看着司马溶,轻声说:"先不要着急,我们立刻去暖玉阁看看,如果可以看到皇上,我也许可以猜得出来几分。这儿的奴才们神情有些古怪,我也有些担心皇后娘娘。"

司马溶心中焦急,并没有在意丛惜艾慌乱中随意说出的"我"字,其实也不奇怪,这些日子以来,她一直这样和司马溶说话的,一时之间也忘了再改过来。

二人赶到暖玉阁,迎面正好碰到丛雪薇。丛惜艾吓了一跳,才几日不见,姑姑竟然憔悴成这般模样,如果不是看她的打扮,丛惜艾差点没认出面前的女子就是自己的姑姑丛雪薇。丛雪薇的身体裹在黄色的华服里,虽然打扮得非常仔细,但依然掩饰不住眼角的细纹,俨然是个容颜衰去的女子,全不是以前妩媚娇艳的丛雪薇!

"皇后娘娘,您,您,您——"丛惜艾说不出话来。她第一感觉就是,丛雪薇一定是中了毒,而且是乌蒙国一种特有的让人迅速衰老的药,这种药只有乌蒙国的皇宫才有,怎么会出现在这儿?

看到丛惜艾,丛雪薇长出了一口气,好像看到了救星。这几日,她正以一种不可控制的速度老着,每天看到镜中的自己都是触目惊心的,那张脸上,皱纹和岁月的痕迹迅速得让她恨不得立刻死去。她四处寻找打听丛惜艾的下落,但是始终没有消息,此时突然看到丛惜艾出现在自己面前,真是惊喜万分。

"你,你这几日去了哪儿?为何怎么也找不到你?"丛雪薇几乎落下泪来,看到司马溶,泪水就真的落了下来,哽咽着说,"二皇子,你,你快去看看你父亲吧,他,他——"

司马溶冲进房内,外面虽然寒意逼人,这儿却是温暖如春。他一眼看到自己的哥哥站在父亲的床旁,表情沉重,正低头看着躺在床上的父亲,听到他的脚步声,抬起头来,却没有说话,并示意他小声些。

司马溶看到床上躺着的父亲,脸色苍白,浑身无力,有一种莫名的感觉,很奇怪。他初时以为自己看错了人,因为他的第一感觉是,床上躺着的是个公公,而不是历来威武雄壮的父亲!皇上闭目躺在床上,正在休息的模样,脸色苍白而细腻,看起来有些莫名的别扭。

"大哥,父皇他怎么了?"司马溶小声问。

司马澈示意他出去说话。出了卧房,看到外面正在交谈的丛惜艾和丛雪薇,司马澈眼中闪过一丝嘲讽的意味,但一瞬即逝,就连司马溶也没有看到。司马溶全部心思都放在躺在床上的父亲身上,盯着司马澈,等着司马澈开口。

司马澈关上通往卧房的大门,轻声责备道:"你这几日去了哪里?宫里出了这么多的事情,你竟然不管不问,你忘了自己是大兴王朝未来皇上的事情了吗?父亲这几日突然染了奇怪的病,身体迅速地不适起来,宫中的太医们也诊治不出原因,已经派人去到乌蒙国请大夫来,或许可以解释其中的原因。"

"丛惜艾她或许可以看得出原因,毕竟她在乌蒙国待过,多少知道些。"司马溶轻声说,没有解释他消失的原因。如果告诉自己的哥哥,自己是被人从二皇子府里劫持走的,大哥会相信吗?估计可能性不大!谁会相信一个外人可以随便从宫中劫走一位皇子?!而且还是未来会坐上皇位的二皇子。他看了一眼外面正与丛雪薇讲话的丛惜艾,说,"大哥,刚刚看到皇后,她怎么苍老得如此厉害?"

司马澈轻轻摇了摇头,说:"或许是这几日照顾父亲累的。这几日一直是她陪在父亲身边,等父亲身体恢复了,她休息些日子可能就会好一些。"

丛惜艾陪丛雪薇进入卧房看皇上,从里面走出来后,丛惜艾面带为难之色,有些迟疑地说:"我不敢说,因为我也不是太清楚皇上究竟是怎么了,但是,可以断定的是,皇上绝对不是生病,而是中了毒。这种毒应该是来自乌蒙国,如果我猜得不错,这毒一定与蝶润有关,这种毒,我……"丛惜艾顿了一下,犹豫地说,"在乌蒙国的时候我好像听人说过,乌蒙国有一种药藏于宫中,从不外传,如果有哪位妃子或者皇亲犯了淫乱之罪,就会用这种药作为处罚。这种药极是邪门,可以纵有七情六欲之人也如石人一般,也就是说,女人不再是女人,男人也不再是男人。但是,皇上是因何中的毒?不过,我也不敢肯定,或许是我猜错了,可以找到蝶润吗?如果找到她,就可以问出原因,或许还可以找得到解药。"

丛雪薇脸色一变,司马溶也一愣,只有司马澈面上依然沉静如水,没有任何的反应。大家似乎习惯了他的这种冷静,并没有人在意。

"蝶润她现在下落不明,在那次事件中,她失了踪影。"丛雪薇犹豫了一下说,"那一日她被意儿带走后,就再也没有任何与她有关的消息。如今不知她是生是死,仍在派人四处寻找。轩王府的人虽然有些被关在大牢中,但是,大皇子并没有审出有用的信息;甘南和甘北没有抓到,如果蝶润还活着,一定和他们二人在一起。"

司马澈淡淡地接口说:"那些被抓的人并不是皇叔身边最重要的人,所以不知道蝶润去了哪儿。正如皇后娘娘所说,蝶润定是和甘南、甘北兄弟二人在一起,但是他们二人武艺出众,虽然派了人四处查找却并没有他们二人的消息,所以,也没有关于蝶润的消息。这事一定和蝶润有关,宫中争风吃醋的事情太多,这一次只不过是惹得大了,牵连到父皇,希望派去乌蒙国的人能够快些回来,带回那儿可以治疗此病的人,解了父皇的痛苦。"

司马溶忍不住问:"皇叔和意儿的尸体找到没有?"

"没有。"司马澈静静地说,"父皇也曾经吩咐我四处寻找,但是,那儿悬崖太高,下面是万丈深渊,大海汹涌,根本无从查找。那个地方,就算是天下最好的武林高手,也逃不掉的,更何况是丛姑娘那般柔弱的一名女子,根本不敢作生还之想。"

饮香楼,客人如织,只是气氛与往日不同。轩王爷之死,已是尽人皆知,大家都觉得意外,对于皇上给的理由总是半信半疑。素日里大家印象中的轩王爷是个散漫随意的人,从不看重什么权位之重,更何况,大家心中都觉得,其实轩王爷的身份地位比当今的皇上都重要,突然间没有了轩王爷,大家觉得真是空落落的不舒服,仿佛突然没有了主心骨一般。

丛意儿迈步走上楼,她穿了件水蓝的衣,轻盈如水,只是有些瘦弱,脸色也白净如玉,透着几分淡淡的不适和忧郁,仿佛风一吹就会飘走,看着让人心里生出怜惜之意。她并无任何打扮,只在鬓间有一朵小小的素花。

一踏进酒楼,立刻吸引了所有人的眼光。这都只因着她身上无法模仿的安静气质,连忧郁都安静得像窗外飘落的细雨,让人不由自主地也黯然了心情。

酒楼此时并没有空座,大家却都生出想要让出桌子让这样一位女子坐下来吃饭的念头,但是,她身后还跟着一位瘦瘦的却健康的老妪,虽然衣着简单,却透着一股子让人小心翼翼的霸气,竟然让所有人都屏住了呼吸,没有任何声音。

店里的伙计看了看所有的桌子,只有一张桌子还算空闲。那张桌子靠窗,只坐了一位中年男子,年纪大约在四十岁左右,儒雅而沉静,有些书生气,收拾得很干净,面容普通但并不让人讨厌,发间有些许白发,看着是个老实厚道的商人。

"这位客官,可否让这位姑娘和这位婆婆与您同桌?"伙计立刻上前和气的招呼,"此时没有空闲的桌子,看这位姑娘面色有些苍白,大概是不太舒服,应该需要坐下来休息一下,喝杯热茶,客官可否通融一下?"

中年男子抬眼看着丛意儿和老妪,顿了一下,随即就点了点头,温和地说:"当然可以。如果这位姑娘和这位婆婆不介意与我同桌,就请坐下吧。"

丛意儿在中年男子对面坐下,勉强笑了笑。回到这熟悉的地方,她心里头总是莫名的隐隐作痛,总是觉得空气里都有司马逸轩的气息。是她自己要回来的,婆婆不放心,特意陪她回来,回来做什么?替司马逸轩报仇吗?她不知道,只知道想要回来,在司马逸轩生活过的空间里待着,就算只是思念也是好的,也是幸福的!

"姑娘,看你脸色不好,喝杯热茶吧。"中年男子取过干净的杯子替丛意儿倒了杯热茶,并用手试了试杯子的温度,递给丛意儿,温和地说,"这茶杯有些烫,你要小心些。外面冷,离那窗子远一些才好。伙计,把窗户关小一些,免得风大吹到这位姑娘。"

无心大师一撇嘴,天下男人都是一个模样,只要看到漂亮的女子就会做出这等温柔举动,只顾着照顾丛意儿,竟然完全不知道旁边还有她这个老人家。算啦,丛意儿本就是一个让人心生怜惜之意的女子,旁人照顾她也是应当的。无心大师为自己倒了杯茶,却不甘心地讽刺道:"这位公子真是好心之人,丫头,他只顾着向你献殷勤了,连我这么大年纪一个人坐在这儿,竟然也视而不见!"

中年男子一愣,忍不住一笑,道:"倒是在下失礼了。"

无心大师一愣,这男子长得模样一般,笑容倒是很有味道,这一笑,让中年男子多了许多的魅力。她也一笑,口气温和了许多,说:"罢啦,只是开个玩笑。我这丫头,本就是一个让人怜惜的女子,你如此对她,最是正常不过,只不过这丫头是个实心眼,你若是想献殷勤随你,却不要打她主意,她心中再也没有旁人位置,如果你失望了,可不要埋怨上天不公。"

中年男子似乎想笑,听着无心大师的话,眼神却始终温柔地落在丛意儿的身上,看起来有些三心二意。而丛意儿只是手捧着茶杯,似乎用茶杯的温度来温暖自己。她看来有些不禁寒意,脸色苍白得让人不敢大声说话,怕气息也会伤到她如玉脂般纯净的皮肤。

丛意儿似乎是感觉到了对方的目光,下意识地抬头看了看对面的中年男子,礼貌地点了点头,轻声说了声:"谢谢。"声音听来有些漫不经心,有些遥远的味道,然后她的注意力就转到了窗外。她看到外面的河,那儿,她曾经坐在司马逸轩准备的船上,因着一根相似的玉钗吃了一些小小的醋,想着,竟然在微笑间流下泪来。她心里的悲哀无法宣泄,手微微一哆嗦,手中的茶杯竟然随着一声脆响碎成了几片,几滴鲜血立刻随着茶水落在桌上。

"丫头——"无心大师吓了一跳,立刻伸手过去。

却仍是慢了一步,对面的中年男子比她动作更快,已经用一块干净的手帕垫住了丛意儿受伤的手,拿走了她手上的碎片,仔细查看着伤口,甚至没有在意什么男女授受不亲的训导。"姑娘,怎么如此不小心,幸好伤得不重。"话虽然是这样说,但是中年男子的眼中却全是疼惜之意,手竟然微微有些颤抖,似乎受伤的不是丛意儿的手,而是他自己的手。看着手帕上逐渐晕开的血迹,他欲言又止。

无心大师看着,没有说话,这中年男子反应倒真是快!不过,看样子也是个老实人,或许对丛意儿一见钟情吧。

丛意儿从中年男子手中抽出自己的手,看着伤口,上面用手帕包得好好的,血迹有渗过来,但已经止住了血。她淡淡地说:"谢了,是我自己不小心,没关系。伙计,帮忙收拾一下桌子。"

她的礼貌是明显的,也是冷淡的,让中年男子有些尴尬,有些不太好意思的笑了笑,退回到自己的位子上坐下,温和地解释:"对不起,一时着急,看着姑娘不小心弄伤了自己,倒失了礼数,真是抱歉!希望姑娘不要介意,在下绝没有什么恶意。"

丛意儿轻轻叹了口气,淡淡地说:"谢谢。"就不再说什么。

无心大师在一边看着,心中叹了口气,自从司马逸轩死后,她救了丛意儿,丛意儿就是这个模样,并不见得如何的大悲大痛,却忧郁得让观者从心里觉得颤抖。原本是深爱的男子,突然间在她生命里再也不可能出现,这种痛,如何语言可以表达?

"那个人好像挺喜欢你的。"无心大师等中年男子吃过饭告辞后,看着离开的中年男子的背景,笑着调侃道。

丛意儿有些疑惑,看了看无心大师,似乎听不明白她说些什么,然后才反应过来无心大师指的是刚刚离开的中年男子,有些漠然地说:"是吗?或许是个礼貌周全的人吧。"

"意儿——"一声惊喜的喊声让无心大师和丛意儿同时抬起头来,看着楼下走上来的司马溶。无心大师不太认得对方,不过,对方的注意力也并不在她的身上,他正全神贯注地看着丛意儿,"你还活着?真是太高兴了,太好了!"

丛意儿看着司马溶,平淡地说:"这位婆婆救了我。听说皇上生病了,你怎么没有留在宫里照看皇上?"

司马溶叹了口气说:"我是出来联络乌蒙国使者的。丛惜艾,也就是你姐姐,她看出来父皇中了来自乌蒙国的奇毒,说是只有乌蒙国宫里的太医才可以诊治,没想到,真的请他们来了,他们竟然还摆起架子来,到京城有半日光景了,竟然还是不肯入宫替父皇医治。"

"我姐姐她还好吗?"丛意儿简单地问。

司马溶犹豫了一下,说:"她还好。这几日她一直忙着照顾父皇和皇后娘娘,这几天皇后娘娘也身体不适,找不出个原因来,大家很是着急,幸亏有大哥在,应付着局面,否则我只怕是不可能遇到你。你下一步准备去哪里?回丛府还是——"

丛意儿摇了摇头说:"我和婆婆一起住。"

司马溶有些困难地说:"听宫里的人说,如今还是没有找到皇叔的尸体,你,你不必为了他守一辈子的空名分。虽然他说他要娶你做他的王妃,但如今他已经去了,你,还是随意些好。"

丛意儿没有说话。

司马溶心中不想离开,但是,想到宫里病情起伏的父亲,只得不情愿地说:"你若是有什么需要我的,随时通知我。有我在,在这京城,你绝对不会有任何不妥。"

丛意儿点了点头,淡漠地说:"多谢。"

"丛意儿回来了?"皇上在床上打个冷战,从那么高的地方掉落下去,竟然还能够生还,真是够可以的。她如今回来,会不会来找他理论?难道是司马逸轩阴魂不散,特意让丛意儿活下来惩罚他的?"她有没有说什么?有没有说要来宫里找朕?"

司马溶一笑,安慰自己的父亲说:"父皇,你想到哪里去了,意儿她不是那种人。她只是看起来消瘦了许多,并没有任何言论上的指责,只是问起她姐姐丛惜艾,别的还真是什么也没有说,甚至没有提起过皇叔。再者说,就算她有什么想法,她也不可能真的跑到皇宫里来与父皇您对峙的。您还是好好养病吧。"

皇上看了一眼站在一边的丛惜艾,问道:"怎么今日没见皇后过来?她是不是不太舒服?"

丛惜艾犹豫一下,想到早上醒来,自己的姑姑看到镜子里越发苍老的面容的一声惊叫,以及打碎了镜子,吩咐任何人不得入内的凄惨模样,很是难过,轻声说:"皇上,您好好地将养身体吧,皇后她,她如今身体有些不太舒服,不能过来看您,正在隔壁房里休息,您不必担心,她,她没什么事。"

皇上看着丛惜艾,轻声叹了口气,说:"你不说朕也猜得出来,只怕是蝶润那贱人所下的药此时作用越来越大。前些日子朕就觉得雪薇的情形有些奇怪,好像突然之间苍老了许多,看起来让朕心痛,难不成她中了什么可以让人迅速变老的毒不成?对了,澈儿,现在还没有找到蝶润那贱人吗?"

司马澈恭敬地说:"孩儿一直在四处寻找,但是京城里多半是些皇叔的旧识故交,若是藏匿一两个人实在是太过容易,孩儿怕逼得急了,蝶润会生出变故,只能够小心翼翼地四处寻找。父王您不要担心,孩儿会尽最大的可能找到她,让她救治皇后娘娘。"

皇上点了点头,叹了口气,轻声说:"这也是命,不过,朕毕竟是大兴王朝的九五之尊,这点事情还是难不倒朕的,朕就不信遍寻天下名医就没有人可以解得了蝶润那贱人的毒!惜艾呀,你不要在这儿站着了,快去照看你姑姑去吧,她一个人在那屋待着,心里一定是非常的悲苦,可惜朕此时也是身体不适,挪动不得,否则朕一定会过去看看她的。你转告她,让她好好休息,朕一定会替她寻到解药,让她恢复旧时容颜的。"

丛惜艾点了点头,走出房间,脸上的表情有些难过。

司马溶犹豫了一下,看了看自己的父亲,悄悄跟着丛惜艾走出了房间,紧赶了几步追上丛惜艾,声音不大,说:"这几日你好好照看父皇和皇后娘娘。此时这儿你是唯一知道乌蒙国药性的人,在乌蒙国的使者答应解毒之前,一切全靠你了。"

丛惜艾愣了一下,自打回到宫里来,司马溶就几乎没有和她说过话,今日还是第一次如此和她说话,而且多少还带了些感情。她微微点了点头,轻声说:"惜艾知道,只是,这药极是歹毒,只怕是除了乌蒙国的人外,没有人可以轻易解得。可是他们这次为什么突然间如此摆起架子?他们只是我们大兴王朝的一个小小附属之国,为何这一次如此之嚣张?"

司马溶皱了皱眉,说:"如今是皇上生了重病,国不可一日无君,我们因着父皇的原因,并不敢过于强硬地要求他们,所以他们就提出了许多无理的要求,如果我们不答应,他们说就绝对不会替父皇诊治。他们是断定父皇的病只有他们解得了,否则他们也不会如此嚣张。没有想到一个小小的青楼女子,竟然可以下如此歹毒之药。可是她不过是一个青楼的女子,哪里来得如此神奇的药呢?难道说,她一直就是乌蒙国的人不成?或者皇叔真的是在利用她从父皇手中夺取皇位不成？"

"绝对不会。"丛惜艾立刻说，"你也知道轩王爷是怎样的一个人，你也听宫里人说起过，当年是轩王爷不想做皇上，才有了今日的皇上，如果他真的想要帝王之位，只要太上皇一声令下，就算是目前这种情形，他也是可以做皇上的。"

司马溶叹了口气，"如果是这样，我倒宁愿我不做皇上，只要皇叔愿意放过父皇。"

丛惜艾轻叹了口气，说："宫里传闻，惜艾自幼由宫中的人断定所嫁之人必定是皇上，未来的夫君必定是九王之尊，所以，皇上准允了我们之间的婚事，因为他觉得您就是未来的皇上。不论当时皇上是出于何种原因，或许有某种原因让他断定您就是他未来的接班之人，但是，别的惜艾不知道，有一点惜艾是知道的，当时被宫中卜师认定未来会嫁九五之尊的女孩子并不是我，而是我的堂妹丛意儿。如今看她最终还是没有与你结为夫妻，想来，或许天意注定的未来皇上就真的是另有他人。而且，惜艾前几日与您相处，说句实话，二皇子，您，您确实欠缺一些做皇上的筹谋和平静。"

在这几日的相处中，丛惜艾是真的觉得，其实司马溶更适合做一个闲散之人，享受一下也就好了，做不得为天下百姓着想的事情——他根本就没那个心。

"若是你真的想要替你父皇做些事情，或许你可以考虑此时以强硬的态度娶了蕊公主，他们不是已经答应你可以娶她了吗？"丛惜艾平静地说，"若是有她在，乌蒙国的人多少是有些忌讳的。"

司马溶一愣，"你竟然游说你的夫君再娶他人！"

丛惜艾苦笑一下，说："我不过是替你着想。"

阿萼盯着自己的姐姐，表情惊愕得很，不相信地问："姐姐你确定你要嫁给司马溶那小子吗？那简直就是一个傻瓜，还不如丛克辉有趣。什么样的男人不可以选，轩王爷已经死了，你也哭过了，寻死觅活过了，我还以为你——咳，你怎么突然间答应要嫁他了？！"

蕊公主表情漠然地看着窗外，好半天才慢慢地说："这个司马溶我是嫁定了，而且我还要与他生儿育女，让我的子女成为未来大兴王朝的主宰！这是乌蒙国百多年来一直的梦想。而且，只要我嫁了司马溶，我就有机会可以接近如今的皇上，我岂能允许他如此不讲道理地杀害轩王爷？他完全是一个无道的昏君，这种人就根本不能做皇上！"

阿萼不以为然地说："那是男人们的事。国家大事与我们有何关系，你何必如此想不开？这样做，救得回轩王爷吗？轩王爷他已经不在人世了。"

蕊公主没有吭声，一直看着窗外，过了好半天才冷冷地说："我已经打定了主意，不要再劝我了。"

阿萼叹了口气，说："随你了，这是你的自由，你好自为之吧。"

司马溶非常意外，蕊公主竟然痛快地答应了婚事，而且完全听从他这边的安排。

丛惜艾看着司马溶有些困惑的表情，心里头长叹了口气，她也是个女人，她知道蕊公主会答应嫁给司马溶，绝对不是因为司马溶有多么的好，多么值得，蕊公主的目的只是在于可以为轩王爷报仇，以及成全乌蒙国的某些念头。

"父皇和皇后娘娘可以参加仪式吗？"司马溶麻木地问。

丛惜艾有些犹豫地说："皇上和皇后娘娘的身体不适合抛头露面。皇后娘娘的情形越来越糟，如果乌蒙国再不拿来解药，她会在短时间内就变成一个老妪模样的人。皇上的身体也是极度的虚弱，而且——"丛惜艾看了一眼司马溶，咽回下面要说的话，低下头沉吟了半天，才说，"依惜艾的意思看，还是不让他们二人出现的好，虽然说蕊公主贵为乌蒙国的公主，但她只是嫁你为妾，所以，也不必兴师动众，只要简单地举行个仪式就成，府里的人出现喝杯喜酒就好。"

司马溶想了想，说："好吧，就依你的意思去办。我累了，要去休息，不要让人打扰我。"

丛惜艾点了点头，目送司马溶离开房间，站起身也准备离开。

"惜艾。"苏娅惠突然轻声喊。

丛惜艾这才注意到房间里还有一个人，于是回头看着苏娅惠，问："什么事？"

苏娅惠犹豫着，低声说："你，还好吗？"

丛惜艾一笑，淡淡地说："好和不好之间。你不必担心我会重新得了二皇子的宠爱，二皇子只是需要我帮忙处理一些事情，并不会因此就宽恕我所有的过错，过了这段日子他还是会想起你来的。"

"你真的想开了吗？"苏娅惠迟疑地问。

"想开如何？想不开又如何？"丛惜艾的语气中有着淡淡的悲哀，却并不明显，虽然深刻，"苏娅惠，有了丛意儿，你我就真的不必一定求个结果。或许是我们太傻，若是一心一意地只守着一个喜欢的男子，或许幸福，胜过如今。"

苏娅惠愣愣地看着丛惜艾安静地离开。

丛惜艾在床上躺下，觉得身心疲惫。她以为可以忘记，以为可以再爱上司马溶，最起码可以不再那么招惹他的不满，但是，为什么，在这样疲惫的情况下，想起的还是那样一个身影？一个散漫的、微笑的、饮着酒看着远方的身影，那个总是在自己无法触摸到的地方待着的男子。他，真的走了吗？

站在客栈的外面，司马溶的心里有着说不出的欣喜，他，还是不由自主地想要见到丛意儿。

"丫头，好像是那个傻小子来了。"无心师太无奈地说，那个小子，以她过来人的身份眼光看，只是一个活在衣食无忧里的公子哥，是个没有内容的草包。

话音未落，司马溶自己走了进来，看到无心师太，礼貌地打了声招呼。这个婆婆救了丛意儿，他自然会对她客气些，因为她救了对他来说最最重要的人。"前辈，可好？"

无心师太点了点头。

司马溶微笑着在丛意儿对面坐下，轻声说："意儿，你瘦了许多。"

丛意儿抬头看了看司马溶，问："你怎么来这儿啦？惜艾可好？"

司马溶犹豫了一下，说："她还好。比以前收敛了许多，脾气也温和了许多，一直在照顾着父皇和皇后。皇叔的离开好像对她影响不大，也未见她提起。"

丛意儿淡淡地笑了笑，白皙的皮肤在阳光下透明得让人心痛，仿佛稍重些的呼吸都会让它受到伤害。她淡然地说："惜艾她不过是在嫁你之前遇到了一个她不能了解的男子，你当检讨自己，为何你笃定会爱你一生一世的女子会不小心迷恋上别的男子？或许只是你一时的疏忽，是你的，总会回来的。若你这样想，心里会舒服一些。"

"你会回来吗？"司马溶眼睛盯着丛意儿问。

丛意儿淡淡地说："除非是以前的意儿，否则，我在这儿，心里就只能有一个人。"

"皇叔他已经逝去，你何必为一个已经死去的人而折磨自己？就算是皇叔九泉之下有知，也不会答应你这样。"司马溶着急地说，"况且你们也只是口头上的婚约，何必放不下？"

丛意儿看着司马溶，微笑着说："不是婚约所限，是我许下了心。一个人可以没有心吗？司马溶，用你劝我的心想一想惜艾，她何尝不是一个可悲的人？若你真的爱她，为何不让她明白，逸轩对她来说，不过是个意外？"

司马溶温和地说："意儿，我不会勉强你，能够再次看到你，我已经觉得非常的满足。时间是足够的，能够在以后的时间里常常看到你，已经是上天善待我，我会用足够的心意来等你，哪怕要花一辈子的时间。"

"你已经有了惜艾和娅惠，你的心分得出如此多的真意吗？"丛意儿微笑着，轻声说，"你父亲如今怎样了？我姑姑可好些了？"

司马溶的脸色一变，有些担忧地说："他们的情形不好，不过，我已经答应娶蕊公主为妃，这样的话，乌蒙国总会有些顾忌，不会再继续刁难下去。"

丛意儿语气淡淡地说："司马溶，何必再伤害一个无辜的女子，蕊公主嫁你，你能够给你们彼此幸福吗？"

门口传来轻轻的有礼貌的敲门声,丛意儿和司马溶同时抬头向门口看去,门口站着一位温和的中年男子,眉眼虽然平常却看着极是舒服。丛意儿微皱一下眉头,觉得对方有些面熟却想不起对方是谁,只听得无心师太的声音从他们二人背后传来。

"原来是你,那日酒店一别,还以为你失踪了呢。"无心师太微笑着说。不晓得为什么,她倒是蛮喜欢这个中年男子的,稳重内敛、成熟温和,虽然面色平常,看着却很舒服。

中年男子微笑着说:"前辈说笑,也是凑巧,我就住在附近,刚刚经过这儿,看到这儿的门虚掩着,竟然看到姑娘在里面坐着,一时觉得惊喜,就冒昧地敲了门,倒惊扰了前辈的休息。"

"姑娘可好些了?"中年男子看着丛意儿,温和地说,"在下看姑娘脸色仍然是有些苍白,此时阳光尚暖,不过,地上难免有些寒意传上来,还是进屋歇息的好。"

"你是什么人?"司马溶盯着来人,不高兴地问。这人是什么人,怎么可以这样关心丛意儿?他算哪根葱呀?

中年男子看着司马溶,客气地说:"在下姓尤,是个经商之人。那日在酒家遇到丛姑娘,心里觉得亲切,今日特意过来打声招呼。"

无心师太笑着说:"尤公子,既然来了,就坐下说话吧。"

中年男子在丛意儿对面的椅子上坐下,微笑着说:"多谢前辈。"

无心师太笑了笑,说:"尤公子倒真是有心人,是如何知道我家丫头姓丛?好像我们来此处时,附近并没有人居住,尤公子可是突然起意?"

中年男子脸上一红,似乎被人说破了心事,顿了一下,说:"在下确实有些刻意,如果有冒昧之处,还请前辈多多原谅。在下并无恶意,也不会为难姑娘,只是想要见到姑娘而已。"

"她是我心中的最爱,你最好不要打这个主意。"司马溶恼怒地说,"而且,你算什么东西,竟然敢打意儿的主意。"

中年男子淡淡地摇了摇头,说:"这好像算不上理由。"

司马溶瞪着中年男子,"你实在是不知天高地厚!"

丛意儿微皱眉头,说:"我累了,二位到别处争吵吧。"

这一觉睡得极好,不晓得无心师太送来的茶水中放了什么,只知道这一杯茶喝下去,她就安睡了整整一日。

"丫头,醒了?"无心师太一脸微笑看着睁开眼的丛意儿,仔细端详着,说,"尤公子说得真是不错,你要是好好的睡上一觉,气色就会好许多。这尤公子还真是有办法。"

丛意儿盯着无心师太,不相信地问:"婆婆,你不会是听了那个什么尤公子的话,给我下了什么药吧?"她自己是个医生,当然知道,她现在的情形,如果没有药力的作用,她肯定睡不着。

无心师太微笑着说:"尤公子说,看你的情形,一定是心中悲哀,无法入眠,再这样下去,只怕会伤了身体。他建议为你用一些安神的物品,你的体质已经脆弱到只需要用这些东西就可以让你睡去。那个尤公子真是个有心人。"

丛意儿有些意外,那个尤公子真是个奇怪的人,竟然可以说服无心师太。"他走了吗?"

"没呢。"无心师太笑着说,"他一直在外面等你醒来,此时正在厅里坐着。"

丛意儿立刻从床上坐起来,几步走到前厅,果然看到那个中年男子正安静地坐在桌前,"你怎么还不走?!"丛意儿不高兴地说。

中年男子抬眼看着丛意儿,似乎挺满意,微笑着说:"果然好了些,我这就告辞。"

丛意儿刚要说什么,听到无心师太说:"何必如此着急,反正已经到了吃饭的时候,不如留下来一同吃如何?"

丛意儿回头瞪了无心师太一眼,心中暗自恼怒,这无心师太也真是奇怪,怎么就让一个陌生男子左右了呢?!

中年男子微笑着说:"我今日有些事情要办理,不得不离开,明日我一定会再来看望姑娘的。"

丛意儿真的是一个字也说不出来,天下怎么有如此胡搅蛮缠的家伙?看不出来自己有多么讨厌他吗?竟然还说明天再来?!真是的!

无心师太送中年男子离开,丛意儿在桌前坐下,只觉得那中年男子的影子就在自己面前晃来晃去,他的声音总在耳边响来响去,闹得她怎么也安静不下来。

"二皇子,时间不早了,早些歇息吧。"苏娅惠温柔地说,将一件厚些的衣服披在司马溶的身上。

"我今天去看意儿了。"司马溶微笑着,脾气很好地说,"她瘦了许多,但是,还好,她人还活着。"

"她,她还活着?"苏娅惠意外地说。

"是的。"司马溶点了点头,开心地说,"知道她还活着,真是一件开心的事情。"

"二皇子。"外面传来小小的声音,是府里的奴婢,"蕊公主来了,请您到前厅去。"

司马溶一愣,这个时候,蕊公主来这儿做什么?"好的,知道了,告诉她,本皇子很快就过去。"

前厅,蕊公主裹了件厚厚的衣服,有些不禁寒意的模样。看着司马溶从外面走了进来,她冷冷地说:"听说当今皇上龙体欠安,我过去瞧瞧。"

"现在吗?"司马溶有些不解,但是立刻又说,"你不会是有什么目的吧。蕊公主,本皇子知道你不喜欢本皇子,你答应嫁给本皇子一定是有原因的,就如同本皇子娶你也是有原因的一样,你此时去探望父王,不会是打了什么不妥的主意吧?"

"是你哥哥,大皇子司马澈派人让我到宫里一趟,替皇上看看病,可是我总不能一个人冒冒失失地到宫里去吧? 所以就要麻烦你带着我去了。还有,不要开口本皇子,闭口本皇子的说,真是够幼稚的,你真当你是轩王爷呀,可以坦然说出本王爷三个字而令听者不觉得不妥吗? 真是笑话。"蕊公主冷冷地说。

司马溶一愣,原来是司马澈派人找来的蕊公主。他点了点头说:"好吧,如果你是真心想要替父皇治病,本皇子我自然可以带你去见父皇。不过,我话说在前头,若是你生出什么事情来,可不要怪我心狠手辣,毕竟这是在大兴王朝,你多少要收敛些。"

"随你的便,若是你不相信,我不去更好,半夜三更的去到那种地方,最是无趣。"蕊公主漠然地说,"我还乐得回去睡个安稳觉呢,你以为我喜欢半夜三更的去看一张痛苦不堪的脸吗?"

司马溶努力平静地说:"好吧,我们现在就过去。"

"莫提我们二字,这二字听来让我心生恶心之意。"蕊公主冷漠地说,"此时你我二人还只是陌路,还是各自称呼的好。"

司马溶恼怒地说:"随便!"

说着,前面带头离开了前厅,吩咐人备车去暖玉阁。

皇上独自躺在床上,浑身无力不晓得做什么才好,听到外面的脚步声,他犹豫了一下,把手中的手绢悄悄地塞进了枕头下。这几日也不知道是因为什么,他总是喜欢这些个平日里只有女子们才会喜欢的东西。

"父皇,孩儿来看您了。"司马溶施了礼,鼻端嗅到一股莫名的香气,很女性化,平日里在父皇这个房间里不太常闻到,除非是皇后娘娘在这儿,有时候会有这种香气,但是,现在丛雪薇也在疗伤,她不在这儿,为何会有这种香气。他瞪了一下站在一边的太监,低声而恼怒地说,"父皇正在不舒服的时候,是谁让这房间里充满了如此浓郁的香气? 真是大胆。"

太监脸吓得苍白,偷偷看了看躺在床上的皇上,犹豫了一下,没敢说话——这种香气本是皇上让他们熏的。

"罢啦,别在那儿指责他们了,他们不过是奴才,哪里有如此大的胆子在皇上休息的房间里熏如此浓郁的香气，这是皇上本人的主意。"蕊公主冷冷淡淡地说，"这不过是皇上身上的药性发作，开始喜欢这些个女子们才会喜欢的东西而已。"

司马溶一愣，看着蕊公主，有些疑惑但没能问出口。

蕊公主看着躺在床上的皇上，忍不住笑了笑说："皇上，您可真是幸运得很，这种药，就算是在乌蒙国也不太常用的，不过看样子下药的人真是颇费了些功夫，让您可以不知不觉中了道。看目前情形，您的药性已经发作得很厉害了，您大概已经从开始的痛苦转成了目前的享受了吧？是谁下的这种药，谁可以弄到乌蒙国的药？"

"是蝶润。"皇上恼怒地说，声音听来有些尖细，把司马溶吓了一大跳——才几日不见自己的父亲，怎么成了如此模样？

蕊公主一愣，微笑着说："原来是醉花楼里的蝶润。她是如何弄到药的？不晓得是乌蒙国哪位达官贵人送了这药给她，让她用在了您的身上，早知如此，您何必得罪轩王爷。如果您安心地做您的皇上，不去招惹轩王爷，哪里会如此的麻烦。就算是我可以帮您治好，但若是您想恢复到以前的模样和体力，却是绝对没有可能了。"

皇上瞪着蕊公主，说："你胡说些什么？只要是毒药，就一定有解药，朕不相信乌蒙国没有这种药的解药！"

蕊公主淡淡地说："那就随您了，您信也好，不信也罢，与我何干？我不过是过来瞧瞧，救得了就救，救不了也没办法。依我看，就您目前这种状况，您还是死心吧，趁早把皇位让出来，安心做您的——皇上，恕我直言，您还是早些立个新皇上吧，除非蝶润手里有解药。也不是没有解药，但是这种药奇怪就奇怪在，每一剂解药只能解开与这剂药同时配的那剂毒药，错一分都不成。我可以配出解药，但解不了您此时身上的毒。"

皇上有些听不明白，瞪着蕊公主，"什么意思？"

蕊公主耐心地脾气蛮好地解释："我的意思是说，一物降一物，知道吗？如果没有蝶润给您下的那剂毒药的解药，此时配出的解药救不了您。我此时配解药就得先配出毒药，然后才可以有解药，也可以这样说，解铃还须系铃人。得看您造化如何，可否找得出蝶润来，并且蝶润手中还得有解药才成。"

"蝶润？她好像早已经死了，就算有可能被人救出来，也只怕是——"司马溶有些犹豫地说，"我觉得，轩王府里的人要救也只会救意儿，不会救蝶润。虽然他们认识蝶润，但是蝶润是嫁了我父皇的人，在他们眼里，她就是个不可饶恕的人，如果没有她被关在狱里，说不定轩王爷还不会死。"

皇上躺在床上，懒洋洋地不想动弹，其实这样也不坏，他这样想，突然想起什么似的说："对啦，溶儿，你有去看你祖父吗？不晓得他知道了你皇叔的死讯会如何？会不会也一命呜呼？想想也是有趣得紧。真是可惜，朕倒是想再见见蝶润，那女人倒是妩媚得很，得让雪薇学学她的妆容。对啦，雪薇她可好？"

司马溶诧异地看着自己的父亲，不知说什么才好。

"算啦，别在那儿发呆了。"蕊公主冷冷地说，"蝶润下药极狠，你们此时还是祈求上天保佑可以迅速找到蝶润吧，并祈祷她手中还有解药，否则，没有任何人救得了他，只能眼睁睁地看着床上这位变成一个不男不女的家伙。"

"皇上，大皇子求见。"有太监走进来轻声说。

"让他进来。"皇上懒洋洋地说，不由自主地从枕头下抽出手绢玩弄起来，看得司马溶眼睛睁到不能再大。这是怎么了，父皇怎么变成了如此模样？那个蝶润到底是下了什么毒呀？

"父皇，孩儿向您问安，您可好些了。"司马澈温和有礼地说着，看了一眼站在床前的司马溶，微笑着说，"原来你也在这儿，这几日可有些空闲了，该抽些时间应付公事了吧？原来蕊公主也在，可看出我父皇的病情如何？有何药可解？烦你这么晚了过来，真是不好意思。"

蕊公主盯着司马澈看了几眼，微笑着，轻声说："刚刚已经和皇上说过了，除了蝶润，没有人可以救得了皇上。"

"这，有些困难了。"司马澈为难地看着自己的父亲，很认真很正经地说，"就目前情形来看蝶润在那次事件中丧生的可能极大，父皇，您可有别的想法？"

皇上摇了摇头，说："朕懒得费这个脑子，你去替朕想个办法，对啦，朕听说，丛意儿那个丫头还活着，是真的吗？"

犹豫一下，司马溶轻声说："是的，意儿她还活着，不过，情形不算很好，皇叔的离开对她的打击很大，她现在看来还是非常的悲哀。"

皇上笑了笑，散漫地说："她还真是一个命大的人，从那么高的地方摔下去，竟然还能够无事。蕊公主呀，若是没事的话，就先退了吧，朕累了，都散了吧。"

蕊公主转身就走，根本不肯多做一分钟的停留。司马溶和司马澈也从房内退了出来。

丛意儿看着尤公子，不知道说什么才好。好好的，非要请她喝酒，上好的酒倒在上好的杯中，在灯光下有着让人黯然的光泽。临晚的时候，突然下起雨来，而且寒意也重了许多。

无心师太早早地歇息了，院落里安静得很，只有他们二人坐在桌前对斟，氛围有些怪怪的。

"这是最好的酒。"中年男子温和地说，"今日得了，特意请你品尝一下。人们常说酒可解千愁，这话听来有些夸张，但是偶尔饮上一杯，也是一件很舒服的事情。"

丛意儿看着他，漠然地说："你真是奇怪，看起来极聪明的一个人，为何就看不出我是如何的不欢迎你的到来？想要喝酒，一个人足可，何必来烦我？"

中年男子并不以为然，反而是微笑着继续说："姑娘不要误会，在下只是觉得这酒是好酒，想让姑娘一同品尝一下。人生得遇一可心之物不是件容易的事情，既然得了，一定要与知心之人共享。在下也是寄居于京城，一个漂泊之人，得遇姑娘，心中快乐，有好事好物一定要拿来与姑娘分享才好。在下也知道姑娘心中不欢迎在下，但是，我却是真的并无他意，只想与姑娘说上几句话，这一日似乎才算得上不虚度。"

丛意儿冷冷地说："我不喜欢喝酒。"

中年男子微笑着说："这酒并非烈酒，乃是高人亲手酿制而成，取那饱满之果历经时间慢慢酝酿而成，入口有留齿清香，姑娘若是不信，可以一试。"

丛意儿盯着中年男子，心中真是觉得奇怪，这人还真是奇怪，怎么就闲到纠缠起自己来。她心想，不就是喝酒吗，或许喝了真可以解愁。端起酒杯，一杯入口，微辣，有淡淡清香留于口中，似乎不是素日里常喝的酒。一时之间，她有些恍惚，看着窗外的落雨，眼前灯火跳跃，初次遇到司马逸轩的时候，他也在饮酒，端着酒杯，眼睛如空中寒星，安静地审视着她，看不出他心中想些什么，那个时候，他们其实就彼此注意到了对方，只是，他们并不自知。

有泪水，暖暖地落在酒杯中，心，似乎听到破碎的声音。

"姑娘，这酒要喝得开心些，酒里藏不得心事，放下心事，这酒才喝得值得。"中年男子温和地说，为丛意儿再倒了一杯，手接触酒杯的时候，有微微的颤抖。正在发呆的丛意儿并没有察觉到，她只是盯着雨，一心的酸楚，一想到，再也见不到司马逸轩，就泪如雨下。

"我的心事全在酒中，你何必闲到招惹我？"丛意儿盯着中年男子，将刚刚倒满的酒一口喝下，泪水混在了酒中一起落入腹中，酒的味道似乎更加清淡起来，"你到底是什么人？难道真的闲到无事不成？这样的时辰，你不去休息，跑到这儿来做什么？"

中年男子也喝了杯中的酒，犹豫了一下，轻声说："夜深，却睡不着，姑娘心事都在酒中，在下的心事也全在酒中，在下与姑娘也是同病相怜之人，姑娘思念着心中的人，思念得堂堂正正，在下却是思念得苦，想着可以见到却不能相认的人。这酒，或许有了心事才喝得入心！来，我们好好喝上几杯。"

丛意儿愣了一下，下意识地说："既然是心中有人，就不要再多事招惹他人，你我不过陌路人，你心中有人，我心中亦有人，你我心中的人彼此不能交换，我们还是陌路的好。"

中年男子一口酒落入腹中，笑了笑，眼中竟然有泪意。他看着丛意儿，呆呆的,过了好一会儿,才长叹一声,说:"真是亏欠了她,如果知道她会伤心,何必当时让她知晓爱意,或许她不知道我爱她,此时她可以活得轻松些。"

丛意儿一愣,说:"你既然爱着她,为何要让她伤心?"

中年男子不再为丛意儿倒酒,倒是自己一杯接一杯地喝了起来,喝得心酸,无语。

"你为何如此?"丛意儿不解地问,"看得出来你心中也是苦的,到底是什么原因让你远离你所爱的人,独自一个人痛苦,也让她陷于痛苦之中不能自拔?这样不是害人害己吗?"

中年男子苦笑了一下,淡淡地说:"世间的事情真是奇怪,我也算是个曾经沧海的人,原以为爱情不过是一种骗人的东西,可还是爱上了一个人,一个如你一般令人心动的女子,怕爱却不由自主地爱上,如今,却不想她被伤害而离开,却没想到这对她来说已经是一种伤害。不过,也许时间可以改变一切,过了些时日,她会忘记我,会有幸福的未来,没有我,一样会有人深爱她,努力令她幸福。只是,这话说来,心中竟然苦涩不堪!"

"你的话听来真是苍白。"丛意儿不高兴地说,"一个女子哪里能够轻易爱上?一旦爱上了,哪里会轻易放弃?只怕是时间再久,这心头的伤痕也无法痊愈。你真是自私的人。她现在在哪里?你应该去找她,尽你的所能来爱她。"

"如果你知道自己的生命并不在自己的手中把握,如果你知道自己随时都会陷于危险之中,又哪里敢奢望爱她,如果这份爱给她的不是全部,这份爱就是自私的,我希望她得到的是全部的爱,可是我,却无法给她全部的爱。"中年男子突然呆呆地说,"或许你可以想象一下,一个活在阴谋中的人,时时要用心机应付周围,你还会建议我去爱她吗?你还以为我可以给她幸福吗?我只能让她担心,却不能用全部的身心来爱她,我的爱,就是自私的,我就不配得到她的爱。"

"一个商人有如此多的事情吗?"丛意儿不满意地说,"不过是钱财之间的得失,谈得上如此不可原谅吗?如果一个人太过在意身外之物,那就不必谈什么感情!"

中年男子一怔,突然苦笑了一下,说:"姑娘说得极是,倒是在下小题大做了。不过,话虽然说得有些夸张,我的离开真的只有好意,我希望她可以活在一种轻松自由的生活中,找一个简单的男子幸福的过上一辈子,或许我对于她来说,不过是一个过客,她该有一份应该的爱情,而不是把所有的幸福赌注押在我身上。算啦,不说这些了,如果姑娘不介意,我们今日就来个不醉不休如何?"

丛意儿看着中年男子,犹豫了一下,突然兴趣索然地说:"我不想喝了,若是你想喝,就自个在这儿喝吧。"说完,站起身来,回到自己房中。躺在床上,她闭上眼睛,对自己说:现在,就立刻睡觉!

中年男子唇边滑过一丝苦涩的微笑,没有再倒酒,而是拿起酒壶一饮而尽。压抑着心中的苦涩,他看着丛意儿房内的灯灭掉,整个人在面前摇动的烛火间似真似幻,甚至连泪都看不真切。

清晨,丛意儿睁开眼睛,看着窗外,真是奇怪,她可以一夜安眠,那个中年男子虽然有些无聊,但是,似乎也不是那么的讨厌。况且人家也说了,遇到她,只是让他想起他心中所爱的女子,与她其实无关,何必如此埋怨人家无趣。

看见无心师太正在院中练武,姿势极是悠闲自在,对于武艺几乎已经到了登峰造极地步的无心师太来说,练武已经成了一种随意的活动。丛意儿微笑着说:"早啊,婆婆。"

无心师太回头看到丛意儿,看见她的脸色好了许多,她笑了。女人嘛,只要休息好,气色总是会好一些的。她微笑着,想到那个中年男子还真是有办法。不过,昨晚她没睡好,竟然有人跑到这儿来想要伤害丛意儿,这群废物,也不想一想,丛意儿是和谁在一起!不说狂话,当今武林,还有谁可以与她过招?

"醒来了?"无心师太微笑着说,"看起来气色好了不少。"

丛意儿点了点头,说:"休息好气色自然就好。婆婆,你好像永远都不把事情放在心上,难道人真的要无心了才过得开心吗?"

"那倒不是。"无心师太哈哈一笑,温和地说,"婆婆也不是一开始就这样的,婆婆也如你一般年轻过,有些事情也经历过,也如你一般痛苦过,可是,时间可以让一切变淡,与其花时间埋怨,不如干脆由着自己的性子过得舒服些好。婆婆也曾经有过喜爱的人,也曾经如你一般为了所爱的人食不知味寝不得安,但是,如今想来,只是觉得有些可笑而已。后来就为自己取了'无心'的名字。其实,此时想一想,名字不过是称呼而已,到了婆婆这个年纪,难得能有想不开的事了。"

丛意儿点了点头,没有说话。

"你呀,丫头。"无心师太叹了口气说,"就是太聪明了,女人不要太聪明,有些事情要糊涂些好,在婆婆看来,你好像知道的事情太多了,有时候对自己的人生知晓得太多,并不是一件值得开心的事情,那样,你的快乐和痛苦就好像是预先计划好的,没有意思了。"

丛意儿愣了一下,看着无心师太。

"我的意思是说,有些事情,你学会忘记更好一些,不要去想以后怎样,想了,发生了,也不过尔尔,反而不如顺着时间往后发展,会怎样就怎样的好。"无心师太微笑着说,"婆婆年纪大了,有些事情看得要比你明白些,你好像太过聪明,太过了解自己的人生,太过在乎一些事情,你对司马逸轩,爱就爱了,何必计较那么多?"

339

丛意儿正要说话,抬头看到司马溶走了进来。司马溶看样子休息得不好,眼睛有些发红,气色看来也有不好,但是看到丛意儿,他还是很开心的模样,只是似乎努力掩饰着什么,"这么早就醒了,昨晚休息得可好?"

丛意儿正要回答,却被无心师太一旁接口说:"不好,晚上有几只狗跑来捣乱甚是无趣,这年头养狗的人还真是多,这些狗呀还真是忠心。"

丛意儿有些愕然地看着无心师太,她昨晚睡得还真是沉,昨天有狗来闹吗?听无心师太的话,好像话里有话呀。

"呵呵。"司马溶有些掩饰地笑了笑,努力平静地说,"现在养狗是为了防身,呵呵,没事就好。"

"有事才怪。"无心师太不屑地一笑,说,"看那些狗呀,应该是些富贵人家的,二皇子吧,你应该去和那些个富贵人家的人说说,不要放自己家的狗出来乱跑,昨晚是我心情好,只是撵了出去,若是赶上哪天我的心情很不好,就不晓得有几只狗可以活下去了。"

司马溶有些尴尬地看着丛意儿,有些勉强地笑了笑。

丛意儿看着无心师太和司马溶,突然微笑着说:"好啦,你们不要打哑谜了。对啦,司马溶,听说你要娶蕊公主为妻,就在明天,这样,你可如何向惜艾和苏姑娘交代?"

司马溶微皱了一下眉头,无奈地说:"其实我并不想娶蕊公主,她根本就不喜欢我,只是不得已,她肯嫁给我一定是有原因的,而我娶她也是有原因的,我真是不晓得像我们这般,走到一起,要如何相处?至于你姐姐丛惜艾和苏娅惠,她们不会对此提出任何的异议,她们不过是我的妃子而已,无权过问我的事情。"

丛意儿低下头,微微一笑,淡淡地说:"那倒也是,你的想法很清楚,可是,娶了这么多女子,你觉得有趣吗?"

司马溶愣了愣,看着丛意儿,没有说话。

"记得刚认识你的时候,或者说,在皇宫里遇到你的时候,就是那次你把我推入荷花池中的那次,你的心中还只有惜艾,你的态度虽然傲慢,却心有所属,眼睛里是有幸福和期盼的。"丛意儿微笑着说,"为什么你不珍惜那时的你?如今的你,心中只有仇恨,你用仇恨为基础,娶了惜艾和苏姑娘,到底是幸还是不幸?若说惜艾辜负了你,但苏姑娘何曾亏欠于你?你如此对她,难道心中并无一丝一毫的内疚之意?至于蕊公主,你明知她心中根本没有你,你娶她是为了你的父亲,她嫁你或许只是为了另外一个人,你真的愿意这样吗?"

司马溶坐下来,有些颓丧地说:"我也不想,可是已经昭告天下,就算我不娶,又如何向乌蒙国交代?"

"你是未来皇上的人选,你可以做一些你认为你自己可以做的事情,你可以娶她,也可以不娶她,这是你的自由。"丛意儿平静地说,"蝶润在与我分手时曾经说过,就算是天下名医一起为你父皇诊治,也无能为力,救不回你的父亲,她心中恨你父亲对逸轩下手,那药自然是下得绝无回头之路,就算是你娶了蕊公主,只怕是对你父亲也无任何益处,只不过是世上再多一个伤心人而已。"

司马溶茫然地说:"我不知道我当如何才好。"他很困惑地看着自己的前方,考虑了半天才继续说,"意儿,我知道我不是一个好的皇帝人选,我不愿意操心,而且我也不知道如何操心,权势对我来说,只是一种诱惑,我想要获得,但却懒得去努力。我不像我大哥,他是一个勤勉的人,思想成熟,人也稳重,天意选定的人应该是我大哥而不应该是我。或许父王所以为的丛惜艾所嫁之人就是未来的大兴王朝的皇上的事根本就是编造出来的,是丛惜艾的父亲一早就设好的套。"

丛意儿看着司马溶,不知道说什么才好。司马溶确实不是一个好的皇帝人选,最主要的是,他没有责任心,他还只是一个没有完全长大成人的孩子。但是,真的要告诉他,丛惜艾和丛意儿的命运被人为地颠倒了吗?他承受得起吗?

"意儿,你是不是觉得我很可笑?"司马溶有些没底气的问。

丛意儿笑了笑,轻轻地说:"其实做不做皇上并不是那么重要的事情,你活得开心就好。好好地善待丛惜艾和苏娅惠她们,她们在你的人生过程中实在是无辜。"

"可是明明是丛惜艾她背叛了我,为什么我要好好地善待她?"司马溶不太情愿地说,"她背叛了我,喜欢上了皇叔,甚至……算啦,我想我是无法原谅她了!"

第二十章　遇有情人　心无空隙唯旧痕

丛意儿在椅子上坐下，看着淅沥的雨，冬日的寂寞在雨中最是明显，但是，同时也安静了许多，在这样的时间里，她很安静地想念着司马逸轩。有时候，就是这样矛盾，不论怎样，其实怪不得司马逸轩，他如何是他的事情，自己如何是自己的事情。自己喜欢他，放不下他，怎么可以怨他寡情薄义呢？他在天堂可好？

"在想什么？"司马溶半天没有听到丛意儿说话，忍不住开口问。

丛意儿愣了一下，抬头看着司马溶，有一丝莫名的恍惚，继而微笑着说："想念，仅此而已。"

有人从外面走了进来，又是那个中年男子。无心师太就是喜欢这人到来，老远看见了，就微笑着打招呼，"尤公子，来了。"

丛意儿看着中年男子，有些无可奈何，这人也真是的，冷也罢，嘲讽也罢，好像完全影响不到他，好像他就打定了主意，喜欢也罢，爱慕也罢，就纠缠定了。

他看着丛意儿，一脸开心的笑容，微笑着说："今天气色可是好了许多，比昨天还好，昨晚睡得可好？"

丛意儿不理会他，坐在那儿，表情中有些努力掩饰的无奈。

中年男子也不介意，笑呵呵地递上一个小小的鱼缸，里面游动着几条小小的鱼，很悠闲很开心地在水中游来游去。男子说："今日外出的时候碰到一个卖鱼的，瞧着真好，就买来几条给姑娘解闷，你瞧这几条鱼游得多么悠闲自在，人若是和它们一般，是多么幸福的一件事。"

丛意儿看着鱼缸，那鱼儿在里面游得甚是自在，完全不理会鱼缸外的世事如何沧桑，中年男子说得不错，人若是有这份心态，该是如何幸福的事情呀。

"你到底是什么人，为什么如此纠缠不放？"司马溶盯着中年男子，恼怒的表情完全不加掩饰。

"我只是一个生意人。"中年男子温和地说，"二皇子何必如此生气，在下只是对丛姑娘心有爱慕之意，却并无他想，亦不会为难丛姑娘，二皇子不必担心。"

司马溶看着中年男子，心中堵得难受，但却说不出话来，好半天才说："好吧，就由着你纠缠又能如何，意儿她早已经心有所属，纵然你用尽生命，也得不到什么,是你傻,我管不了,这天下就是傻人多。她心中只有我皇叔一个人,若是她肯动心,此时岂轮到你在此纠缠!意儿,快些撵他出去,免得他在这儿惹你生气!"

丛意儿犹豫一下,没有说什么。

"为什么要撵他走?"无心师太不乐意地说,"你是个二皇子不错,可是这儿是我们的地方,你有本事就把你的权力用在你自己的家中,不要到这儿来指手画脚,搞得好像天底下的地方都是你们司马家的一般。真是一代不如一代,司马家怎么出了你这么个无用的。"

丛意儿感觉到有一束目光从不远处投过来,目光中有着矛盾和恼怒之意,但是努力刻制着,似乎不想发火。顺着目光看去,丛意儿一眼就看到了蕊公主,她站在那儿,冷冷地看着院落中的人。

"你偷偷跟着本皇子!"司马溶发现丛意儿的目光转移了地方,也顺着丛意儿的目光换了地方。他一眼看到了蕊公主,立刻猜到肯定是悄悄跟着自己来到这儿的。他瞪着蕊公主,大声说:"你一个乌蒙国的公主竟然敢偷偷跟踪本皇子,真是可恶得很!"

蕊公主并不理会司马溶,她走到丛意儿跟前,冷冷地说:"轩王爷已经不在了,你竟然还有脸苟活人世,真是枉费轩王爷那么疼爱你,你就应该随了轩王爷去!"

丛意儿淡淡地说:"这是我自己的私事,你何必操心?"

蕊公主生气地说:"当然有关系,如果不是你的话,轩王爷就不会死,你就是造成轩王爷出现意外的罪魁祸首!"

"你说的是什么话,明明是因为蝶润,意儿赶过去的时候,皇叔就已经去了,真是的,你疯狗呀,到处乱咬人,难道你不是造成皇叔辞世的元凶?如果不是你们乌蒙国的毒药,父皇哪里会弄成现在那个样子,蝶润既然有乌蒙国的毒药,就一定与你们乌蒙国脱不了干系,真是不知道为什么祖上要定下规矩,不到万不得已不许对乌蒙国动武,如果没有这条规矩,早就灭了你们乌蒙国了!"司马溶大声说。

"那又如何?"蕊公主冷冷地说,"有这样一条规矩在,不过说明是你们大兴王朝亏欠着我们乌蒙国,否则哪里来的如此规矩?"

司马溶满脸恼怒地瞪着蕊公主,正要说什么,却突然听到蕊公主继续说了下去。声音中有悲哀也有绝望,冰冷无助。

"丛意儿,你为什么要出现?你,你好像是个闯入者,你原本不过是一个不招人待见的女孩子,你原本只可能是二皇子的一个侧室,却为何要去招惹轩王爷,让他为了你落得如此下场?如果你过着原本属于你的生活,这一切都不会被打破!轩王爷不会死,你也会和这个二皇子在一起,可是,你却偏偏闯入了轩王爷的生活,轩王爷说,你好像是一阵风吹了过来,你就真的好像一阵风,吹乱了整个的大兴王朝!你,你,你是何必!"

看到丛意儿手中的鱼缸,里面游动的鱼,蕊公主心头升起一股怨气,轩王爷走了,这个被轩王爷挂念的女子,竟然还可以如此逍遥地看着鱼在缸里游!她一伸手将鱼缸拍向一边,丛意儿猝不及防,鱼缸从她手中一下子向地上摔去,时间似乎有些凝固,仿佛就在这一刻,所有人的心里都响起一个碎裂的声音,说不出的悲哀。

丛意儿急促地伏身向下,由于速度有些快,她的身体有些踉跄,险些摔到地上。但就在鱼缸要摔到地上的时候,丛意儿的手刚好接到了鱼缸,几滴水溅在了她的手上。她头不抬,语调寂寞地说:"蕊公主,这种玩笑开得实在是很无趣,请离开好吗?"

蕊公主有些发呆,为什么一个鱼缸,竟然让她有心虚的感觉?她把鱼缸打掉的时候,就开始后悔,幸好丛意儿接住了鱼缸。

站起身,丛意儿把鱼缸放在桌上,看着里面游动的鱼,心里有些悲哀,说不出来为什么,仿佛又回到在大牢里。看到司马逸轩的遗体,那苍白得毫无生气的面孔,仿佛生命的割舍,她的泪悄然滑落。

"你仍然可以思念,仍然可以正大光明地想念轩王爷,而我,只能在心里想念,你为什么要出现?"蕊公主悲哀地说,泪水也夺眶而出,"你不出现,纵然轩王爷会娶别的女人,我依然可以陪在他身边,但是,你出现了,他的心里就没有了别人,你,你真是个妖怪!"

"我的生命是为他而在。"丛意儿看着游动的鱼,静静地说,声音中有着努力控制的悲伤,"这是上天的安排,他在这儿等着我,我千里迢迢地赶来,为的就是与他同在,但是,他却在我到来后离开,这种感觉,纵然是你痛苦,可如我一分?我在,只是因着这儿是他生活的地方,待在这儿,可以活在他曾经的气息里,我亏欠他的,是一份生生世世相守的诺言,我,生不如死,你心头有恨,我心头只有茫然,仿佛伸手可以触摸到他,却知道他已经再不会回来,我已经不知道如何承受心头这份几乎凝固的悲哀。"

蕊公主愣愣地看着丛意儿。

丛意儿转头看着蕊公主,眼睛里泪水静静滑落,声音在空气中有凉凉的味道,"落泪在我都已经是一种幸福,纵然用尽所有身心想念,可比得上陪在他身边的一分一秒?我宁愿此时没有来过这儿,我宁愿还在遥远的某一处,不知,不悲!我可以想念,可能想得他回来?如果可以,我宁愿用一生的生命想念,换他回来!"

无心师太无意地一低头,看到几滴血落在地上,寂静无声,却鲜艳触目。她愣了一下,看到中年男子的手静静地握在一起,那血从他手中滴落,是指甲深深陷入肉中,他为她如此悲哀?他的眼睛里是一种深深的痛,甚至忘记了掩饰。他真的爱上她了吗?

丛意儿悲哀地一笑,笑容那般的无助,声音轻轻的,满是无力,"蕊公主,我宁愿不爱他,他不爱我,我们视同陌路,那样,他不悲我不哀,我们各自活在平静里。但此时,我的心,如同被刀一片片削落,痛到时时刻刻在颤抖。一想到,他再不会回来,那种绝望,若你仁慈,你当送我西去陪他,我知他不舍得我将生命交付,我活着,亦只是为他,为他爱我。"

所有人没有说话,空气似乎凝固着。

"你此时仍然能恨,比我幸福。"丛意儿叹了口气,"我只有这个他生活过的王朝,能够生活在其中,是我唯一的幸运。"

"你为什么不去陪他,让他一个在地下寂寞待着。"蕊公主哭着说,"你用怎样的理由解释都不如一个行动!"

"他等了我这么久,爱了我这么久,在我,能够还的,就是用一生来想念,在这个世上待着,用他想念等待我的心来想念他等待他。"丛意儿轻轻地说,"他离开,再也不会有想念,而我的想念就如同处罚,惩罚我的迟到。"

"我听不懂你说什么!"蕊公主哭着,无助地说,"你是轩王爷心爱的女人,我恨你,但是我却不能杀了你,你是他的唯一,是他最珍爱的女人,我,只能保护,不能杀!"

丛意儿苦笑了一下,说:"这个世界,能杀得了我的,只有我自己,但是,我却始终不能死,换我在这儿安静的等,等一个命里注定但不知何时才会出现的男子,或许是今生或者是来世,我除了等,什么也做不了,这是逸轩之前所做的,他等了太久,我要还他一份等待。"

"你爱他如此深?"司马溶颤抖着问。

丛意儿点了点头,安静地说:"是的,我爱他如同生命。从见到他第一眼,我的生命就归属于他,再也分不开。"

"可是你从来没有说过你一直爱着他。"司马溶悲哀地说,"我原以为你一直爱着的是我,而不是皇叔。"

丛意儿微微顿了一下,轻轻地说:"或许,有些事情说不清真假,或许曾经有个女孩子用她所有的生命爱着你,只是你不曾珍惜,在醉花楼遇到逸轩开始,他的眼神就让我知道了我的心为谁跳动。他是我的守护者,微笑着守护着我,只有他在,我的心才会安稳。"

司马溶无助地笑了笑,轻声说:"是我愚笨,那一次的相遇其实就是我一手成全的,仿佛就在那个时候,我无意中让你们相遇相知相爱,我竟然忽略,一直那么骄傲的皇叔,怎么有那么好的心情去处罚一个根本不被他注意的女子,一个丛意儿什么时候可以让那么自信成熟,那么聪明绝顶的皇叔生出一个又一个'惩罚'的主意,原因只有一个,那一眼,他便爱上了你!"

丛意儿没有吭声。

"意儿,你到底有没有爱过我?"司马溶悲哀地问。

"丛意儿爱过你。"丛意儿平静地说,"意儿只爱逸轩。"

司马溶茫然地看着丛意儿。

丛意儿没有说什么,她不知道要怎样解释才好。丛意儿,那个旧时的丛意儿,爱的就是司马溶,用尽了全部的力气。但是,此时的自己,这时的意儿,爱的只是逸轩,生命里只有这一个男人,没有任何别人,但是,她要如何说,司马溶才明白?

"但是,我还是有机会的,是不是?"司马溶努力微笑着说,"现在如何,只代表现在,皇叔去后,你就是一个自由的人,我有足够的时间再让你爱上我,哪怕在我们白发苍苍时,只要有一线希望,我就不会放弃!"

"这样勉强,你不如分一些心去爱惜艾,她的苦,你可知,你在这儿对我说爱我,何尝不是一根根针扎在她的心头,若是没有你的分心,怎么有机会让她爱上别人?"丛意儿平静地说,"我的心已经给了逸轩,心死了,怎么可能再爱?"

"你可以爱上皇叔,也就会有可能爱上我。"司马溶倔强地说,"这世上什么事情都有可能,皇叔走了,就是把机会给了我。"

丛意儿不再说话,她觉得累,想念是一件累人的事情,在空气中捕捉司马逸轩的气息,隐约的微笑总在脑海里闪过,那种伤心绝望,要一点点温暖自己的冰冷,仿佛人站在冰冷的雪中,一点点暖化心头的寒意,却觉得整个人是僵硬的,怎么也动弹不得!

她想念司马逸轩,想得整个人痛到要疯!

仿佛自虐,只有痛了才会平静!

"意儿……"司马溶难过地看着丛意儿,她的悲哀让他心疼,他走上前,想要拥她入怀。

"请离开,好吗?"丛意儿退后了一步,悲哀地说,"我只想安静的想念,这已经是我唯一的幸福,请不要打扰,好吗?"

司马溶退了一步,低下头,轻轻地说:"好吧,我走,但是,意儿,只要我在,只要你在,我会一直期望你能重新爱上我。"

丛意儿听着司马溶的脚步声离开,她轻轻叹了口气,想:"若是昔日的丛意儿还活着,此时,她应当是幸福的吧,因为她所爱着的人心里只有她,只是若没有意儿的放弃,怎么会有此时自己站在这儿'幸福'的想念着离去的司马逸轩?"

"你这样,他会心疼。"中年男子轻声说。他的手已经松开,鲜血却仍然悄然滴落,他却不知,甚至没有注意到无心师太一直不曾离开的眼光,"你,会让他……你,要好好活着,你幸福,他才会开心,或许你爱上别的男人,他会难过,但是,他不会再为你心疼,疼到恨责自己的离开。"

蕊公主看了一眼中年男子,转身离开。

丛意儿没有说话,她在桌前坐下,托着腮,安静地发呆。

好久,有多久,丛意儿不知道,直到无心师太的声音在她耳边响起,"丫头,你还要发呆多久呀,婆婆觉得那个尤公子对你真的是用了心。"

丛意儿茫然地看着无心师太。

"是真的,丫头,我看见他的手握出了血,因为你的悲哀,他心疼,有时候,我想,就算是司马逸轩,也不过如此吧,他心疼你忘记了他自己的痛。"无心师太轻声说,"婆婆是过来人,婆婆觉得,这个尤公子,他爱你胜过司马溶,纵然不及司马逸轩,却比司马逸轩更真实可信,他真的在用生命爱你,爱得不加掩饰,婆婆更喜欢他。"

丛意儿看着桌上的鱼缸,轻轻地叹了口气,说:"婆婆,我无法再爱,任何人也无法再让我心动,我人活着,心却随着逸轩去了,再好的人、再深的情,都与我无关。婆婆,如果为他好,还是让他不爱最好,一个无心的人纵然拥有了,又能够如何?"

"丫头……"无心师太叹了口气,轻声说,"婆婆知道现在怎么说,你也不会答应,但是,时间有时候就是残酷,有一天,你会淡忘了司马逸轩,淡忘他的离开,他的死亡,你会有自己的生活,自己的人生,丫头,那个时候,再回头的时候,不过是一声轻叹,叹你们无缘。人的时间太短,与其用这些时间想念一个已经死去的人,不如用这个时间来爱活着的人。"

"那也要有足够的时间。"丛意儿轻轻地说,"我知道时间可以改变一切,但是,在足够的时间来临前,我勉强不得自己。婆婆,我知道您关心我,可是,就请让我可以由着自己的性子来一次吧,不能够再爱他,却可以正大光明地想念他,在我,真的已经是一种幸福了。"

无心师太叹了口气,说:"随你去吧,看过当年你的母亲,看过太多痴情儿女的过往,婆婆已经见怪不怪了,只要你觉得值。"

"谢谢婆婆。"丛意儿轻轻点头。转头,一眼看到一直站在不远处没有说话的中年男子,她犹豫了一下。虽然对自己来说,这只是一个陌生人,但他肯用心关心,她就应该表示谢意,她努力语气温和地说:"尤公子,谢谢你,谢谢你送来的鱼儿以及你的用心,但是,请不要花时间在我身上,对我来说,或许用尽一生的时间才可以忘掉,或许根本不可能忘记,这样的赌注不值得你去等。"

中年男子微笑着说:"正如姑娘所说,有时候有些事情只是个人的意愿,我想如此就如此了,只要我觉得开心幸福就好,就全当是我替你所深爱的男子赎罪,因为我们都是深深喜爱着你的男子。姑娘不必将我的言行放在心上,若是觉得烦,只要说出来,我定会安静地走开。"

丛意儿心中有些茫然,没有开口说什么。吹过来的风透着丝丝的寒意,丛意儿下意识地收紧了身体,咽回到了眼角边的泪水。

无心师太看了看中年男子,心中有些惋惜,若是不爱,就勉强不得,这中年男子只怕是空付一腔爱慕之意。中年男子的用心和疼惜无法让丛意儿有丝毫的感动,虽然丛意儿是个温柔平和的女子,却无法分于他人丝毫的感情。

若是地下的司马逸轩知晓,可肯舍得当时的离开?

看着司马溶走了进来,苏娅惠立刻迎上前,微笑着温和地说:"您回来了,刚刚宫中的公公过来请您到宫里去一趟,应该是皇上想要见您吧,您可要换了衣服即刻过去?"

司马溶眉头一皱,不耐烦地说:"你啰唆什么,真是够讨厌的,实在是够可恶的,滚到一边去!"

苏娅惠一愣,有些无措地看着恼怒的司马溶气呼呼地转身离开,站在那儿,泪水落了下来。

"何必难过成这个样子。"丛惜艾的声音在身后响起,有种说不出的漠然味道,"他心中没有你,你的关心在他就是多余,不如放了关心在自己的身上。"

苏娅惠回头看着站在自己身后的丛惜艾,几日不见,丛惜艾明显又消瘦了许多,自从那日她回到二皇子府,就一直奔波在二皇子府和皇宫里,人也憔悴了,消瘦了,但看来依然是美丽动人的。这个当年曾经令司马溶着迷不已的女子,此时是怎样的心情面对司马溶,面对一个心中只有另外一个女人的男子,还是一个她曾经不齿的女子?"你何苦说这风凉话给我,我们不过是同样情形罢了,二皇子心中此时只有丛意儿一个人,有了她,就再容不下你我。"

"你既然知道,何必难过。"丛惜艾淡漠地说,"只要动心就会难过,若是期望就会失望,也曾经会在某些时候期望他可以再如从前,但真的有了这样的念头,心中就会苦涩不堪,还不如不想。"

苏娅惠看着丛惜艾,看到了她眼中的悲哀,在冷漠的平静下面,是一颗颤抖的心,这不是自己所熟悉的丛惜艾,印象中的丛惜艾是冷漠的,平静的,什么事情也不会让她表现出波澜的。苏娅惠说:"你恨丛意儿?"

丛惜艾微微苦笑了一下,说:"恨?此时说不上是不是恨,只是觉得自己可笑,二皇子喜欢上丛意儿,根本就是我一手造成的,若不是当时一心的安排,怎么会有今日的下场。罢了,不要再说什么恨不恨的了,轩王爷已经走了,心中反而更觉得丛意儿可怜。能够遇到轩王爷是她命里的福分,可是,却无福消受,她此时的痛一定不亚于我。"

苏娅惠讶然看着丛惜艾,轻轻说:"丛惜艾,你和以前不一样了。你以前从来不会以这种心理去看待意儿。"

丛惜艾没有说话,叹了口气,看着外面。外面有小太监走了进来,对丛惜艾说:"皇子妃,皇后娘娘请您入宫。"

司马溶走进正阳宫,里面的光线非常的暗,甚至看不清躺在床上的皇上。司马溶有些不敢抬头,自从那天看到自己的父皇后,那模样让他怎么也不能接受,他低着头,轻声说:"父皇,孩儿来了,您可好些了?"

"好多了。"是个细细的懒懒的声音,和着一股子香气,让司马溶心里一跳,"听说你又去找丛意儿那丫头去了,怎么就是不听劝呢?你也太让朕失望了,再这样下去,岂不是辜负了朕的一片苦心。"

司马溶轻声嘀咕,"这和父皇的苦心有什么关系,意儿不过是个与世无争的女子,从来不与朝廷作对,孩儿喜欢她,您也是知道的,去看她,并不会影响什么。"

"呸!"皇上恼怒地说,"你个浑小子,你可知朕为了夺下这份天下用了多少心机吗?"

司马溶没有说话。

"都退下吧,没有朕的命令,谁也不许进来!"皇上提高些声音,说,"溶儿,过来在朕床前坐下,朕有话要和你说。"

司马溶仍然不敢抬头,走到床前,在床前的椅子上悄悄坐下。他呼吸有些紧张,不是害怕,而是不想看到自己的父亲,父皇是怎么了,怎么声音里有如此阴郁的感觉?

"知道为什么大兴王朝一直纵容乌蒙国存在吗?"皇上冷冷地说,"这其中有着不可告人的秘密,以大兴王朝的实力对付一个小小的乌蒙国实在是太过简单,可是一百多年过去了,一个小小的乌蒙国就是没有消失,这其中的缘由你可知道?"

司马溶摇了摇头。

"乌蒙国的第一位皇后姓杜,她是在年近四十的时候才嫁给了当时还只是乌蒙镇的一位首富,她是个美丽无比的女子,曾经是大兴王朝第一位皇上所喜欢的女子,但是没有好好珍惜,甚至还差点让她失掉了性命,她才不得已躲到了乌蒙镇,并且发誓要报仇,也正因为这个原因,大兴王朝并没有对付后来成立的乌蒙国。杜姑娘所嫁之人在杜姑娘的辅佐下成了乌蒙国的国君,建立了一个以药材而闻名天下的乌蒙国。"皇上用低低的声音说,似乎不想被任何人听到,"从那时开始,这位皇后就开始一步一步地施行自己的计划,她生了两个儿子,一个儿子做了皇上,一个儿子被悄悄送到了大兴王朝,然后长大,娶了一位大兴王朝的女子,就这样,生下女子就嫁入富贵人家,生下男子就娶有权有势人家的女子。希望有机会,可以进入皇宫,以不被人发现的身份生下属于他的后人和大兴王朝皇族的血脉,这种计划进行了许多许多年。终于,有一天,他们有了机会,明的和暗的,一位皇子把乌蒙国的公主作为人质带到了大兴王朝,并成功地诱惑了当时的皇上,成为皇上最疼爱的妃子,住在暖玉阁;另外一位,也就是暗中的血脉,当时已经成了皇上最疼爱的皇子的皇子妃,并在最后差点成了皇后,但是,当时计划还是失败了……"

说到这里,皇上停顿了一下,似乎在努力掩饰自己的遗憾,然后继续说:"那位皇子,就是司马锐,他最后做了皇上,但是他最后娶的女子却是慕容枫!孟姑娘没能为乌蒙国的计划画上圆满的句号,但是,乌蒙国从来没有为此绝望过,因为当时后人的后人已经有了很大的分歧,在各处暗中筹划。就在这时,有一对自幼一起长大的情同姐妹般的好友一同进入皇宫,但是,意外的是,一位受宠,一位不受宠,偏偏不受宠的是乌蒙国的后人,她们同时有了身孕,为了乌蒙国的计划,这位后人买通了宫中的人,将孩子交换,用自己的儿子换走了那位宠妃的女儿,也就是你们的姑姑!但是,令人意外的是,就因为头胎生下皇子,那位宠妃后来做了皇后,再后来生下了司马逸轩,也就是你的皇叔。此时,你应该听得明白一些了吧?"

司马溶一愣,立刻抬头看着自己的父亲,看到一张涂了粉的脸,脸色白得吓人,眼睛一眨,说不出的诡异。

"其实,朕是乌蒙国的后人,而你,也只有你,身上完全流着乌蒙国的血!"皇上有些兴奋地说,"你和澈儿并不是一母所生,虽然对外说,你们是一母所生,但是,当时朕让人从乌蒙国悄悄带来一位皇室的公主,并令她怀孕生下你,并对澈儿的母亲说,你是她所生,当时她确实也要临产,但为了保住你,朕不得不下了狠心,悄悄将那个出生的婴儿溺死,以你代替了她,这样,瞒过了天下的耳目。然后,朕不停地游说朕所谓的母亲,并用药迷惑她,让她说服你的祖父让朕继承皇位。你的皇叔是个孝子,他并没有与朕争,朕得到了皇位,但是,可恶的是,你的祖父他始终不相信朕,一直在幕后安排所有的事情,让朕施展不开手脚,甚至一直希望你皇叔可以回头答应做大兴王朝的皇上!朕不得不下狠手处死你的皇叔,朕也犹豫了许久,虽然他与朕不是一母所生,但自幼看他长大,并且朕也是到了懂事后才知晓所有的事情,一时也下不了决心,一直拖到现在。朕担心以你皇叔的聪明,终有一天他会猜到所有的事情,所以,终于逮到这个机会,送他归西!"

司马溶开始有些头晕,感觉像在做梦。

"朕用了许多的办法,甚至不惜低声下气地去讨好皇太后,而不能照顾朕的亲娘,任由她无声无息地消失!"皇上冷冷细细的声音听来有些诡异,"溶儿,你是天意所定的皇上,你必须成为大兴王朝的皇上,那样,只需要合适的机会,朕就可以改了大兴王朝的国号!这样就可以成全祖先们的愿望!"

"你瞒过了皇叔?"司马溶不敢相信。聪明的皇叔,难道一点也没看出来?还是父皇中了乌蒙国的迷药,所以说胡话?

"哼,那个聪明但不存大志的人,根本就不配做大兴王朝的皇上,竟然还敢和朕作对,真当朕是个笨蛋不成!"皇上不屑地说,"朕这可不是一朝一夕的念头,朕可是计划了许多年,朕的先人们也计划了许多年,不过是一个有些聪明的司马逸轩,又能如何。更何况,朕在江湖上布置了许多的人手,都是朕精挑细选的乌蒙国的后人,在大兴王朝,区区一个做生意的乌蒙国的人都有可能是朕的眼线和棋子!"

司马溶呆呆地看着自己的父亲,傻乎乎地说:"父王,那,您让孩儿娶蕊公主也是为了让孩儿的血脉更正统吗?可是,大兴王朝有规定,不许乌蒙国的人成为皇室里可以传宗接代的人,就算是孩儿如您所愿娶了蕊公主,又有何用?"

"所以,朕让你先娶丛惜艾,她的母亲,也是乌蒙国的后人,朕是绝对不会答应丛意儿成为你的唯一的!纵然你再怎么喜欢她,也不成!丛惜艾身上有一半乌蒙国的血液,而丛意儿却正好相反,她是大兴王朝第一位皇后的后人,这一点,最让朕恼火,你喜欢谁不好,偏偏要喜欢那样一个可恶的丫头,朕还真是奇了怪了,丛意儿到底好在哪儿,竟然可以让你和你的皇叔都动了心,朕还就是没有看出她好在哪儿!"皇上不屑地说,"论相貌,她不及丛惜艾漂亮;论心机,她不如丛惜艾缜密。她不过是一个刁蛮任性的丫头,比起有着乌蒙国血统的丛惜艾可是差远了!"

司马溶觉得脑子里乱成一团,盯着父亲白煞煞的脸,觉得一切都是如此的不真实。

"皇上,丛姑娘来看您了。"外面有人高声说,也是尖尖细细的声音,应该是个太监。

司马溶一皱眉头,怎么一直听到的都是这种声音。

丛惜艾从外面走了进来,她刚刚去看过自己的姑姑,说实话,如果对方不是自己的姑姑,她可能早就一剑送对方去了西方,这种痛苦对于女人来说,简直是生不如死。一个原本美丽动人的女子,突然在一夜之间变得苍老,她怎么有勇气再面对镜子呢?待了一会儿,和姑姑说了几句话,提到丛意儿活着回来的消息,姑姑听到时,表情有些欣喜,在黑暗中,看得并不真实。

丛惜艾不太想抬头看皇上,因为她知道皇上此时的模样一定是可笑的,一个原本威武雄壮的男子,突然间变得娘娘腔,当然让看到的人容易失笑,而且心生不安之意。想一想,一个脸上有胡须的男子,却用着细细的声音说话,是不是有些错觉。蝶润真是够狠的,她并不让皇上和皇后立刻死去,甚至不让他们死,就是让他们这样一点一点地看着生命离去,而且是在完全的无助和绝望中!

"惜艾见过皇上。"丛惜艾跪下来行礼,低着头,温和地说。

"起来吧,无事的。"皇上温和地说,"这段时间辛苦你了,你姑姑她可好?朕这些日子也身子不舒服,没办法过去瞧她。"

丛惜艾轻声说:"姑姑她的情形不算好,皇上若是疼惜她,就不要去看她了,或许这样对姑姑来说,反而是件好事。"

皇上点了点头,停了一下,说:"惜艾呀,嫁给溶儿有些日子了吧?可有什么好消息说给朕听听,朕可是希望你可以早点给溶儿生下一男半女。"

丛惜艾一愣,顿了一下,心想:这话若是说给苏娅惠倒是可以,因为夜夜陪着司马溶的好像都是苏娅惠。但是面上,她还是乖巧地说:"惜艾让皇上操心了。"

"朕知道你为难,都是丛意儿那丫头惹的祸,如果没有她,你现在早已经生活得很幸福了,放心,朕绝对不会轻饶了她。"皇上咬着牙说,"任何阻碍朕计划的人,朕都不会放过!"

丛惜艾犹豫一下,轻声说:"皇上不要太替惜艾操心了,意儿她毕竟是惜艾的妹妹,况且当时也是惜艾有意将她许给二皇子,怨不得别人,纵然皇上替惜艾出了气,只怕也是于事无补。"

皇上眉头一皱,不满意地说:"你怎么越来越容易心软了,丛意儿她虽然是你的家人,但是,她若是伤害了你,阻碍了你的幸福,你就要好好收拾她才是正经。什么叫就算是替你出了气,只怕也是于事无补?你太令朕失望了!"

丛惜艾没有说话,她不知道说什么,面前的是大兴王朝的皇上,一个可以左右人生死的皇上,但是,想到躺在床上、面容苍老的姑姑,丛惜艾从心里觉得害怕,觉得寒冷。听父亲说起过,当年皇上是如何的痴迷于自己的姑姑,甚至不惜动用了身为皇上的特权,并且为了自己的姑姑进宫能成为皇后,竟然将结发的妻子,当时的皇后娘娘关进了冷宫,并让其孤独地死在冷宫里。但是如今,如果皇上看到姑姑现在的模样,还会喜欢姑姑吗?还会夸奖姑姑的容貌吗?

无心师太看着独自坐着的丛意儿,除了叹气还是叹气,没有别的说辞,这丫头,真是奇怪得很,也没有号啕大哭,但却令人感觉到她心中有着无法平息的哀伤。这像是个才不过十七八岁的小姑娘吗?怎么好像是经历了许多,反而看淡了一样？"丫头，如果心中真是不忿，婆婆就陪你到那皇宫里把那个皇上给杀了，替你出这口气！"

丛意儿看着桌上的鱼缸，看着里面游来游去的鱼儿，低低的声音，轻轻地说："我不想杀他，如果杀了他，大兴王朝会如何？司马溶能够支撑起这个王朝吗？逸轩一定不会高兴我这样做。"

"丫头，婆婆还真是不明白你。"无心师太摇了摇头，说，"你真是一个很奇怪的丫头，按道理来说，发生了这种事情，换作别的女子，早就寻死觅活的又哭又闹了，偏偏你，落泪都是悄悄的。你不会是打从开始就认命了吧，怎么婆婆觉得你好像完全参透了你自己的人生过程，不论发生什么都看得很淡呀？"

丛意儿突然想起什么似的，说："对啦，婆婆，我要去看一位老朋友，您就不用陪着我了，我不会有事的。"

无心师太一愣，说："看什么老朋友？你到京城，连自己的家都不回，也不和家里人打招呼，怎么突然想起来去看什么老朋友？你在这儿还有什么人是值得你留恋的？婆婆可是不放心，你现在神思恍惚，若是那个皇上再派人对付你，你一分心，难免有个闪失，还是婆婆跟着的好。"

丛意儿摇了摇头，说："没事的，婆婆，我只是去看看他，不会太长时间，而且他住的地方，也不太方便让陌生人进去，婆婆绝对可以放心，我去的地方，不会对我不利的。若是婆婆实在不放心，我就和婆婆说好，如果两个时辰内我还没有回来，你就可以去我给你留下的地址里寻找我。"

无心师太犹豫着思量了一番，她知道以丛意儿的武艺应付这京城里的人是绰绰有余的，不放心只是自己太过担心。既然她愿意出去走走，说不定对她的心情有好处，最起码，她不再独自一人悲伤，这就是好事。

"好吧，不过，你要小心些，婆婆就按你说的做。"

丛意儿轻轻一笑，说："婆婆，我答应您，一定不让自己有事。"

小樱端着盆子从房里走出来，外面有些潮湿寒气，呼吸着就觉得冷冷的，房间里早就生了火炉，很是温暖。突然，她抬头看到院落里有一位浅蓝衣裙的女子，正站在一丛梅花前，远远地看着视线可及之处的那几个雕像。小樱吓了一大跳，那个身影看来有些陌生，不像是这儿常见的，但也不是特别的陌生。她身形一纵，挡到对方面前，衣袖轻动，一柄短刃脱鞘而出，锋利而寒意逼人。

对方却不见得有什么反应，就在小樱短刃可及的范围之外，淡淡的声音传来，"小樱，你的武艺原来如此出色。"

"丛姑娘?！"小樱瞪大眼睛，立刻收回短刃，意外又惊喜地说，"原来是丛姑娘，我，我，奴婢以为是什么人，是什么对太上皇不利的人跑来了这儿，这几日，常有些陌生的人在外面转来转去，好像全是些乌蒙国的人，但——哎，您瞧我，奴婢高兴得都不知道说什么才好了,您,您是怎么来到这儿的?奴婢还以为见不到您了呢!"

丛意儿微笑着,来到这儿,不知道为什么,心情似乎就好了一些,到了这儿,有一种很奇怪的感觉,好像司马逸轩并没有离开,他只是出了远门,随时都会回来,因为,她从小樱的语气里听不到司马逸轩离开后应该有的悲哀之意。她温和地问:"太上皇可好?"

"朕很好!"一个浑厚的声音在她们二人的后面响起来,调侃着,"意儿,这次可是你大意了,竟然让朕撞个正着。听逸轩说起过,你会流云剑法,据传闻,这种剑法,咦……"说到这儿,太上皇觉得眼前的情景有些不太妥当,停了一下,思考着是什么不妥。然后,他终于发现,就在他刚开口说话的时候,丛意儿就已经不在他的视野之中,她突然间去了哪里?

"我在这儿。"丛意儿的声音温和地响起。太上皇顺着声音看去,不知道什么时候,丛意儿已经到了他身后的一个亭子里坐了下来,看着亭子里桌上的一盘残棋,似乎有些意外,淡淡地说:"原来逸轩喜欢摆残棋的习惯是跟您学的呀。"

太上皇在丛意儿对面坐下,微笑着说:"可有兴趣来上一盘?这可是很难解的残棋,逸轩曾经想了许久也没想出来。"

丛意儿淡淡一笑,心中很是奇怪,难道太上皇不晓得司马逸轩出事了吗?为什么可以如此平静地谈论起自己的儿子,就好像司马逸轩就在他们附近一般。她看了一眼桌上的残棋,做个现代人就是占些便宜,可以事先知道一些事情,可以知道一些他们不晓得如何处理的事情,就好像面前这盘残棋,在现代的时候,棋谱上是有的,不是不可以解的。

丛意儿淡淡一笑,说:"好啊,不过,我有个条件,不知道您可不可以答应,如果您肯答应,我就陪你下了这盘棋,而且保证可以赢了您,如何?"

太上皇哈哈一笑,说:"好啊,活到这把年纪,见的事情多了,听的事情多了,怎样的事情也不会让朕觉得太过意外,不过,你今日的话倒是狂了些。好,朕就答应你,不论你提出怎样的条件,朕都答应你,所以,朕就不问你是怎样的条件,来,先下再说。"

丛意儿微微一笑,这个老头,有时候还是挺有趣的,"好,那就请您开始吧,我不说狂话,但是,却不会先走,好让您输得心悦诚服。"

太上皇一愣,既而哈哈笑着,说:"真是个可爱的丫头,难怪逸轩对你念念不忘。若不是因着要担心这大兴王朝,朕还真是不太愿意阻拦你们二人的交往,可惜呀!好,朕就让你开心一下,朕就先走一步,这样,你输了,也不算是什么丢人的事情,输给朕,也是一种荣耀。放眼如今,还真没有人可以胜得过朕,朕也就是偶尔会输给逸轩,可惜他现在是没有时间陪朕下棋了。"

提到司马逸轩,丛意儿的眼睛里突然涌出泪来,滑落在衣袖上。太上皇吓了一跳,脱口问:"怎么了,朕不过走了一步,看不出输赢的,你不必难过成如此模样。"

丛意儿轻叹了口气,难道年纪真的可以让人如此看淡一切吗?还是为了避免让太上皇难过,所以没有告诉他司马逸轩出事了。他待在如此安静的如同世外桃源般的地方,如果真的足不出户,想要瞒他一时还是可以做到的。大家可能担心他年纪大了,承受不起失子的打击,所以故意隐瞒了他。既然这样,丛意儿也不好意思解释为何,只是落了一步棋,她落得极是随意,似乎是随便走了一步。

但是,太上皇一愣,盯着棋盘看了好半天,才谨慎地走了第二步。丛意儿再次随意落下一子,安静地坐在他对面,等着他走下一步。小樱端着茶水走了过来,淡淡的茶香扑入鼻中,甚是舒服。

"好棋,看似无意,但落在此处,却改变了整个局面,好,好,真是朕大意了,朕得好好地下这盘棋,意儿,果然冰雪聪明。"太上皇看着落下的两步棋,忍不住脱口称赞道。

丛意儿心中叹了口气,原来现代的东西是如此的好骗人,她其实并不太会下棋,就算是真正的丛意儿会下,也不可能这么简单就可以破解一盘残棋,她只不过是在现代的时候有个喜欢下棋的父亲,平时里闲着无事的时候翻了几本棋谱罢了。

但太上皇不知道,他只知道,丛意儿每走一步,都令他发现,面前的残棋,渐渐活了起来,每一步看似平淡,却又是奥妙无穷!他不由自主地皱起了眉头,心里忐忑不安起来,感觉好像他真的要输给面前的这个小丫头。

再有一步,只需要最后一步棋,太上皇就要输掉棋了,但是,就在这个时候,丛意儿却突然用手在棋盘上轻轻一抹,淡淡地说:"罢啦,就下到这儿吧,再下下去,就没有了意思。您,可以回答我的问题了吗?"

太上皇一愣,绞尽脑汁也没走了几步就输了棋,若不是丛意儿轻轻抹乱了棋子,他今日可真是丢了脸了。他看着丛意儿,微笑着说:"好吧,你有什么问题,提吧。"

"您待在这儿,真的是可以不知身外事吗,还是,您并不想知道?"丛意儿并没有太多的犹豫,她深信,以太上皇的聪明,外面的事情岂可以瞒得过他,除非他不想知道,或者说他知道所有的一切。

"你是说逸轩的事情吗?"太上皇淡淡地说。看着丛意儿,他研究了好半天,才慢慢继续说:"两个孩子都是朕的孩子,已经去了一个,朕难道还要再亲手送走一个吗?只得罢了,这样也好,免得朕还要操心,不晓得要如何让逸轩坐上皇位。"

丛意儿盯着太上皇,好半天才说:"您要不是心特别的冷就是心特别的硬,您对于逸轩的离开有着我无法想象的承受力。"

太上皇微微愣了一下,看着丛意儿,平静地说:"这世上有什么事是人为可以做到的。看着此时晴朗的天,听听温和的风,纵然寒意侵肤,但你可以让此时落雪吗?有些事情不是人为可以做到的。是不是,小丫头,朕知道你深爱着逸轩,可是,他走了,你也得想开,有些事,我们只可以接受,而不能去改变。"

丛意儿看着太上皇,静静地说:"凡事皆有可能。"她静静地坐着,他们二人坐的地方可以看到雕像,远远的仍然可以感觉到隐约的寒意,美丽动人。

太上皇微笑着说:"丫头,不要仗着年轻就觉得这世间太简单,有些事情可真的是很困难的,有些东西,就算你不想失去,也要接受它的失去,就如同逸轩与你,爱得再深,该放手的时候还得放手。"

他说着,突然觉得有些许寒意,在温暖的阳光下,这寒意来得有些怪异。好像突然间一阵寒风吹来,不远处的池塘上升起一丝丝寒气形成的雾气,渐渐飘浮起来,在他们二人周围慢慢形成薄薄的雾气。太上皇突然觉得有些许湿意落在自己脸上,潮潮的,说不出的清凉,他抬头,看着头上,眼睛睁到不能再大。

仍然是阳光灿烂,温和的风,但在他们二人周围视线可及的范围里,落起雪花来,雪花并不是特别的大,但是,足够让太上皇觉得心惊胆战,他不是害怕,而是意外,一种敬畏。

丛意儿慢慢地说:"这世上,有时候,有些事情真的是可以发生。"

太上皇感觉着雪花飘落在自己头发上,脸上。他看着丛意儿,丛意儿的表情很平静,虽然额头上有不易察觉的细汗,也只是因为这段时间太难过而导致的体力减弱,但是,并不会影响到她的发挥。她可以在短时间内动用真力让"雪花"降落,这种功力,似乎不可能发生在这样一个平静而且有些弱不禁风的小丫头身上,怎么可能?!

"你果然是流云剑法的传人?"太上皇有些不太相信的问。

丛意儿没有说话,看着远方,前面不远处有棵梅花,开得正艳,也许风一吹,那些花瓣就要飘落,她静静地看着。小樱看着她,心里充满了崇拜,丛意儿在她眼里就好像是个不真实的人物,她是那么的平静,却总是在平静后面蕴藏着他人所不知的力量。她突然嗅到一丝丝的清香,就在鼻端,很是好闻,一片梅花花瓣落在她的衣袖上,小樱一愣,却发现在他们身边,梅花的花瓣在飘舞,和着冷冷的雪花,真是美得惊人而不真实,在头顶灿烂的阳光下,有着让人目眩的美丽。

太上皇看着落在桌上的梅花花瓣,安静地待着,好半天没有吭声,再看着桌上已经散乱的棋,不由想,丛意儿,究竟是怎样的一个女子?

"我不相信所谓的不可能,只要我来了,我就相信奇迹。"丛意儿平静地说,"您的态度让我觉得,逸轩他不可能走,就算他走了,我也值得为他而等。遇到他本来就是一个意外,与他相爱在他人看来更是一种不可思议,怎么可能就这样爱了,但是,这就是所谓的不可能!有时候,一个眼神可以成全人一生一世,是不是?"说着,丛意儿转头看着一脸惊愕表情的太上皇,静静地问。

太上皇没有说话,实在不知道要说什么才好。

"你们怎么可能爱上?"太上皇突然脱口问,"你们不过是相遇了,而且你们以前就认识,怎么可能在一次意外中就相爱至此,你们究竟是如何吸引了对方,为了彼此,可以牺牲自己的所有?"

丛意儿看着太上皇,沉吟了半天,才慢慢地说:"世上只有情最难说清楚,也许这就是缘分,他在等我,我在找他,然后相遇,然后就自然而然地有了归属感,有了安全感。在大兴王朝遇到逸轩,我就不再害怕,而且有了留下来的理由。我们是天意注定的两个人,生生死死都要在一起。"

太上皇看着周围纷纷飘落的梅花花瓣,好半天不曾开口,突然,他出招,一招逼向丛意儿,完全是不留情面的杀招,口中说:"朕并不想杀你,只是想要教训你一下,从来没有哪个人敢如此与朕说话,只有你……"太上皇的话并没有完全说完,他的颈上横着一枝梅花,清香扑鼻,丛意儿静静地看着他,看得他额头上有了细细的汗珠。

丛意儿是什么时候离开的,什么时候采下的梅花?为什么他根本就没有发现,只是觉得眼前一花,然后就发现自己使出的招数停在了那儿?他发现,只要他再动一下,丛意儿随时都会要了他的性命,那看来美丽的花枝,在丛意儿手中,就是最可怕的武器,她像透了她的母亲,冷静而温柔,不会轻易伤人,不会轻易出手,但是并不代表她不能够出手,不能够伤人,而是她不愿意。

她也如她母亲一般,眼中根本就没有什么所谓的权势,就算当时的他是九五之尊,也影响不了那个美丽清秀的女子,也是这般安静平和的看着他,没有丝毫的退缩之意。丛意儿,是那个女子的女儿,连骨子里的感觉都像,但是,她似乎更像那雕像的女子,并不是令人惊艳的女子,但绝对是美丽的,是一种让人舒服的美丽。

为了她,司马逸轩所做的一切都是值得的,这一刻,太上皇真是羡慕司马逸轩,能够有丛意儿如此真实的爱着!

丛意儿看着安静的周围,大兴王朝的四季真是分明,像她生活的地方,也许这儿就是她千年之后的生存之地。她的唇旁有着淡淡的笑意,人也有些出神,仿佛不再有任何的烦忧。突然,她身形一纵,像阵风一般,轻轻飘落在某个人面前。那个人正站在一处很难被人注意的地方,安静地看着这儿发生的一切,神情看来有些复杂。

"你怎么会在这儿?"丛意儿看着面前的中年男子。

能够出入这儿的人,一定是太上皇极为相信的人,不然的话,太上皇哪里可能在这儿待得如此逍遥,不被打扰? 一个寻常商人,怎么会和太上皇关系密切,并在此出入自由呢?

中年男子仓促一笑,温和地说:"我是这位老先生的朋友。"他说话的时候,似乎有些不太心安,好像并不想隐瞒却不得不隐瞒,但是,看得出来,丛意儿对此并不关心,在她眼里,政治是最丑陋的东西,难怪这个中年男子会说一些并不是商人的话。可能他是太上皇的一个手下吧,商人只是他的表面身份。

丛意儿听中年男子说完,并没再多看他一眼,转身离开。倒是太上皇喊着说:"喂,小丫头,这儿是朕的地盘,你也不能说来就来说走就走吧。"

丛意儿头也不回,说:"好像是的,您这地方,我可真的是想来就来,想走就走,不过是个休息的地方,难道因为您是太上皇就要不同吗?大约司马锐和慕容枫修建此地的时候,并无此种想法吧。"

太上皇一窒,盯着丛意儿的背影半天没说出话来。

忽然,丛意儿回过头来,看着太上皇,微笑着说:"如此说来,我倒是明白为什么我母亲她不喜欢您了,不是您不够优秀,可能您比我父亲要优秀,毕竟能够做皇上的人还是少数。但是,您太狂妄,不把其他人放在眼里,不懂得尊重别人,不能平静地看待其他的人,太看重您自己的身份,难怪我母亲她不肯答应您。您到了如此年纪还端着架子,累不累?"

太上皇恼也不是、不恼也不是的看着丛意儿。

丛意儿微笑着说:"您真应该学学无心师太,她此时的心态就是极好的,看淡了一切,却怀着孩童之意,真正是有趣得很。"

太上皇盯着丛意儿,似乎想要看出什么来,但是,除了从丛意儿的眼中看到一些悲哀之意和淡淡的疏离感外,他什么也没看出来。丛意儿究竟是怎样的一个女子? 不过,似乎她确实有值得让自己的儿子念念不忘的地方。

"你要去哪里?"太上皇竟然有些舍不得丛意儿离开。说来也是奇怪,这个地方他已经住得惯了,一切都是好的,可是,总觉得有些寂寞,也许是因为每个人都对他非常的恭敬,让他时刻都高高在上。这时,丛意儿来了,她是第一个在这旧居里居住的外姓女子,从来还没有人可以在这儿住下来,似乎不完全因为司马逸轩的缘故,也是因为,他喜欢她带来的新鲜感觉。

丛意儿摇了摇头,说:"京城如此之大,随便走走就可以消磨一日光阴,处处都有旧日痕迹,此时阳光灿烂,您不觉得走在阳光下,用来想念是最好的吗?"

一阵风过,吹起地上的梅花花瓣,阵阵清香扑入鼻中,深呼吸一下,丛意儿觉得从心底最深处有着一种清新舒服的感觉,这就是古代的好处,空气永远是甜甜净净的,这儿,最适合谈恋爱。

只是司马逸轩不在了,恋爱似乎只是这落地的梅花花瓣。

"丛姑娘,在下可以陪您到处走走吗,说实话,真是难得有好心情想着四处走走看看。这京城,真是没有用心看过。"中年男子突然开口说,声音里透着温和和关心。

太上皇似乎是想要出言阻止,但是稍加犹豫后,看着中年男子,他脸上闪过一些复杂的表情,几次欲言又止,终于没有开口。

丛意儿并未说话,对于她来说,这人跟着不跟着,好像全无关系。

中年男子完全不在意丛意儿漠然的反应,好像只要和丛意儿在一起,就是一件值得开心的事情,他面带笑容地跟在丛意儿身后出了旧居,消失在太上皇的视线中。

"小樱,你可看得出来丛意儿的身手到底如何?"太上皇偏头看着一直站在身边没有说话的小樱。

小樱摇了摇头,说:"奴婢看不出来,但是,依奴婢想,丛姑娘的身手应该不比轩王爷差太多,若是真动起手来,念着对丛姑娘的情谊,轩王爷绝对不会出全力,所以说,二人应当是旗鼓相当。"

太上皇点了点头,慢吞吞地说:"最起码,朕不是她的对手,这样想,倒真是有些不太有面子,她一小小的女孩子,竟然可以在朕的面前如此放肆。但是,朕倒还真是挺喜欢她的这份随意放肆,从来没有人可以让朕觉得如此轻松。难怪逸轩会对她一见钟情,并深藏心中,总是放不下,她倒真有可人之处。"

小樱抿着嘴点了点头,微笑着说:"奴婢觉得,丛姑娘不像其他女子那般畏畏缩缩的让人看着不舒服。"

"她是个聪明的女子。"太上皇沉吟了一下,轻声说,"她很懂得进退,这和朕印象中那个疯颠的丫头有着天壤之别,如果不是以前见过她,此时见到她,朕还真以为是另外一个女子。她有着活泼聪颖的眼神,但表情却沉静内敛,内心一定是相当的丰富。在得知逸轩出了'意外'的情况下,她能如此反应真是在朕的意料之外,朕本以为她会寻死觅活,就再也不必为此问题烦恼,但是,她却将悲哀深埋心底,执意地为逸轩好好活着,这种想法,一般女子断不会有的。小樱呀,这女子随便拣一二处,就够你学上三四年的,好好地跟着学吧,只要你学了点皮毛,你就是大兴王朝出色的女子啦。"

小樱微笑着说:"既然太上皇您如此欣赏丛姑娘,却为何不许她与轩王爷在一起,奴婢倒是觉得他们二人真是天造地设的一对。太上皇何必如此煞费苦心的拆散他们,做这等出力不讨好的事情?"

太上皇哈哈一笑,说:"聪明的女子是危险的,和这样的女子交往,一定要棋逢对手才好,若是想要安稳些,平常些,女子还是糊涂的好。"

小樱一撇嘴说:"您这是哪里的道理?"

中年男子跟着丛意儿走出了旧居,他的脚步很轻,丛意儿不用回头,也猜得出来,这个中年男子一定有着相当不错的身手,而且,他的身份应当是相当的特殊,否则,不可能这样轻易出入旧居,这儿,可不是寻常人可以随便出入的地方!

"丛姑娘,心情可好些了?"中年男子微笑着问,"刚才看到姑娘的内力,真是令在下佩服得很,你可以于谈笑间戏花弄水于瞬间,这可不是说说如此简单的事情。"

"谢了。"丛意儿侧头看了一眼中年男子,"这与尤公子如此轻易地出入此地比起来,还是容易些。"

中年男子一愣,微微笑着掩饰了一下情绪,温和地说:"正如姑娘心中猜测,在下的身份确实有些特殊,所以不方便对姑娘解释,但是在下保证,我对姑娘是真心一片,绝无恶意。"

丛意儿点了点头,说:"这倒也是,太上皇对你也有几分纵容,若不是……"丛意儿轻轻顿了一下,神情略微有些忧伤地说,"如果不是逸轩出了意外,他与你倒是可以做对朋友,逸轩是个寂寞的人,如果有你这样的朋友,他的生活一定有乐趣得多。只是可惜你们不曾相遇。当然,也或者你们根本就认识,毕竟你是一个可以随便出入此地的人,想要遇到逸轩,实在是件容易的事。"

中年男子看着丛意儿,犹豫了一下,轻声劝道:"已经是逝去的人,姑娘要放下才好,他是个不得不以国事为重的人,他身上负担着太多的责任,无法用全心来对待姑娘,这是他深为内疚的事情,如今他人已经走了,姑娘要好好的活着,在下相信姑娘定会得到一位如意的郎君相伴终身的。"

丛意儿淡淡一笑,说:"这话说得有些无趣了。他对我而言,始终是在的,若想了,他就在我心中,身体的消失算得了什么,生生世世的相许,不知独自过了多少寂寞的岁月,等待的结果不知是什么,岂不更苦,如今我来了,我们相遇了,相爱了,已经是幸事,生或者死,不过是他人言之。我如今,可以想他,念他,用心爱他,难道不是极好?"

中年男子愣愣地看着丛意儿,竟然说不出话来。

丛意儿感觉着微微的凉风吹在脸上,很是舒服,她不再说话,安静地走着。

"听太上皇提起过,他与你不过是匆匆相遇,怎么可以如此放不下?"中年男子叹惜着,"早知如此,真不如当时不相逢,至少此时你是幸福的。"

丛意儿轻声说:"活在这世上,总会和某人某事有注定的缘分,或者前一分钟大家还是彼此不相识的陌生人,甚至是仇人,但是,缘分到的时候,却发现,心中的爱胜过一切,遇到逸轩的时候,我就有了各种让自己活下去的理由,因为他在,我舍不得离开,这在此时才慢慢想得明白,原来,留下,只是因为有他。"

中年男子茫然地走着,什么不说,人却有些呆呆的。

远远地,看见居住的地方火光冲天,丛意儿一愣,第一个念头,无心师太如何了？她加快了步伐到了附近,远远就看见无心师太正一脸不高兴地看着她们二人居住的地方,那儿火光冲天。丛意儿松了口气,只要无心师太没事就好,别的倒罢了。

突然,丛意儿冲进火海,把无心师太和中年男子吓了一大跳。丛意儿身姿轻盈地冲入火中,一边躲闪着随时掉落的火苗,一边迅速前行。

中年男子正要冲进火中,无心师太一把抓住他,叹了口气,说："罢了,你不要去添乱了,这丫头的轻功就连我也是有些心虚的。她不会有事,只怕是要去拿你送的鱼,那对她来说不是礼物,是一种生命,她定是不舍得了。"

正说着,丛意儿已经从火中返回,怀中抱着那个小小的鱼缸,面上的表情有几分喜悦,微笑着说："幸好上面有个板子落下来搭了个小棚,否则,此时只怕成了鱼汤,这鱼儿真是命大得很。"

"你看,我说得不错吧。"无心师太微笑着说,"这烧火之人也是愚笨,何必招惹这丫头,你看她温和,不多事,那是没有惹到她,如果她真生了气,那皇帝老儿也别想过安稳日子,真是想不开。"

中年男子微笑着说："前辈说得极是,这皇上也是无趣得很。只是,若是姑娘喜欢这鱼,我可以再去给姑娘买些来,不必冒了生命危险冲进去,刚刚真是吓了我一跳。没事就好。"

丛意儿微微一笑,看着怀中的鱼,没有说话。这中年男子怎么会明白,这鱼,对她来说,是自逸轩离开后,唯一让她感觉到生命还在的生灵,它们,总是让她想起离开的逸轩。

"没事就好。"无心师太也微笑着,附和着,莫名地喜欢着中年男子和意儿之间的温暖感觉。

"只是火要祸及附近的居民,幸亏这儿居住的人不多,否则真是可恶至极。"丛意儿一抿嘴,不高兴地说,"我心中本就不开心,他却偏偏一再地招惹是非,他以为只有他闲着,此时我也闲着,他烧了我的住处,我就烧了他的。"

她的表情极是可爱,无心师太和中年男子相视一笑,这丫头,毕竟还只是个孩子,她真以为皇宫是那么好进的吗？不过,若是以她的武艺进入皇宫好像也不是太困难的事情。这样一想,二人都在心中想:这丫头不会真的去皇宫烧了正阳宫吧？

中年男子静静地看着抱在丛意儿怀中的鱼缸和里面游动的鱼,眼中竟然有努力收回的泪痕。那鱼缸紧紧地抱在丛意儿的怀中,仿佛是一种温暖,是她唯一可以依靠的。他的心突然痛得纠结起来。

第二十章 遇有情人 心无空隙唯旧痕

第二十一章　江山美人　孰重孰轻不由人

到了晚上，正阳宫显得更加的寂寞，冷清，皇上不许任何人打扰他，就连经常陪着他的司马澈也被他撵了回去，皇上身边只留了一个可信的小太监伺候着。

盯着跪在地上的人，皇上气得直哆嗦，说："真是群无用的家伙，让你们放把火烧死那丫头，竟然连人都不知道在不在里面就放火，烧了她住的房子，除了打草惊蛇外，还能起什么作用？真是群废物，给朕滚蛋！"

地上的人吓得连滚带爬地出了正阳宫的大门，大气也不敢喘，双腿直打哆嗦地一步步挪出了院子。这几日的皇上脾气古怪得很，动不动就用这种阴恻恻的语气讲话，听到耳中真是恐怖。

"不是他们废物，是你自己太废物。"一个声音温和平缓地响起，在正阳宫空旷的房间里听来极是清楚。声音不大，但听入皇上的耳中，却如惊雷一般。

"谁？"皇上尖细的声音问。

房里的灯火突然都亮了起来，一个清丽的女子站在房中，表情平静地看着怪异打扮的皇上，眼中略微有些意外，这个蝶润还真是够"狠"的，竟然给当今的皇上下了如此"歹毒"的药，这药估计和她生活的世界里可以改变人性别的药物有相似之处，但是，作用更明显些，因为，才多长时间不见这位皇上，面前的人，已经是一副女子模样，只是因着这皇上原本是个浓眉大眼的粗壮男子，此时看来十分的滑稽可笑。尤其是一脸惨白，估计是粉扑得多了。

"是你。"皇上咬着牙，从牙缝里挤出几个字。

丛意儿微微摇了摇头，说："早知你是如此模样，我还真不费这功夫跑来这儿烧了你的正阳宫。蝶润姑娘还真是对得起你的狠毒，你如今变成这等模样，也算是赎了你对蝶润的伤害。"

"哼！"皇上不乐意地说，"你搞清楚好不好，明明是她对不起朕，怎么听你的话却好像是朕对不起她似的，她诱惑朕，伤害了朕的皇后，这等下贱的女子，朕那样对她已经是仁慈，若不是念着她曾经侍奉过朕几日，朕早就让人把她凌迟处死了！"

丛意儿轻轻叹了口气，说："真是无趣得很，就算是当时是蝶润诱惑了你，也是你自己把持不住,怎么就把所有错放在了一个弱女子身上?若是你肯真心对她,她怎么会对你下此等毒手,就算是心中恨你对付逸轩,也会念着一日夫妻百日恩而放你一马,你却偏偏落井下石,对付逸轩,真正是损人不利己!"

"你是如何跑到这儿来的?"皇上不再谈论这个问题,盯着丛意儿,一脸怀疑地问,"这儿戒备森严,怎么可以让你一个臭丫头跑进来,来人呀——"

"不必喊了,就算有人来了,也奈何不得我,更何况此时正阳宫周围的人都让你撑得远远的了,除了那个小太监,此时他被我点了穴位,正昏睡中,听不到看不到。"丛意儿在一张椅子上坐下,继续说,"我又不杀你,你紧张什么,我只是有些好奇,想要知道你为何要杀死逸轩?又为何要处处与我作对?"

"一个男人做这种事情,好像不用什么理由,所谓的理由只是一种粉饰,朕需要权势来证明自己,就这样简单,如果司马逸轩在,朕就永远不能够真的成为大兴王朝的皇上!而你,只是一个总是和朕作对的可恶的女子,没有你在,朕会觉得舒服许多。"皇上冷冷地说。

丛意儿似乎并不觉得有什么意外,点了点头,说:"这倒真的是个理由,自古政治就是最黑暗的。只是,你想要得到什么,何必要用他人的生命做代价,难道,你真的以为你是九五之尊就可以为所欲为不成?你有你的手下,逸轩也有他的手下,为何不正大光明的较量一下谁更适合这天下?只怕你是怕这九五之尊的位子到时也帮不了你半分。"

"所以朕送他去西天极乐世界!"皇上不乐意地说,"朕是这大兴王朝唯一的皇上,如果有司马逸轩在,纵然他只是一位王爷,也令我逊色不少,而死是他唯一的下场!"

丛意儿再次点了点头,说:"有道理,但你为何不肯安静地做你的皇上,却偏偏要一而再再而三地扰乱我的清静?逸轩不会答应我与你为敌,一则乱了整个大兴王朝;二则你也不见得就是我的对手,我若真的与你作对,你这个大兴王朝的皇位就不能坐得安稳。我原想着安静地守着这剩余的岁月过自己的平静日子,但你不肯罢手,如今惹得我心烦,真是无趣。"丛意儿的声音听来很平和,但完全的不容置疑。

"你要如何?"皇上生气地说,"这儿是朕的地盘,是由朕说了算的,你想又能如何?"

丛意儿看着皇上,静静的表情,没有怨恨没有恼怒,只有一种说不出来的漠然,她慢慢地说:"你烧了我的住处,你说我当如何?"她说的时候,轻轻挥动了一下衣袖,桌上的烛台火苗突然蹿高了许多,迸发出说不出的亮丽与奇异,然后,烛台歪落在桌上。

皇上呆呆地看着火苗在桌上渐渐延展开,却动弹不得,只能僵硬地待着,傻乎乎地看着面前的情景。

"我不会拿你如何，但是你做的，我也可以做，这只是一个小小的警告，若是再有下次，我绝不会如此简单地放过你。"丛意儿冷冷地说，静静地站着，看着火苗在眼前越来越大。火光中，皇上的脸色愈加苍白起来，眼睛里有了害怕的味道。

"你，又能如何？"皇上的声音颤抖着，盯着丛意儿，声音中有了恐惧，也有着得意的残忍，是一种幸灾乐祸的神情，"就算是如此，司马逸轩他已经死了，死在朕的手里，他，再也帮不了你，你，你不过是一个可怜的人！"

丛意儿盯着皇上，轻轻地说："别再无聊到打扰我的安静，否则，后果自负！"

没有人知道昨晚到底发生了什么，只知道，好好的正阳宫着了火，等到大家发现的时候，已经烧了许久，整个正阳宫有些狼狈，皇上一个人呆呆地待在一个相对来说较为安全的地方，那儿不知道为什么没有烧着，否则，只怕大家发现的时候，皇上早已经送了命。昨晚怎么会着了火，连伺候皇上的小太监也不知道，只知道自己突然间就不知道怎么回事了，再睁开眼，已经是围拢了许多的人。

司马溶赶去丛意儿住的地方的时候，那儿也已经成了一片废墟，听说是着了一场大火，至于住在这儿的人去了哪里，附近的人都不知道。司马溶第一个念头就是，这儿的事情一定和自己的父亲有关，所以，当他看到正阳宫着了火的时候，突然间觉得很可笑。

自己真的是乌蒙国的后人吗？自己体内流的真是乌蒙国的血液吗？这是真的还是只是一个杜撰出来的谎言？

皇上盯着跪在自己面前的司马溶，看着这个儿子，他真是气不得恼不得，一想到昨晚的事情，让一个小黄毛丫头那样给涮了一通，站在那儿，好好地看着自己的正阳宫烧成一片，那火苗还真是亮，火苗中的丛意儿还真是不难看，难怪司马逸轩动了心，这根本就不是一个按规矩出牌的女子，她是那么的随性，鲜活如面前跳动的火苗，让人总有想要探究下去的感觉。可是，这个丫头却是自己实现计划的最大障碍！有她在，总有一天，她会如司马逸轩一样洞察他的所有，处处令他不自由的！

如果不是发现司马逸轩对自己有了怀疑，对他布置在各地的人有了防备之心，他还真是不想杀了司马逸轩，虽然不是一个母亲所生，但一直以来是由一个母亲养大，而且大家都知道他们是一对"亲兄弟"，是太上皇最疼爱的两位儿子。但是，司马逸轩太聪明，总有一天会发现他的秘密，会对付他的，因为大兴王朝的天下是不能落入乌蒙国手中的，纵然他是皇上的亲儿子，也不可以。

"溶儿，你是朕的儿子，是朕最信任最疼爱的儿子，你不可以再与朕作对，你一定要替朕分担。"皇上强压着心头的怒火,恼恨地说,"你立刻去把丛意儿找出来,让她在朕的眼皮底下彻底消失。若是你不肯杀了她,就送她离开朕的京城,只要是朕看不到她,就好,至于以后如何处置她,朕可以看在你的面子上对她网开一面。但是,现在,你必须替朕教训教训她,她,她,竟然敢烧了朕的正阳宫,而且就当着朕的面,朕何曾受过如此侮辱?"

司马溶抬眼看着自己的父亲,有些不太情愿地说:"可是,父皇,您何必要与她作对,她好好的,您也好好的,多好,如果不是您烧了她的住处,她哪里会找你算账?"

"闭嘴!"皇上一指司马溶,恨恨地说,"你若是再说这等没有分寸的话,朕就立刻免去你的皇子之位,让你做不成皇上!"

司马溶倦倦地说:"做皇上有什么好?若是可以选择,我宁肯做个皇叔般的人,自由自在地过自己的生活,不去理会这些是是非非,落得个心静。父皇,孩儿觉得孩儿不是个做皇上的料,父皇还是把皇位传给大哥吧,孩儿觉得,大哥比孩儿更适合做这大兴王朝的皇上。"

皇上瞪着司马溶,气得说不出话来。

"朕千辛万苦地做到今天这一步,你就给朕来一句,你觉得你大哥比你更适合当这大兴王朝的皇上,就轻描淡写地推卸了所有的责任,你不觉得你太令朕伤心失望了吗?"皇上一字一句地说,眼睛里有了悲哀和怨恨之意,"这大兴王朝是我们乌蒙国的,如果是你大哥做皇上,仍然是司马家的人做皇上,天下仍然是大兴的。朕也知道,澈儿比你更适合统领这天下,但是,他不是乌蒙国的血脉,他身上有朕的血,但也有大兴王朝的血,他就是再聪明,再能干,朕也不会选择他!你想做皇上也罢,不想做皇上也罢,你没得选择,朕要你如何,你就得如何!你要立刻与丛惜艾生下一位儿子,他将是朕的孙子,也是乌蒙国的血脉。"

"可是,丛惜艾的父亲也是大兴王朝的人,而且,您能够保证乌蒙国的人也都是乌蒙国的人吗?最早建立乌蒙国的人不也是我们大兴王朝的人吗?不过是同宗不同门而已,夺来夺去,不还是大兴王朝的天下吗?就算是对天下人称这天下是乌蒙国的了,天下百姓不也仍然会觉得,这天下还是大兴王朝的吗?"司马溶看着父亲,无奈地继续说,"你不觉得一直以来,大兴王朝就没有完全的排斥和承认过乌蒙国是个与大兴王朝不同的国家吗?皇叔曾经说过,乌蒙国不过是大兴王朝的一个分支,一个让某些情节存在的分支,想收或者不想收,不过在于司马家一个念头而已。当时孩儿还听不明白这话,此时想来,才明白这其中的意思。一直以来,乌蒙国的皇室之中,不也有大兴王朝派过去的人或者下嫁的公主吗?父皇,您何必如此想不开,这天下是谁的真的如此重要吗?"

"你,你,你,竟然如此跟朕说话,真是,真是……"皇上气得只打哆嗦,盯着司

365

马溶,说不出话来。

　　太上皇看着面前的中年男子,中年男子并没有看他,低头看着桌上的残棋,神情却并不专注于棋盘之上,似乎想着很遥远的事情,整个人有些出神,有些呆呆的。

　　"你瘦了许多,再这样下去,难免会被她认出来。你身上逸轩的东西越来越明显,你对她的关心也太过了。"太上皇微微有些责备的说。

　　中年男子抬起头来,看着自己的父亲,半天没有说话,眼睛中却有着掩饰不去的温柔,他轻声说:"父皇,您就别再勉强孩儿了。在我是司马逸轩的时候,我不能够好好地真实地去爱她,让她可以好好地被爱。我已经答应您放弃她,所以会以这样的方式离开,但是,以一个陌生人的身份真实地去爱她,对我来说,就如毒药,明知有毒,却放不下,孩儿真的只想好好的无所顾虑的去爱意儿,她对孩儿来说,就是在这世上唯一的幸福和快乐。"

　　太上皇无奈地说:"可是,若是有一天,她知道了你就是司马逸轩的时候,你要如何面对? 她会不会恨你? 会不会不愿意离开你? 你也知道,你的诈死只是一时的权宜之计,你也答应过朕,放弃丛意儿,朕就可以让她清静地活着,否则,朕绝不会轻易放过她!"顿了一下,太上皇不太乐意地继续说道,"你贵为当今的王爷,为了她,已经选择了以死亡的方式离开,难道还不行吗? 我也觉得意儿她是个好姑娘,但是,这大兴王朝的天下所有的责任都在你一个人肩上,若是你为了感情而放弃了这江山,难道真要这江山落在乌蒙国的人手中吗? 到底是她重要还是这祖先们辛苦得来的江山更重要? 你心中总要有个轻重之分吧!"

　　司马逸轩长长叹了口气,仿佛心头郁积了太多的不快乐和郁闷。他抬手揭去面上的伪装,露出一张清瘦英俊的面孔,看着自己的父亲,听着外面的晚风,以及风中隐约的雪落之声。今年,大兴王朝的雪落得特别的早,而且也特别的多,这雪落的声音听来就好像丛意儿轻轻的呼吸声,静静的,却深入他的心中,仿佛每一声飘落就好像一声叹息,让他的心一阵阵的收紧。

　　"我已经答应您,不再拥有意儿,您何必再提起?"司马逸轩疲惫地说,"我知道以您的武艺应对意儿不可能达到目的,但是,您的权势却可以,只要意儿可以活得开心,我如何都好,只是,已经如此,请不要再说这些让我心寒的话,可好?"

　　"要朕不说,但也要你能够放得下才可以!"太上皇生气地说,"自从你诈死开始,你何曾开心过? 你心中记恨着朕,朕知道,但是,朕如此做的苦心,你是真的不懂吗?"

　　司马逸轩没有回答,只是对外面漫声说:"小樱,去拿些酒来。"

　　太上皇叹了口气,说:"你总是借酒浇愁,在这漫漫长夜,你整夜整夜的不休不眠,然后白天再打足精神处理繁杂的事情,还要用最好的状态去面对丛意儿,你,就算是个铁人又当如何?"

"能够爱意儿,这已经是所有代价最好的回报。"司马逸轩为自己倒了杯酒,轻松地说,仿佛所有的苦,在他心中都已经变成了最甜蜜的感受。

"她的武艺远在我的想象之外,尤其是她在短时间内可以将温软的水以内力凝化成雪,虽然只是小范围的,但是,已经是不可想象的内力,尤其是运用内力的时候还面色平静,让朕的心中生了几分怯意。"太上皇回想着发生的事情,仿佛一切仍在眼前。丛意儿平静地使用内力将不远处的池水凝聚成雪花,那是怎样的寒气,想想也是不可思议。

"流云剑法就是如此。"司马逸轩淡淡地说,饮下杯中的酒,"否则世人何以惊讶于清风流云剑法的神奇。意儿她内心平静,善于内敛自己,能够如此驾驭流云剑法,并不奇怪。幸好她不是个多事之人,否则,这大兴王朝看下去,真的没有人可以左右她。"

"可是,你知道刚刚发生不久的事情吗?"太上皇突然面上显出微笑,似乎是觉得很是有趣,转换了语气,说,"你的宝贝意儿竟然烧了正阳宫。"

司马逸轩似乎并不觉得奇怪,他微笑着说:"谁让大哥闲着无事总要去招惹意儿,好好的偏去烧了意儿的住处,否则,她哪里会闲着没事跑到正阳宫里把个正阳宫一把火给烧掉,大哥当庆幸意儿不是个心狠手辣之辈,否则,大哥已经在黄泉路上漫步了。"

"你还当他是你的大哥?"太上皇有些怀疑的问,"他那般对你,甚至不惜下手害你,虽然你早有提防他没能得逞,可是,如果不是你事先有了警觉,并有意借此查清楚之前的事情,此时只怕是你不可能有机会坐在这儿与我闲聊了。"

司马逸轩沉思了一下,慢慢说:"大哥是个执拗的人,如果不是他安排的人过于狂妄,惹出些是非,我还真是不太可能这么快地想到事情的缘由。也多亏蝶润与大哥相处中发现了大哥与乌蒙国有关联的蛛丝马迹,为我提供了更多的消息来源,那丫头虽然犯了错,但好在对我忠心耿耿,希望经此一劫能够让她放下心中执念,好好地过自己的日子。"

"丛意儿此时待在哪里呢?"太上皇有些好奇的问,好像刚刚恼恨着丛意儿的人不是他,而是别人。此时说起丛意儿,他的语气里听不出任何的厌恶之意,"说来我也真是好奇得紧,这丫头总是让人猜不透,说她近在眼前吧,又伸手触及不到,她好像永远是站在大家的外围,安静地看着大家进进出出的热闹,却从不肯轻易介入其中。你的离开,我表现得平淡,是因为我知道你好好的在,而她表现得更让我心中敬佩,明明是满心的悲哀,却表现得低调平淡,仿佛是咬着牙在微笑,只为了让已经'逝去'的你能够心安,仿佛你的生死对她来,不论生或者死,你

第二十一章 江山美人 孰重孰轻不由人

367

都是在的。"

司马逸轩苦笑了一下,有些茫然地说:"可我却好好地活着,看着她悲伤难过无能为力,却只能以一个陌生人的身份去关心她,我曾经想过,放弃或许并不困难,只不过是忘记一个人,不去想就好,但是,就算我再怎么劝说自己,不去想不去挂念,也左右不了自己的心,只要呼吸还在,我就会不由自主的想到意儿的所有。如果可以选择,我宁愿做一个不必承担国家兴旺责任的男子,只要可以自由活着就好,这国家与意儿相比,若真心取舍,我宁愿选择后者。"

太上皇愣了一下,说:"你答应过朕,要好好处理国事,否则,朕可能真的要令你左右为难,虽然说,丛意儿的武艺很高,远超过朕的想象,但是,朕手底下高手如云,就算是个个不如她,她也抵不过车轮大战。朕知道你心里苦,但你既然生为大兴王朝的子孙,就必须舍弃一些自己的得失,好好地为这个国家着想,否则,这个大兴王朝就会真的在历史长河中消失。"

"这王朝谁为王真的有如此重要吗?"司马逸轩懒懒地说,"父亲,做您的儿子,实在是一件很辛苦的事情。"

一阵晚风吹入房中,司马逸轩微微觉得有些寒意不禁,心中一阵酸楚,此时,意儿她在何处?可否温暖入眠?

初见她,她在檐旁站着,风雨中微微哆嗦,竟然让他心中隐隐作痛,只是当时不知,只是觉得这丫头既可气又可爱,竟然放不下。突然想到那日见她模样,从火中抱出鱼缸,紧紧揽在怀中,仿佛唯一的温暖,那模样,是让他心颤的无助,他真的很想冲上去,把她好好地抱在怀中,给她所有的安慰和温暖。意儿她看着面上淡淡的,没有悲哀的痕迹,那是因为她的心,已经碎成了无法再修补的碎片。

一抬头,一杯酒一饮而尽,却再无语,神情索然。太上皇看着他,心中一声长叹,曾经一直以为坚强无比的儿子,此时为何看来这般的无助,自己用意儿的平静生活做条件,是不是真的伤害到了自己的儿子?但愿时间可以让儿子忘记所有。

饮香楼,晚来风急,一片寂寞。

这家酒楼历来没有关门的时候,总有些达官贵人们在这儿饮酒或者庆祝或者浇愁或者纯粹吃饭。

临窗的位置,独自坐着丛意儿,她穿了件淡紫的衣,夜风细雪衬托下显出水般的清冷和寂寞,仿佛整个人是一池寂寞安静的水,慢慢荡漾着化不去的悲哀。她面前摆着几样已经有些凉意的小菜和一杯总也不动的酒,酒在杯中飘着淡淡的酒香,和着桌上摇晃的烛光,说不出的漠然。这是个小小的单间,就算是在大厅,这儿的伙计对各种人等已经见怪不怪,客人不走,他们也不撵,随他们自由,反正都是付了银子,也都是些得罪不起的人,平常人一般在这儿是消费不起的。而且,他们也多少认得这个女子,好像和轩王爷一起在这儿吃过饭,而且言谈甚欢,听说是轩王爷的未亡人,自然更是不管不问由她自由地待着,享受着一室的安静。

"你果然在这里。"一声轻叹,一个细细的声音在房间里响了起来,一个美丽的身影走了进来,带着一份落寞之意。

丛意儿似乎并不惊讶,好像没有什么事情是可以让她惊讶的,她头也不抬,淡淡地说:"惜艾,近来可好?"

这一声问得如此平静,丛惜艾似乎对于丛意儿的反应也不觉得有什么不妥。对于面前的女子,她已经试着习惯发生任何事情都不再觉得惊讶,因为,好像从她自乌蒙国回来开始,面前这个妹妹就已经不再按常理出牌了,接受总好过一再的拒绝。

"说不上好也说不上坏,只是突然有些想见你,知道你住的地方被皇上派人烧了,想来想去,丛王府你定是不肯回去,也只有这儿可以暂时落脚,所以过来试一试,真的遇到你了。"她的声音里不是朋友的欣喜,也不是仇敌的排斥,而是一种淡淡的距离,和一种经历过后的尝试接受,"可以坐下来与你说几句话吗?"

丛意儿这才抬头看了看丛惜艾,她看起来消瘦了许多,也憔悴了许多。女人是不能够伤心的,不能够被人忘记的,才短短的时间,丛惜艾的面上已经有了岁月的痕迹,是一种心力交瘁的不堪,但依然是美丽的,看起来比之以前多了几分温和之意。

丛意儿轻声说:"随意。"

丛惜艾坐下来,看着桌上的冷菜冷酒,犹豫了一下,对外面的伙计说:"来人,送些热的来,烫一壶你们这儿最好的酒,我要与我妹妹说会儿话,不许任何人进来打扰。"

伙计认得楼下的马车是二皇子府的,猜测这人定是其中一位二皇子妃,很快就送来热的酒菜,和一壶烫着的好酒。室内因着隐约的热气突然间变得不再那般的清冷,也因着两个女子平静地面对而显得温和了许多。

"知道皇上还在找你吗?"丛惜艾心里也觉得奇怪,竟然可以和丛意儿如此心平气和地说话,好像不久之前她们二人还是不能相处的,她曾经恨不得立刻让丛意儿在自己面前消失的,此时,竟然真的如好姐妹般,坐下来说说话。

丛意儿点了点头,平静地说:"知道,自打我进了宫烧了他的正阳宫,就知道这家伙是不肯放手之辈,懒得理他。姑姑还好吗?"

"不好。"丛惜艾叹息一声说,"蝶润的毒可以说是无药可救,只能眼睁睁看着姑姑离开,我实在没有办法。她如今容颜苍老得非常厉害,你若是见了,定是认不出来的。"

丛意儿点了点头,轻轻叹了口气说:"此时也只有找到蝶润才可以解决这所有的问题,解药一定在她手中。"

丛惜艾点头说:"我也是这样想,但是,怕是当时蝶润未能逃出来,我已经派人去寻找一直跟着轩王爷的甘南、甘北,可是一直没有他们的消息,他们好像突然间消失了一般,当时他们虽然也受了伤,但以他们二人的武艺,应该是不会有问题的。所以,我也抱着一线希望,或者他们二人救出了蝶润也说不准,如果是后者,姑姑或许还有救。但是,就算是救了回来,姑姑这一次也是大伤元气,不可能再有孩子,而且容颜上会有所损伤。不知道皇上还会不会待她如旧?"

"世上事自古难料,只有期望姑姑无事,经此一劫,姑姑定会想通许多事。"丛意儿轻声说,看着丛惜艾,眼睛里有着关切之意。其实,和面前这位女子,并没有太多的联系,有些纠葛更多的是旧时丛意儿的,想一想,那时的丛意儿都可以不介意,用疯癫掩饰所有的不开心,那是何等的心胸,纵然别人看她太多误会,她却不会因此而让自己的心蒙尘。

"我从没有想过,我们会坐在这儿,好好地说话。"丛惜艾叹息一声,淡淡的语气中有太多的悲哀之意,"其实我们本是姐妹,纵然并不是一母所生,也是一脉相传,你的父亲本是我的亲叔叔,我的父亲是你的亲伯父,你我自幼一起长大,却一直心怀敌意,这到底是为何?想想,真是荒唐可笑。"

丛意儿轻轻微笑着,说:"只要是女人,在爱情面前,都是糊涂的,因为你爱逸轩,对他有着带着崇敬之意的爱,而不能够平和地接受他身边的任何一个女子,纵然我是你的堂妹,在爱情面前,也无法抗衡。惜艾,这是我们之间唯一的矛盾。"

"我们相识,你们相遇,虽然我和轩王爷相识,经常见面,但是,你们却是相遇,在合适的机会,因着缘分相遇,你或许就是为他而生,只有在爱情来临的时候,你才是一个正常的人。"丛惜艾感慨地说,"我还一直以为你喜欢的是二皇子,因为你一直以来是那样的迷恋着二皇子,你曾经把可以嫁给二皇子当成你今生的唯一梦想。"

丛意儿微笑着低下头,好可爱的丛意儿,那个已经去了现代的丛意儿,此时一定过得很开心,她肯放下这儿所有的一切,完全不留恋地离开,或许只是为了成全这注定的三生三世,也或者只是为了成全她内心的爱情,她发现一切只是一场谎言,所以离开了,她知道司马溶从来没有真正爱过她,他是那般的看低着她,她就离开,宁愿遗忘不愿被遗弃。

"其实,司马溶并不是一个坏人。"丛意儿看着丛惜艾,轻轻地说,"惜艾,可否试着去爱他?"

丛惜艾轻轻笑了笑,说:"或许是我母亲想不开,她那样地嫉妒着你的母亲我的婶婶,因为某些过去的原因,作为后辈我们不应当再去追究,此时只是说说,她误导了我许多的想法。曾经我以为我真的是一个只能嫁给九五之尊的女子,所以我的注意力都在这样的人身上,而整个大兴王朝最有魄力的就是轩王爷,他是所有女子最容易梦想的男子,能够嫁给他或许是所有女子最大的愿望,我也不例外,而且我也觉得我最有资格,只要我嫁给他,他就可以成为未来的皇上。"

丛惜艾停了停,轻轻一笑,眼睛里却有着泪意。

"但是,母亲却告诉我,真正要嫁给九五之尊的是你,而不是我,当时只是一个小小的误会,是母亲隐瞒了这个误会,我心中所有的念头瞬间倒塌,我觉得我一直的努力都是可笑的。"丛惜艾倦倦地说,"我也不知道我爱不爱司马溶,但是嫁了他,他就是我的一辈子,我不能够再有别的想法,只能够面对现实,纵然我心中一直爱着轩王爷,也只能放在心中,你不必担心,我就算是一生只爱轩王爷,也不会再做这样无用的梦。"

丛意儿安静地听着,丛惜艾可以想得开,真是一件好事,最起码她不会再为难她自己,有可能她会好好的活着。

"但是,此时的二皇子,却突然发现他喜欢的是你,到最后最可笑的竟然是我,当时我还把你当成一个可以借用的工具,没想到自己一手造成了如今的局面。"丛惜艾苦笑了一下,喝下已经有些凉意的酒,看着丛意儿,悲哀地说,"正如母亲所说,你和你母亲真的很像,可以让人不由自主地爱上,并且爱得死心塌地,纵然二皇子会原谅所有曾经的过往,你也会一生一世是他心中无法打开的结。任何一个女子,在他心中永远只能是第二位!"

丛意儿心中轻轻叹息,口中却说不出话来,丛惜艾心中的苦,她不是不懂,可是又能如何?

二皇子府,司马溶一脸厌恶地看着由奴婢扶着回到府中的丛惜艾。丛惜艾一脸的微笑,笑得那般轻松甜蜜,仿佛看不到司马溶面上的表情,和丛意儿这一晚喝得痛快,说出心中所有的话,竟然是如此的轻松,爱和恨,如果放得下,原来可以这样心安理得。

"我,很可笑,可笑吗?"丛惜艾看着司马溶,身体微微有些摇晃。扶着她的奴婢脸色苍白,二皇子妃这是怎么了,怎么在饮香楼和丛姑娘喝了酒,就变得如此大胆?

司马溶厌恶地说:"你喝多了,不要在这儿惹人憎恶,来人,扶她进去,念在你照顾父皇的分上,我不和你计较,不要太过分!"

丛惜艾笑着,一脸灿烂,眼中的悲哀却浓得化不开。看着司马溶,她自问自答:"你们男人,没有一个,一个好东西,你们,可以自由地去爱任何人,任何人,可是,我们女子,如何?你永远不会得到丛意儿,她,她不是你懂得的女人,她的心,只能放一个人,有了轩王爷,就不会再有任何人!你,曾经那样鄙视她,那样地,那样地嘲笑她,视她,如草芥,哈哈,如今,好像换了,换了个,你,你,只不过是一个如我一般的可怜虫,你的父皇,那个皇上,不过是个,一个一无是处的家伙,哼,这样的皇上,他竟然也做得有滋有味,我,我还真是看不,不起他……"

司马溶恼怒地推了丛惜艾一把。丛惜艾没有提防,一个踉跄向后一摔,也是凑巧,后面正好有一块树立的巨石,丛惜艾的后脑勺正好一下子撞在上面,幸好奴婢一把拉住,但仍是有鲜血很快冒了出来。而丛惜艾只觉得眼前一黑,就没有知觉,那一刻,只有一个感觉,冷冷的,让她满脸是泪。

醒来,隐约听见有人在对话,说得好像就是她。是府里的大夫,轻声说:"皇子妃应该是不会有什么问题了,只是,她这一摔,会让她有很长一段时间看不到东西。"

很长一段时间看不到东西?丛惜艾有些意外的想着,这样说,也就是在说,她会在一段时间里失明?丛惜艾突然笑了笑,笑出泪来,这样也好,可以不必再看司马溶的脸色,眼不见心不烦。

司马溶看了看躺在床上的丛惜艾,心里头倒有几分内疚之意,自己一时愤怒,失手伤到了丛惜艾,但是,一想到她昨晚的话语,心中又升起一股无名之火,说:"也好,省得她有事没事总在我的面前晃来晃去,看不到,她正好可以安静地待着!"

丛惜艾的眼角落下泪来,心里悲哀地想:为什么自己不失聪,看不到听不到不更好?

丛意儿睁开眼,觉得身体一直在晃来晃去,头有些痛,昨晚和丛惜艾聊到后来,陪着丛惜艾一杯一杯地喝酒,后来也有些醉意了,然后就睡着了,丛惜艾什么时候走的,她是怎么离开饮香楼的,她竟然没有任何的印象。她现在在哪儿?

好像是在一艘船上,听得见外面"哗哗"的水声,她努力让自己打起精神看着四周,确实是一艘船,很干净,很温暖,身体不远处有烧着的炉,散发着温暖的气息,有人背着她看着上面冒着热气的锅,闻着是香香的饭香。

她动了一下身子,那背对着她的人立刻转过身来,是那个中年男子,一脸温和的微笑。看着丛意儿,中年男子温和地说:"醒来了,我刚刚煮好一锅粥,要不要喝几口?"

"这是哪儿?"丛意儿坐了起来,看着中年男子问。

中年男子扶她靠坐在软软的棉被上,微笑着说:"这儿是一艘船,很安全,不会有人打扰你。你昨晚喝多了,正好我去饮香楼有些事情要做,看到,怕你遇到不妥的事情,就接你来了这儿。"

丛意儿扶着自己的头,说:"谢谢你,尤公子。对啦,我还不知道你叫什么名字呢?只知道你姓尤。"

中年男子淡淡地说:"名字只是个称呼,我姓尤,字心仁。"

丛意儿不在意地点了点头,这一点头,又觉得头很疼,看来喝酒确实不可以太过,否则难受的一定是自己。

"昨晚喝了那么多,头一定很疼吧。"中年男子温和地说,面上始终带着淡淡的微笑。丛意儿觉得很亲切,好像总有一份莫名的熟悉感,却说不出来是因为什么。

"虽然你这段时间有那么多心事和难过,但不可以这样喝酒,如果有什么事放在心里不开心,就说来与我听听,以后不可以再这样喝酒了。来,喝几口热粥。"

丛意儿喝了口粥,软软的,很舒服,看来这粥煮的时间一定不短了,这中年男子倒真是有心。她叹了口气,说:"好的,下次我也不会如此了,毕竟难受的是我不是别人。对啦,你到底是谁,为什么我总是觉得你有莫名的熟悉感。"

中年男子顿了一下,微笑着说:"这几日一直纠缠着你,就算你再讨厌我,时间一长,也会有些印象的。"

"很奇怪,你的笑容总是让我想起逸轩。"丛意儿觉得头隐隐作痛,漫不经心地说。中年男子的脸色一变,立刻转过身去,似乎努力掩饰什么。

"你认识逸轩吗?如果你可以在旧居里见到太上皇,就一定也认识逸轩,是吗?"

"见过。"中年男子似乎有些不太情愿的回答。

丛意儿并没有注意到这些,她就是觉得自己的注意力没有办法集中,看来以后是再也不可以这样放纵的喝酒了,问题是,昨晚到底和丛惜艾讲了些什么?她怎么完全没有印象了?

"感觉好些了吗?"中年男子轻声问,语气里太多无法掩饰的关切,眼睛看着丛意儿,全是藏不住的爱意,"你昨晚喝的酒太多,又没吃东西,所以胃里会不舒服,休息休息就好了。"

丛意儿愣了愣,怎么也想不起来昨晚到底发生了什么,自己和丛惜艾到底喝了多少的酒,和一个一直以来对自己充满敌意的女子一起喝酒,这在之前想也未曾想过。"不知昨晚惜艾怎样。"

"丛惜艾吗?"中年男子温和地说,"她好像也喝得多了些,但是有她自己的奴婢陪着,应该不会有事,况且她身为二皇子妃,大家都知晓,又是在饮香楼,不会有事的。"

丛意儿点了点头,漫不经心地说:"你还真是知道得不少。"

中年男子一愣,继而掩饰地笑了笑,说:"我和太上皇认识,知道的事情肯定少不了,毕竟她是二皇子妃,和司马溶的事情多少知道些。"

丛意儿歪着头看着中年男子,一脸的怀疑,但是,头疼妨碍了她的思考,她只得收回所有的怀疑,说:"算了,我现在也没有办法想明白,总觉得有地方不对,但就是想不起来哪里不对。谢谢你。"

中年男子似乎是悄悄松了口气,微笑着说:"也好,若是有什么问题,等你休息好了再说也不迟。这儿风景不错,只是冷一些,不过,休息一下还是好的。"

丛意儿掀起窗帘的一角,看着船外,一片风雪之色,看着真是干净和舒服。她长长地出了口气,仿佛郁积在心中的不快,在这风雪之中消失殆尽,"还真是舒服,古代就是好,若是换了现代,真是看不到如此美丽的风景。满眼都是废气。"

中年男子听不明白丛意儿的话,有些不解地问:"什么古代现代?这儿一直如此的。"

丛意儿知道自己说错了话,回头看了看中年男子,微笑着说:"开个小小玩笑,你可以把我想象成一个天外来客。信不信我无所不知,说起些这大兴王朝的旧日前闻,定会听得你目瞪口呆?"

中年男子纵容地微笑着说:"我信,你做什么我都相信。"

丛意儿轻轻一笑,说:"我赌你根本不相信。"

船微微晃动,丛意儿微微闭上眼睛,心情难得地平静下来,悲伤似乎也不是那么的明显了。她觉得累了,很累很累,面前的中年男子不知到底是什么人,但是,在他面前,丛意儿却难得地感觉到轻松和坦然。

中年男子安静地看着他,任由船安静地缓缓前行。

"和我聊聊逸轩,好吗?"丛意儿突然轻声说。

中年男子一愣,脱口说:"谈他有什么意思?"

丛意儿轻轻一笑,将窗帘轻轻拢起一角,说:"你可以出入旧居,自然认得逸轩,你和太上皇那般熟悉,可以在太上皇面前不卑不亢,应该是个相当特殊的人物。我想,你一定非常的了解逸轩。你知道吗?我除了想念外,竟然没有人可以谈起逸轩。"轻轻一声叹,在风中听来不太真切,丛意儿的眼中有隐约的泪意。

中年男子犹豫一下,轻声说:"好吧,若是你觉得开心,我就陪你谈谈那个家伙,他有怎样的好,可以让你如此伤害自己,他不过是个冷漠的家伙,你大可不必因着他如此难过。"

丛意儿并不生气,微笑着看向中年男子,轻声说:"你不是我,怎知他的好?所以,为着我开心,请好好待他。"

"好吧。"中年男子有些勉强地点了点头,似乎并不太情愿。可看着丛意儿一脸温柔和缓的微笑,实在不知如何拒绝,他只得硬着头皮说:"你想知道些什么,只要是我知道的,我一定如实相告。"

丛意儿看着外面的雪,有些出神,过了一会儿才轻轻地说:"你可知,在遇到逸轩之前,我并不是这个样子的。那时只有丛意儿,直到遇到逸轩,才有了他口中那声让我有理由选择留下的'意儿'。"停了一下,丛意儿突然微微一笑,轻声说,"尤公子,这样说,你可能听不明白,但是若说得明白,只怕吓着你,还是算了吧。其实,没有逸轩就不会有意儿。有了逸轩,意儿才会存在。"

"但是,他现在已经不在了。"中年男子的目光有些茫然,声音听来也低低的,"姑娘何必再去缅怀,不如放眼以后,上天不过是捉弄人,有时候相遇的美抵不过现实的残酷,你就当他不过是个薄情人,忘了吧。"

"人人都说他不在了。"丛意儿仍然微笑着,轻轻地说,"但对我来说,他,一直都在,你可知,我呼吸的这空气,依然有着他的气息,只是……"丛意儿的声音越来越低,低到不专心听不真切,"我再也看不到他,只有活着,才可以想念他,若是真的随他去了,我就连想念他的机会也没有了……"

二皇子府,寂寞冷清,静得听得到雪落的声音,声声入耳。这雪已经下了两日,丛惜艾坐在桌前,听着窗外的声音。眼睛看不到,她已经这样在黑暗中过了两日。

"惜艾。"是苏娅惠的声音,声音里有太多的怜悯和同情,甚至还有隐约的幸灾乐祸。真是奇怪,眼睛看不到了,却有了更加灵敏的听力和感觉,以前只觉得她是柔弱的,如今却觉得怎么声音里会有如此多的情绪?是自己太敏感了?"你现在好些了吗?"

丛惜艾微微一笑,淡淡地说:"你来了,坐吧,我看不到,无法招呼你,若是想要什么,就吩咐奴婢吧。"

苏娅惠看着面前的丛惜艾,很奇怪,在她脸上看不到什么沮丧之意,反而更多的是些平静,甚至还有隐约的微笑,好像很满意目前的状况,她是不是撞傻了?怎么可能瞎了还会这样平静?一定是脑袋撞坏了!苏娅惠尽量让自己的声音听来温柔平和,轻声说:"听二皇子说,你眼睛出了些小状况,暂时看不到东西了,我心里真是担心,但是这两日你一直在休息,我又不方便打扰,所以,就直到今日才来看你了。"

丛惜艾点了点头,说:"谢谢你,我没事,这样也好,省得还要到处看人脸色,若是听不到声音更好,省得听些不必要的虚情假意,还要应付。"

司马溶站在外面,看着里面的两个人,丛惜艾的话传入他的耳中,听来有些奇怪，丛惜艾的反应也在他的意料之外，他以为她会因此寻死觅活呢，但是，她好像很享受她目前的状况。

"你那晚怎么喝了那么多酒，"苏娅惠轻声问，"幸亏有丫头陪着，如果没有人陪着，你一个女子独自在外，真不知会出什么状况。好在二皇子没有计较，以后不要再如此任性了。"

丛惜艾微微一笑，说："让你们担心了，真是不好意思。不过，独自在二皇子府外也不是第一次了，没关系了，不是我太过自信，这大兴王朝的京城真的敢与二皇子府作对的也不多，好歹我也是二皇子妃，大家为着这个虚名也不会怎样为难我。不过，那晚我还是开心，和意儿她聊得真是开心。你知道吗，到了如今我才知道，不论出了怎样的情况，不论怎样的怨恨恼怒，到了最无助最伤心的时候，还是自己的姐妹可以信赖。"

司马溶一愣，丛惜艾见过意儿？她们二人聊天聊得开心？这怎么可能，丛惜艾不是一直恨着意儿的吗？怎么可能？

"你和意儿一起聊天？"苏娅惠盯着面前的丛惜艾，想从对方脸上看出可疑之处，但是，丛惜艾一脸的坦然，绝对没有说谎的痕迹，"你们聊天聊得很开心？这好像听来有些，有些不太可能……"

丛惜艾哈哈一笑，笑声中竟然带着泪，怆然而语，"到如今我丛惜艾不得不承认，意儿，她是我恨的女子，也是我如今最相信最敬重的女子，她是我今生可遇的唯一知己！我如今信她，就如信我自己。"

这一落泪，想起那晚丛意儿温暖的笑脸，是怎样的一种包容和了解！她那样平静地听着自己说这说那，容纳下所有的酸甜苦辣，原谅了所有的过往，用一种最温和的微笑看着自己，是怎样的一种温暖。没有想到，到了最后，能够相信和接受的竟然是自己最不曾放在心上的人。

"你是不是还没有醒酒？"苏娅惠瞪大了眼睛，怎么丛惜艾的话听来如此不可信，她是亲眼看着这对姐妹如何的不能相容，怎么突然间如此的亲密无间？

"你打算如何对付意儿？"司马溶恼怒的声音加了进来。只听那声音，就知道他杀了丛惜艾的心都有。

丛惜艾轻叹了口气，幸好自己是看不见的，否则，要沮丧到何等程度才对得起这声恼怒，"您不必担心，她好得很。"

"你是怎么见到她的？她现在在哪里？"司马溶焦急地问。

"若有缘，您自然会遇到她，若无缘，何必强求？"丛惜艾轻叹了口气，说，"二皇子，意儿她现在很好，如果您想她过得安静，就不要在她周围出现，否则，皇上绝不会放过她。"

"我知道，不用你提醒！"司马溶不高兴地说完，恨不得吞下丛惜艾才甘心，转身离开。

出了二皇子府,司马溶远远看见司马澈从远处走了过来,脚步有些匆促,眼睛还有些微微的泛红。司马溶愣了一下,下意识地迎了上去,招呼着,"大哥,你这是怎么了,怎么脸色这么难看?"

司马澈看到是司马溶,勉强笑了笑,说:"没事,只是今日是母亲的忌辰,去拜祭时有些伤心,忍不住落下泪来,没事,你可去看过父皇?他这几日情绪不太好,正阳宫又出了事,心里郁闷得很,不如你去陪陪他说几句话,或许有些用。"

司马溶微微一愣,突然想起,今日是母亲的忌辰,心里头有些难过,纵然从父亲口中知道了自己并不是这个母亲所生,但是一直以来都是在她身边长大,直到她被关进冷宫,直到她辞世,他都一直把她当成自己最亲近的人,所以,想起还是难过。

司马澈看了看司马溶,微微叹了口气,说:"唉,弟弟,何必要让自己难过,也难为了丛姑娘,她心中只有皇叔一人,就算是再怎么用情,只怕终究是一场空,徒增伤心。"

司马溶苦笑了一下,说:"就当是我欠她的,总是要还的,由着我吧。对啦,大哥,这大兴王朝的皇上还是你来当吧,我实在不是一个可以左右天下的伟男儿。"

司马澈苦笑一下,叹息一声,心中说:若不是为了替母亲报仇,我才懒得蹚这趟浑水。

"兄弟二人在说什么呀?"一声细脆的声音在他们后面响起。二人吓了一跳,一起回头看去,齐齐呆在当地。

是他们的父皇,一个魁梧的男子,如今有些消瘦了,白净了许多。他穿着温暖的淡粉红的衣服,说不出的怪异,表情细腻,让人瞧着说不出是恐怖还是可笑。尤其是他手里拿着一方丝帕,在手指上绞来绞去的,极是有趣的模样。

司马澈和司马溶目瞪口呆地看着,彼此看了一眼,想笑不敢笑,心中亦有着说不出的酸楚。堂堂一个当朝的皇上,竟然落得如此光景,如何面对才好?

司马澈努力笑了笑,说实话,这是他第一次在户外看到中毒后的父亲,以前总是在光线昏暗的房间里,还感觉不出竟如此怪异。他恭敬地说:"没事,正和二弟谈起些旧事,二弟正要去看望您,正巧在这儿碰到我,闲聊了几句。"

皇上温柔一笑,似乎是觉得自己很是千娇百媚,但是,在司马澈和司马溶看来,真是恐怖得很。"看朕?不会吧,只怕此时溶儿心中正是极恨着朕的。你知道吗?"皇上看着司马溶,温柔低声而语,"朕派了许多人,许多许多的人,在朕的京城里四处寻找,朕一定要找到那个蝶润,还有那个可恶的丛意儿,朕做了皇上这么久,从来没有一个人敢像她那般不把朕放在眼里,让朕觉得如此的不舒服,恨不得生吞了她才解恨,她根本就没有把朕放在眼里,朕怎么受得了如此的侮辱。而且,她还让朕最看重的儿子与朕分了心,这样的女子不是红颜祸水,是什么?"

"父皇……"司马溶有些气恼,恼恨地说,"您这是何必,若是您再这样下去,就算是您要了孩儿的命,孩儿也不会做这大兴王朝的皇上,您还是想着再弄出个和孩儿一般的继承人吧!"

皇上恼怒地一巴掌打在司马溶的脸上,司马溶没有躲,只是倔强地站着,瞪着自己的父亲。

"哼,你不必用这种表情看着朕,朕要做的事情朕就一定会做到,朕就是把京城翻个遍也要找出那个疯丫头,让她对朕言听计从!"皇上不乐意地说,"她比蝶润那贱人还可恶!"

一声温暖的笑意在他们三人附近响起,轻轻地,悦耳而恬静,如同正在飘落的雪般晶莹动人,"不必这般麻烦,你找我何事?说来听听吧。"

三人立刻顺声看去,就在他们三人的几丈外,盛开的黄色蜡梅树低矮的树干上坐着一位美丽的素衣女子,穿一件浅紫的衣,如轻盈的水。女子轻轻晃动着双脚,抖落一树的雪,说不出的清丽脱俗。站在她身旁的是司马溶见过几次的中年男子,表情温和安静地看着坐在树上的丛意儿,好像根本没有看到站在他面前的三个人。

皇上目瞪口呆地看着面前的女子。这丫头是从地里冒出来的吗?她怎么可以说来就来,说去就去?她当这儿是什么地方?她的丛王府吗?真是可恶!那些守卫是吃闲饭的吗?简直是一群废物!

"你,你,你是打哪儿冒出来的?"皇上有些结巴地问。

丛意儿轻轻一笑,黄色蜡梅花衬托下,她越发清灵动人,她的表情是恬静的,语气也是淡淡的并不生气,"怎么可能打哪儿冒出来,你当我是这棵蜡梅不成?不过是个小小的皇宫,闭着眼也可以走个来回。"

皇上看到站在丛意儿身旁的中年男子露出疼惜的微笑,那笑容让他心里莫名一冷,仿佛一种可怕的预感,不知道为什么,只觉得突然间整个人如同沉入冰窖中般。明明那笑容如此的温暖,那也是一个并不怎么惹人注意的男子,却为何让他如此心惊胆战?而且,对方根本就没有注意他,甚至无视他的存在,那中年男子的注意力都在丛意儿身上,却为何让自己如此不安?

他是什么人?怎么会来这儿?

"你既然来了,也省得朕四处寻找了,哼,朕就不信你逃得过朕的手掌。"皇上有些心虚地说。不知道为什么,那个中年男子站在那儿就有着说不出的威严,让他有些不寒而栗。

丛意儿微微一笑,说:"不过是闲来无事来这儿逛逛,瞧瞧我姑姑,你抓得到我再说这般的狂话,否则,就不要说这些无趣的话。还有,如果你再无理取闹下去,我定不会放过你对付逸轩的事!念在这大兴王朝得来不容易,念在司马希晨和司马锐的分上,不与你计较,所以,最好是就此打住!"

"朕能够对付得了司马逸轩,就一定可以对付得了你!"皇上冷冷地说,"是他自己找死,如果不是他太能干,朕何必要送他走上黄泉之路?!哼,你一个区区黄毛丫头,能够如何?你可知这大兴王朝朕安排了多少人,就算是司马逸轩也要有所忌讳,更何况是你!"

丛意儿表情平淡地说:"我可以烧了正阳宫,同样也可以取了正阳宫主人的性命,纵然你是天下九五之尊,又有何用?"

"你,丛意儿,竟然敢威胁朕!"皇上恼怒地说,"这儿,是朕的天下,是朕的地盘!你,你想如何?"

丛意儿平静地说:"很简单,井水不犯河水。"

"他,是什么人?"皇上一指中年男子,不那么确定地问。

"他?"丛意儿看了一眼中年男子,微笑着说,"他是谁?这个问题我也没有答案,我问过他,他不说,只说他姓尤,我只知道这些,若是你想知道,你可以自己问他。"

"你,是什么人?"皇上一心的疑惑,忍不住问。

中年男子淡淡一笑,站在丛意儿的身旁,好像他唯一关心的事情只有丛意儿,他的世界里也只有丛意儿,"这很重要吗,要一位皇上如此关心?我不过是个路人,路经此地而已。"

皇上看了一眼周围,已经有些侍卫匆匆赶了过来,他微笑着看向丛意儿,一摆手,示意侍卫们围上去,口中说:"丛意儿,朕已经念在你父亲的分上,不与你计较,是你总是一次一次的不按规矩来,招惹朕和朕的儿子,现在司马逸轩已经去了,他已经保护不了你,朕想如何就如何,你还是乖乖的听朕的话为好!"

丛意儿不介意地说:"就凭他们,还真不够我看在眼里的。"

司马溶一下子冲上前,挡在丛意儿面前,看着自己的父亲,有些哀求之意地说:"父皇,算了吧,您还是罢手吧,何必总和意儿过不去。皇叔走了,她已经够难过的了,您就让她好好地安静地过她自己的日子吧,何必要如此?"

"让开!"皇上恼怒地说,和着他此时的动作,声音听来却有几分娇媚之意,"你个不孝的逆子,真不知你是鬼迷了心窍还是怎么了,竟然为着这样一个女子和朕过不去,真是太可恶了!"

那些侍卫看着皇上,一时之间都愣在了原地,皇上这是怎么了,怎么做起女儿家的打扮?

司马澈在一边开口，轻声说："父皇，您，还是回去吧，这儿的事情孩儿自会处理，今日是孩儿母亲的忌辰，孩儿不想动手，也不想有人血溅当场，若是父皇肯为孩儿母亲着想，就让她今日忌辰过得平静些吧。"

皇上愣了一下，看了一眼司马澈，冷冷地问："你是什么意思？"

司马澈犹豫了一下，轻声说："孩儿只是觉得母亲在冷宫孤独死去，心里很难受，如今母亲在九泉之下如果看到现在这些情景，不知会做何想法，父皇还是让孩儿的母亲平静地度过这一天吧。"

"朕知道为了你母亲的事，你一直在生朕的气，也一直不肯接纳朕的皇后。"皇上冷冷地说，"朕知道你一直恼恨着朕的皇后，甚至动了心思想要置她于死地，朕念在你是朕的孩子，不与你计较，你却得寸进尺起来！你可知，这大兴王朝此时还是朕的天下，朕想要如何就可以如何，除非你做了皇上，否则，什么也别想！"

司马澈的脸上有了悲哀之意，今日是母亲的忌辰，他的心情不好，听了父皇的话更是心寒，母亲为这样的男子守了那么久，甚至孤独地死在冷宫中也没有埋怨过父亲一声，难道想让母亲在九泉之下安静地过今日都不可以吗？

他眼中涌出泪来，冷冷地说："父亲，这天下岂是您这样的人可以左右的，您不过是个心胸狭窄的男子，纠缠在这些小事上，如果不是皇叔在后面帮着您，甚至在您生了害他之意时仍然特意安排澈儿帮您料理天下之事，您此时哪里可以坐得安稳？皇叔一心为着这大兴王朝，甚至不介意让您在前面风光，一心一意帮您打理天下纷乱之事，安抚乌蒙国的是是非非，您却不懂得感恩。难怪祖父一直不愿意让您做皇上，您和皇叔比起来，根本就是一个天上一个地下。枉孩儿的母亲为了您在冷宫待了那么久，却不肯说您一句坏话，您却为了一个丛雪薇就可以将自己的结发妻子送入冷宫，任她自生自灭，甚至在她过世后也不肯说句温暖的话，您，您太让孩儿寒心了！"

"你，你，你个……来人，立刻把这逆子给朕拉出去斩了！"皇上气得直哆嗦，咬着牙说。

没有侍卫敢上前一步，呆呆地看着，看起来表情有些傻乎乎的。雪花安静地飘落，虽然不大，却被风刮着，有着莫名的凄凉之意，在场所有的人都安静不语，看着事态的发展。

突然，司马澈取出一样物品，是一个小小的瓶子，他微微一用力，瓶子应声而碎，落在雪地上。司马澈手上滴出血来，他盯着自己的父亲，悲哀地说："父皇，如果今天不是母亲的忌辰，孩儿不会如此与您争执，母亲曾经教训过孩儿，不论怎样，您都是孩儿的生身父亲，就算是做错了什么，也要真心原谅接受。可是，您今日的行为太让孩儿失望了。您可知这瓶里装的是什么吗？"

皇上冷冷地说:"什么东西关朕何事!"

"这里面的东西就是关系到您的。"司马澈悲哀地说,"您虽然一直存心想要害死皇叔,但皇叔却并没有放在心上,一再地原谅您。这是前些日子蝶润姑娘派人送来的解药。不错,蝶润姑娘现在还活着,而且活得好好的,她说这是轩王爷临终前的安排,虽然她是真的不想送来,可是她不想违拗皇叔的意思,犹豫再三,考虑再三,还是让人把解药送了来,这是唯一可以解得了您和您的皇后所中之毒的解药,一共两枚,如今都已经化在了雪中,您,终生将受这毒所害,终生不得安稳。不是孩儿心狠,是孩儿觉得,您根本不配这解药!"

皇上一愣,盯着司马澈,看着他脚上的雪,一滴鲜红的血滴落下,在雪地上迅速化开,颜色甚是漂亮。

"你骗朕!"皇上很生气地说,"朕让你去找蝶润那贱人,你说你找不到她,可你现在却告诉朕,她还活着,而且还活得好好的!你眼里可还有朕?你心里到底把朕放在何处?"

司马澈没有回答,眼里只有悲哀和绝望,看着自己的父亲,仿佛一时之间没有了精神支撑。看着一滴滴滴落的鲜血,他低垂着头,呼吸在胸腔里挣扎,粗重却无力。

皇上几乎要崩溃,逼到司马澈跟前,狠狠地说:"你和你那个无用的母亲一模一样,不懂得争取,只懂得忍让,而且还如此绝情寡义!你们,你们简直就是两个狗也不如的奴才!来人,来人,把这孽子给朕宰了,立刻让他在朕眼前消失!来人!"

没有人敢动,皇上见没有人出手,恼怒中顺手拨出一个侍卫的刀,一刀向司马澈砍去。司马澈并不是一个很懂得武艺的人,就算是身手也还灵巧,却根本没有提防自己的父亲真的要对自己动手,他竟然一动未动,完全没有闪避的动作。那刀风一般砍下来,站得离司马澈最近的司马溶目瞪口呆地看着自己的父亲,下意识地推了司马澈一把。但是,皇上出手太快,太意外,太狠,就在这一瞬间,一缕鲜血落在离司马澈不远的雪地上,形成一条优美的线。

"父皇——"司马溶高喊了一嗓子,所有人的心都悬到了嗓子眼处,万幸的是,司马澈只是肩膀受了伤,伤得也不太深,溅出的鲜血落在了雪地,让人触目惊心,"您怎么可以这样!怎么可以对大哥动手!您,您,您简直是疯了!"

皇上眼睛里充了血,也不说话,挥刀再向司马澈砍去。司马澈愣愣地看着自己的父亲,一脸的不敢相信。

第二十二章　尘缘往昔　多少心事付流水

"皇上。"有个温和轻柔的声音在皇上背后响起,听来让人心头一颤,"您,这是何必,他是您的骨肉,您再怎么生气,也不可以对他动手,若他有个意外,您如何去面对九泉下的皇后姐姐。"

众人回头看,丛雪薇安静地站在雪地里,整个人包在厚厚的衣服里,面上遮着厚厚的纱,看不清她的容貌,身体看起来极度的虚弱,在风中还有些微微的颤抖。

"雪薇?"皇上犹豫了一下,停下手中的动作,看着站在那儿的丛雪薇,"你是什么时候到这儿的?"

丛雪薇没有动,站在原地,看着众人,没有人看得到她脸上的表情,只听到她声音里有太多的叹息,"皇上,是雪薇不对,若是没有雪薇,或许今天就不会出现这样的局面。皇后姐姐去世的时候,雪薇曾经去看过她,答应她一定要好好照顾她的两个孩子,不论出现什么情况,都不可以对他们二人有任何的不妥。雪薇可以做到,皇上做不到吗?他们是您的亲生骨肉,也是未来大兴王朝的支柱,您怎么可以下得了手,伤了大皇子?"

皇上没有吭声,盯着丛雪薇好半天,才慢慢地说:"他可曾当朕是他的父亲?竟然欺瞒着朕,简直是可恶至极。如果不是你答应那可恶的女人,此时你就已经有了朕的骨肉,哪里轮得到他在这儿站着和朕说话?他竟然把可以救朕和你的药扔到雪地里,你可以原谅他,朕却不可以!朕一定要处置这个不懂得道理的孽子!"

"不可以!"丛雪薇悲哀地说,"雪薇不要孩子是雪薇自己答应皇后姐姐的,若是没有雪薇,此时就不会有这种悲剧,若是没有雪薇,皇后姐姐此时一定还活得好好的。您就不要再让雪薇心里难过吧,求您罢手吧。"

"这与你何干,是朕要了你,你有什么罪?"皇上恼怒地说。

丛雪薇低下头,轻轻啜泣着,犹豫着说:"皇上,请原谅雪薇此时的心情,雪薇真的是一心的愧疚,若不是这秘密折磨着雪薇,这一次雪薇早就一死了之了。"丛雪薇喘息了一会儿,从身旁侍候她的丫头手里拿出一件物品,"皇上可记得这件衣裳？"

一件淡紫的衣服，在雪中显得娇柔如水。

皇上犹豫了一下，轻声说："当然记得，朕第一次见到你的时候，你就穿着这件衣服，在一片梨花中站着，背对着朕，一头的青丝飘着，宛若仙子，朕就是那一眼再也放不下你，朕当然记得，没有这件衣服，没有你当时温柔动人的背影，朕就不会看到你。"

丛雪薇的泪水滴落在雪地上，她长长叹息一声，对丛意儿说："意儿，姑姑对不起你，可以帮姑姑一个忙吗？"

丛意儿不解地看着丛雪薇，下意识地看了一眼身边的中年男子，中年男子轻轻拍了拍她的手，温和地说："相信我，只要我在，这个世上就没有任何一个人可以伤害到你，你的生命就等同于我自己的生命。"

丛意儿的心跳似乎停止，呆呆地看着中年男子，好半天没有说话。然后，眼睛里流出泪来，她就那样傻傻地看着中年男子，咬着自己的嘴唇，努力压抑着自己的情绪，耳边一遍一遍地响着刚刚中年男子那句话，"相信我，只要我在，这个世上就没有任何一个人可以伤害到你，你的生命就等同于我自己的生命。"

"你说……"丛意儿看着中年男子，风中似乎有隐约的笛声传来，在耳边响起。仿佛，一切只是笑话，突然，她从中年男子的身边走开，走到丛雪薇跟前，站住，安静地问："姑姑，您有什么事情需要意儿帮忙。"一个字一个字听得所有人心都轻轻地颤。

"意儿，姑姑会慢慢解释给你听，但是，先请你帮姑姑一个忙。"丛雪薇气息有些急促。

丛意儿伸手一掌抵在她的胸口，说："您慢慢说，此时您的身体极度虚弱，不适合激动。"

丛雪薇休息了一下，慢慢地说："谢谢你，意儿。可以帮姑姑把这件衣服穿上吗？皇上，您可曾有过觉得意儿有说不出的地方让您有些熟悉感的时刻吗？雪薇也说过，意儿她可是越来越像她母亲了。"

皇上有些疑惑，看着丛雪薇，点了点头，说："这话不假，以前倒不曾特别注意过这丫头，只知道是个疯癫的丫头，张狂得很，若不是念着你和丛王爷，朕早就收拾她了。"

丛雪薇看着丛意儿，温柔地说："意儿，帮姑姑穿上这件衣服，到那蜡梅处背对大家站着，姑姑有许多事情想要解释。"

丛意儿没有说话，换上丛雪薇递过来的紫色衣服。

"这件衣服和意儿身上穿的不是一样的吗？"司马溶不解地问，"如今室外是如此的寒冷，你却让她换来换去，如此麻烦为什么？"

"颜色是一样,但样式不同。"丛雪薇轻声说,"来,意儿,让姑姑帮你把头发散下来。"

司马溶嘟囔着,"意儿她头发本来就是散着的,你还要如何再帮她散开?"

丛雪薇装作没有听到司马溶的话,轻轻叹了口气,说:"意儿,你和你的母亲真的是很像,不过,你比你母亲更清丽些。二哥曾经开玩笑说,二嫂有些像这大兴王朝的某位皇后娘娘,但依姑姑来看,你倒比你母亲更像那位皇后娘娘些。"

丛意儿没有说话,似乎情绪有些飘忽,只是安静地换上衣服,到了蜡梅处背对着大家站好。

"皇上,这雪可像那时你遇到紫衣女子的时候飘动的梨花花瓣?"丛雪薇慢慢地说,"你看意儿此时的背影可熟悉?"

皇上犹豫了一下,看着站在那儿的丛意儿,那淡紫的衣,那垂肩的发,是如此的熟悉,像透了他初次遇到丛雪薇时的情景。那时的梨花像此时的雪一般在眼前飞舞,一个清丽的身影背对着他,安静地站在他的视线之中,美得让他不敢呼吸。就是那一次,他一眼入心,便再也放不下这紫衣背影,后来,在丛王府见到一身紫衣的丛雪薇,就立意要娶她为妻,并且为了她,用尽了心机,甚至不惜把自己的结发妻子关进了冷宫,为的只是能够让丛雪薇最终成为他的皇后。

"她此时很像那时的你。"

丛雪薇叹息一声,轻声说:"皇上,您不是一个坏人,虽然大家觉得你做事太过不近人情,但在雪薇眼中,您却是一个值得雪薇托付终身的男子,不论这事情说开之后,您会如何的恼恨雪薇,雪薇也不会怪您的,因为,一切都是雪薇咎由自取。"丛雪薇停顿了一下,看着皇上,继续说,"您当时在丛王府后花园看到一位紫衣女子的背影,回到皇宫后将那紫衣女子的背影绘成图像,放在御书房里,被雪薇的哥哥看到,他一下子就认出了画中的女子,然后您在丛王府的宴席上遇到身穿这件紫衣的雪薇。"

"皇上,您可否猜到那个紫衣女子是何人?"丛雪薇苦笑一下,轻声说,"你当时看到的紫衣女子本是雪薇的二嫂,也就是丛意儿的母亲,这就是为什么,某些时候,您总是觉得丛意儿有些地方有说不出的熟悉感,那背影在您脑海中的印象太深,您无法忘记,只是您根本没有想过那紫衣女子有可能是别的人,而一直就认定那紫衣女子就是雪薇。"

"你是说,当时朕看到的紫衣女子是丛意儿的母亲,那个已经死去的江湖魔女?"皇上不敢相信,那个女子的离开,有些事情是自己一手操办的,如果没有他的命令,或许那个女人根本死不了,是自己下令处置了她!

"是雪薇的哥哥一手计划了此事。"丛雪薇叹息一声,"皇上,有些事情是旧事纠缠到了现在,如今说来可能可笑,但是当时真的是费尽心机。雪薇的两位嫂嫂在她们嫁入丛家之前就相识,当时,大嫂喜欢二哥却嫁给了大哥,这件事,大嫂以为大哥不知道,事实上,大哥知道却是装作不知道,因为大哥真正放在心里的人也不是大嫂,而是另外一个女子。这是雪薇哥哥家的旧事,雪薇不想提,雪薇只是想告诉皇上您这件事,您不可以伤害意儿,意儿是您喜爱的那个紫衣女子的唯一血脉,您若是杀了她,雪薇真的是无脸再去见自己的二嫂。"

皇上盯着丛雪薇,说:"你是说,你并不是朕喜爱的那个紫衣女子,你只是刻意地利用了朕的喜爱,假冒了那名女子?"

"是的。"丛雪薇没有犹豫,似乎已经打定了主意,不论怎样,一定要讲出所有实情,"但是,雪薇却绝对没有欺瞒您的意思,雪薇对皇上是真心实意的,与皇上您到了如今,雪薇所用之心皆是真心,雪薇愿意为了皇上您做任何事情。雪薇知道愧对于您和您的皇后娘娘,所以,雪薇愿意接受这些惩罚,包括这次意外中毒,雪薇也知道是因为什么,是谁下的手,但是雪薇不怨,雪薇也答应过皇后姐姐,终生不可以为皇上您生下一男半女,雪薇一定会做到,所以,雪薇前段时间丢失了腹中的孩儿,是雪薇存了私心,是雪薇的错,这孩儿本就不应该要,雪薇要了丢了,是雪薇违背了诺言,雪薇认。只是请皇上放意儿一次,她是个无辜的女子。"

"纵然她是朕喜欢的女子的女儿,她也不能够对朕如此的不敬,如此的张狂!"皇上的语气听来已经软了许多。但是,他仍然是有些气恼之意,盯着站在那儿并不回头的丛意儿,气呼呼地说。

"这不是她的错。"丛雪薇悲哀地说,"一切,如何解释才好。自从雪薇假冒嫂嫂进宫后,为了避免皇上您发现,大哥、大嫂特意让人栽赃给二嫂,可气的是二哥当时竟然也信了一些谣传。其实,当时确实有一位大哥的私生女同时出生,但是,绝对不是意儿,而是……"丛雪薇看了看背对着众人的丛意儿,叹息着说,"而是一直照顾意儿的小青。她才是大哥真正的私生女,小青的母亲本是大嫂的陪嫁丫头,和大哥有了感情后,怀了小青,大嫂把此事栽赃在二嫂身上,并以此要挟小青的母亲,故意教坏意儿,意儿的许多行为并不是她自己甘心所为,雪薇也是刚刚听惜艾说过,一直以来,大嫂都在用药物控制意儿,并且故意教她一些不好的东西,让她变得目中无人,张狂任性,但是,也许是天性所使,意儿她终究还是她母亲的模样,一样的让人难忘。若不是与惜艾聊天听到这些,雪薇恐怕也不会知道,一直以来,意儿是受的何种待遇。意儿,姑姑对不起你,如果不是当时一念之错,你此时定不会是如此情形,意儿,是姑姑害了你一家三口。"

"惜艾告诉你这些?"司马溶极感意外地问。

丛雪薇点了点头,轻声说:"惜艾告诉我这一切的时候,我也是很意外,其实她可以不说,但是她告诉我,她觉得经历了这么多,有些事情到如今让她痛苦不堪。如果没有这所有的前因，也就不会有此时后果。她说，其实真正被抱入宫中命中注定要嫁给未来皇上的人应该是丛意儿，而不是她，但她母亲隐瞒了此事，所以她嫁给二皇子原本就是个错误，如果没有这其中的是非纠葛，也许意儿和二皇子会有一个幸福的人生过程，她不该出现在这个故事里。纵然二皇子曾经对她用情，视她为唯一，她也曾经笃定，二皇子心中只会有她一个人，不会有任何一个别的女子，但是，遇到意儿后，二皇子还是变了心，这一切，皆是天意注定，我们违拗不得。"

司马溶没有说话，他没有想到丛惜艾会说出这一切，她是什么时候说的，怎么没有听她提过？

"一直以来，惜艾都有来看我，和我说说话，怕我想不开。而且，一直以来，我都发现有人悄悄地为我配药，所以，我知道意儿她还活着，因为每到深夜我醒来时，总会在空气中嗅到一股淡淡的清香之气，这种气息是来自记忆中意儿带给我的。"丛雪薇轻轻啜泣着，继续说，"经过这许多事情，我发现，最关心我的竟然是我一直利用的人，是意儿，让她变得不被人喜欢，原本就是因为我，我真的无颜面对意儿和九泉之下的嫂嫂。"

中年男子走到丛意儿的身后，轻轻地为她披上披风，却看到丛意儿一脸的泪水，一脸的无助和茫然，疼惜地说："姑娘……"

丛意儿身子一躲，有些疲惫地说："何必，若想放手，可明说，如此可有趣？"

中年男子一怔，呆立在当地，看着丛意儿。她就在自己面前，但自己却连靠近她的勇气都在突然间丧失殆尽，中年男子只能有些僵硬地站在那儿，看着一脸泪水的丛意儿。丛意儿的眼中全是陌生，好像此时站在自己面前的真的就只是一个陌生人。

"意儿，我……"中年男子，众人以为已经"辞世"的司马逸轩想要解释，却说不出任何话。他从丛意儿眼中看到了太多的委屈和悲哀，她已经认出了自己，知道了是自己假扮了中年男子，但是他真的没有别的意思，他只是想要好好的保护她，希望能够尽自己最大的能力让意儿活得开心些。不能以司马逸轩的身份爱她，但却可以用一个普通人的身份真实的疼惜着她，对他来说，是一种全身心的付出。但是她恨他，她的眼神清楚地表达了这种意思。

"如今，不过是看我笑话。"丛意儿悲伤地说，"请放心，意儿是个有自知之明的人，不会再负累着您。自此之后，这世上就当意儿从不曾遇到过您，从不曾用心爱过您，您与意儿，不过萍水相遇、擦肩而过的陌生人。"

正在心碎时，却突然发现，原来一直思念的人就好好的看着自己，她不能接受，只想放弃，再不肯回头。

"意儿,我,并没有想要欺骗你的意思,我,只是……"司马逸轩有些困难地解释。

"任何解释都只是解释,您,是下了想要放弃的决心才会用这种方式离开,所以,不论您再怎么对意儿好,都只是因着内心的愧疚,若如此,您不必有此念头,意儿自知,绝不会再打扰。"丛意儿安静地说,身体却在微微颤抖,仿佛不禁寒意,泪水一滴滴滑落在雪上,怎么也止不住。

"意儿……"司马逸轩困难地喊了一声。

丛意儿长嘘了口气,转头看着众人,走到丛雪薇跟前,脱下那件紫衣,轻声说:"一眼,不过是个巧合,陪了这个男子这么长时间的是你,纵然是个误会,但他用情在你身上,是因为你有值得他喜欢的地方,感情是最无法判断对或者错的。你错了,但已经接受了惩罚,不必再自责,母亲一定不会怪责你的。当时母亲只是伤心父亲对她的不信,伤心父亲信别人而不信她,所以才会接受所谓的惩罚把自己关在那儿,她当时知晓真相,却无意介怀。"

丛雪薇静静地看着自己的侄女,说不出话来,只是恨着当初的一念。

"姑姑,这件衣服或许就是你和皇上相遇相识相恋的机会吧,不过是母亲穿了它无意中引起了皇上的注意,而你利用这件衣服让皇上注意到了你,但是,皇上他喜欢上了你,而且对你用心专心。"丛意儿淡淡地说。

"可是,"丛雪薇悲哀地说,"如果没有我的事情,嫂嫂不会死的。"

"以母亲的武艺,根本无人可以杀得了她,是她自己不想继续活下去,她不愿意对人解释,不愿意其他人再被牵连进去,以母亲的聪明,当时她一定是洞察了所有的事情,包括小青的事,她希望所有的人活得心安理得些。而且,父亲一直以来的误会让她伤心,父亲一直认为母亲腹中的意儿是来历不明的生命,为着意儿的未来她选择了离开,但却给了意儿一身的武艺用来自保。并且,小青的特殊身份也可以让意儿活得不被人注意,她知道意儿有一天一定可以活得坦然。"丛意儿温和地说,"为了意儿不受人伤害,母亲用了生命做代价,参透了流云剑法的所有,才有了今日意儿的来去自如。"

丛雪薇落着泪,抱着自己的侄女,说不出的心酸。或许,正如丛意儿所说,嫂嫂那般冰雪聪明的女子,怎么可能猜不到所有的是是非非呢?只不过是不愿意计较,大家不过是自己觉得自己聪明罢了!

"皇上,若只给你几日的生命可过,你是选择继续做皇上还是选择陪我姑姑一起面对死亡?"丛意儿静静地看着皇上,安静地问。

皇上一愣,呆呆地看着丛意儿。

"意儿。"司马溶走上前,扶住身体微微有些颤抖的丛意儿,"你看起来不太好,这些事情不要去理会,我陪你回去休息一下。父皇是一国之君,他不可能永远如此,他应该自己去解决这些问题。"

丛意儿看着司马溶,他不是她所爱的男子,却一直光明正大地不加掩饰地喜欢着自己,或许是天意,他是未来大兴王朝的帝王,而天意的三生三世,这一生自己要嫁的是未来的帝王,她看着司马溶,努力用平静的声音说:"司马溶,如果是天意,你登上帝位之时,若你心中仍然以我为重,我就嫁你为妻!"

司马溶呆愣愣地看着丛意儿,一脸的不相信,一脸的欣喜,"好的,好的。"

司马澈看着司马溶和丛意儿,悄悄侧头看着一边站着的中年男子,自己的皇叔司马逸轩,苦心保护着丛意儿的皇叔,此时,是何样的心情?难道,丛意儿认出了中年男子是司马逸轩?但是,如果她认出对方就是司马逸轩,她不应该是开心幸福的吗?为何却如此的绝望,如此的痛下决心选择嫁给司马溶?

司马逸轩的眼中是努力掩饰的悲哀,唇边是努力控制声音而咬出的血渍。他,冷到无法站住,丛意儿的选择如此的突然,他仿佛一下子陷入暗无天日的空间,无法呼吸,无法动弹,发不出任何声音。

"可是,"司马澈有些艰难地说,"可是,丛姑娘,您是皇叔的王妃,怎么可以再嫁给司马溶?这样,如何向天下百姓交代?"

"这有何难。"司马溶开心地说,"意儿她本就是我的未婚妻,只不过是中间出了些事情,耽误了而已,我的事情何必向天下人交代?而且,正如父皇所说,若这天下我为帝王,何人敢说是非?意儿是我最喜爱的女子,她在我心中的分量重过这天下,若她肯嫁,我就做这大兴王朝的帝王。"

"意儿……"丛雪薇身体微微颤抖着,悲伤地说,"意儿,不要这样,你是真的爱二皇子吗?你让我想起你的母亲,总是一个人吞下所有的苦,当她离开的时候,哥哥再怎么后悔也换不回嫂嫂鲜活的生命,你是真的想要嫁二皇子吗?姑姑是过来人,姑姑从你的声音里听不出幸福的味道。"

"姑姑,意儿累了,去爱一个人太辛苦,接受爱或者容易些。"丛意儿淡淡地说,眼泪却控制不住。此时,她只想跑到一个无人的地方好好哭一场,司马逸轩离开,她伤心但用着全身心思念,可此时,她竟然没有任何理由来说服自己,怎么到了最后,会变成这个样子?

怎么可以这样,司马逸轩怎么可以用"死"来离开?如果他不再喜欢自己,如果她真的是他的负累,如果,如果有任何一个理由需要她离开,他可以明白地告诉她,她不会恨,不会怨,她会如叶凡般,只要爱,就好。但是,但是,怎么可以这样?

"朕不甘心。"皇上有些疲惫地说,"朕用了这么多的心思,却要朕为了一个女子就放弃这所有,朕不甘心,朕要看着朕的梦想成真!"

"很重要吗?"丛意儿听到皇上的话,看着皇上,声音有些虚弱,"这虚名真的如此重要吗？而且，你认为自己是个好皇上吗？没有逸——轩王爷和大皇子的帮助，你真的能够负担起这天下兴亡的责任吗？"

这一声"轩王爷"听来如此冷静，就连司马溶都听出了一种奇怪的情绪，是一种突然的放手，一个"逸"字是旧情仍在唇旁的眷恋，但是一声"轩王爷"，却是断然的放手，仿佛突然和旧事断了关系。

司马逸轩的身体微微一颤，心头好像一把刀狠狠地扎了下去，扎得他收紧了身体，却仍然抵不过这份痛楚。

司马澈知道司马逸轩选择"诈死"的苦，但是，他能说什么，为了大兴王朝的未来，为了丛意儿可以平静地生活，面对太上皇的强迫和要挟，皇叔不得不如此选择，不得不为了丛意儿担起所有，丛意儿她知道吗？难道皇叔才离开这么短的时间，丛姑娘就决定放弃了吗？难道爱情真的只有这样短的保鲜时间吗？

"是啊，父皇。"司马溶轻声说，"您也是大兴王朝的人，您真的舍得让您生活了这么久的朝代就这样断送在您所谓的梦想中吗？"

皇上没有说话，他觉得此时的脑子有些混乱，一直在想，但又不知道自己在想什么，好像不过是旧事和新事纠缠在了一起，他想不明白。他觉得自己在户外的时间太长了，有些站不住了，"朕累了，要回去休息了。"

丛雪薇突然看着丛意儿，轻声说："谢谢你，意儿，虽然没有药可以让姑姑解除身上的毒，但是，你能够让姑姑以旧时容颜在这世上活上十天，姑姑已经心满意足，能够以旧时容颜跟皇上道别，姑姑已经感谢上天。"

"姑姑，意儿不能左右您的想法，您若觉得开心就好。"丛意儿低垂下头，情绪有些低落和黯然。

丛雪薇微笑着跟着皇上离开，装作没有看到丛意儿脸上担心的表情，她知道，这一选择，可能只有十天的时间可以陪着皇上，这个她已陪伴了许多年的男子，在别人眼中或许一钱不值，或许一无是处，或许比不上优秀的轩王爷，但是，却是她唯一的男人。长久以来的相处，享受着他的宠爱，他已经成了她的一部分，她此时唯一的念头就是，如果可以好好地与他走过人生的最后十天，也是幸福了。

这本是一场纷争，却突然没有了硝烟味道，留下的众人一时之间还有些不太习惯，原以为会是一场伤心的亲情决裂，但皇上却在最后关头选择离开。大家原地站了好半天，司马溶才想起司马澈受了伤，扶着有些微微颤抖之意的丛意儿，看着司马澈，他关切地问："大哥，你伤得厉害吗？去找大夫过来瞧瞧吧。"

司马澈摆了摆手，说："罢了，没事的，你带丛姑娘去休息吧。我回府里歇息一下就没事了，只是伤了点皮毛，回府里上些药就会没事的。我看丛姑娘气色不好,快送她回去休息吧。"

司马溶答应着,微笑着对丛意儿说:"意儿,你是去我府中休息一下呢,还是想去哪里?"

丛意儿有些疲惫地说:"我哪里也不想去,你送我回我住的客栈吧。"她说这话的时候,语气里有着说不出的疲惫,好像很累很累的模样,并不看任何人。此时,她确实觉得有些支撑不住,或许让司马溶送她回去是个好主意,总好过她一个人在这神思恍惚。

"好的,好的。"司马溶开心地说,扶着丛意儿离开。

目送丛意儿和司马溶离开,司马澈有些担心地看着一直沉默不语的中年男子,轻声说:"皇叔,您要去哪里?"

司马逸轩目送着丛意儿和司马溶离开,若是在野外无人之处,他此时只怕是要疯掉的,但是,这儿,他不得不忍着。看着司马澈,他说:"可有兴趣随皇叔去旧居喝上几杯?"

司马澈没有拒绝,甚至没有理会他受伤的肩膀,此时,他也是一心的委屈,只想找个地方喝上几杯借酒浇愁。到如今,父亲心中竟然对死去的母亲没有丝毫内疚之意,这痛,如何说得。

雪落无声,已经接近停了,但是起风了,很大,吹得雪花满天乱飞,有些树枝被风吹断,落在地上,很快被雪掩埋。室中火炉极旺,火光照在司马逸轩脸上,在这儿,他没有易容,是他原本清俊的面容,手中拿着酒,并不说话,只是一杯接一杯地喝着,手却微微有些颤抖,只道是男儿有泪不轻弹,那泪只是强忍着,他哭不得,早有的选择,不是没有犹豫,可是做了,就算意儿不知道,只要她活得好好的,就是他唯一觉得欣慰的地方。

司马澈没有阻拦,只是陪着一杯一杯地喝酒,似乎喝酒是两个人唯一可做的事情,二人心中有各自的心事,谁也不打扰谁。

"太上皇,他们二人这样喝下去,总不是个办法吧?"小樱有些不忍地说。不知道出了什么状况,轩王爷和大皇子一同回来,回来就坐在那儿饮酒,也不多言,似乎这是他们唯一感兴趣的事情。

太上皇也不清楚到底发生了什么,但看得出,司马逸轩相当的消沉,似乎还有些绝望,但忍着,每一杯酒都喝得痛快,却似乎咽下的是一份说不出的心痛。

"不论是什么事情,这事情一定和丛意儿有关。"太上皇叹了口气,说,"朕是过来人,能够让逸轩动容的只有丛意儿,一定是丛意儿出了什么状况,不会是她出了什么意外吧?好像没有听说这方面的消息。小樱,去打听一下,是不是丛姑娘出了什么状况?"

"是。"小樱转身离开,心里嘀咕着,这个太上皇也是,明明并不讨厌丛意儿,却为何一而再再而三地阻挠轩王爷和丛姑娘的来往?而且还以丛姑娘的生命为条件要挟轩王爷,逼着轩王爷为大兴王朝的未来而放弃丛意儿。轩王爷为了丛意儿而放弃了丛意儿,真是难为轩王爷了,小樱叹了口气,悄悄说:"看来,感情这东西最好是不要沾,否则,一定是糊涂的。"

走到风雪中,小樱又走了回来,真是的,这个时候上哪儿去找丛意儿呀,问题是丛意儿如今住在哪儿?她不知道,也无从寻找,还是去问问侍卫们比较好一些。一直以来,轩王爷都安排着甘南和甘北暗中保护着丛意儿,他们二人应该知道事情的缘由。自己出去乱找,不如去找他们二人问问。

回到客栈,丛意儿立刻借口很累想要休息,让司马溶离开。

无心师太看到丛意儿脸色苍白,立刻搭了丛意儿的脉,发现她的脉搏跳得很快,整个人非常的激动,"意儿,你怎么了?"

丛意儿走到床前和衣躺下,疲惫地闭上眼睛,"婆婆,我很累,想要休息,我没事,不要管我好吗?"

无心师太不是个多事之人,她知道丛意儿的性格,从司马逸轩出事开始,丛意儿就一直陷在一种悲哀之中无法自拔,看她今日情形,应该是什么事情又引起她对司马逸轩的想念,还是让她自己一个人待着的比较好。无心师太悄悄关上门离开,只是忍不住轻轻叹息了一声。今日的事情一定对她的刺激很大,丛意儿看来并不仅仅是一种悲哀,更多的是一种消沉和厌世,她好像讨厌活着。

风刮得好大,听着都觉得冷,虽然屋里火炉很旺,也很温暖。

无心师太一整夜都没睡好,丛意儿的情形很糟糕,甚至比知道司马逸轩死还糟糕,仿佛整个人虚脱了,她中间起来好几次去房中看,丛意儿静静地躺在床上,闭着眼睛,一夜未变换姿势。

早上,很冷,无心师太实在是睡不着了,起来,一推门看到院中站着一个人,披了一身的雪,很寂寞的身影。无心师太一开始有些不认识,待走近了才看到是那个中年男子。一夜之间,中年男子似乎憔悴了许多,好像是昨晚也没有睡好,眼睛中有红红的血丝。无心师太觉得有些奇怪,他的脸裹在披风里看不太真切,但隐约觉得有些地方不太对,说不出来为什么。

"这么早就赶来了,快进来,外面很冷的。意儿好像还没有起,不过,和起来没什么区别。昨天你没有和她在一起吗?她昨天回来的时候好像是司马溶送回来的,气色很差,回来后就和衣躺在床上流眼泪。她好像遇到了什么事情,情绪低落得不得了,我真担心她想不开,肯定是什么事情刺激了她,多半和那个司马逸轩有关,一定是什么事情让她再次想起了与司马逸轩的旧事。你来得正好,快些进去劝劝她吧,好像只有你还可以让她开心些。"无心师太如同遇到了救星般说到,"正好我去厨房看看,做些清淡的粥给她喝,她从昨天回来到现在就没吃过东西,你真的好好劝劝她。"

中年男子有些迟钝地点了点头,走到丛意儿休息的房间,轻轻敲了敲门,里面没有任何回应。

"不用敲。"无心师太轻声说,"她回来后就躺在床上没有起来,和衣躺着的,被子还是我帮她盖上的,她就没有改变过姿势,门是我帮她关上的,你直接可以推门进去,帮我好好劝劝她,这次她好像确实遇到问题了。她不是悲哀,好像是绝望。"

"好的。"中年男子轻声说,声音听来有些嘶哑。他轻轻推开门,走进房间,虽然是早晨,但室内光线依然很暗。

无心师太看着中年男子走进房间,心里头疑惑,这人是怎么了,怎么嗓音这么嘶哑,不会是昨晚也没休息好吧?还有隐约的酒气,难道昨晚喝了一晚的酒?两个人不会是闹别扭了吧?不太可能,丛意儿还不至于为这人生闷气,她心中除了司马逸轩,不可能有其他人。

丛意儿从床上坐起来,表情平静,看着司马逸轩,声音低沉但礼貌地说:"轩王爷,这么早,有什么事吗?"

司马逸轩脱下披风,他今天并没有易容,披风下是他有些疲惫和憔悴的面容。他看着丛意儿,努力控制着自己的情绪,尽量平静地说:"意儿,对不起。"

丛意儿轻轻苦笑了一下,用牙齿咬住嘴唇,避免眼泪落下来,一心的委屈和消沉,他还来这儿做什么?不论是怎样的原因,他都是选择了放弃,而且竟然是用死亡的方式选择放弃!如今再来看她做什么,看笑话吗?看她如何为他的离开伤心绝望?她真的没办法平静地面对司马逸轩,她无法接受他的突然出现,虽然知道他还活着是一件很幸福的事情,但是,这种幸福却与她无关,她要做的就是,从今以后,她与司马逸轩,形同陌路。

"意儿。"司马逸轩轻轻呼唤一声,走近丛意儿,想要伸手握住丛意儿的手。他不知道要如何做,看着丛意儿悲伤的表情,他真的希望自己真的已经死了,而不是欺瞒了丛意儿。

丛意儿却兀地站起闪身躲开,含着泪,微笑着说:"轩王爷,丛意儿已经答应嫁给司马溶,从此时起,您我不过陌路人,这男女有别的古训还是不可以忘记的。轩王爷有什么要吩咐的,尽可以说,丛意儿在这儿好好听着的。"

"意儿。"司马逸轩真的不知道说什么才好,他站在丛意儿的面前,觉得心绞得痛。

"请称呼我丛姑娘吧,这样合适些。"丛意儿依然微笑着,平静地说,"丛意儿知道自己不配,这梦做得再久也是要醒的,轩王爷是做大事的人,丛意儿只是个过客,只是希望轩王爷不要对蝶润说起您瞒着丛意儿的事情,毕竟这些人中,唯一不知道您还活着的只有丛意儿我一个。"

"意儿。"司马逸轩除了轻唤这个名字外,什么也做不成。

"丛意儿不是个傻瓜,蝶润肯把解药交给司马澈,唯一可以解释的就是她知道您还活着,所以才会交出解药,只怕是甘南和甘北也都知道您还活着的事情,否则,自打您出事后,他们二人就没有在我面前出现过,但我总是能觉得他们就在附近,只怕是您安排的,丛意儿要好好谢谢您的关心。"丛意儿依然努力保持着脸上淡淡的微笑,虽然泪水已经夺眶而出,"若您真的关心丛意儿,请离丛意儿远一些,让我可以忘记旧事,不再心存幻想,轩王爷,就当是我求您成全。"

"意儿,我知道你生我的气。"司马逸轩看着丛意儿,温柔地说,声音却微微有些颤抖,他的心疼得几乎让他受不了,他做错了,如果他以死亡的方式离开,就不应该再出现在丛意儿的生活中,他如果不出现,不以中年男子的身份接近丛意儿,也许丛意儿就不会这样难过,慢慢会接受他离开的事实,会有自己的生活,到时候就算是他再出现,伤害可能也会小一些,最好是他永远不要再出现在意儿的生活中。司马逸轩说:"我无法请求你的原谅,但意儿请相信,我绝对不是有意如此对你,真的是有些事情……"

"轩王爷,我不想听您解释,这是您的事情。"丛意儿礼貌的语气听得司马逸轩整个人僵硬无助,"您是做大事的人,您是为我着想,我感谢您的着想,只是我真的不想再提旧事,再提旧事只会让我觉得无地自容,您就当是我任性,做了一个不该做的梦吧,但请给我一个清醒的时间,可以吗?从今日起,我会收拾起所有心情,准备做司马溶的妻子,您可以成就您的大事,也会有值得您爱的女子相伴一生一世,或许就算是千年相许,也总有缘深缘浅吧。"

"意儿……"司马逸轩觉得几乎无法呼吸。

"我嫁了司马溶,大家难免以后会有见面的可能,所以请不要让我再出糗。轩王爷,您请保重,我累了,若是没事,请离开吧。"丛意儿觉得再也坚持不下去了,她觉得说了这许多的话,她的所有体力都已经耗尽了,整个人有些晕晕的,她想努力坚持继续站着,但是,却抵不过眼前一黑,昏倒在床上。

司马逸轩一把接住丛意儿,看着昏迷中丛意儿微皱的眉头和眼角的泪痕,一时之间,一心悲哀。他的放弃,究竟是保护了意儿,还是伤害了意儿?他没有了答案。

丛惜艾听着司马溶快乐的声音,他对李山和刘河吩咐,好好收拾二皇子府,他要娶丛意儿为妻。丛惜艾轻轻苦笑了一下,有些事情是天意注定的,属于丛意儿的东西是谁也抢不走的。想起那夜二人对饮,她轻轻叹了口气,也好,有丛意儿在,对她来说,或许并不是一件坏事,只是,怎么丛意儿突然放得下司马逸轩了?答应嫁给司马溶了?这事情发展得太快了吧?

"惜艾,你听说二皇子要娶丛意儿进府的事了吗?"苏娅惠的声音在她耳旁响起。听得出来,声音中有惶恐不安,苏娅惠知道二皇子对丛意儿用情极深,丛意儿来了,二皇子眼中心中就再难有她与丛惜艾的位置了,"怎么会这样?"

丛惜艾淡淡笑了笑,并不介意地说:"这是好事,一直以来,二皇子都很喜欢丛意儿,如今终于可以娶进家门,他就会觉得很幸福。这不是一件好事吗?如今,可以幸福的人实在是太少了,能够幸福就好。"

"可是,丛意儿她毕竟是轩王爷的未亡人,如何可以再嫁二皇子,若是传了出去,岂不是让人看笑话?"苏娅惠着急地说。

丛惜艾轻轻笑了笑,说:"只怕是你真正担心的并不是这个,而是担心意儿她来了,会让你觉得自己在二皇子心目中更加没有位置了而已,本来你就是无意闯入这个故事的一个外人,如今只不过是应该来的人终于来了,何必如此担忧?就算是丛意儿她来了,你还是二皇子的一个女人,这不会改变。至于她的身份,这并不是天下人都知道的,何况在她成为轩王妃之前,她本来就是准备要嫁给二皇子的,有何不妥?我与她曾经纠结那么久都可以接受,你何必担忧?"

无心师太无可奈何地看着丛意儿,她好像真的不打算再说话了,从司马逸轩离开到现在,她就没有开口说过一句话,无心师太还真的没有想到,原来那个中年男子就是司马逸轩,她进来的时候看到丛意儿突然晕倒,幸亏中年男子反应得快,一把接住了丛意儿摔倒的身体,否则,只怕会摔伤。但是,当中年男子抬起头来看着她的时候,她才突然发现,面前的人就是司马逸轩,他不是死了吗?怎么会出现在这儿?

司马逸轩真是一个相当出色的人,气质高贵,冷峻内敛,沉稳洒脱,而且还有一双深情款款的眼睛,让人不能不心动,只是眼神很冷,除了面对丛意儿时候,那双眼睛里只有冷漠和平静。但是现在看来,他的情形也不好,有些消沉,抱着丛意儿的时候,竟然有些惶恐,仿佛害怕着什么。

"你为什么要骗她你死了?"无心师太心里也生气,可还真是不想对司马逸轩发火,她轻声说,"那么说,当时故意引我到悬崖旁救下丛意儿的人一定就是你事先安排好的,你既然这样担心她,却为何要骗她你已经死了,让她如此伤心?她是不是认出你来了,觉得你骗了她?不然,她不会难过成这个模样。"

司马逸轩看着怀中昏迷的丛意儿,有些无奈地说:"有些事,我无法左右,我本意是希望可以让意儿受到的伤害减到最轻,而我却偏偏成了伤她最深的人。"

"她什么时候认出你来的,你们昨天还好好的,怎么今天突然就成了这个模样?"无心师太不解地问,"她好像在昨天还没有认出你来,是不是你告诉她了?"

司马逸轩摇了摇头,说:"不是,我的易容术是师父亲传,对此我还是很有自信心的,但是,我也不是太清楚她到底是怎么认出我来的,只知道当时她……"

司马逸轩停住,回想当时的情形,当时的情形发生得太突然,在他开口说话前,他好像面对的还是把他当成陌生人看待的丛意儿,他当时说了句什么话,让丛意儿突然认出了他,并且立刻断定他就是司马逸轩?他想起当时丛意儿把求助的目光移到他身上,好像想要请他帮忙,那个时候,他看着她,说:"相信我,只要我在,这个世上就没有任何一个人可以伤害到你,你的生命就等同于我自己的生命。"

就是这句话,当他说完之后,丛意儿立刻就变了神情,难道是这句话出了问题?

"怎么不说话了?"无心师太不解地问。

司马逸轩苦笑了一下,说:"前辈,我想,我虽然易容术很好,可以瞒过所有的人,但是,和意儿相处的时候,我有可能说了一句以前说过的话,她就是从这句话上立刻断定了我就是司马逸轩,而且非常的肯定。我当时与她说的话,一定是我很久以前对她说过的话,好像在很久之前,与她相遇不久,我曾经在某处地方对她说过同样的话,且一字不差。"

司马逸轩看着怀中的丛意儿,她的眼角仍然有泪,这泪水突然引起了司马逸轩一个回忆,在醉花楼的亭台上,丛意儿也曾经很无助地落着泪看着他,当时的他,也说过同样的话,不是刻意的,是完全真心的,就好像昨天,他就是真心说出的这句话,丛意儿就是从这句话上认定了他吧?司马逸轩真不知道是应该高兴还是难过,整个人有些发呆,他不知道如何面对丛意儿,无论他是怎样的出发点,他都已经深深地伤害了丛意儿。

"算啦,你也别太着急,意儿她此时正在气头上,肯定不愿意搭理你,过些时间就会好一些,你先回去吧,看你的模样,恐怕也是一晚没睡,回去好好休息一下吧。"无心师太看着司马逸轩,劝道,"意儿她不是一个无理取闹的女子,只要给她足够的时间平复就没事了,等她醒过来,我好好劝劝她就是了。"

司马逸轩把丛意儿放到床上盖好被子,恋恋不舍地看着,他确实不得不回去,还有很多的事情需要他去处理。走到现在这一步,他已经不得不继续走下去,在他心中,大兴王朝甚至抵不过丛意儿一个微笑,但是,他却不能真的放下大兴王朝的所有百姓,不管不顾,如果乌蒙国的计谋真的得逞,受苦的只会是天下的百姓。他看着无心师太,轻声说:"就请前辈多多操心,我回去处理一些事情,至于我还活着的事情,请前辈代为保密,在事情没有完全做好之前,我还是希望在大家眼中,司马逸轩是个已经死掉的人。"

无心师太点了点头,送司马逸轩下去,然后就守在丛意儿身边,一直等到她醒来。可是,丛意儿醒来后,不论无心师太说什么问什么,丛意儿一句话也不说,无心师太没有任何办法,只能看着丛意儿,一脸无奈的表情。

"有人在吗?"外面有人轻声问。

无心师太愣了一下,什么人这个时候来,已经近黄昏,而且风这么大,她们住在这儿,除了刚刚离开的司马逸轩和送丛意儿回来的司马溶,并没有人知道的。

打开门,门口站着两个人,一个奴婢打扮的女子扶着一位和丛意儿有几分相似的女子,一样的美丽动人,但是更精致娇媚些。

"你们是什么人?来这儿做什么?"

"我是意儿的姐姐丛惜艾,请问意儿在吗?"丛惜艾轻声问,用手向前摸索了几下。她穿了件厚厚的外套,显得整个人更是娇弱无力,尤其是失明,让她的行动变得有些谨慎小心。

"噢!"无心师太应了一声,有些警惕地看着丛惜艾。但看她失明,脸上的表情并无阴暗之意,无心师太让出位子让她进来,说:"她在,不过好像有些累,正在休息,你找她有事吗?"

丛惜艾微笑着说:"我过来与她说说话,我想知道她是不是真的想要嫁给二皇子,若她只是一时赌气,或者别的什么原因,我会劝她放弃的,虽然天意注定,可却不必为难自己硬要顺从天意。"

"她说她要嫁给司马溶?"无心师太一愣,这丫头真的生气了,当时认出司马逸轩以后,一定是很难过,就赌气说要嫁给司马溶,司马溶是个对丛意儿很是迷恋的男子,可是自己看得很清楚,丛意儿心中除了司马逸轩并没有别人,如果她这样说,一定是因为司马逸轩突然"复活"的缘故。

丛惜艾点了点头,让奴婢扶着在桌前坐下,面上带着浅浅的笑意说:"我担心意儿是遇到了什么事情才会做出这样的决定,虽然司马溶是我的丈夫,可是,我知道在他心中,只有丛意儿是唯一的,所以,意儿嫁给他也应该是可以幸福的,只是我担心,意儿她并不是心甘情愿嫁给二皇子的。她醒了吗?"

"醒着。"无心师太看着丛惜艾,轻声说,"只是不太想说话,如果你有什么想问的,就直接问吧,如果她想回答,你就可以知道答案,如果她不想说话,就不要为难她。"

"知道。"丛惜艾温和地对着面前看不到的丛意儿,轻声说,"意儿,你在吗?可以和我说说话吗?"

"可以,你的眼睛怎么了?"丛意儿平静地开了口,她看着丛惜艾,惊诧于丛惜艾突然失明的眼睛。

"没事,只是一时之间看不到,过些日子就好了。"丛惜艾不在意地说,其实看不到对她来说,真的不是一件坏事。

丛意儿犹豫了一下,并没有打算再继续探究下去是如何造成这种情形的。看丛惜艾的表情,好像并不介意她自己的状况,她转开了话题,"外面很冷,你怎么过来的?"

"府里有暖轿,不太碍事。"丛惜艾微微一笑,感谢丛意儿不再继续问下去,因为,目前的状况虽然她不介意,可是失明的过程她却不愿意对他人提起,纵然知道司马溶现在对她不在意,可是,内心的难受还是只有自己知道的好。

"听二皇子说过些日子要娶你进府,我觉得很意外,不过,请不要介意,我并不是反对你进二皇子府嫁给二皇子,我知道在二皇子心中,你才是他唯一在乎的,可是我所担心的是,你这个决定如此的突然,你是不是真的想要嫁给二皇子?意儿,我们之间有过许多的过节,但是,毕竟是姐妹,是一家人,我已经做错了,我不想你也错下去,如果你喜欢二皇子,你随时可以嫁进来,我们会相处得很好,但是,如果你只是一时冲动,我还是希望你再考虑考虑。你要面对的是漫长的几十年,不是这一时半会儿,若是没有真心,你和他都将是痛苦的。"

丛意儿愣了愣,犹豫了一下,对于自己突然说要嫁给司马溶的决定,她此时还没有仔细考虑过,当时只是觉得心里很委屈,不想再见到司马逸轩,他怎么可以骗自己他已经死了?又怎么可以这样以陌生人的身份再接近她?他到底要做什么?如果不想继续,他完全可以明明白白地告诉她,她绝对不会去打扰他,但是,他却以诈死的方式来离开她,又以陌生人的身份来接近她,这太可恶了!

"意儿,我此时看不到你的表情,但是我知道你的犹豫,就如当时我选择答应嫁给二皇子一样,当时他以为我是你,立刻娶了,但是当他发现是我的时候,而且知道我心里喜欢的是轩王爷的时候,他就再也无法接受我,如果有机会可以重新选择的话,我只会让自己做两个选择,要么就是不嫁,一辈子只喜欢轩王爷一个人,不论结果是什么,不论我会不会得到他的爱;要么就是嫁给司马溶而绝口不提旧事,就让旧事放在心里最深处,慢慢让时间淡化它。"

丛意儿犹豫了一下,她还真是没有好好考虑自己的选择,那一刻,认出司马逸轩的时候,她的脑子整个都是空白的,唯一的念头就是狂喜和茫然,那一声"相信我,只要我在,这个世上就没有任何一个人可以伤害到你,你的生命就等同于我自己的生命"让她立刻就明白眼前的男子是谁,只有司马逸轩这样对她说过。在阁楼上,寂寞想家的自己,落泪在司马逸轩眼前,他就这样温和地对她说,是一种不会失信的承诺,面前的人一说,眼前就是司马逸轩温和可信的面容,那一刻是怎样的狂喜,又是怎样的茫然。她以为他死了,存了心,放弃可以回到现代的机会,用岁月中安静的守候作为他等她三生三世的回报,因为,她知道,回到现代的她可能会忘记司马逸轩,但是,这儿,有司马逸轩的味道,有他生活的点滴,这是她甜蜜的痛苦。可是,他却活着,并且隐瞒与她!

她能做的就是用全力保证自己不喊出他的名字,不让他被其他人发现,他既然瞒着她,肯定就瞒住了她身边所有的人,但是,她真的如此不可以与他共同面对吗?

"意儿,怎么不说话?"丛惜艾轻声问。

丛意儿看着丛惜艾,轻声说:"惜艾,谢谢你。"

丛惜艾苦笑了一下,叹息着,说:"其实,我这样做并不完全是为了你,更多的也是为了我自己。二皇子他是我的丈夫,是我一辈子要守着的男子,虽然可能他在我心中的分量不如轩王爷重,可是,嫁了他,我就不愿意再看到他受到伤害或者去伤害别人。二皇子他不是个坏人,除了有些狂妄,有些孩子气外,如果他不知道我心里有着轩王爷的话,或许我们可以和平相处,但是……算啦,意儿,经过这许多的事情,才发现,我真的希望我是你。"

丛意儿没有说话。

"你不是一个完美的人。"丛惜艾悲哀地说,"没有寄托大家太多的期望,你只是一个由着自己性子自由自在活着的人,不像我,从小就被寄托了太多的希望,希望可以成为未来的皇后,希望可以为丛家光宗耀祖,希望可以做人上人。你,从小就是散漫的,你的所有都被我的光芒所遮挡,但是,你却是个真实的人,或许这就是轩王爷喜欢你的原因吧,因为你所有的喜怒哀乐不是为他人而在,只是为着自己,所以,你可以坦然地不爱二皇子,可以坦然地去爱轩王爷。如果我不是丛惜艾,多好。"

丛意儿慢慢地说:"可是,我却是大兴王朝最不受欢迎的人,正因着我的散漫自由,无法让大兴王朝接受。"

"你很像某些人,我是说,你很像大兴王朝记忆里的某位皇后,坐看繁华却懒得投入,如果真的如同天意般做了这大兴王朝的皇后,你一定活得很不快乐。"丛惜艾叹息一声,说,"你不能够把自己拘束在一个小小空间里。但是,这是天意,我们违拗不得,所以,如果真的要顺应天意,你只有嫁给二皇子。"

"我知道,我并不爱他。"丛意儿轻轻地说,"他对我来说,只是一个朋友,对于他来说,我因着无法获得而变得珍贵,让他完全忽视了他身边的人。他心中还有着你的位置,只是他自己没有注意而已。"

"他恨我。"丛惜艾慢慢地说,有些出神。

"若他不爱你,他就不会恨你。"丛意儿脱口说。

丛惜艾忍不住笑出声来,却笑出了一眼的泪水,自嘲地说:"罢了,若是这样,我宁愿他不爱我,让人这样恨着爱,还不如视若陌路人的好。花这么多的时间来恨我,他不累呀。"

丛意儿也忍不住笑了笑,说:"他可是真的不累,他现在是无所事事,能够有足够的时间来爱来恨来消磨时间,若是换了逸轩,只怕是连去爱人的时间都没有……"说到这儿,丛意儿顿了一下,人有些出神,继而缓过神来,轻轻叹息一声,"人还是不要太出色的好,太出色了,就会有太多的责任,就不会有太多的时间去做自己想做的事情,而且也要更多一些取舍。"

无心师太从门外走了进来,看到丛意儿和丛惜艾在平和地聊天,微微有些意外,她们看起来不像是外界人所传闻的一般不和!

"你们好像聊得挺开心。"无心师太开着玩笑,说,"意儿,你很是偏心呀,婆婆和你说话,你不理不睬,婆婆怎么也哄不出你一句话来,怎么你姐姐来了,就这样多话起来?"

丛意儿轻轻叹了口气,不知道为什么,就是觉得每呼吸一下都忍不住有叹息的冲动。她看着无心师太,犹豫了一下,轻声说:"刚刚我还在生气,我生气的时候脑子里是空白的,任何人说什么做什么对意儿来说都是不存在的。这事是我自己想不开,与别人无关,我并不是单单对您如此。"

"你真的要嫁给司马溶?"无心师太好奇地问。她没有说出司马逸轩还活着的事,因为她答应过司马逸轩,也因着房间里还有丛惜艾。但是,她真的很想知道丛意儿到底是怎么想的。

丛意儿愣了愣神,有意回避道:"我的前提是,若他有朝一日为帝,他的心中仍然有我,我就会嫁他,却并没有说此时就嫁他。"

丛惜艾叹了口气,说:"现在终于有些明白当年婶婶为什么那样选择了。你如她一般,爱情只是自己的事情,不愿意对天下人承诺或者张扬,爱就爱,爱得不显山露水,看起来好像不爱,实则是所有的爱都放在了心里。轩王爷出事的时候,每个爱他的女人都要死要活,我甚至奇怪于你的平静和接受,可是,如今看你,一身无法藏起的倦怠与消沉,你整个的放弃了自己,才觉得你的生命是属于轩王爷的,而不是属于你的。你给了轩王爷最大的自由来爱你,能够遇到你,轩王爷真的很幸运。与你相比,我和蕊公主对轩王爷或许只是爱慕着,而你却是用心爱着。我对轩王爷的感情或许就如当初二皇子对我的迷恋一般,一旦得不到,就会由爱生恨,想尽一切让对方痛苦,换取心中一丝自以为是的安慰。而你,却是用尽所有,为着他可以幸福。"

丛意儿安静地看着丛惜艾,经历过许多事情的丛惜艾开始懂得检讨自己,上天可愿意再给她和司马溶一个机会?

"可是,太上皇一定会很排斥你。"丛惜艾叹息一声,"我听姑姑说起过,好像太上皇并不赞同轩王爷与你的交往,所以太上皇会纵容皇上对付你,但是,因着轩王爷的关系,他也相信,就算是皇上再怎么对付你,也不可能伤到你,姑姑说,太上皇好像很矛盾。"

"原来姑姑也知道太上皇的事。"丛意儿有些意外。

"是的,大家都知道太上皇的事。"丛惜艾轻声说,"太上皇活着的事情大家都知道,但是,大家都不点破,我的意思是说,皇上和一些朝中重臣都知道太上皇实际上还掌握着权力的事,只是没有人敢去考证,大家只是猜测,或者太上皇只是隐居并不过问朝中之事。但是姑姑因着她入宫使得当时的皇后娘娘被贬入冷宫,而惊动了太上皇,所以他们二人认识。姑姑受伤后,太上皇曾经过来看过她,并向她询问起你的一些事情,姑姑说,听太上皇的意思,好像是担心司马逸轩成为第二个为了女人而放弃江山的司马锐。姑姑曾经和我说,太上皇绝对不会同意轩王爷娶你为妻,因为轩王爷本来就不喜欢权势中的尔虞我诈,如果一旦娶你为妻,他就更不愿意操这个心管理这个天下了。"

丛意儿叹了口气,事情还真是够麻烦的。

第二十三章　爱恨之间　拼却红颜为眷恋

门外传来脚步声,很急促,透着几分喜悦和着急,丛意儿和丛惜艾彼此看了一眼,心中同时想到了一个人,只有这个人会在这个时候出现,会带给大家这种感受。那就是二皇子司马溶。

"意儿——"司马溶的声音在他人还没有进门之前就传了进来,带着激动,"好些了吗? 咦,你怎么在这儿? 你又跑来找意儿的不是了吗? 真是可恶!"

"她没有。"丛意儿立刻说,"惜艾只是担心我,过来看看我,你怎么如此不问青红皂白?"

"不是我多事,我知道她一直对你不好,她来这儿,肯定是没安好心。"司马溶不相信地盯着面无表情的丛惜艾。她的眼睛看不见,表情有些落寞有些伤感,但是,看着倒还平静。

丛意儿轻轻叹了口气,说:"你跑来做什么? 有事吗?"

"我不放心你,所以过来看看你。"司马溶立刻开心起来,目光从丛惜艾身上挪开,看着丛意儿。不知道为什么,只要看到她,司马溶就觉得开心得不得了,尤其是想到可以娶丛意儿为妻,心中就乐得很,真想冲上去抱着丛意儿好好庆祝一下。"你好些了吗?"

丛意儿随意地点了点头,说:"刚刚和惜艾说了许多的话,有些倦了,如果没事的话,我想再休息一会儿,你陪惜艾回去吧。"

司马溶有些不情愿,小声商量说:"我不会多事,也不会多话,只是在一边静静地陪着你如何?"

丛意儿摇了摇头,完全不容商量地说:"不行,我真的累了,真的想要好好休息一下,而且惜艾也待了许久了,她的身体也不太好,需要好好地休息一下,你陪她回去吧。她现在看不到东西,需要人照顾,你是她丈夫,自然是要体贴些的。"

"哼,她心中可有我?"司马溶冷冷地说。

"那你心中可有她?"丛意儿看着司马溶,平静地说,"为何你可对我宽容,却不能宽容对待惜艾? 你亦明知我心中只有逸轩,就算我答应了嫁给你,你所娶到的不依然是一个心中放了别人的女子吗?"

司马溶有些意外，但是，丛意儿的表情很自然，并不像故意惹他生气，犹豫一下，他轻声说："我知道，你的心中目前只有皇叔一人，但是，这是我的错，是我一直不曾好好地关心你，让皇叔得了机会，如今我可以好好地对你，我会让你重新爱上我的。"

　　"若你可以重新爱上惜艾，或许有可能我会爱上你。"丛意儿依然平静地说，"你可以好好考虑再选择，不要因着你的一念之间再与幸福擦肩而过。"

　　"我不可能再爱上她！"司马溶决然地说，完全不加考虑。

　　"那我也不可能爱上你。"丛意儿漠然地说。

　　"她曾经那样地伤害你，为什么你还要维护她？"司马溶很失望也很意外，他没有想到在这个时候丛意儿会如此地维护一个曾经一而再再而三地伤害过她的人，而且，他怎么可能爱上一个一直以来都在欺骗他的女人呢？纵然，这个女人曾经让他那样的迷恋！

　　"感情是自私的事，你不能否认，在你看来，逸轩都有常人所不及的魅力，所以，惜艾喜欢他并不奇怪。"丛意儿犹豫了一下，轻声说，"司马溶，你得公平一些，你也曾经无视过丛意儿的存在，否则也不会有……"丛意儿下意识地停住了嘴，她不可以说出真的丛意儿的离开，那永远只可能是个秘密了，她顿了一下继续说，"你有没有想过你喜欢着惜艾的时候，是如何地看她？她错就错在不应该告诉你她内心中爱慕着轩王爷，但是她嫁给了你，就守着她应该遵守着的一切，并且用心尊敬和爱着你，虽然你现在无视这份爱的存在。你娶她的时候不也是因为把她当成了我吗？所以，别看轻惜艾的感情，她或许有错处，但是，她在感情上并不曾如你一般犹豫过。"

　　司马溶愣愣地看着丛意儿，茫然地说："正如你所说，感情是自私的事情，我是曾经爱过她，而且相当的迷恋她，但是，现在我却不爱她了，我对她只有恨。"

　　"可是，在你遇到问题的时候，在你的父亲中了毒的时候，一直陪着你面对所有的事情，替你尽孝道的却是惜艾，她甚至比你付出更多。你有没有想过，为什么在那个时候你第一个想到的会是她，而不是苏娅惠，或者我？这并不仅仅是因为惜艾曾经去过乌蒙国，而是你一直以来，你知道惜艾足够聪明，她能够帮你处理许多的事情，甚至你也不能否认，你最早想要娶惜艾的时候，内心中并不是对有关她必须嫁大兴王朝未来君王的传闻无动于衷的。"丛意儿不假思索地说，"司马溶，你能够接受她做你的妻子，虽然你以污辱她为乐趣，但在你心中，惜艾还是有着不可替代的位置。"

　　司马溶愣愣地说："意儿，你……有些尖锐。"

　　丛意儿叹了口气，她觉得自己是有些浮躁的，她无法忽视的是，虽然她如此地恼恨着司马逸轩的"欺骗"，但是，却分分秒秒的无法停止对他的思念，似乎知道了他还活着,所受的委屈在那一刻全部开始躁动,她想要好好地宣泄一下,却不知如何宣泄,她不明白为什么司马逸轩要欺骗她,要以诈死的方式离开她,要让她相信他已经死了,她唯一的感觉是,不论出于什么理由,司马逸轩要做的唯一的事情就是,让她忘记他,他放弃了这段感情。所以,她真的很委屈!

"罢了。"丛惜艾轻声说,"意儿,错误是我自己造成的,我必须面对,不论二皇子如何对待我,都是我咎由自取,怨不得别人。他开始利用我时,其实我也在利用他,他的存在满足了我的虚荣心,他让我觉得他的感情是唾手可得的,所以不曾珍惜,他不爱,也是他的自由,而我是嫁了他的人,遵守妇道,也是应该的,没有获取同情的权力。"

司马溶看着丛惜艾,冷冷地说:"你倒是还明白,既然如此,何必当初,一想到你曾经那样的装模作样,我这一辈子就不可能再喜欢上你。意儿她只是心善,你莫要存什么幻想!"

丛惜艾轻轻一笑,眼角却落下泪来。

一室烛火轻摇,丛意儿托着腮,外面的风声吹得人就算待在温暖的炉火旁也觉得寒意不禁,她无法安下心来。

司马溶和丛惜艾一同离开了,她知道,她伤害了司马溶,因为她看到他眼中受伤的表情,她真的很抱歉,因为她知道司马溶只是单纯地喜欢着她,爱着她,很想可以和她在一起。

"丫头,还没睡吗?"无心师太轻轻走了进来,"时候不早了,就算你想破了头,也不可能想得出答案。还是睡吧,有时候遇到事情的时候,睡觉是最好的办法,你看起来很累。今天和丛惜艾聊了很多,她现在看来沉稳了许多,女人真是可怜,总是要经历过后才会长大,才会面对现实。"

丛意儿没有说话。

"是不是还在恨着司马逸轩诈死骗你的事?"无心师太轻声问,在丛意儿对面坐下,温和地说,"他必定有他的苦衷,我看他对你是真的用了心,你只要看他的表情就知道,这个男人真的是为你动了心,但是他是个男人,有许多的责任和义务,他不可能像司马锐那样,做个随性的人,这大兴王朝有两个最有特色的皇上,一个就是始皇司马希晨;另一个就是只做了短短一年皇上的司马锐,这司马逸轩和这两位皇上有相似之处,一样的聪明出众,一样的内敛地掌控大局,但一样的不愿意面对纷杂的世事。很多人会被他吸引,但是与他共在,却需要缘分和勇气。这种爱注定不会平淡。"

丛意儿抬眼看着无心师太,落下泪来,"婆婆,我心里很难受,道理心里也明白,可是事情临到自己身上,就无法心平气和地面对,如果不知道这三生三世的约定多好,可以如慕容枫般简单心安地去爱,或者如叶凡般隐忍包容地去生活,因为她们都是为了爱,因为她们知道,她们在爱,我知道我在爱着司马逸轩,但是,他总是若即若离的,让我无法获得心安。为何爱情来的时候会如此的惶恐,如此的不自信?"

"还是放不下吧。"无心师太微微一笑,又叹息一声,说,"你是个奇怪的女子,仿佛笃定了自己的一生,却又无法把握自己的人生,或许是来自司马逸轩的爱不如司马溶这般直接,让你有踏实的感觉吧。婆婆是过来人,婆婆在司马逸轩脸上也看到了矛盾,或许他的本意是希望你幸福吧,却不想最终却成了伤害你最深的人。你心里苦,他心里可能比你还苦。如果爱,就要懂得原谅。"

丛意儿长长叹了口气,原谅,爱情里一定要有原谅吗?难道自己的伤心最后竟然成了一种不肯原谅?不肯包容?他有他的选择,为什么不与自己分担,或许真的是替自己着想,希望自己可以活得幸福,可是,这种"着想"在爱情面前怎么会显得如此苍白?

他怎么可以用爱她的名义来伤害她?

他无法用司马逸轩的身份好好的真实的爱她,却用了一个陌生人的身份毫无顾虑地来爱她,他也明知这个陌生人的身份不可能给她真正的爱,因为他只是想给她一种安慰,但这个人总会消失,她不过是再一次面对一个人莫名其妙的消失。这是替她着想吗?她现在实在是没有办法原谅司马逸轩!

"你现在很难接受他的突然'复活',婆婆理解你的心情,但是,婆婆却不同意你就这样轻率地做出下嫁司马溶的决定。"无心师太静静地说,"这样,最后受伤的不过是你自己。"

风愈来愈狂,而且吹得雪花满天乱飞,已经分不清雪是停了还是没有停。冷清寂寞的一处古庙,一处篝火乱晃,坐在地上的人身影被映在墙上,看着也诡异得很。这些人披着厚厚的衣,看不清脸,但是有着说不出的阴霾之意,看着装,应该是个外族之人。

"明明司马逸轩已经死了,为何皇上老儿还不下令改大兴为乌蒙?"他问跪在地上的人,"他还真以为做了皇上就忘了他是乌蒙国的后人?"

跪在地上的人犹豫了一下,说:"据臣来看,这位皇上目前还不能调动朝中的军队,他派出传达命令的人,都莫名其妙地消失了,好像,还是太上皇操控着整个局面,虽然司马逸轩不在了,但是太上皇还在,他还是有着皇上所不及的权威。"

"你不是告诉我,只要司马逸轩死了,这大兴王朝就等于是没有了主心骨,而且目前的皇上还是我们乌蒙国的后人,应该是万无一失的,为什么又这样说。我们派出的军队也败在大兴王朝的军队手下,你所说的皇上虽然无能,但是他手下的这些人好像都能干得很。"坐在地上的人声音听来有些嘶哑,好像不太舒服。火苗闪过,映得这人脸颊上有些潮红色,似乎是有病在身,"司马逸轩已经不在了,这些人为什么还是不听皇上的话?"

"他们都是司马逸轩训练出来的人,其实,大兴王朝真正掌握权力的不是皇上,也不是太上皇,而是位居王爷位子的司马逸轩。"跪在地上的人抬起头来,火苗映照下,看清了是丛王爷的脸,脸上有些风尘之意,好像是赶了很远的路来的,"司马逸轩确实是死了,这一点不用担心,现在所需要的只是时间,只要时间足够了,这些军队的军心就会慢慢涣散,我们就有机会了,就可以达成目的了。"

"哼,我就再信你一次。"坐在地上的人冷冷地说,"你们大兴王朝的人最是不可信,不过,我答应过你,如果我们达成目的,我就会让你成为一个真正的王爷,拥有一方国土。也会放了你心爱的女人,但是,若是不能成功,你能够见到的只能是那女人的尸体了!而且,你女儿身上的毒就会发作。不过,很奇怪,你女儿还真是命大,竟然可以平安活到现在,只是可怜要给你的侄女做丫头,你也真是够心狠的!不过,像你这种人,这样做还真是不奇怪。"

"她并不知我是她的父亲,至于由她照顾丛意儿,也是我觉得我有愧于丛意儿的父母,如果不是因为小青的母亲以及小青,丛意儿的母亲或许不用死,可是,为了我自己心爱的女人和我的血肉,我不得不牺牲她的父母,而且,小青做丛意儿的丫头,可以避免被我妻子知道小青的真实身份,同时也可以就让她生活在我眼皮底下。"跪在地上的人冷静地说,"这是臣的私事,不在计划之中。既然臣心爱的女人在您的手中,我自然会想尽一切办法达到目的。"

"哼,算你聪明,"坐在地上的人说,"你如此老谋深算的人,竟然可以为了一个女人而放弃大兴王朝的江山,倒真是难得。去吧,做你该做的事情吧!"

丛王爷起身离开,身影很快消失在风雪中。

坐着的人拨弄了一下地上的木头,让火烧得更旺一些。似乎是觉得有些寒冷了,那人收紧了身子,刚要挪动一下,却愣愣地看着前面,说不出话来。他下意识地揉了揉眼睛,再仔细看了看,确定没有看错,喃喃地说:"是的,我早就应该想到,目前这种状况只有一种可能,那就是你根本没有离开。"

有人轻轻笑了笑,淡淡地说:"好久不见,别来无恙?"声音听来微微有些哑,好像嗓子也不太舒服的样子,但微笑着,整个人在火苗映衬下看来仍是赏心悦目。

"还好。"坐在地上的人收起了惊讶之意,平静了一下情绪,似乎对于司马逸轩的出现并不觉得有多么意外,"说实话,我还真是不想你死,若是你死了,这世上就更无趣了。你竟然瞒过了这许多的人,包括以精明而著称的丛之伟,不容易,呵呵,你呢,看起来不是太好的样子,甘南、甘北还好吗?"说这些的时候,他看起来不是那么的阴霾了,阳光了许多。他的年纪似乎比司马逸轩大一些,眉眼也更粗重些。

"他们很好,替我照顾一位好朋友。"司马逸轩平静地说,在那人对面坐下,说,"你们还是不死心吗?"

"不是我们,是我们的皇上不死心,其实对我来说,谁做皇上都没关系。当然,如果是你做皇上就更好了,可是你这个人,什么都好商量,就是做皇上这件事不好商量,呵呵。"那人笑着说,"说实话,看到你还真是高兴,要不要一起来喝上几杯,这地方虽然偏僻,而且够冷,但是有一点极好,就是没有人会打扰我们二人喝酒。"

"好!"司马逸轩爽快地说,"正有此意。"

"可惜甘南、甘北不在这儿,不然的话就更热闹了,什么人如此重要,竟然要他们兄弟二人一同照顾?"那人取出酒来,二人就着酒罐喝了起来,风中立刻有了烈酒的浓香之气。

"对啦,听说你要娶王妃了,听说还是丛之伟的亲侄女,叫丛意儿的,线人报,是个有些奇怪的女子,和我们素日见到的女子不同,常有不合常规之举,是真的吗?你为何要娶这样一个女子,天下的女子不是随你选吗?为何偏偏选了丛家的后人?"

"是的。"司马逸轩喝了口酒,微笑着说,"不过,你的线人所报的好像不太准确,你不会认为我的眼光如此之差吧?若是你见了意儿,也一定会喜欢,她是一个单纯率真有些小小坏脾气的女子,她不是精雕细刻的瓷器,而是天然生成的玉石,乍看亦不平常,但是细品深交却更觉得处处都是耀人之处。"

"哈哈,兄弟,你可真是动了心了。"那人哈哈一笑,说,"认识你这么多年了,第一次听你这样评论一名女子,就连我们乌蒙国最美丽的女子蕊公主你也只是轻描淡写来上一句'还行吧',你这样一说,我还真是好奇想要见见这位意儿姑娘。看看是怎么一位让人着迷的女子,能够让你如此赞不绝口。"

"罢了,她此时只怕是正恨着我呢,她可是倔强得很,她刚刚知道了我还活着,正气恼着我骗她,我都不知如何面对她,如何向她解释呢。"司马逸轩微笑着说,"你们乌蒙国也是,好好的安生日子不过,非要生出这许多事情来,害得我如此狼狈。"

那人长叹一声,说:"我也不想如此,两国生了冲突,只会祸及无辜的百姓,让他们不得宁日。对了,你是怎么找到这儿的?我来这儿,好像连我们皇上也不知道,就连丛之伟也是我的手下人带来的。"

司马逸轩微微一笑,说:"我朝此处的军队没有受到太多的抵抗,而且不着痕迹,猜到应该是你的手下。所以就特意来看看你。来,我们喝酒,不谈这些无趣的事情。"

"好。但是,这是无法回避的问题,如果大兴王朝没有一个有足够威力的人担任皇帝之位,乌蒙国的野心就不会消失。"那人正色道,"司马逸轩,大兴王朝和乌蒙国本就是一家人,只是这权力的野心让这两者生了私心。你如果再不出面担任皇上,只怕是乌蒙国真要生出些是非来了。虽然你现在有足够的能力控制局面,但是难保以后会生出其他变数,难道你要一辈子就这样不明不白地操纵一切吗?"

司马逸轩喝一口酒,淡淡地说:"你这样说,其实解决的办法很简单,既然两者本是一家,那何必要有两家,干脆只有一家好了。"

那人愣了一下,说:"你准备取消乌蒙国的存在?可是,这乌蒙国的存在是大兴王朝自开朝以来一直默许的,你怎么可以违拗祖先定下来的规矩呢?"

"祖先定下来的规矩?"司马逸轩一笑,"这规矩也是人定的,如果我看着不顺眼,我就可以打破,这皇上之位我不喜欢,但是,说不定我真的会做一做皇上。回去替我捎句话,告诉你们的皇上,如果他再这样不知深浅地乱下去,我定会先取了他所拥有的一切。"

"你如何让你们皇上退位?"那人下意识地问。

司马逸轩哈哈一笑,淡淡地说:"这是我的家事,不可与外人道来。难得大家有机会聚在一起,来,我们还是喝酒吧。"

那人也不再多话,二人就着火苗之势,痛快地喝起酒来。

司马溶心里头有着太多的失望,虽然丛意儿是答应嫁给他了,但是,她的前提是,"司马溶,如果是天意,你登上帝位之时,若你心中仍然以我为重,我就嫁你为妻!"她并不是爱他,而是因着宿命,因为她的命运注定要嫁给大兴王朝的帝王,而如果他做了这大兴王朝的帝王,她就违拗不过天意,必将成为他的皇后,可是,如果他不是这大兴王朝的帝王的话,她就永远不会是他的女人。当时一定发生了什么事情,让她那样做,她不是爱他,只是听天由命。他从丛意儿的话语中听不到一丝属于爱情的味道,更多的是不得不为,但就是这样,他的心头也是快乐的,最起码,只要她和他在一起,总是有一线希望可以让她爱上自己的。他的步伐有些沉重,辨不清心头的感受。

丛惜又听着司马溶的脚步之声,心头一声叹息。她是女人,她明白丛意儿的感受,丛意儿一定是伤透了心,才会这样说。自丛意儿出生开始,就注定了她是未来大兴王朝皇后的身份,她必定要嫁给这大兴王朝的帝王,虽然她真心爱着的是轩王爷,可又能如何?轩王爷死了,她就算是再思念,又能换回什么?

407

二皇子府里，奴仆们忙碌着，皇上刚刚来了旨意，让二皇子立刻娶蕊公主入府。乌蒙国已经派了人过来筹备婚礼。皇上话放在前面，就算是二皇子真的不愿意做这大兴王朝的皇上，他也必须娶了蕊公主，没有别的选择。除非他可以成为这大兴王朝的唯一，否则就别想丛意儿踏入府内半步。

"啪——"一声带着愤怒之意的声音在众人耳旁响起，惊得众人心中一颤。摔东西并不奇怪，有时候生气了，人总是会摔东西，但是这声音中的愤怒之意却太让人心惊肉跳，二皇子气成如此模样，只怕是蕊公主进了府，也不会得宠。

苏娅惠哆嗦了一下，吓得说不出一句话来，二皇子的脸色气得变成了酱紫色，他如此的愤怒，平常是很少见到的，那架势，好像随时会杀人一般，她不敢多一句话，连呼吸都是轻得听不到，整个人都无比紧张。

"二皇子。"丛惜艾虽然看不到司马溶的表情，但是，她听得出来他的愤怒之意。回到府里就听到皇上这样的旨意，司马溶不生气才怪，在丛意儿那儿得不到确切的答复，本来就是一肚子的不开心，再回到府里，听说皇上吩咐过的，让他立刻娶了蕊公主，而且不允许丛意儿踏入府中半步，司马溶不疯才怪。但是，现在他不可以疯，若他想达到目的，他唯一可以做的就是听话。"您不要太生气，目前这种情形，惜艾觉得最好是听皇上的话，等您成了这大兴王朝的皇上的时候，就不会有任何人可以阻拦您，您如今还只是太子爷，只能听皇上的安排。如果您违背皇上的意思，皇上真的废了您的太子之位，您就再也没有机会娶意儿进府了，她说过的话，您比任何人明白，若您不是这大兴王朝的皇上，她将不可能成为您的女人。"

"可是我根本就不爱那个蕊公主，本皇子看着就够，看见她比看见你还让本皇子心里窝火，那个女人，简直是太可恶！"司马溶气到口不择言，"父皇也是，难道他是皇上，就可以左右我的所有吗？"

"可以，只要他是这大兴王朝的皇上，任何人就算心中再不情愿，也得听从他的安排。"丛惜艾冷静地说，"惜艾知道您喜欢意儿，但是，您现在还真的不能把意儿娶进府里来，皇上绝对不会答应，就算她是他当初一见钟情的女子的女儿，也不行。就如意儿所说，虽然皇上当时是被意儿母亲的背影所吸引，但是，他真正爱上的却是姑姑，所以，这解决不了问题，您只能先听皇上的安排，然后再从长计议。"

司马溶看着一脸平静的丛惜艾，心里有些莫名的沮丧。正如丛意儿说，有些事情，他还真的是习惯于听从丛惜艾的意见，因为在某些时候，丛惜艾总能有足够的理智来处理事情。

苏娅惠看着司马溶的表情，心里头突然落下泪来，她真的只是一个闯入者，在司马溶、丛意儿和丛惜艾的故事里，她只是一个不小心闯入的外人，她永远只是一个毫不重要的小角色。

无心师太推门走进房间,外面可真是够冷的,雪虽然不下了,但风却不曾停息,这几日京城的氛围总是有些奇怪,说不出来为什么,好像有些蠢蠢欲动的味道。她走进房间,对坐在桌前看着鱼缸发呆的丛意儿说:"丫头,那鱼只怕是也让你看得害羞了吧。"

丛意儿抬头看了无心师太一眼,淡淡一笑,她看起来有些清瘦,但情绪明显稳定了许多,似乎少了前些日子的消沉之意。已经过去三日了,二皇子府里正忙着收拾准备迎娶蕊公主入府,乌蒙国的人也已经进入京城,似乎应该是一片繁荣景象,但不知为什么,空气中却有着说不出的怪异之感,尤其是这总也不停的风,难得如此疯狂。

"婆婆,您又跑出去做什么了?"她微笑着问。有时候人到了某个年纪的时候反而会更像小孩子,这三日,婆婆一直在外面待着,好像很激动于某些事情,就好像小孩子看到了好玩的玩具一般,她不太了解,但并不干涉,这是无心师太的自由。

"外面很有趣呀。"无心师太笑着说,"老是在这儿待着容易闷出病来的。呵呵,我跑到外面看了不少的热闹,也不晓得是因为什么,这几日二皇子府准备迎娶乌蒙国的蕊公主,乌蒙国的人也来了,按道理来说,应该是很喜庆的事情,却弄得整个京城里怪怪的,说不出的奇怪氛围。唉,这大兴王朝确实需要一位能干的帝王,再这样下去,总会出事的,只可怜天下百姓要难过了。"

丛意儿一愣,平静地说:"他们的轩王爷不是没死吗?有他在,这大兴王朝就不会有事。"

"你不恨他了?"无心师太轻声温和地问。

丛意儿轻轻一笑,出了一会神,轻声说:"感情是我个人的,我的悲喜我自知,无须对天下人交代。他是这大兴王朝的中流砥柱,他有他的责任,与我无关。他是大兴王朝的,不是我的。知道他还活着,能够恨,也是一种感谢上天的机会,只是,这再与感情无关。"

无心师太一愣,丛意儿的态度有些出乎她的意料之外,丛意儿能够如此平静地说出这些话,是还爱着还是不再爱?"你,真的放下了吗?不再介意他的诈死,他的计划?还是你已经不再爱了?"

丛意儿轻轻一笑,慢慢说:"婆婆,这种感觉很难说得清,亲眼看着他在我面前停止呼吸,那个时候,是一种天塌地陷的苦,但是却守着,守在他待过的时空里,慢慢呼吸着还有着他气息的空气,体会着漫漫岁月里他的孤独。我可以悲哀,可以落泪,是一种赎过,为着这生生世世的相约总是要跨过这漫长的时间,不能从一开始就守在他身边。而得知他还活着，那一刻也是一种柳暗花明的欣喜，但却有着无法平复的委屈和失望，但是知道他还活着，真的很好。而如今的他是大兴王朝的，我只是一个看客，他并没有要求我与之分担，所以远离着，因为也许一个动作就会葬送他所有的计划。这是一种心痛，或许他是为我好，但是……"丛意儿的眉头轻轻皱了皱，没有再说下去。这是一种难过的感受，司马逸轩，从来没有想过要让自己分担他的事情，他只是想要保护她，这让她觉得自己就是个外人。

无心师太犹豫了一下，这一刻她有些了解了丛意儿的想法，但是，那又如何，司马逸轩是个优秀的男子，丛意儿也是一位好姑娘，她还真是不知道要如何才好。

蕊公主的婚礼筹备得很快，用了不足两天的时间，二皇子府就已经布置完毕，虽然蕊公主是乌蒙国的公主，但因为有着前面的规矩，不允许乌蒙国的人为大兴王朝留下血脉，再加上前面已经有了丛惜艾和苏娅惠，所以，蕊公主的婚礼并没有多么的隆重，可是，乌蒙国的人倒是来了不少，个个都表现得很张扬，似乎这儿才是他们的天下。

"这样不好。"司马溶再怎么不考虑事情，还是觉得乌蒙国的来势有些过于明目张胆，其实，换作以前，他还真不多想，小小一个乌蒙国，能够如何？但是，自从听过父亲的话，知道父亲也是乌蒙国的人，并且一心想要把大兴王朝变成乌蒙国的时候，才觉得，大兴王朝确实时时处于危险之中，这种暗中的操作最容易让人忽略，尤其是从上到下的暗箱操作。这时候，他突然特别想念自己的皇叔，似乎只要皇叔在，就不会有任何问题。

丛惜艾不明白他所说的意思，下意识地问了一句："怎么了？出了什么事情？是不是蕊公主不肯答应嫁您了？"

"不是。"司马溶先是摇了摇头，既而想起丛惜艾是看不到的，才开口说，"蕊公主她还没有这样的胆量，她一门心思嫁进来替皇叔报仇，才不会拒绝这个机会。我所担心的是这次来参加婚礼的人，他们的表现让我有些莫名的担心。你在乌蒙国待过，不会不晓得，一直以来，乌蒙国一直对大兴王朝垂涎三尺。而如今他们到了大兴王朝，就好像待在自己家里一般，无法无天，招摇过市！"

丛惜艾愣了愣，轻叹口气，想起很久以前听司马逸轩说过的话，那个时候是她刚去乌蒙国的时候，司马逸轩曾经看似无意的说过，若想在乌蒙国过得坦然，就一定要活得坦然，刚开始的时候她不明白，但到了乌蒙国的时候，她才明白这句话，那就是乌蒙国虽然是个小国，但是天性傲慢，很是看不起人，想要在那儿待得痛快，就必须压过他们的气焰才好，她对此真的是深有体会。

若想让别人抬头看你,你就必须得站在高处,那样,别人就会不由自主地抬起头来,仰望你,也无意中抬高了你的身份。丛惜艾从乌蒙国回来,明白了这个道理,不一定非要高人一头,其实只要你站在别人站不到的位置上,某些人就会下意识地高看你。

"您担心的是……"丛惜艾轻声说,"可惜此时没有人可以商量,看一看现在这种情况如何处理才好。"她没有说出司马逸轩的名字,怕触及司马溶的痛处。其实,如果此时轩王爷还在,根本没什么好担心的,不知道司马澈可否应付得了?

"要不,我去找大哥商量一下?"司马溶犹豫着问。

丛惜艾点了点头,这个时候,也只有去找司马澈商量了。

苏娅惠目送着司马溶离开,有些嫉妒地看着丛惜艾,不冷不热地说:"惜艾,我看二皇子对你可是越来越倚重了。"

丛惜艾冷笑一下,淡淡地说:"苏娅惠,你这段时间变得有些小心眼了,明知道在二皇子心目中,我丛惜艾根本算不得什么东西,何必这样嘲讽我!大家是各有用处的,你有你的身体,我有我的头脑,可惜,在二皇子心中,这所有加在一起也抵不过丛意儿一个微笑。早知这样,何必当时要答应嫁进来,此时与我哥哥在一起,说不定活得更舒服些。"

苏娅惠脸上一红,说:"你还是自己管好自己吧。你原来那样对待丛意儿,如今二皇子看她比看什么都重要,丛意儿进来的话,你还会有好日子过?"

丛惜艾冷哼一声,说:"好歹她是我的妹妹,纵然有再多的不是,遇到事情的时候,她要偏心的仍然是我,更何况我们姐妹现在已经冰释前嫌,她来了我还正盼着呢,说不定她来了,我可以咸鱼翻身呢!"说这话的时候,丛惜艾的脸上表情冷静得很,仿佛说的不是自己的事情,"苏娅惠,你不要闲着无事总是来招惹我,我如今可以冷静地面对所有的事情,可以有好心情对待的只有丛意儿,而不是你。二皇子是我的丈夫,我不得不尊敬,但你不过是赶在我后面进府的妾而已,你还是多考虑自己的后路吧。"

一个浓眉大眼的男子走在大街上,街上行人零落,天太冷了,难得有人这个时候还有心情到街上来逛逛。突然,他看到前面不远处有个身影慢慢走过来,走得好像漫不经心,于风雪中着一件桃红的衣裙,说不出的温暖细腻。他立刻觉得眼前一亮,下意识地站在雪地上等着对方走过来。

走得近了,看清楚是个年轻的女子,桃红的是件厚厚的披风,裹着苗条的身体,走起路来轻盈动人。女子的脸,素净清秀,一双眼睛看起来清亮无比,又深邃动人。女子似乎也看到了他,随意地看了一眼,并没有在意,准备从他身边走过。

一个突然的念头,让他很唐突地问道:"姑娘可是丛意儿?"

411

丛意儿有些意外,不记得自己认识这个人,但是出于礼貌和好奇,她还是停了下来。对方不是穿着大兴王朝的衣服,应该是乌蒙国的人,这几天街头乌蒙国的人还真是多,而且都是些有武艺在身的人。不会这个时候,乌蒙国要生出些是非来吧?她淡淡一笑,客气地问:"我们认识吗?"

他摇了摇头,笑着说:"果然与众不同,看起来是个简单的女子,但却有着平常女子绝对没有的味道,既自然又坦然,我一直在想以他之眼光,什么样的女子可以入他的眼?一见你,就突然有了这个念头,若你不是,这大兴王朝就找不出第二个可以让他放在心中的女子。"

丛意儿立刻猜到这人是怎样的身份,她平静地说:"你是逸轩的朋友?"

他点了点头,微笑着说:"你还真是聪明,看起来是如此的漫不经心,如此的不合规矩,一个女子,着一件桃红的披风,坦然走在风雪之中,也不担心这街头会有一些不可想象的危险。"

丛意儿淡淡一笑,觉得这人还真是啰唆,但还是礼貌地说:"我们不熟,你忙你的事,我走我的路,可好?"

他愣了一下,微笑着,继续说:"不向我询问他的情况可好?"

丛意儿静静地说:"你与他交人,我与他交心,他好不好何必问你,你此时街头走来走去,若他遇到了,只怕也会猜测,这街头何时成了你们乌蒙国的地界。就算有些想法,也得收敛些,真当这大兴王朝由着你们如此'自由'不成?"

他看着她,顺着她的目光,看到两个乌蒙国打扮的人正在一处摊前争执。他忍不住眉头一皱,想起司马逸轩所说的话,"乌蒙国最大的毛病是不检点自己,就好像一棵树,外面再繁茂也抵不过根扎得浅。"

突然,其中一个乌蒙国的人竟然抽出刀来,风中传来他的声音,"你再不答应,爷就立刻宰了你!"

他真的是有些不好意思,别的身份且不说,只说他自己本身也是个乌蒙国的人,这一点就够让他为对方的行为感到丢人的了。

丛意儿距离他大约有二三十米,一抬手,似乎是一阵风裹着一团雪花飞速向前。雪球看似轻轻地落在那抽出的刀上,一声脆响,那刀应声断成两截,挥刀的手僵硬地停在半空中,整个人身子也觉得有些僵硬。

"姑娘好身手!"他忍不住赞道。司马逸轩果然好眼光,这女子看来有些小小的任性,这样明白地做着自己,不理会周围任何事情,甚至这一出手也是随意的,由着她自己高兴。但她这一出手,他却发现,这女子绝对有掌控局面的能力,若她愿意做,她可以左右这大兴王朝。她足够聪明但足够低调。

"大兴王朝应该庆幸你是朋友而非敌人。"

丛意儿微微一笑,表情孩子般可爱,人若是可以知晓一些未来,有时候真的是可以坦然得让自己都羡慕。她知道的别人不知道,她会的别人不会,这让她活得无惧无怖。

"你真的不想见到他吗?"他还是不死心,盯着丛意儿,执着地问,"如果你想见他,我随时可以让你见到他。"

丛意儿一笑,说:"你真的可以保证吗?我不信这世上有人可以左右他的行踪,你见过他,或许聊过,甚至把酒言欢过,但是,你却不一定就知道他此时待在何处。若你可以知晓他的行踪,他也未免太大意了吧?你毕竟是乌蒙国的人,你不觉得,乌蒙国的人此时有些张狂得让人不得不起疑心吗?"

他一愣,看着丛意儿,小心翼翼地问:"你果然聪明得很,可是,除此之外,你还看出了什么?"

丛意儿依然微笑着,慢慢地说:"你真当我是神仙呀,什么都未卜先知?我不过是看到你的同族们有些太过招摇而已。只是可怜了蕊公主,她不过一个柔弱女子,何必一定要牺牲自己的一生?"

他一愣,发了一会儿呆,没有说话。再抬头,丛意儿那份暖暖的颜色已经在视线的远处,仿佛一朵娇嫩的花在雪中绽放,极是美丽。原来颜色也可以让观者看到美丽!他轻叹了一声,不知道蕊公主会有怎样的未来。听说,二皇子司马溶心中喜欢的也是这位丛姑娘,而且他府中还有着美丽的丛惜艾,那个他在乌蒙国见过的精明出众的女子,足够冷静,足够聪明,以及娅惠,一个温柔美丽的女子。

那受了伤的乌蒙国的人看到站在雪地里的他,脸上有些僵硬,没敢吭声,与同伴匆匆地离开,样子有些狼狈。他轻叹了口气,真的可以达成目的吗?他实在是没有把握,别的不说,就说只司马逸轩一个人,就够他们应付的!

司马溶看着雪地,这是他记忆中最寒冷的一个冬天,和他陪着自己的父亲和皇叔去打猎在雪地中遇到丛意儿的那天一样寒冷。此时,他想,那般寒冷的天气里,丛意儿一身单薄的衣,一身的病,是如何坚持过来的?那个时候,如果没有皇叔的披风,或许就没有今日的丛意儿,而他,却只是以一种漠然的表情看待了当时的她,甚至在以后的日子里戏弄着她,她到底做错了什么?而自己如今却深深爱上了她,可是,他有爱她的权利吗?

"皇子爷,已经准备妥当了。蕊公主就要进府了。"李山站在司马溶的身后,微低着头,轻声说。

司马溶看着自己身上喜庆的衣服,苦笑了一下。他真的是有些看不起自己了,就这样的情况还口口声声说自己爱丛意儿,心中只有丛意儿一个,他自己能够相信吗?

"不行!"外面传来一个高亢的声音,里面充满了不满和愤怒,还有一种说不出的霸道,"你们这样也太看不起我们家公主了,就算我们家公主是第三个入府的女子,但是皇上和皇后娘娘也不可以如此不把我们家公主放在眼中。竟然不露面,置我们家公主于何种地位?难道真的不把我们乌蒙国放在眼中不成?"

司马溶眉头一皱,心中真是恼火,一甩袖子走出来。大厅里,站着一个穿着乌蒙国服装的奴婢打扮的女子,眉眼甚是艳丽,看着就是一个泼辣的女子,年纪应该在二十三四岁,身形柔美,表情却锋利得很,正发着火。

"闭嘴!"司马溶大声说,"这儿是本皇子的府邸,不是你们乌蒙国的地盘,由不得你在这儿如此没有规矩,难不成乌蒙国的人就如此不把我们大兴王朝放在眼中不成?她是你们的公主,却不是我们大兴王朝的公主,只不过是本皇子的一个小妾罢了,竟然还要父皇和皇后娘娘出面,你也太高看你们家公主了吧?若是觉得规矩不对,可以不嫁,带着你们家的公主立刻离开这儿!"

那奴婢一愣,看了一眼司马溶,声音虽然放小了一些,但语气仍然是强硬的,"你就是二皇子呀,我们家公主要嫁的人就是你吗?你以为我们家公主真想嫁你呀,如果不是你们大兴王朝的人苦苦哀求,我们家公主才不稀罕嫁你呢!"

李山在一旁听着恼火,气呼呼地说:"这位姑娘说话真是狂,这儿是二皇子府,你们家公主进了这个门就得遵守这儿的规矩,你是你们家公主的陪嫁丫头吧,到了这儿,岂由得你说话,只怕是那嘴得学得乖巧些,既然进了这门,你们家公主就得收起她的公主脾气,我们家太子爷随时可以决定她的去留,还是多为你们家公主着想,不要多事的好。我们家皇子爷是个好心肠的人,否则,哪里要娶你们家公主!"

奴婢表情惊愕地看着李山,气呼呼地说:"一个不男不女的家伙竟然敢这样对着我说话,我虽然是个奴婢,但打狗还得看主人,你一个奴才都敢如此教训我,看来你们二皇子府的人真的没有把我们家公主放在眼里!来人,给我砸府!"

砸府?所有二皇子府的人都愣了一下,心想,这乌蒙国的人还真是够胆量,什么话都敢说,什么事都敢做!这儿还是大兴王朝,他们就敢在这儿撒泼,简直是荒唐!

不过,还真有听话的,几个劲装的男子竟然真的举着利器乱砍起来,二皇子府里的人也不是吃素的,立刻有人回敬起来。司马溶站在那儿,一脸的错愕,这哪里来的野蛮丫头,竟然敢这样。他并没有阻拦手下的人,一时之间,大厅里乱成一团。司马溶一抬头,看到门口,两个丫头扶着蒙着头的蕊公主一身华服安静地站着,虽然看不到她的表情,但却感受得到一股凌厉之意。

"这样很有趣吗?"司马溶冷冷地问,有着说不出的耻辱。

"对我来说,无碍。"蕊公主冷冷地说。

"蕊公主。"有个温和的声音在众人身后响起,丛惜艾在丫头的搀扶下走了过来,穿着件浅黄的衣,透着一份柔弱和优雅,纵然再怎么不堪,她仍然有着她精致的美丽,纵然她看不到,她却仍然是别人眼中优秀的皇子妃,"欢迎你与我成为姐妹。"

"真是这样吗?"蕊公主的声音听来充满嘲讽,然后竟然伸手自己揭开了头上的红布,一张脸妆容得体,美丽动人,纵然有精致如此的丛惜艾,在她面前也显得有些逊色,"我只是知道你一直恼恨着我,恨我让你中了毒,纵然我不承认这与我有关,可我却知道,你一直认为是我葬送了你的一切。"

丛惜艾笑了笑,笑得极是理智和适度,看不出恼怒,甚至看不出她内心如何想的。她温和地说:"那些旧事提来有何意思,如今我们成了姐妹,共同侍候着大兴皇子,我们应该和睦相处才好。毕竟不论有着怎样的纠缠不清,如今要放下的终究要放下,姐姐先入门,就自称一声姐姐吧,妹妹,有些事,还是好好地面对最好,最是任性不得。"

蕊公主面无表情,淡淡地说:"不过因着身为乌蒙国的公主,不得不嫁给这个男人,明知道我心中早已经有所属,怎么可能再爱上别的男人,我没办法如你般如此认命。就算是我进了这个府,我却依然可以左右我自己的心思。"

司马溶面上一变,一脸的恼怒,但却发不出火来。她这么说,不是和当年的丛惜艾一样吗,表明了她们喜欢的只是轩王爷,不是他,嫁给他也只是嫁了身子没有嫁心。真是可恶!

丛惜艾虽然看不见,但她从传来的各种声音里已经听出了可能发生的状况,她强压住心头的浮躁,这个时候,她不能够发火,纵然再不爱司马溶,她也必须帮着司马溶,只想着,如果轩王爷在,那有多好。她努力平静温和地说:"蕊妹妹,有些事,可不能乱讲,女人的心只有女人自己知道,不论喜欢与否,最起码你不是深深厌恶,否则,何人可以左右你?既然左右不了你的心,自然也不可能左右得了你的身体,既然嫁了,就好好的,何必让自己成了某种借口,若是有人知道了,只怕也会说你不懂事,好好的太平搅乱了,这是多大的罪过!"

"哼,你说得轻松,这大兴王朝没有了顶梁柱,存在着有何意思,倒不如换个新鲜,说不定反而是柳暗花明,什么天下,可以让一个人一直坐到底?算了吧,如今这大兴王朝的皇上只不过是个鸡肋,存在着不如不存在。"蕊公主冷冷地说,"司马溶,我不想嫁你,但是却不得不嫁,既然嫁了我就要达成自己的目的,我要替轩王爷报仇,你父亲害死了轩王爷,我就要让他失去他所拥有的一切,让他知道,没有了轩王爷,他就不过是个废物!"

"何必!"一个声音温和地响起,在门口,听来悦耳。众人的目光一同聚集到门口,那儿站着一个清丽的女子,着一件柔和的桃红的披风,一张脸素净温柔,看

第二十三章 爱恨之间 拼却红颜为眷恋

415

着里面乱成一团的人,声音淡淡的,却听得真真切切,"好好的婚礼弄成这个模样。"

丛意儿,她为什么会出现在这儿?

"你来这儿做什么?"蕊公主有些意外,她有些时间没有看到丛意儿了,丛意儿竟然还是如此的平静自然,怎么可能,轩王爷已经不在人世了,她却穿着漂亮的桃红的衣,一张脸上也看不出什么悲哀的味道。她怎么可以这样!

丛意儿微笑着,平静地说:"我姐姐丛惜艾在这儿,为何我来不得?蕊公主,你出嫁的风头还真是不小,好好的一个大兴王朝的街头全是乌蒙国的人。早知如此,真应该让大兴王朝的人亲自到乌蒙国接你过来。倒是大兴王朝失了规矩。"

蕊公主没有吭声,想了一下,才说:"我是他们的公主,我嫁入大兴王朝他们自然要来替我祝贺,这有何奇怪?"

丛意儿一笑,说:"只是我在想,要以大兴王朝的规矩举行婚礼还是依着乌蒙国的规矩来呢?乌蒙国可有这种闹婚的习惯,若是有这习惯,还真该让司马溶找些人来凑凑热闹的好。好在大兴王朝人多,随便找几个人还是容易的。"

"她今日不能再嫁给我!"司马溶冷冷地说,"依照大兴王朝的规矩,新娘子是不可以自己揭开盖头的,否则,就不算嫁入。来人,送蕊公主回她休息的地方,免得这儿乱,不小心碰伤了,又惹来一身的不是。"

蕊公主一愣,冷冷一笑,抬头又把刚刚揭下的盖头重新自己盖上,然后问:"有谁看到我揭了盖头了?你们有谁看到了?"

没有人开口,好像大家都聋了一般。丛意儿微微一笑,这个蕊公主,还真是有趣,明明不喜欢,还打定了主意一定要嫁,真正是无趣。她没有开口,她想看事情如何发展下去。

"我看到了。"另外一个女子的声音响了起来,苏娅惠站在司马溶的身后,一字一句地说,"你刚刚把盖头揭掉了,然后又自己盖上了,只要有一个人可以证明你自己揭了盖头,你就不能嫁入二皇子府,不能成为二皇子的女人。"

丛惜艾轻叹一声,说:"苏娅惠,蕊公主既然打定了主意要进入二皇子府达成她自己的目的,我们是无法左右她的。"

"我不信。"苏娅惠倔强地说,她能够为司马溶做的事情实在是太少,司马溶从来没有把她放在心中,正如丛惜艾所言,她对于司马溶来说,连个替身都算不上,她所有用的只是她年轻的身体,但是,她不觉得后悔,她一直喜欢的就是司马溶,能够和他在一起,怎样都好,所以,能够在一种意外的情况下嫁给了司马溶,虽然感觉不到爱的成分,却依然让她觉得幸福。她执意说,"我不管别人怎么看,但是我确实可以证明我看到她刚刚自己摘掉了盖头,又自己盖上了,就算她是乌蒙国的公主，要嫁的也是大兴王朝的二皇子，就必须遵守大兴王朝的规矩，所以，她违背了大兴王朝的规矩，就算是她想进入二皇子府，今日也不成，如果这规矩破了，要二皇子以后如何管治这蕊公主？难不成要让蕊公主凌驾在二皇子之上吗？"

丛意儿轻轻一笑，司马溶真的知道谁在爱他吗？苏娅惠在她印象中只是个中规中矩的女子，今日的表现倒在她意料之外。因为爱，苏娅惠做出了她平日绝对不敢做的事情，一个顺从命运的人，今日却有勇气去对抗一个本不应该由她对抗的人。

"这儿岂有你说话的道理！"一声怒斥在门口响起。是皇上，声音听来细腻而怪异，但确实是皇上和皇后娘娘本人。丛雪薇看来和以前没有太大的变化，司马溶在心中惊讶，丛意儿是如何做得到的，竟然可以让丛雪薇恢复旧时容颜，他曾经礼貌地与丛惜艾一起去探望过丛雪薇，纵然当时房间里光线极是昏暗，却也看到丛雪薇已经苍老到令观者恐怖的地步，一张脸已经满是皱纹，那一日见到她的时候她还是以布遮面，怎么突然间恢复了容貌？

苏娅惠吓得一哆嗦，一时之间说不出话，她不明白，为什么皇上不帮着二皇子，竟然还用这种口气来斥责她，明明就是蕊公主的不是，怎么是她说话的口气不对了？再怎么说，她是先蕊公主进府的，位置上也有个先来后到吧？

"父皇，您怎么这样说，娅惠她并没有说错什么，就算这个蕊公主是乌蒙国的公主，如今嫁的也是孩儿，难道要让她站在孩儿头上不成？"司马溶生气地说，"父皇真是病得不轻呀！"

皇上的脸上扑着厚厚的粉，模样看来真是怪异，除了丛雪薇用含情脉脉的眼光看着他外，其他人都下意识地避开了他，怕被他看到不合适的表情，惹来杀身之祸。

"现在还是朕在做皇上，你竟然敢用这种口气和朕说话，真是没了规矩。来，刚刚是朕和皇后来得迟了些，耽误了婚礼，现在还是照常进行吧。"皇上一本正经地说。

丛意儿心中叹了口气，这个皇上不是疯就是傻了，看来蝶润下的药还真是作用够大，不仅让皇上成了一个不男不女的人，而且还变成了一个不折不扣的二百五。

司马溶的脸上显出愤怒的表情，怎么会这样，难道一个乌蒙国的公主真的就可以左右他吗？难道就真的要让大兴王朝变成乌蒙国吗？纵然自己身上有着乌蒙国的血脉，可是，他毕竟是大兴王朝的子孙，这样，如何对得起九泉之下的列祖列宗？他狠狠瞪了自己父亲一眼，并没有说话，但还是乖乖地走向举行仪式的地方,步子迈得极是沉重,好像在考虑什么。

蕊公主站在他身旁,两个人僵硬地做着必须做的动作。在夫妻对拜的时候,司马溶看着蕊公主在自己对面慢慢地不太情愿地弯下身子,表情突然变得有些冷漠。丛意儿正好无意中看到这个表情,立刻有一种不太好的感觉涌上心头,她觉得一声惊呼已经呛到了嗓子眼处,却硬生生地堵在那儿,怎么也发不出来!

站在司马溶的身后是刘山,另外一个人是乌蒙国的人,而那个扶着蕊公主的丫头就站在司马溶的身前不远处,她的腰间有一柄佩剑,剑鞘甚是华丽,很符合乌蒙国的风格,她竟然敢带着佩剑入二皇子府,果然是猖狂得可以。司马溶恨恨地想,父皇也太欺负人啦,就算是自己的生身父亲,也不能够如此置他所有的感受于不顾,恣意而为,凭什么这样,他所爱的女子他不能娶,就站在那儿看着他和一个他绝对不爱心中也没有他的女子举行婚礼,这一刻,他的心中真是充满了怨气,说不出的恼怒在心头愈燃愈旺,脑子一片空白,他闪电般地从那丫头的腰间抽出了剑,在所有人还没有反应过来是怎么回事的时候,那剑已经深深地刺入蕊公主身体之中,这几乎就是一眨眼的工夫,所有人,包括丛意儿,都没有反应过来。

"公主——"那丫头惊呼着扑上前,一把扶住蕊公主的身体。红色的盖头在蕊公主的头上轻轻飘落,落在地上,蕊公主的脸色苍白得吓人,表情错愕地看着司马溶,不相信地看着自己身体中插入的剑。司马溶恨她到何种程度,那剑已经插到司马溶瞬间可以插入的最深处,她还没有替轩王爷报仇,怎么可以去死?

"二皇子!"苏娅惠站在那儿,身体哆嗦得很厉害,像风中的落叶,她愣愣地看着面前发生的一切,心跳如鼓,怎么也停不下来。

"你,你,竟然敢对公主动手,你们大兴王朝真是摆明了要和我们乌蒙国作对!"那丫头恨恨地说,"这可是你们自找的,原本还想事情不要搞得如此之僵,既然你们如此不讲信用,就不要怪我们乌蒙国对你们不仁不义啦!"

不知哪里来的勇气,苏娅惠突然冲上前,一把拔出插在蕊公主身体上的短剑,她并不是一个习武之人,但是,激动之下她还是一下子就拔出了剑,鲜血喷射了她一身一脸。丛意儿迅速一下子点住蕊公主的穴位,如果不止住她的血,只要一会儿的工夫,蕊公主就会没命的。

苏娅惠整个人有些哆嗦,她觉得呼吸里全是一种说不出的血腥之气,脸上流着热热的液体,手上也是红红的颜色,但是,她不知道害怕,她只知道她要替司马溶做些事情,这是她可以爱他的唯一机会,不论结果如何,最起码她为他做了她能够的事情。她鼓足所有的勇气,盯着面色苍白的蕊公主和一脸怒色的丫头,慢慢地说:"你在胡说八道什么,不要乱赖人,明明是我心里嫉妒蕊公主嫁入二皇子府,夺了二皇子对我的感情,所以才会出手伤了她,有谁可以证明是二皇子动的手？你们倒是说来听听,皇上,难道您看到了二皇子出手了吗？只是娅惠不知礼数,一时心中嫉妒,没了理智,动了手,伤到了蕊公主,是娅惠的不是,我不信一个自以为了不起的乌蒙国会为一个二皇子的妾妃吃醋的事情就对大兴王朝和二皇子不利,那就太没有礼数了！"

丛惜艾眼睛看不到,但是她听到了全部,闻到了空气中的血腥之气,她多少知道了事情大概。她心中一声长叹,可怜的苏娅惠,她爱司马溶,爱得如此不计后果,平常倒是小看了她,原来爱情真的可以让人傻到不管不顾。

所有的人都愣在当地,包括司马溶,他呆呆地看着苏娅惠,看到苏娅惠一脸的慌乱和决绝,他真的没有想到此时她会如此！

丛意儿扶住蕊公主的身体,轻轻叹了口气,说:"不过是第二个你,如你爱逸轩般地爱着司马溶,你不应该恼她,她不过是你的翻版,就如你为了逸轩赌上自己一生一世的幸福一般,还要再继续下去吗？"

蕊公主的身体有些哆嗦,她觉得自己的意识有些混乱,脑子里有些空白,很难集中精力,但丛意儿的话她听得真真切切,她看着苏娅惠,丛意儿说得没错,此时的苏娅惠不就是另外一个自己吗？如果有机会面对皇上的时候,只要有可能,她也会对皇上动手,会亲手结果了皇上,为了司马逸轩,她也会做任何的傻事。

皇上不知道要如何处理面前的状况,婚礼肯定不能再继续下去了,蕊公主受了重伤,就算是所有人都承认是苏娅惠干的,替司马溶背负了所有的责任,可是,蕊公主的伤也不会消失,只能够让她先休息一下,养好了伤再说。再说,她头上的盖头又掉了,这婚礼只能暂时到此为止。

"皇上,如今这种情形,也只能罢了,不如让蕊公主先到宫中养伤,待她伤好之后再从长计议如何？"丛雪薇安静地说,心中叹息着,这世上到底有多少的痴情女儿？

第二十四章　若即若离　心为尔苦国事累

"来人,送蕊公主去休息。"司马澈的声音在外围突然响起,他来得有些迟,但看到了刚才发生的一幕,此时,他抢在自己父皇的前面说出决定,面对父皇的时候,司马澈的表情里有了陌生的味道,虽然有尊重,却有了一份冷漠,甚至并不顾虑到是不是要由皇上自己先说出决定会比较好一些。"既然事情这样了,大家不要再聚集在这儿了,还是先回去吧,不过,这个丫鬟,还是暂时不要离开的好,我很想知道,是谁同意你可以带剑入内的?这剑是如何作用的?"

那丫头一窘,竟然不知如何回答才好。司马澈和司马溶不同,他问话的时候,语气中有着凌利和不容置疑的成分,有着一种高高在上的架势,让观者心中生出怯意来。

司马澈冷漠地看着面前的小丫头,冷冷的声音说:"若不是念着你家主子受了伤,需要有个知己的人在一旁照顾,此时定不会轻饶了你。你去照顾你家主子,不许随便走动,待你家主子伤势好了后,再与你理论今日发生的事情!滚!"

丛意儿看着小丫头一脸狼狈地离开,忍不住轻轻一笑,这个司马澈还真是有办法,在这个时候,短短数语就可以解决问题,这丫头带剑进来一定是有原因的,只不过她的目的还没有达到,被司马澈抢前占了个先。是啊,在婚礼上带着剑,摆明了是要找事。

"丛姑娘,多谢你刚才出手封住了蕊公主的穴位,若不是你封得及时,只怕蕊公主就会凶多吉少了。"司马澈温和地一笑,礼貌地说,"其实若论起来,此时您应该是司马澈的长辈,若是称呼您姑娘还真是失礼了。"

丛意儿有些不好意思的一笑,她知道他的意思,因为她是他皇叔未过门的妻子,所以,按规矩来说,她确实应该是他的长辈,但是,她犹豫了一下,本想拒绝,却又咽回了要说的话。

"皇叔他,"司马澈用低低的声音对丛意儿说,"嘱咐司马澈此时如此处理事情,如今乌蒙国的高手们已经围住了京城,若是这儿有任何的不妥,只要蕊公主一声令下,他们就会攻击京城,请多多帮着司马澈,有些地方,皇叔说,要多多借助于您的帮助才好。"

"他,可好?"丛意儿犹豫了一下,轻声问。

"很好。"司马澈轻声说,"只是奔波于其他各处,应对各处作乱的乌蒙国的人,一时回不来。"

丛意儿想不出自己可以做什么,她实在是个不愿意介入麻烦的人,初来此地,确实有些好奇和新鲜,待得久了,不过是现代换了个场景,有些事情还是一样的伤人,一样的唯恐避之不及。所以,可以理解,为何凡儿宁愿借她人之名活着,而枫儿为何一定要舍弃这宫中繁华而隐居他处,不过是想要求一份不被他人打扰的清静幸福的生活。

人都散了,二皇子府里突然冷清了许多,丛意儿站在原地却没有动,看着周围突然冷清下来的寂寞,不过是繁华消退后的萧瑟罢了。这大兴王朝若是没有了司马逸轩,就称不上大兴王朝,毕竟这王朝是此灵魂一手创建,纵然他没有记忆,这大兴王朝却有着他怎么也抹不去的痕迹。为了爱情的来临,为了远方的她赶来,大兴王朝以最丰富的经历来成全这份爱情。但她是个"自私"的女子,她只想安静的爱,安静的活,远离这所有的是是非非。

"是否,真正愿意为我做出牺牲的只有苏娅惠?"司马溶悲哀的声音在她身后响起,听得出来声音里的难过和失落。

难道还是一场错误,丛惜艾和司马溶,也是注定的三生三世不能够相守,最终还是与爱情擦肩而过?那一世的回眸,那一生的残忍,难道仍然换不回这一生的厮守,难道注定二人总要在最后走向分离?丛意儿心中一声长叹,回过头来看着司马溶,轻声说:"你不是女子,怎知这女子的坚韧,再不堪的女子对爱情也有着最执着的相守,她爱你,所以愿意为你做任何事情。只是,有时候,爱情的方式太多,只想告诉你,你身边的女子你都要珍惜,不论是娅惠还是惜艾,纵然她们有再多的不是,念着爱,也当珍惜。"

"你呢?你可愿意为我做这样的牺牲?"司马溶盯着丛意儿,安静地问,语气中有着抹不去的悲哀之意。

丛意儿知道,有时候,姑息只是一种不着痕迹的残忍,若是再这样模糊下去,真会害了司马溶,不论自己和司马逸轩之间有怎样的纠葛与经历,她都无权把司马溶当成一种退路。

"司马溶,我心只为一个人在,若是朋友,我会尽力相助,但若论感情,我无法如苏姑娘般舍弃性命为你。"丛意儿"残忍"地说。有时候,真话说得让说话的人都心中颤抖,她希望可以不让司马溶受伤,但是,若是他不受伤,他如何知道他要爱何人。

司马溶似乎对于这样的回答并不觉得意外,苦笑了一下说:"我知道会是这样的答案,不论出了什么样的情况,你只会为皇叔一个人而存在,我只是想要问问,知道让你爱上我是很困难的事,可总是忍不住抱着幻想,奢望着有一天可以彼此相爱。意儿,或许我是欠你的,要还的,这一生一世,不论出现何种情况,请记住,只要你需要,我永远会在,但我不会再勉强你,不会再让你一定要嫁给我。我知道,你嫁了,也不一定会幸福,所以只要你幸福,怎样都好。我不可以为着自己的幸福而毁掉你一生一世的幸福。我会好好地对待苏娅惠,她肯为我舍弃性命,我不可以吝啬到一点感情也不付出。爱情若可得两情相悦,或者只在传说。我爱你,你不爱我,这或许是天意吧。"

丛意儿犹豫了一下,轻声说:"难道不可以原谅惜艾吗?"

司马溶愣了愣,语气萧瑟,说:"她?怎么说好呢?说起来,她是第一个让我注意到的女子,却也是第一个告诉我,她一直以来都是假装在爱我的人,我不知道要如何原谅她,只知道每次面对她的时候,心里头真是恼火得很。"

丛意儿轻轻说:"她不是一个坏到无药可救的女子,她虽然喜欢逸轩,但仅仅只止于喜爱,或者说是一种仰慕,你皇叔有着常人所不及的出色之处,她仰慕很正常。但她嫁的是你,你当时娶她也并非是完全的真心,若不是误以为她是我,你会娶吗?每个人都有错处,你曾经那样深深喜爱着惜艾,却在后来因着意儿的缘故淡而忘了这份感情,若论起来,你也背叛了惜艾,只不过是因着这世上的规矩,一个男子三妻四妾本属正常而不觉得如何。司马溶,已经是夫妻,再恨也罢,再恼也罢,你们何不各退一步,好好的呢?"

司马溶低下头,没有说话。

"惜艾聪明、理智,你有时候太过不在意这复杂的世事,有她在你会避开许多麻烦,所以好好地放下旧事,是你最应当的选择。你觉得如何?"丛意儿淡淡地说。

司马溶叹了口气,说:"有时候真是奇怪得很,总觉得似乎是前生就纠缠着,她是一个理智的女子,但永远不会把真心放在我这样一个平庸的男子身上,她本来寄希望的是希望我可以成为大兴王朝的皇上,但是意儿,说句实话,我还真是没有足够的勇气来面对这繁杂的世间事,我只想如皇叔般做个逍遥的王爷,快快活活地过一世,我就心满意足了。"

丛意儿一愣,难不成丛惜艾是前世的红玉,而司马溶是司马强?

送走丛意儿,司马溶经过丛惜艾的窗前,看到坐在桌前安静待着的丛惜艾,看到她眉间有着隐约的哀伤之意,在丛惜艾脸上何曾看过如此隐忍的悲哀?一直以来,她总是自信的,柔弱也是动人的,总是可以随时掌控大局,总是可以微笑着让所有的人心动,她是何时对皇叔动了心?他安静地看着她,知道以她的武艺,她应该知道有人站在窗前,所以并没有开口。

"谁在哪儿?"丛惜艾轻声问,语气里有些迟疑之意。对方的呼吸是她所熟悉的,但是那个人能够如此心平气和地看待自己吗?

"是我。"司马溶平静地说,"刚刚送走意儿,要去看看娅惠,经过这儿,难得看到如此平静哀伤的丛惜艾。"

丛惜艾苦笑了一下,说:"原来是您,难怪惜艾觉得站在那儿的人有些熟悉之意。请代我问候苏娅惠,看来她是真的很爱您,能够为了您而放弃她自己的生命,这一点惜艾真是自愧不如。到了现在,惜艾才发现,惜艾竟然不知道如何才叫爱,惜艾到底有没有爱过?"

司马溶淡淡地说:"是啊,到如今我才知道,最爱我的竟然是她,而不是某些我所认为的人。只是可惜她原本应该是你的嫂嫂,如今却成了你的姐妹。"

"这样也好。"丛惜艾平静地说,"如今她也是苦尽甘来,可以好好地让您疼惜。纵然您的心中仍然只有意儿一个人,可她此时也应当是幸福的吧。这惜艾只有敬佩,没有任何嫉妒之意。"

司马溶看着丛惜艾,从她脸上看不出她内心的起伏,她瘦了许多,也憔悴了许多,但眉眼仍然精致如画。她确实是个相当美丽的女子,但是这美丽此时看来是如此的无助,是否她此时仍在深深的想念着已经离开的司马逸轩,后悔没能嫁给他?

丛惜艾的心,一点一点地碎成许多片,怎么也拾不起来,原来爱情消失了,就真的消失了,在她告诉司马溶她心中喜欢的是司马逸轩的时候,司马溶就不再爱她了,就算再怎么重新来过,这份已经消失的爱,都不可能再回来了。她觉得有些冷,轻轻地说:"二皇子,您心中对惜艾只有恨吗?"

司马溶顿了一下,却没有说话,然后转身离开,只留丛惜艾一个人依然坐在桌前。

丛惜艾放在桌下的手紧紧握到一起,十指深深陷入肉中,一身一心的悲凉!

司马溶头也不回从丛惜艾的房间走开,脚步踩出一种决绝,他相信他再也不会来爱这个女子,却为何心中有隐约的茫然?他应该去看看苏娅惠,那个女子为了他,做了她素日里绝对不会做的举动,有她的出现,最多只是处罚她就可以,不会影响到大兴王朝和自己。但是,却为何除了一份感动外,再无情绪?

李山远远地迎了上来,低声说:"主子,太医们已经去看过了,蕊公主的情形还好,虽然剑插得很深,但幸好没有伤及要害,而且太医们说,当时丛姑娘出手封住了蕊公主的穴道,止住了血,算是蕊公主命大,休息些日子,好好养养,就可无事。皇子妃此时也已经去歇息,皇上已经派人与蕊公主派来的人商议如何处置……"

"他们想要如何处置娅惠,明明是我伤了蕊公主,与她何干?他们还真的要处置她不成？"司马溶恼怒地说，"难道大兴王朝还不能摆平此事？若是他们不肯罢手，就让他们来找我，不要真的把所有罪过都推给无辜的娅惠。"

李山犹豫了一下，轻声说："奴才还要恭喜主子，据太医们诊断，皇子妃好像已经有了身孕，主子就要有自己的骨肉了，若是生个皇子哥，可真是大喜呀。"

司马溶愣了一下，突然间觉得悲哀无助，他要如何面对丛意儿，口口声声地说着他爱意儿，可是，他娶了别的女人，甚至有了自己的孩子！他这是爱她吗？他要怎样才能够让意儿相信，他是真的爱她？"知道了，退吧，告诉娅惠一声，就说我今日有些累了，改日再去看她，让她好好休息，不要四处走动，已经是有了身孕的人，平日要仔细些。"

李山愣了一下，原以为司马溶会非常高兴，但好像，听到这个消息，他并没有表现出来多少的喜悦之情。大约是今日的事情太多，主子真的累了，他应了一声，低头退后几步，转身去了娅惠的住处。

司马溶叹了口气，觉得索然无趣，停了一下，向书房方向走去。

躺在丛雪薇安排的别苑的床上，蕊公主一心的懊恼，那个司马溶可是真够狠的，竟然就这样一剑刺了下去，也不能怪当时奴婢粗心，她也没有想到司马溶会出手，司马溶在她的印象当中，始终是个软弱不能做大事的人，而且还天性有些简单，有些过于随意，安于现状，真是奇怪，这样的男子，一向心高气傲的丛惜艾也会嫁？

"姐姐，可觉得好些了？"阿萼坐在床边，担心地问，"怎么闹出这样一桩事情来。怎么如此想不开，一定要抱着替司马逸轩报仇的念头，就你还想替他报仇？也不想想，他那样的人都没能避开，换了你又能如何，若不是丛意儿出手封住你的穴位，此时你哪里还有机会躺在这儿和我讲话。经此一劫，还是放手吧，不值得为了一个心中根本没有你的男人而放弃自己一生可以幸福的机会，就算是你再爱他，也不值得，你的痴情换不来回报的，且不说如今轩王爷已经不在人世，就算他仍在人世，他的心中也只有丛意儿，你真的可以替代她而成为轩王爷心中的唯一吗？"

"她到底好在哪儿，"蕊公主不甘心地问，"值得轩王爷视她为唯一？我到底哪儿比她差？是容貌，家世，还是别的什么？你如今常常和丛克辉在一起，可从他口中知道些什么？"

阿萼叹口气，慢慢说："姐姐，我也说不出她到底好在哪儿，我只是觉得，她和我们不一样。姐姐，你爱着轩王爷，几乎是用自己的命来爱，可是，你能够平等地与轩王爷相处吗？你能够放下你乌蒙国公主的身份，或者把轩王爷不当成一位王爷看吗？你能够像她那样平等自然地喊出'逸轩'二字吗？就凭这一点，你就没有她爱得随意爱得真实,你的爱有些虚空,你把自己和他看得太过不平常,不能够像平常人那样用心地好好去爱。要想知道她出色在哪儿,应该换个角度来看,站在司马溶的角度,站在轩王爷的角度,就会明白她到底有何不同了。你对她充满嫉恨,恨不得她不得好死,怎么可能看到她的不同之处?"

"你竟然如此地偏向着一个外人!"蕊公主恼怒地说,"我们身为乌蒙国的公主,就是与常人不同,轩王爷他本就是这世上最出色的男子,我如何高看了我们?你和那个丛克辉待在一起竟然待得傻了,这哪里是素日的你,你素日里肯把哪个人看在眼里?"

"是的。"阿萼犹豫一下,坦然地说,"姐姐说得不错,初来大兴王朝的时候,我也是仗着自己是乌蒙国的公主而不把任何人放在眼里,甚至因为丛克辉的一个表情不合我的眼就想杀了他,但是,待的时间久了,我却觉得可笑,一个小小乌蒙国面对一个疆域辽阔的大兴王朝还自以为是,实在是可笑。姐姐,我们只是平常女子,能够平常地活着就已经是幸福了,你应该公平地看待丛意儿,并不是因为丛意儿是克辉的妹妹,我就如何地偏向于她,而是,她真的是一个不错的女子。就算不说这些,如果没有她出手封了你的穴位,你此时可有机会说这些话?"

蕊公主没有说话,觉得伤口一阵疼痛。她闭上眼睛,额头上渗出汗来,眉头微微皱在一起。

"姐姐,是不是不舒服?"阿萼担心地说,"我已经帮你敷了带来的乌蒙国的药,却为何你还是如此的难过?"

蕊公主睁开眼看着自己的妹妹,没好气地说:"那奴婢的剑上淬了剧毒,虽然上了药,总要花些时间才可以好的!"

丛意儿站在窗前,看着窗外,这样寒冷的天气,司马逸轩在忙些什么?是否还在外面奔波?她可有什么地方帮得上他?如果能够帮他挡过一阵风或许也是好的。

"在想什么?"一个低缓的声音在耳边响了起来,丛惜艾清冷的身影出现在丛意儿的视线中。她仍然看不到,挥手示意随着她来的丫头别处等着,轻轻地说:"好香,你的窗前有蜡梅吗?"

"是的,有一棵种在花盆中的蜡梅正在盛开,婆婆特意摆在那儿的。"丛意儿微笑着说。知道丛惜艾看不到,但是,她仍然不仅是声音听来温和,就连表情也是温和的,笑容浅浅的,让人觉得很是舒服,"眼睛好些了吗?"

"再过些时候就能够慢慢恢复了,我来看你,是想和你道别的。"丛惜艾轻轻的声音里听来有太多的落寞,"今日一别,或许下次再见面的时候,大家就会是陌路人了。"

丛意儿没有说话,安静地看着丛惜艾,等她继续说下去。

丛惜艾轻轻地说:"我想放弃所有的记忆。"

丛意儿闻着空气中淡淡的花香,原来蜡梅的香气是如此的沁人心脾,嗅来如此的让人心里安静和舒坦。

"不愿意再去试试吗?"丛意儿温和地说,"真的想要放弃与司马溶之间的感情?"

丛惜艾摇了摇头,轻轻地说:"我遇到了轩王爷,二皇子遇到了你,他深爱着你,我深爱着轩王爷,放不下,也勉强不得。或许我与他曾经有缘,但我们都不曾用心,所以错过,无法再收拾。"

丛意儿安静地看着丛惜艾,选择忘记,让自己失去记忆,不会伤害到身边的人,甚至不会伤害到她恨的人,让脑子里一片空白,或许是件好事吧。丛意儿问道:"真的舍得下?"

"舍不下。"丛惜艾叹了口气,慢慢地说,"我,放不下太多的东西,我的父母,轩王爷,甚至与司马溶的旧事,如今都在脑海中时时想起,但是,无法成全,只得舍去。我不如你勇敢,轩王爷离开后,你仍然勇敢地活着,我没有这种勇敢。"

丛意儿淡淡一笑,看着窗外的蜡梅,慢慢说:"不是我勇敢,而是若是我放弃,我就连想念他的机会都没有了。纵然活着是最辛苦的事情,可是想念的诱惑仍然比死亡更大。"

"如果有下辈子,你说我们是否还是姐妹?是否依然会同样地爱上同一个男人?"丛惜艾突然问,"有一种奇怪的感觉,仿佛我们很早就纠结在一起,只是想不起何时曾经如此的纠结。"

丛意儿温和地笑了笑,说:"无人可知来生如何,或许我们还会相遇,会有另外一个精彩的故事。"

寒冷的天气,再怎么温暖的炉火似乎都无法驱散寒意,角角落落里全都是寒气逼人。司马逸轩站在帐内,看着墙上的战况图,眉头紧锁,他在努力减少战事,免得在如此寒冷的时间里,士兵和百姓们再面临杀戮。

"还在想她?"太上皇站在他身后问。

司马逸轩头也不回,"这儿很冷,您到这儿来做什么?"

"听甘南、甘北说,你一直不开心,朕不放心,所以特意过来看看你。怎么,不欢迎朕来吗?"太上皇不甘心地问。

来的路上,小樱就一再说他是存心的,说他还在恼恨丛意儿母亲当年的不肯屈从,存心和丛意儿过不去!也许吧,他想,从来没有人像她母亲那样完全没有商量余地的拒绝自己,让他一辈子都放不下那种挫败感。

司马逸轩回过头来，看着自己父亲，面色平静地说："孩儿在考虑战事，没有多余时间招待您，再说这儿也比较混乱，还是待在您原来的地方比较好一些。"

"丛意儿她如今过得很好，如果你仍然不答应继承皇位，朕就会考虑着把皇位真的传给司马溶，这样，丛意儿也算是有个好的归宿，你看如何？"太上皇试探地问，他心里也说不清楚自己到底是怎么一回事，怎么就是不愿意司马逸轩和丛意儿走到一起。

小樱看了太上皇一眼，心想：太上皇真是个有些自负讨厌的老家伙！丛姑娘到底哪儿让太上皇觉得讨厌，好像太上皇也不是不喜欢她，但就是不肯接纳她。如果真的如太上皇自己说的，担心丛姑娘会害了整个大兴王朝的前途，是个红颜祸水的话，不就是太小看轩王爷了吗？这世上什么事情可以让轩王爷乱了分寸？小樱不相信，轩王爷会让自己心爱的女人成为天下人所唾弃的女人。

司马逸轩平平地说："父皇，您知道孩儿的想法，就不必再从孩儿口中获取答案了，若是你不想孩儿伤心，就保持沉默，如何？"说完，司马逸轩回过头继续看自己面前的图，神情凝重，他舍弃了自己和意儿的感情来成全大兴王朝，他不能辜负意儿的难过。一想到意儿知道他活着时的伤心和失望以及不肯接受的倔强表情，司马逸轩的心底就生出一阵疼痛，这种疼痛让他不敢想，一想，就好像生命被冻结般的难受。

"太上皇，您还是回吧。"站在一边的甘南小声说，"轩王爷此时忙得很，有很多的事情要考虑，您待在这儿，轩王爷还要分心照顾您，还是让小樱姑娘陪着您回去好好歇息一下最好。"

司马逸轩头也不回，专注地盯着面前的图，仿佛那是他唯一关心的事情。太上皇看着他倔强冷漠的背影，心里头有些难过，没有办法，如果司马逸轩真如司马锐般舍弃了皇位，这大兴王朝就真的没有希望了，为了这祖辈们创下的天下，有时候就要心狠一些才可以。

"好吧，朕一会儿就走，但是朕走之前，有句话要告诉你。"太上皇冷静地说，"朕知道你心中恨朕，但是，你的出色就是你的致命伤，你注定要为了大兴王朝的未来而活，所以，你就不要打什么主意娶丛意儿为妻，若是再这样下去，朕就真的会对付她了！"

司马逸轩的背轻轻一颤，但没有说话。

太上皇看了他一眼，转身离开。走出帐房，太上皇长出一口气，回头问跟在自己身后的小樱："朕是不是相当的讨厌？"

小樱几乎没有犹豫就点了点头，轻声说："小樱不明白，您这是为了什么？就算是轩王爷和丛姑娘结为夫妻，又能如何？而且，就算是您这样说狠话，您可就真的对付得了丛姑娘？你到底是怎么一回事，怎么突然如此对轩王爷没有信心？"

太上皇没有说话,心里也奇怪,但是,一想到丛意儿和她母亲完全类似的表情,那份不肯低头的坦然,心里头就火,怎么就是如此的挫败呢?为什么面对她的时候,心里头总是莫名的恼火呢?

"甘南,替本王准备一些酒来。"司马逸轩疲惫地说。他在椅子上坐下,神情有些落寞,伸展开的手却紧紧地握在了一起。

甘南犹豫了一下,司马逸轩已经连着几个晚上没有好好休息了,这几天事情特别的多,司马逸轩一直忙着处理各处的事情,根本就没有时间休息,再加上情绪使然,他一直表现得闷闷不乐,常常独自一人饮酒,这样下去,他的身体会受不了的。但是,如何劝说他呢?想了想,甘南还是去取了酒来,替司马逸轩温上,"王爷,这酒虽然一时可以解愁,但是,时间长了会伤身体的。"

司马逸轩无所谓地笑了笑,将杯中的酒一饮而尽,看着甘南,苦笑道:"甘南,本王真的不看重自己的身体,在本王决定要如此的时候,就已经放弃,若是上天眷顾,倒宁愿此时可以立刻去了。"

"王爷,这可是气话。"甘南温和地笑了笑,说,"属下知道王爷心里苦,但是,王爷是大兴王朝的支柱,若是您出了什么事,这大兴王朝要如何坚持下去?如果没有大兴王朝的保护,丛姑娘要何去何从?属下去看过丛姑娘,虽然没有打招呼,但是,看得出来,丛姑娘目前一切尚好,心里有些埋怨,也是正常,但以丛姑娘的性情来说,不会介意太久的,过些日子,就会烟消云散的。"

"本王错在太自以为是。"司马逸轩的情绪有些低落,慢慢说道,"或许本王以为是为了意儿好,隐瞒了她,但是在意儿来讲,眼睁睁看着本王在她面前闭上双眼,没有了呼吸,当时定是痛不欲生,可她却咬着牙活了下来,或许你们都会以为她是坚强,但是本王深知,她并不是坚强,她只是舍不得放弃生命,因为对意儿来说,放弃生命可以一了百了,但是,却无法再有想念,为了能够想念,她逼迫自己活下来,这其中的苦,身为旁观者,能够领略几分?"

甘北突然开口说:"王爷,若是您如此放不下丛姑娘,何不去看看她,您们见了面,纵然不说话,能够看到她,您心中也是安慰的吧?而且,我们再怎么说也抵不过您亲自看她一眼来得心安。"

司马逸轩摇了摇头,轻声说:"不要诱惑本王,本王心中恨不得时时刻刻都可以见到她,看到她的笑容,听到她的声音,但是,如今的身不由己,能够如何?唉,正如父王所说,本王一直以来掌控着整个大兴王朝的局面,本王的存在就是大兴王朝的存在,再去看她,匆匆一眼,除了彼此伤心,又能如何,到最后不还得放手?"

"也许太上皇只是说说,他并不会真的对丛姑娘如何。"甘南犹豫了一下,轻声说,"属下倒是觉得太上皇并不讨厌丛姑娘,反而好像挺喜欢她,也许是现在情形有些着急,说的气话吧?"

"父皇他是个极自负的人,当年意儿母亲的拒绝让他丢了颜面,心中自然气不过,难免不把情绪发到意儿身上,他并不会真的杀了意儿,他也杀不了。但是,以他的权势,他吩咐手下的人去招惹意儿,却会使得意儿一生不得安宁。本王知道,父皇他是个不能输的人。"司马逸轩淡淡地说,"本王已经权衡过,如今只要意儿活着,活得好好的就可以,再也奢求不得别的。"

甘南、甘北彼此望了一眼,心中各自叹息一声,王爷心中如何的矛盾,他们深知,但是,却无从下手帮忙。

"京城里有什么动静吗?"司马逸轩转开了话题,静静地喝酒,微皱眉头,问,"司马澈可有消息传来?"

"有,"甘南说,"刚刚属下正要讲,但因着太上皇到来,就没有提及。大皇子刚刚派人过来,蕊公主的伤情已经无妨,幸好当时丛姑娘在,封住了她的穴位,再加上她们本身就是乌蒙国的人,用了药,没有什么大碍,这几日休息得还好,皇后娘娘安排她住在暖玉阁中。只是,留在京中的乌蒙国送亲的人不肯安生,经常在城中招惹是非。"

司马逸轩点了点头,说:"倒也无妨,有莫统领在,他自然会周旋。不过,经此一事,倒让他们找了个理由,只怕这事让苏娅惠难免一场责罚。好在她怀了司马溶的骨肉,皇兄不会太过分。"

外面的风吹得极猛,甘南听到外面有人靠近的声音,走到门外,看到风雪中有两个身影向这边走来。其中一个好像受了伤,走得有些踉跄,另外一个人的身影稍显单薄,搀扶着对方向前走,风雪中看不真切。这儿,地势偏僻,应该不会有人知道,会是什么人?

"是什么人?"甘北也冲到门口,虽然风雪很大,但对方的脚步声有些沉重,再加上呼吸,他们二人仍然是听到了隐约的声音。

甘南摇了摇头,说:"不清楚,不过,看他们二人着装,应该一个是乌蒙国一个是大兴王朝的人,好像是一男一女,男的应该是受了伤。他们应该不知道这儿,等他们走近了再说。"

隐约听到其中一人沮丧地说:"若是这事传了出去,可真是丢大了,堂堂一个统领,落得如此下场。是谁这样没有道理,弄了一地的水冻成冰,害得我如此狼狈。幸亏遇到姑娘,不然,死了都没人知道!"

有轻轻的笑声传来,那笑声随着风声传入帐中。司马逸轩手中的酒杯碎成几片,他愕然地看着门口,那笑声在风中飘散,继而是温和的声音隐约传来,"你倒是小心些,好好的路不走,偏要拣不熟悉的路走,怪不得那泼水的人。"

甘南和甘北的心几乎也停止了跳动,这声音对他们二人来说,也是极熟悉的,如果没有猜错,这说话的一定是丛意儿!

另外一个,若是猜得正确,应该就是刚刚轩王爷提到的莫统领!

二人立刻迎了出去,莫统领受了伤倒还罢了,他那么一个粗壮的汉子要丛姑娘一个柔弱的女子搀扶着,丛姑娘定是很辛苦的。

"莫统领,丛姑娘。是你们二人。"等到走近,看清楚来人,甘南兴奋地说,"你们二人怎么碰到一起了?怎么到了这儿?"

莫统领看到甘南,有些狼狈地说:"怎么是你?你不会是说司马逸轩那小子也在吧?我怎么这么倒霉!"

甘南立刻代替丛意儿扶住莫家昆,说:"您怎么如此说,这大风大雪的,您怎么跑到了这儿?这地方也亏得您能找到。"

"找到?"莫家昆狼狈地向前走着,苦笑着说,"若是我知道司马逸轩那小子在这儿,打死我,我也不会来这儿!让他看到我如此狼狈模样,真是丢人。对了,丛姑娘,可千万不要告诉司马逸轩那小子我是如何受的伤,要不,得被他看一辈子的笑话!"

丛意儿一愣,司马逸轩也在这儿?他怎么会在这个地方待着?如此偏僻寒冷的地方,距离京城不过数里,为何他不去旧居?就算是他待在那儿,也不会有人知道?

一行四人走入帐中,司马逸轩呆呆地看着走进来的丛意儿。她穿着件厚厚的白色披风,脸色有些苍白,外面太冷,再加上她一路搀扶着莫家昆,所以看来有些疲惫。"意儿——"他有些困难地喊了一声,却不知下面要说什么。

丛意儿也有些不太自然,装作没有看到司马逸轩,看着甘南和甘北,说:"这么巧,原来你们在这儿,既然你们兄弟二人在这儿,他就交给你们了,我可以回去了。"

甘北立刻说:"那怎么行,现在风雪很大,您一个人走,是万万不可。您还是先休息一下,待风雪小些再说。"

"没事,慢些走就好。"丛意儿没有停留的打算,她对莫家昆说,"莫公子,你与他们认识,到了此处,我可放心离开。"

"丛姑娘……"莫家昆不太清楚丛意儿和司马逸轩之间到底出了什么状况,只知道,好像是司马逸轩隐瞒了他的诈死,但是,看样子好像情形比他以为的要糟,"这,这,这可使不得,司马逸轩,你倒是快些拦住丛姑娘,外面那么大的风雪,你真放心她一个人走呀!而且,现在时间也不早了,万一路上有个闪失,你就罪过大了!"

司马逸轩真的不知要说什么才好,整个人呆呆地站着,眼看着丛意儿从帐房里走出去,他才反应过来,匆忙说:"甘南,甘北,照顾好莫统领,我去去就回。"

　　甘南和甘北相互看一眼,也不知如何是好,只盼着司马逸轩追上丛意儿后,可说上几句话。看情形丛姑娘很生气,从进来到走,丛姑娘竟然一眼也没有看司马逸轩。

　　冲到外面,司马逸轩只觉得一股冷风扑面而至,雪花打得他睁不开眼睛。丛意儿的素衣在风雪中看不太清楚,她好像走得有些急。他紧几步追上去,伸手一把抓住丛意儿的胳膊,却感觉到丛意儿身体向旁一闪,他下意识地松开了手,白色的披风上沾了些许血迹,"意儿,意儿,我……"

　　丛意儿并没有看到披风上的血迹,她根本就不看司马逸轩,风雪中呼吸都不通顺,一开口,就觉得风雪呛进嗓子里,"轩王爷……咳,咳,可否,尊重些……咳……"

　　司马逸轩身子一移,挡在丛意儿面前,遮住一些风雪,却不敢伸手去阻拦,"意儿,若你执意走,我送你。"

　　"不必,谢了。"丛意儿淡淡地说,依然不看司马逸轩,抬脚向前走。司马逸轩不知要如何才好,只得默默跟着。

　　丛意儿淡淡地说:"您回去吧。"

　　司马逸轩出来得匆忙,没有带任何遮风的衣服,他的衣服在风雪中显得非常的单薄,只觉得寒意瞬间就冷到了骨头里。他哆嗦了一下,努力微笑着温和地说:"意儿,这儿离乌蒙国的驻扎地不远,而且是如此糟糕的天气,我还是送你回去好一些。"

　　丛意儿并不理会他,继续走自己的。风雪太大,路上有雪,加上视线有些暗,看不太清楚,她险些摔倒,司马逸轩立刻伸手去扶她,而丛意儿下意识地也伸手抓住司马逸轩来稳住自己的身体。两个人一时无声,相对站立在风雪中。然后,丛意儿抽出自己的手,加快脚步向前走,声音有些匆促,"轩王爷,已经如此,何必再相遇,您还是回去吧,这样,不过令我更难放下……"

　　司马逸轩站在原地,没有动,丛意儿的拒绝是如此的直接,她的礼貌和平静如刀般让司马逸轩无力做任何事情。他转过身子,不敢再看丛意儿的背影,只怕看了,会做出令丛意儿无法接受的举动。

　　过了好一会儿,司马逸轩觉得风中再也没有丛意儿的味道,他的泪在风雪中滑过面颊,一心的疲惫,却突然听到一个声音在他身后平静地响起,"你的手怎么了?"

　　司马逸轩呆呆地回过头,看到丛意儿安静地站在他身后。"你的手是不是受了伤?"丛意儿语气平静地问。刚刚她走开,泪水落下,在风雪中一心的委屈,风吹开了披风,她拢紧它们,却突然发现自己的披风上有鲜红的血迹,而她刚刚与司马逸轩相握的手上也沾着血迹,难道刚刚司马逸轩受了伤?犹豫让她站住无法再前行,给了自己理由,他是大兴王朝的支柱,他不可以受伤,来劝说自己回来看看,那鲜血是鲜红的,让她的心收紧。

司马逸轩愣了一下,看了一下自己的手,才发现手心有鲜血流出,他想了想,大概是刚才握着酒杯听到丛意儿的声音时不小心划伤的。他努力微笑着,轻声说:"没事,大约不小心划到了。"

看着司马逸轩仍然有鲜血流出的手,丛意儿顿了一下,由身上取出一瓶药,托住司马逸轩受伤的手,敷上药,用随身带的手帕用力扎紧。"这药是阿蓥送我的,效果应该很好。自己小心些。你穿得很单薄,回吧。"声音虽然仍然礼貌,但听来已经和气许多。

"意儿……"司马逸轩感觉到丛意儿指尖的温暖,却不知说些什么才好,只能这样轻轻地喊着丛意儿的名字,"不走,可以吗?"

丛意儿顿了一下,看着四周的风雪,如果说不害怕,一定是假的,来的时候有莫家昆,此时自己离开,心中难免忐忑。她心中犹豫,下意识地看了司马逸轩一眼,见他穿着单薄的衣在风雪中有些不禁,不敢再多想,这风雪如此之大,若他真的病了,如何才好。她轻轻点了点头。

司马逸轩的脸上却因着她这轻轻地一点头,立刻灿烂起来,他开心地握住丛意儿的手。丛意儿轻轻抽回自己的手,司马逸轩的手在风中停顿了一下,也轻轻收回,他的脸色暗了暗,但依然微笑着,温和地说:"好吧,我们一起回去。"

帐篷里的甘南、甘北以及莫家昆听到外面慢慢走近的脚步声,听到应该是两个人的脚步声,各自悄悄松了口气。不管丛姑娘现在还生不生气,只要她肯回来,就好。

"他们真的闹别扭了吗?"莫家昆小声问,有些好奇,"看来司马逸轩那小子对丛姑娘真的用了心,那小子眼光还真是不错。"

甘南似笑非笑地看着莫家昆,半真半假地说:"莫家昆,你能不能别一脸幸灾乐祸的?"

莫家昆刚要说话,门从外面被推开,司马逸轩和丛意儿一前一后走了进来。甘南和甘北立刻笑着去添加炉中的柴,口中絮絮叨叨,"丛姑娘,您要委屈些,这儿太偏僻,临时搭的,四处都透风,不过,炉中柴加得多一些,应该还是很温暖的。来,来,丛姑娘,快到炉旁坐,喂,莫家昆,让一下好不好?"

莫家昆挪了挪屁股,说:"好的,到了你们的地盘就听你们的吧。甘南,不许直呼我的名字。"

甘南一笑,说:"要不我称呼你莫统领如何?只要你师傅答应就成。不和你计较就不错了,你师傅和我才平辈,你还想如何?"

丛意儿听着有些意外,忍不住轻轻一笑,这个莫家昆看来阴冷粗壮,威武健壮,但是,这一路走来,他倒是个有趣的人。

甘北拿来一件披风,替司马逸轩披上。进到房内,炉火烧得旺了,几个人围坐在炉火旁,气氛平和了许多。

"你怎么会在这儿出现?"司马逸轩有些不解地说,"我们不是已经商量过,你负责周旋京中的事务,我控制外围的局势,怎么你会出现在这儿?京城中已经没事了吗?"

莫家昆叹了口气,看了一眼丛意儿,似乎有些磨不开面子,顿了一下,有些不太情愿地说:"你何必要知道得这么清楚,我保证京城中不出事,你保证外面不打起来不就行了吗?我不过是倒霉,路上遇到一点小事情,幸好碰到丛姑娘,不然的话,得在雪地里躺上一天一夜了,谁知道今年的京城竟然是如此的寒冷。"

丛意儿一笑,想起当时看到莫家昆时的情形,但顾及他的面子,丛意儿强忍住笑,没有说出当时情形。其实当时也是凑巧,她正好外出,前面有一个人高高飞起然后重重摔倒在地上。事发得突然,纵然莫家昆是个武林高手,也没提防地上结了厚厚的冰,摔了一个实在。因为风雪特别大,路上根本没有人,就连马车也没有,她扶他想找个地方,没想到竟然转到了这儿,遇到了司马逸轩他们。

京城中,丛克辉和阿蓉从宫中出来,去了丛府的一处别苑。父亲这几日忙于公事从不在家,母亲因着惜艾的事情,情绪一直不好,身体也不好,家里冷冷清清的,他就住在了别苑。但是,这个阿蓉整日里跟着他,让他不得安生,他去二皇子府看惜艾,她去看蕊公主,这一出来,二人又碰在了一起。

"丛克辉,你做什么,看见我跟看见鬼似的,我有那么让你讨厌吗?"阿蓉有些不开心地说。丛克辉的步子迈得大,她得小跑着才能跟上,跟得气喘吁吁,"我哪里让你瞧得不顺眼了,好歹我也是乌蒙国的公主,你别这么大的架子好不好?"

丛克辉有些无可奈何,停下来盯着阿蓉,说:"你真是奇怪,怎么偏偏就会喜欢我呢?我到底有什么好,让你如此纠缠不休?"

阿蓉一笑,开心地说:"我也不知道,就知道和你在一起就很开心,看到你就开心,这样就好了。哎,你不要摆架子好不好?我姐姐还是让你妹夫给刺伤的,你还要靠我和我姐姐商量把事情大事化小小事化了,要不,你妹夫就别想脱了干系,就算是有苏娅惠替他当替罪羔羊,乌蒙国也会和大兴王朝没完没了!"

丛克辉叹了口气,推开大门进到院子里。这个别苑不大,但收拾得很干净,丛克辉只带了三个奴才过来,照应着这儿的一切衣食起居。说实话,待在这儿,没有了在丛府的压力,不用看父母的脸色,竟然也是轻松。他甚至可以坐下来读读书,虽然不至于走入官场,但可用来打理一下家里的生意,日子倒也过得逍遥。进到房间里,"坐吧。"他指了一下椅子,有奴才送了茶水过来,"不是第一次来了,自己随意。"

"惜艾她还好吗?"阿萼的神情正经了许多,有些担心地问,"你真的把药给她了?她不会真的吃下去吧?不过,要是真的吃下去了,可以忘记许多让她伤心的事情也不是什么坏事。但是,要是真的没有了这许多的记忆,她活得可还有意思?"

丛克辉叹了口气,无奈地说:"这是她的选择,我无法左右。惜艾是个冷静的女子,她考虑事情很仔细周详,她打算这样做一定有她的理由,如果这样可以让她开心,就随她去吧,反正现在的生活也不能够让她开心。"

"我不敢确定她会吃。"阿萼出了一会儿神,慢慢地说,"除非她有足够的勇气忘记轩王爷,否则,她不会吃下药的。"

"真不知道到底是怎么一回事,怎么就突然成了这个模样,就好像惜艾和意儿突然间换了个,以前发生在意儿身上的事情全部在惜艾身上重新发生了一次。"丛克辉皱了皱眉头,"可现在意儿也活得不开心,自从轩王爷离开后,每次看到她,都是一身的疲惫和伤心。"

阿萼的眼睛转了转,盯着丛克辉,笑着说:"丛克辉,和你商量件事情好吗?"

丛克辉一愣,看着阿萼,不太有把握地说:"你的笑看起来怪兮兮的,你又生出怎样的主意,我这个人胆小,不禁吓的。"

阿萼甜蜜蜜地一笑,看着丛克辉,慢声细语地说:"你看,我们已经认识了很久,我们两个之间,没有第三者,没有冲突,我嘛,是乌蒙国的公主,长得也算漂亮吧,虽然比不上我姐姐,但也不给你丢人,是不是?而且,我的父母也已经知道我在大兴王朝迷上了一个叫丛克辉的家伙,你看,是不是干脆把我娶回家得了,如何?"

丛克辉正端着茶杯喝了一口水进去,阿萼的话还没说完,他就已经让茶水呛得咳嗽不停,脸也憋得通红。他用手指着阿萼,好半天才结结巴巴地说:"哎,我,我说,咳,怎么回事,你,咳,你怎么就认定我了?"

"你好嘛。"阿萼依然甜蜜蜜地说,眼睛一眨不眨地盯着丛克辉,和和气气地说,"不过,如果你不答应,我就回去跟我父王说,你占我便宜,你要是敢不娶,我就让我父王把我姐姐的事和这件事一起和大兴王朝算账,看你如何应付……"

丛克辉傻乎乎地看着阿萼,慢吞吞地说:"我看,不是我耳朵出了毛病,就是你脑子出了问题。"

阿萼坐到丛克辉身边,一张俏脸几乎贴到丛克辉脸上,呼出的气息热热的扑在丛克辉的脸上,吓得丛克辉从椅子上直接蹦了起来,手足无措地说:"得,得,你别吓我,我考虑考虑就是了。"

阿萼笑得灿若春花,开心地说:"好,我这就让人去通知我的父母,让他们替我准备最丰厚的嫁妆,给你再建一处最好的丛府。我们过我们自己的日子,其他人想如何与我们何干,是不是?"

丛克辉无可奈何地看着阿萼,这丫头,是真的疯了,不过,相处得久了,这丫头倒并不惹人讨厌,而且模样也真的不差,比起苏娅惠来还真是略胜一筹。可是,他就是怎么也想不明白,她怎么就偏偏看上他了呢?

吃过饭,甘南、甘北立刻借口替莫家昆疗伤,把他带去别的帐房里休息,留下丛意儿待在司马逸轩的房间里。甘南一本正经地说:"丛姑娘,这儿比不得轩王府,条件有些简陋,您要委屈些了。还有一处是我们兄弟二人休息的地方,我们带莫兄过去。王爷晚上还有许多的公事要处理,一般情形下是不休息的,您就暂且在王爷床上歇息一晚吧。"

丛意儿不是傻瓜,她自然晓得甘南的心思,她是未来的轩王妃,这样安排并不过分,总不能自己跑去别的帐篷和那些士兵们挤在一起吧,更何况这儿并不是兵营,只是司马逸轩指挥战事的地方,本就隐秘。而且他这样安排,肯定是希望她和司马逸轩有单独相处的机会,纵然她不满意这样的安排,她也不能表示反对。

甘南见丛意儿没有说话,满意地笑着说:"王爷,我们带莫兄过去了,看样子他伤得不轻,属下二人要好好帮他处理一下,您若是有事,随时招呼属下一声就好。"

司马逸轩点了点头,没有说什么。

甘南、甘北以及莫家昆离开后,帐篷里立刻安静下来,唯有炉火里的木柴噼里啪啦地响着。司马逸轩和丛意儿坐在炉火旁,谁也不说话,谁也不知道如何开口,都静静地看着炉火向上蹿着。

外面的风吹得很大,听到耳中,就觉得寒意难敌,司马逸轩起身把帐篷的门仔细关好,避免有风吹进来,再往炉内添了些木柴,让火苗更旺一些。看着丛意儿,他犹豫一下,说:"这儿还是有些冷的,你若是倦了,先休息吧,我会照看着的,只要炉火不灭,还是强一些的。"

丛意儿没有吭声,眼睛盯着面前的炉火,火苗映红了她的双颊,看得见长长的睫毛闪啊闪,不知道在想些什么。

司马逸轩倒了杯茶递给丛意儿,假装无意地问:"无心师太她还好吗?你出来她知道吗?"

丛意儿接过茶水,嗅着淡淡的茶香,抱在手中取暖,淡淡地说:"婆婆已经回

435

去了,她有些事情要去处理。"

"你自己一个人住吗?"司马逸轩关切地问,"如今京城的形势不算安全,你要小心些。还记得一直照顾你的那个丫鬟吗?要不,让她过去陪你?"

丛意儿摇了摇头,轻轻地说:"罢了,倒烦轩王爷挂念。"

司马逸轩一顿,"意儿,你仍然不肯原谅?"

丛意儿喝了杯中的茶,淡淡地说:"时间不早了,我有些倦了,您若是有事,且去忙,我先去歇息了。"

司马逸轩拨弄着柴火,火苗闪烁着,好像这是他唯一可做的事情。他抬起头来,微笑着说:"好的,莫家昆是个粗壮的汉子,他受了伤,你扶他一路,一定是很辛苦的,早些歇息吧,床上的被褥都是干净的,除了我偶尔盖一下外,并无任何人用过。"

丛意儿点了点头,没说什么,简单梳洗后,到床上躺下,面朝里,安静地睡下。一头的青丝散在枕上,有着淡淡的清香。露在外面的肩头在衣服里似乎轻轻颤抖了一下,看得司马逸轩心微微一跳,他猜得到,躺下后,面朝里的丛意儿心里头的委屈才能悄悄宣泄一些,她一定是在落泪。这能怪她吗?是自己诈死骗了她,让她伤心绝望,却发现不过是个瞒了她的计划,她的心,怎么能不痛?

司马逸轩并没有去睡,他走到案前,看着桌上的图,陷入沉思。司马溶的意气之举,让乌蒙国逮到了理由,他们以此为理由迅速扩大了战事,如果不是这两天天气太糟糕,乌蒙国的军队早就四处燃起战火,能够避免的战争最好是避免,不然,受苦受罪的还是无辜的百姓,国家也会元气大伤。

初时还不能入睡,后来听着风声,帐篷内始终保持着一种暖和的温度,丛意儿慢慢睡着了,有司马逸轩,恨也罢恼也罢,就是一份安心,这种安心只有司马逸轩可以给。仔细想想,当时和中年男子相处的时候,也就是因着一份莫名的安心感才有了一种莫名的熟悉,当时没有想过司马逸轩还有可能活着,毕竟他是在自己眼前去世,怎么会想到他是诈死?所以,从没有想过他们有可能是一个人!

再一次去添柴,司马逸轩替丛意儿盖好棉被,看到她安睡的面庞,心里稍微安慰了一些。

一觉睡到清晨,丛意儿睁开眼睛,一直以一个姿势睡到现在,有些累,她从床上坐起来,虽然动作很轻微,还是听到司马逸轩的声音温和地响起,"时间还早,再睡一会儿吧,外面的风雪已经停了,但路上不太好走,一时也不能够离开。"

丛意儿起身整理了一下衣服,炉火里火苗就如昨夜一般没有任何的变化,司马逸轩的神情有些疲惫,难道他一夜没睡?丛意儿犹豫一下,装作不经意地问:"您昨晚没有休息吗?"

司马逸轩笑了笑,说:"有些事情没有处理好,耽误了,就没睡。昨晚睡得可好?"

他们之间的对白听来非常的客气,两个人似乎都有些不太适应,却不知如何改变这种状况。

丛意儿点了点头,说:"刚刚听你说时间还早,你去歇息一会儿吧,我睡得很好,此时醒了就不想再睡了,不晓得莫公子他们怎样了,昨天他摔得很厉害,只怕是今日要更辛苦些。"

"我没事。"莫家昆的声音在外面响起来,然后推门进来,笑着说,"在外面听见二位说话,知道已经醒了,就过来打声招呼,丛姑娘不用担心,我好得很,平日里征战沙场,这种摔打是常有的,昨晚歇息了一夜,敷了我们乌蒙国的药,今早就好了很多,只是想起昨天,觉得有些狼狈,倒让姑娘看笑话了。"

丛意儿一笑,说:"事出意外,说不上狼狈二字,如果不是你在前面先摔倒了,说不定就是我走过去摔跟头了。"

"对了,司马兄,你准备什么时候回京城?"莫家昆转开话题,看着司马逸轩,问,"司马溶的意气之举惹来一些不必要的麻烦,不过,萼公主在中间说了不少的好话,应该可以减少一些事态的恶化,那个小丫头,不知怎么的就迷上了丛家的大少爷,噢,对了,就是丛姑娘的哥哥丛克辉。因着他的缘故,萼公主在乌蒙国那边说了不少好话。她虽然身份不及蕊公主,但也是皇上的心肝宝贝,说出的话也有几分分量的。"

司马逸轩点了点头,微笑着说:"过些日子我就回去。今日你先带着意儿回京城吧,这儿条件太差,若意儿留在这儿,就太委屈了。"

莫家昆点了点头,说:"好的,这是自然。"

苏娅惠从床上坐了起来,她被关在房内已经好几天了,不过,除了行动不自由外,别的都还照旧,每日里依然是她的丫鬟伺候她,她每天的饮食也有专人过来打理,唯一不同的就是她不可以离开这房间半步。听太医说,自己有了身孕,真是让苏娅惠大喜过望,有了二皇子的骨肉,若是有幸生个男孩子,她在二皇子府里的地位就会更加的与众不同,更加的稳固。就算是蕊公主嫁进来,也因着大兴王朝的规矩不可以有一男半女,而丛惜艾,看二皇子对她的态度,只怕是今生也没有出头之时。唯一担心的就是丛意儿真的嫁进来,只怕是她没有任何办法可以超过丛意儿的!

"外面在忙些什么?"苏娅惠喝了口燕窝,轻声问,"二皇子去了哪儿,今日会过来吗?"

站着的丫头立刻微笑着说:"今早倒是听李公公说起过,这几日主子忙着应付乌蒙国的人,不太有得闲的时间。但是,说不准今日会过来瞧瞧,主子还特意让府里的人去给您到饮香楼订了滋补的饭菜。"

苏娅惠矜持地笑着,很有一份不由自主的优越,慢声细语地说:"真是要谢谢二皇子,如此为娅惠操心。可恨的是这乌蒙国的人就是不肯罢休,否则,此时二皇子可以如何的悠闲。对啦,有没有丛惜艾的消息?她还待在自己房里吗?"

丫鬟犹豫了一下,轻声说:"听李公公说,她好像随主子一起去了蕊公主那儿。"

苏娅惠顿了一下,似乎不经意地问:"有没有丛意儿的消息?"

"这倒不曾听李公公说起。"丫鬟想了想,说,"只是听李公公说起过,有时候,主子会去丛姑娘那里。不过,奴婢听人说过,那丛姑娘本是轩王爷的王妃,怎么可以再嫁给主子呢?就算是轩王爷已经过世了,她也算是轩王爷的未亡人,断不可再嫁人的呀。"

苏娅惠摸了摸自己的肚子,没有说话,想了一会儿,说:"我觉得不舒服,去把盆子端过来,只怕是又要吐了,这小子真是能折腾我。"

甘南看着莫家昆和丛意儿一起离开,有些难过地看着自己的王爷,轻声说:"王爷,您为什么不把丛姑娘留下来,这儿虽然条件差一些,但是,有您在,丛姑娘应该也是开心的,再者说,过两三日,您也会回京城,就差这几日吗?"

司马逸轩看着丛意儿和莫家昆的身影在风雪中消失。雪已经停了,风也渐渐小了,从他和莫家昆说起请莫家昆先带丛意儿离开开始,丛意儿就没有说过一个字。她沉默地站着,沉默地听着,沉默地保持着二人之间的距离,是一种让他心悸的疏离。丛意儿是打定主意不再与他继续下去了,她还是无法原谅他欺骗了她。

莫家昆一边走一边说:"今年是怎么了,京城怎么如此糟糕的天气,唉,蕊公主也会选日子,你说那个司马溶有什么好的,她却执意要嫁,还不如萼公主,最起码挑了一个自己喜欢的,蕊公主喜欢司马兄,这在乌蒙国根本就不是什么秘密,多少王亲贵族提亲,她却说非司马逸轩不嫁,到最后——嗯,应该是她不知道司马兄还活着,否则她才不会傻到嫁给那个司马溶呢。"

"那你为什么不出面阻拦,虽然你不能够说出司马逸轩还活着的事,但至少可以让她不必嫁一个并不爱她她也不爱的男子,司马溶不是一个坏男人,但是,绝对不是她该嫁的。"丛意儿倦倦地说。

莫家昆想了一下,无奈地说:"你是不晓得,蕊公主如何的难缠,其实说来我与她还是有些渊源的,而且也曾经有指腹为亲的旧事。但是,在她长大成人之前,我一直在边境处奔波,所以没有见过面,后来见面的时候,她已经是个大姑娘了,而且已经心有所属。既然如此,就放弃了,我可不想娶一个心里没有我的女子为妻。现在,我已经有了妻女,她还抱着梦不肯醒,她根本不懂得司马兄,怎么可能与他共此一生?真是傻。"

丛意儿淡淡一笑,没有说话,爱情面前怎么可以理智地分析?蕊公主她喜爱司马逸轩是无法用道理来分析的。

"你和司马兄闹得很不开心。"莫家昆犹豫了一下,说,"别的我不清楚,但是,我知道,他真的很在乎你,如果说他欺瞒你不对,那一定就是他当时有不能说的理由,而这个理由一定与你有关。"

丛意儿愣了愣,微笑着说:"你还真是不累,我们快走吧!"

第二十五章　别后重逢　相见仍是陌路人

蕊公主冷冷地看着站在自己面前的司马溶和丛惜艾，尤其是丛惜艾，她因着双眼失明，看不到任何的表情，一张脸看来风清云淡。这让蕊公主很是恼火，"你们的意思是说，这件事情就这样算了？"

司马溶恼火地说："你还想怎样？如果皇叔现在还活着，岂容你们一个小小乌蒙国如此张狂？"

蕊公主冷笑着说："现在知道轩王爷的重要了？早干什么去了？我就是恼恨你父亲的卑鄙之举，竟然敢对轩王爷做出那种下三滥的手段，只要我在，他的皇上位子就别想坐得安稳。好啊，我可以不计较这件事，但要你的父亲亲自到乌蒙国对我父亲道歉，并要废了丛惜艾和苏娅惠的皇子妃位子，立我为唯一的二皇子妃，并且要让我的孩子成为大兴王朝的皇位继承人！如果你答应我的条件，我就把这件事情忘记，否则，我绝对不会罢手！"

司马溶气得真想一剑结果了蕊公主，她怎么这样可恶，他恨恨地说："难怪皇叔他不喜欢你，原来他早就知道你是如此不堪的女子！"

"立刻在我眼前消失！"蕊公主气得直打哆嗦，恼怒地说，"你也好不到哪儿去，有本事你让丛意儿嫁你呀！你以为你在丛意儿眼中算什么？根本就是一个，一个，一个还没长大的孩子！"

丛惜艾虽然看不到，但从二人的言辞间已经听出了火药味。她想笑，但是没敢笑，若是她笑了，只怕是二人都会反过来对付她。犹豫一下，她适时插了进来，轻声说："蕊公主，您先莫要生气，事情我们可以慢慢商量，但是，且不可说这些个气话，如今轩王爷已经不在了，我们就不要打扰已经过世的人吧。至于意儿，她如何选择是她的事情，现在我们最要紧的是要处理好您受伤的事情。"

司马溶气得甩手离开，他觉得自己再待下去，一定会一巴掌打在蕊公主脸上的，他只能出来。到了室外，他长出了口气，也不搭理一同来的丛惜艾，自顾自地离开了蕊公主所居住的暖玉阁。司马溶一肚子的恼怒无处发泄，经过二皇子府，也不想进去，只恨当时没有一剑刺死这个可恶的女人！

饮香楼，人来人往，热闹得很，司马溶迈步进到二楼，他的心情很奇怪，说不上快乐也说不上痛苦。坐下来,冬日的暖阳照在他身上,有一种暖暖的温度。好久,没有阳光了,乍一见到阳光,司马溶的心里莫名地柔软起来。这一刻,他非常的想念意儿,在他生命中,丛意儿就像这阳光,一直在,却从未注意,却是生命中最大的恩赐。

只是,此时的意儿在哪里呢?

阳光暖暖地照在司马溶的身上,他的思绪开始变得有些游离,不知道想些什么,但人却是出神的待着。隐约听到有声音从楼下传上来,有人从楼下走了上来。

"丛姑娘,这顿饭我请你,这几天一直劳烦你照顾,我得好好请请你。"是一个爽朗的男声,脚步声听来非常有气势。

司马溶似乎是机械地转过头去,他对"丛"字是如此的敏感,而且,这京城中姓"丛"的只有丛王府一处,能够出入饮香楼的又都是一些达官贵人,那么,会不会是意儿呢?

"这么巧。"丛意儿一眼看到司马溶,微笑着打了声招呼。她表情看来十分的平和,对一边的莫家昆说:"真是很巧,在这儿遇到了司马溶。不如,这顿饭就让司马溶请好了,让他尽尽地主之谊,如何?"

莫家昆也看到了司马溶,立刻就明白了丛意儿的意思,她,一定是希望司马溶能够与自己商讨一下蕊公主的事情当如何处理,因为自己是送亲之人,蕊公主出了事情,自己也是有责任的,如果乌蒙国的皇上与自己言及此事如何处理,自己是要有交代的。莫家昆道:"好,这主意不错。而且,我还要问问,二皇子要如何处理蕊公主受伤之事呢。"

一提蕊公主,司马溶的火气就不打一处来,恼怒地说:"休提那个什么蕊公主,我刚刚和她吵了出来,她,哼,不提也罢。"

莫家昆冷冷一笑,说:"二皇子,您这话说得可有些不太中听了,蕊公主如何了,您若不是伤了她,她为何要和您生气?如今若不是蕊公主从中瞒了许多事情,您还真别想在此清静地吃顿饭!"

丛意儿在桌前坐下,微笑着说:"我们吃饭,不说这些不开心的事。如今,蕊公主情形如何?以乌蒙国的医术,应该不太要紧。"

司马溶有些沮丧地点了点头,说:"她的伤倒还罢了,养养就好,我也没打算真的就要了她的性命,当时只是让她气得,她太咄咄逼人,我实在是没有办法,一时冲动就做了,现在想想,也有些后悔,总不能真的让娅惠替我承担所有的过错吧,况且她还怀了我的骨肉!但是,今天过去的时候,她话说得太气人,一定要我父皇亲自去给她的父亲道歉,这是根本不可能的。一生气,我就到这儿来了,正想着你,你就出现了,这是唯一让我开心的事情。你还好吗?这几日去了哪儿?

怎么一点消息也没有？你从客栈搬去了哪儿？"

丛意儿轻轻笑着，说："惜艾是不是和你在一起？"

"是的，她还在暖玉阁，估计这时还在和蕊公主交涉。"司马溶有些挫败地说，"正如你说的，遇到事情的时候，她总是比我更能处理僵局。"

"她的眼睛怎样了？"丛意儿温和地说，"有没有好一些？阿萼说她让丛克辉送了些药过去，应该可以帮助她尽快恢复视力的。"

司马溶愣了一下，脱口说："这我倒不清楚，我，几乎不去她那儿。一直由丫鬟照顾着她。不过，如果有萼公主的药，她的眼睛应该可以快一些好。"

"你对蕊公主，可有几分爱意？"莫家昆突然开口，看着司马溶。

司马溶先是一愣，继而不耐烦地说："我怎么可能爱她？这真是一个荒唐的问题，如果我爱她，我怎么舍得伤害她？我不爱她，一丝一毫的爱都没有，我娶她，只是不得已，如果不是期望着她可以救助我的父皇，才不会娶她。更何况，她喜欢我皇叔的事，你又不是不知道，怎么会问我如此可笑的问题？"

莫家昆不屑地说："司马溶，真不明白，大兴王朝为什么要选你这样一个人作为未来的皇上的人选，你甚至不如你的父亲，起码你父亲还晓得只要自己爱的女人，而你却要娶一个心里没有你、你心里也没有她的女人，有一个丛惜艾已经够可悲的了，怎么还有一个蕊公主也如此痴傻？"

司马溶同样恼怒，大声说："不要在这儿和我讲什么大道理，这些道理我知道，可是，你以为我想娶呀，你现在就可以去告诉蕊公主，我现在巴不得她立刻在我眼前消失，再也不要出现在我面前！你看我卑鄙，我看她也好不到哪儿去，你以为她嫁我是为了以后可以爱我吗？她只是想替皇叔报仇，她甚至还不如丛惜艾，最起码丛惜艾懂得自己的本分！"

丛意儿静静地看着争吵的两个大男人，有些无奈。

蕊公主冷冷地看着站在自己面前的丛惜艾，笑了笑，有些刻薄地说："丛惜艾，你如何可以想得到你会有今天的状况？为了司马溶要站在这儿听凭我处置？可不是当年你那般梨花带雨般的站在轩王爷跟前，害我无从解释的时候啦。"

丛惜艾看不到蕊公主的表情，对于她有些刻薄的话，并不是那么的在意。她微笑着，说："蕊公主，您只要说您要如何才肯放过这件事，丛惜艾照办就是了，别的何需多言。"

"哼……"蕊公主不屑地说，"你还真打算替那个无用的司马溶处理这个摊子不成？他真的值得你如此？你所喜欢的不是轩王爷吗？怎么轩王爷死了没见你随了去，反而是嫁了司马溶安心地过起自己的日子来了？只是，好像你过得并不怎么开心呀！要想让我放过此事，也不是没有可能，若是你此时肯跪在我面前，我就答应你不计较此事,如何?"

丛惜艾一愣,她站在原地好半天没有动,然后,轻敛衣裳,真的跪在地上,平静地说:"蕊公主,您可肯放过二皇子和苏娅惠?"

蕊公主愣愣地看着丛惜艾,如果她以前不认识那个骄傲的丛惜艾,她或许不会觉得如何的惊讶,但是,丛惜艾,怎么可能向她下跪,仅仅是为了一个二皇子司马溶?"你爱司马溶?"

丛惜艾摇了摇头,轻轻叹了口气,淡淡地说:"不爱。丛惜艾比不得蕊公主您,您是乌蒙国的公主,出了事情,有乌蒙国上上下下担着,而我,不过是丛王府的一个小小千金,若是我一时不检点,会害了丛王府上上下下好几百口子,我任性不得。"泪水从丛惜艾的脸上轻轻滑落,她带着笑,落着泪,平静地说,"如今二皇子是丛惜艾的丈夫,丛惜艾嫁了他,不论是出于何种目的,如今,我都不可以再任性,我可以不必去爱他,但是,我得帮他。二皇子他真的不是一个坏人,只是,就如同一个还没有长大的孩子,他担不起这大兴王朝的责任,但是,他真的不是一个坏人,他如此对我,是我自己的原因,与他无关。"

蕊公主安静地看着丛惜艾,似乎想从她平静的面容里看出她内心的起伏。她问:"你当真这样想?若是这样,你应该暗自高兴可以趁此除掉苏娅惠,以保证你皇子妃的地位不会受到任何的威胁。"

丛惜艾苦笑了一下,没有说话。

"你这样替他着想,他是不会知道,也不会感恩的。"蕊公主盯着丛惜艾,说,"你们的奴才都站在外面,不晓得这里面发生的事情,司马溶又早已离开,你如此委屈自己,到底为了什么?"

"为了我可以心安。"丛惜艾平静地说,"我不喜欢司马溶,也不喜欢苏娅惠,但是,我也不希望他们二人出什么状况。其实,我羡慕苏娅惠,她可以为她自己所喜爱的男人而如此不管不顾,而我,却不能为我深爱的男子做任何的事情,甚至他死了,我也不能悲哀。所以,蕊公主,若是你肯为自己想想,也请放弃这桩婚事。"

"起吧。"蕊公主慢慢地说,"你还真是让我不敢相信,此时跪在我面前的是丛惜艾。"

"我们爱着同一个男人。"丛惜艾突然说,"所以,我不希望你重蹈我的覆辙,我希望你可以过得比我开心些。二皇子绝对不是你可以托付终身的人,他的心里,只有意儿,这一生,他得不到意儿,意儿就会永远是他心头唯一的在乎,唯一的至爱。你,还是放手吧。"

"这是我的事,不要你操心。"蕊公主突然冷冷地说,"不要以为我让你起来,就代表我可以放过此事。好,你若是真的想替司马溶遮掩过此事,就去到雪中跪着,一直跪到我心软为止!"

丛惜艾苦笑了一下,想也没想,摸索着,走出了蕊公主的暖玉阁,到了院中,在雪中,轻轻跪下,把随着她来的奴仆吓了一大跳。奴仆刚要上前搀扶,听到里面的蕊公主扬声说:"不许扶她,她要替你们的二皇子担着刺伤本公主的事情,就由她跪着,何时跪得本公主心中不再恼了,再起来,本公主就不再与你们大兴王朝计较此事。"

奴才们彼此看看,不知道如何是好。跟着二皇子来的是刘河,二皇子出来的时候他原本是想跟着的,但是二皇子烦得很,不许他跟着,他还留在此处,见此情形,他匆匆离开了暖玉阁。

饮香楼,三个人坐着,各怀心思,听着有匆匆的脚步声传来,出入这儿的人,一般都是闲适无事的达官贵人,没有人会如此匆匆的行动。司马溶正在心烦之时,瞧了一眼,发现竟然是自己的奴才刘河,恼怒地说:"什么事情,如此的不分轻重!"

刘河吓得一哆嗦,这几日,二皇子的脾气总是不好,他犹豫一下,一眼看到了丛意儿,不知道要不要说出丛惜艾在雪地中跪着的事情。

丛意儿心中猜测,刘河的反应一定和丛惜艾有关,因为司马溶刚刚说,他是和丛惜艾一起去的暖玉阁,她看了一眼刘河,温和地说:"有事吗?是不是和惜艾有关?她怎样了?她眼睛不好,还待在暖玉阁吗?蕊公主有没有为难她?"

"你管她!"司马溶不高兴地说。

"我当然要管,她是我姐姐。"丛意儿看着司马溶,静了静,继续说,"司马溶,你知道吗?你现在这个态度,很像以前你对待我的态度,你要一直如此吗?喜欢不喜欢,都表现得如此极端?惜艾一定在替你处理此事,否则刘河不会如此惊慌地赶来,一定是惜艾出了什么事。你不关心她,也应当关心一下事情的进展如何。"

"她应该没有事。"司马溶的声音弱了些,在丛意儿面前,他总是有些莫名的心怯,"以她的聪明和她的武艺,蕊公主奈何不得她。"

"但是,她是因事而去。"丛意儿有些生气地说,"她是去替你处理你冲动犯下的错误。刘河,惜艾她如今如何?"

"皇子妃,如今跪在暖玉阁的外面雪地里。"刘河低着头,语气急急地说,"蕊公主说,如果皇子妃可以跪到她心软,她就可以放过皇子的事情。"

"跪在雪地里?"莫家昆插口重复了一句,看了丛意儿一眼,再看看司马溶,说,"她们是不是发生了争执?"

"没有。"刘河说,"奴才一直在外面站着,她们在里面说些什么奴才虽然听不到,但没有听见她们二人争吵的声音。"

"我们过去看看。"丛意儿站起身,"不论出现什么状况,以惜艾目前的身体来说,她断不可能撑得过今日。司马溶,她若是出了事情,你会内疚一辈子。"

司马溶没敢说什么,几个人匆匆离开了饮香楼,赶去暖玉阁。

雪地里,丛惜艾安静地跪着,她是丛王府的大小姐,她的一举一动都可能连累到自己的父母,不论他们是好人还是坏人,他们终究是自己的父母,她不可以让他们为了她失去目前的生活。而且,她还有什么理由活下去?如果她可以此时就这样死去,也许就可以一了百了,或许二皇子可以念在她这份付出的分上,不去与自己的家人计较。而且,或许这样去了,来生可以再遇到轩王爷,可以勇敢地去爱自己所爱的人,这样最好。

"丛惜艾——"一个恼怒的声音在她耳边响起,"谁让你这样跪在地上的?蕊公主,你到底要怎样才肯罢手?"

是司马溶,丛惜艾心中轻叹一声,他什么时候才可以长大,长成一个可以担负大兴王朝责任的君王?轩王爷不在了,难道真的就让好好的一个大兴王朝这样葬送在他的手中吗?

"司马溶。"丛意儿轻声斥责,蕊公主为何这样为难丛惜艾?难道她真的不怕出了人命?就算她是乌蒙国的公主,好歹丛惜艾也是大兴王朝的二皇子妃,她这样做,也不算是很理智的选择。"如今错在我们这一边,理对不在声高,你小声些可好?"

司马溶恼怒地,但降低了声音,说:"丛惜艾也太傻,就算是我错了,她能如何?不过是一个小小乌蒙国的所谓的公主,还真无法无天不成,这儿还是大兴王朝的皇宫,岂能由她如此!"

"你不是也来道歉了吗?"莫家昆无奈地说,"司马溶,你真是一个不让人省心的家伙!我看司马逸轩是……"他刚要说什么,却突然想起司马逸轩诈死的事,立刻闭上了嘴。他不再说话,而是举步进了暖玉阁,看看能不能将事情化解些。

"意儿,明明是蕊公主太过分,她竟然让她的丫头带剑进入喜堂,难道我就不能说她是有预谋行刺吗?"司马溶不甘心地问。

"也有可能。"丛意儿上前扶起丛惜艾。握着丛惜艾的手,感觉到冰一样的冷,她解下自己的披风披在丛惜艾的身上。丛惜艾出来的时候并没有着任何厚的衣服,应该是在暖玉阁里待着的时候脱掉了。

"但是,她们却没有付诸行动,你却提前动了手,这,就是我们理亏。惜艾,你觉得如何?"

丛惜艾轻轻叹口气,没有说话,他们何必此时出现,若再迟些工夫,或许她就已经摆脱了所有的烦恼。

"怎么,心疼了?"蕊公主的声音在大家耳旁响起。她看来有些虚弱,但已经可以下地走动。她看着院中的众人,冷冷一笑,说,"受伤的不是你们,话说得可真是风凉!司马溶,若此时受伤的是你,你们可会就此罢休?只怕是把我千刀万剐的心都有。"

"蕊公主,你何必如此?"莫家昆从里面跟了出来,想要出言劝阻,"司马溶是不对,但念在司马逸轩的分上,你就放过他吧。"

"莫家昆。"蕊公主回头看着莫家昆,生气了,"你到底算哪边的,被刺伤的人是本公主,你却帮他们说话!他们害死了轩王爷,我怎么可以放过他们,除非……"蕊公主顿了一下,看着站在人群中的丛意儿,笑容看来有些莫名的诡异。她走近丛惜艾,一步一步,似乎轻轻的,声音里却传达着一种说不出来的令人不快乐的感觉,"丛意儿,我又见到你了。"

丛意儿微微一笑,轻声说:"蕊公主,你好。"

"我很不好。"蕊公主冷冷地说,脸上却带着笑,"有你在,本公主怎么可能好?你,是不是本公主命中注定的劫数?知道吗?丛意儿,在乌蒙国,有一个神秘的诅咒,要用一个处子之身,赌上一生一世,才可以完成。创建乌蒙国的第一个人其实就是一名女子,她就曾经这样,赌上了自己的一生一世,而我,就要赌上本公主的一生一世,来生来世,看轩王爷会爱上谁,可好?"

"姐姐。"阿萼的声音插了进来,她的声音里有不忍,她的语速是快速的,"你不可以这样,你今生已经不快乐,难道下一生还要如此吗?你忘了那个巫师所说的话不成?你会害了大家的。"

但是,所有的一切都是在瞬间完成的,几乎是没有人察觉,蕊公主突然手一闪,一道银色的光闪过,一丝红色的线条优美地滑过,一切,再次安静下来。

丛意儿站在离蕊公主半身的距离,静静地站在那儿,看着蕊公主,看着那把锋利的匕首从自己手腕划过再划过蕊公主的手腕,她的迅速反应让她并没有被匕首刺伤,但是,蕊公主受了伤,而匆忙跑过来的阿萼的手腕却在阻挡中受了伤。

"姐姐——"

"阿萼——"蕊公主收回匕首,伤心地看着自己的妹妹,"你凑什么热闹!你,你,你——"

"姐姐,何必这样。"阿萼看着手腕上的伤,苦笑了一下,说,"这样倒好,或许来生我们可以再相遇,反正我爱的不是轩王爷,就算是我们来生再相遇了,你我也不会同爱一个人。"

丛克辉跑到阿萼跟前,查看她的伤势,"幸好,幸好,只是划伤了一层皮。"他长嘘了口气,有些责怪地说,"你呀,管她做什么,她就是个疯子。"

阿萼瞪了丛克辉一眼,嗔怪道:"你说什么呢,我嫁了你,她就是你的姐姐,见了面还是要尊称一声姐姐的,这下倒好,她下了这个咒,就肯定不会嫁给你妹夫了。因为这个诅咒是要处子之身来完成的,姐姐,你真的想好了,你现在反悔还来得及。就算轩王爷不在了,还是有别的人值得你爱,值得你托付终身的。何必如此?"

"我想好了。"蕊公主面无表情地说,"虽然轩王爷不在了,但是,一想到他们曾经在一起,我心中就有无数的恨,我恨她,如果没有她,就算是轩王爷有再多的女人我也不会在意,但是有她,我就不能平息自己心头的怒气。司马溶,你放心,我不会再嫁你了,从此之后,我唯一要做的事就是用我的生命来下赌注!你可以安稳地做你的二皇子了,你对我而言,尘土不如。"

阿萼面带无奈地看着自己的姐姐,轻声对一旁的丛意儿说:"克辉说得不错,她真是疯了,好好的花如此多的时间赔上自己今生的幸福去赌来生,看来,创建乌蒙国的第一个女子也是如此神经兮兮的。"

丛意儿忍不住一笑,但没有说话。

莫家昆静静地看着蕊公主,眼中有着不忍,又看了看丛意儿,对方面上有着清清淡淡的笑意。他犹豫再三,还是咽回了口中的话,他不可以因着自己心头的不忍而破坏司马逸轩的所有计划,此时告诉蕊公主,或许可以暂时让事情得到缓解,但是,蕊公主依然还会纠缠着司马逸轩不放。

丛意儿握着丛惜艾的手,扶着她离开暖玉阁,司马溶和刘河一起跟着离开。看着他们一行人离开,阿萼这才露出眼中的忧虑,看向自己的姐姐,犹豫了一下,轻声说:"姐,这样,值得吗?"

"我恨她,真的恨她。"蕊公主的脸色显得有些苍白,不看莫家昆,也不看丛克辉,"阿萼,扶我进屋,你以为这好玩吗?你看着我不过轻松出手,可是,却是赌上了生命的,我不可以再回头,我只能继续下去,今生我已经没有机会,轩王爷已经走了,我活着本就没有意思,不如这样更有趣些。"

阿萼轻轻摇头,扶着蕊公主回到房内,扶她到床上躺下,轻声说:"你真要如此寂寞下去,你也知道,下了这个诅咒,你就不可以再有爱意,甚至不可以嫁人,只能独自一人过一辈子。"

"我知道。"蕊公主并不在意地点了点头。

阿萼再叹口气,说:"真不知道当时创建乌蒙国的女子是如何下的诅咒,她是如何完成的,因为她后来嫁人了,才有了如今的乌蒙国,但是,你却下了最重的诅咒,赌的是自己的生世。"

蕊公主轻轻一笑,满足地叹息一声,说:"我很开心。"

阿萼又摇了摇头,说:"姐姐,克辉没有说错,你,是真的疯了,若是出现意外状况,你再爱上别的人,就不能再有机会幸福了,你真的不觉得可惜吗?"

蕊公主摇了摇头,微笑着说:"如此这样,心里反而舒坦了许多,这样很好,我累了,歇息今日,就送我回去吧。我要在宫中建一处自己的隐居的房子,从此之后,这世上就不会再有蕊公主,而只有一个伤心居士。阿萼,你觉得这个称呼如何?"

阿萼无语,一转头,却看到莫家昆表情复杂地看着蕊公主,似乎欲言又止,怜悯而无奈。

丛意儿站在敏枫居外,看着里面蜡梅寂寞开放,有淡淡的清香传来,推门进入,这儿并没有守卫,但是却从来没有人敢随意进入。就算是世人都知司马逸轩已经"死"了,仍然是没有人会冒险进入,丛意儿知道,这儿是整个大兴王朝皇宫最干净最不可亵渎的地方,这儿是大兴王朝最传奇的一位皇后娘娘曾经待过的地方,而这儿,也是始皇后叶凡辞世的地方。

这儿,有太多的记忆,美好而安静。

里面,竟然有了些许尘意,因着司马逸轩不在,没有人会想到仔细照顾这儿,桌上竟然落了些尘土,墙角有了蛛网,有了潮湿的气息。丛意儿不假思索,立刻着手清理。这儿,是她所有的过往。是她的开始,是否也是她的结束?是三生三世轮回的结束?

太上皇有些寂寞,看着外面,已经过了一个月,这一个月的时间,司马逸轩从没有回来过旧居,一直奔波于战事中,好像打定主意把全部的精力都放在大兴王朝身上,甚至,他都知道,司马逸轩竟然都没有去看过丛意儿。

小樱告诉他,她曾经在街头看到过丛意儿,但是,轩王爷回来的时候,竟然没有去寻过丛意儿,他们二人并没有见过面,甚至,有一次他们一个在楼上一个在楼下,也没有走到一起,不知是二人没有发现彼此,还是刻意回避。小樱说,轩王爷还是旧时的打扮,还是装扮成中年男子,按道理来说,丛意儿应该可以认得出来,可是他们就硬是没有见面。而且小樱说,她就是没有找出丛意儿住在何处?她就在京城,但就是不知道待在什么地方?

"轩王爷看来瘦了许多,鬓角竟然有了丝丝的浅痕,看得小樱心里真是难受,太上皇,您到底是为了什么要如此地要求轩王爷?"小樱有些难过的说,"没有遇到丛姑娘的时候,轩王爷不开心,但是,现在,轩王爷却是寂寞的。您竟然拿轩王爷的幸福来要挟轩王爷,真是让小樱难过。"

太上皇叹了口气,他想念自己的儿子,司马逸轩是他最在乎的一个儿子,在儿子身上,有他太多的期望和梦想,但如今……

"有没有和甘南、甘北联系过?"

小樱点了点头,神情有些难过,"听甘南说,轩王爷一直忙于战事,四处奔波,话也少,只是喝酒,若是闲着,总是一杯酒在手,不言不语的发呆。甘南还说,现在轩王爷真的是全身心的为着大兴王朝着想,没有一丝一毫的儿女私情了。您可以放心了。"

太上皇一愣,这话怎么听着这么别扭?

"小樱走了?"司马逸轩淡淡地说,一个月,风雪慢慢消了痕迹,隐约有初春的气息在空气中静静飘着,很淡。

甘南点了点头,回到京城三天了,司马逸轩一直这样饮酒,不离开饮香楼半步,吃住在这儿,本以为可以在这儿找到丛姑娘,但是,好像司马逸轩就没有这个打算,从那次在帐篷分手后,司马逸轩就再也没有提起过丛意儿的名字,他似乎全身心地投入战事中。"主人,要不要出去走走,外面的太阳很好,您回到京城有三日了,除了处理公事外,您还没有离开这儿半步呢。"

司马逸轩没有说话,看着窗外。窗外的小河是他第一次带意儿到饮香楼时乘船的地方,那儿,水静静地流着。

甘南轻轻叹了口气,从房中走了出来。甘北刚刚回来,轻声问:"主人怎样了?"

甘南摇了摇头,"还是老样子。甘北,也真是奇怪,怎么我们回来三天了,竟然就是没有遇到过丛姑娘?"

"有什么好奇怪的,我们回京城不是头一次了,哪一次遇到过丛姑娘?"甘北沮丧地说,"就连小樱待在京城里,都很少可以遇到丛姑娘。再者说,主人好像并没有打算要找丛姑娘,主人到底是怎么想的?难道就这样下去?"

"我们出去走走。"司马逸轩突然从房中走了出来。他虽然喝了许多的酒,但神情上还是平静淡然的,看不出丝毫的酒意,只是,消瘦了许多,就算是易容,也看得出来,他比以前消瘦了很多。

甘南高兴地说:"好啊,主人,我们去哪儿?"

"随便走走。"司马逸轩平静地说。

室外,阳光,一街的热闹,人来人往。司马逸轩微眯起双眼,神情平静而落寞。

丛意儿闪身躲入一个摊子的后面,她又见到了他。他消瘦了很多,她想,他的鬓角竟然有了几缕白发,不是那么显眼,但是却让她的心一颤。她知道他回来过几次,她看到,但是每一次她都是躲开的,不可以在一起,何必要相见。或许正如莫家昆所说的,司马逸轩这样做,一定有他的理由,她不愿意他伤心,还是不要见的好。她的心一直纠结得难受,知道他活着,仿佛生命突然有了阳光,却不敢拥有这份阳光。

司马逸轩走到一处摊子前,低头看着摊上摆着的物件,漫不经心,他穿着件素白的衣,看来纵然容貌平凡,却气度不凡,总有着让人心动的从容。这是丛意儿记忆中的司马逸轩,她第一次遇到他时,他就是如此的寂寞,时间过了这么久,他依然如此。

泪水悄悄从丛意儿的面上滑落,她的手无助地握在一起,努力将身子藏入后面,眼睛却不舍地盯着司马逸轩。

司马逸轩似乎是有所察觉,抬起头来向摊后看了看。丛意儿立刻低下双眼,屏住呼吸,她知道司马逸轩的武艺是极好,如果稍有不慎,就会被发现。司马逸轩并没有看到什么,重新向前走。

丛意儿觉得整个人似乎虚脱了,她努力保持着平静,向反方向走去。她需要找个地方,让自己静静地待着,让自己落泪。每一次,司马逸轩回来的时候,她都会有感觉,总会遇到,但是遇到了又能如何?他似乎并没有寻找过自己,以他的聪明,他应该很容易找得到自己,但是他没有,他打定主意放弃了,不是吗?若是他选择了沉默,她能如何?

敏枫居的寂寞是安静的,丛意儿把自己放在这个地方,避开了所有的人,她可以在这儿落泪,但是,到了这儿,她却突然落不出泪来,一心的悲哀无助,却落不出泪来,她,这是怎么了?

她如此地想念司马逸轩,他,可有想过她。

三个月后。乌蒙国的战乱正式平复。

"主人,是不是去看看丛姑娘?"甘南实在是忍不住了。乌蒙国的战乱已经平息,司马逸轩随时可以休息,但是,怎么一点也看不出来他有想要找丛姑娘的打算?

司马逸轩好半天才慢慢说:"丛姑娘?从现在起,要学会和本王一样,忘记她,本王无法给她幸福,就要让她忘记本王。那一晚,本王就知道,如果不可以给她幸福,离开和忘记是最好的。"

"您,"甘南轻声说,"您如今就要是大兴王朝的皇上了,以您的权力,完全可以不必再在意太上皇的意思。"

司马逸轩没有说话,过了一会儿,说:"本王有好久没有回旧居了,今日没事,外面又正是春光明媚,旧居内一定是风景甚好,陪本王过去看看。"

甘南点头,低头跟在后面。

小樱看到司马逸轩,开心地迎了上来,笑着说:"轩王爷,您可好久没来了。噢,不,应该称呼您皇上才对。您就要成为大兴王朝的皇上了,有您在,大兴王朝就不会有任何问题了。"

司马逸轩浅笑一下，问："父皇可好？"

"嗯。"小樱点点头，笑着说，"太上皇很好，只是很想您，上次您回来，也没来看他，他很难过的。"

与太上皇对坐，司马逸轩微笑着说："有些日子没见您了，您一切可好？"

太上皇乐呵呵地说："有你在，一切都好，登基的事情准备得如何了？你大哥的身体不太好，丛雪薇的事情对他刺激很大，没想到，这件事反而会让他如此坚决放弃皇位。"

"我想去宫里看看。"司马逸轩平静地说。

"见过意儿了吗？"太上皇小心地问，"朕有很久没有见过她了，也不晓得她去了哪里？她好像打定主意要消失一般。"

司马逸轩面无表情地说："我也没有遇到过她。"

吃过饭，司马逸轩离开旧居。小樱目送他们离开，回过头来对太上皇说："太上皇，您的目的真的达到了，您给了轩王爷一个需要全身心应对的江山，您用您的亲情使轩王爷决定放弃丛姑娘，您觉得开心吗？"

"意儿没有了逸轩，她可以再爱上另外一个男子，过上幸福平静的生活，司马溶不是一直在等她吗？"太上皇叹息着，轻声说，"可是，大兴王朝若是没有了逸轩，就等于不存在。朕知道这样不好，可是，朕如果不用朕和意儿的生命要挟他，他岂能答应？他知道，如果他接受了意儿，不仅朕要死，意儿也要死。他不会用他的爱害死意儿的，他只能接受江山而放弃美人！"

小樱犹豫了一下，眼睛中闪过一道光，但瞬间即逝。似乎为了掩饰什么，她转移话题，说："听说二皇子妃怀的是个女儿，皇上还赐了名呢。不知道如今的皇上知道了轩王爷还活着，会如何想如何办？"

皇宫内，暖玉阁，皇上正卧床休息，太医轻轻走进来，低声细语地说："皇上，娘娘的状况越来越糟，就算是乌蒙国的人也没有办法，他们说，目前娘娘只有等死的份。"

皇上看来苍老了许多，有气无力地说："朕过去瞧瞧。"

丛雪薇躺在床上，面上遮着纱。透过纱，隐约可以看到一张苍老可怕的脸，气息听来让人担心她随时会咽气。

"姑姑。"丛惜艾轻声唤着，一脸的担心。她伸手握着丛雪薇的手，丛雪薇的手是冰凉的，似乎预示着生命的脆弱。

"您觉得好些了吗？阿萼特意帮您配了药，可惜，一直找不到蝶润，否则，或许还有法子。"

"意儿她在吗？"丛雪薇轻声问。

"姑姑,我在。"丛意儿轻声回答,"您有事吗?"

丛雪薇轻轻摇了摇头,喘了一会儿,说:"都说过你们不要再救我了,我如今不想再活下去,你们何必再费心费力。"

"皇上驾到。"有太监在外面喊。

丛惜艾和丛意儿彼此望了一眼,看向门口。丛意儿心中轻叹,不知道,念着丛雪薇一片痴情,皇上是否能够不在乎丛雪薇此时的容颜?如果不是丛雪薇偷着将自己的血制成药让皇上服下,或许她的身体状况尚不至于糟糕到这种程度。她当时配了解药,还了丛雪薇十天旧貌,最多十天后,丛雪薇就会迅速老去,虽然,身体还是可以的。但是,她背着众人,以牺牲自己的方式,让皇上身上的毒不至于继续发作,只是苦了她自己。

"雪薇,好些了吗?"皇上走上前,轻声问。

丛雪薇立刻努力扭过头去,僵硬地说:"皇上,您不要看雪薇,雪薇不想让皇上您看到雪薇此时的模样。"

"雪薇……"皇上伤心地说,"你是何必呢?朕是皇上,朕可以让乌蒙国的人配出解药,你何必用自己的性命救朕呢?"

"没有人可以救她。"一个温柔细腻的声音平静地传了进来。大家听着有些熟悉,同时回头望去,而这一望,所有人的呼吸几乎是瞬间停止了一般。

房内站着四个人,一个男子,二十七八岁的年纪,素衣锦衫,略显消瘦,鬓角有白发的痕迹,面容平静清俊,气质洒脱。站在那儿,让房内的皇上立刻显得萎靡不振,纵然皇上一身的锦衣华服。身后是两个劲装的男子,精练沉静。而说话的是个女子,一身灰色衣服,似乎是个出家的女子,一张脸柔美动人,是已经消失的蝶润。

丛意儿的心似乎要蹦出来,是司马逸轩,他,回来了?

"皇弟?!"皇上脑袋似乎蒙了,盯着站在那儿的司马逸轩,用自己听来都陌生的声音问,"你……是人……是鬼?!"

司马逸轩微微一笑,懒懒地反问:"大哥觉得呢?"

"朕亲眼看你在朕面前断了气,朕偷偷训练那个射箭的人用了足足十年,训练到他可以闭着眼射中百米之外的一只飞蛾!"皇上咬着牙,说,"你绝对不可能躲得过去,你肯定是鬼魂,不甘心这样败在朕的手中,所以要回来找朕的不是!"

司马逸轩声音平静如水,"明知你是如此愚蠢无用之辈,却为了你舍弃了太多,真是难为当年父亲的选择,如今想,我还真是不孝。"

"你哪里知道朕的心思,朕是乌蒙国的人,朕要让大兴王朝成为乌蒙国!"皇上意气风发地说,他的眼中有着狂热的激动,整个人激动得身体都有些颤抖。

"你是父皇年轻时喜爱的一位女子的血脉。虽然他并不是父皇的皇后,但也不是你一直以为的乌蒙国的后人,而是我母亲的一位陪嫁丫头,曾经救过我的母亲,她在你未满周岁时因病死去,我母亲一直很照顾你,视你如己出,甚至在辞世的时候嘱咐我,说你性格有些软弱而且有些心高气傲,让我在很多事情上让着你,若是你喜欢做皇上,这皇位就要让给你,但是嘱咐我在幕后代你处理朝政,因为她深知你并不是一个可以救国救民的人,而且深悔过于宠爱你,没有好好教育你。"司马逸轩平静地说,"至于你一直以为的,不过是父皇当时疏忽,让父皇身边一位不受宠的妃子钻了空子,那个女子确实是乌蒙国的人,但是你可知,对于乌蒙国的野心,大兴王朝的历代皇上都有所提防,一直以来,只要是乌蒙国的女子进入皇宫,早就被御医下了药,根本不可以生孩子。"

"朕不信!"皇上的声音听来有些不太自信。

"信不信随你。"司马逸轩依然平静地说,"知道父皇为什么答应让丛雪薇进入皇宫吗?不过是因为她长得有些像你的母亲,父皇才可以容忍你休了你自己的结发妻子,把她关进冷宫,娶进了丛雪薇。你对丛雪薇的感情,本王想,可能是你对你自己母亲唯一的不自知的印象吧,虽然她离开的时候,你还只是个牙牙学语的孩童!"

"朕绝不相信!"皇上的声音越来越低,是的,他记起,大兴王朝有个祖训,凡是进入皇宫的乌蒙国的女子,在进宫验身前,就会被宫里的御医下了不可生育的药,所以,这宫里没有乌蒙国的血脉!他,他怎么忘了这一点?

"其实,我现在很后悔当时听从母亲的安排,只怕是母亲九泉之下有知,也会后悔当时的决定。"司马逸轩轻声说,"你母亲是我母亲自小陪在身边的丫头。小时候,府里的奴仆带着我母亲外出游玩,不小心丢失了我母亲,那奴仆害怕,就跑掉了,是当时陪着我母亲的你的母亲想尽一切办法,带着我母亲逃了出来。母亲并没有说当时你母亲到底做了些什么,只告诉我,你母亲就如同她的亲姐妹,所以她嫁入皇宫的时候,随身带着你母亲嫁入了皇宫,并让父皇纳你母亲为妃,姐妹相称。"

皇上没有说话,他觉得脑子是混乱的,不明白,自己这一生到底是为了什么?原以为自己是有目标的,可以做成一件大事,吃再多的苦也甘心,却突然发现,原来不过一场笑话!

"不能再这样错下去了。"司马逸轩平静地说,"我对你的容忍已经伤害了许多无辜的人,包括你的儿子司马溶,他只是一个简单的男子,平静安稳的日子最适合他,而仅仅是一个巧合,让他背负了他不应该背负,也在他能力之外的责任,让他无法快乐地活着。连带着几个女子也陷入其中。所以,从此时起,这大兴王朝将由我来掌控,你,应该去做原本简单的你。"

"不,我是皇上,我是皇上,没有人可以取代我。"皇上大声说,却说得如此的底气不足。

"父皇。皇叔!"司马溶走了进来,看到手舞足蹈的父亲,刚要说什么,一眼看到坐在那儿的司马逸轩,整个人呆在了那儿,"皇叔,您活着?! 您还活着?!"

就在这时,突然有两个身影冲向了司马逸轩,也就在同时,甘南和甘北也挡在了司马逸轩面前。皇上僵硬地站着,丛雪薇却软软地摔在了他的怀中,脸上的纱落在了地上,一张苍老丑陋的面孔出现在皇上的眼前。皇上手中的刀狠狠地扎进丛雪薇的身体内,那刀原本是冲动地要刺向司马逸轩的,丛雪薇看出了他的念头,冲向司马逸轩,挡在了皇上的面前。她不想他再犯错,这大兴王朝不是面前这个男子可以负担的,如果没有了司马逸轩,就等于是没有了大兴王朝!

"你,你怎么,怎么变成了这个模样?"皇上呆呆地看着怀中的丛雪薇,甚至忘记了他的本意,他的声音听在丛雪薇的耳中如此的尖刻。

丛雪薇的泪在脸上静静地滑落,"皇上,对不起,对不起,雪薇,雪薇并不想这样见您的……"话音未落,已经昏迷过去。

司马逸轩点住丛雪薇的穴,止住了她不停流出的鲜血,看着皇上,静静地说:"有些事情,本就是因你而起,若不是因为你,丛雪薇也不会今日这般模样。"

皇上看着昏迷过去的丛雪薇,茫然地说:"她,她变得如此之丑,怎么这样,她不应该让朕看到这个模样的。"

丛雪薇并不是真的昏迷,她只是不愿意面对这种局面,她不知道要如何以现在这张苍老丑陋的面孔面对陪了这么久的男子,他曾经那样的骄傲于她美丽动人的容颜! 丛雪薇宁愿死去,她觉得活着无趣。

"父皇,您,您,怎么可以这样?"司马溶难过地说,"皇后,她,她虽然也有错,可是,那都是因为您的缘故,如果没有您娶了她,或许她此时做着哪位皇亲国戚幸福的妻子,有着自己的孩子! 您,却怪她,如果她没有昏迷过去,她会多么的难过! 而且,而且,父皇,您知道您现在的模样有多么的奇怪吗? 她,没有嫌弃您,您却这样说她。"

"蝶润,把解药给他们吧。"司马逸轩平静地说。

"如果不是看到轩王爷还活着,这份偷偷留下的药,我绝对不会给你们。"蝶润的声音听来比以前沉静了许多,"皇上,你应该谢谢丛意儿,如果不是在轩王府的时候,丛意儿请我把解药分出一份存着,此时,就绝对不会有这份解药存在。"

"另外一份解药被司马澈抛弃了。"皇上想起什么似的说,"原来还有一份留在你这儿,快点给我。"

"不!"蝶润冷冷地说,"我不会就这样救了你,我要让你后悔,后悔一生一世! 这解药,"她走到丛雪薇的面前,安静地看着闭着眼睛,眼角却有着泪痕的丛雪薇,轻轻地说,"虽然我强迫自己放弃了所有的红尘旧事,皈依了道门,但是,我心中仍然有抹不去的怨恨之意,我不恨你,但我恨他,虽然我嫁给他是有目的的,但是,他却从没有好好珍惜过我,所以我要帮你一次,这解药可以让你迅速恢复容颜,你可以变得和以前一样美丽动人,你可以坦然地面对你的男人,但是,你受了伤,这解药会加速你的伤势,你可要考虑好了,是要命还是要你的美丽。"

"容颜。"丛雪薇不加考虑地脱口而出。

"好!"蝶润也不多话,将解药喂入丛雪薇口中,安静地说,"好,你现在可以等着恢复旧日容颜,你的去留在你,我知道我不爱这个男人,但是你爱,你想要如何,就随你自己选择吧。"

"贱人!"皇上眼看着解药被蝶润全部给了丛雪薇,恼怒地说,"你竟然敢这样对朕,来人,把这贱人拖出去斩了!"

蝶润唇边一丝冷笑,这个男人,她有目的的嫁了,却发现,自己只是一个替代品,心中的冷,外人可知,如果这个男人可以温和真心地对她,也许她心头的痛会少一些。毕竟嫁了,就想好好的过日子,但她连这样的机会都没有!

"皇上。"丛雪薇的声音听来有些无力。丛惜艾走过来扶起她,让她在一张椅子上坐下,查看了一下她的伤势。丛惜艾的视力早已经在阿萼的治疗下恢复,这几日一直陪在丛雪薇的身边,司马逸轩的出现,让她整个人陷入一种莫名的颤抖中,她只有让自己忙碌才可以勉强维持表面的平静。

"不要这样,您此时为难不了任何人。您不要难过,也不要生气,雪薇服下了解药,只是想要皇上您可以看到以前的雪薇,但是皇上,雪薇不想再活下去了,所以,药是雪薇服下去的不错,但是,这药一定是溶化在雪薇的血中,请皇上稍后让宫里的太医取了雪薇的血服下去,或许可以救得了您,希望您好好珍惜自己的生命,放开这所有的荣华富贵,过一份安闲的日子。雪薇希望这么多事情后,您可以好好地对自己。"丛雪薇努力清晰地说着。

"你,你这是何必,朕只是一时有些意外,看到你的模样,朕到现在只为你一个女子动过心,你不要想太多。"皇上难过地说。他现在失去了所有,再失去丛雪薇,他还能有什么。

"只是朕在这个位子上待得习惯了,如果失去了,朕不知道要做什么才好。"

丛雪薇温柔地笑着,轻声说:"皇上,不论您做什么,在雪薇眼中,您都是雪薇永远的皇上。在这个位子上,坐得如此不快乐,您也知道了,您不是乌蒙国的血脉,何必去理会这些个是是非非,就算您真的是乌蒙国的血脉,换了这个天下,又能如何? 不要再做一些让自己后悔的事了。如果这大兴王朝真的没有轩王爷,就算是乌蒙国得了天下,就这许多年来的经历,您以为他们可以让天下百姓安乐过活吗,不过是权力的争夺。皇上,还是算了吧。"

司马逸轩轻轻叹息一声,兄长为了得到丛雪薇,用了许多不该用的心机,甚至断送了另外一个女子一生的幸福,但到如今丛雪薇还能够如此替他着想,却也不算是枉付一份感情,错了也可以原谅吧。

自始至终,司马逸轩就没有看丛意儿一眼,仿佛这个屋里就没有丛意儿这个人,甚至连眼角也没有扫一下。丛意儿的心是僵硬的,她一直呆呆地站立着,什么也做不得,她觉得她的呼吸都是僵硬的,他是怎么了?怎么和那一日雪中相遇如此的不同?

看着司马逸轩转身离开,丛意儿的泪水终于滑落,却滑落得如此软弱无力,她的想念在此时看来竟是如此的可笑,她原谅了他诈死的事情,她用想念平复了许多的伤痕,但是今日再见他,他竟然看也不看她!

甘南不忍心地扭过头去,悄悄看了看丛意儿,却只看到丛意儿唇旁无助的忧伤和微笑。

"主人,您,您就不和丛姑娘打声招呼吗?"一直到离开暖玉阁,甘南才实在忍不住轻声问,"属下看到丛姑娘哭了,她很难过。"

司马逸轩背对着甘南,站住,停了一下,继续走,声音平静得听来有些漠然,"甘南,本王的爱对她来说,是生命的代价,本王宁愿她平静幸福地活着,纵然她恨本王也好。"

甘南没有说话,一回到旧居,他立刻直奔小樱住处,门也不敲,冲进去,"小樱,到底发生了什么,怎么突然间这个样子了,王爷怎么对丛姑娘那般的视而不见?丛姑娘真的很可怜的。"

小樱愣了一下,犹豫着轻叹一声,说:"还记得太上皇去营中看望王爷的事吗?"

甘南点头,说:"当然记得,你们走后,丛姑娘和莫家昆正好来了,当时王爷对丛姑娘还是如旧的,还很内疚自己欺骗丛姑娘的事情,怎么过了那一日后,一切就突然不一样了,甚至王爷回来也不去看望丛姑娘,就是在京城待着,也不找,到底是怎么了?出了什么事情?"

小樱再叹息一声,说:"当时太上皇并没有离开,他看到当时王爷和丛姑娘的情形,他担心王爷会像以前的皇上司马锐一样要美人不要江山,回来后,安排人去饮香楼,在丛姑娘身上下了毒,一种非常奇怪的毒,是蝶润姑娘藏在身上的,那种毒,太上皇也下在了自己的身上,只要太上皇有什么不妥,丛姑娘就必死无疑。也就是说,如果王爷不答应太上皇的安排,就等于是亲手送丛姑娘走。"

"蝶润怎么可以这样?"甘南无助地说,"她,她怎么还是如此的不肯饶人?"

"或许因为她也是女人吧。"小樱犹豫一下,说,"我不是太懂,但是太上皇说,她爱轩王爷,所以,她会做任何事情,不论是对是错,我不知道蝶润是如何想的,可能因此,她才会皈依道门吧。我不清楚,反正这药太上皇拿到后,蝶润就突然皈依了道门,自称悔居士。"

"就因为这个?"甘南伤心地说,"可是,丛姑娘不知道,她一定难过极了,我正想着,他们二人终于可以白头到老了,怎么突然变成这个样子,没有别的办法吗?"

"没有。"小樱摇一摇头,无奈地说,"轩王爷只说,'小樱,你一定要用尽全力照顾好父皇,他在,意儿就不会有事,若是他出了事,就等同于取走本王的性命'。太上皇知道他左右不了轩王爷,所以才会想出这样一个办法。而且,我始终觉得,太上皇一直恼恨着丛姑娘母亲当年的拒绝,他好像对此还是耿耿于怀的。如果轩王爷要娶丛姑娘为后,太上皇只要拿自己的性命来要挟,轩王爷就一点办法也没有。所以,轩王爷说,如果不可以给丛姑娘幸福,就选择让她恨自己,忘记自己,最起码,她还可以好好地活着,他还可以随时随地看到她。"

甘南垂下头来,一心的无奈。

司马逸轩的登基大典于半月后举行,对于他的突然"复活",大兴王朝上上下下,没有任何人觉得奇怪,在他们眼中,司马逸轩本就是神而非寻常人。

正阳宫重新修建,整个皇宫里,一片热闹。轩王爷回来了,而且是皇上了,他们觉得天下再没有什么可怕的事情了。宫女太监们面带笑容地忙前忙后。

"甘北,去替朕把丛姑娘请到御书房来。"司马逸轩放下奏章,抬眼看了看站在一边的甘南、甘北,心平气和地说,"她此时应该待在敏枫居,请她到朕的书房来,就说朕找她有事。"

甘北非常开心,这么久了,司马逸轩第一次主动提到丛意儿,虽然称呼客气,也没说别的,但是,最起码是提到丛姑娘了。他立刻答应着离开,去敏枫居找丛意儿,心中暗自想:难怪一直没有丛姑娘的消息,原来她一直待在敏枫居,皇上是如何知道的?看来,皇上还是很关心丛姑娘的,只是这段时间太忙碌,所以无暇顾及。

"甘南,怎么了?"司马逸轩看着面带沮丧之意的甘南,有些奇怪,问,"怎么这么个表情?是不是累了?这些日子倒是辛苦你们兄弟二人了,等忙过这段时间,朕就允准你们歇息几日。如何?"

甘南并不高兴,轻声说:"谢谢皇上,臣下无事。"甘南只觉得心中大大的不安,司马逸轩提到丛意儿的时候,甘北是高兴的,那是因为他不知道其中的缘故,但是自己是知道的,皇上如此招呼丛意儿,并客气地说'去替朕把丛姑娘请到御书房来',准保不是什么好事!

司马逸轩低头继续看奏章,但是好半天,甘南也没发现他的目光挪动一下,他一直盯着一处在看。

"皇上,丛姑娘来了,在外面候着。"甘北欢快的声音响起。他的速度还真是够神的,才不足一盏茶的工夫,他就回来了。

司马逸轩的手一动,桌上的茶杯歪了,泼了一桌子的水。甘南立刻上前收拾,心里头紧张得不得了,他有一种不好的预感,今天的见面对于丛意儿来说,绝非是件好事!

"请她进来。"司马逸轩的声音似乎有隐约的起伏,但很快就恢复了平静冷漠,"赐座。"

丛意儿由外面走了进来,已经是初夏时分,丛意儿穿了件淡湖蓝的裙,一头青丝垂肩,别着一根淡蓝的玉簪,面容有些消瘦,越发衬出一双眼睛明如寒星。她看来情形不是特别的好。丛意儿没有抬头看坐在上面的司马逸轩,轻轻施礼,轻轻说,声音微有些许哑,似乎是嗓子不舒服,"丛意儿见过皇上。"

甘北立刻微笑着说:"丛姑娘,您身子不舒服,皇上刚刚就说过了,给您赐座,您坐下说话吧。皇上,臣下来的时候,遇到一位太医,瞧见了丛姑娘,说是丛姑娘可能是感了风寒,所以有些不舒服,皇上倒要迁就些。"

司马逸轩微微一笑,说:"是这样,倒是不好意思了,要让丛姑娘跑上这一趟。有没有请宫里的太医瞧瞧?"他的话语客气得让听者觉得生疏,甘南心头一跳,有些无奈地低下头,他能够感觉到丛意儿坐在那儿的无助和茫然。就连甘北也愣了一下,有些失措。

"还好。"丛意儿把丝帕绞在手指上,努力保持平静,声音温和地说,"不过是偶感风寒,休息几日就好,不必劳烦宫里的太医。"

司马逸轩顿了顿,说:"丛姑娘,有件事情,朕有些为难。不知如何向丛姑娘解释。"

"您请说。"丛意儿抬起头看着坐在上面的司马逸轩。他看来威严而冷漠,似乎并不是她熟悉的司马逸轩,但是,确实是司马逸轩。

"丛姑娘,你是否一直住在敏枫居?"司马逸轩避开丛意儿的目光,端起桌上的水喝了一口,"那儿一切可好?"

丛意儿一愣,低下头,似乎是明白了司马逸轩的意思,她努力地轻轻出了口气,慢慢地说:"丛意儿知道皇上的意思,那儿是宫里的,是皇上的妻子住的,不适合丛意儿住在那儿,丛意儿立刻就从那儿离开,离开之前,会将里面收拾干净,不会有任何住过的痕迹。"

甘南和甘北立刻低下了头,他们不是傻瓜,他们听出了司马逸轩的意思,皇上的意思就是让丛意儿搬出敏枫居,那儿,不是她适合或者应该居住的地方。他们不晓得丛意儿要如何应付。

丛意儿的心几乎要炸开,她脑子里是一片的空白,她在想:我要站起来,我要走出去,绝对不可以有任何的不妥。她努力保持着面上的微笑,站起身,施礼,然后一步一步地离开。每走一步,脚下都是软的,她要用尽全部的气力才可以正常地走出御书房,她想起小人鱼的故事,是否,每一步也是如此的不堪?她突然觉得心很痛很痛。

"你们也出去吧,朕有些累了,想要歇一会儿。"司马逸轩的声音突然间变得疲惫不堪。他挥了挥手,让甘南和甘北离开,独留下自己,和一室突然而至的寂寞。他手中的奏章飘落到地上,整个人要用力抓住桌子才不至于虚脱。这几句话,这一眼,用了他多少的努力,才没有走上去把意儿抱在怀中,他的心撕裂到几乎窒息。

意儿瘦了,这一点变化,让他的心很疼,但是,他能如何?他可以任性地娶进丛意儿,但是,那或许将是以丛意儿的生命作为代价。蝶润说,那药是没有解药的,他不相信蝶润是无意中让父皇拿走的,但是,不相信有什么用吗?能让一切不发生吗?

意儿将会如何?

第二十六章 黯然神伤 情到浓时爱成灰

不知道是如何回到敏枫居的,只知道人已经没有了清醒的意识,除了疲惫,全无任何感觉。丛意儿几乎是机械的收拾着自己的物品,她住在这儿已经有三四个月,但是,并没有多少私人的物品,这儿的一切物品对她来说都是熟悉的,可以用的。安静地清理着一切,不留下任何的痕迹,仿佛她从来没有来过。

只是,下一步,她将去哪儿?回丛王府吗?

"丛姑娘。"甘南的声音在院中响起,"您身子不舒服,还是我们来吧,您不要记恨皇上,他也是有难言之隐的。"

丛意儿直起身,平静地望着甘南,轻轻笑了笑。她觉得心里头憋闷得喘不过气来,说不出话来,看着甘南眼中的不忍,努力不让自己落下泪来。她能如何,哭吗?不可以,她必须安静地离开,不论发生什么,在司马逸轩选择以诈死的方式离开的时候,他们之间就已经结束了,只是她傻,不明白而已。

"丛姑娘,您下一步想去哪里?"甘南轻声问。

轻轻嘘了口气,丛意儿想了想,努力平静地说:"暂时还没有想到,不过,我不想回丛府,或许别处找处院子住下吧。"

"这样做,皇上他也很难受。"甘南犹豫着,不知道要如何说,皇上的本意是想让丛意儿忘记他,如果自己说出皇上的为难之处,只怕是丛姑娘绝不肯离开的,哪怕是要以生命为代价,她也不会离开司马逸轩半步。

"您自个保重。"

丛意儿微笑点头,轻声说:"谢谢,我会自己小心的。"

离开皇宫,丛意儿记得以前和无心师太在一起的时候曾经见过一处院落,地方不大,但是干净而安静,离闹市不远不近,就在旧时轩王府的三里之外,那里住着几户人家,很和善的。当时因着离轩王府太近所以没有选,如今轩王府已经不存在,这里又栽种了一些树木,更显得幽静平和。丛意儿就选择买下了这儿一处院落,这也是身为王府千金的好处,可以有银两支持,省却许多衣食住行之忧。

院落向阳,已经是黄昏时分,夕阳温和地照在院落中,因着刚刚来到,院落里显得有些冷清,房间中倒还干净,虽然是买来的,但旧时主人一直收拾得干干净净,这点让丛意儿很满意。

"丛姑娘。"一个柔和的声音响起,听来有几分耳熟。

"小樱。"丛意儿有些意外,她怎么会来这儿?"你怎么到了这儿? 太上皇还好吗?"

小樱点着头,微笑着,开心地说:"没事的,皇上安排小樱到这儿照顾您,皇上说,您肯定是不愿意回丛府的,所以,会自己在外面住。甘南、甘北告诉小樱您住在这儿,小樱就赶来了。太上皇如今很好,今天已经搬去了宫里,有宫里的人照顾,小樱就没事了,就可以过来照应姑娘了。"

丛意儿轻轻笑了笑,似乎是有些疲惫,有些出神,司马逸轩还会在乎她吗?特意让小樱过来照顾她?

"已经安排妥当了吗?"司马逸轩平静地问,眼睛并不看站在下面的甘南,语气里却有着努力压抑的思念,"如今她的情况一定是心中满是委屈,让小樱多注意些。她是个自由的人,会做出怎样的事,没有人可以预知。"

"皇上。"甘南难过地说,"臣下觉得,丛姑娘目前的情绪有些奇怪,她似乎是难过得很,臣下看她独自收拾敏枫居的时候,几乎是绝望的。难道一定要她离开敏枫居吗? 太上皇来宫中,应该不会为难丛姑娘吧? 原来是担心皇上您不肯答应他的条件,如今你已经做了皇上,太上皇应该不会再紧盯着此事不放吧?"

司马逸轩安静地看着眼前的奏章,没有任何的回答。

她现在可好? 这样对她,就算是并非有意,可公平?

头很疼,司马逸轩觉得他再也无法继续看下去,面前的奏章全部变成了丛意儿微笑的模样,这个温暖的女子,让他怎么也放不下,但是,他除了沉默地坐着,又能做什么?

"你让丛意儿离开了皇宫?"太上皇从外面走了进来,声音听不出高兴还是不高兴,"本来准备去看看她,说上几句话,怎么就让她离开了呢? 是没让你娶她,但是,也没说她一定要在我的面前消失。"

司马逸轩笑了笑,温和地说:"敏枫居是皇宫中的圣地,她不过是个外人,如何住得? 若是父皇想见她,可以随时宣她进宫。再者说,她住在那儿,没名没分的,也不方便。我已经让小樱过去照顾她,您有什么不放心的,可以问询小樱。"

"你该立后了吧?"太上皇突然转移开话题,话语中竟然有了几分无奈,"你不要怪父王如此做,我知道你喜欢丛意儿,丛意儿她也喜欢你,但是,你们不可以在一起,若是你们在一起,这大兴王朝就会有第二个司马锐,第二个慕容枫,如今没有人可以替代你左右这大兴王朝,父皇是不得不如此啊!"

司马逸轩没有说话,静静地看着自己的父亲。

"我知道用我的生命和丛意儿的生命交换有些不够光明正大,但是,蝶润手中的药没有解药,却是我特意做的,蝶润她对你依然是不能忘情,所以,只要告诉她是为了你好,她自然是不遗余力的帮忙。"太上皇冷静地说,"你是个皇上,不能有儿女私情。"

"你如何肯放得过意儿?"司马逸轩面无表情地问,"不要告诉孩儿您手中的药没有解药,解药一定就在您的手中,只要您肯放过意儿,给她解了毒,让她平静地过完这一生,您要如何,孩儿都答应!"

"你立后,让她嫁给司马溶。"太上皇简单地说,"我就交出解药。"

司马逸轩静静地望着面前的父皇,然后,点头。

司马溶简直不敢相信会有这种事情发生在自己的头上,皇叔,确切地讲,应该是如今的皇上,突然让人宣他入宫,册封他为溶王爷,并告诉他,他可以下聘书,如果丛意儿允准,他便可以娶丛意儿为溶王妃。这对他来说,简直是做梦也不敢相信的事情。

溶王府,后花园,丛惜艾独自一个人坐着,披着一件厚厚的披风,神情有些落寞,并没有注意到已经走到她身边的苏娅惠,苏娅惠的身形已有变化,看着坐着出神的丛惜艾,她的声音听来有了许多的底气。"惜艾,怎么还待在外面?"

丛惜艾头也没抬,冷冷地说:"你如今身子不方便,还是不要到处乱走的好,免得溶王爷担心。"

苏娅惠轻轻抚摸着自己的肚子,满足一笑,说:"没想到可以早在姐姐前面有了溶王爷的骨肉,心中真是很不安。不过,姐姐还年轻,有的是机会。若不是那次与蕊公主有了冲突,还真不知道我已经有了身孕,希望可以给溶王爷生个聪明可爱的小王爷。"

丛惜艾似乎是想要忍着不说,但是顿了一下,冷冷地说:"苏娅惠,这里是王府,不要那么天真好不好,不要有意的来招惹我,何必一定要多我这么一个敌人?如果真的激怒了我,结果只能是我的报复!论心机和武艺,你皆在我之下,更何况你在明我在暗,真的生出是非来,最后倒霉的只能是你!"

"你!"苏娅惠惊讶地说,"原来你的安静只是假象!"

"我从来就不是一个纯粹的好人。"丛惜艾平静地说,"我不是丛意儿,我如今这个模样,只是觉得很没意思,如果你真的招惹到了我,让我心中生出怨恨之意,就凭你,根本不是我的对手!"

苏娅惠下意识地哆嗦了一下,似乎是有些寒意,其实阳光很好,晒在身上暖洋洋的,很舒服。她看着丛惜艾,犹豫着不知要说什么才好,丛惜艾的表情不像是在开玩笑。

"你到底想做什么?"苏娅惠问。

"我什么也不想做。"丛惜艾不耐烦地说,"我只想要安静地待着,不被打扰,你可以去找别的人炫耀你的幸福,就是不要来烦我。"她摆了摆手,冷漠地说,"别在这儿晃来晃去了,就算是你此时立刻生下一位和溶王爷一模一样的小王爷,与我也无干系,麻烦你立刻在我眼前消失。"

苏娅惠不知道说什么才好,愣愣地站在那儿,哑然无语。面前的丛惜艾是熟悉的,却也是陌生的,她从来就不曾了解过这个女人。

丛惜艾漠然地坐在那儿,表面上平静如水,内中却起伏如潮,一心的苦。她甚至不知道自己下一步要做什么?司马逸轩回来了,成了皇帝,左右着这个朝代,但是,他心里唯一爱着的是丛意儿,就算她再怎么努力,也换不回一丝一毫的怜惜,她知道,司马逸轩是怎样的一个男子,如果可以,早在丛意儿出现之前,她就可以获得她想要获得的东西,到了如今,也只能罢了。而司马溶,她真的不知道自己对他是爱还是什么,知道他心里有了别的女人,知道苏娅惠有了他的骨肉,她心中竟然没有怎样的不堪,只有隐约的委屈,说不出来,也不是那么的严重,只是觉得不太舒服。

那药到底吃还是不吃?她没办法给自己答案。

"立刻在我眼前消失!"丛惜艾突然恶声恶气地说,"在我还没有改变主意前,立刻消失,否则,不要怪我心狠手辣,让你做不得母亲!"

苏娅惠打了一个哆嗦,立刻转身离开,心里跳个不停,丛惜艾怎么了,好像要吃了她一般?

看着苏娅惠离开,丛惜艾觉得整个人疲惫不堪,哀伤地坐在那儿,连发呆都力不从心。

司马溶走进来,一脸的欢悦。有很久没有见到丛意儿了,从皇上那儿知道了丛意儿如今待在哪里,他立刻赶回来,收拾利索准备立刻就亲自去下聘书,他可以正大光明地娶丛意儿,真是一件值得开心的事情。他笑着,一心的满足,竟然没有看到一脸忧伤的丛惜艾。

小樱傻乎乎地盯着一脸笑意的司马溶,真的以为自己的耳朵出了毛病,他竟然得了皇上的允准,亲自到这儿来提亲,她不知如何是好地看向丛意儿。丛意儿的脸上看来是全无表情,坐在那儿,手指无意识地滑过手中杯子的边缘,看不出她在想些什么。

"意儿,真是高兴,皇上可以同意我们在一起。"司马溶高兴地说,"一直以来都不知道你待在哪里,四处找你,却总是找不到,今日才得到你的消息,并且,我可以亲自过来提亲,真的是,真的是太高兴了。意儿,你什么时候愿意进入溶王府,哪怕是今日,我也会立刻照办。"

丛意儿盯着手中的杯子，似乎这是她唯一关心的事情，过了好一会儿，她才倦倦地说："司马溶，你的要求来得太突然，可否容我仔细想一想？过些日子再给你答复，可好？"

"好的，好的。"司马溶开心地说。

"小樱，我累了，你送溶王爷离开吧。"丛意儿的心中有一股莫名的恼火生了出来，司马逸轩，怎么可以这样?! 她努力平静地说，微笑着，但眼神里已经有了愤怒的表情。

小樱点了点头，微笑着说："溶王爷，这几日我家姑娘不太舒服，有些累着了，您先回去，等我家姑娘回复您如何？对啦，两位王妃可好？听说惠王妃已经有了您的骨肉，艾王妃目前可好？让她有时间可以过来和我家姑娘叙叙旧呢。"

司马溶面上一红，他不是听不出小樱话中的意思，心中还真是有些心虚，口中有些匆忙地回答："噢，她们都挺好，是的，是的，回去一定告诉丛惜艾，让她过来陪意儿聊聊天。"

小樱笑着送他离开。丛意儿仍然坐在那儿，握着已经变凉的杯子，想着心事。小樱见了，问道："姑娘，您没事吧？"

"没事。"丛意儿安静地说，"小樱，准备一下，我要好好收拾一下，去宫里谢谢皇上的好意。"

小樱瞪大了眼睛，丛意儿的反应真是出乎她的意料，丛意儿竟然没有哭闹伤心，而是要好好收拾一下，去宫里好好谢谢皇上？司马逸轩？太上皇如今在那儿，丛意儿去了，会出现何等的情形？丛意儿要去做什么？大吵大闹？

"姑娘……"

"没事，你不要担心。"丛意儿平静地说，"我只是去宫里谢谢皇上的好心安排，不会吵闹，不会出事，你的表情好像担心我吃了皇上一般，我不过是个平常女子，能奈他如何？不过是道声谢。"

小樱点头，却点得有些僵硬。

沐浴，换衣，丛意儿慢慢进行着，表情安静，好像很享受的样子。青丝垂肩，浅蓝的衣，深蓝的钗，仿佛一池湖水，透着安静，和着温柔，却让人深陷其中而无法自拔。

甘南看到小樱，很是意外，她怎么来这儿了，不是让她去照顾丛意儿的吗？"你怎么来这儿了？丛姑娘呢？"

"我在。"丛意儿的声音从后面传了过来，安静的面容，细腻的微笑，看着，是一种令人心醉的沉静，"皇上在吗？"

甘南有些愕然地看着丛意儿，好半天才反应过来要回答她的问题，"皇上在，他在和太上皇下棋,在后花园。"

"可否代我传一声,就说丛意儿有事想见皇上和太上皇。"丛意儿温和地说。

甘南偷偷看了小樱一眼,小樱站在丛意儿的身后,轻轻摇了摇头,表示她也不知道是怎么回事。"好的,臣下这就去禀报,请丛姑娘稍等一会儿,臣下去去就来。"

"多谢。"丛意儿微笑着说。

小樱心中有些担忧,丛意儿到底会如何做呢?皇上为什么要让溶王爷亲自去提亲?为什么突然下旨允许溶王爷娶丛意儿?"姑娘,您,不会真的要和皇上理论吧?"

丛意儿淡淡笑了笑,她真的生气,是真的生气。司马逸轩怎么可以这样替她安排她的一生?就因为她爱他?就因为他做了皇上?她不是丛意儿,她的骨子里还是苏莲蓉的性格,那个虽然有些胆小却不肯委屈自己的苏莲蓉,她怎么可能这样听从他们的安排。如果不爱,可以放手,何必如此。"你认为我当如何才好?我只是来谢谢他们,谢谢他们的好心,请他们不要再如此打扰我,仅此而已,你不必担心我会惹出麻烦,毕竟还有一个丛府,若是因着我的任性,害了他们,就是我的不是了。"

小樱不知道说什么才好。丛意儿是个对她来说陌生的女子,丛意儿似乎没有任何的惧意,竟然想要这样向皇上和太上皇表达自己的想法,拒绝皇上的安排!

甘南从里面走了出来,有些犹豫,停了半晌,才慢慢地说:"丛姑娘,皇上说他知道你要说的事情,您就不必亲自过去说了。若没有别的事情,就先回吧。太上皇也在,说过些日子再约你聊聊,这几日着急帮皇上选后,没有时间。"

皇上选后?小樱一愣,看向丛意儿。

"既然如此,就麻烦你告诉皇上和太上皇,我,丛意儿,如何活着是我的自由,请他们不必费心思替我着想。"丛意儿静静地说。

甘南正要说话,听到一个声音在他们一行人后面响起,"丛意儿,口气还真是不小,到了此时,仍然是不改你狂傲的本性。"

丛意儿淡淡一笑,对着太上皇施礼,轻声说:"我,已经没事,就此告辞,小樱,你留下吧,我,更喜欢一个人待着,可好?"

"丛姑娘——"一个快乐的声音插了进来,另外一个人跟随着甘北走了进来,是莫家昆,"怎么这么巧,在这儿遇到你,来的路上我还在想,不知道遇不遇得到你,没想到,刚进宫,就遇到了你。对啦,你和司马兄是不是已经和好如初了?"

丛意儿微微笑着,一脸平静地说:"真是巧得很,可惜,我是刚巧要离开,你是刚刚好走了进来。改天有时间再聊吧。"

第二十六章 黯然神伤 情到浓时爱成灰

465

"你住在哪儿?"莫家昆高兴地说,"我还从乌蒙国带来萼公主捎给你的信函。呵呵,她已经嫁给了你哥哥,是在我们那儿举行的仪式,很热闹,可惜你没有过去。"

听到阿萼和丛克辉的消息,丛意儿露出开心的笑容。自始至终,她没有看站在太上皇身旁的司马逸轩一眼,你可以视我如同不存在,我也可以当你是空气一般!

丛意儿轻声道:"这样极好,丛克辉他也真是前世修来的福分,可以遇到阿萼,而且被她如此的珍惜,真是替他高兴。"

莫家昆呵呵一笑,说:"那小两口真是有趣得很,也不晓得丛克辉是如何让萼公主相中的,但是,偏偏萼公主那般古灵精怪的女子就认定了他,许了他终身,两个人时时刻刻腻在一起,也不怕人笑话。"

丛意儿笑了起来,笑容灿若春花,映在司马逸轩的眼中,竟然是一种莫名的心疼,她的眼中,有着快乐的光辉,是因着莫家昆的缘故吗?原来,别的人也一样可以让她如此开心!

"司马兄,有时间吗?我今天很高兴,想要请二位去喝上一杯。"莫家昆高兴地说,"不过,若是因为你做了皇上不能有时间做这等消遣之事,就罢了,反正我可以约丛姑娘一起。"

"好!"司马逸轩突然答应,说,"有何不可?"

太上皇没有说话,他静静地看着丛意儿,从丛意儿提出告辞开始,她就再也没有看过他一眼,而且自始至终,她的目光就没有落在司马逸轩身上一下。她是那般的骄傲坦然,像透了她的母亲,甚至比她母亲有过之而无不及!

"意儿,若我告诉你,我可以左右你的生死,你会如何想?"太上皇突然开口,声音中有小小的忧伤和虚弱。

丛意儿一笑,并没有看太上皇,淡淡地说:"我的命,只有天意可定,你不过是大兴王朝的太上皇,如何左右我的生死?莫家昆,我先走一步,河边见。"

"好。"莫家昆微微一笑,他知道丛意儿所说的河边是他们初次相遇的地方,他在那儿摔了一个大跟头,狼狈不堪,若不是遇到丛意儿,他真的会一人在那儿躺上好久。

"不见不散。"

"姑娘——"小樱跟着丛意儿向外走。

"小樱,"丛意儿头也没回,平静地说,"你留下吧,照顾好太上皇,我看他脸色不好,只怕是身体有些不适,你一直照顾他,深知他的脾气、喜好,知他只怕是比皇上还要多,就不必跟我走了。而且,我也想一个人待着,安静过自己的日子。有你在,不过是时时提醒我,让我难过。"

"姑娘。"小樱有些难过,回头看看司马逸轩和太上皇,不知自己如何去留。

"你一个女子,独自在外,总是不便,小樱她可以帮你应付许多不必要的事情。"司马逸轩温柔地说,"父王身边有许多的人照顾,而且他就在我身边,有我在,更可放心些。"

"罢了,谢谢皇上关心。"丛意儿并不回头,安静离开。

"司马兄,丛姑娘好像……"莫家昆犹豫一下,似乎找不出合适的语言表达,顿了一下,又说,"罢了,我们一起去河边饮酒如何?人生如此多的烦恼,可以得一时逍遥,就逍遥一时,最好!"

"好!"司马逸轩简单地说,"甘南,去准备好酒,朕要带着和莫兄一起喝个痛快。如果没事,不要打扰我们。"

甘南应声下去准备,只要丛姑娘能够和皇上在一起就好。皇上的难过只有他知道,只有他知道,皇上是如何的发呆,如何的想念!

河边,初夏的风安静地吹着,有雨安静的飘落,空气潮湿而温和。丛意儿撑伞而立,衣服在风中轻轻飘动,宛如仙子。

"丛姑娘——"莫家昆高兴地喊了一声。

"小声些。"丛意儿头也没回,轻声说,"我在等鱼儿上钩。"

莫家昆这才看到河边站立的丛意儿手中握着一根鱼竿,正在安静地钓鱼。她没有带小樱同回,因为喜欢这种独自相处的日子,在风雨中,有一身一心的安静。

"你真是逍遥,让我们羡慕得很。司马兄,你何时可以有如此的心境,于闹市中得这份悠闲?"

司马逸轩没有说话,他换了便服,没有了王者的霸气,却多了几分温柔。没有太上皇在眼前,他似乎有了稍许的放松,"意儿是唯一的,这学不来,羡慕不来。"

丛意儿头也不回,冷冷地说:"皇上,请称呼在下丛姑娘,随着莫公子的称呼才妥当。"

司马逸轩没有说话,倒是莫家昆一旁笑了笑,说:"你们二人不要打嘴仗了,对啦,丛姑娘,司马兄带了美酒来,你可要喝上几杯?"

"有何不可?"丛意儿回过头来,手中鱼竿轻轻一挑,一条肥肥的鱼在半空中纵起落下,"这条傻乎乎的鱼,终究还是上了钩。我就住在那儿,离这儿不足五十米,那儿有亭,可以看雨听风,不如我们去那儿,烹上一两个佳肴,来个不醉不散,如何?"

"好!"莫家昆爽快地说,"你的主意极好!走,司马兄,你此时只是我们的朋友,不是什么所谓的皇上,且把好些心思都放下,我们三人喝个痛快。这才是人生最大的趣事!"

丛意儿收拾了东西,前面带路。走了不过几十步,他们就到了丛意儿此时住的地方。司马逸轩愣了一下,她怎么又换了住处,"你,又换了住处?"

丛意儿依然不看他,只和莫家昆有说有笑,这儿的地方更小一些,小小的庭院,石桌石椅,有树浓密,如同亭一般,落不下一滴雨,实在是有趣得很。"这就是我说的亭,今天经过此处,看了就喜欢得不得了,所以就换到了这里,这儿本是一处无人居住的闲屋,收拾一下,倒是干净得很。"丛意儿微微一笑,说,"莫公子,你先坐,我去去就回,备上一两个小菜,我们边吃边聊,最好。"

"好!"莫家昆看了一眼司马逸轩,待丛意儿离开,他调侃道,"司马兄,你好像得罪丛姑娘不浅,她完全视你如空气一般,你们还没有和好吗?女人嘛,好话哄上几句就可以,你说上几句软话,丛姑娘是绝对不会和你计较的。"

司马逸轩苦笑一下,不知如何解释。

"你去看看,有什么要帮忙的吧。"莫家昆微笑着说,"我想你一定是很想见到她的,我看你的眼睛从丛姑娘出现开始就没挪过地方,你如此的在乎她,为什么不告诉她,偏偏要闹这种无趣的误会?"

司马逸轩依然是苦笑一下,但是他还是听从莫家昆的建议,一个人向后面走去。那儿是个小小的厨房,丛意儿在里面。他在门口犹豫了一下,他这样做是好还是不好?他不是打定主意要让丛意儿忘掉自己的吗?如果再这样,不还是会害了意儿的吗?怎样的困难他都已解决,但是,关系到意儿的性命,他却不知如何是好。

"司马逸轩,为何如此?"丛意儿抬起头来,看着司马逸轩,眼睛里有隐约的泪意,但是忍着,于雨中看不真切,"如果无缘,你可以痛快说出,我绝对不会纠缠,你不必帮我安排这一生。我不爱司马溶,今生绝对不会嫁给他,也请你不要给他这份幻想。你如此,只会害了苏娅惠和丛惜艾,也不会令我存感激之意。"

"意儿,请不要再爱我,我不能给你任何承诺。"司马逸轩狠心地说,"你若是不喜欢司马溶,我可以再替你挑选另一位佳婿。"

丛意儿突然泪落如雨,然后一笑,说:"司马逸轩,你的话听来真是有趣,放心,从此之后,丛意儿再不会纠缠于您,来,我们出去喝酒,您看,丛意儿是否言出必行!"

司马逸轩低头,心里如同刀割,痛到无法忍受。

三人坐下,丛意儿微笑着,早已经拭去了泪痕,心中说:苏莲蓉,你不是丛意儿,你不是这个时代的人,你不是三生三世灵魂的主人,你只是一个闯入者,来了,会走,所以放下吧,不要爱。这只是一个梦,会突然醒来,然后,会忘记。

她端起酒杯,微笑着说:"今日能够聚在一起,也算是大家的缘分,这一次之后,不知何时再有这样的机会,来,我们痛快地喝,丛意儿虽然酒量不大,但也要奉陪到底。"说着,杯中的酒一饮而尽。她看着面前的二人,脸上看不出任何情绪,只一双眼睛,冷若冰霜,让人觉得,虽然她近在眼前,却遥不可及。

"丛姑娘好酒量!"莫家昆爽快地说,"既然丛姑娘如此爽快,司马兄,我们可不能落了后,来,我们喝!"说着,也一口喝下杯中的酒,面不改色地看着司马逸轩。司马逸轩心中苦笑一下,杯中酒也一饮而尽。酒,在他口中已经没有了什么滋味。

丛意儿微微一笑,她其实并不是一个有着好酒量的人,曾经假扮他人的时候和司马逸轩喝过一次,但那一次,她是用的内力化解了酒意,可今日,她却想一醉方休!所以,她再为自己倒了一杯,微笑着说:"既然是好事,我们就好事成双,来,我先干为敬。"然后,依然是一口饮下,面带微笑,但眼中已经有了淡淡的酒意,是薄薄的悲哀和浅浅的泪痕。

莫家昆自是不甘示弱,并且不停地催促司马逸轩,这三人根本就不像是在喝酒,更像是在拼酒。很快,三人都隐约有了酒意,而酒也越喝越收不住,司马逸轩带来的酒,已经所剩不多。莫家昆觉得喝得不过瘾,吩咐自己的随从再去买酒,外面的雨似乎也有了隐约的酒意,三人的面上都有了蒙眬的酒意。

"丛姑娘,果然好酒量。"莫家昆的脸色已经泛红,呵呵地笑着,有些傻兮兮的,说,"我,我,甘拜下风。司马兄,你,如何?"

司马逸轩并无任何醉意表现出来,他的酒量应该是最大的,他看着丛意儿。丛意儿面上始终带着微笑,很可爱,但看在司马逸轩眼中,却是一种心疼。他知道,丛意儿喝多了,喝得有些晕了,那一次遇到她和丛惜艾一起喝酒,她也喝多了,趴在桌上睡着了,一脸的温柔,但如今,在她眼中只有悲哀。

"意儿,不要再喝了。"司马逸轩轻声说。

"你的记性还真是不好。"丛意儿微笑着,看着司马逸轩,眼睛中有着醉意,脸泛桃红,"我告诉过你,你要叫我丛姑娘,不能叫我意儿。你怎么忘了?呵呵,我不是你的意儿,我只是丛意儿,只是一个多余的人,你不再喜欢,我就会安静地离开。是不是?"

"意儿。"司马逸轩想去夺丛意儿手中的酒杯,但是,丛意儿一口喝下杯中的酒,笑嘻嘻的,看着她,一副小小得意的模样。

"皇上,你的武艺是很好,但是,好像我的也不差,你不许夺我的酒,你要喝,自己倒!"

"司马兄。"莫家昆傻兮兮地笑,说,"她喝多了,呵呵。"

"你也喝得不少。甘南,扶他进去休息。"司马逸轩苦笑了一下,"喂,不要再喝了！"

莫家昆呵呵地笑着，直接拿起酒壶，对着嘴，一口气喝了下去。

"好！"丛意儿笑着，站起身来，也拿起桌上另外一个酒壶，照样去喝，"这样喝，好，很痛快！"

"意儿！"司马逸轩吓得直接去夺丛意儿手中的酒壶，"好啦，不要再喝了，再喝就真的多了。"

甘南去抢了莫家昆手中的酒壶，连拉带劝地把莫家昆拉进了房内。外面就只留下司马逸轩和丛意儿。

"把酒给我！"丛意儿提高声音说，"你，怎么什么都要管着我？你不就是一个皇上吗？皇上就可以左右我丛意儿的一生一世吗？我要喝酒，喝醉了，就不用想了，不用想，就不会难过了！"

"意儿！"司马逸轩把酒藏在身后，说，"真的不能再喝了。听话，意儿，你会伤到自己的。这酒不是好东西，喝醉了，只能解一时，酒醒了更难受，我，比你更清楚。再多的酒也无法驱散心头的悲哀。你可以恨我，但是不可以伤害自己！"

丛意儿贴近司马逸轩，微笑着，孩子般的看着他，傻傻地问："那要如何？如何忘记你？如何不记得我们的曾经？如何可以不用再爱你？你告诉我？要不，你杀了我，让我回去，回去做我的莲蓉月饼，如何？不过是一场梦，醒了就好，如何？"

"意儿，"司马逸轩不知说什么才好，只能好言劝慰，但是，丛意儿酒醉后的无助和难过却让他心如刀割，"这大兴江山比不上你一个微笑，但是，你活着，却是我可以再看你一颦一笑的唯一可能，如果你不在了，我活着真的就没有意义了，如果你活着，就算你恨我，想到你还在，我也满足。"

丛意儿听不清他说些什么，她已经喝多了，喝得失去了意识。她微笑着，觉得头重脚轻，完全不能控制自己的身体，她只记得，自己微笑着，然后什么就不知道了。

司马逸轩把意儿抱进房内，放在床上。看着意儿睡梦中仍然微皱的眉头，他半天没有说话。他不知道自己做得对还是不对？或者是对的吧。但是，这样的处理方式，意儿她是否能撑得过去？他的诈死已经让她伤痕累累，如今又这般的无视她的存在，故意的冷漠，她能够坚持多久？今天，是脱口而出的来饮酒，想一想，心中仍是害怕，如果父皇一意孤行，真的会要了意儿的命，如果她不在了，他要如何？

"皇上，时候不早了，要不要回宫呀？"甘南轻声问，"如果皇上此时回去，臣下就留在这儿照顾丛姑娘，至于莫公子，可让他的奴仆带他回去。丛姑娘是不能够去宫里的,但她此时醉着,留她一人待在这儿,臣下觉得有些不太安全。皇上您觉得如何?"

司马逸轩轻轻叹了口气,"朕想再待一会儿,你先送莫家昆回他住的客栈,然后再回来接朕。"

"是。"甘南应声退了出去。

外面的雨下得安静,让这个夏日显得有些寂寞,司马逸轩坐在桌前,看着安静入睡的丛意儿。她的倔强让他心疼,她就那样微笑着出现在他的面前,也这样微笑着准备离开。空气中有着酒的淡淡清香,司马逸轩一杯一杯地喝着,如今,酒似乎已经醉不了他,越喝反而越寂寞,越喝旧事越清楚。

小樱的话,依然在耳边时时响起,她那样无奈地告诉他,自己的父皇如何地安排了丛意儿,自己可以在许多事情上拿得起放得下,一旦关系到丛意儿的性命,他就乱了分寸,唯一可以做的就是,只要意儿可以安全地活着,一切他都可以接受,甚至包括放弃对她的爱,他也愿意,只要她能活着。

他轻轻握住丛意儿有些微凉的手,轻轻地说:"意儿,我要告诉你,不论发生什么情况,不论我会有怎样的安排,你都将是我生命中唯一的女人,也是大兴王朝唯一的皇后,但是,你必须好好活着,你活着,才是我唯一的希望。"

丛意儿微皱眉头,安静地睡着,她真的不开心,纵然睡着,心里仍是委屈得想要落泪。这种表情看在司马逸轩的眼中,痛到他整个人都收紧得不堪。

"皇上。"甘南的声音在外面响起,"时候不早了,您还是回宫里吧。臣下会留在这儿照顾丛姑娘,有臣下在,您不用担心。"

司马逸轩看着躺在床上的丛意儿,心里头真是疼,他不想离开,但是,若是他不离开,如果自己父皇——摇了摇头,他狠着心转过身,头也不回地离开。

甘南示意甘北立刻跟上,他要留在这儿照顾丛意儿。丛意儿武艺再好,毕竟是个女子,独自一人待在这儿,还是不太安全。

走进皇宫,一眼就看到自己的父皇正安静地等着他,一脸的若有所思。司马逸轩没有任何表情,他知道,自己的表情可能会左右父亲的情绪,有可能会做出对意儿不好的事情。他沉了一下心,平静地走过去,平静地打了声招呼,"您在等孩儿?"

太上皇点了点头,微微一笑,问:"去看意儿了,她如今可好?我倒看着莫家昆对她也挺有意思的。父皇是过来人,看得出人的心,我看莫家昆看意儿时的表情有些不舍,你把她一个人单独交给莫家昆,只怕会后悔的。"

小樱站在太上皇的后面,嘴角轻轻一牵,心说:太上皇现在还真是讨厌,怎么如此的不讲道理?丛姑娘到底哪里惹了他,怎么一提到丛姑娘就这样讲话,故意的吧?真是没道理。

司马逸轩平平淡淡地说:"父亲,若是没事,孩儿要去休息了,您是知道孩儿的想法的,如今已经答应了您,还是不要一再的提醒。您应该知道,我对您如此,是不想意儿受到任何的伤害,但是,如果意儿她有任何的闪失,就如意儿是孩儿的软肋一样,意儿也是您的软肋,如果意儿有任何的不妥,孩儿要放弃的就不仅仅是大兴王朝的未来,还有就是孩儿的性命。所以,孩儿答应您,您自己也要斟酌些。"

太上皇半天没说出话来,这个儿子,就算是看着听话了,也一样的让他觉得不是听话的。

醒来,头疼得厉害,甘南从外面走了进来,微笑着说:"姑娘醒来了,刚好粥也弄好了,姑娘喝一些吧,您喝了太多的酒,会伤身的。"

丛意儿呆呆地看着甘南,她的脑子还是一片空白,不知道发生了些什么。但是,甘南手中冒着热气的粥却突然让她想起,那个中年男子,那样温和地劝慰着她,为她用心地煮着粥,突然间,她就泪落如雨,怎么也止不住,心里头的委屈,一瞬间全部迸发。

"姑娘——"甘南不知所措地看着丛意儿,不知道如何是好。

"请离开,求你离开。"丛意儿止不住自己的委屈,泪水滑落不止。她看着甘南,泪眼让她看不清楚,她努力说:"好吗?"

甘南一愣,不晓得丛意儿怎么了,但是,他还是安静地转身离开。关上房门的瞬间,他听到房内丛意儿终于忍不住的哭泣声,她怎么了?怎么突然悲哀成这个样子?

丛意儿心里头一个念头怎么也驱不散,她要放弃生命,彻底地放弃生命。这个地方,已经没有什么是她可以眷恋的,所以,她想安静地离开,不用自杀,而是放弃,她用放弃来成全这一生的爱。司马逸轩的不爱,让她觉得,离开是最好的选择。

甘南从来没有想到,流云剑法是如此的美丽动人,丛意儿在房内哭了很久,一直哭到她再次出来,手中的剑,吓了甘南一跳,丛意儿不会想不开吧?但是,丛意儿只是走到河边,剑出鞘,如同一个仙子般,剑起如舞,一时之间,河面上水意雨意,空气中花片叶片混在水意中,丛意儿淡蓝的衣被水意湿成深蓝,美得好不真实。她一心一意地舞剑,甘南知道看她练武不符合江湖规矩,但是,太美了,简直是不可思议的美,空灵无比。

只是,不知道为什么,甘南心中却有着无法言说的悲哀,仿佛,一件珍贵的东西就要消失,仿佛,丛意儿随时都会消失。

一把伞,遮住了风雨,却遮不住一身一心的悲哀,丛意儿就这样安静地在街头走着,没有目的。这个京城,这个空间,再也没有回忆可以甜蜜,再也没有她可以留恋的丝毫。她只有悲哀,只想深深地把自己藏起来,这种绝望,比第一次知道司马逸轩的死还要无助,那个时候,她知道自己还可以想念,还可以坚守,而现在她有什么?

一个人,在一处矮檐处避雨,是个僧人,年长的面容,透着一份安心与踏实,只是矮檐太小,遮不住风雨。丛意儿从他身旁走过,又停住,举着伞到矮檐处避雨,伞举得高一些,替那浑身湿透的僧人遮住一些风雨,却安静无语。

"谢谢姑娘。"僧人温和地说,"能够再次遇到姑娘,真是高兴。"

"我们认识吗?"丛意儿有些奇怪,看了看僧人,确定不认识。

"但我认识你。"僧人呵呵一笑,温和地说,"我已经陪你走过两生两世,如今又在第三世遇到你,你却不记得我。"

丛意儿苦笑一下,淡淡地说:"休和我提什么三生三世,在我,这一生是没有前生前世的记忆的,那只不过是陌生。"

"但你们注定相遇。"僧人温和地说,"我等你很久,原以为你有着前生前世的某些记忆,不用我再点化,但是,天意捉弄人,偏偏这一生,他不肯再爱,你又要放弃,少不得要再纠缠。"

丛意儿微笑,却落泪,淡淡地说:"怨不得,他有他的责任,我有我的选择,他不爱,我放弃,这世上,或许不用天意,也可以结为夫妻,不要再提什么生生世世,每一生每一世,都忘却了旧时的记忆,不过是重新相遇重新相爱,除却天意,再无其他。"

"想回去?"僧人平静地问。

丛意儿有一些茫然,犹豫了一下,轻声说:"不知道,听天由命吧,或许安静地离开,更好一些。"

僧人看着雨,轻轻叹息一声,说:"人不是天,不懂得天意,就算是生生世世的相爱的人,除了心中的挂念外,再无任何东西可以想起前生前世,恩爱纠缠样样都是新的。"

丛意儿笑了笑,温和地说:"伞给你,若真如你说,你陪了我三生三世,点化了我三生三世,这伞就借与你,就当我们从此别过,了结这三生三世吧。"说完,将伞递到僧人手中,离开。刚走了两步,她突然头也不回地说:"他等我辛苦,我千里赶来一样辛苦,我来找寻他、爱他,罢了吧,何必如此,没有我,他或许一样幸福,没有他,我或许一样过得平淡幸福。"

"但是,没有他,你不会知道什么是爱。"僧人在后面清楚地说,"你们永远不会离开对方的。就算是你放弃,来生来世一样会再相遇,再有你们的故事。"

"也许吧。"丛意儿头也不回,身影消失在雨中,没有任何的留恋,只有身影里

第二十六章 黯然神伤 情到浓时爱成灰

藏不住的悲哀和伤心。

"皇上,这儿坐。"司马溶微笑着招呼,他特意在府里宴请皇上,自己的叔叔,"这几日一直想请您过来尝尝这新茶,只是您忙着,今日遇到甘南,问起您,说这几日宫里事情不多,就特意请您过来。"

司马逸轩微微一笑,刚要开口,突然听到一阵悠扬的琴声,在不远处的地方传来,声音悠扬,而清冷,似乎透着说不出的漠然。司马逸轩不禁问道:"这琴声听来不俗,是何人如此雅兴?"

司马溶听了听,笑呵呵地说:"是意儿。这几日丛惜艾的身体不好,萼公主和丛克辉从乌蒙国回来,特意请意儿过来一起看望丛惜艾。他们离开后,意儿就一直陪着丛惜艾没有离开,在府里已经待了两日。姐妹二人天天待在一起,说来真是奇怪,原来二人是水火不相容的,现在竟然可以真的情同姐妹。"

司马逸轩心中一颤,这琴声,说出的东西太多,意儿,已经有几日未见,一切可好?那日,甘南回来,说起丛意儿的哭泣,他的心几乎要碎了,而如今,又再见她,她可好?

"她好吗?"司马逸轩的声音听来淡到不经意。

司马溶犹豫一下,想了想,说:"无法说好还是不好,她好像还是旧时的她,但是又好像不是,她不爱说话,面上的微笑也是淡淡的,人瘦了许多,但精神还好,您想不想见见她?"

司马逸轩顿了一下,平静地说:"罢了。"

琴声依然悠扬,依然清冷,司马逸轩和司马溶相对无声,静静地听着琴声,各怀心思。

突然,司马溶好像想起什么似的,微笑着说:"对了,皇上,有如此好茶,不让意儿过来尝尝实在是说不过去,不如让她过来一起喝上一杯?"

司马逸轩未置可否,甘南偷偷看了一眼司马溶,奇怪他为何如此大方。他一直那么的喜欢丛意儿,如今丛意儿就待在他的府上,他应该小心不让皇上看到才对,为何如此迫切?

刘河立刻去请丛惜艾和丛意儿。过了一会儿,听着有人走近的声音,隐约听得见刘河的声音,他似乎在话语间并未提到过司马逸轩在这儿的事,"王爷说这茶是新的,特意请丛姑娘和艾王妃过去尝尝鲜,惠王妃身子不方便,也不适合喝茶,王爷就没有请。"

听到声音就在身后了,司马逸轩依然没有回头,听到丛惜艾的声音有些意外的轻声说:"原来皇上您在这儿。那我们还是避开些吧。"

"没事。"司马溶很高兴地说,"今天皇上也是高兴,心情不错,来府中喝杯新茶,你们也不是外人,何必要避开?来,意儿,过来坐。"

丛意儿似乎并无意外之色,和丛惜艾一起走到桌前,安静地施礼,温和地说:"见过皇上。"

司马逸轩淡淡地看向丛意儿,摆了摆手,"罢了,没有外人,不必拘礼,随便坐吧。"

丛意儿在桌前坐下,整个人淡淡的,甘南有一种相当奇怪的感觉,好像,如果他不是知道皇上和丛姑娘的事情,他一定会认为他们二人根本不认识,或者不熟悉,只是陌生人。丛意儿的态度,让他的心一阵阵抽紧,是一种莫名的心疼。丛意儿瘦了许多,越发显得清灵,神情也是淡淡的,不亲不疏的模样。

"好些了吗?"司马逸轩看向丛惜艾,淡淡地问。

"谢皇上关心,已经好多了。"丛惜艾温和地说,"不过是前些日子不小心感了风寒,歇息几日就会没事的。"

丛意儿接过司马溶递过的茶,轻轻喝了一口,微笑着,语气平和地说:"已经有了夏的味道,阳光都显得明亮了许多。想想还真是有些留恋,若是离开了,真的会想的。"

"你准备去哪里?"司马溶一愣,脱口问。

丛意儿淡淡一笑,说:"你还真是敏感,我随口一说而已,能去哪里?不过是想想罢了。"

"对了,你得祝福一下皇上,他如今已经是有了皇后的人,确切地讲,应该是快有皇后的人了,是太上皇亲自帮他挑选的,是个美丽可人的女子。"司马溶微笑着说,"今日才刚刚听太上皇提起,看起来祖父他很高兴,听说,是宰相大人的千金?"

甘南突然明白,原来,司马溶的用意在这儿!他立刻看向丛意儿。

丛意儿轻轻放下手中的茶杯,面色平静,看不出悲喜,仿佛,司马溶说的只是一个陌生人,与她没有丝毫的关系。"大兴王朝怎么可能没有皇后呢?这倒是可喜可贺的事。皇上,倒要好好祝贺你了。听惜艾说起过,宰相的女儿是个知书达理琴棋书画样样出众的人儿,太上皇眼力不错。"

所有的人都一愣,丛意儿的话听来如此的平静温和,没有丝毫的意外,好像这是最正常的事情,可是大家都知道,她原本应该是司马逸轩要娶的人,她为何对这个消息全无反应?

司马逸轩心中苦笑一下,痛得一紧,但是,面上却不能表现出来,只是淡淡地用漠然的声音和神情说:"谢了。"

丛惜艾低下头,已经嫁了,能够如何?为什么听到他要娶别的女人,心中竟然还是如此的痛?那药仍然藏在离胸口最近的地方,却始终没有勇气吃下去,就

475

像阿萼所问,"你真的有勇气忘记轩王爷?"她忘不掉,真的忘不掉!

丛意儿淡淡一笑,她总是如此淡淡的笑,整个人看来遥远而漠然,仿佛总是三心二意的出神。"惜艾,那儿有阿罗汉草,我会用它编小狗。"她的目光看向阳光下的一大片狗尾巴草。这儿叫阿罗汉草,一个漂亮些的名字,长在一个不太起眼的角落里。

司马逸轩看着丛意儿站起身,她瘦了,衣服在轻风中随着她的行动微微而动,优雅而从容,但却有着伸手不可触及的遥远。她摘了一大把的阿罗汉草,脸上带着平静的微笑,微笑中有着深藏的悲哀,在一个一个动作里,慢慢把所有的悲哀散开。

她的手安静地编织着,神情有些淡淡的出神,那绿绿的毛毛的狗尾巴草在她的手中被编织在一起,簇拥成一只可爱的小狗。她的唇旁有微微淡淡的笑,却看不到快乐。

丛意儿的心很痛,痛到快要疯掉,但是她只能用心地编织着手中的小狗,用着所有的专心,来分散心中的痛。不爱了,真的不爱了,一切就这样简单吗?或者一直以来都只是一个梦,是自己不肯醒,现在不得不醒了。

"呵呵,还真是很漂亮,很可爱。"司马溶开心地说。他如今可以自由自在地和丛意儿说话,真是一件相当开心的事情。司马逸轩做了皇上,要选新的皇后了,不管因为什么,都让他凭空得了这么个机会,可以有机会娶到丛意儿,这就是他的运气。他坐到丛意儿身旁,从丛意儿手中取过她已经编好的小狗,"可以送给我吗?"

"是要送惜艾的。"丛意儿平静地说,无悲无喜。

司马逸轩心里头一阵恼火,司马溶这明明就是做给他看的,他轻轻咳嗽了一声。司马溶抬头看了他一眼,笑着说:"皇上,您怎么了?刘河,去让府里准备上好的饭菜,今日侄儿定要留皇上在府里吃饭。"

司马逸轩冷冷地说:"罢了,宫里还有许多的事情要处理,朕没有时间在这儿待着,你们自己吃吧。意儿,你还是个未嫁的女子,还是要注意些,免得人家说些闲话。"

丛意儿头也不抬,慢慢地说:"谢谢皇上关心,只是烦请皇上也要记得请称呼丛姑娘,您此时的称呼若是传了出去,只怕意儿也要被人说些闲话的。"

司马逸轩有些生气地说:"这是朕的天下,朕如何称呼你,难道也要经过天下人同意吗?"

丛意儿淡淡地说:"随您。"

甘南心里跳一跳,皇上生气了,平常皇上不会如此把愤怒表现在脸上的,只有丛意儿,她可以如此轻易地左右皇上的情绪。

"你们退下,朕有话要和意儿说。"司马逸轩有些生硬地说。

司马溶似乎有些不想离开,但是,犹豫一下,还是起身离开,对着丛意儿微微一笑,轻声说:"我让府里做你最喜欢吃的菜,如何?"

"好。"丛意儿简单地说。

"司马溶。"司马逸轩有些恼怒,斥责道,"退下如此困难吗?"

"不是。"司马溶笑着说,"皇上亲自下旨允许侄儿娶了意儿,她待在溶王府,应该不会有任何人敢说一句闲话,是不是?皇上大可不必责备意儿,她是侄儿请来的客人,不是她故意赖着不走的。"

司马逸轩冷冷地看了司马溶一眼,漠然无语。

丛惜艾站起身,轻声对司马溶说:"王爷,皇上既然找意儿有事,还是避开些才妥当。"

司马溶犹豫一下,继而轻轻一笑,似是无意地说:"是呀,或许皇上是想和意儿谈谈,意儿,代我好好祝福一下皇上,正如你所说,未来的皇后娘娘定是个出色的人儿,真的替皇上高兴。皇上,意儿留在这儿,您有事慢慢讲,臣下们先行退开,这就去准备丰盛的佳肴,希望皇上可以留在府中共进午餐。"丛惜艾低着头跟在司马溶的身后离开。

一个声音轻轻传入丛意儿耳中,"意儿,如果有事,随时叫我,我就在附近不远处。皇上他应当不会为难你,只是不晓得出了什么事,不得不为之吧。"

丛意儿没有任何反应,她安静地坐着,心中却已经起伏如潮,整个人的身体都绷得紧紧的。

"你也先退吧。"司马逸轩头也不回,对着站在背后的甘南,淡淡地说,"朕想一个人和意儿待一会儿,不要任何人打扰。"

甘南应一声,退了出去。

"意儿。"司马逸轩平静地说,指了指自己面前的椅子,刚刚司马溶坐在那儿,"到这儿来坐,我有些话想要问你。"

丛意儿坐着没有动,淡淡地说:"这儿一样可以听到皇上的话,有什么要说的,请您讲。"

司马逸轩顿了顿,温和地开口,说:"你喜欢司马溶吗?他很喜欢你,曾经数次和我提起想娶你进府,你是怎么想的?"

丛意儿微微笑了笑,心里却在感慨,人真是奇怪的动物,这种情形下,竟然还笑得出来!人怎么可以如此欺骗自己?她此时只想找个没人的地方安静待着,不让任何人发现。她笑道:"皇上日理万机,何必为着丛意儿的私事如此伤脑筋,丛意儿喜欢谁不喜欢谁应该不必向您禀报吧?这应当不关乎大兴王朝的江山吧?"

477

"意儿,你这样,我,真的很……"司马逸轩无法说出自己心头的痛苦。看到司马溶那样亲密地接近丛意儿,从丛意儿手中取走那件小小的阿罗汉草编成的小狗的时候,看到司马溶的手指有意无意地滑过丛意儿的手的时候,他的心,就快要崩溃,他视意儿就如他的生命,是任何人不可以亵渎的。但是,"如果你真的可以接受司马溶,我可以立刻为你们主婚,你可以成为司马溶的唯一,任何一个女人都永远无法与你分享司马溶,就算是丛惜艾也不可以,如何?"

　　丛意儿摇了摇头,冷冷地说:"皇上您还真是热心,这红娘的角色还是不要做了吧,免得让丛意儿从心里瞧不起您。您是大兴王朝的皇上,要面对的是大兴王朝的大事,何必花时间替丛意儿着想。"

　　"意儿——"司马逸轩静静地看着丛意儿,他觉得整个人要崩溃了。心里头的悲哀让他无法再平静,可是,他努力控制着自己,为了意儿可以安全地活着,他,不能发火。"意儿。"这一声,在外人是听不到的,他有些话想这样告诉意儿,告诉意儿,她活着对他来说是怎样的重要,父亲不是有意的,父亲更担心的是大兴王朝的未来,所以会如此。"这样,我真的很难过。"

　　丛意儿一愣,司马逸轩怎么会突然这样说话?她看了看司马逸轩,却看到司马逸轩眼中浓到化不开的悲哀,犹豫了一下,她没有说话,风在他们中间轻轻地吹,初夏的阳光是跳跃的。

　　"意儿,我知道你恨我,可是我真的是希望你可以开心幸福地活着。"司马逸轩的话说得如此软弱无力,他自己都听出了苍白。昨晚父亲告诉他,如果他再不能够让丛意儿离开他,父亲就会了结这一切,父亲说,"丛意儿太像慕容枫了,如果你们在一起,也许会成就一段美丽的爱情,但绝对不会成就一个繁盛的大兴王朝!你恨父亲也罢,你恼也罢,你唯一能够做的就是尽快让丛意儿离开你,然后我就会放过丛意儿,我并不恨她,也不想伤她,面对她,就让我想起她的母亲,我也希望她可以安静幸福的活着。这世上,可以给她幸福的绝对不只有你,司马溶也可以。他爱她,应当绝对不会少于你半分!"

　　司马逸轩咬了咬牙,沉了沉气,努力平静地说:"意儿,我很抱歉,真的很抱歉,欺骗了你!"这话说得似乎用了他全部的力气,他怎么可以如此对待他深爱的女人,这个比自己生命还要重要的女人?"你是丛府的人,我以前就认识你,在醉花楼遇到你的时候,我就利用了你的单纯!"司马逸轩狠着心一气说下去,"我看出你喜欢我,所以故意接近你,我这样做是有目的的,但是我并没有打算让你爱上我,也没有打算爱上你,只是没想到后来会发生这样多的事情,而且你爱上了我,虽然我不爱你,但是我并不想让这件事情继续下去,司马溶他很喜欢你,我想你嫁给他,或许是一个好的结局,而且有我主婚,没有人可以为难你。你觉得如何?"

泪水,从丛意儿的脸上滑落,她想要坚强,但是,却无法坚强,她的身体在微微颤抖,无法控制,泪落如雨,却哭不出声来,只是落泪,她此时恨不得自己立刻消失!整个人生命在瞬间化成灰烬!怎么会这样,难道,真的一点爱情的痕迹都没有?难道真的一切只是个笑话,她突然间害怕再见到司马逸轩,他的存在,就如同一个噩梦,让她心惊胆战。

司马逸轩的心似乎在滴血,看着无助的丛意儿,就那样茫然无助地坐在那儿,静静落泪,一身的仓皇,他真的不知道要如何坚持下去,他就这样亲手伤害了他最珍爱的女子!

"意儿——"司马逸轩唯一可做的就是这一声软弱无力的称呼。能够说什么呢?什么也说不出来。

丛意儿整个人就那样安静地坐着,没有任何的声息,仿佛不存在一般。她的眼泪如雨落,却落得无声,唇咬出血,堵住所有的崩溃和委屈,就那样安静地待着,那份忧郁无助让夏天的阳光也变得冷彻心扉。她如同陷在冰窟中,整个人无法控制地颤抖,心似乎一点一点地被撕裂成碎片。

"请离开我,不要再爱我,好吗?"司马逸轩心中全是苦笑,但口中却平静地说着,每一个字,就如同一把刀狠狠地割在他心头,鲜血流出触目惊心,却感觉不到任何的痛,只有麻木,"很抱歉当年的欺骗,原本只是一个游戏,原本只是一个巧合,却伤害了你,如果你肯原谅我,你需要我做什么,都好。"

丛意儿仍然不说话,仍然在发呆。

"司马溶是个不错的年轻人,他虽然不适合做皇上,但很适合做丈夫,他对你一直珍爱至极,一定会好好地待你的。"司马逸轩面上的微笑就如同心头的鲜血,看着温暖却充满了冷酷,"不过,如果你是真的不喜欢司马溶,我可以从全天下为你选婿,如何?"

如何?什么如何?丛意儿呆呆地想,她闹不明白,为什么自己脑子里是一片的空白?逸轩在说什么?为什么她听不到?那声音好像来自太遥远的地方,她怎么也集中不了注意力,甚至动弹不得。

想伸手把丛意儿紧紧揽进怀中,她看来冰冷而无助,仿佛迷路找不出归路仓惶不安,像个孩子,司马逸轩的心痛到收紧,但是他却动弹不得,父皇如今已经老迈,可以随时放弃生命,可以随时带走意儿,他就算是被丛意儿一生一世地恨着,也不会选择让意儿失去生命,从他的世界里消失,只要她还活着就好。

时间可以让一切变淡,或许经年后,她会忘记,但是她依然还在,他的生命里,永远不会消失。

"意儿,你可以考虑一下,我回宫里了,希望你会有一个幸福的未来。"司马逸轩说得非常的无助,而且苍白,他努力站起来,让自己平静离开,这一转身,或许就再也不能够相见,意儿嫁了人,他娶了皇后,他们就只可能在某种情况下才会遇到,宫里有重大庆典的时候,他或许才可以看到她,但是只要她活着,就是好的。

丛惜艾看着司马逸轩带着甘南离开,表情漠然,立刻赶回到丛意儿待的地方,远远看见,丛意儿静静坐着,不知道在想什么,桌上有一大堆的阿罗汉草,她正安静地一个一个地编着,仿佛这是她唯一关心的事情,是她唯一可以做的事情。

"意儿,你,还好吗?"

丛意儿并没有抬头,也没有说话,仿佛灵魂出窍。

"意儿,你怎么了?"丛惜艾吓坏了,她觉得丛意儿的情形不好,相当的不好,丛意儿看起来,是如此的绝望。

丛意儿依然不说话。

"意儿,你不要吓我,到底出了什么事?皇上怎么了?他有难为你吗?"丛惜艾焦急地问,"你的样子很吓人!"

丛意儿轻轻摇了摇头,慢慢地,轻轻地说:"惜艾,我没事,只是有些累了,阳光晒得久了,会觉得有些疲倦。我想去休息一会儿,不要让人打扰我,好吗?"

丛惜艾没有说话,她觉得丛意儿的每一个字都好像是蹦出来的,用尽了全身的所有气力,一定是发生了什么,否则,丛意儿不会如此!她轻声说:"好吧,你去休息一会儿。"

丛意儿想要站起来,刚一起身,就觉得眼前乌黑一片,人立刻就失去了知觉。

"意儿——"丛惜艾吓坏了,高声喊,"快来人!"

第二十七章　凤凰涅槃　生不再爱死不忘

三天,整整三天,丛意儿始终陷于昏迷中,在溶王府,她躺在床上昏睡了整整三天,水米未进。她拒绝醒来,就那样安静地躺在床上,仿佛打定主意不再醒来。

丛惜艾守在床前,不知道如何才好,除了焦急的守候外,就没有别的办法。司马溶请来了阿萼,封锁了到宫里的消息,他恼恨着自己的叔叔,当时发生了什么,他猜不出,但是,一定是叔叔说了什么,才会让意儿如此,他怎么可以再让叔叔伤害到无辜的意儿?

"我想,还是由她去吧。"阿萼看了看床前的众人说。三天了,整整三天了,丛意儿有着微弱的呼吸,似乎只是沉沉地睡着了,却就是不肯醒来。阿萼用细细的棉棒蘸了水滴在丛意儿的唇上,滋润着有些干的嘴唇,"她根本就是拒绝醒过来,就算是有再好的药,她不肯醒来,任何人也没有办法。"

"不可能,她怎么可能自己决定自己醒不醒过来?"司马溶难过地说,"她只是昏迷了,你可以救她的,一定可以的,你们乌蒙国有着世上最好的药,绝对不会救不了意儿!"

阿萼叹了口气,说:"我们乌蒙国确实有着世上最好的药,但是,依然救不了她,是她自己拒绝,她的意识在拒绝醒来,我们没有别的办法。我想,还是通知皇上吧,你们这样瞒着消息也不可以,若是皇上知道了,只怕是要治罪于溶王府的。"

丛克辉看着躺在床上的丛意儿,微蹙的眉头,唇旁淡淡的无助,纵然是在昏迷中,也有着抹不去的无助和伤心,她似乎是陷入了一个噩梦中,却怎么也醒不过来。

"惜艾,那一天到底发生了什么?"

丛惜艾摇摇头,轻声说:"我也不清楚,皇上走后,我赶到意儿那儿的时候,她只说了一句话就突然昏迷过去,就现在这个样子了。"

"意儿她不是一个柔弱的女子,她不会轻易这样,一定是发生了什么事情,让她伤心绝望,才会这样。"丛克辉悲哀地说,"前段时间皇上出事的时候,她都能够坚强地挺过去,会是什么事呢?让她如此选择?"

"还是通知皇上吧。"阿萼轻声说,她心里另外有着盘算,当时一定是发生了什么,让丛意儿如此,丛意儿那般聪明平和的女子,如果不是发生了什么让她无法接受的事情,她定不会如此决然的想要放弃生命!所以,只有通知了皇上,才会知道,到底发生了什么,或许可以救得了丛意儿。

"这样下去,如果真的出了事情,溶王府是担待不起的。"

大家没有吭声,阿萼说得不错,这好像是唯一的办法。

"谁去合适呢?"司马溶有些犹豫,这个时候再通知皇上,会不会有些迟?

"我吧。"阿萼轻声说,"如今只有我是局外人,皇上就算有什么不满,也不会太过的。"

司马溶看着躺在床上毫无反应的丛意儿,犹豫了一下,说:"我和你一起去吧。如今意儿在我府中,我比任何人都在乎她的生死,去了也可以问一问,当时到底发生了什么事,让意儿如今这个模样?"

阿萼点了点头,"好吧,我们一同过去,更好一些。"

宫中,司马逸轩低头看着桌案上的奏章,一夜未眠。觉得头有些痛,他以手抵住额头,想要休息一下。甘南从外面急匆匆地走了进来,神情有些不安,脚步也显得有些凌乱。

"怎么了,什么事情如此模样?"

甘南看了看司马逸轩,犹豫一下,沉了一下气息,才慢慢开口,"皇上,萼公主和溶王爷在外面想要见您,说是有急事。"

司马逸轩眉头一皱,不耐烦地说:"告诉他们,朕累了,有什么事明天再说吧。"

"好像是丛姑娘出事了。"甘南犹豫一下,轻声说,"萼公主说,丛姑娘已经昏迷三天,若是再继续下去,只怕是会没了性命。"

司马逸轩愣愣地看着甘南,有些没听明白,微皱眉头问:"什么叫已经昏迷了三天?既然这样,为什么现在才来说起?"

甘南摇了摇头,轻声说:"臣下不知道,但看萼公主和溶王爷的表情,好像事情很严重。溶王爷说,自从皇上您离开后,丛姑娘就陷入了昏迷中,一直没有醒来。"

司马逸轩一闭眼,心头一紧,长叹一口气,强压怒火说:"宣他们进来,朕要亲自问问他们,意儿究竟如何了!"

阿萼和司马溶跪在地上,阿萼低着头,轻轻地说:"皇上,您不要着急,听臣妾把话说完。目前,意儿的情形相当的糟糕,但也不是说没有救回来的可能,药是有的,问题是,意儿她自己拒绝醒来,这样,任何一种药对她来说,都是不起作用的。臣妻担心会出问题，所以特意赶来宫里，只是想问一下皇上，听丛惜艾说起，您当时离开的时候意儿还是好好的，怎么您一离开，她就昏迷不醒？这事关系到意儿的生死，马虎不得。"

"你再说一遍！"司马逸轩身体有些僵硬，似乎呼吸也变得不太顺畅。是不是这两天太累了，所以，听力也不好了，意儿她怎么了，什么叫拒绝醒来？他的语气听来有些莫名的烦躁，甚至有了威胁的意思，"什么叫意儿她自己拒绝醒来？！"

阿萼犹豫一下，用最简单的语言解释，"皇上，意儿她一定是受了什么刺激，本来她的身体状况就有些不理想，所以，她会突然晕倒，然后陷入昏迷中。最主要的是，她本身不想醒来，她好像想要这样一直睡下去。但是，以意儿目前的情形来说，她就是在选择死亡，如果再继续下去，她必死无疑。"

司马逸轩的呼吸有些急促，他愣愣地看着阿萼，脑子里却是一片空白。他一字一句地说："阿萼，你给朕听好了，意儿没事则罢，如果有任何的不妥，朕就灭了整个乌蒙国！"

阿萼低下头，轻声说："皇上，意儿是阿萼夫君的妹妹，阿萼比您的着急不差半分，但是，如果不能知道到底是什么事情让意儿如此拒绝醒过来，阿萼是真的没有办法让她醒来的。皇上，请告诉臣妻，到底您和意儿说了什么，让她如此？"

司马逸轩没有说话，他发了半天怔，然后说："朕亲自过去看看。"

溶王府，丛意儿安静地躺在床上，看不到站在床前的司马逸轩，看不到司马逸轩眼中的痛楚，怎么可以这样？司马逸轩呆呆地看着昏迷的丛意儿，为什么，她选择这种方法离开？"阿萼，不论用什么办法，一定要让意儿重新活过来，朕要她好好的活着。"

阿萼低头不语，一定是发生了什么，一定是皇上说了什么，让丛意儿心灰意冷，决然放弃，再不肯醒来。解铃还须系铃人，除了皇上，没有人可以让丛意儿醒来。她不说话，因为她没有办法，就算是乌蒙国最厉害的医师来了，只怕也没有好的办法。

"你们离开，朕要和意儿待一会儿。"司马逸轩明白阿萼的意思，叹了口气，慢慢地说，"或许可以唤她肯醒来。"

"不行！"司马溶大声说，"皇上，您不可以再这样，上一次就是您要和意儿单独待在一起，您走了之后，意儿就昏迷不醒，如果您再单独和她待在一起，会要了她的命！"

"溶王爷。"阿萼立刻拦住司马溶，轻声说，"让皇上和意儿单独待一会儿吧，现在除了皇上，也许没有人可以让意儿醒来了。不过，皇上，如果意儿醒来，您要如何面对？"

司马逸轩有些疲惫地说:"只要她能够活着就好。"

阿萼领着众人离开,司马溶不想离开,被阿萼硬拉了出去。走到了门口,阿萼突然回过头来,似是无意地说了一句话:"皇上,除了您,也不是没有别的办法,若是让意儿忘记所有,或许可以救得了她,但是,醒来后,她将不会再记得所有,包括与您的交往。"

司马逸轩的身体一挺,没有说话,等到众人都离开,房间里只剩他和丛意儿,才发现,一室的暗色,什么时候,天晚了,这暮色中,似乎所有都变得忧伤起来。

"意儿,你为什么要这样？我只是想要你活着,你恨我到这种程度吗？恨到宁愿不再看到我？"司马逸轩在床前坐下,轻轻握着丛意儿的手。那手,是如此的冰冷,没有一丝的温度,他把它们全部握在手中,似乎想要给这双手以温度,他该如何,如何才可以救得回意儿,让她好好地活着。

"意儿,告诉我,我应该怎么做,才可以让你回来,只要你肯回来,用我的所有都可以交换。"

丛意儿的身体没有任何的反应,依然安静地躺着,有着微弱的鼻息,那双手依然是冰冷的。

"意儿,我在骗你,我没有利用你。"司马逸轩落下泪来。他知道,那一日他的话一定是狠狠刺伤了意儿,让她不知道如何面对,怎么可以,她一直以为的爱,竟然不过是一场欺骗,她一定是伤心到了绝望的地步,所以,才有了这种念头,宁愿选择离开。"在醉花楼遇见你,我就无法忘记你,你不论发生了什么,不论你是不是真的丛意儿,但是,我就在那一眼之间,爱上了你。你仿佛是上天赐给我最好的礼物,值得我用一生一世珍惜,你的一言一笑,让我的世界从此不再阴沉。我对自己说,这一生一世,我要用尽所有,好好与你相伴。但是意儿,父皇却用你的生命要挟我,如果我不放弃你,他就让你从这个世界消失！我不知道如何做才好,放弃你……"司马逸轩的神情突然间变得有些茫然,他在解释什么,正如阿萼所说,如果他让意儿醒来,他将如何面对？不还是一样的要离开吗？但是,要让意儿真的忘记所有,忘记他,他的心却痛得颤抖,他宁愿她是恨他的,也不愿意她忘记他。

司马逸轩觉得无语,一切的解释在此时是如此的苍白,他除了一心的无奈,竟再也找不出任何方式来面对此时的一切。他可以左右大兴王朝的所有,却无法掌握自己的爱情。

"阿萼,到底发生了什么？"司马溶不安地问,"难道真的没有别的办法吗？你不是说只要让意儿忘记所有,她就可以再醒来吗？为什么你不试一试,只要有可能,我们就要尽全力,不是吗？皇上他能做什么,他能够让意儿活过来吗？是他让意儿这样的！"

阿萼没有说话,司马逸轩,到底有怎样的好,让自己的姐姐和意儿这样无法放下,还有一个丛惜艾,她不是个傻瓜,看得出,丛惜艾看到司马逸轩的时候,眼中的挣扎和不舍,只怕也是极爱着司马逸轩的,但是,到底发生了什么,让事情变成如此模样?

"萼公主,皇上请您过去一下。"甘南轻声说。

阿萼轻轻哆嗦了一下,她突然觉得悲哀,到底发生了什么?会让司马逸轩做出这样的决定,他让甘南唤自己过去,一定是选择了让自己用药让意儿醒来,结果是意儿醒来,会忘记司马逸轩!他完全可以自己把意儿唤醒,他是个聪明人,他一定知道,他让意儿伤心的原因是什么,只要他解释清楚了,一切就解决了。意儿是昏迷不醒不错,但是,那是她的意识在拒绝醒来,她其实有隐约的意识,可以用真情唤醒的,但是到底发生了什么?!

秋意在窗外显得如此的清冷,御书房,经过一个炎热的夏日,也有了寂寞之意。是个落雨的日子,听得见雨声淅沥,敲得整个人愈发寂寞,已经有落叶在风雨中飘落,无声。站在窗前,看着窗外,司马逸轩的眉头锁着浓浓的悲哀和寂寞。他双鬓有着隐约的白发掺杂在黑发中,依然是素淡的锦衣,却驱不去一身一心的寂寞。

"皇上。"甘南从外面走了进来,轻声说,"太上皇的情形不算好,您此时要不要过去看看?"

司马逸轩没有说话,人在出神,好半天才缓缓地说:"意儿走了有近五个月了吧?"

"嗯,是的,丛姑娘离开京城已经有五个月。"甘南轻声说,"皇上,您不要再难过,或许丛姑娘此时过得很好。忘记了旧事,对丛姑娘来说,并不是一件坏事,最起码,她不必难过。"

司马逸轩淡淡苦笑一下,缓缓转过身,轻轻地说:"甘南,你不懂意儿,她离开京城,不是因为她忘记了所有,而是,她根本就没有忘记,如果她可以忘记,她就不会离开了。"

"皇上——"甘南讶然地看着司马逸轩。

"那药,朕并没有给她服下。"司马逸轩轻轻地说,"朕让阿萼配了药,在你们都离开后,朕,无法让意儿服下,朕是自私的,朕宁愿让意儿恨着朕,也不愿意让意儿忘记朕。那药,朕给泼掉了,朕对意儿说——"司马逸轩突然落下泪来,他,永远无法忘记当时他说过的话,他用了最残忍的办法逼迫意儿放弃死亡,他说得异常痛心,却让意儿选择了醒来,并远走他乡!"朕对意儿说,丛意儿,你不要用这种办法来让朕感到内疚,朕永远不会因着你的不肯醒来而念记你,朕只会觉得你是个不知进退的女子！"

"皇上！"甘南觉得自己听错了，难怪，难怪皇上一直以来如此的郁郁寡欢，他是如何度过这许多的时光的？"您这是何必？您让丛姑娘恨您，不如让她忘了您，您如此下去，会让您……"

"罢了。"司马逸轩平静地说，"事情已经如此，而且，阿萼所配的药毒性极大，若稍有不慎，会要了意儿的命。朕不想冒那个险，就算是可以成功，也会让意儿的身体受到伤害，朕绝对不答应。"

"萼公主知道吗？"甘南小心地问。

司马逸轩摇了摇头，突然，忍不住咳嗽了一下，竟然呛出一口血来。甘南吓了一跳，"皇上，您怎么了？您不可以再这样下去，您这样一直的伤心下去，会要了您的命的。甘北已经四处寻找丛姑娘的下落，她不会有事的，以丛姑娘的聪明，她绝对不会有什么情况的。"

司马逸轩捂住胸口，努力控制上涌的不适，叹了口气，轻轻地说："不要去找了，如果她自己不肯回来，你们任何人也找不到她。莫家昆派人带来消息，他见过意儿，他告诉朕，意儿是意儿又似乎不是意儿。"司马逸轩觉得头有些晕，停住了口，转移开话题，"父皇怎样了？太医怎么说？"

"太医们说，太上皇是郁闷所致，臣想，是不是丛姑娘的离开也让他心里头难过，他似乎并不是真的很讨厌丛姑娘。小樱说，每每提及丛姑娘，太上皇都会叹息一番，要不就自己一个人跑到旧居里对着雕像发呆。"甘南叹了口气，说，"也不知道太上皇到底是怎么想的，既然并不讨厌丛姑娘，为何一定要阻止你们二人来往？"

司马逸轩又咳嗽了几声，胸口闷得难受，他坐下来休息，顿了顿，说："准备一下，朕要去父皇那儿。"

小樱为太上皇披上披风，轻声说："太上皇，外面风大了，您进屋吧，小心吹着了，太医们已经再三嘱咐过，千万不可让您劳累着，也不可多思多想。咦，是皇上和甘南来了。"

太上皇抬头看着自己的儿子，又清瘦了许多，自从丛意儿离开后，他就没有展过笑颜，总是淡淡的，专心于朝政，偶尔过来问安也是淡淡的，不大言语，更多的时候是坐坐就走。大兴王朝现在一切恢复正常，百姓们也过着平静富足的日子，这似乎是唯一令人安慰的事情吧。

"来了。"太上皇轻声问，不敢高声。没有多余的气力，连喘口气都是辛苦的，人老了，真是没用呀。

"听甘南说，您身体不太好。"司马逸轩轻声问。看到父亲已经有些苍老的面容，他心中总有不忍，"您何必如此？"

"有意儿的消息吗?"太上皇忍不住问。

司马逸轩淡淡地说:"她还是不要回来的好。"

"我听说有人在乌蒙国见过她。"太上皇并没有理会司马逸轩的回答,自顾自地说,"她跑去哪儿,是很危险的,那儿还有一个蕊公主不晓得你还活着,现在还独自一个人闭关修炼,若是她知道你还活着,岂肯甘心?还是待在京城里好一些。"

司马逸轩并没有继续这个话题,淡淡地说:"您得好好休息。"

"逸轩。"太上皇突然说,"意儿她真是太像她的母亲了,当年她母亲被人误会的时候,竟然选择保持沉默,独自一人避于一处。如果意儿没有忘记以前,她会不会也会像她母亲一般?"

外面有太监走了进来,对着司马逸轩和太上皇施礼,恭敬地说:"皇上,太上皇,溶王爷的惠王妃已经生了,是个公主,溶王爷派人过来向您和皇上报喜。"

司马逸轩随意地说:"甘南,去替朕准备一份贺礼。"

惠王妃生下公主百日,溶王爷在溶王府宴请宾客。很难得,太上皇和司马逸轩都送了贺礼,并且亲自光临。

初冬的第一场雪,纷纷扬扬飘落,落了一地。时间过得真快,意儿离开到现在,应该快一年了吧,至少也有大半年了。司马逸轩站在溶王府的花园,在这儿他曾经和意儿对面而坐,说出他不得不说出的话,为的只是希望意儿可以活着,如今她活着,却一心恨意地躲在他的视线之外,不肯露面。

"皇上。"一个温和的声音在他身后响起,有些犹豫,有些小小的紧张和惊喜。

司马逸轩回过头来,看到丛惜艾正跪在他的身后,有很久没见她了,她好像还是旧时模样,只是面容中多了些隐忍和平静,他知道,丛惜艾在溶王府过得并不开心,大家都传闻,丛惜艾在溶王府只是一个被忽视的王妃,一个虚担了王妃名号的女子。"罢了,起来吧。"司马逸轩抬了抬头,示意跪在地上的丛惜艾起来,"有些日子没见你了,还好吗?"

丛惜艾低垂着头,低低地说:"谢皇上关心,臣妻一切还好。"

"嗯。"司马逸轩不经意地点了点头,看着伞外的雪。甘南小心地站在他身旁,举着伞为他挡着风雪。

"这儿风冷,不必拘礼,如果没什么事,就回吧。"

"皇上。"丛惜艾似乎是有些犹豫,轻轻地说,"意儿她今日会回来,和阿萼、臣妻的哥哥一起从乌蒙国回来,过些日子是意儿母亲的忌辰,阿萼也有了身孕,臣妻的母亲想要她回丛府住些日子。"

司马逸轩看着站在自己面前的丛惜艾,轻声问:"她一直和你联系吗?她现在可好?"

"臣妻前些日子收到过阿萼的书信，自意儿离开后，臣妻就没有见过她，只是从阿萼的书信中隐约知道些事情。"丛惜艾轻声说，虽然说的不是自己，而是司马逸轩心中另外一个女子，但是，可以和司马逸轩如此近距离地平和谈话，对于丛惜艾来说，已经是一种幸福，这几句话可以慰藉她许多的寂寞岁月。"阿萼说，她带意儿离开京城后就去了乌蒙国她自己的家，因着蕊公主还在闭关，不晓得您的事情，也不知道意儿去乌蒙国的事，所以，并没有什么事情发生。只是，在到了乌蒙国后不久，意儿就消失了，留下了一封书信，不知去向何处，不过前一个月，他们才突然有了意儿的消息，只是阿萼的书信中有些奇怪的言语，她说，意儿是意儿，似乎又不是意儿。臣妻不太明白，知道皇上或许关心意儿的情形，所以特意告诉您一声，若您想见到意儿，可留在府中，吃过晚饭再走，意儿和臣妻的哥嫂应该很快就会到了，昨日阿萼说他们已经起程……"

甘南一愣，什么叫"意儿是意儿，似乎又不是意儿"？之前好像也听皇上提到莫家昆也说过类似的话。"皇上，臣始终不明白，什么叫'意儿是意儿，似乎又不是意儿'？臣好像听皇上您提过，但是臣始终想不明白。"

司马逸轩淡淡地说："朕也不明白，只有见了才知。"他面上淡淡的，但心中却满是欢喜。意儿回来了，纵然依然恨着，但是，可以再见到她，他已经满足得不得了。她现在怎样了？日子过得好不好？会不会和自己说话？还是会不会已经有了归宿？

外面传来一阵喧哗声，应该是车马声，三人同时向门口看去，是意儿回来了吗？她现在怎样了？还好吗？

"皇上。"莫家昆从外面走了进来，一眼看到司马逸轩，微笑着上前打招呼，按照规矩施礼，"有些日子没见您了，还好吗？知道谁和我们一起回来了吗？您知道了一定开心的，是丛姑娘。不过，您得做好充分的思想准备，那女子绝非您可以想象！"

"莫家昆，不许在后面讲我坏话。"一个温和清朗的声音传入众人耳中，仿佛春风拂面，让所有在场的人心头升起一份温暖，那声音中听不出任何的埋怨和旧时痕迹，"每每总被我听到，事不可再三的。"

众人顺着声音一起望去，后花园的入口处站着一位身着红色披风的女子，清秀的面容，温婉的气质，瞧着很舒服，红色披风上落了些雪，浅浅的笑容如雪般轻盈动人，令人心头轻轻一颤。正是丛意儿，在大家视线中消失了大半年的丛意儿，此时正安静地站在那儿，心平气和地站在旧事旧人面前。

"意儿。"司马逸轩心头喊出这个名字，但是，面上却是愕然的。在如此突然的情况下见到丛意儿，他竟然无法相信，她怎么可能如此的风轻云淡？难道，阿萼在乌蒙国的时候帮她忘记了所有的事情？包括自己在内，为什么她就如同没有看到自己一般？

"意儿——"丛惜艾看到司马逸轩眼中的失落和茫然,心中有些难过,他们之间究竟发生了什么？怎么会如此情形？"看见你如今模样,我心中真是安慰。你先见过皇上,我们再说话吧。"

她会如何？丛惜艾和甘南想着同样的问题,她会好好地和皇上说话吗？还是如何？

丛意儿似乎没有任何不妥的表现,她似乎才刚刚看到一直站在那儿的司马逸轩,微笑着,礼貌地施礼,温和地说:"丛意儿见过皇上。"她正要按照礼数跪下,却觉得有一股力量托住了她将要跪下的身体,一个努力平静但仍然有隐约颤抖的声音在她耳边响起。

"不必了,地上有雪,礼数免了吧。"司马逸轩努力平静地说。丛意儿的反应太奇怪了,她似乎忘记了旧事,难道她忘记他了吗？"很久没见了,过得可好？"

丛意儿微笑着,脸上看不出任何的恼怒和怨责,温和地说:"多谢皇上挂念,我在外面很好,去了许多地方,玩得很开心。"

甘南有些奇怪,这是丛意儿吗？她怎么可能如此和皇上讲话,没有埋怨,没有泪水,仿佛大家从不曾相识,只是皇上和臣民的关系？她可以如此平静地站在皇上跟前,这是如此难以接受的状况！

司马逸轩苦笑一下,她还是忘了他。

"意儿——"太上皇愕然地看着与众人一起走进来的丛意儿,有些不能接受。她怎么突然出现了,而且,如此的平和？"你,你什么时候回来的？你怎么可能如此的模样？你,你不应该是——噢,对了,你应该是忘了所有的。"

丛意儿忍不住一笑,似乎真的忘记了,"太上皇,您还真是有趣,一定要把伤痕打开了看才安心吗？我是人,不是可以随便删除内容的机器,我怎么可能忘记所有呢？只不过,那些过去的事情如今懒得想起,您不会还记着的吧？"

太上皇一愣,看了一眼自己的儿子,司马逸轩正若有所思地看着丛意儿,眉目间有着浓浓的悲哀和失落。"你,你应该是忘记了才对的！不可能,如果你没忘,你怎么可能如此的平静？"

丛意儿依然是一笑,笑容若花般灿烂,淡淡地说:"您是指当年我误以为皇上喜欢我的事情吗？若是说那件事,我早就忘了。"

所有的人,都愣住了,或许他们原本期望着的是一个悲伤无助的女子吧。丛意儿的反应在他们看来,实在是太不正常了。难道爱情在她心中真的已经消失？她怎么会如此平静的面对众人？

莫家昆站在司马逸轩的身后,轻声说:"不要觉得奇怪,我最初看到她的时候,她就是如此的平静,好像所发生的一切与她无关,当时我听萼公主说过,她受

489

了一些伤害,来自您。为了她的安全,避免被蕊公主发现,萼公主一直把她安置在我的一处别苑中,有专人照顾,但是,当我们离开后不久,她就消失了,再然后,就在我们焦急不知如何是好的时候,她却又主动与我们联系,让我们安心。等到我们再见她的时候,她就是这个模样了,竟然可以平静地谈论自己的过往,甚至我们小心避免提到您的时候,她竟然也可以平静地提及您的名字,这种情形,实在是费解。"

司马逸轩心头一沉,或许终于是达到了目的了吧,意儿终于放下了这份感情,以一个平常人的身份与他交往?这样,他们之间再也不会有什么纠葛,她还好好地活着,这不正是他一直希望的吗?

"皇上——"甘南轻声说,"有些不对呀。怎么会这样?"

司马逸轩没有吭声,心头却是苦笑不堪,是啊,什么会这样?他已经达到了目的,怎么会突然变成这个模样?

"如果如小樱所说,太上皇在他和丛姑娘身上同时下了毒,若是太上皇此时不舒服,丛姑娘应该有感觉才对,丛姑娘不能影响太上皇,但是太上皇却可以直接影响到丛姑娘,为什么丛姑娘看起来健康平和,而太上皇却身心憔悴?"甘南轻声说,他的声音低到只有司马逸轩才可以听得到。

司马逸轩一愣,看了一眼甘南,似乎说得有点道理。

大家在桌前坐下,溶王府准备了许多的美味佳肴,但是司马溶还没有回来,丛惜艾有些为难,平时不在也罢了,这个时候不在,偏偏太上皇和皇上都在,这可是对君不尊呀!"刘河,溶王爷还没有找到吗?李山有没有去醉花楼?"

刘河低下头,额上见汗,低低的声音,"去了,但是王爷不肯回来,只说,不过是生个丫头,何必如此隆重,再者说,回来了也是无趣,不如待在那儿乐得逍遥。"

丛惜艾犹豫一下,不知道如何是好,苏娅惠生了这个女儿,一切事情全是由她打理,自从意儿出了意外,被阿萼带去乌蒙国后,司马溶就变得如此,日日流连于花丛间,不肯回府。

"司马溶呢?"太上皇不高兴地说,"他生了女儿,我们亲自过来祝贺,他竟然连个面也不露,是不是对我和皇上有意见?"

"噢,不是,不是。"丛惜艾轻声说,面色有些焦急。犹豫一下,她轻声对刘河说:"立刻去醉花楼,就告诉王爷,意儿自乌蒙国回来了,请他速速回府。"

刘河点头立刻起身离开。

"惜艾,这样不好。"丛意儿温和一笑,轻轻地说,"你怎么拿我的名字去吓唬司马溶,他若是做了坏事,知道我回来了,还不吓得更不敢露面。"

丛惜艾面上一愣,意儿怎么可以如此平静地说出这话,难道她的心头再也没有任何的过往?看着丛意儿平静微笑的面容,看不出她的心里如何想。丛惜艾有些不知如何是好，只得为难地笑着看向丛意儿，喃喃地说："意儿，这，他，我，是不得不，对不起。"

"开个小小玩笑，你何必紧张成如此模样。"丛意儿微笑着说，"若是可以吓他回来，也是好的。他如今在忙些什么？"

太上皇一旁不乐意地说："一个不成器的东西，现在竟然天天流连在醉花楼，真是丢人现眼，如今这溶王府若不是丛惜艾打理，早不知道成了什么模样。你不知道，这小子竟然连着娶了好几个妾，弄得这儿乌烟瘴气，简直是无药可救！"

丛意儿一愣，看了看丛惜艾，犹豫一下，说："竟然有如此变化吗？惜艾，真的这样吗？"

丛惜艾无奈地点了点头，轻声说："她们几个住在后面，因着今天太上皇和皇上过来，所以，没让她们出来，免得惹太上皇生气。"

莫家昆看了看一直看着丛意儿的司马逸轩，轻声说："皇上，罢了吧，她只怕是早已经放下了所有的过往，对啦，你怎么没有娶皇后？不会是还寄希望于丛姑娘吧？当时你们到底发生了什么，为什么好好的就不在一起了呢？"

一行人正说着话，有急促的脚步声从外面传了进来，是一个惊喜的声音，"意儿，真的是你，回来了吗？"

丛意儿抬头，看到从外面走进来的司马溶，他一脸的惊喜，一脸的不相信，大半年不见，他似乎是长大了许多，眉宇间有了一些不可言说的沧桑，而且多了一些玩世不恭，只是见到丛意儿的时候，他的开心却是真的，完全的不加掩饰。

丛意儿微微一笑，她是如此的风轻云淡，完全看不出曾经，所有在场的人都一心的讶然。"司马溶，好久不见。"听她语气，似乎她就是丛意儿，但是，又觉得她不是丛意儿，这种感觉实在奇怪得很。

"你回来，真好，呵呵，我太高兴了，要是早知道你回来，我就，就不去醉花楼了。你为什么不提前打声招呼？"司马溶甚至忘记了和太上皇以及司马逸轩打招呼，直接坐到丛意儿旁边的椅子上，一脸的笑，笑得没心没肺的模样。

丛意儿轻轻一笑，开玩笑地说："早知如此，我应当事先打个报告，获得你的允许，才可以回来。我回来，对皇上都没有事先说好，就已经出入京城，你这儿出入要事先打招呼吗？司马溶，你如今真是变化很大呀，家中妻妾不管不顾，跑去醉花楼，又给惜艾添了如此多的姐姐妹妹，你说我此时心情如何？"

司马溶面上一红，有些尴尬，一时之间不知如何接话下去，看着丛意儿一脸温和的微笑，真是心虚得很。真是倒霉，早知道这样，这几日就不出去了，原以为今生再也没有机会可以见到丛意儿，从她离开京城那一天开始，她就杳无音信，他以为，她要么死了，要么忘记了所有，当时走的时候，丛意儿还是昏迷中的，或者说，还是不太有意识的。怎么突然会回来，而且如此的"不同寻常"？

第二十七章　凤凰涅槃　生不再爱死不忘

491

"皇上,丛意儿有个请求,不知道皇上可肯应允。"丛意儿突然转头看向司马逸轩,面带微笑地说。

这笑容让司马逸轩心中一震,他一时之间有些出神。旁边莫家昆轻轻碰了他一下,他才突然反应过来,下意识地说:"何事?"

"太上皇刚刚也说了,这溶王府多亏有惜艾在照应,否则不晓得会变成如何模样。而如今惜艾所照顾的全是与她无关的姐妹,所以,想请皇上允准,从此之后,这溶王府只可以有一个溶王妃,那就是丛惜艾,就算是苏娅惠也只可为妾不可为妻。如何?"丛意儿微笑着一字一句地说,"除非惜艾自己放弃,司马溶不可以为难于她,不可以再令溶王府蒙羞,如何?"

丛意儿知道,丛惜艾不爱司马溶,但是,嫁了这个人,丛惜艾就已经放弃了所有的念头,不论司马溶是如何,她都一直在恪守着本分。

莫家昆忍不住哈哈一笑,说:"丛姑娘,你真是厉害,如今溶王爷倒要权衡些才好了。"

司马逸轩看了看司马溶,再看看丛惜艾,点了点头,说:"好,我答应你,从今之后,若丛惜艾不允,任何人不得再进入溶王府,若是司马溶再有不妥之举,我就取消他的王爷称号。这样可好?"

丛意儿微微一笑,全无芥蒂的模样,她看向司马溶,俏皮地说:"司马溶,这样可好?"

"只要你在,一切都好。"司马溶笑着说。只要丛意儿在,那些女人算什么,只要她在,一切都是开心的!

回到宫中,司马逸轩站在窗前,看着外面飘落的雪花,他几乎无法相信今日见到的是当时心里怨恨他的丛意儿。真的是她吗?她怎么可以如此的平静?难道她真的放下了所有?还是——在桌上,她始终微笑,没有任何的不妥之处,甚至面对自己的时候也是心平气和的。

"皇上,您还没休息吗?"甘南走了进来,轻声问,"正好您此时有空,臣有事想要和您商量一下,不知可否耽误皇上一些时间。"

"是不是想问为什么意儿并没有受到朕的父皇的影响?"司马逸轩苦笑了一下,回头看了一眼甘南,慢慢地说,"你真是一句惊醒梦中人,你的话提醒了朕,朕太过粗心,竟然忽略了一件事。一直以来,过于担心意儿会受到伤害,却想起来有一件事情朕一直没有仔细考虑过,偏偏就是这件事让朕伤害了意儿。"

甘南不解地看着皇上,轻声说:"难道有人在太上皇的药中做了手脚?谁有这么大的胆子?"

"有两种可能。"司马逸轩在桌前坐下,喝了口水,静静地说,"一是有可能意儿她根本没有中毒,在意儿昏迷的时候,朕曾经注意到意儿只是脉象有些弱,但并没有中毒的情形,只是当时朕满心慌张,忽略了此事。至于是谁从中做了手脚,若是真有这种可能,只有一个可能,就是小樱从中调换了药。还有一种可能,就是朕一直忘记了意儿她手腕上的那串可解百毒的手链,那是前人慕容枫的旧物,也是乌蒙国的至宝,如果猜得不错,就算是意儿中了蝶润的药,也应该不会有事。今日在溶王府,朕无意中看到意儿手腕上的手链才想起此事。"司马逸轩摇了摇头,他怎么可以犯这种低级的错误,如果早想起这些,他怎么会这样受制于自己的父亲?

"也就是说,丛姑娘她根本没事,任何人也伤害不了丛姑娘?"甘南开心地说,"如果是这样,皇上只要和丛姑娘解释清楚旧事,你们一定可以重修旧好的。而且您现在并没有立后,丛姑娘一定知道您的苦心,只要事情解释清楚了,一定会没事的。"

"但今日看意儿态度,只怕是她早已经放下了旧事,看她可以和朕平静地说话,微笑地吃饭,如果心中还有旧事,绝对不会如此坦然的。"司马逸轩苦笑着说,"若想重拾旧情,只怕只能想想。"

甘南犹豫一下,也许司马逸轩的话有道理,看丛意儿的态度,怎么也不像是旧恨仍在心头的女子,好像失忆了一般。甘南轻声说:"皇上,您也别太着急,如果丛姑娘真的没有中毒的话,一切还是可以挽救的。"

"朕太自以为是了。"司马逸轩苦笑着说,"从一开始,朕就自以为是地在保护着意儿,处处以自己的思想考虑她的事情,然而独独忽略了她的感受,没有她的参与,都不过是一场错误。"

"皇上……"甘南难过地低下头。只有他知道,皇上是怎样度过这许多的日子的,但是,如果丛姑娘真的忘记了皇上,将是怎样的遗憾?

"甘南,你说意儿她会待在哪里?"司马逸轩突然问,眼睛中闪过一道光,"不论怎样,朕一定要再见她一面。"

甘南犹豫一下,说:"皇上您离开的时候,丛姑娘还没有走,今晚她应该会住在溶王府吧?"

司马逸轩微皱眉头,想了想,突然说:"朕要去一趟饮香楼,朕会在那儿等她,就算是她忘记了朕,朕也要亲自见她一面。"说完,司马逸轩站起身,突然又说,"如果我们发现了意儿没有中毒的迹象,估计父皇也一定会发现。你立刻去父皇那儿,打听一下消息,看看小樱那儿有没有什么消息。"

"好的。"甘南答应着转身离开。

太上皇若有所思地看着站在自己面前的小樱,面无表情地问:"小樱,你有没有发现丛意儿这次回来有什么不同?"

493

"很多呀。"小樱微笑着说,"丛姑娘的反应在奴婢的意料之外,她表现得如此平静,只有一种可能,就是彻底忘记了旧事。但是,有一点奴婢觉得很奇怪,就是好像丛姑娘并没有中毒的迹象,太上皇,您有没有这种感觉?您如今不舒服,按道理来讲,丛姑娘也应该觉得不舒服才对,可为何她却健康得很呢?"

"是呀,朕也觉得很奇怪。"太上皇盯着小樱,目光中有着不加掩饰的怀疑,"你觉得会是哪儿出了差错?"

小樱摇了摇头,说:"太上皇,您不要让小樱乱猜了,您此时只怕还怀疑着小樱呢。还是算了吧,丛姑娘本就是一个无法猜测的人,出了什么事,或许只有丛姑娘自己最清楚。"

"哼,才怪!"太上皇恼怒地说,"这怎么可能,朕也不是特意针对她,但她总是在朕的计划之外,她此次回来,让朕的心中更加没有底。朕看得出来,逸轩他根本就没有忘记意儿,如果他们再旧情复燃,绝对会出现第二个司马锐和慕容枫!"

"您就是在针对丛姑娘。"小樱轻声说,"您一直在阻碍他们二人来往,还不肯承认。小樱就是不相信,丛姑娘会在嫁了皇上后让皇上陪她归隐山林。不过有一件事,小樱也是无意中发现的,也只是猜测,那就是小樱觉得丛姑娘手腕上的手链有些熟悉,旧居存放的画像中,慕容皇后的手腕上有一个手链,和丛姑娘手上的手链一模一样,那串手链据说可以避百毒。小樱猜测,可能就是因为这串手链,丛姑娘没有中毒。"

太上皇一愣,皱起眉头,仔细想了半天。有吗?他还真没有注意过,他一直注意到的是丛意儿脸上淡淡的微笑。

"太上皇,小樱倒是觉得,到了如今的情形,若您不想失去皇上,就不要再过问此事。"小樱认真地说,"看丛姑娘情形,只怕是忘记了旧事,不然她不可能如此平静地对待我们大家,皇上此时一定是心中难受得很。若是您肯成全,就不要再过问此事,容他们二人随缘如何?"

"你倒聪明得很。"太上皇不乐意地说,"一个奴婢如此聪明,倒教训起朕来了。"

小樱低下头,轻声说:"小樱不是教训您,只是觉得,您若是再继续下去,只怕会失去皇上的。现在不是以前,如果皇上发现丛姑娘没有中毒的话,他一定会改变对丛姑娘的态度的,您从中作梗,已经让两人受伤极深,何不趁此机会收手,落个好呢?"

饮香楼,落雪无声,有人饮酒,不言不语。楼上一处单间,司马逸轩安静地坐着。甘南吩咐楼下的伙计,若是有位年轻女子过来饮酒,请立刻通知他。如果丛意儿可以过来,说不定可以解释,可以化解二人之间的恩怨。他期望着丛意儿会来。她会来吗？她真的忘记了所有吗？忘记了皇上吗？

雪真美，安静地将大地染白，去年的冬天，似乎还在记忆里，还记得在军帐的意外相遇，她还会记得吗？司马逸轩只是赌，期望丛意儿会来这儿，虽然不知道她来了他应当说些什么。

隐约听到一阵轻轻的脚步声，平静而熟悉，甘南愣了一下，几乎是一步就蹿到了楼梯口。果然是丛意儿，她看到了甘南，似乎完全没有奇怪的表情，只是微笑着说："甘南。"

"丛姑娘。"甘南高兴坏了，不知道如何说才好，只是盯着丛意儿，傻笑不止，"您来了，真好，真好。"

"甘北好吗？"丛意儿微笑着说。

丛姑娘还记得甘北，说明她还没有忘记皇上，甘南高兴得说话有些结巴，"他很好，很好，丛姑娘，您，我，我，皇上他在等您。"

"好的。"丛意儿平静地说，"他也来这儿了吗？"

"嗯。"甘南只顾着点头了，整个人兴奋得激动不已。

走进房间，在门口，丛意儿似乎是轻轻叹息了一声，听不真切，稍微顿了一下，她才推门而入。看到正临窗而坐望着窗外雪景的司马逸轩，她轻轻叹息一声，说："您好。"

"意儿。"司马逸轩并没有回头，他从对方的声音里听到了太多的平静，这平静得让他再也没有勇气面对丛意儿，"我在等你，但是，若是答案不是我想要的，就不要说了。"

丛意儿坐下来，把玩着面前的杯子，轻轻叹息，"雪落了，真大，仿佛去年的冬天还是昨日一般，转眼间就已经是一年了。还好吗？"

司马逸轩抬头看着丛意儿，并不说话，但眼中却是一片的心痛，他怎么从丛意儿眼中看不到爱，她这样平静地看着他，他能怨她吗？是自己太过自以为是！

"真的抱歉。"丛意儿平静地说，"或许是感觉，您会来这儿，因为您今日见到了我，会觉得奇怪，会有问题，但是，能够告诉您的，只是，我累了，不想再提旧事，能够放下的，都已放下。"

"你，知道？"司马逸轩艰难地问。

"皇上，我不想再提旧事，不想谈论对与错，只想这样最好，能够忘记，再来面对这一切，不说道歉不说爱，可好？"丛意儿淡淡地说。她并不看司马逸轩，只是安静地看着面前的杯子，好像那是她唯一关心的事情。

司马逸轩苦笑一下，说："我是个太过自以为是的人，这种局面全是我一手造成，我怨不得你，只是现在才发现有些事情竟不是我以为的模样……"司马逸轩顿了一下，突然说，"好吧，意儿，我不能勉强你再来爱我，只是，今夜，可否陪我喝上一杯,从此以后再不打扰,可以吗?"

丛意儿微笑着说:"就算不谈旧事,依然把您当成朋友,旧事,提了只是伤心,来,喝酒,也算对得起这良辰美景。"

"好!"司马逸轩首先端起酒杯一饮而尽,笑着说,"能够再遇到你,知道你一切都好,这比什么都好,纵然你心中再也没有我,也不过是我咎由自取,怨不得任何人。这样就好,这样就好,来,我们痛快地喝。这一刻,我不是这大兴王朝的皇上,我只是你认识的司马逸轩,如何?"

丛意儿点头,微笑着说:"可是,我的酒量差你许多,和你拼酒,没这么不公平的事情吧。"

"好,那我喝三杯你喝一杯如何?"司马逸轩微微一笑,连喝三杯,面不改色,看着丛意儿。能够再听到丛意儿以"你"来称呼他,心中就已经是满足,从来,他就没有想过要高高在上的来爱面前这个女子,他只想好好保护她,让她活得自由平静幸福。

"好。"丛意儿微微一笑,也喝下杯中酒,顿了一下,说,"你不必借酒浇愁,事已到此,我并不怪你。"

"我倒情愿你怪我。"司马逸轩苦笑一下,又喝了三杯,神情有些寂寞,"你怪我起码还说明你心中有我,你不怪我,如此平静对我,虽然是原谅了我所有的过失,却让我心中更加惶恐。"

丛意儿没有说话,她的手静静地握着杯子,然后喝下杯中的酒,望着窗外的雪,有些出神,不知在想些什么。司马逸轩并没有打扰她,只是安静地喝自己的酒,似乎想要一醉。能够不想的办法,只有让自己麻痹,酒或许可以让自己失去清醒,能够此时睡去,最好。

二人就这样不声不响地喝,一直喝到司马逸轩不得不离开,他还要上朝,他们已经喝了整整一晚,但就是这样,司马逸轩的眉头除了痛楚外,竟然全无醉态。丛意儿已经觉得有些不支,整个人有些轻飘飘的,能够坚持着回房休息已经不错。

莫家昆包下了整个饮香楼的客房,这儿除了他们没有外人。不过,今晚,莫家昆并没有回来,他负责保护阿萼和丛克辉,因为阿萼今晚住在丛府,所以,他也留在丛府休息。

"丫头,他走了?"一个声音传入丛意儿的耳中,无心师太从客房里走了出来,"你们二人可真是喝了不少的酒,你真的打算从此之后不再与他有任何瓜葛?真的放得下吗?"

"放不下。"丛意儿摇了摇头,"但是,我害怕,真的害怕,不知道要如何去爱,每每面对他,都会想起他告诉我,他只是利用,如今他再说什么,我也不能相信了。"

"你不再相信他是爱你的。"无心师太替丛意儿倒了杯水,扶她到床前坐下,轻声说,"可是,你回来,他看到你没有事,就立刻来找你,并且有意重修旧好,这不可以说明他其实还是爱你的吗?还有,他并没有立后,也不正是可以证明他其实爱的还是你。当时,只怕是有些事情他不得不如此。"

"今晚离开溶王府的时候,小樱跟我说起过。"丛意儿有些茫然,说,"她说他有不得不为之的原因,若不是因着为我,他不会如此,但是,这样解释,就算是我相信他当时所作所为真的是为了我,也无法让我再相信这世上有爱。婆婆,我是真的害怕。他说他不爱我,只是为了利用我,那个时候,我宁肯自己立刻死去。"

"你确定只能如此吗?"无心师太担心地说,"婆婆是个过来人,婆婆从他眼中能够看到的只是对你的爱,婆婆可以断定当时肯定有什么事情是他不得不如此的。"

"婆婆,我真的累了,养好伤,不容易,不要让我再尝试了。"丛意儿疲惫地闭上眼睛,"婆婆,再见他,我真的很开心,从离开他开始,我就一直盼望着可以再见到他,当我终于养好了伤,可以面对他的时候,我不想再受伤,能够这样远远地看着他,就很好。"

无心师太叹了口气,说:"好吧,这种事情也勉强不得,如果你们两个人有缘,一定会在一起,如果无缘,也勉强不了。你先休息吧,一切事情等明天再说。"

闭上眼,丛意儿眼角落下泪来,再见司马逸轩,她用了多少的勇气?她是如此的想念又是如此的害怕。泪水静静滑落,打湿了枕头,她把所有的思念全部放在了眼泪里,司马逸轩,我如何可以不爱你,如何可以不再想念你?

"皇上,您,还是休息吧。"甘南难过地看着司马逸轩。从饮香楼回来,司马逸轩就沉默不语,也不知道想些什么,但看得出来,非常的消沉,整个人透着一种莫名的绝望。他不是有意偷听,他就站在门口,可以听得见里面的声音,他听到了丛意儿说她不想再提旧事,她说她已经忘记了所有……皇上和丛姑娘为何会如此的多磨多难?上天真的不肯成全他们吗?

"快上早朝了,罢了。"司马逸轩疲惫地说,"去准备吧。"

甘南无声退了出去,独留司马逸轩一个人待在空荡荡的房间里。在已经渐渐清晰的晨色里,外面的雪落得安静到让人心头微颤,仿佛婴儿的呼吸,不敢惊动。

第二十八章　得失取舍　纠葛再起无处安

丛府里,丛夫人和丛老爷正陪着阿萼和丛克辉用早饭,听外面奴才进来说:"夫人,老爷,太上皇府里的小樱姑娘来了,说是太上皇想请丛姑娘去趟太上皇府。"

"丛姑娘在饮香楼,不在这儿。若是有事,去那儿请她。"莫家昆在旁边回答。

奴才答应着,退了出去。

丛夫人犹豫了一下,轻声说:"意儿她为什么不回这儿来?"

丛克辉平静地说:"母亲,意儿有她的自由,她想如何就随她去吧。您想想,您曾经那般的对待过她,她不愿意计较,您就不要再多事了。对了,小青妹妹呢?"

"她陪她母亲有事外出还没有回来。"丛老爷接口说,"皇上亲自下旨恢复了小青的身份,还安排人把她母亲从乌蒙国接了回来。这几日,二人有些事情出去了,过些日子就会回来了。"

莫家昆一笑,说:"丛老爷,你还真是一个痴情种,不过,若不是皇上不愿意计较,此时只怕是你早不知去了哪里!如今,你不过是失了一个王爷的称号,别的没什么损失。有我们萼公主在,你仍然可以过丰衣足食的日子,有丛姑娘在,可保证你平安无事,你可真是沾了丛姑娘不少的光,也算是有福气的。"

丛老爷面上一红,有些不知道说什么才好。

"父亲,你不要觉得莫统领是在开你的玩笑。"阿萼微笑着说,"他的话句句不错,在乌蒙国的时候,是意儿特意安排克辉向皇上提出小青妹妹的事情,并且想办法把她母亲从乌蒙国送回来,你才会和你的妻女团圆。如今惜艾虽然贵为溶王妃,却不过是虚担了名号,一切还要靠意儿照应,不要看如今意儿仍然是个待嫁的女子,可是,她说的任何一句话都足以左右丛府的生死。"

丛夫人低头未语,心头一阵阵的叹息,她仍然是输给了那个女子,她没争,她的女儿也没争,可是,仍然是她们赢了。

太上皇府,小樱带着丛意儿走进房间。丛意儿看着院中的落雪,她昨夜没怎么休息好,还是有些倦倦的,被凉凉的风一吹,清醒了许多。

"丛姑娘,这边请。"小樱轻声说,"太上皇这几日有些不太舒服,如果说话不中听,您千万不要放在心上。"

丛意儿微微一笑,跟着小樱进了房间。

太上皇坐在椅子上,表情冷漠,盯着丛意儿,眼神捉摸不透,"意儿,有大半年没见了吧?"

"没有呀。"丛意儿温和地一笑,平静地说,"昨天我们还见过面,难道您不记得了吗?您的气色看来不太好,是不是不太舒服?好像是感了风寒,需要好好休息。"

"知道朕为什么把你找来吗?"太上皇直接问,"说实话,意儿,朕真的很喜欢你,你真的是一个相当不错的女子,聪明、美丽、温柔、善良,但是,朕也真是害怕,担心你会毁了整个大兴王朝。因为,你实在太像慕容皇后,那个可以让先皇司马锐放弃皇位的女子,而且,你根本就是她的后人,与她本就有着千丝万缕的联系。"

"太上皇,您还真是会开玩笑,像把意儿视为洪水猛兽?您这样,意儿还真不知道您是夸奖还是嘲讽意儿。"丛意儿微笑着,平静地看着面前的太上皇,"您一定是担心着意儿会左右这大兴王朝的江山,因为皇上是当今天下的主心骨,如果他出了事情,就等于是要了这天下的命,意儿会有如此大的魔力吗?"

"你还爱逸轩吗?"太上皇完全不加掩饰地问。

丛意儿微微一笑,表情里看不出任何的心中想法,能够回来,是用了怎样的勇气和努力,怎么会这样简单就表现出自己的脆弱,她,怎么可能不爱司马逸轩?但是她能说吗?这世上,什么是真的,什么是假的?"您觉得呢?"

太上皇看着丛意儿,轻声说:"你是不是并没有中毒?"

"中毒?"丛意儿一愣,微笑着说,"没有呀?您怎么会这样问?我好好的。"

"小樱……"太上皇有些恼怒地说,"去把那人找来,朕要好好地问问,他竟然敢,敢违抗朕的旨意。"

丛意儿看了一眼太上皇,轻笑一下,说:"太上皇,不会是您给我下了毒吧?可惜,这世上还没有人可以毒得死我。若是您安排了人下毒给我,就不必去询问了,我可以告诉你原因。"

"看来你真的没有中毒。"太上皇有些失落,这算哪门子的事呀,下了毒给别人,却发现中毒的只有自己,"难道你真如小樱所言,手中有着慕容皇后的遗物,那串黑玉手链?那串手链真的可以避过百毒不成?"

丛意儿点点头,"可是,太上皇,原来您是如此恨着我,竟然用下毒的方法来对付我?"顿一下忽而一笑,"早知如此,您倒不如直接弄些失忆的药让我忘了轩王爷的好,那样,或者不伤及你们父子情深,只当我是个寡情薄义之人。"

太上皇没有说话,他觉得有些累,这种药,有解药,他视若珍宝一般的贴身放着,最后竟然是这样一种结果,他只是用这种解药来救自己,这不是最可笑的事情吗?

"逸轩去找过你吗?"太上皇突然问。

丛意儿微微一笑,淡淡地说:"太上皇,这种事情也要向您汇报吗?您可以左右大兴王朝的命运,但却没有必要把时间花在我这样一个女子的琐碎事情上。皇上找不找我,并不重要,有些事,太上皇,您并不懂,就像您并不懂我母亲一般,您也一样不懂得意儿是如何想的,何必!"

"你们现在,已经没有障碍,是不是要重修旧好?"太上皇不死心地问,"他一直没有放下你,而现在你没有中毒,朕也无法再用你来威胁他,他肯定会想尽一切办法来娶你的。"

丛意儿苦笑一下,这个太上皇,有时候还真是啰唆!

司马溶站在窗前,已经整整一夜,他就是无法入睡,有很久没有在溶王府里过夜了,自从丛意儿离开后,他就一直不敢回到这儿,每每回到这儿,就会想起躺在床上毫无反应的丛意儿。阿萼带着她离开,他和她谈过,不要离开这儿,他可以照顾她,可是她,还是静静地离开了。她离开之前是清醒的,是醒过来的,但是一心一眼的绝望,就那样平静地离开。她的心中始终没有他,但是,他却愿意为了她这样无限期地放纵下去,除了她,他再也没有办法把爱情给任何女子!

"王爷,您还没歇息呀。"苏娅惠从外面走了进来,生过孩子的她看起来丰腴了许多,虽然没有生下男婴,但好歹这女孩子也是溶王府的头一个,还是有机会的,不是吗?溶王爷根本就不去丛惜艾那儿,外面带进来的女子,不过三五日的新鲜,除了她,还有谁能够为溶王爷再添骨肉?

"有事吗?"司马溶不耐烦地问。他讨厌任何打断他对意儿的思念,只有想念丛意儿的时候,他才是平静和幸福的。

苏娅惠低下头,轻声说:"听府里的人说,丛姑娘回来了,可惜妾身在后面,没能见到,她现在好吗?"

"很好。"司马溶淡漠地说,"时间还早,去休息吧,本王想自己待一会儿,不要再来打扰本王了。刘河,送王妃回去。"

出来,迎面正碰上丛惜艾,低着头安静地往这边来。彼此看了一眼,竟不知道说什么才好。她们平日不打照面的,苏娅惠一直由专人照顾,自从她舍身救了溶王爷开始,她就有了一份不明说的特殊,大家对她都是客气的。而丛惜艾一直在前面打点着整个溶王府,这一照面,两人多少有些不知如何应对。

"这么早,就起了。"丛惜艾找了句话。

"嗯。"苏娅惠轻声说,"明慧醒得早,她醒我就醒了,姐姐这是要做什么呀?"

"噢,小孩子要费些时间的。"丛惜艾客气地说,"快去照顾孩子吧,我还有别的事情,不打扰了。"

苏娅惠看着丛惜艾继续向前走,看样子,好像并不是去找司马溶的。她转身刚要离开,却听到司马溶的声音在她背后响起,"丛惜艾,你过来一下,本王找你有点事。"苏娅惠没有回头,她站在那儿,身体在雪中安静得如同雕塑一样。她第一次在司马溶的声音里没有听到太多的厌恶,自从她嫁入溶王府,这是第一次。

丛惜艾愣了一下,犹豫着停住脚步,轻声问:"溶王爷,您有什么事吗?"

"你是不是一直知道意儿的情况?"司马溶盯着面前低垂着头的丛惜艾,冷冷地说,"为什么不告诉本王,却偏偏在本王在醉花楼的时候通知本王,你是不是有意让本王在意儿面前出丑?"

丛惜艾觉得心头堵得难受,没有说话,努力平息了一下心头的起伏,一字一句地说:"王爷,您这样责备臣妾,臣妾不能抱怨什么,因为,意儿的事情臣妾确实知道一些,阿蕚在信中会有所提及,只是阿蕚在信中说,意儿她不想让任何人知晓她的情况,不仅您不知道,就连皇上也是昨天才知道意儿如今的情况。臣妾并无意让您在意儿面前出丑,因为……"丛惜艾顿了一下,抬起头来,"您并不会让意儿有任何情绪上的起伏。您如何,于她来说无关紧要。"

"丛惜艾!"司马溶恼怒地说,"本王不用你来教训!"

"王爷,臣妾不是来教训您,臣妾只是实话实说,您如今情形,不觉得有愧于对意儿的感情吗?"丛惜艾轻轻叹息,摇了摇头,"您是个聪明之人,有些事情应该可以想得到,意儿她不愿意伤害您,不愿意让您难堪,她希望您做个正大光明之辈,否则,她不会出言要求皇上下旨约束您的某些行为,她是为您好,不希望您葬送了自己的前程。您还不了解她的苦心吗?"

"你什么意思?"司马溶一愣,"她不过是在帮你,怎么反而成了关心我的前程?"

丛惜艾看了看司马溶,犹豫一下,轻声说:"王爷,如今皇上是您的皇叔,他如今左右着大兴王朝的未来,虽然皇上似乎是有意将意儿许给您,可是,意儿是他心爱的女人,若是您,您肯把自己心爱的女人让出去吗?定是不肯!皇上也是不肯。他当时那样做,一定是有不得已的原因,您不能当真的,就算您真的这一生一世只爱意儿一个,您也得为了自己的以后把这份感情放在心底。而且,意儿她爱的也不是您,若是她爱您,她早就嫁您了,您不明白吗?臣妾这样讲,是希望王爷您能想明白,这一生一世没有人能阻止您爱意儿,但是,您确实不能再对意儿有丝毫出格的念头了。"

第二十八章 得失取舍 纠葛再起无处安

501

司马溶没有吭声，看着外面的雪，真是干净，白茫茫一片，什么也没有。

"意儿她不想您受她所累，她希望你可以安稳地度过余生，所以才会请皇上约束您。有意儿在，您不会有事，意儿是您的贵人，但是，也是您不可纠缠的人，您，一定要明白。"丛惜艾悲哀地说，"而且，臣妾一直觉得您对意儿的感情并不是如您所想的那般坚不可摧，在意儿离开的这段时间里，皇上断然拒绝了太上皇为他安排的皇后，而您却流连于醉花楼，您就算是当时没有在醉花楼，意儿也不可能不知道您的情形，是您自己伤害了自己在意儿心中的形象。若您一直坚守着心底的爱情，保不准会获得一份尊敬，但是，您……"

司马溶没有说话，有些发呆。

"王爷，臣妾知道，在您的心中，只有意儿，没有别的女人，所以，臣妾不想求什么，只是臣妾嫁了您，只希望可以好好地过安稳日子，所以，请王爷答应臣妾，您要好好的。"丛惜艾轻声说，"您如今不是一个人，您有妻有女，有许多人依赖着您，您不可以出事，您只能好好的，您再怎么心里苦，也不能任由自己的性子来。您要好好地做您的溶王爷。说句真心话，臣妾还是从心底里佩服您的，您虽然不是一个可以左右天下的大将，但是您没有因为自己的一私之念，置大兴王朝于水深火热中，没有与当今皇上争这天下，这已是极好。就如意儿曾经对臣妾说的一般，她说您是个好人，虽然不能成为皇上，但却可以成为一个好的王爷。"

司马溶依然没有说话，只是静静地发呆。

雪，已经不下了，天地之间安静寂寞了许多。司马逸轩下了早朝，只觉得头疼欲裂，他躺下来休息了一会儿，迷迷糊糊地睡着了。

甘南悄悄走进房内，看到已经睡着的司马逸轩，心里头有些难受。他想了一下，出来和站在门口的甘北交代了几声，匆匆离开了皇宫，直奔丛意儿住的饮香楼。

甘南刚到门口，就听见里面有人说话，这个时候不过是中午时分，因为莫家昆包了此处，再加上皇上吩咐，整个饮香楼已经暂时不对外招待客人，应该不会有人再来这儿才对。仔细听一下声音，好像是溶王爷的声音，甘南犹豫一下，悄悄躲避起来。

司马溶看着站在面前的丛意儿和无心师太，悲伤地问："你们的意思是说，今生我注定要爱丛惜艾？爱是可以注定的吗？爱是相遇的一瞬间的感觉！我不会爱丛惜艾！永远不会！"

"惜艾她有不对之处，可是你到如今仍然耿耿于怀，这对她来说，一点也不公平。"丛意儿生气地说，"她是曾经喜欢过当今皇上，但她嫁了你之后，可曾有任何逾矩之处？这大半年的时间里，你一直流连于醉花楼中，她可曾埋怨过你，你倨大的溶王府是谁一直替你打理？"

"我承认她并没有逾矩之处，可是她心中根本就没有我，我怎么对她不公平了，我并没有限制她继续喜欢皇上，她爱喜欢谁就喜欢谁，与我何干，我也承认她是一直在替我处理王府里的事情，但是，这是她应该尽的本分，她如今是溶王妃，她就应当替我处理这些琐碎事情。"司马溶大声说，"可她竟然敢出言教训我，我当然不能容忍了！"

"那你就跑来这儿，对着我指责惜艾怎样怎样的不知礼数，你真让我失望！"丛意儿冷冷地说，"惜艾她有再多的不是，也是敢做敢当的，不似你这样，自己做了事情，还要怨责别人。你如果不爱惜艾，何必去计较她的事情，若是爱，就不能包容些？就如以前所言，你当时娶惜艾的时候不也是想着别人吗？你就不内疚吗？"

司马溶一愣，刚要说话，一边的无心师太接口说："司马溶，你还真是够可恶的，跑到这儿来气愤地说丛惜艾如何如何的教训你，我倒觉得丛惜艾哪一句都没有说错。"

司马溶看着无心师太，说不出话来。

丛意儿轻轻叹口气，说："司马溶，放开过去好吗？我，不是你记忆中的意儿，我，只是一个过客，一个因天意而来到此处的陌生人。如果不爱，你的痛我感知不到，你的爱我不会珍惜。你已经有了妻女，你不可以辜负她们，好吗？请好好珍惜惜艾，她也许不是一个完美的女人，但却是真心待你的妻子，只要你愿意，你们可以幸福的。"

"我能够再爱吗？"司马溶悲哀地说，"我的心中已经被你填满，怎么可能再装得下别人？曾经以为爱过丛惜艾，却在遇到你之后，才发现，什么才是爱，爱是如何的牵肠挂肚，如何的悲喜交加，如何的心甘情愿，我无法再对别的女人有这般的感觉。"

"司马溶。"丛意儿的声音淡而冷，有一种陌生的疏远感在她和司马溶之间飘荡，"我不爱你，绝不会为这些话而心动，我的心只为我所爱的人而动。而你，已经娶了惜艾和娅惠，纵然真的不能再爱，也应该懂得疼惜，如果真的不爱就不要娶，不要把一个年轻女子的心用最残酷的办法打碎，你可以不爱，但是你让她们爱了，你就得用心负责。在惜艾的事上，你能够问心无愧地说你从来没有喜爱过惜艾？你可以正大光明地对外说出你对我的感情，却不能容忍惜艾作为一个少女对逸轩一份敬慕多于爱恋的迷恋？最起码，惜艾在嫁给你之后，恪守着自己的本分，不再纵容自己的感情泛滥，而你却不能控制自己的感情，反而坦然地以为自己是对的。司马溶，就算是没有逸轩，这一生我也不是为你而来，也不可能爱上你，曾经的意儿早已经不再存在，我说过，我不过是这大兴王朝的一个闯入者，我的存在,只为逸轩不为任何人。司马溶,我永远不会爱你。"

司马溶僵硬地看着丛意儿,"我说过,我绝对不可能再爱任何一个女人,不论是丛惜艾还是苏娅惠,或者任何一个女人,如果今生我没有机会再让你爱我,还有来生,如果有来生,我一定要让你爱上我,绝对不会再失去你!"

"如果你想要指责惜艾,就请你先学会不爱我,学会爱上她,才可以指责她在感情上对你的所谓的背叛!"丛意儿硬着心肠把话说得决绝,"否则,你在我眼中,甚至不及惜艾活得真实!"

丛意儿的手在轻轻颤抖,她并不想把话说得如此决绝,只是不这样说,就不能让司马溶死心,知道司马溶心里难受,这种难受足以逼疯司马溶,但是,不让司马溶知道自己内心当中真实的想法,又怎么可能让司马溶死心?

司马溶真的很难受,他难过极了,看着丛意儿,他不相信她说的是真的,他突然有些茫然,落着泪转身离开,落寞而悲哀。

"丫头,这傻小子好像是真的不能不爱你了。"无心师太叹息一声,"他竟然还期望着来生。会有来生吗?若是有来生,他们二人中你会喜欢谁?"

"不知道。"丛意儿苦笑一下说,"并不想伤害他,只是不说出这些话,他不会死心,一时的纵容只会让他后半生更痛苦。不要提什么来生,这一生我就已经乱了分寸,再有来生,我只怕真的要疯了!"

"太上皇那老头子找你什么事?不会又是找你去讲什么要以江山社稷为重之类的话吧?"无心师太一撇嘴,"那个老家伙,当年喜欢你母亲的时候就是如此的臭脾气,如此的自以为是。他还真以为他可以阻拦你和逸轩之间的感情吗?"

丛意儿苦笑一下说:"这事任何人左右不得,是我怕了,不想再面对了,我如今觉得他说的每一句话都是假的,难以保证他不会在某个时候又突然告诉我,一切不过是游戏?算了,我还是把爱藏起来的好,我再也不想让自己羞愧到无地自容的地步了。"

"甘南,你出来吧,老躲在那儿做什么?"无心师太笑呵呵地说,"倒真是有趣,走了一个司马溶,又来了一个甘南,你是不是替你家主人说情来的呀?"

甘南有些不好意思地从躲避物后面走了出来,其实,他知道他躲不过无心师太和丛姑娘的,虽然不太知道丛姑娘的武艺到底如何的出色,但是,无心师太他却是知道的。他有些不好意思地笑了笑,说:"无心师太,您是武林高手,在下知道是瞒不过您的,在下来这儿确实是来找丛姑娘说些事情的,也算不上是替皇上说情,只不过是想替皇上说几句公道话。"

丛意儿淡淡笑了笑,轻声说:"多少知道些了,是不是想要告诉我,是因着太上皇的缘故,皇上才会不得不那般对我?今早太上皇就已经找了我去,和我说起一些事情。只是说了,知道了又如何?请转告皇上,意儿累了,不想再爱,过去的就让它过去吧,自此之后,大家形同陌路更好一些。"

"丛姑娘。"甘南伤心地说,"您真的不能埋怨皇上,您难受,难道您不知道皇上比您更难受吗?您这一去大半年的时间,您可知皇上如何过的?他把所有的时间都用在了政事上,闲下的时间就是独自饮酒或者发呆,您不要太生气,皇上他当时确实是没有办法,太上皇是用了您的生命来要挟皇上,皇上看您的性命,比他自己的性命,比这大兴王朝都要重要,他怎么会舍得让您受到一丝一毫的伤害呢?您这次回来,也算是误会解除,您和皇上应该和好如初,才对得起您们二人所经历的是是非非。"

丛意儿淡淡地说:"甘南,有些事情,我不想再提,对与错,不想再理论,只想安静地过日子,可以吗?"

甘南低下头,轻声说:"在下这次来,并没有告诉皇上,可惜没法带给皇上一些好消息了,在下勉强不得姑娘,但是,在下只是想要告诉姑娘,皇上对姑娘是一片真心,他当时说出的话,您听着难受,他比您更难受。他是宁愿您恨着他,也不愿意您忘记他,如今您回来了,在下真的是希望——姑娘是个明白人,在下也不为难姑娘,只希望姑娘可以多多替皇上想一想。"

丛意儿没有回答,看着甘南离开,轻轻叹了口气。

"丫头,这个甘南是一直跟随着司马逸轩的忠心之人,他的话应该是可靠的,你不会真的'一朝被蛇咬,十年怕井绳'吧。"无心师太无奈地说,"婆婆还是觉得,你和逸轩是最合适的一对。"

丛意儿眼望着外面,心里头有些乱,想了一会儿,才慢慢说:"婆婆,给我些时间吧,若是我能够接受他,我会去找他,在我还没办法说服自己的时候,请不要勉强我。"

"好吧。"无心师太叹了口气,说,"婆婆知道这些日子以来你一直过得很辛苦,婆婆就不为难你了。你好好想想吧,等有了答案再决定也好。"

司马溶疲惫地看着窗外的景物,眼前不停地闪现着初次遇到丛意儿和丛惜艾的情景。第一眼看到丛惜艾,她还是个小姑娘,穿了一件粉嫩的裙,像最美丽的花朵,让他目眩神迷,而丛意儿,对了,初次见到丛意儿的时候,是个怎样的模样?他竟然想不起来。这样想,他突然苦笑一下,泪水落了下来,意儿,这名字喊着念着,是一心的痛,我是怎样的笨蛋呀,怎样的忽略了你!

荷花池前一片的寂寞,此时正是冬日,池中没有荷花,只有厚厚的白雪。荷花池是抹不去的回忆,他看着荷花池,想着那个被自己推入池中,然后站起来,虽然一身一脸的狼狈,却眼神清亮地看着自己,大胆地说出不愿意再嫁他的女子,那是他第一次正视这个一直被自己深深讨厌的女子,丛意儿,就在那一刻,深深刻入了自己的心中。但是,难道真的是今生无缘吗?丛意儿真的不是他应当爱的女子?他要爱的只能是丛惜艾和苏娅惠吗?他真的爱她们吗?

"王爷。"是苏娅惠的声音,在他身后轻轻响起,听来娇柔温和。她总是这样,温和着,就像一池温水,没有任何的波澜,时间一久,就有些说不出的乏味,她总是谦卑地看着他,把他高高地放在上面,尽着一个女人的责任,甚至作为他的妻子,她也从未放弃过这种卑微的感觉,"您回来了,奴婢们准备了一些上好的点心,您要不要尝一尝?听说是宫里的新方子,妾身刚刚尝了一些,味道还好,所以请王爷过去尝尝。"

司马溶一皱眉头,转过身来看着微垂着头的苏娅惠,有些不太高兴地说:"娅惠,你是本王的妃,用不着老是用这样一种奴婢的语气与本王说话,你们呀,缺的就是意儿那份坦然与率真。等一下,你拿一些点心给丛惜艾送去吧,她如今是意儿的亲姐姐,太过疏忽了也不好。总不能让意儿时时担心着。"

苏娅惠先是一愣,继而温柔地说:"好的,妾身知道了,妾身这就去办。"

司马溶叹了口气,点了点头,说:"下去吧。"转过头去,司马溶突然觉得一心的茫然:皇上,您为什么一定要夺了侄儿心爱的女人?这天下的女人多如牛毛,为何,一定要是意儿,为什么一定要是她?她本是侄儿定亲的妻子,为什么?为什么?为什么您偏偏就要喜欢她,不是别人?如今,侄儿算是什么?

司马逸轩醒来,觉得头疼好了一些,起来看了一会儿奏章,对甘北说:"甘南去哪儿了,让他过来见朕。"

"他出去处理一点事情,很快就回来了。"甘北没敢说甘南去找丛姑娘了,如果没能带回来好消息,皇上一定会很难过的,不如不让皇上知道的好。

司马逸轩点点头,想了一下,说:"朕想出去走走,陪朕到后花园逛逛。"说着,司马逸轩率先走了出去。

后花园,很寂寞,冬日的蜡梅绽放着,散发出扑鼻的香气,废黜的前皇上,正独自一人在园内闲逛,他老了许多,头上已经白发苍苍,身形也有些微微的弯曲,早没了以前的气势,倒更像一个孤独的小老头,或者说,好像是这个花园的看守者。为了救他,丛雪薇选择了以自己的鲜血作为解药换回了他的性命,最后丛雪薇因为失血过多丧失了性命,独自留下他一个人面对这个世界。

"皇兄。"司马逸轩按照以前的习惯称呼他。

他抬起头,眼神混浊地看着面前的司马逸轩,喃喃地说:"好,好。"然后低下头继续无意识地走自己的路。自从丛雪薇离开后,他就变成了这个模样,仿佛失去了所有,不知道要如何才好。

"外面冷,还是回去吧。来人,送朕的皇兄回去。"司马逸轩立刻吩咐,伺候前皇上的奴仆立刻过来,准备扶着他回去。

"能够和我一起喝杯酒吗?"他突然微笑着说。

司马逸轩突然发现,自己的皇兄真的老了许多,竟然有颗牙都掉了,说话有些漏风,神情也是那么的无助。他点点头,说:"好,甘北,去准备酒。来,皇兄,我们到房内喝酒。"

屋内的暖炉很旺,比外面温暖了许多。前皇上自己搓着手,面上带着满足的笑。甘北端上热好的酒,有人把精美的小菜摆在桌上,兄弟二人对面坐着,前皇上端起酒杯喝一口,满足地说:"这样就好,有好酒,有炉火,哥哥就觉得很好了。"

"皇兄。"司马逸轩轻轻叹口气,轻声说,"你何必如此?"

"不要同情我。"前皇上笑了笑说,"自从雪薇去了,我就不觉得活着还有什么意思,老是在想她,想早早去见她,就是没有勇气了结了自己,而且如今的生命还是雪薇用命换来的,我怎么可以不管不顾就终结它?就只得活着,一直活到可以老去为止,雪薇她一定在奈何桥上等着我,不论我什么时候去。"

司马逸轩给他再添上一杯酒,摆摆手,示意其他人都下去。

"逸轩呀,你哥哥我这一辈子唯一没做错的事就是娶了雪薇,不论发生了什么,她是唯一肯真心对我的人。也许你们都觉得我是个卑鄙小人,为了娶雪薇,不惜把自己的结发妻子送进冷宫。自私点说,我确实是个卑鄙小人,其实也不一定非要让她进入冷宫,我和她商量过,但是她不肯放弃皇位,她担心她退了,她的孩子不能继承皇位,不能成为未来的皇上。所以,我就废了她,让她待在冷宫里。"前皇上安静地喝着酒,轻轻说,"雪薇在进来的时候,就答应那个女子这一辈子绝对不会生儿育女,只要可以和我在一起,她就满足了。开始的时候,我只是觉得感动,但是时间久了,就是内疚了。雪薇她其实很喜欢孩子,可是,她为了兑现诺言,始终没有生养!"

司马逸轩轻轻地说:"都已经过去了,这世上没有绝对的对或者错,逝者已去,不要再感慨了。你要好好照顾自己,这么冷的天气,怎么还一个人跑到这花园里来,小心伤风。"

"雪薇一个人待在奈何桥上一定非常的寂寞,我的命是她给的,所以,我要替她看着世界上所有她喜欢的事物,她喜欢看花,我就过来看这儿的蜡梅,告诉她花开了,开得如何的美丽,就好像她看到了一般。有我和她说说话,她在奈何桥上会觉得温暖些的。"前皇上落下泪来,眼泪是混浊的,不再透明,却充满了感情,"皇弟呀,我真的想她,想得心里头空落落的,早知道会这样的在乎她,何必留恋这所谓的虚名,早就应该辞了皇位,好好地陪着她,过我们的快乐日子,她做着皇后,却从没有向我要求过什么,我对不起她呀。"

说着,他哭了起来,像个孩子,伤心得不能自已。"雪薇呀,我想你呀,想得心痛呀！"越想越难受，到了最后，他竟然"哇哇"哭出声来，涕泪交加，一脸的狼狈。

"皇兄……"司马逸轩有些难过。这个皇兄，其实也可怜，如果不是误会自己是乌蒙国的后人，或许此时正做着一个普通的王爷，过着幸福的日子。人呀，何时懂得，得到不一定就是幸福。

"逸轩，让我哭一会儿，好好地哭一会儿。她走了，她真的走了，我一个人活着，漫漫长夜是多么的可怕。"他落着泪，泣不成声，"这世上最要不得的就是这虚名，父王是不是还在为难你？他呀，这一辈子就没有幸福过，所以，他也不知道幸福是什么。他这一辈子有无数的女人，但是他却没有得到他一直想要得到的女子。那就是丛意儿的母亲，他心里不甘。其实，父王是个好皇上，但不是一个好男人，他太自私太自我，太不顾及别人的感受！"

司马逸轩没有吭声，皇兄说得没错。

"丛意儿太像她的母亲，是独立的，不受任何人约束的，在皇位上坐得久了，习惯了大家的迁就和屈从，怎么可能一下子就接受她？"他突然转了话题，说，"你要好好珍惜她，能够遇到她那样的女子是你的福气，她爱你，一定是全心全意，绝对不会掺杂任何其他的成分。"

"我记得皇兄的话。"司马逸轩苦笑一下，说，"但是，她如今不再爱我，能够如何？"

"她不爱你？"他想了想，喝了几杯酒，他的眼睛看来有些红红的，应是刚刚哭过的缘故，"这根本不可能，她只爱你，她的心里眼里我看到的只有你，就算她不爱你，你也可以让她再爱上你呀。"

司马逸轩一愣，继而哈哈一笑，说："我还真是愚笨，多谢皇兄提醒。是啊，是我辜负了她，为什么不可以让她再重新爱上我？"

"就是呀！"他的语气已经有些模糊，他笑着，含着泪说，"就是呀，为什么要抱怨，她爱不爱，嘿嘿，她不爱你，也是你自己的错，何必要计较原因，不如好好地去爱。雪薇说，意儿是个聪明的女子，是一个不可以小瞧的女子，你要好好珍惜，好好的，好，好，好好，的喝，酒，喝，酒……"

司马逸轩看着趴在桌上呼呼睡去的皇兄，叹息一声，丛雪薇走后，他就似乎不再存在了。司马逸轩吩咐道："甘北，让他们带皇兄回去，好好照顾，若有任何闪失，出了任何差错，朕定不会轻饶。朕知道宫里的人最是现实，得势时人人仰头看，不得势时，每个人都恨不得踩上一脚，这么冷的天，皇兄出来，竟然没人记得给他加件厚衣服，这群奴才真是胆大了，不知死活！"

"是的，皇上，臣这就去安排。"甘北立刻出去找人进来搀扶着前皇上离开。

看着后花园的蜡梅盛开，空气中香气清淡，司马逸轩沉思了好半天，听到身后有脚步声传来，淡淡地说："甘南吧？你回来了？替朕去做件事情，这园内的蜡梅开得正艳,闻着好香,朕折几枝,你去给意儿送去,别的不说,只说朕想请她看看朕正在看的蜡梅。"

甘南点头,接过司马逸轩折下的几枝蜡梅,匆匆转身离开,他还真怕皇上问起他刚刚去了哪里。若是知道他去了丛姑娘那儿,再问起发生了什么,他还真不知道要如何解释,这样反而好。

看着去而复返的甘南和甘南手中的蜡梅,丛意儿有几分意外地问:"有事吗?怎么匆匆去了又匆匆回来了?"

"是皇上,他说,他想请丛姑娘一起看看他此时正看着的蜡梅。宫里后花园里的蜡梅开得正艳,皇上一个人在园子里散步,看到里面的蜡梅花开得好看,就特意让臣送几枝过来给丛姑娘瞧瞧。"甘南低着头解释,心里也想不明白皇上这样做有什么道理。

丛意儿愣了一下,看着甘南手中的蜡梅,想了想,说:"谢谢他,就说丛意儿已经收到了,非常感谢。这花很漂亮。"

甘南点头,转身再离开,直奔宫中的后花园。看到司马逸轩仍然在园子里看花,甘南把丛意儿说过的话重新说了一遍。司马逸轩点点头,轻声说:"漂亮就好。"

甘南一头的雾水,弄不明白他们的话。

"对啦,你和甘北都不小了吧?"司马逸轩突然问。

甘南下意识地点头,但不知道下面要说什么。

"有没有心中喜欢的人,若是有。朕替你们做主。"司马逸轩微笑着说,"你和甘北一直跟在朕身边,这么久了,朕一直让你们做这做那的,竟然没有替你们着想过,如今也得闲了,你们瞧瞧喜欢哪家的女子,朕就亲自与你们做主,如何?"

甘南脸上一红,不好意思地说:"皇上您不要开臣的玩笑,臣哪里有喜欢的女子!"

"没有喜欢的?"司马逸轩微微一笑,说,"那朕可就不能替你们做主了。朕要你们一定要娶自己喜欢的女子,不然,朕是不会答应的。朕要你们可以和喜欢的女子相守一生。"

甘南愣了愣,有些出神,过了一会儿才说:"还是罢了吧,这'爱情'二字最是可怕,搅得人不得安生,就像皇上您,臣倒觉得就是这天下纷扰之事也没这'爱情'二字令皇上费上心思。"

司马逸轩听甘南这样说,忍不住失笑,说:"这个中滋味,只有你自己亲身经历了才知,到时候只怕是你不舍得放下了。朕也不为难你,你现在可以想一想,到底喜欢哪家女子，朕可以允你娶进家门。"

饮香楼，丛意儿静静坐在桌前，看着插在瓶中的蜡梅，有些发呆。无心师太走进来，她也没有听到。

无心师太笑着说："丫头，盯着蜡梅发什么呆啊？是不是司马逸轩差人送来的？"

"您怎么知道？"丛意儿一愣，问道。甘南来的时候，无心师太并不在场呀，她是怎么知道的？

"这种蜡梅是只有宫里和婆婆住的地方才有的，这是司马逸轩的父亲从婆婆住的地方挖走的，当时他喜欢上你的母亲，特意挖了去种在宫里。"无心师太微笑着说，"可惜他始终不懂你母亲的心，而且你母亲也是心所有属，所以，这蜡梅也就在宫里寂寞地待了下去，如今司马逸轩想到折了送你，不晓得是什么意思。"

丛意儿轻轻叹了一声，说："或许他只是想与我分享。"

"分享？"无心师太一愣，"什么意思？"

"婆婆，我心里害怕，其实一直挂念，为了可以再见他，那么辛苦让自己养好伤，一见到他，心中所有的埋怨化成了委屈，只想可以这样随时看到他，却不敢再爱，怕结果不是真心。他折了这宫中的蜡梅，只是想要告诉我，他想把所有与我分享，不再像以前那样凡事隐瞒于我，他不过是在道歉。"丛意儿有些茫然地说，"可是，婆婆，我却害怕再爱。"

"婆婆倒觉得他是真心。"无心师太轻声说，"婆婆不知道当时到底发生了什么，他又是如何伤害了你，但婆婆知道，他把你看得比生命还要重要。对啦，你还记得当时你坠崖的事吗？"

丛意儿点点头，"当时幸亏婆婆刚好经过，否则，早就没有了如今的意儿。"

无心师太微笑着说："其实，我也是后来才知道的。当时，我刚好在外面，有个蒙面人故意招惹我，我很生气，就追赶他，但是，怎么也没有追上。他好像很懂得我的武艺，但是，看他身手应该不是一个高手，只是懂得如何避让于我。他把我引到悬崖边，刚好让我救了你。你猜，他是谁？"

丛意儿摇了摇头。

"他是司马澈身边的一个人，那日我无意中看到他和司马澈在一起，就逮住他问了才知道，原来是司马逸轩事前安排好了这一切，为的就是避免你出事。他想好了各种可能发生的情况，安排了许多的人，其实当时，甘南和甘北也不知道他还活着，因为他怕他们被他兄长看破，但是，平常与他并不怎么来往的司马澈的人却被他早早安排妥当。你可想而知，在事情发生之前，司马逸轩所做的挣扎绝对不少于你，你觉得他欺骗你，可他的本意也许只是为了保护你。"

"婆婆。"丛意儿难过地低下头，想着那一天，司马逸轩冷酷地说，一切不过是一场游戏，他不过是在利用她，他希望她不要再纠缠他——那种种，如今想起来，仍然是一身的汗，怕到想要找个地方把自己藏起来。只不过，思念的痛终于还是战胜了这种想逃的念头，她还是鼓足了勇气，重新回到这儿，为的只是可以再看他一眼。现在，他说他依然爱她，她应该相信哪一句？

夜，溶王府，寂寞得让人心中害怕。司马溶一心的绝望，无处发泄，丛意儿如何对待他，如何拒绝他，他都无法恨她恼她，只觉得是自己不对，自己没有好好的疼惜她，可是，心里头却绝望得很，一想到丛意儿的拒绝，就觉得这人生再无趣味。

"李山，去把丛惜艾请到这儿来，就说本王有事想要与她说说。"司马溶皱了皱眉头说，"让人备些酒菜，本王想与她喝上一杯。"

李山一愣，这是头一次，司马溶想要请丛惜艾来这儿。他犹豫一下，匆匆离开，刚出门不足三丈，看到苏娅惠撑着伞向这边走来，后面的奴婢抱着包裹得严严实实的小公主。他顿了一下，立刻迎上前，轻声说："惠妃，奴才有礼了。您这是不是要去看望王爷呀？"

"是的。"苏娅惠知道李山是司马溶跟前的红人，她一直是比较客气的，温和地说，"今晚，明慧一直哭闹，只怕是想她爹爹了，所以特意抱来让她看看她爹爹，好让她安稳睡觉。王爷他在吗？"

"在。"李山微笑着，垂着头，心里盘算着如何解释，只怕是现在司马溶并不想见到她，但是他又不想得罪她，"只是，王爷这一会儿有事，大概和丛姑娘有关吧，他让奴才请艾妃过来一趟，说是有些事情要和艾妃说一说。所以，此时，您带着小公主过去只怕是有些不太妥当。您觉得呢？"

苏娅惠一愣，脱口说："这么晚了，王爷怎么还……"

"惠妃，奴才急着去请艾妃过来。"李山大着胆子说，没让苏娅惠说下去，只怕她一时收不住口说出要了她的命的话，如果她敢说出任何对丛姑娘不敬的话，溶王爷绝对不会轻饶的，"还得回去和王爷回话，奴才不敢耽误了，先走一步了。您要是想见王爷，可以直接过去，刘河在，他会通报的。"

苏娅惠轻轻抿了抿嘴唇，回头对跟着自己的奴婢说："听这半天明慧都没有哭闹，只怕是睡着了，带着回去吧。"

李山松了口气，幸亏这苏娅惠不是个多事的，若是碰上那几个不知深浅的女子，只怕是早就冲进去了。看着苏娅惠离开，李山匆匆赶去了丛惜艾住的地方。

丛惜艾正独自一人坐在桌前，面对着一局残棋，随意看着一本棋谱。自从她第一次遇到司马逸轩，看到他独自一人坐在桌前闲散地看着残棋开始，她就爱上了这种可以消磨时间的方式,尤其是寂寞的时候,面对残棋,就是一份难得的心安。

"艾妃。"李山微笑着,很奇怪,面前这个女子,总是让他隐约有些顾虑,也说不明白是因着什么,她的气势甚至比司马溶更让人肃然起敬,"王爷请您过去一下,说是有些事情想和您说说。"

丛惜艾一愣,犹豫一下,轻声说:"好的,你告诉王爷一声,我这就过去。"

送走李山,丛惜艾坐在桌前发了一会儿呆,起身换了身衣服,赶去司马溶住的地方。一路上,她心中忐忑,不知道司马溶找她做什么,但是,有一点可以肯定,一定和意儿有关。他还不死心吗?难道他看不出来,司马逸轩和丛意儿眼中那依然浓到化不开的爱情吗?

"坐吧。"司马溶看着走进来的丛惜艾说道。她穿了件淡黄的衣裙,领子上有毛茸茸的细毛,看着很温暖。她瘦了许多,也有些憔悴,比她初进王府明显沧桑了一些,甚至,在眉头处竟然有了细细浅浅的纹。看着丛惜艾在自己面前坐下,司马溶突然有些难过,并不全是为了丛惜艾目前的情形难过,也是替自己难过。"你瘦了许多。"

丛惜艾有些意外,轻声说:"谢王爷关心,臣妾只是这几日有些疲惫,过些日子就好了。"

"我们好久没坐下来好好说话了吧?"司马溶喝了一杯酒,慢慢地问,神情有些茫然,"曾几何时,我曾经视你为我今生一定要娶的女人,没想到如今竟然形同陌路。这后面还有大半辈子的路要走,有些事情我们还是说开的好。"

丛惜艾心中一颤,虽然从来没有认真爱过面前的男人,但是,相处得久了,有些习惯了,心中也慢慢有了一份关心和牵挂。或许是嫁了,就认命了吧,再怎么爱司马逸轩,也是没有结果的,而面前的男人却是自己要厮守终生的人,这样想来,自己心中便先低了一头,"您请说。"

"丛惜艾,你到底有没有喜欢过我?"司马溶喝着酒,平静地说,"我要实话,不要你用假话来搪塞我。"

丛惜艾愣了愣,看着面前桌上的酒菜,心中起伏,想了好半天,才慢慢开口,"若是想听实话,只能说到目前为止,臣妾也不知道自己喜欢的是谁。"

司马溶似乎对这个答案多少有点意外,愣了一下,说:"难道你心中最喜欢的不是当今皇上吗?你完全可以直接告诉本王,你从来没有真正喜欢过本王,最起码本王还会觉得你是真实的。"

"王爷。"丛惜艾轻轻地说,"臣妾是女人,女人是认命的,或许嫁您前,臣妾心中还有些想法,还有一些不甘,到了如今,已经不愿再想起。我只想平安的过完这一生,纵然心中仍然有期盼,也不过是午夜时分,突然醒来的一份泪落。王爷,何必如此说?"

司马溶继续喝酒,半天没有说话,过了好一会儿,突然说:"意儿让我好好珍惜你,她替你不平,但是丛惜艾,现在本王确实不怎么讨厌你,至少比以前少了许多,只是爱你,却是绝对没有可能。意儿她向皇上提出要求,让这溶王府只可以有一个溶王妃,那就是你,不可以再有别的妻妾,你如何想?"

丛惜艾没有说话,她不知道如何回答。

"本王不想意儿难过,但是,也不想花心思来试着接受你,所以,本王想了一个办法,本王允你陪本王一晚,若是你今日有幸有了骨肉,而且是个男丁,你就可以坐稳这溶王妃的位子,本王会对天下人承诺你是本王的唯一王妃,让你风光一生,但是若是你没能做到,本王也依然会认可你的王妃身份,但是,总有一天,你会被苏娅惠或者别的女人代替,本王必须要有后,所以,哪个女子可以为本王添上一男丁,本王就会让她坐稳这王妃的位子。你觉得如何?"司马溶漠然地说,依然不停地喝酒。

丛惜艾讶然看着司马溶,看到他眼中的悲哀,低下头,不知所措。她是个聪明冷静的女子,但是这一刻,她也乱了分寸,她当如何才好? 这个男人是她的相公,是她要陪伴一生一世的人。他提出的条件是如此的苛刻,她今晚与他同床共枕,能够如愿吗?

"你可以好好陪本王喝酒,说不定本王喝得高兴了,可以如你所愿。"司马溶漠然地笑,面上却看不出任何喜色,"如果你今晚可以怀上本王的孩子,本王就兑现自己的诺言。"

丛惜艾依然低头不语,也许她该起身离开,也许她该温顺答应,但是,她的身体是僵硬的,除了静静地坐着,她做不得任何事情。

这雪静静地下了一夜,地上铺了厚厚一层,天地之间苍白一片,真是干净。苏娅惠一夜未眠,看着窗外的雪,一脸的悲哀。丛惜艾用了什么办法,竟然在司马溶的房间里待了整整一夜,到现在还没有出来? 她觉得心里难过极了,说不出来的难过,想哭却哭不出来。

"王妃,您歇息一会儿吧,您已经站了一夜了。"奴婢轻声说。

"明慧醒了吗?"苏娅惠疲惫地问。

奴婢摇了摇头,轻声说:"还没呢,睡得正香。"

苏娅惠点了点头,突然间觉得疲惫不堪,只想闭上眼睛躺在床上什么也不想地立刻睡去,"有些累了,想去歇息一会儿,没事的话,不要打扰。"

奴婢点头,突然看到丛惜艾从她的视线中经过,神情有些悲哀,整个人似乎难过得很。奴婢说:"王妃,是艾妃,她好像刚刚从王爷房中出来。她还真是有办法,不过,有她妹妹丛姑娘帮忙,王爷定不会像以前那样淡的,主子倒要小心些。"

苏娅惠快步走到窗前,丛惜艾刚好留个背影给她。那个背影看来是如此的孤独无助,不知道为什么,她突然觉得丛惜艾和自己都是如此的可怜可悲,她哪里明白,就算是丛惜艾今晚陪了司马溶一晚,也不是司马溶有多爱,因为司马溶心中只有一个丛意儿,再不会有别人,她怎么可能忘记,每每在睡梦中醒来,总会听到司马溶温柔地呼唤丛意儿的名字,任何女人在他心中不过是个肉体,只有丛意儿,才是他唯一在乎心疼的女子!

长长叹了口气,苏娅惠悄悄把身子缩了回来,轻轻地说:"真的累了,这雪下得真好,好像天地之间什么也不存在了。我去休息一会儿,我要好好睡一觉,如果一觉醒来,可以忘记一切,多好!"

"主子……"奴婢有些难过,跟了苏娅惠有些日子了,总的说来苏娅惠是个不错的主子,而且跟了她,总是希望她可以更好的,若她成为王爷最在乎的王妃,自己也会得些好处的,"您可不能这样想,您得想办法生个小王爷才好。"

苏娅惠苦笑一下,面朝里躺在床上,罢了,这一刻不想再想,一切随天意吧。她哪里有如此多的能力左右司马溶,还是算了吧,这一刻她只想睡去不再醒来,"关上窗吧,休管他人是非,我累了,想要睡了,不要让任何人打扰我。"

奴婢没有吭声,悄悄关上窗。外面,除了雪地上有一串脚印外,早已经没有了任何其他。雪花纷纷飘落,一天一地的寂寞与安静。

丛惜艾呆呆地坐在床边,泪水一直流啊流,流到她觉得自己已经变成了泪水,然后,再也忍不住,她哭出了声,哭得伤心欲绝,哭出了满心的屈辱,从初时的压抑抽泣逐渐变成失声痛哭,哭到后来,她已经完全无法控制自己,唇咬出血,咬出了满心的绝望和痛楚。怎么会这样?自己怎么会这样?她怎么可以允许自己那样,行尸走肉般任人凌辱,任人施舍?她怎么可以这样?

"司马溶,你怎么可以如此羞辱我?"丛惜艾心中一阵阵的痛,"纵然你不爱我,纵然你不齿于我,何必如此羞辱我,若是有来生,我宁愿再也不爱!"

她不是一直自视甚高吗?为什么现在贱如尘土?

她曾经想,好好地过完这以后的日子,尽自己的本分,纵然不爱,也可以相敬如宾,纵然冷漠无情,也不彼此仇视。可是如今,她的心中竟然再也没有半分温情。一想到司马溶那张冷漠无情的脸,以及满脸的不屑和不得已,心中真恨不得自己没有复明,她为什么不吃下藏起的药,只要吃了药,就不会再有烦恼,她到底在留恋什么?

她把自己的身体泡进热热的水中,打发奴婢出去,独自一人安静地躺在水中。闭上眼睛,她疲惫地靠在浴盆中,水在她的身体上轻轻流动,一切,安静无声。能够洗去所有的痕迹吗?司马溶的行为可以在记忆中消失吗?但是真的要放弃吗?丧失记忆,自以为幸福地活着?若是她忘了自己的父母,忘记所有的曾经,她会以怎样的心态面对现在的事情?她不能允许自己这样下去。

丛意儿请求皇上允准这溶王府就只能有一个王妃,并且只能有她这一个王妃,纵然是生了女儿的苏娅惠也只可为妾,若不是她是意儿的姐姐,意儿不会如此为她着想。她难道连意儿也不如吗?不论当时意儿和皇上发生了什么,她都可以微笑着回来,为什么自己不可以?既然司马溶如此地羞辱于她,她真的就可以以自己的死来成全吗?凭什么要她死而不是司马溶?难道她不可以让他自作自受吗?

如果上天真的给我一个孩子,我就好好地活下去!丛惜艾静静地想,如果有个男婴,那就是上天不舍得让我离开!

丛惜艾睁开眼,看着前面,然后垂下眼睛。她一定要活下去,她不可以让人看笑话,她一定要活下去!她不可以用自己的死来成全这次的耻辱!她死了,司马溶就解脱了,可是,她的家人呢?何人替她尽孝?何人可以照顾他们?

外面的雪渐渐停了,丛惜艾走出房间,看着外面的雪景,面上有了淡淡的沉静,眼中不再忧郁。谢谢你,司马溶,你用你的无情成全了我,我一定要好好坐稳这溶王妃的位子,不论你如何不喜欢,我也要好好地待着,你不爱我,我何必为你伤心?

丛意儿穿好衣服,披好披风,对无心师太说:"婆婆,我有事出去一下,如果有事,就去溶王府找我,我想去看看惜艾。"

"嗯,好的。"无心师太微微一笑,说,"我应当没事,只要司马逸轩不来找你,自然就没事。"

她一出门,就碰上莫家昆笑呵呵地向这边赶来。看到丛意儿,莫家昆立刻打招呼说:"丛姑娘,正要出去呀?刚刚萼公主说,她要去溶王府,让我过来请你过去,有时间吗?"

"我正要去。"丛意儿微微一笑。

"那好,我们一同去。"莫家昆微笑着,说,"昨晚萼公主说老觉得心里不踏实,所以今天一早一定要去看看艾妃。我怕出事,特意派人先去了趟溶王府,好在,艾妃并没有什么事。"

丛意儿淡淡一笑,说:"惜艾可不是你们想象的那般软弱,若她不堪,此时早就死了好几回了,她的韧性足以让她面对许多。"

丛惜艾早早地站到大门前等候他们一行人。她穿了件浅红的衣,薄施脂粉,微显瘦弱的她,被白雪和红衣衬托得愈加娇弱,惹人怜惜。乌黑的发盘在头上,插一凤钗,垂下的链在轻轻晃动。

515

"意儿,她看起来好像有些不太一样哦。"阿萼悄声说,"也说不出来哪儿不一样,就是觉得不一样。你可有感觉?"

丛意儿轻轻点了点头,轻声说:"或许经历了些什么,放下了些什么,倒喜欢她现在模样,不再是自怨自艾的模样,纵然不幸福,也活得坦然自信些,这才像以前的丛惜艾。"

"惜艾,可好?"丛意儿微笑着轻声问,听似无意,却充满关怀,"一夜不见,倒漂亮了许多,看着真是替你高兴。"

丛惜艾淡淡一笑,轻声说:"意儿,我不可辜负了你。昨晚被溶王爷'宠幸',他说,若我丛惜艾可以怀上他的骨肉,且是个男婴的话,我就可坐稳这溶王妃的位子。既然嫁了他为妻,自然要替他着想,既然他如此想,我定是要好好成全他。"

"宠幸一晚?"阿萼愣了一下,脱口说,"哪里这么容易怀上孩子?而且,他这根本就是在故意为难你。不行,意儿,这样下去,若是惜艾姐姐她没有怀上男婴,岂不是就不可以在溶王府待下去吗?他怎么可以这样。就算不爱惜艾姐姐,念着惜艾姐姐对溶王府的用心,他也不应该如此,这男人怎么可以这样,真是气死我了!"

丛惜艾的眉眼间开朗了许多,丛意儿静静地看着她,或许,她的心经过此事,反而想开了吧,"惜艾,只要你自己觉得值得就好,不论你做什么,不伤害他人,也不伤害自己,就好。"

"我如今还剩下什么?"丛惜艾平静地说,"意儿,有些错误犯了,真的没有回头路可以走,不如看淡些,听天由命还好些,我不想为难自己,我的命不是我可以左右,若是上天眷顾我,肯赐我一个男婴,让我可以经过此劫,那是我的运气,若是我不可以怀上男婴,或者说怀上的是个女儿,那我丛惜艾会找处安静之处平静的活着,毕竟我还有父母,我岂可弃他们于不顾。"

丛意儿轻轻点头,丛惜艾并不是天生的坏人,她对丛意儿的厌恶几乎全部来自她的母亲,若是没有她的母亲,丛惜艾和丛意儿本是一对堂姐妹,怎么可能会相视如仇敌?

"其实,意儿,我倒想劝劝你,不论你和皇上之间发生了什么,都可能只是误会。我看皇上对你真的是十分在乎,你离开的这大半年,皇上先是拒绝立后,听王爷说,为此,皇上和太上皇还大吵了一通,但最终还是没让皇上妥协,但是,王爷他却流连于醉花楼,所以,我觉得,真的用心在乎你的是皇上并不是溶王爷,他或许只是迷恋着你,因为没有得到你,才觉得你是珍贵的。"

"我与司马逸轩、司马溶没有任何的关系。"丛意儿苦笑了一下,不知道如何解释。

"我只是希望你可以珍惜,这个世上,有人值得你爱、有人可以让你爱,是件幸福的事。"丛惜艾微笑着说,"姐姐现在是无人可爱,这种悲苦,姐姐倒要何处诉去?意儿,好好地珍惜你和皇上的缘分,你是天意注定的皇后,你可嫁的只可能是当今的皇上,你不要违拗天意,顺从天意才好。"

丛意儿低下头,有些茫然,她心里其实放不下只是,她害怕,害怕再一次受到伤害,害怕他再以爱的名义来伤害她,她不能保证她下一次还能再挺过去。从司马逸轩诈死到告诉她他不爱她,只是在利用她,中间她几乎等于死了两回,她再也没有勇气去爱!

"我不知道那一日到底发生了什么。"丛惜艾温和地说,"但是从你突然间昏倒就可以想到一定是发生了令你非常伤心的事情,我不想再逼你回答我,但是,这一切和你的感情和你的幸福比起来,到底是哪一样更重要?姐姐真的希望你想得明白,不要像姐姐这样无人可爱,无人疼惜。皇上他是真的爱你!你不能放下从前的伤害,再正视你们的感情吗?姐姐都可以在受尽耻辱后再微笑着活,你更可以。"

"是啊。"阿萼微笑着说,"可别学我姐姐,傻乎乎地赌了一生一世的幸福来换取来生,真是不值得。其实,不选皇上,莫统领也一直对她很好,可她就是看不中,唉,现在还在闭关修炼,真不晓得她若是知道皇上还活着,会如何的疯狂。不过,估计几年内她是不会出来了,一直有专人照顾她的衣食,估计她打算一辈子活在自己编织的咒语里了。意儿,你要好好地活着,我也觉得皇上是真的在爱着你,你在乌蒙国的时候,皇上派人再三嘱咐我一定要好好照顾你。也是因着你的缘故,一直没有取消乌蒙国,他警告我的父母,若是你出了任何闪失,他就立刻灭了整个乌蒙国!"

丛意儿叹了口气,她的心里矛盾极了,她现在很想见到司马逸轩,但是,一想到旧事,就觉得害怕,就不知道要如何做,或许一切这样照常下去,也是幸福的吧?司马逸轩现在做什么?在处理朝政,还是批阅奏章,抑或是寂寞的待着?他会在想她吗?

第二十九章　如履薄冰　爱如枝间蜡梅绽

雪已经不再落,整个敏枫居一片安静,房上树上墙上,全是厚厚的白雪,几枝蜡梅开得正艳,暗香浮动。

丛意儿静静地站在院中,院门虚掩,身后只有她自己的脚印,她还可以再来这里？大半年前,她从这儿离开的时候,是发誓再也不来这儿的！虽然已经近黄昏,但因着雪的缘故,视界中这敏枫居依然是清晰可辨的。

她还记得走的时候什么东西放在什么地方,这儿梦里来过几回？几次因为这儿落泪？她找到扫帚,安静地扫着雪,扫出她记忆中熟悉的小径,她闭着眼也可以扫出她心头的思念。

离开溶王府,在回客栈的路上,她突然冲动地要来这儿,不知道为什么,可能只是为着心里的思念吧。或许,这儿可以放得下她的思念。扫到厅前,光线已经越来越暗,她推开门,房间里竟然有淡淡的清香,好像一直有人照顾这儿。她来的时候,房门是关着的,但是没锁,好像这儿的主人依然在这儿,没有离开。桌上的灯盏依然可以点着,有了灯光,房间里显得明亮了许多,一切,一切,都是她离开时的模样,甚至被褥也叠放得整整齐齐,不见一丝一毫的尘土。这儿,一定有人精心照顾！而且,桌上的笔砚也放着,还有一幅完成了的画,那画中的女子微笑着看着她,就如同她自己在照镜子。看落款的时间,就在不久前,在她归来前一天。字是她熟悉的,是她看到就会落泪的名字。

司马逸轩,他依然在与她有关的事物上,永远是这样的称呼,永远是司马逸轩,永远不是什么王爷或者什么皇上。他经常来这儿,就如同她一直待在这儿。

丛意儿到院中折了几枝蜡梅插在桌上的瓶内,收起画,铺开纸,慢慢磨墨,慢慢在纸上写下一个名字,她辗转在心中的一个名字——司马逸轩。用了大半年时间养好的伤,就是为了这个名字的主人,为的就是心中怎么也放不下的思念和爱。

夜已深,司马逸轩睡不着,没带甘南和甘北,自己一个人到敏枫居。这儿是他可以养伤的地方,只有在这儿,他才可以放松地想念意儿。他总是会在思念吞没他的时候来这儿想念意儿,想得可以落泪可以微笑,就如同意儿在身旁一般。

意儿只是出去了,一会儿就会回来,他就这样想,一直想到整个人沉沉睡去,只有在这儿,他才可以心安。

有人清扫了这儿的雪!司马逸轩一愣,眉头一皱。他吩咐过甘南、甘北,这儿除了他之外,任何人不可以进入一步,就算是甘南、甘北,每次他过来的时候,他们二人也只是守在门口,不得进入。这儿的一草一木都是他亲自照看,这儿的一物一品都是他亲手打扫,怎么会有人这么大胆到这儿勤快?

这人还真是熟悉这儿。司马逸轩想,竟然可以如此规整地扫出小径来,竟然一点也没多扫,就是按着小径的方向和走势扫的!就好像是这儿的主人一般——是啊,这儿的主人只有一个,就是意儿,除了意儿没有任何人在这儿住过,别的人怎么可能知道这儿的路呢?司马逸轩心中一跳,立刻快步走进院内,进入厅内,厅内没有任何光线,但是却有一股蜡梅的清香和淡淡的墨香!他愣了一下,立刻点亮桌上的灯,映入眼帘的就是白纸上俊秀的四个字:司马逸轩!

是意儿的字,他记得,他怎么可能忘记与意儿有关的点滴!

意儿来过,她来过,这儿的雪是她扫的,这儿的字是她写的,这儿的蜡梅是她折来插入瓶中的!

她来过,然后离开,就在他来之前!

司马逸轩心跳几乎要停止,他觉得喘不过气来!他知道,意儿有意要原谅他,最起码,她肯出现在她离开的敏枫居中,这就已经表明,她还是在乎他的!这是一种欣喜,一种可以让他觉得整个人要燃烧的消息,虽然没有遇到她,却有了她的气息,这让他觉得很温暖。

窗外的雪,在烛光下,有着明亮的感觉,这让室外的光线变得清晰了许多。鼻端有淡淡的蜡梅清香,他的心第一次有了敞亮的感觉,从他面临选择开始,他是第一次在心里充满了希望。

"回来了?"无心师太替丛意儿开开房门,微笑着问,"怎么这么晚才回来?瞧,身上都被雪打湿了。去了哪儿?咦,又从哪儿弄了一束梅花回来?"

丛意儿微微一笑说:"婆婆,您还真是啰唆,我能去哪儿。不过是离开溶王府后别处拐了个弯,您瞧这梅花可漂亮?"

无心师太笑了笑,说:"好看。"

"这花是敏枫居里的。"丛意儿似是无意地说,"那儿的梅花开得正好,我就顺手折了两枝拿回来与您分享。"

无心师太愣了一下,问:"敏枫居?你去了那儿。听说那儿曾经关过两位后来做了大兴王朝皇后的女子,一个叶凡、一个慕容枫,你怎么会想到要去那里?"

丛意儿轻轻笑了笑,一边梳洗一边淡淡地说:"我曾经在里面住过一些日子,有些想念就过去瞧瞧。"

有人的脚步声从外面传了进来,脚步凌乱而沉重,丛意儿和无心师太彼此望一眼,一齐看着门。门被人从外面一下子撞了开来,一股子酒气扑了进来,一个满身酒气的人跟跄着冲了进来。

"意儿——"是司马溶无法控制的声音,他已经醉得有些糊涂,不能控制自己的行为。他傻兮兮地笑着,看着丛意儿,歪着脑袋,嘻嘻笑着,啰里啰唆地说:"我,我,我想,想——我,想干什么?"他皱着眉头想了想,一脸的困惑,盯着自己的手,晃了晃,再抬起头看着丛意儿和无心师太,呆呆地问,"你,你们,怎么?怎么……"

丛意儿看到紧跟着跑进来的李山,轻声吩咐,"立刻请惜艾到这儿来一趟,请她安抚妥当酒醉的司马溶,免得他在这儿闹出笑话!"

李山立刻一转身向外跑,有无心师太在这儿,醉酒的溶王爷什么也做不成,此时若不立刻把艾妃带来,若是溶王爷要起酒疯,万一惊动了哪个路人,不成了明天茶余饭后的笑料了吗?再者说,谁不知道,丛姑娘是皇上最心爱的女人,出了什么事,溶王爷都不知道自己是怎么死的!

司马溶一屁股坐在地板上,傻兮兮地笑着,自顾自地说:"我喝,喝了许多,许多的,呃,许多的,酒,好,好,她们都,都给我,我,倒酒,喝,我喝,意儿,她不喜欢我,她,她,"司马溶竟然哭了起来,像个孩子一般,哇哇地哭。

"他真的喝多了。"无心师太有些无奈地说,"这小子是从牛角尖里钻不出来了,越是得不到的东西越是好的,以前你喜欢他的时候他不在乎你,如今怎么如此的放不下?"

丛意儿苦笑了一下,心想:如果已经死去的丛意儿看到这一幕,或许她不会舍得离开。但是如今她并非真正的丛意儿,怎么可能喜欢面前这个还没有长大的司马溶?她盯着痛哭流涕的司马溶,不知道说什么才好。

"你把丛惜艾叫来她能如何?"无心师太不解地问,"不如点了他的穴,让他立刻睡着最好,免得他在这儿惹出是非来。"

丛意儿犹豫了一下,轻声说:"我倒是存了私心的,这或许是上天给惜艾的好机会。婆婆,今天我去溶王府的时候,惜艾和我与阿萼讲起她昨晚的经历,她说,司马溶给她下了最后通牒,他给了她一夜的机会,如果她可以怀上男婴,就许她溶王妃的位子,若是她不能生养,或者是生个女儿,就只能别处待着。这司马溶在此事上着实可恶,他既然如此不讲道理,他如今醉着,对于惜艾来说,这就是一个极好的机会,您不觉得是吗?"

"呵呵……"无心师太哈哈笑说,"这倒是有趣得很,司马溶许了惜艾一晚的时间,那么今晚惜艾就可左右一切了。"

丛意儿轻轻叹了口气,她不是惜艾,不太懂得惜艾的选择,但是,惜艾的选择确实是合乎她现在的处境。她说,她会祈求上天让她怀上男婴,她要好好坐稳她的位子。现在,司马溶喝多了,如果她愿意,她可以把握这个机会,丛意儿有些悲哀地想,希望惜艾能够觉得快乐,如果成为溶王妃可以让她觉得开心,她可以睁只眼闭只眼。

丛惜艾匆匆赶来,看到司马溶正坐在地上,手舞足蹈地比画着,已经醉得有些糊里糊涂。丛惜艾问:"他,他怎么醉成这个模样?"

丛意儿摇了摇头,说:"他冲进来时,就已经是这个模样,李山,司马溶怎么醉成这个模样?"

李山在后面气喘吁吁地说:"王爷,他,他在醉花楼,喝多了,他和那儿的姑娘拼酒,那儿的姑娘好,好几个合起来灌他酒,他来者不拒,就,就喝多了。奴才劝不住,没办法。"他抹了抹额上的汗,心跳得他得大张开嘴呼吸。

丛惜艾微微皱了皱眉头,对李山摆了摆手,说:"你先去这儿的厨房找些醒酒的汤来,免得王爷在这儿闹出笑话来。"

看着李山出去,丛意儿平静地说:"惜艾,你是个聪明人,一定知道我为什么此时单单把你找来,可以在你来之前给他喝下醒酒的汤,但是,这件事要如何处理,自由在你,这儿客房多的是,莫家昆已经把全部的房间都包了下来,你想如何,随你自由。"

丛惜艾苦笑一下,轻声说:"我哪里会不明白你的想法?你是希望我可以早一些怀上孩子,以免我以后无法在溶王府待下去。真没想到,一向骄傲的我会落到如此地步,但是又能如何?你们早些休息吧,王爷我会照顾和安排,如果有需要的地方,我自然不会当你们是外人。时间不早了,我也去歇息了。"

"主子,汤准备好了。"李山从外面走了进来。

"来,帮忙把王爷弄到隔壁房间休息,他如今醉成如此模样,暂时就不要带他回王府了,就在这儿歇息一夜吧。你去找个房间休息吧,王爷我会照顾,如果有事我会招呼你。"丛惜艾平静而漠然地说。

李山答应着扶起司马溶,带着他去了隔壁的房间。

无心师太看着丛惜艾瘦弱的背影消失在门口,有些难过地说:"其实这丫头也不是一个坏人,只怕是让她母亲坑害了这一生。若是没有她母亲在旁边灌输一些所谓的仇恨,她哪里会当你是敌人,哪里会落到如此地步?唉,也是个可怜的女人,不过,但愿她可以如愿,最起码,她或许可以活得开心些。"

丛意儿心中轻轻叹息一下,她来自现代,但是到了这儿,有时候不得不用古代的思维来考虑事情,或许放在现代,她会劝丛惜艾离婚,离开了司马溶,还会碰到好男人,但是现在是古代,她能够劝丛惜艾和司马溶"离婚"吗?不过是一纸休书,丛惜艾就要独自回到娘家,也许会因此而丧失了一生的清誉,不如随丛惜艾用自己的想法来处理此事。

只是这样做,对于苏娅惠来说,终究是不公平的。但是她并不想伤害苏娅惠,她知道就算丛惜艾有了司马溶的骨肉,也不会得到司马溶的在乎,只不过是让丛惜艾可以继续在溶王府里待下去,过一些平稳的日子。正如无心师太所说,丛惜艾并不是一个天生的坏人,就算她做了溶王府唯一的王妃,也不会为难苏娅惠的。

这一夜,究竟发生了什么,丛意儿没有问,而丛惜艾也没有向她解释,只是在清晨的时候,悄悄留了一封书信,就带着司马溶离开了。那个时候,司马溶依然是宿醉未醒。无心师太说,丛惜艾离开的时候,是让李山背着司马溶坐进的马车,听得到司马溶浓重的鼻息,而丛惜艾看起来有些伤感,眼睛红红的,只怕是哭了一夜,难过了一夜。丛意儿只是轻轻叹息一声,她知道丛惜艾心中的羞愧,她能了解,所以她不问,只当是他们从没来过。

坐在桌前,看着外面,丛意儿的心有些乱,无法让自己坐得安稳,蜡梅的香气时不时扑入鼻中,让她意乱神迷,思念如同潮水将她整个淹没。她回来,是为了可以再见到司马逸轩。她怕受伤,不敢奢望重新再爱,却发现,见了面,爱就如潮水,止也止不住地吞没了她!她的所有努力,只是为了见到司马逸轩,而她又用了她全部的气力,才向旁人掩饰住了心中的所有喜悦。

"意儿,在想什么?"无心师太静静地站在她身后,轻声问,"婆婆觉得,与其在这儿想念,不如付诸行动。"

丛意儿回头看着无心师太。

"不敢再爱就要备受折磨,再爱,也不过就是有可能再失败一次,这两样你宁愿选择哪一样?"无心师太轻轻抚过丛意儿的头发,"你让我想起你的母亲,当年你的母亲也曾经备受压力。她是我一个魔女的唯一弟子,你的父亲是名门正派,当时,你母亲也曾经想着放弃,因为已经考虑到种种可能和已经出现的阻碍。可是,最终你母亲还是选择了去尝试,她对我说,纵然最后受伤的是自己,却已经好好爱过一场,就已经值得。"

丛意儿轻轻一笑,这无心师太真是通透,这话就是放在苏莲蓉生活的时代,也绝对够得上明白豁达。

"所以说呀,婆婆希望你去做你自己想做的事情。"无心师太微笑着说,"他此时只怕是已经想念到疯狂的地步了,为什么一定要他来找你,而不是你去找他?是他辜负了你,不是你辜负了他,他怕着你,你何必怕他?"

丛意儿微低头,无心师太说出了她的想念,她是真的很想再见到司马逸轩,这是她唯一的念头。

"皇上——"小樱从外面未经通报就冲了进来,一脸的泪水,声音有些急促,"皇上,太上皇他,他,他快不行了!"

司马逸轩正在看奏章,甘南刚刚端着杯茶水,都吓了一跳。甘北从后面跟了进来,刚刚看到小樱一脸惊慌的表情,就知道,肯定是出了什么大事,所以也来不及阻拦,此时听到她这样说,也吓了一跳。太上皇出事,为什么没有人前来通报?照顾太上皇的人是皇上亲自安排的,个个都是宫里有名的太医,如果太上皇突然不好,他们应该立刻派人来禀报才对!

司马逸轩推开奏章,站起身,对甘南说:"立刻赶去父皇处。"

一行人匆匆离开,一边走,司马逸轩一边问:"怎么会突然这样?昨日不还好好的吗?"

"奴婢也不知道。"小樱落着泪说,"昨晚还好好的,今早就突然气息不匀,宫里的太医们正在想办法,奴婢着急,就一个人跑来了,而且,而且,太上皇还派人去找丛姑娘来,不知道是什么用意?"

"父皇找意儿过去?"司马逸轩一愣,不知道自己的父亲又存了什么想法,"他有没有说他打算做什么?"

"没有,奴婢看太上皇突然安排人去请丛姑娘来,就心里觉得不踏实,就立刻过来和皇上说一声。"小樱摇了摇头,困惑地说,"在这之前,太上皇没和奴婢说起什么,甚至很少提到丛姑娘。"

进了门,立刻看到一大群太医面色沉重。看到司马逸轩走进来,个个吓得面色苍白,齐刷刷地跪在地上,没有一个人敢开口说话。太上皇的病情来得突然,随时都可能丢掉性命,而他们也可能因此随时会丢掉性命。

"如今怎样了?"司马逸轩简单问道。

一个太医看起来年纪大些,官职高些,是这群人里的头头,他低声说:"不是很好。丛姑娘在里面,太上皇说,他此时只想见见丛姑娘。不许臣等打扰。"

司马逸轩眉头一皱,几步跨进房内。太上皇正躺在床上,看着站在床前的丛意儿,喃喃地说:"……皇上他,只能答应朕的要求,朕虽然是太上皇,但也是他的父皇,他不能违拗朕的旨意。"抬头看到司马逸轩进来,他突然对司马逸轩说,"正在谈论着你,不想你就过来了。是小樱通知你的吧?这丫头倒真是机灵。"

"意儿,父皇没有对你怎样吧?"司马逸轩看到自己父亲眼中复杂的情绪,他既然可以如此清晰地表达自己的思想,就应该暂时不会有什么问题,他是什么意思?他会向意儿解释以前的事情吗?司马逸轩不敢保证,他很了解自己的父亲,有时候,父亲就是一个相当霸道而且自以为是的人。

"太上皇只是告诉我,他准备让皇上娶了小樱姑娘。"丛意儿看着太上皇,微笑着说。这个小老头,还真是够可以的,他大概不知道自己来之前是个医生吧,

523

他的情况可能在古代不常见,但在现代,还是蛮常见的,小小一个手术就可以解决,但在大兴王朝,就算是以药术著称的乌蒙国,也都是以药著称,并不会对人下刀。所以,她看出来太上皇的小小把戏。

"父皇。"司马逸轩有些恼怒。跟着进来的小樱也有些意外,傻乎乎地看着屋内众人,一时之间不知说什么才好。司马逸轩继续说:"您能不能不出这些个奇怪的主意?"

"小樱她跟了朕很多年,一直很细心地照顾着朕,朕担心朕走了之后,会有人欺负她,所以,朕要在走之前,好好安排好小樱,才可以放心地走。"太上皇固执地说,"小樱年纪不大,但是心思缜密,而且温柔体贴,哪里不好?而且朕也只是让你收了,没说别的什么,您为何如此反对?"

小樱着急地说:"太上皇,您,您不要这样,小樱对皇上没有任何私心,照顾您也是小樱分内的事。而且,小樱心中已经有喜欢的人,太上皇,您就不要为难小樱啦。"

"不行,朕安排的事情,没人可以拒绝!"太上皇不高兴地说,"你什么时候喜欢上什么人了?就算是喜欢着别人,也不成,你要嫁的也只能是当今皇上,不能是别的男人!"

小樱几乎急出眼泪来,看着司马逸轩,说:"皇上,您,您,您要帮小樱想想办法呀,小樱只想嫁给小樱自己喜欢的人。"

"父皇。"司马逸轩看着自己的父皇,说,"您如今为何一定要勉强自己应允这众多的事情,以前您以意儿的性命要挟孩儿,如今又以自己的性命要挟孩儿,您不觉得这种做法很是无趣吗?"

丛意儿静静地看着太上皇,突然开口说:"皇上,我可以和太上皇单独待上一会儿吗?我可以保证让太上皇收回他自己的话。"

司马逸轩一愣,看着丛意儿。丛意儿并没有看他,只是看着太上皇,微笑着说:"太上皇,您是希望大家都听到我与您说些什么好呢,还是不让他们听到的好?"

太上皇犹豫了一下,他并不知道丛意儿要说什么,但是,他还是开口说:"好吧,你们都退下去吧,朕要听听意儿要和朕说些什么?"

"父皇,您不可以再为难意儿。"司马逸轩生气地说,"您是不是真的老了,为何在这些个事上纠缠不休?您何必一而再再而三地为难孩儿?意儿她到底为何要让您如此费尽心思对付?"

太上皇眼睛一翻,有些恼怒,但是又说不出来,只得硬着头皮说:"你们都出去,意儿她说有话要和朕说,朕倒要听听!"

司马逸轩看一眼丛意儿,丛意儿面上有淡淡的微笑,静静地看着太上皇,口中说:"只是烦请皇上帮个小忙,去帮我准备一些麻醉的药来,这些药,应该乌蒙国就有,此时去找阿萼,她手中就应该有上好的可以让人短时间内安睡不知身外事的药,有了这药,我保证皇上他不再为难小樱,也不会如此的孩子气。"

司马逸轩点了点头,轻声说:"意儿,若是他为难你,你就不要理他,直接出来就好,父皇只怕是年纪大了,竟然变得如此啰唆,不晓得他又想要如何,你千万不要放在心上。"

丛意儿微微一点头,眼睛并不看司马逸轩,口中却温和地说:"没事,不必担心,太上皇怎么会和我一个小女子计较。"

所有人都离开了,房间里只剩下太上皇和丛意儿,丛意儿在椅子上坐下,温和而平静地说:"老人家,现在没有外人了,我们可不可以不用那么多的规矩讲话,您抬头瞧我也累,我老站着也累,不如我们两人对面坐着聊聊如何?"说着,丛意儿突然一笑,这个感觉真像是她在医院里和病人家属讲话的感觉,商量却不容置疑。

太上皇一愣,盯着丛意儿,不太相信地问:"你说什么?你称呼我什么?老人家?你,你还想坐着和我说话?"

"可是,您就是老人家呀,老人家是尊称,比太上皇还尊重您。"丛意儿微笑着,慢慢说,"而且这样,我们大家都舒服,您此时瞧着我,是不是觉得更轻松容易些?而且您现在身体不舒服,这个姿势与我讲话,您会觉得更舒服些。您不会有生命之忧,只是体内有些小小的不该存在的东西,若是您肯相信我,我会让您渡过这次难关,好好地活下去。如何?"

太上皇轻轻哼了一声,说:"朕为什么要相信你?"

"对呀。"丛意儿依然微笑着,做苏莲蓉的时候,比这老头难缠得多的人她也见过,"我也在奇怪,为什么您就是如此的讨厌我?记得我们刚开始见面的时候,您好像还是蛮欣赏我的呀,如果不是我的错觉,您开始的时候对我并不是这个态度呀。"

太上皇犹豫了一下,说:"朕也不太清楚为什么这样针对你,朕也知道这样不好,可是,朕有朕的担忧,朕认识你的母亲,知道她是如何固执而坚决的女子,朕在你身上也看到了同样的东西,你一点也不像我们大兴王朝女子该有的模样,你就好像是个异类。你太像我们大兴王朝的一位皇后,朕担心的是,如果逸轩娶了你,会误了这大兴王朝,他会成为第二个司马锐。"

丛意川依然面带微笑,温和的语气,似乎没有丝毫的恼怒之意,"可是,我却觉得您并不了解意儿的母亲,所以,您一生一世都没能得到她一个哪怕是温和的微笑,她对您,只有尊敬和躲避。您知道为什么吗?"

外面有人喊:"丛姑娘,萼公主来了。"

525

"请她进来。"丛意儿应道,然后看着太上皇,继续说,"也许您是真的爱着意儿的母亲,但是您从来没有平等地看待意儿的母亲。您一直高高在上,端着足足的架子,您只是一个九五之尊,而不是一个普通有血有肉的男子。"

阿萼走了进来,看到丛意儿坐在椅子上和太上皇讲话,并没有觉得怎样的诧异。丛意儿的一些行为就是如此的不合常规,但却让人觉得没有什么大不了的。阿萼已经习惯了丛意儿语气中的坦然,甚至丛意儿和她的父母说话的时候也是如此的不卑不亢,礼貌而温和,"意儿,你要的东西我带来了,还需要什么?"

"止血的药,缝合的线,以及锋利的刀。"丛意儿平静地说。

太上皇吓了一跳,立刻说:"你要干什么?"

丛意儿轻轻一笑,说:"做个小小的手术,把您体内多余的东西拿出来,您就可以继续和意儿作对,否则,您要真是……如何再阻拦皇上和意儿在一起?是不是,为了大兴王朝的未来,您也要答应。"

阿萼犹豫了一下,这样子有点冒险,但是,她曾经在乌蒙国的时候亲眼看到丛意儿为一个濒临死亡的小孩子做了一个小小的"手术",而让那个小孩子活了下来,虽然她不明白这种用刀把人的身体打开取出里面东西的方式为什么叫作"手术",可是,确实是非常的神奇。

三天,丛意儿一直安静地陪着太上皇,因为,她是在古代做手术,有许多的东西不如现代的用起来顺手,而且好久不做了,对方又是一个年长之人,所以,一直等到太上皇脱离危险期,重新醒来恢复谈笑,她才松了口气。

这三天,她禁止任何人接近太上皇,因为她知道太上皇需要休息,除了阿萼会按她的要求送些消炎的药,以及宫里的人按吩咐送些清淡滋补的食品外,她甚至禁止司马逸轩接近太上皇。就在太上皇休息的地方,丛意儿衣不解带地待了整整三天。这三天,她一直安静地守在床前,随时查看太上皇的情况,就好像她在现代做苏莲蓉时一样,尽着自己做医生的本分。

三天后,太上皇终于恢复了元气,气色也逐渐好了起来,胃口也好了很多。这三天,丛意儿每天只做简单的梳洗,连衣服也没换,此时,整个人看来有些憔悴,但眼神依然清柔。

"你,不该救朕。"太上皇叹了口气,为什么会是她?为什么是这个让他见了心底总有隐隐怯意的女子,而不是任何一个别的女子?"你救了朕,朕也不会因为感激而答应逸轩和你在一起。"

丛意儿轻轻笑了笑,她有些累了,想要好好休息一下,整整三天,她一直在紧张的状态中,时刻担心着太上皇能不能够度过危险期,又不能和任何人说起,那种滋味真是难过。现代的时候,会有同事帮着分担,现在她不知如何向别人解释,包括阿萼。她还记得阿萼看着她把太上皇的腹部打开的时候,是如何的目瞪口呆。

"意儿。"看着丛意儿从房内走出来,司马逸轩轻声唤道。这是三天来,司马逸轩第一次看到丛意儿,整整三天,意儿不准任何人进入房间,他不是不担心,很多人担心太上皇的安全,一直要求进去看看,尤其是那些太医们,但他一直不准任何人打扰意儿。阿萼第一次出来的时候脸色非常的苍白,什么也没说,然后出入几次后,阿萼的表情越来越自然。司马逸轩什么也没有问,可是,从阿萼的表情上看,里面的情况应该是越来越好,但是,里面到底发生了什么呢?

"你……"

"我有些累,什么也不要问了,我想去休息。"丛意儿有些疲惫地说,"如果真的想知道什么,去问阿萼好了。"

司马逸轩立刻收回他所有想问的话,吩咐人带丛意儿回去休息。

房内,太上皇躺在床上,表情有些困惑,但是,气色好了很多,阿萼正把他吃完的东西收拾好准备送到门口。司马逸轩轻声说:"阿萼,你也回去休息吧,毕竟有了身孕,这儿的事情,朕自会安排人来做。"

阿萼微笑着说:"我一直没事,就是坐在一边看,所有的事情都是意儿来做的,真正是吓死我了。但是,不得不承认,这个意儿还真是个神人,如果没有她,就没有太上皇今日情形。太上皇体内好像有我们乌蒙国的某种蛊毒,不晓得是怎么进入的,但是,这个蛊毒却在他体内形成了一个可怕的瘤子,就算是用我们乌蒙国的药也只能是延长一些寿命,但是,你的宝贝意儿竟然敢破腹取出,然后再缝合,并且保证太上皇平安无事,这在我们乌蒙国,就是大医师也不敢尝试的。呵呵,过了这段时间,我一定要好好向意儿讨教一番。"

"逸轩,就算是她救了朕的命,朕也不会答应你娶她做皇后。"太上皇底气不足地说,"朕就是担心,她会是第二个慕容枫。"

司马逸轩平静地说:"父皇,您一直因为此事煞费苦心,但是,孩儿想过了,不论遇到怎样的情形,孩儿再也不会隐瞒意儿,孩儿会和意儿好好地一同面对,孩儿不想再用所谓为她好的爱来伤害最是无辜的她。意儿对孩儿来说,比这大兴王朝更重要,所以为了意儿,孩儿只会令大兴王朝更加昌盛,因为只有大兴王朝昌盛了,才不会让意儿背负所谓的红颜祸水的骂名。"

太上皇没有说话,他也是一心的犹豫,他也不知道自己为什么那么的反对丛意儿嫁给自己的儿子,因为从心底最深处来讲,他其实还是蛮喜欢丛意儿的,这个女孩子真的不让他觉得讨厌。

一旁的阿萼不高兴地说:"太上皇,您还真是奇怪,若换了是我,定是不肯好好救您的,就算是救了您,也要小小的留个麻烦,免得您好了伤疤忘了痛。"

太上皇瞪了阿萼一眼,这丫头,实在比丛意儿好不了多少!

小樱站在门口,这几日,她一直提心吊胆,唯恐太上皇一定要将她嫁给皇上。皇上不是不好,但却不是她所喜欢的男子,他那么的优秀,优秀到她需要仰头才可以看到,她喜欢可以平视的男子。她喜欢着一个男子,从第一眼看到他开始直到现在,安静地喜欢着。听着皇上和太上皇的对白,以及阿萼的话,她突然开口,说:"太上皇,您,并不是不喜欢丛姑娘,而是因为您太喜欢丛姑娘,您把丛姑娘当成了一种属于您自己的私有物品,您不希望她嫁给任何一个除了您之外的男人!"

太上皇脸色立刻变得非常的恼火,大声说:"你刚刚说什么?你竟然这样说朕,你是不是活得够了?朕什么时候把丛意儿当成自己的私人物品了?朕又如何不希望她嫁给任何一个男人了?"

小樱的脸色有些苍白,但她仍是倔强地说:"小樱知道这样说,您一定会治小樱的死罪,但是,死罪也好过让小樱嫁给皇上。不是皇上不好,而是小樱心中没有皇上,如何可以真心对他,小樱不想成为第二个艾妃,小樱只想嫁给自己心中真正喜欢的男子!所以,小樱要说,您一直以来都把丛姑娘当成丛姑娘的母亲一般看待!您一直以来都不喜欢任何一个男人接近丛姑娘,若是您不答应丛姑娘嫁给皇上,为何并不刻意下旨让丛姑娘嫁给溶王爷,您只是说说,皇上没有达到您的要求,您也并没有与皇上如何的理论!小樱是个旁观者,而且小樱一直照顾您,您一直没有忘掉丛姑娘的母亲,所以您才会一再地说丛姑娘像她的母亲。也许是小樱多心,可是,您自己好好想一想,您为何总是阻止丛姑娘嫁给皇上,或者其他的男子?"

太上皇脸上一阵红一阵白,觉得腹部的伤口有些隐隐作痛。

"好啦,不要生气,您要是这样气下去,对您的伤口恢复不利。"阿萼立刻在一旁提醒。她心中倒是暗自惊讶,这个小樱看来年纪不大,脾气倒是倔强,而且看事情好像比她的实际年纪通透许多,"这样就辜负了意儿三日衣不解带的照顾您,她为您,可是担了性命之忧,您还是好好的吧,何必和一个小小的奴婢生气?"

"而且,"小樱似乎是下了必死的决心,说,"太上皇,您难道真的以为有些事情小樱不知道吗?根本就是您自己把药调换了,确切地讲,是您自己弄错了。当时您送给丛姑娘的茶水是两份一模一样的,您一直在犹豫,小樱当时在一旁不巧看到了,您换来换去,最后换错了。不是任何人没有经过您的同意把毒药给换了,根本就是您自己在多次的调换中,自己弄错了。"

太上皇愣了一下,看着小樱,"你怎么知道?"

"因为您把当时没有送去的茶水让蝶润姑娘喝了。"小樱犹豫一下,说,"这几日小樱想起此事,觉得有些可疑,就悄悄去看了看蝶润姑娘,她如今也是性命堪忧,不过,因她本身是乌蒙国的人,药也是她自己制的,所以她自己可以解,她应该是没事的。"

司马逸轩一直沉默不语,听着小樱说。他表情安静,看不出来他的心中到底是如何想的。

"你,你,真是胆大包天!"太上皇很是尴尬,指着小樱,气得人有些哆嗦,"朕原本还想好好安置你,你,你,真是辜负了朕的一番心意,你,你太让,太让朕失望了!"

小樱低下头,落下泪来。她知道自己这样做了,是必死的罪,这样也好,如果不可以和自己喜爱的男人生活在一起,她宁愿选择去死。她轻声说:"小樱知道自己这样做是必死的罪,小樱不求太上皇您原谅,但是只是希望太上皇能够不再阻拦皇上和丛姑娘的事情。您阻拦得一时阻拦不了一世,除非他们不再相爱,否则,您阻拦的只是您自己的想当然。丛姑娘永远不可能是丛姑娘的母亲,而且,您也知道,丛姑娘的母亲也只是尊重您而不是爱您!"

"来人——"太上皇恼怒地说,"来人,立刻把这丫头拉下去斩了,立刻让她在朕的眼前消失!"

"若是孩儿不答应呢?"司马逸轩突然开口,回头看着自己的父亲,表情平静,语气稳重,然后转头看向小樱,平和地问,"小樱,你喜欢的是谁呀?朕可以亲自为你做这个媒人!"

小樱低着头,轻声说:"小樱如今已经是死罪不可恕的人,小樱不想他也被小樱连累,皇上不要替小樱操心了。"

"他是朕的父皇,是这大兴王朝的太上皇不错,可是,现在左右这大兴王朝的是朕而不是他,你尊重他听从他是应当的,但是,他却不可以如此不讲道理地处置你!"司马逸轩平静地说,"你告诉朕你喜欢的是谁,朕说可以为你做主就一定可以为你做主!"

小樱犹豫了一下,用轻声说:"小樱一直喜欢着甘大人。"

司马逸轩一愣,脱口问:"甘南还是甘北?"

"甘南。"小樱的脸垂得更低了。当着这么多的人,尤其是甘南就站在皇上的后面,而且她并不知道甘南会不会喜欢她,反正要死是不是,没关系了,不说,甘南怎么可能知道。就如丛姑娘曾经和她开的一个玩笑,那个时候她在照顾丛姑娘,丛姑娘曾说:有时候爱是要说出来,不说,对方可能永远不知道,若是真的喜欢对方,是应该让对方知道的,而不是单纯地偷偷喜欢,那样,可能会错过一段上天注定的好姻缘。

甘南一愣,看着小樱,只看到她低垂的、没有被头发遮住的已经红得如同红霞的面庞。

司马逸轩一笑,瞧了一眼甘南,说:"正好,朕前日还问甘南有没有喜欢的人,他还说没有,如今你说你喜欢他,这倒真是巧。甘南,人家小樱姑娘都已经说了,你可肯答应?"

甘南有些不知所措,小樱一直喜欢着他?他其实也挺喜欢这个聪慧美丽的小姑娘,但是,他还真的没有想到她也一直喜欢着自己,如果不是今天的事情,或许他永远不会知道。没有时间犹豫,他不可能让皇上等着,所以甘南只是顿了顿,然后说:"谢皇上做这个媒,甘南很高兴可以娶小樱为妻。"

小樱的心几乎要跳出来了,更是不敢抬头,羞得只是低垂着头,却不敢再说任何的话。

"好,"司马逸轩笑着说,"朕这就赐婚于你们。甘北,你看甘南都已经有合适的人选了,你可有合适的人选,也让朕可以帮你一次?"

甘北的脸一红,笑着说:"皇上,您不要开微臣的玩笑,如今哪里去找一个合适的人?"

"小青姑娘如何?"司马逸轩突然微笑着说,"虽然丛府不是朕喜欢的地方,但是照顾丛姑娘的小青姑娘却是一个不错的女子,如今她也已经恢复了身份,你可以考虑一下。"

甘北脸更红了,只得嘟囔着,"皇上愿意如何安排就如何安排吧。"

"好。"司马逸轩微笑着说,"毕竟小青姑娘也是意儿的堂姐,朕要和意儿商量商量才好做这个决定,也得问问小青姑娘的主意,是不是?甘南,朕会册封小樱一个封号,你可以回去准备准备了,朕要带甘北去找意儿商量一下他和小青姑娘的事情,如何?"

甘南点了点头,微笑着说:"这是好事。"

"小樱如今就交给你了,没有朕的旨意,任何人也不得对小樱姑娘如何。"司马逸轩平静地说,"若是她出了任何的意外,朕就拿你是问!走吧,甘北,朕要操心你的事了。阿萼,这儿的事情,麻烦你处理一下吧,朕的父皇如今刚刚恢复,不可动怒不可疲劳,你又懂医术,比那些个太医都要强,你要替朕好好照顾朕的父皇。"

阿萼微笑着点头,说:"好的,臣妾会做得好好的。"

睡了一觉,丛意儿觉得好了许多,这三天太累了,一直担心手术后的并发症,也担心太上皇的身体会出状况,做决定的时候她虽面带微笑,却是一心的紧张,紧张到不敢去看司马逸轩,怕被他看出内心的不安。起了床,吃了点东西,丛意儿看到无心师太一直盯着她,似乎是有话要说,她问道:"婆婆,您怎么了?有事吗?"

"是有点事情,但是,皇上再三嘱咐,一定要你休息好了再提。他来了见你还在休息,就一直在外面等着,说是你醒了之后,如果愿意见他,他再进来。"无心师太微笑着说。

丛意儿愣了一下,说:"我离开的时候,太上皇的状况还可以呀？是不是出了什么事情？要他亲自来,而且一直在外面等着。若是太上皇有事的话,您应该立刻通知我的,我一直在担心,太上皇的身体会吃不消,虽然不算是大手术,但也是动了刀的。"

"不是,你别着急,也别紧张。"无心师太微笑着说,"好像是别的事情,皇上说他要做媒人。"

"媒人？"丛意儿不解地问,"他要做什么人的媒人啊？"

"我不知道,你还是自己问吧。"无心师太微笑着说,"只怕这是个见你的理由,不过,这还真是个好理由。"

丛意儿也忍不住一笑,说:"婆婆还真是会开玩笑,那我就来听一听,他来找我是要为哪个做媒。请他进来吧。"

司马逸轩走进房内,看着丛意儿,微笑着,他的心中有着无法言说的喜悦和激动,但是,他却不可以表现出来。这一次,他利用了甘北的婚姻做借口,来见丛意儿,为的就是可以让见面变得自然些。一个日理万机的皇上,为着身旁侍卫的婚姻之事如此亲自奔波,似乎本来就有些说不通,可是,有这个理由,丛意儿只怕是无法不和他说话,无法不理他。

"醒来了？"司马逸轩轻声问。

丛意儿点了点头,微笑着说:"哪个需要一个大兴王朝的皇上亲自出马做媒？说来我听听,或许我可以帮得上忙。"

"得先请我坐下吧。"司马逸轩站在丛意儿的面前,微笑着,目光中有着无法掩饰的幸福。他只要看到意儿,看见她在笑,这世界似乎就是灿烂的,"这是一件需要好好商量的事情,得让我坐下来慢慢与你解释。"

"好的,请坐。"丛意儿微笑着,心平气和地说,"我再去帮你倒杯水,让你润润嗓子,细细道来。"

"不必,甘北,去倒水,你的事可就在意儿一个点头与摇头上。"司马逸轩开玩笑地说。丛意儿如此心平气和的与他讲话,忽略掉曾经的不堪,真是让他欣喜万分。他一直想着如何再见面,她收了蜡梅,去了敏枫居,知道她会原谅自己,但是这再一次的再见要如何,却是让他伤透了脑筋,今天真是天助他也！

甘北脸一红,匆匆出去倒水。无心师太在门口微微一笑,看到这两个小冤家今日坐下来微笑着谈话,真是一件值得欣慰的事情。丛意儿是如此的温柔聪慧,又是如此的善解人意,包容了所有,真的是个不可多得的好姑娘,司马逸轩如果没有娶到她,实在是一大遗憾！

"是要替甘北做媒吗?"丛意儿温和一笑,看着甘北匆匆离去的背影,"他看中了哪家的姑娘呀?可是我认识的?"

"当然是你认识的,不然,何必要亲自来问你?"司马逸轩微笑着看向丛意儿,心里真是开心,他可以这样目不转睛地盯着意儿看,是梦里梦了好久的情景。今日真是快乐呀!他说:"我身边最可靠最看中的就是甘南和甘北,今日在父皇那里,小樱说她一直喜欢着甘南,而甘南也喜欢着小樱,我就为他们做了主允了他们的婚事,可是,总不能只让甘南一个人幸福吧,所以,我突然想到了一个女子,配甘北还真是蛮合适的。不过,这事还需要你从中撮合。"

丛意儿轻轻一挑眉,笑着说:"小樱和甘南?嗯,还真是蛮合适的。小樱一直跟着太上皇,是个聪明内秀且有些小小性格的女子,人也长得漂亮,有主见,她既然喜欢甘南,甘南也喜欢她,倒是一桩好姻缘。你想到了哪家的姑娘,要替甘北做主?是我认识?嗯,我认识的人不多呀,除了小青,好像——呵呵,不会你是想让小青嫁给甘北吧?若是她,也是极好的事,小青性格爽朗,为人细心体贴,嫁了甘北也是极配的。"

"是的。"司马逸轩微笑着说,"你说的正是我想说的。既然你觉得合适,那我就这样定下,如何?"

丛意儿笑了笑,说:"好啊。甘北,你紧张什么呀,水都倒出来了,慢慢地,手都抖了!"

甘北脸通红,听丛意儿一说,更是紧张得手足无措。

"不过是娶个妻子,怎么紧张成这个样子?真是丢朕的脸。"司马逸轩假意责备道。

"你不要说你的手下如此紧张,若是你此时可以好好告诉意儿你对她的感情,我就服了你。"无心师太微笑着插嘴说。

司马逸轩和丛意儿都怔了怔,彼此望上一眼,都有些不好意思。丛意儿立刻岔开话,说:"甘北,既然皇上和我都同意了这件事,你就可以去提亲了,有皇上做主,这件事情定可以马到成功。不过,你总要好好谢谢我们吧。皇上,你说,要让甘南、甘北兄弟二人如何谢我们?嗯,不如,就让他们在饮香楼摆上一桌,我们好好吃他们一顿如何?"

"好。"司马逸轩并没有刻意去听意儿话中仍然存在的"皇上"一词,他更在意的是意儿的语气和神态,是自己的错,总要给意儿一些可以彻底原谅他的时间和可能呀,"甘北呀,你觉得如何?"

甘北除了点头,都不知道如何是好了,他喜欢皇上和丛姑娘的态度,这让他觉得他好像是他们的家人,如果甘南知道了也一定会很开心的,他们是真的希望丛姑娘可以成为他们的皇后,可以成为这大兴王朝唯一的皇后。

离开的时候，司马逸轩觉得整个人是如此的轻松，他微笑着对甘北说："和甘南商量一下，这场酒，你们二人可是请定了。"

甘北忙不迭地点头，一心的欢喜。能够看到皇上眉头再也没有愁云实在是件值得他付出性命的事情，只要皇上开心，一切都好。

无心师太和丛意儿站在楼上看着他们一行人离开，微笑着说："这皇上还真是聪明，懂得用这个办法与你见面，有这件喜事放在中间，你是无论如何也不会拒绝与他见面，或者绷着脸不理他的，有了这个开始，你们再联络就容易得多了，念在他如此动脑筋的分上，你也可以原谅了他吧？"

丛意儿静静地望着远去的一行人，轻声说："在我决定回来的时候，我就已经原谅他了，只是不敢相信感情还会在，其实我也一样开心可以见到他，而且，他现在是如此的照顾我的感受，处处替我着想，我如何会不原谅他？就如你所说，爱也受伤，不爱也受伤，那就不如用爱受伤，或许天意注定，我可以不受伤呢。"

无心师太微笑着说："意儿，你是如此好的姑娘，若是他不能娶到你，只能说是他实在没有福气，婆婆是真的希望你们二人可以走到一起，成就一段美满姻缘。"

溶王府。丛惜艾静静地收拾着自己的东西，背对着门，安静地说："去准备马车，我要去我妹妹那儿。"

奴婢点头答应着离开。丛惜艾站起身，刚要外出，听到阿萼的声音在外面响起来，并且很快走进她的房里，"惜艾姐姐在吗？噢，好的，你去吧，我正好也要去找意儿，就同惜艾姐姐一起去吧。惜艾姐姐，你知道丛府里有了一件喜事吗？"

"什么喜事？"丛惜艾一愣。

"皇上亲自赐婚给小青妹妹，让小青妹妹嫁给甘北，你说这是不是一件可喜可贺的事？"阿萼笑着说，"皇上本人虽然不喜欢丛府，但是他却肯将小青妹妹嫁给他自己身旁最得力的人之一，不就说明皇上对丛府已经不再像以前那般厌恶了吗？"

"是吗？"丛惜艾微笑着说，"这真是一件可喜可贺的事情，小青可以嫁给甘北，也算是前辈子修来的福气，甘北一直跟着皇上，是皇上跟前的红人，也是一个好人，小青真是有福气。这其中肯定有意儿的功劳，若不是皇上心中有意儿，岂会这样安排？"

阿萼也笑着说："是啊，丛府现在可是沾了意儿不少的光。对啦，那药姐姐可用了，若是用了，阿萼可以保证姐姐一定能怀上孩子，而且十有八九是个男婴。"

丛惜艾苦笑一下，说："用是用了，只是，阿萼，多谢你和意儿一直为我费心。只是，若是有下辈子，我可定是不肯再要婚姻的了，这场婚姻真是让我伤透了心。"

正想着要和溶王爷说说,我搬了别苑去住。在这儿总有人虎视眈眈地盯着,若是一个不小心肯定会惹出麻烦来,不如远远避开。若是上天眷顾可以怀上男婴,生养了再回来也不迟。如果我不能在这王府中站稳脚跟,就算是有了孩子,也一样处处受人欺负。"

阿萼点点头,说:"倒是有些道理,你准备住到哪儿去?"

"溶王府有处别苑,就在王府的旁边,院子不大,我去那儿住,一则可以得个清静;二则也可以好好休养身体。"丛惜艾淡淡一笑,说,"你们去探望我也可以方便些,我们姐妹几个都可以随时坐下来聊上几句。"

"溶王爷能答应吗?"阿萼轻声问。

"他恨不得我立刻在他眼前消失,怎么会不答应?"丛惜艾叹了口气,"说了,他一定会答应的,而且,有些事情我也照旧可以处理,奴才们随时可去别苑找到我,不过是多走几步路罢了。"

"嗯。"阿萼点点头,说,"既然如此,那我们现在就去找意儿吧。我正要向她讨教,她是如何从太上皇腹中取出异物的,她竟然可以把太上皇的腹部切开,然后取出里面的东西再缝上,太上皇竟然可以没事,这真是太神奇的事情了!"

丛惜艾愣了一下,没有听明白阿萼的话,却懒得去问。这几日,丛惜艾没有睡好,总觉得不太舒服,好像整个人倦倦的,"好吧,那我们走吧,只是不晓得意儿在不在。"

"去了就知道了。"阿萼微笑着说,"太上皇已经差不多康复了,我跟着忙了多半个月的时间,终于大家都腾出空来了,连皇上都有雅兴可以替人家做媒了。对了,照顾太上皇的小樱姑娘也被皇上赐婚给了甘南,你知道吗?"

丛惜艾摇了摇头。

因为快到丛意儿母亲的忌辰,丛意儿特意让无心师太留在饮香楼,等司马逸轩来的时候捎话给司马逸轩,好让司马逸轩知道她离开几日。等到她忙完手中的事情再来商议小青的事情,让甘南、甘北请客。这一忙活就是半个月,今日,丛意儿才刚刚得闲,回到饮香楼。

"你总算是回来了。"无心师太笑着迎上来,说,"你再不回来,我可就让人烦死了,天天差人过来问你什么时候回来,我说我不知道。对啦,你去祭拜你母亲怎么需要这么长的时间?"

"有些麻烦。"丛意儿轻轻叹了口气,说,"当年母亲去世的时候因为背着骂名没能埋在丛家的祖坟里,是埋在乱坟岗里。幸亏当时有个受恩于她的人悄悄把她葬在了一处僻静的地方,找到了那个人,才找到她的遗骨。然后又把她的遗骨重新送回她幼时生活的地方,埋了她。这一啰唆就耽误了时间。"

第二十九章 如履薄冰 爱如枝间蜡梅绽

"你把她埋在我那儿了？"无心师太惊喜地说，"如果是的话，就太好了，自小是我把她带大的，她是个无人疼惜的孤儿，一直生活在我身边，若是可以埋在她自小生活的地方，有我日日陪着，她在九泉之下也是开心的。"

丛意儿点了点头，叹息一声，说："母亲临死的时候对父亲说，不愿意与父亲合葬在一起，宁愿来生再不相遇。所以，我就由了她，没有把她带回来葬在丛家祖坟里，或许她是伤透了心，再不肯回头了吧。"

"嗯，这事我倒是知道，你是如何知道的？"无心师太不解地问。

"是小青的母亲告诉我的。"丛意儿微微一笑，说，"当年受我母亲恩惠的就是她，若不是我母亲当年救了她，就不会有她和小青今日的重逢。不过，都是过去的事了，母亲想要如何就随她好了。"

"不谈这些伤心事了。"无心师太微笑着，说，"你快去看看司马逸轩吧，这几日估计他一直没能心安，日日派人过来打探你的消息，甘南和甘北恨不得一天来十趟，为的就是可以在你回来的当时就知道。噢，对了，今天丛惜艾和阿萼也来过，看丛惜艾的模样，我想，她肯定是已经有了身孕，也算是上天怜悯。"

丛意儿点了点头，说："这样也好。"

正说着，听到外面喧哗声，无心师太叹了口气，说："大约又是司马溶，这人真是傻了，为了能够遇到你，天天来这儿呼朋唤友的作乐。他常常找了醉花楼的女子一起在这儿摆桌饮酒，唉，真是可怜了丛惜艾和苏娅惠两个无辜的女子。"

"莫家昆回去了吗？"丛意儿听到外面有人大声喧哗，其中一个声音就是司马溶，正与一个女子打情骂俏。

"嗯，听说是乌蒙国好像有事情要他处理，他就匆匆回去了。"无心师太犹豫了一下，轻声说，"听阿萼的口气，好像这几天是蕊公主闭关出来的日子，莫家昆担心她知道司马逸轩还活着，又生出事情来，所以决定赶回去把事情隐瞒过去。她每隔一年要出来两三日，阿萼说，以蕊公主固执的性格，应该是可以隐瞒得过去。"

丛意儿从院落中经过，正如无心师太所说，司马溶选了一个可以随时看到人出入的位置。莫家昆走后，无心师太并没有继续把整个饮香楼包下来，实在是没有那个必要，所以，饮香楼又恢复了旧时的热闹。丛意儿回来的时候，司马溶还没有赶来，但丛意儿出去的时候，却正好从司马溶的视线中经过。

没有任何的言语，司马溶继续喝他的酒，与他搂在怀中的艳丽女子打闹。他的目光，却静静落在已经半个多月未见的心爱之人身上。她穿着浅粉的衣服，乌黑的发，清亮的玉钗，袅娜的背影，安静地从他的视线中经过，然后消失。心中一声长叹，他松开怀中的女子，仰头一口喝下杯中的酒，眼泪落了下来。他对着旁边一脸紧张的女子笑着说："呵呵，竟然让酒呛出眼泪来了，这人呀，真是大一天

535

不中用一天呀。"硬着心肠不去想不去看,却觉得整个人寂寞得要疯掉!

他怎么会这么爱这个女子?他自己也不明白,但唯一明白的是,她注定不属于他,她的心只会给她爱的人,而他只是她今生的一个插曲,会有来生吗?会再遇到她吗?他还会爱她吗?

"王爷,您怎么不喝了?"一个女子身子偎过来,娇笑着把酒端到司马溶的唇边,撒娇,"您永远不会老,您永远是我们心中最棒的溶王爷。"

司马溶哈哈一笑,和着眼泪就着女子的手把酒喝了进去。从此后,只怕是再也没有机会遇到她了,他知道当今的皇上心中也只有这个女子,就如丛惜艾所说,就算是他再爱,他也不可以与当今的皇上争夺意儿,他没有这个权力。他只能在心里偷偷地爱,那一眼,注定了他的爱,怪谁呢,只能怪他自己,在那一眼之前,从不肯用心去看一看身边这个后来让他爱得没有了自己的女子!

丛意儿知道司马溶的视线一直在自己身上,但是她没有回头,她不能够回头,她一定要让司马溶明白,她是真的不爱他,她的任何一点所谓仁慈都会害得他陷入万劫不复的地步!

第三十章　神仙眷侣　红烛相照缠绵意

可是，她也没有勇气现在就去找司马逸轩，纵然她知道他一直在等她回来，她也觉得有一些矜持让她不能够就这样去找司马逸轩。不如，先去看看小青吧。

"意儿——"一声温柔的呼唤把丛意儿吓了一大跳，仿佛突然间冒出来的，就如一阵清风。

丛意儿呆呆地看着司马逸轩，他怎么会在这儿？他没有穿皇上的衣服，他只是穿了素淡的便服，就那么安静地坐在这个不知道什么时候建起来的亭子里。这儿是去丛府、去皇宫、去溶王府都要经过的一条路，路旁是茂密的树木，虽然是冬天，也依然有着沉稳的气势。而司马逸轩就这样安静地坐在亭子里，静静地看着她。

"你，你怎么会在这儿？"丛意儿脱口问。

现在虽然不是上朝的时间，但他现在是皇上，这样一个人出来也是相当危险的，纵然他有很好的武艺，也是明枪易躲暗箭难防呀！

司马逸轩温和一笑，淡淡地说："我在想，我可不可以在你回来之后就可以立刻看到你。"

丛意儿的心猛地跳了下，微低下头，人有些慌张。

"你回来，真好。"司马逸轩温和地说，"能够再见到你，真好。"

丛意儿轻轻垂着头，听着自己狂乱的心跳声，说不出话来。她也是如此的想要见到司马逸轩，但是，却没有足够的勇气去宫里找他，告诉他，离开京城的这段时间，她是如何的想着他。但是如果，如果一切仍然是一场笑话，她将要如何面对？

"意儿，我真的很想你。"听着风在身边轻轻地吹，司马逸轩的声音在风中显得如此的无助和伤感，"我每天都会到这儿来，这儿的亭子是新建的，只要有时间，我就会过来，因为，我相信只要我过来，在这儿等着，就会早一点看到你。在宫里，我只能想念，但在这儿，我却可以期望。"

丛意儿仍然说不出话来，满心的慌张和喜悦混合在一起，感觉她整个人随时都要窒息。

537

"意儿,你想我吗?"司马逸轩的声音似乎就近在耳旁,吹过的温暖气息痒痒地在丛意儿的脖颈处,让她耳朵根都红了。她听得到自己的心跳,也听得到司马逸轩的心跳,他已经站在离她不过咫尺的地方,他的身体替她挡住了迎面吹过的风。

　　沉默在他们二人之间荡来荡去。司马逸轩的心一点一点地往下沉,难道意儿她不想再继续他们之间的感情?还是……他的手伸出,握住意儿的手,感到意儿的手在微微颤抖,仿佛很冷,他一伸手,将丛意儿整个揽入怀中,听着彼此的心跳,整个人无助而茫然。

　　丛意儿想要说话,但是一个字也说不出来,只是静静地站着,身体在司马逸轩的怀中仍然是微微颤抖。她急切地想要说话,却怎么也吐不出一个字来。她要说什么?

　　"意儿,你不要为难,我知道一切的错都是我的,是我没有好好与你商量,自以为是地将简单的事情复杂化,是我的错,全是我的错,我不敢奢求你爱我,但是,我想请你一定要待在京城,待在我可以看到你的地方,让我还可以期望有一天你会原谅我,并且重新接受我的爱。"司马逸轩难过地说,他真的害怕意儿再也不爱他,在她离开的这半个多月里,他是如此的慌张,丛意儿没有任何的消息传来,只是托无心师太代为转达她要外出一段时间,仅此而已。

　　泪水一滴落下,接着又一滴落下,丛意儿只觉得一身一心的委屈,眼泪就是止不住,就是想要哭,好像受了委屈的孩子,终于得到了可以表示自己清白的机会一般。她的泪水将她内心中所有的委屈全部流了出来,她从无声的哭泣到小声的哭泣,身体微微颤抖。

　　冬末的风,安静地在他们身边吹着,有些寂寞,有些安静。

　　司马逸轩说不出任何话来,他只能安静地站着,把丛意儿紧紧揽在怀中,让她哭个痛快,让她把心中所有的委屈一次全部发泄出来。他知道自己伤害她有多深,他知道她心中有多少的惶恐,因为这所有的感受,他也一同经历着。他每每想起他曾经对意儿说过的话,就恨不得自己是个哑巴!

　　他常常在噩梦中醒来,每一次都是他那样对着丛意儿说,他从来不曾爱过她,他对她只是利用只是游戏!而每次噩梦中,都是意儿再不肯醒来的面容,她的放弃让他每每醒来的时候,总是一身的冷汗!

　　丛意儿哭得有些累了。其实,这么长时间以来,她心头的委屈已经在时间中慢慢消磨得差不多了,她心中留下的唯一就是对司马逸轩的思念,只是见到了司马逸轩,从心里觉得委屈,想要落泪。

　　她轻轻推开司马逸轩,慢慢平稳了呼吸,抬起头,看着面前的司马逸轩,努力让自己看来平静,"你又把我弄哭了。"

司马逸轩微笑着,心中全是内疚和酸楚,他永远无法明白,丛意儿是用了如何的念头才可以让她如此平静地面对伤害了她的自己?

丛意儿不再看司马逸轩,转头看向冬末仍然萧瑟的树木,静静地平息着自己有些激动的心情。好半天好半天,她才慢慢继续说:"时间过得真快,从那时到现在,已经快一年了,我以为我不可能忘记,但是在时间面前,一切竟然如此不堪,是否经年后,我们再相逢的话,会不会也会像陌生人般招呼不打一下就各自走开?"

司马逸轩站在丛意儿的身后,用身体阻挡着一方刮来的风,完全不加考虑地说:"不会,你已经是我生命的一部分,我可以忘记自己,却绝对不会忘记你。"

丛意儿一笑,轻轻叹息一声,说:"司马逸轩,我还真是不知道相信你好还是不相信好。"

司马逸轩说不出话来。这样轻轻一句话,却说出了丛意儿心中一直还在的挣扎,爱或者不爱,如何选择。她原谅他,但是要不要再爱,她只怕是还没有足够的勇气决定。

"谢谢你救了我父亲。"司马逸轩另找个话题,两个人站着,在风中,有一些陌生,让他觉得心里慌张,"请不要在意他的言语,或者是人年纪大了,总会多考虑些,总会啰唆些。"

过了一会儿,丛意儿才慢慢说:"真的很奇怪,大兴王朝的人总是惊叹着司马锐和慕容枫的爱情,但是,却唯恐这种爱情发生在自己身上。你的父亲也是可怜的,我不会怪责他,他也是为了他认为正确的事情,为着大兴王朝不要再出现一个司马锐,那个时候有个司马明朗可以代替司马锐成为皇上,但是现在这大兴王朝除了你,没有第二个人可以撑起这个王朝。"

"可是,你是我心爱的女人,这与我是不是大兴王朝的皇上不是一码事。"司马逸轩伸手握住丛意儿的手,似乎只有这样,他才有勇气去面对所有。

"有关系。"丛意儿轻轻叹了口气,慢慢说,"司马逸轩,你与我的爱情是不被祝福的,或许这一生,或者前一世,我们的爱情伤害了太多的人可能幸福的机会,若没有我,或许会有不同的结局,但是,我的出现打乱了一切。而且,你是大兴王朝的皇上,知道为什么大家不能接受叶凡吗?因为她要成为司马希晨唯一的女人,但是,司马希晨是大兴王朝的始皇,他的存在,他的后代关系着整个大兴王朝的未来,那些与他一起辛苦打下江山的人如何允许一个女人的出现让他们的梦想变成一场空?所以,他们可以容忍一个小小的宠妃,却不能容忍身后作为皇后的叶凡,若我成为你的皇后,如果我如叶凡一样,要你今生今世只有我一个女人,同样也会有人不高兴不答应。因为,你的后代也同样关系着整个大兴王朝的未来!"

"可是,如果要我选择,你是唯一的选择,如果伤害到你,我宁愿伤害我自己!"司马逸轩平静地说,"他们只可以用你的生命来要挟我,却做不到用江山来要挟我,如果你是平安的,一切都好,若是你有怎样的意外,这大兴王朝的江山不存在也罢。"

丛意儿微微低下头,想了想,慢慢说:"我在乌蒙国待了不少时间,蕊公主所下的诅咒是可怕的,会让一切都乱了套。她放弃了她今生今世所有获得幸福的可能,用她自己的处子之身设下诅咒,为的就是可以在来生的时候我们不可以再相遇,再不可能在一起。"

"那是来生的事情,我们现在活在今生,不管是不是被祝福的,只要我们活得开心就好,管他们做什么。"司马逸轩微微一笑,静静地说,"天意注定我们在一起,就算是来生来世我们无法相遇,或者我们人鬼殊途,但只要我们心中依然有着彼此的影子,我们就可以再相遇再相爱,这是任何人也阻拦不了的,就算是所谓蕊公主如何的发下毒咒,这世上诅咒唯一不能伤害的就是真心的爱。意儿,我们能够相遇能够相爱,这,已经是幸运,我们要好好珍惜,从现在开始,我要我们永远在一起,好好地爱。"

丛意儿忍不住轻轻一笑,眼睛里的景物突然间变得灿烂美丽,是啊,她要的不就是爱吗?有司马逸轩的爱,就算是不被祝福,就算是前面有再多的伤害,又能如何?他们只要好好地相爱相守就好!

她轻轻把身体靠在司马逸轩的怀中,是一种安心与踏实,他的胸膛给了她最大的安慰,他的心跳是她今生听到的最美丽的声音,他的心跳为她而在,她的生命为他而灿烂。

莫家昆小心谨慎地看着蕊公主,她的变化还真是不小,这个女子可真是够可怕的!为了所爱的男子,这个女子竟然舍弃了今生的幸福,把所有的赌注放在了不可知的来生。想想也是可怜,若是她知道司马逸轩还活着,她会如何?

"你在看什么?"蕊公主冷冷地说,"你的眼睛会泄露你的内心,我知道你在怜悯我,你也配?!"

莫家昆立刻垂下眼睛,心跳了一下,轻声说:"公主,您真的觉得这样做值得吗?或许时间一长,您就会忘记所有的以前,您看,现在萼公主和驸马过得就很幸福,而且很快萼公主就要生孩子了,您为什么一定要为一个并不爱您的男子如此对待自己?"

蕊公主冷冷地看着周围的景色,是冬末,尤其是乌蒙国,冬天特别的长,特别的寂寞,她的心已经硬成坚冰,"如今大兴王朝是何人在位?我们乌蒙国仍然只是一个小小的附属之国吗?"

莫家昆早已经想好答案,也和萼公主等人统一了口径,他低着头,轻声说:"如今在位的是司马溶。"

"丛意儿呢?"蕊公主继续冷冷地问。

"她已经不在人世了。"莫家昆硬着头皮说,心中暗自呸了好几声。不这样说不行,若是蕊公主听说丛意儿还活着,一定要问她如今怎样了,总不能编造谎言说丛意儿嫁了司马溶吧?

蕊公主愣了一下,好半天才慢慢说:"怎么会这样?我要等着她和我一起上奈何桥,我们要一起的,我要好好的与她争夺一下轩王爷的?她怎么可以说死就死呢?她死了,倒是可以快些去见轩王爷,这太不公平。她绝对不可以死!"

莫家昆低下头,没有吭声。

突然,他觉得有些隐约的不对,一股莫名的杀气在他身边突然升起,不是来自他,也不是针对他,而是来自蕊公主,针对蕊公主。他立刻抬起头来,看到蕊公主的剑从她自己的脖子上一划而过,一道鲜红的血喷了出来,吓得莫家昆当时就愣在了当地。

"蕊公主,您要干什么?"

蕊公主面带笑容,那笑容看来是如此的凄惨,如此的不甘心,她喃喃地说:"她怎么可以死在我前面?怎么可以?她不可以,她不可以比我早见到轩王爷,我要好好地去见轩王爷……"

"蕊儿——"一个悲哀的声音在门口响起,乌蒙国的皇后,蕊公主的母亲,悲哀地脱口而出,"你,你不可以这样,轩王爷,他,他并没有死……"

莫家昆立刻插口说:"蕊公主,您不可以这样,哪里有什么前生来世,您,您不要相信那些个传闻,您要好好地活着!"

"我母亲她说什么?"蕊公主努力保持着清醒,直直地问。

她的母亲看着自己的女儿如此伤害自己,早已经乱了分寸,忘记了当时商量好的话,哭着说:"女儿,你不要傻,他们在骗你,他们都是在骗你,你爱的男子他没有死,他成了大兴王朝的皇上,他如今活得好好的!"

"莫家昆!"蕊公主觉得自己的意识开始在涣散,她一字一句地说,"立刻宣御医来,我,我要,我要活!"

"来人,快点来人呀!"皇后哭成泪人一个,这个女儿是她最疼爱的,也是最娇纵的,怎么可以这样让她就丢了性命,不就是一个男人吗?就真的可以让女儿如此舍得自己的一生?

莫家昆有些难过,他不知道要如何才好,有些僵硬地挪动身体。他不是不想救蕊公主,但是,若是她仍然放不下仇恨,她的活着只会让一切继续混乱下去,只会伤害更多的人。但是,若不救她,他如何对得起自己的良心,毕竟他们也曾经

541

有过婚约。

"母亲,丛意儿呢?"蕊公主划过脖子的伤并没有完全割断她的气管,而她此时对生命的渴望让她可以努力保持着清醒。司马逸轩还活着,他还活着!这是多么幸福的一件事呀!她微笑着,努力清醒地看着自己的母亲,眼睛里却落出泪来,"她嫁给他了吗?他还记得孩儿吗?为什么不早早通知……"说到这儿,蕊公主觉得自己的意识越来越模糊,她努力地想要伸出手来点住自己的穴位止住流出的血,她知道,再这样下去,就算是御医赶来,只怕也是救不回她的性命,但是,她一定要活着,一定要再见轩王爷一面,这个她最爱的男人。

皇后抱着自己的女儿,女儿的血流了她一身,染红了她的衣服,她吓坏了。但是她的心更痛,这个女儿,如此的痴情,如此不管不顾地喜欢着一个并不喜欢她的男子,甚至不惜用生命来证明。

"她,她还没有嫁给他。听你妹妹说,他们之间出了一些误会,还没有和好。如今他,他还是一个人。"

蕊公主微笑着,眼神开始变得涣散,气息开始变弱,她一直微笑着,司马逸轩还活着,他还活着,还有比这更好的消息吗?

"我女儿她,她什么时候能够醒来?"皇后一直在哭。

御医们犹豫了一下,把目光都投到了莫家昆身上。

莫家昆看着皇后,他已经从刚刚的惊吓中恢复过来,有些事情不能感情用事,如果司马逸轩知道蕊公主知道了他还活着的事,如果蕊公主醒来后她再一次地针对丛意儿,那么司马逸轩绝对不会不管不问的,他甚至会因此做出令大家意外的事情来,莫家昆甚至担心,为了丛意儿,司马逸轩会杀了蕊公主,并且取消整个乌蒙国。她的决定关系到所有人的安危。

考虑了好一会儿,他才慢慢开口,"皇后,公主她并没有伤到要害,当时她出手匆忙,心情又悲哀失望,所以没有真的要了她的性命。只是微臣担心,微臣想赶去大兴王朝和萼公主商量一下,如何处理这儿的事情。萼公主有身孕在身,不方便来回奔波,这几日,蕊公主的身体还在恢复中,一时半会儿不会有什么事情,只要御医们小心些就好,等微臣赶回来,再来解决下面的事情。"

皇后除了点头,什么话也说不出来。

皇上跟着莫家昆走了出来,面沉如水。思忖半天,皇上才慢吞吞地说:"莫统领,你觉得朕要如何处理此事才妥当?"

莫家昆面带难色地看着皇上,犹豫着,"微臣也不知如何是好。"

"女人自古就是多事之人。"皇上恨恨地说,"要不是皇后心软,心疼她这个女儿,今日就不会有这样的为难。那丫头在里面闭关也有了些日子,说不定过上三五年她就可以忘记,或者可以接受别的男人,却偏偏要她今天多事,说出司马逸轩还活着的事,真是……"

"事已至此,只能再想办法了。"莫家昆叹了口气。

"如何想?"皇上恼怒道,"刚刚御医们说,阿蕊不会有性命之忧,只不过醒来后可能不能再说话了,身体也会虚弱很多,但是朕所担心的不是这个,而是她会不会继续犯傻。司马逸轩怎么可能有那么好的脾气一直容忍她?朕不是没见过那个叫丛意儿的女子,说实话,她虽然看来不如阿蕊漂亮,但是却是让人过目难忘的,阿蕊这丫头根本不是那个女子的对手。"

莫家昆再叹了口气,说:"微臣去和萼公主商量商量吧,或许她能想出办法来。"

"好吧,目前也只有这个办法了。"皇上也叹了口气,"不过,无论如何也不能再让她回到大兴王朝,她去了那儿,就等于是毁了整个乌蒙国,朕不能再让她任性下去了!"

对于莫家昆带来的消息,阿萼的反应是半天没有说话,她的直接反应就是,一定要让姐姐不再提起此事,但是,真的要给姐姐下药吗?阿萼问:"她现在情形如何?"

"她执意要来看望司马皇上。您的父亲,我们的皇上也在为难这件事,他担心蕊公主来这儿后会给乌蒙国带来麻烦,他不希望她过来,也不希望她再记起以前。"莫家昆苦笑了一下,说,"你姐姐她真是疯了,她竟然想到要自杀,为的就是不许丛姑娘比她先赶到奈何桥,如果她事先知道司马皇上还活着,估计就下不了手了,幸亏当时她出手太急,并没有伤到要害。不过就算是她恢复了,她的声带也受了伤,说话会变得非常困难。"

"现在唯一的办法就是让她忘记过去。"阿萼有些难过地说,"我也不想这样,可是她下了毒咒,就算是她恢复了,和以前一模一样,也不可以再爱,今生的爱对她来说,就是一种诅咒。"

"给蕊公主下药?"莫家昆愣了一下,他不是没有想过,但是真的要下的时候,他还是于心不忍。

"是的。"阿萼干脆地说,"但是,我们现在没有完全的把握,唯一可以做到的就是把记忆封锁在她闭关的时间,就让她一直相信司马皇上已经死了,意儿一直活在悲哀里,她下一生可以得到轩王爷的爱就好。这样对她来说,已经是最后的希望了。我不想打破。"

"但是,这种药好像只有一个人手里有。"莫家昆有些犹豫。

"我知道。"阿萼立刻说,"使用这种药是蝶润的强项,她手中藏着我们乌蒙国的一些从不外传的药,我会去找她,小樱知道她在什么地方躲着。只要她肯拿出药来,我们就可以让我姐姐再回到回忆里去,而不必让她因为诅咒的事再受伤害。我们不可以再让她爱,不论是谁,她都会随时克死对方,然后让自己活在内疚里的。"

莫家昆点了点头,轻轻地说:"好的,微臣陪您过去。"

小樱带他们到了蝶润修行的地方,是一处很冷清的院落。蝶润早已经换了装束,盘起了头发,脸上表情平静漠然,看不出喜怒哀乐。

"有事吗?"她的声音听来是死水一潭,全无悲喜之意。

阿萼微笑着说:"无事不登三宝殿,我们确实是有事有求于你。只是不知蝶润姑娘肯不肯帮这个忙?"

蝶润静静地看着众人,没有说话。

"我知道你的手中有着乌蒙国最好的药。"阿萼微笑着,故意装作没有看到蝶润的表情,她在一把椅子上坐下,静静的目光,温和的语气,自从有了腹中的孩子,她觉得自己的耐心比以前多了许多,"不是不可以配出这种药来,但是,这种需要把握火候的药要配出来,是需要足够的时间,若是此时我去配,只怕会耽误了我姐姐的事情,所以想请蝶润姑娘帮忙。我知道你已经跳出三界之外,不理这些凡尘旧事,但是,念在你也是我们乌蒙国的后代,与蕊姐姐和我也是姐妹相称的分上,希望你可以帮这个忙。"

"她怎么了?"蝶润冷冷地说,"听皇上说,她已经闭关修炼,并且听说她还发下了毒誓,以自己的今生换取来生,这种如此恶毒的咒语她都敢下,还用得着我去救她吗?"

阿萼依然微笑,说:"这个忙,只是希望你可以让我姐姐忘记皇上还活着的事,让她一直活在记忆里就好,正是因为她下了这个毒咒,这已经是可以救她的最好的办法了。因为她知道皇上还活着,意儿也好好的,她就自己杀了自己,此时,人虽然救了回来,却不能再让她有这段记忆,因而,也请蝶润姑娘看在皇上的分上,帮这个忙。"

蝶润似乎有些意外,淡淡地说:"她才知道皇上还活着吗?她知道皇上活着不是一件好事吗?怎么要让她忘记呢?"

阿萼眼睛一转,面上带着微笑,轻轻地说:"若是她知道皇上还活着,一定会再回到京城,若是她回到京城,必定又要纠缠皇上,只怕又会让很多人为难很多人伤心。我知道,你最是在乎皇上的安危,所以,想请你帮这个忙,也是保证皇上他平安无事,如何?"

蝶润点了点头,说:"好的,我可以考虑,但是,我要亲自去见你姐姐,这药我要亲自帮她服下。有些话我想和她私下里聊聊,毕竟我也是你们的姐姐。"

"好的。"阿萼爽快地答应,"莫统领会带你过去,有什么需要他帮忙的,你可以随时告之于他。我姐姐的事情就麻烦你了。"

出来，莫家昆面带疑惑之色，犹豫了好几下，才喃喃地说："萼公主，微臣觉得有些不太心安，这蝶润姑娘眼中仍然有凡尘之意，她答应得如此爽快，微臣担心她另有打算。"

阿萼叹了口气，说："不过是放不下旧事，她自然会有她的打算，她毕竟是乌蒙国的女子，我多少了解些，所以为了避免出现意外，莫统领，有件事我需要你替我做。这件事你不可以告诉任何人，如果出现我所担心的情况，你就按照我的吩咐去做，出现任何事情，后果我来负。"

莫家昆一愣。

阿萼轻轻地说："你附耳过来。"

看着躺在床上全无动静的蕊公主，坐在床前哭成泪人的皇后，以及面无表情的皇上，蝶润脸上竟然全无表情，似乎她什么也没看到，别人对于她来说就是空气。但她的存在却让大家觉得莫名的紧张，空气似乎都令人窒息，每一个人都下意识地努力呼吸起来。

"你们都下去吧，待在这儿也解决不了任何问题。"突然，蝶润开口说话，把众人吓了一大跳，她的声音冷得像冰，"我一个人待在这儿就可以，等会儿我会把解药给她服下，醒来后她就会忘记她应该忘记的，记得她应当记得的。莫统领，你也下去吧，有事的话，我会叫你。好了，我不想说第二遍，都下去吧。"

莫家昆犹豫一下，跟着众人一起离开。临走的时候，他又回头看了一眼蝶润，她的眼神看来冰冷坚决，这让他从心底觉得不安。萼公主的担心绝对不是多余的，这个蝶润，太过于有心机！

众人都离开，蝶润在床上坐下，静静地看着躺在床上的蕊公主，面上的表情变得有些奇怪。突然她开口了，声音平缓，一字一句说得清清楚楚："蕊公主，你现在昏迷着，但是我知道，你可以听到我说的所有，因为你的意识是清醒的。我们都是乌蒙国的女子，我们的血液里天生就有复仇的成分，我们永远不能像大兴王朝的女子那样平静幸福地过一生，你的妹妹阿萼是个例外，也是唯一的例外！我和你却不是幸福的例外。我们爱着同一个男人，但这个男人并不爱我们，他只爱一个女子，一个大兴王朝的女子，当年，我们乌蒙国的皇后就是输在这个女子的祖先手中，输在一个叫叶凡的女子手中，而如今，我们也同样输在这个女子的后人身上。我不甘心，但是我不愿意让我所爱的男人担心，所以我让自己表面上甘心，虽然一想到他会和那个女子在一起的时候，我宁肯我是失忆的。所以，我不会像他们所想的那样救你，我会让你活在现在和以前的回忆中，我会让你继续闭关，却让你记得你所爱的男人还活着，那个女子终有一天也会嫁给他，然后我要依靠你的力量将这一切终止！我要紧紧跟随在我所爱的男人身后走上奈何桥，别人不相信来生来世，我却是相信的，今生我已经无法再获得，但是，来生我可以，我一定可以！"

床上，蕊公主似乎微微动了一下，但是看不真切，只是一下，就恢复了正常。

"我知道你心里不甘，但是你现在左右不了你自己，你只能听天由命，任由我摆布。"蝶润平静地说，"你认为你自己最爱皇上，其实，你什么时候才认识他？而我是自打记事开始，他就是我的天，我的唯一，我就是为了他而活，我的存在就是为了他。可他对我却没有一丝一毫的爱，他只爱那个叫丛意儿的女子！所以，你不要抱怨，最起码这样的话，你依然可以相信你所爱的男子是活着的，你有一天或许可以得到他。"

一滴眼泪从蕊公主的眼角滑落，她的身体依然安静，脸上却有了淡淡的悲哀之意。

"来生会如何？"蝶润平静地说，"你知道吗？不知道是不是？我也不知道，但是，我们却可以期待来生与他的相逢，我们乌蒙国有个古老的传说，如果想和某个人有来生的机会，就要和他一起走上奈何桥，一起再赴来生，那样，他们可以依然相遇相爱，再相守一生。所以，我们都在赌，只不过你给了我这样一个机会，让我可以和皇上一同赴来世之约。"

一阵淡淡的花香在空气中飘荡开，好像是蜡梅又好像是茉莉花，清香扑鼻，又若有若无，蝶润闻了闻，淡淡地说："好像是蜡梅开了，这院子里也种了蜡梅吗？我记得在宫里种着一种梅花，极是稀罕，是宫里才有的品种，听说是太上皇亲自种下的……"

"不是，这不是蜡梅的香气。"莫家昆的声音在她耳边轻轻响起，"这是萼公主用来防身的药，是宫里的御医在萼公主去大兴王朝的时候特意替她配的，她有身孕，遇到事情不能够出手，而且药性太大对她身体也不好，御医们就研究出这样一种和蜡梅香气极为相似的药，让萼公主带在身上防身。所以，你不知道。"

蝶润没有动，她不敢动，她知道，她一动，那药的药性就会更加的明显，她怎么忽略了，怎么忽略了那个乌蒙国最最例外的女子，阿萼，这个嫁了大兴王朝的男子却过得很幸福的女子，刚刚她还在说起阿萼，说她是个例外，怎么就忽略了呢？

"这是萼公主事先准备好的，她担心你会另有打算，所以，她用了这个迷药来对付你。"莫家昆安静地站在蝶润身前，脸上的表情说不出是同情还是悲哀。看着蝶润放在床上的药，他慢慢地说："这是你配的药吧？萼公主说她虽然不能在药上胜过你，也不可能在心机上胜过你，但是她却比你多了一条，她是个旁观者。"

"我小瞧她了。"蝶润面无表情地说。

"这不重要。"莫家昆平静地说,"蓼公主说,在你的药中加上一剂她事先准备好的药,你现在中了迷药,这药,蓼公主说加好她所准备的药后就给蕊公主和你同时服下。她说,当时她姐姐划伤的不是丛姑娘,而是她,所以,如果有来生,你们三个一定会重新纠缠在一起,如果天意注定了丛姑娘和皇上会仍然相爱,你们就算是再怎么用尽心机也是白费,所以,不如忘记的好。这药可以让你们忘记你们应该忘记的,记得你们应当记得的,这是你刚刚说过的话。"

蝶润突然苦笑了一下,没说什么。她闭上眼睛,泪水夺眶而出,喃喃地说:"我以为我可以做到,可以忘记,却仍然如此!"

"你们心中有太多的仇恨。"莫家昆叹了口气,轻声说,"其实,若是你们可以像丛姑娘那样,心中有爱而不是恨的话,原谅一个人是很容易的,当年司马皇上伤害丛姑娘那么深,深到丛姑娘曾经决意不再醒来,可是她仍然是原谅了他的过错,重新回到他的生活中,而你们,太多的仇恨,让你们无法快乐。"

"我不会服下药。我宁愿死也不愿意忘记轩王爷!"蝶润轻轻一笑,看着莫家昆,脸上的表情是那样的灿烂。鲜血顺着她的嘴角流下来,她竟然咬断了自己的舌头,这样残忍地了结了自己的生命,她的眼神是那样的坚决,全无一丝悔意。

莫家昆一下子点中她的穴位止住她的流血,摇了摇头,叹了口气,说:"蓼公主已经考虑到你会和蕊公主一样的疯狂,甚至更为疯狂。但是,我还是忽略了你的疯狂,不过,你死不了,这药你还得服下去。"

蝶润面上带着淡淡的笑,看着莫家昆,闪电般地一头撞向床上的柱子。鲜血从她的额头流下,瞬间染红了她的衣服。她闭上眼睛,微笑着想:就算是死了,可她的记忆里仍然有轩王爷的影子,真好!

阿蓼微垂着头,听着莫家昆的叙述,手轻轻地抚过自己的肚子,脸上的表情有些忧伤。好半天,阿蓼才慢慢出了口气,说:"蝶润死了的事情暂时不要告诉皇上,虽然他不爱她,可是知道她为了他而死,心中难免会有些伤感,毕竟是亲手教出来的亲信。至于我姐姐,她如今能够活下来,就让她没有记忆地活着吧。这药可以坚持到哪一日就是她可以活到哪一日,只怕是她的药性要是解了,她也会如蝶润一般不管不顾地闹出事来。"

"嗯,好的。"莫家昆叹了口气,说,"蝶润也是我们乌蒙国的公主,虽然出身有些不太好,可是,唉,怎么这乌蒙国的女子个个都像是被人诅咒了一般,怎么一谈论到爱情,尤其是和大兴王朝的男子一有了爱情就会如此的不堪?您真的如她们二人所说,是我们乌蒙国的唯一例外?"

"如你所说,她们的心中有太多仇恨,爱里不应该有仇恨。"阿蓼突然笑了笑,说,"不谈这些个不开心的事了。你知道吗,惜艾姐姐有了身孕,正在休养。医生

第三十章 神仙眷侣 红烛相照缱绻意

547

把过脉,应该是个男婴,也就是说,最起码在溶王府,惜艾姐姐再也不会受欺负。或许,我们还可以期望她以后会有更幸福的未来。"

"皇上和丛姑娘呢?"莫家昆微笑着说,"这段时间一直忙活这事,倒忘了问一下他们二人如何了?"

"他们二人已经和好,意儿已经原谅了皇上,二人此时只怕正商量着他们的婚事呢!"阿萼亦微笑着说。但是,她眉间仍然是闪过一丝隐忧,也说不出来为什么,就是觉得担心,担心什么,她也说不清楚。

司马逸轩安静地坐在桌后,手中的酒杯轻轻放在桌上,有一会儿没有说话。过了一会儿,他才慢慢地说:"好好地安葬吧。"

甘南点了点头,蝶润的突然自杀让他有些难过,虽然她犯了很多的错,可,也是相识的同伴,一直陪着皇上的人,再有怎样的错,她的死也已经抵消了所有。"这件事,萼公主担心皇上和丛姑娘知道了会心中难过,并没有打算告诉皇上和丛姑娘,微臣也觉得不要让丛姑娘知道的好,她马上就要成为大兴王朝的皇后,如果她知道了蝶润已死和蕊公主疯了,只怕会心中难过。"

司马逸轩点点头,轻声说:"朕并不打算让意儿知道,再过两日她就是朕的皇后,是朕唯一的女人,朕不希望她受到任何的影响,做朕的皇后本就会令她备受困扰,朝中的大臣们肯定会因着她是朕唯一的女人而心生恼怒之意。朕真的希望朕只是一个平常的王爷,可以好好地让意儿过平静的日子,却偏偏要让她遇到如此多的不堪。"

甘南低着头,悄悄走了出去。他知道,司马逸轩心中也难受,虽然不爱蝶润,但是,作为相识的人,突然间离开,还是让人非常难过的,死亡可以让人忘记许多的不是,她终究是个可怜的人。

一身红色的衣,一张清秀的面,丛意儿对着镜中的自己,轻轻微笑,她,终于嫁了,嫁给她所爱的男子,相守一生一世。

"意儿,婆婆要祝福你。"无心师太微笑着看向丛意儿。穿了嫁衣的丛意儿更加的美丽动人。这个女子,真是让她觉得意外,"希望你和逸轩能够白头到老,幸福恩爱地过下去。"

丛意儿微微笑了笑,看着窗外的春意。今年的春天来得特别的早,好像就是一场细雨的时间,草就绿了,花就红了,风就暖了。

"婆婆,谢谢,我会尽可能地让幸福的时间久一些。"

"这是什么话。"无心师太假意嗔怪道,"马上就要嫁了,怎么说这些不吉利的话,什么叫尽可能地让幸福的时间久一些?你们肯定会幸幸福福长长久久的。

皇上他那么爱你,视你为生命的唯一,看你比看这江山还重,你们怎么可能不幸福呢?真是的。"

"所有的童话都会有个美丽的结果,从此之后,王子和公主幸福地生活在一起,但是,"丛意儿微笑着,静静的语气,"每个童话开始的时候都会是悲哀的眼泪,我不知道我的故事是不是被祝福的。婆婆,我的幸福是太多人的不幸福换来了,若是没有我,也许一切会不同,所以,我心里忐忑。"

"那是他们没有缘分,婚姻是天注定的,要嫁给谁,一点也错不了的。"无心师太微笑着,安慰她说,"你们经历了太多,终于可以在一起了,所以你心中难免忐忑,这也是正常的,不放在心上就好。婆婆是认定你会幸福的,要是你不幸福,婆婆就想办法一定要让你幸福。"

丛意儿忍不住笑了,说:"婆婆,我答应你,我会和逸轩一起幸福的生活的。"

"嗯,那是一定的,你还要给我多生几个徒子徒孙,让我以后有些事情做。你母亲也真是的,只生了你一个,否则,我可以多教出几个名震江湖的人物来。"无心师太微笑着说,"好了,时间不早了,快些准备准备,该走啦。"

旧居中,司马锐和慕容枫的雕像安静地竖立着,在风中安静地看着大兴王朝。一个身影静静地立在雕像前,有些伛偻的身体,面上有着悲哀的表情。他静静的,如同雕像般一点动静也没有,甚至飞过的鸟会落在他的肩头。

"他们终于要结婚了。"一声长长的叹息在风中轻轻飘过,"他们相爱,他们就会想要在一起,他会是第二个你吗?她会是第二个你吗?但愿不是,否则,大兴王朝就会消失的。蝶润死了,他们瞒着皇上,他们不想让皇上知道,蕊公主也疯了,司马溶猎艳花丛,他们的爱情让这么多人用他们的幸福来成全,他们会被祝福吗?"

空气中没有任何回答,太上皇茫然地背转过身来,看着身后的小樱,叹着气,淡淡地说:"小樱呀,不是朕老了,糊涂了,不肯成全他们,他们,并不被祝福,他们在一起不如不在一起。"

小樱没有说话,她已经嫁给了甘南,她生活得很幸福。她不明白太上皇是怎么了,但是知道蝶润死了,她还是有些伤心。阿荨说,蝶润是自杀的,为了能够有机会再爱皇上,她放弃了今生的生命,为的只是可以有来生的机会,但是,丛姑娘和皇上有什么错,他们相爱有什么错?为什么,这个婚礼总有淡淡的悲哀?"好了,太上皇,您不要再感慨了,本来是好好的大喜事,让您这样一说,搞得心里头怪怪的。丛姑娘一定会是个好皇后的,一定的,小樱可以用生命保证,皇上他不会看错人的。"

"朕知道,知道。"太上皇叹了口气,说,"我们去吧,不论怎样,丛意儿也已经是我们大兴王朝的皇后了,朕这把老骨头总要过去看看的。唯一值得庆幸的是,我们大兴王朝未来有后了,朕还真的怕逸轩那小子不娶皇后了呢。"

小樱微微笑了笑,陪着太上皇离开了旧居。似乎,有些不太真实的感觉,好像有人,小樱回头看了看,雕像安静地待着,周围全是树木,虽然太上皇离开后,这儿撤去了一些守卫,但是,这儿还是极少有人可以出入的,更何况还留了许多武艺出众的侍卫守着。小樱摇了摇头,大概是自己太敏感了吧。

丛惜艾换好衣服,她是新娘的姐姐,她要亲自去祝贺的,看到丛意儿走到现在,她还真是替丛意儿开心,有些事情,到了如今也想得开了,她,终究不是司马逸轩的选择,不是吗?是自己太固执,其实爱一个人,不一定就会有结果的。

"惜艾姐姐。"阿萼的身子已经有些笨重了,但是,她还是一脸的微笑,笑着和丛惜艾招呼,"你要去吗?皇上亲自下了喜帖给我,我要是不去还真是不好意思。不过,腹中的小子老是给我捣乱,真是的,你的孩子可平静些?唉,要是生出来和我一样难缠,可如何是好?"

丛惜艾微笑着抚了抚自己的肚子,这个小生命,给了她太多的安慰,足以让她可以安静地度过这许多的寂寞岁月。

"对啦,溶王爷呢?他不去吗?"阿萼随口问着,"这段时间他也太猖狂了,整天的不在家里待着,他还真当这儿是客栈不成?"

"且由他去吧。"丛惜艾平静地说,"他心里苦,直到现在他也没有忘记意儿,没有得到意儿,已经是他今生最大的遗憾,再看着自己心爱的女人成为别人的新娘,也确实是难为他了。他能够不生事,不在国事上与皇上为难,就已经是难得了。"

"你会再爱上他吗?"阿萼突然问。

"我不知道。"丛惜艾出了一下神,淡淡地说,"我的心里已经没有爱了,只想能够平安地度日,看看我的父母,有时候真的觉得婚姻是可怕的,两个男女走在一起并不一定是为了爱情。阿萼,若是有来生,我只怕是再也不肯面对感情了。"

"呵呵,"阿萼微笑着,"若是换了我,才不理呢,只要活着,我就一定会爱,而且还是爱自己喜欢的人。

面对所有人祝福的笑脸,就算是一直对这件婚事持有反对意见,甚至现在也不愿意正视这件事情的太上皇也从旧居赶来参加这场婚宴,并且送来了一份厚礼。握着丛意儿的手,司马逸轩的心中充满了满足,所有的痛苦与酸楚,这一刻全部可以放下,这一刻,以前所有的付出都值得。

"虽然并不是很满意你们的选择。"太上皇自病愈后身体虽然并无大碍,精神也恢复了不少,却仍是消瘦了些,眉间依然锁着几分忧虑,"可还是你们的长辈,既然无法阻拦,就送份礼物表示一下祝贺吧。这对红烛是为父亲手所做,大兴王朝独此一份,是不是很漂亮?为了制作更好看些,为父还特意请了大兴王朝和乌蒙国两国的工匠相助。"

司马逸轩始终握着丛意儿的手，看着父亲，微笑着说："多谢父亲这份用心，孩儿一定让这红烛彻夜不灭。来人，立刻将这对红烛摆上。"

太上皇轻轻笑了笑，说："逸轩呀，为父还是要说一句，天下漂亮的东西都是有毒的，美丽的女人会成为红颜祸水，美丽的鲜花可以让人精神错乱，只要和美丽沾了边，都可以乱了心性。"

司马逸轩笑了笑，"父亲所言，孩儿谨记。"

太上皇再看看丛意儿，她正温柔地看着司马逸轩，眼中并无他人，他眼中隐约闪过一丝迟疑，但停了停，目光落在红烛上，有些出神。红烛颜色艳红，光滑细腻，真是花了他不少的功夫和心思。

大兴王朝历代皇上中，他应当算得上是一个尽职的皇上吧。

"太上皇好像有心事。"丛意儿轻声说，跟着司马逸轩向着别处走。

"他如今已经是你的父亲，毕竟一直怕我太在意你而误了这大兴王朝的江山，我想，等过些日子，他就会明白，有你，大兴王朝只会更好；若是没你，纵然我如他所想做着这大兴王朝的皇上，有一天我也会亲手毁了这大兴王朝的江山。没有你，江山无趣；有了你，江山才是我司马逸轩愿意承担的负累。"

丛意儿微微一笑，看着一旁正和阿荸聊天的丛惜艾，"她们处得极好。"

司马逸轩也顺着丛意儿的目光看去，微微一笑："司马溶能够有丛惜艾不离不弃，真是他的福气，他今日虽然没来，时间会让他明白什么才是他最应该珍惜的，我想，终有一天，他会对丛惜艾放下怨责，相守一生的。"

丛意儿轻轻点头，周围的喧哗声越来越大，他们的婚礼马上就要开始了。

至夜，一切仪式结束。重新修缮的正阳宫典雅中透出几分安静，那对红烛，在窗户的红纱上跳跃着明媚的光影，贺喜的人远远看着，面带微笑。

"喜欢吗？"司马逸轩微笑着把丛意儿揽在怀中。

"嗯，不过，敏枫居还在吗？"丛意儿忽然调皮地问。

"在。"司马逸轩也微笑着回答，"怎么？"

"我在想，若是有一天你厌烦了，我会一个人到那儿去待着。那儿，大约是我一直会去的地方，那儿好像就是我的避风港湾。"丛意儿将手放入司马逸轩手中，轻抬头看着司马逸轩，微笑着，温暖的气息令人陶醉。

"呵呵。"司马逸轩一笑，说，"我才是你避风的港湾。"

丛意儿面上一红，羞涩娇嗔地说："才怪。"

墙上的清风流云静静地挂在一起，风在窗外静静地吹，这风同样吹向另外一个地方。

司马溶站在敏枫居外,这儿他是第一次来,这儿是丛意儿在宫里待过的地方。泪从司马溶眼中落下,他忘不了意儿,真的忘不了,他也不知道为什么,就是不甘心,不甘心就这样失去了意儿。可是,意儿还在他心里,不是吗?在他心里的东西,就算是如今的皇上也没办法夺走。爱情面前,一切都是自私的,丛意儿是他赌上一生的事。

暗夜中,一个身影,远远地,无声地,望着所有。

正阳宫的红烛一直亮着,美丽,妖娆。

图书在版编目(CIP)数据

终难忘 / 秋夜雨寒著 .— 上海 ：上海社会科学院出版社，2021
 ISBN 978 - 7 - 5520 - 3440 - 0

Ⅰ．①终… Ⅱ．①秋… Ⅲ．①言情小说—中国—当代 Ⅳ．①I247.5

中国版本图书馆 CIP 数据核字(2021)第 154271 号

终难忘

著　　者：	秋夜雨寒
责任编辑：	霍　覃
封面设计：	周清华
出版发行：	上海社会科学院出版社
	上海顺昌路 622 号　邮编 200025
	电话总机 021 - 63315947　销售热线 021 - 53063735
	http：//www.sassp.cn　E-mail：sassp@sassp.cn
照　　排：	南京理工出版信息技术有限公司
印　　刷：	上海景条印刷有限公司
开　　本：	720 毫米×1010 毫米　1/16
印　　张：	35
插　　页：	1
字　　数：	643 十
版　　次：	2021 年 12 月第 1 版　2021 年 12 月第 1 次印刷

ISBN 978 - 7 - 5520 - 3440 - 0/I・436　　　　　　　定价：88.00 元

版权所有　翻印必究